CHRISTOPHER W. GORTNER

Die Herrin des Winterpalasts

GOLDMANN
Lesen erleben

Buch

Kopenhagen 1863: Dagmar, genannt Minnie, ist behütet im Kreise ihrer liebevollen Familie aufgewachsen. Doch als ihr Vater Friedrich VII. auf den dänischen Thron folgt, soll sich das Leben der jungen Prinzessin schlagartig ändern. Die Krone des Vaters macht aus den zuvor unbedeutenden Kindern dynastische Größen. Während ihre Schwester mit dem Prinzen von Wales vermählt wird, soll Minnie den Zarewitsch Nikolai Romanow ehelichen. Als dieser überraschend stirbt, wird sie prompt mit dessen Bruder Alexander verlobt. Was als ungewollte politische Bindung beginnt, entwickelt sich jedoch bald zu einer großen Liebe, und Minnie, die sich als junge Zarin Maria Fjodorowna nennt, regiert zusammen mit ihrem Mann das schier unermessliche Russische Reich und wird vom Volk geliebt. Doch das goldene Zeitalter der illustren Romanows ist dem Untergang geweiht. Minnie, die die Frau ihres Sohnes ebenso wenig ausstehen kann wie die russische Bevölkerung, kann nur hilflos mit ansehen, wie mit den Bolschewisten ein Sturm heraufzieht, der alles zu zerstören droht, was sie liebt.

Weitere Informationen zu Christopher W. Gortner
sowie zu lieferbaren Titeln des Autors
finden Sie am Ende des Buches.

Ruhm und Unglück gehen Hand in Hand.

RUSSISCHES SPRICHWORT

Für meine Mutter,
die mir den Glanz der Romanows
nahegebracht hat.

Stammbaum der königlichen Familie von Dänemark

König Christian IX.
(1818–1906)
m.
Luise von Hessen
(1817–1898)

- Frederik VIII.
  (1843–1912)
  ∞
  Luise von Schweden
  8 Kinder, darunter König Christian X. von Dänemark

- Alexandra »Alix«
  (1844–1925)
  ∞
  Edward VII., König von Großbritannien und Kaiser von Indien
  6 Kinder, darunter König George V. von Großbritannien

- Vilhelm »Willy«
  (1845–1913)
  später Georg I. von Griechenland
  ∞
  Großfürstin Olga Konstantinowa von Russland
  8 Kinder

- **DAGMAR** »Minnie«
  (1847–1928)
  später Zaringemahlin Maria Fjodorowna
  ∞
  Zar Alexander III. »Sascha«
  (1845–1894)
  6 Kinder, darunter Zar Nikolai II. »Niki« (siehe Romanow-Stammbaum)

- Thyra
  (1853–1933)
  ∞
  Ernst August von Hannover
  6 Kinder

- Valdemar
  (1858–1939)
  ∞
  Marie von Orléans
  5 Kinder

Die kaiserlichen Romanows von Russland

ZAR ALEXANDER II.
(1818–1881)
m.
Marie von Hessen und bei Rhein, Zaringemahlin Marie Alexandrowna
(1824–1880)

- Alexandra (1842–1849)
- Zarewitsch Nikolai »Nixa« (1843–1865)
- **ZAR ALEXANDER III. »Sascha« (1845–1894)** ∞ **DAGMAR »Minnie«, Zaringemahlin Maria Fjodorowna (1847–1928)**
  - **ZAR NIKOLAI II. »Niki« (1868–1918)** ∞ **ALEXANDRA VON HESSEN, Zaringemahlin Alexandra Fjodorowna (1872–1918)**
    - Großfürstin Olga (1895–1918)
    - Großfürstin Tatjana (1897–1918)
    - Großfürstin Marie »Maria« (1899–1918)
    - Großfürstin Anastasia (1901–1918)
    - Zarewitsch Alexej Nikolajewitsch (1904–1918)
  - Alexander (1869–1870)
  - Großfürst Georgi (1871–1899)
  - Großfürstin Xenia (1875–1960) ∞ Großfürst Sandro Michailowitsch (1866–1933)
    - 7 Kinder, darunter Prinzessin Irina ∞ Prinz Felix Jussupow
  - Großfürst Michail »Mischa« (1878–1918) ∞ Natalia Brassowa
    - 1 Kind: Georgi, Graf Brassow
  - Großfürstin Olga (1882–1960) ∞ 1. Peter von Oldenburg 2. Nikolai Kulikowski »Nikolascha«
    - Tichon
    - Guri
- Großfürst Wladimir (1847–1909) ∞ Marie von Mecklenburg-Schwerin »Miechen« (1854–1920)
  - 5 Kinder, darunter Großfürst Kyril Romanow ∞ Prinzessin Victoria Melita »Ducky«
- Großfürst Alexej (1850–1908) ∞ Alexandra Schukowskaja
  - 1 Sohn
- Großfürstin Marija »Marie« (1853–1920) ∞ Alfred, Herzog von Sachsen-Coburg und Gotha
  - 5 Kinder, darunter Victoria Melita
- Großfürst Sergej (1857–1905) ∞ Elisabeth »Ella« von Hessen-Darmstadt und bei Rhein (1864–1918)
- Großfürst Pawel »Paul« (1860–1919) ∞ 1. Alexandra von Griechenland
  - 2 Kinder, darunter Großfürst Dmitri Pawlowitsch

  ∞ 2. Olga Karnowitsch
  - 3 Kinder, darunter Prinz Wladimir

Kgr. Dänemark
Kgr. Norwegen
Europäisches Nordmeer
Kopenhagen
Kristiana
Nord-Polar Meer
Kgr. Preussen
Kgr. Schweden
Stockholm
Kaisertum Österreich
Warschau
Ostsee
Kgr. Polen
Grfsm. Finnland
Osman. Reich
Zarskoje Selo
Sankt Petersburg
Kiew
Mogiljew
Nowgorod
Barents See
Odessa
Ukraine
Archangelsk
Jalta
Moskau
Krim
Schwarzes Meer
Kaiserreich Russland
Asow
Ural
Kasan
Abastumani
Wolga
Kaukasus
Ob
Perm
Eriwan
Astrachan
Jekaterinburg
Orsk
Tobolsk
Kaspisches Meer
Aral-See
Omsk
Chiwa
Tom
Persien
Turkestan
Irtysch
Buchara
Balchaschsee
W
N
S
O
0
500
1000 km

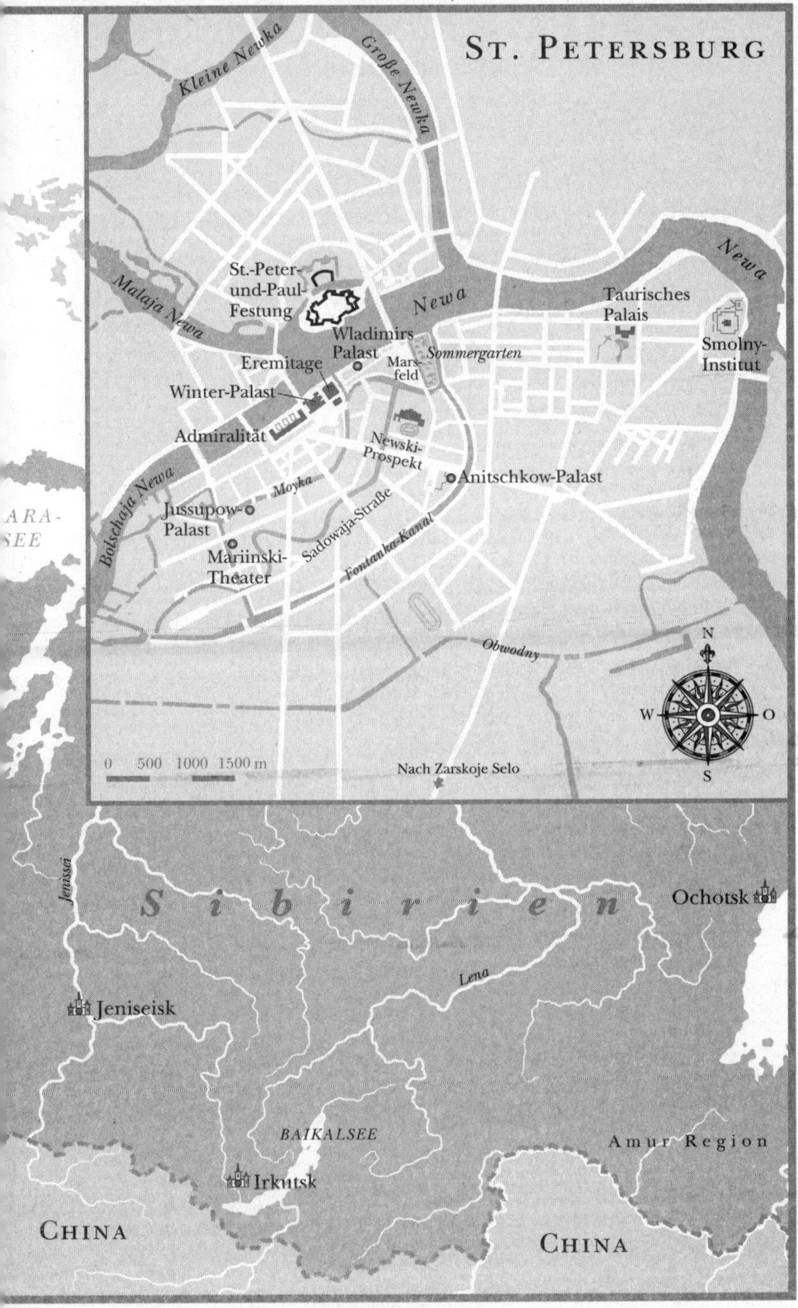

St. Petersburg
Kleine Newka
Große Newka
Newa
Malaja Newa
St.-Peter-und-Paul-Festung
Wladimirs Palast
Eremitage
Winter-Palast
Admiralität
Marsfeld
Sommergarten
Taurisches Palais
Smolny-Institut
Newski-Prospekt
Anitschkow-Palast
Moyka
Jussupow-Palast
Mariinski-Theater
Sadowaja-Straße
Fontanka-Kanal
Bolschaja Newa
Obwodny
N
W
O
S
0 500 1000 1500 m
Nach Zarskoje Selo
ARA-
SEE
Sibirien
Jenissei
Ochotsk
Lena
Jeniseisk
Baikalsee
Amur Region
Irkutsk
China
China

Teil I

1862 – 1866

Der gelbe Palast

Sie kommt! Die Jungfrau aus Dänemark …
und soll die Königin der Herzen werden.

MARTIN TUPPER

1

»Lass uns die gleichen Sachen anziehen«, schlug ich an jenem Nachmittag vor, da unser Leben sich für immer ändern sollte. Wie einschneidend der Wandel sein würde, begriff ich noch nicht, doch mich befiel bereits eine Vorahnung, als ich auf dem Sofa saß und in den Kartons wühlte, die uns die vornehmsten Warenhäuser von Kopenhagen und London geschickt hatten. Darin lagen mit Samt besetzte Schuhe, Hüte mit Bändern, seidene Unterwäsche, Kleider, Korsette, Schals, Lederhandschuhe und Capes aus kostbarem Kaschmir oder edler schottischer Wolle.

»Die gleichen Sachen?« Von dem Schemel, auf dem sie stand, blickte meine Schwester Alix verwundert auf mich herab, während Mama und ihre Kammerfrau um sie herumwuselten, ihr Kleidungsstücke vors Gesicht oder an die schlanke Gestalt hielten, um zu bestimmen, was am besten zu ihr passte. »Als ob wir Zwillinge wären!«

»Ja.« Ich kippte den Inhalt zweier Schachteln auf das Sofa. »Schau nur, du hast praktisch alles in doppelter Ausfertigung bekommen. Wir könnten uns wirklich gleich anziehen. Lass uns sehen, ob dein Verlobter uns voneinander unterscheiden kann.«

Alix' schöne Augenbrauen kräuselten sich. Dieses kleine Stirnrunzeln gefielt mir, verriet es mir doch, dass meine Schwester gar nicht so unempfänglich für das Komische an dieser Situation war, wie sie vorgab. Doch bevor sie antworten konnte, erteilte Mama mir einen ebenso verhüllten wie scharfzüngigen Tadel von der Sorte, die sie gern einsetzte, wenn ich etwas Unschickliches sagte oder tat – etwas, das sich für ihren Geschmack in letzter Zeit allzu sehr häufte.

»Minnie! Es reicht. Als Zwillinge auftreten – wie absurd!« Mama schnalzte mit der Zunge. »Nein wirklich, du und Alix, ihr seht euch doch in nichts ähnlich.«

»Sind Sie sicher?« Auch wenn ich mich gar nicht so streitsüchtig geben wollte, hörte ich selbst den herausfordernden Ton in meiner Stimme. »Wir mögen uns vielleicht nicht ähneln, aber er hat sie ja erst ein Mal gesehen. Vielleicht erkennt er sie beim nächsten Mal gar nicht mehr.«

Schweigend musterte Mama einen gerüschten Unterrock. Während auch ich das Stück aus cremig weißer Seide in ihren Händen betrachtete, musste ich gegen meinen aufwallenden Zorn kämpfen. Früher hätten wir uns so etwas oder all die anderen mondänen Sachen, die kunterbunt verstreut auf dem Boden lagen, nie leisten können. Wir nähten unsere Kleider selbst und besserten sie auch aus. In unserem kleinen Kopenhagener Palast waren wir glücklich gewesen und hatten es genossen, im Sommer bei Ausflügen im Meer zu schwimmen, an Gymnastikwettbewerben teilzunehmen und nach einfachen Mahlzeiten, bei denen wir uns selbst bedienten, Hausmusikabende zu veranstalten. Luxus hatte uns nie etwas bedeutet – schließlich hatten wir einander. Unser größtes Geschenk war die Familie selbst. Nun jedoch berauschten wir uns am offensichtlichen Beweis unseres bevorstehenden Auseinanderbrechens.

Wie hatte sich so vieles in so kurzer Zeit ändern können?

»Natürlich wird Seine Hoheit sie erkennen und lieben«, erklärte Mama. »Als ihr Gemahl ist das seine Pflicht, so wie es auch die ihre als Ehefrau ist. Was ist nur in dich gefahren, dass du ausgerechnet an dem Tag, an dem Alix ihre Brautausstattung angepasst wird, so zänkisch bist? Merkst du denn nicht, dass sie auch so schon nervös genug ist?«

Meine Schwester beobachtete mich im Spiegel. Falls sie nervös war, sah man es ihr nicht an. Sie wirkte blass und müde, hatte Schatten unter den Augen, war aber gefasst – und das in einem derartigen Maß, dass ihr steter Blick mich verunsicherte. Doch obwohl sie kein einziges Mal mit der Wimper zuckte, musste ihr doch klar sein, dass sie meine Sorgen teilte. Es ließ sich nicht voraussagen, ob ihr diese Ehe Glück oder Herzeleid bringen würde. Allerdings würde sie ihre Unsicherheit nie zugeben, schon gar nicht vor unserer Mutter, die sich so sehr abgemüht hatte, diese Wendung unseres Schicksals herbeizuführen. Damit hatte sie allerdings auch eine reißende Flut ausgelöst, die mich von den Füßen riss. Seither kämpfte ich darum, mich über Wasser zu halten.

»Ich wollte doch nur …« Meine Stimme erstarb angesichts Mamas wütenden Blicks.

»Wir wissen, was du sagen wolltest, Minnie, und *mein* letztes Wort ist: Es reicht.«

Aufgebracht zerknüllte ich das Seidentuch in der Hutschachtel neben mir. »Vielleicht sollte ich mir draußen die Beine vertreten«, murmelte ich. »Hier werde ich ja wohl nicht gebraucht.«

»Gute Idee – wenn du dich nicht nützlich machen kannst.« Mama wandte sich wieder meiner Schwester zu, sprach aber immer noch mit mir. »Was ist dir heute nur für eine Laus über die Leber gelaufen? Na ja, frische Luft wird sie bestimmt vertreiben. Ich lasse jedenfalls nicht zu, dass du deine Schwester ständig ablenkst, wenn wir so viel zu tun haben.«

Frische Luft und möglichst wenig Unsinn waren Mamas Heilmittel in jeder Lebenslage. Sie war Meisterin darin, vernünftig zu sein. Jede andere vernünftige Frau hätten die Umwälzungen des letzten Jahres an den Rand des Wahnsinns gebracht, aber solchen Schwächen gab Louise von Hessen-Kassel niemals nach. Sie hatte schon früh ihr hartnäckiges

Vertrauen in das eigene Urteilsvermögen bewiesen, als sie sich dem Wunsch ihrer Familie widersetzt und Christian von Glücksburg geheiratet hatte, einen Vetter zweiten Grades und verarmten Prinz ohne besondere Bedeutung. Mit ihm hatte sie ein einfaches, aber durchaus schönes Leben geführt und uns zu Geringschätzung Anspruchsdenken gegenüber erzogen. Und jetzt war sie im Begriff, Königin von Dänemark zu werden, weil Papa nach dem Tod unseres kinderlos gebliebenen Monarchen überraschend dessen Thron erben sollte – und das in einem Moment, da er und Mama sich anschickten, ihre älteste Tochter mit dem Thronfolger Großbritanniens zu verheiraten. Doch Mama widmete sich diesen monumentalen Aufgaben, als ginge es um die tägliche Reinigung des Empfangszimmers. Nur diese Laus, die mir ihrer Ansicht nach über die Leber gelaufen war, brachte sie durcheinander, denn ein Benehmen wie meines gehörte zu den Verhaltensweisen, die sie bei keinem ihrer Kinder bereit war zu dulden, schon gar nicht im Lichte unserer neuen Lebensumstände.

An meinen mächtigen Röcken zupfend, marschierte ich zur Tür, vor der ich noch einmal innehielt. Ich hoffte, meine Schwester würde mich zurückrufen und mir so zeigen, dass sie mich immer noch brauchte. Doch sie blieb stumm. Als ich herausfordernd über die Schulter zurückblickte, erkannte ich, dass ihr Seidenunterrock sie schier erdrückte. Soeben befahl Mama der Zofe, die Korsettstangen festzubinden, als ob Alix eine Puppe wäre.

Oder ein Lamm, das geopfert werden sollte.

In meinen Augen lief die bevorstehende Hochzeit meiner Schwester ziemlich genau darauf hinaus.

Wir waren nicht zu Größe geboren. Daran hatte uns Mama in unserer Kindheit oft genug erinnert, damit wir mit dem zufrieden waren, was wir hatten. Wer in Reichtum hineingeboren wurde, hatte nicht so viel Glück wie wir – das hielt sie uns gern vor, wenn sie mit Alix und mir zusammensaß und uns beibrachte, selbst gefertigte Hauben zu verzieren oder Unterwäsche zu stopfen. Wer schon am Anfang seines Lebens alles hatte, wusste die Früchte des eigenen Strebens nicht zu schätzen. Ein weiser Rat, denn niemand hatte mehr Früchte dieser Art geerntet als Mama – auch wenn er mir nun kaum Trost bot, als ich mit Schritten, die über das Parkett hallten, und dem Rascheln meines Reifrocks den Bernstorf-Palast durchquerte, ohne dabei all die Statuen und Spiegel an den Wänden eines Blickes zu würdigen.

Vor einem Monat, als bestimmt worden war, dass Papa tatsächlich zu Dänemarks neuem Kronprinzen ausgerufen werden sollte, waren wir in den Palast gezogen. Das außerhalb von Kopenhagen auf einem weitläufigen Gelände gelegene Schloss war angemessen elegant und viel größer als unser altes Zuhause in der Stadt. Die herrlichen Gärten hier mit ihren erhabenen Linden und verschlungenen Wegen gehörten zu den wenigen Veränderungen, über die ich mich freute. Meine jüngeren Geschwister, Valdemar und Thyra, waren ebenfalls davon begeistert. Hier konnten sie nach Herzenslust barfuß herumlaufen, bis die Füße schmutzig waren, und unter den Hecken hindurchkriechen. Ich war schon fünfzehn Jahre alt und damit zu erwachsen für Kinderspiele, auch wenn ich mir bei meinen Fluchten in den Garten stets wünschte, ich wäre noch klein. O ja, ich sehnte mich danach, wieder ein Kind zu sein und unbeschwert Verstecken zu spielen.

Unvermittelt schirmte ich mir mit der Hand die Augen ab. Ich hatte ganz vergessen, einen Sonnenschirm oder Hut mitzunehmen. Ohne Schutz riskierte ich, zu viel Farbe zu bekommen. Die Reaktion meiner Mutter konnte ich mir lebhaft vorstellen. Trotzdem stapfte ich weiter und überlegte mir sogar, das Haarnetz, das mir meine dichten Locken an den Nacken presste, abzunehmen und so einen Skandal auszulösen. Zu meinem Leidwesen war hier jedoch niemand, den ich damit schockieren konnte. So weit das Auge reichte, erstreckte sich vor mir nichts anderes als sprießendes Grün – bis ich mich schließlich der im schwedischen Stil gehaltenen Villa näherte, die uns als Teehaus diente. Davor schritt eine vertraute Gestalt in einem dunklen Anzug auf und ab, den Kopf in Rauchschwaden gehüllt, die von einer Zigarre stammten.

Papa.

Ohne mich darum zu scheren, dass meine weißen Knöchel zum Vorschein kamen, raffte ich meine Röcke und rannte über den Rasen auf ihn zu. Überrascht fuhr er herum, und ich sah ein paar Rauchkringel unter dem mächtigen Schnauzbart emporsteigen, den er sich neuerdings stehen ließ, um würdevoller zu wirken. Ich fand das lustig, denn sein dünnes braunes Haar war über der Stirn bereits zu einem schütteren Flaum geworden, der im Vergleich zu dem Dickicht darunter umso spärlicher erschien. Ob zukünftiger König oder nicht, da Mama den Qualm missbilligte und ihn gebeten hatte, »dieses abstoßende Laster« aufzugeben, musste er nach wie vor im Freien rauchen.

»So früh schon fertig geworden?« Ein Lächeln hellte sein sorgendurchfurchtes Gesicht auf. Nun hatte auch er begonnen, sich zu verändern, und es tat mir weh, das zu sehen. Seit beschlossen worden war, dass er unserem siechen König auf den Thron folgen sollte, hatte Papa seine einstige Leichtigkeit verloren, als lastete die Bürde bereits jetzt schwer auf ihm.

»Noch lange nicht, fürchte ich.« Unwillkürlich rümpfte ich die Nase; zu sehr setzte mir der beißende Tabakgeruch zu. »Sie haben immer noch ganze Berge von Sachen zu sortieren. In ganz Kopenhagen kann es kein einziges Kleid mehr geben. Mama hat gemeint, ich sei zänkisch; darum bin ich gegangen.«

»Ich verstehe.« Papa lächelte, und sogleich bildeten sich in seinen Augenwinkeln Falten. »Und *warst* du zänkisch, meine liebe Dagmar?«

Dagmar war derjenige Taufname, den er aus der Reihe all meiner Namen ausgewählt hatte. Ich mochte ihn am liebsten, denn außer Papa nannte mich die ganze Familie Minnie. Dagmar war ein einzigartiger Name, der mich hervorhob, hatte doch eine legendäre Königingemahlin unseres Landes so geheißen.

Ich zuckte mit den Schultern. »Ich sehe nicht ein, warum man immer einen solchen Wirbel veranstalten muss.«

Papa lachte. »Nun, deine Schwester schickt sich an, Königin Victorias Sohn und Erben zu heiraten. So Gott will, wird sie eines Tages die Königin von Großbritannien sein. Das betrachten die meisten in der Tat als eines großen Wirbels wert.«

»Um Mama und Königin Victoria vielleicht. Was Alix betrifft, wird sich ja herausstellen, wie groß er sein wird.« Als ich sah, wie sich seine Miene verschattete, fügte ich eilig hinzu: »Ich mache mir Sorgen um sie, Papa. Alix hat sich in letzter Zeit so eigenartig verhalten. Sie scheint all das so … fraglos zu akzeptieren.«

Papa ließ allen Rauch entweichen, bückte sich, um die Zigarre auf dem Weg auszudrücken, und verstaute den Stummel in seiner Jackentasche. »Sie braucht auch keine Fragen zu stellen. Schließlich bringt diese Verbindung großes Prestige. Zudem hat deine Mutter Alix dazu ermutigt, und Königin Victoria hat ihren Segen gegeben. Alix weiß, dass sie ihre Pflicht erfüllen muss.«

Diese Bemerkung verblüffte mich. Ich glaubte, Alix besser als alle anderen zu kennen, hatte jedoch nie darüber nachgedacht, dass meine Schwester tatsächlich schon immer ein einzigartiges Pflichtbewusstsein besessen hatte.

Sie war nur zwei Jahre älter als ich, und wir waren gemeinsam aufgewachsen, hatten ein Zimmer miteinander geteilt und auch zusammen Unterricht erhalten. Unser ältester Bruder Frederik war zum Studium ins Ausland geschickt worden, der nächste, Willy, war an der dänischen Militärakademie eingeschrieben, und unsere jüngste Schwester Thyra sowie der dritte Bruder, Valdemar, waren noch Kinder. Alix und ich hatten darum stets fest zusammengehalten in diesem Zuhause, beherrscht von Geldmangel und unserer strengen Mutter, die, sobald die Familie für die Ferien wiedervereint war, ihre ganze Aufmerksamkeit unseren Brüdern zuwandte.

Ich hatte ihr immer verübelt, wie sehr sie sich Freddy und Willy widmete, obwohl Alix mir versichert hatte, dass das nur natürlich war, weil eine Mutter ihre Söhne immer höher schätzte. Mir leuchtete das allerdings überhaupt nicht ein, zumal wir, die Töchter, es doch waren, die ihr in der Abwesenheit der Söhne im Haushalt halfen – egal, ob unsere Brüder da waren oder nicht. Doch im Gegensatz zu mir, die ich die endlose Plackerei zu Hause hasste, beschwerte sich meine Schwester nie. Nachts klagten wir flüsternd in unseren dicht nebeneinandergeschobenen, schmalen Betten über unsere vom Arbeiten rauen Hände und versprachen einander, dass wir uns ein eigenes Haus am Sund kaufen würden, eines mit Böden, die wir nie schrubben würden. Wir würden hundert Hunde besitzen und den lieben langen Tag malen, denn wir beide wussten mit Wasserfarben umzugehen.

All das änderte sich jedoch, sobald sie Prinz Albert Edwards Heiratsantrag angenommen hatte. Schlagartig wurde ein anderer Mensch aus ihr; und plötzlich war sie Mamas Liebling und wurde eingedeckt mit Übungsstunden in Etikette, mit Tanzunterricht, Kleideranproben und der Vorbereitung auf ein neues Leben in einem anderen Land, in dem ich keine Rolle mehr spielen würde.

»Ich sehe sie kaum noch«, murmelte ich, dem Blick meines Vaters ausweichend. »Mama hat immer fürchterlich wichtige Briefe, die Alix schreiben muss; ständig gibt es Leute, die es zu besuchen gilt, oder Kleider, die sie anprobieren muss. Ich komme mir vor, als hätte sie uns schon verlassen.«

»Hast du ihr das gesagt?«, fragte Papa sanft. »Vielleicht meint sie, deine Miesepetrigkeit liege daran, dass du wütend auf sie bist.«

Erneut schwieg ich, um zu überlegen. War ich wütend auf sie? Anscheinend schon. Jedenfalls störte mich die Art und Weise, wie sich Alix in diese Ehe gefügt und ohne Weiteres unsere vertraulichen Gespräche aufgegeben hatte.

»Wirke ich denn wütend auf sie?«, fragte ich.

»Immer.« Er kniff mich in die Wange. »Du bist unsere Rebellin.«

»Rebellin?«, rief ich. »Nur weil ich nicht will, dass sich alles ändert? Unser ganzes Leben ist durcheinandergeraten! Nie hätte ich gedacht, dass so etwas passiert!«

Er seufzte. »Jetzt verstehe ich, vor welchc Herausforderungen dich das alles stellt. Aber Heiraten ist ein wichtiger Schritt im Leben, Dagmar. Wir alle müssen diejenigen, die wir lieben, zurücklassen, um unsere eigene Familie zu gründen.« Er schwieg einen Moment. »Du wirst bald sechzehn. Hast du nicht auch schon einmal daran gedacht?«

»Natürlich«, erwiderte ich, obwohl das gelogen war. Eine Hochzeit mochte unvermeidlich sein, doch bisher hatte ich dieses Thema mühelos ignoriert. »Aber wie kann Alix jemanden heiraten, den sie so gut wie gar nicht kennt? Bertie von Wales hatte eine Fotografie von ihr gesehen und deshalb gebeten, ihr vorgestellt zu werden, als wir alle in Rumpenheim weilten. Es war erst an Ostern, dass sie sich kennengelernt haben, erinnern Sie sich? Wir alle waren nach Rumpenheim gekommen. Die Zarin war mit ihrem ältesten Sohn auch dort; und mir kam es so vor, als würde sich Alix recht gut mit dem Zarewitsch verstehen. Nixa schien jedenfalls ein Auge auf sie geworfen zu haben, wohingegen Bertie und sie nicht einmal drei Worte miteinander wechselten! Und jetzt soll sie ihn so sehr lieben, dass es für eine Ehe reicht?« Da mein Vater schwieg, fuhr ich sogleich fort: »Sie müssen Mama doch geliebt haben, als Sie sie geheiratet haben.«

Seine Miene wurde weicher. »Und ob. Deine Mutter war so lebhaft und entschlossen. Es war Liebe auf den ersten Blick. In ihrer Jugend war sie dir nicht unähnlich. Sie wusste genau, was sie wollte.«

Ich war nicht bereit, mich besänftigen zu lassen. Und gerade in diesem Moment war ich alles andere als erbaut von dem Vergleich mit meiner Mutter, die diesen Veränderungen Tür und Tor geöffnet hatte.

»Aber bevor ich deine Mutter kennenlernte, hatte ich versucht, um Victoria zu werben«, fügte Papa grinsend hinzu.

»Wirklich?«, fragte ich verdattert.

»Oh, nicht nur ich. Dutzende von Prinzen haben es probiert. Sie war die begehrteste Braut in ganz Europa. Und ich war einer der Verwegensten, obwohl ich ein armer Schlucker war. Ich schrieb einen Brief nach dem anderen und bot ihr einen Besuch an. Aber leider verschmähte sie mich und eine ganze Reihe andere, um stattdessen Albert von Sachsen-Coburg und Gotha zu erhören.«

»Der früh gestorben ist.« Ich seufzte. »Und eine Witwe hinterlassen hat, die sich in unsere Angelegenheiten einmischt.«

»Na, na. Du darfst der Königin keine Vorwürfe machen. Es stimmt zwar, dass der Sohn des Zaren Interesse an deiner Schwester bekundet hat, aber Alix wollte schon deshalb nicht nach Russland, weil sie die Sprache dort nicht beherrscht.«

»Am russischen Hof spricht man doch Französisch. Ach,

Alix weiß überhaupt nichts! Sie hasst Regen, aber wie ich höre, regnet es in England ständig. Was kann sie dort schon tun, wenn sie nicht einmal vors Haus treten kann, ohne nass zu werden?«

Erneut lächelte Papa. »Wir werden eben dafür sorgen müssen, dass sie genug Regenschirme mitnimmt. Ich weiß, dass das nicht leicht für dich ist. Aber jetzt solche Zweifel zu äußern wird sie nicht ermutigen.«

Das saß. Zu sehr mit meinen eigenen Gefühlen beschäftigt, hatte ich gar nicht darauf geachtet, was Alix empfand. Trost suchend schmiegte ich mich an meinen Vater. Und sofort legte er den Arm um mich und küsste mich auf die Stirn. »Schon wieder ohne Hut«, murmelte er. »Deine Mutter wird schimpfen.«

»Fügen Sie es ihrer Beschwerdeliste hinzu«, erwiderte ich.

Mit einem tief in seiner Brust rumpelnden Lachen führte er mich, immer noch den Arm um mich gelegt, weiter den Weg entlang und hüllte mich in ein Gefühl von Geborgenheit, das mir bewusst machte, wie sehr ich fürchtete, auch ihn zu verlieren. Mir war bekannt, dass unser König krank war und derzeit hastige Vorbereitungen getroffen wurden, Papa zum Kronprinzen auszurufen. Wie würde es um unser Leben bestellt sein, wenn er auf dem Thron saß, Mama die neue Königin war und Tag und Nacht Horden von Dienern und Beamten um uns herumschwirrten?

Der bloße Gedanke ließ mich frösteln. Papa drückte mich ein wenig fester an sich. »Was bekümmert dich noch?«

Auf einmal kam ich mir albern vor. Jedes andere Mädchen hätte sich über eine solche Besserung ihrer Lebensumstände gefreut, als Prinzessin und ranghöchste Tochter, sobald die Schwester die Familie verließ. »Müssen wir wirklich in den Amalienborg-Palast ziehen, wenn wir nach Alix' Hochzeit zurückkehren?«, fragte ich.

»Leider ja. König Frederik hat mir die ungeheure Ehre erwiesen, sein Erbe antreten zu dürfen, aber das ist keine einfache Aufgabe. Es hat Monate gedauert, bis alle Seiten sich einigen konnten. Und jetzt besteht Seine Majestät darauf, dass wir ein unserem Rang gemäßes Leben führen.«

Er blickte auf mich hinab. Wie meine Mutter war ich ziemlich klein, wohingegen Alix seine hochgewachsene, gertenschlanke Figur geerbt hatte. »Unser gelbes Haus schickt sich nicht für einen zukünftigen König und seine Familie, auch wenn wir es noch für den Sommer behalten. Im Amalienborg-Palast wirst du deine eigene Suite haben. Ist das nicht herrlich? Eine ganze Wohnung für dich allein, nachdem du all die Jahre nie für dich sein konntest.«

»Und was wird aus Thyra?«, entfuhr es mir. Meine neunjährige Schwester, die mich geradezu verehrte, war mir bisher auf Schritt und Tritt gefolgt, wenn sie nicht gerade mit unserem kleinen Bruder herumtollte. »Sie will bestimmt bei mir einziehen – und das macht mir auch nichts aus. Ich wüsste gar nicht, was ich mit einer ganzen Suite anfangen sollte.«

»Eine weitere unwillkommene Veränderung, hm? Nun, wir werden uns eben durchschlagen müssen, so gut wir können.«

Ich nickte betrübt. Er ließ mich los und fing an, in seinen Jackentaschen nach dem Zigarrenstummel zu wühlen. Gerade wollte er ihn herausziehen, als er unvermittelt zum Palast hinüberspähte. Ich folgte seinem Blick und entdeckte Mama, die an einem der oberen Fenster stand und uns zu sich winkte.

»Anscheinend sind sie früher fertig geworden, als wir dachten«, murmelte Papa. »Komm, lass uns die Brautausstattung deiner Schwester bewundern. Sei bitte lieb zu ihr. Vergiss nicht, was ich dir gesagt habe: Alix ist nicht wie du. Sie kann sich nicht so mühelos ausdrücken. Warte einen geeigneten Moment ab, in dem du mit ihr allein sprechen kannst.

Ich will nicht, dass zwischen euch Zwietracht herrscht, wenn wir nach England aufbrechen.«

Ich nickte. »Ja, Papa.«

Allerdings war ich mir nicht sicher, ob ich wirklich hören wollte, was meine Schwester mir vielleicht zu sagen hatte. Was, wenn ich herausfand, dass sie mich nicht so sehr vermissen würde, wie ich mir das wünschte?

2

Das Abendessen wurde in dem von Kronleuchtern erhellten Thronsaal gereicht. Wir hatten jetzt livrierte Diener mit weißen Handschuhen, die uns Suppe, gebratenen Lachs, saftigen Salat, frisch gebackenen Kuchen und roten Bordeauxwein in Karaffen auftrugen – ein Festmahl, von dem unsere ganze Familie eine Woche lange hätte leben können. Ich beobachtete Mama dabei, wie sie den Dienern von ihrem Stuhl aus mit einer Selbstverständlichkeit Anweisungen erteilte, als hätte sie ihr Leben lang ganze Legionen herumkommandiert. Meine jüngeren Geschwister, Valdemar und Thyra, beide frisch geschrubbt nach dem Herumtollen im Garten, saßen ungewöhnlich still auf vergoldeten Stühlen vor dem riesigen, mit einem Leinentuch bedeckten Tisch, als hätte es ihnen angesichts der penibel um ihre Teller gruppierten silbernen Gabeln, Löffel und Messer die Sprache verschlagen.

»Die kleine Gabel hier ist für den Salat«, wisperte ich Thyra ins Ohr und wies auf das Besteck. »Die große nimmst du dann für das Fleisch und den Fisch. Man geht von außen nach innen, verstehst du?«

Meine Schwester nickte, wobei sich eine zwischen ihre dunklen Locken geflochtene Schleife anmutig bewegte. Wie ich hatte Thyra große, ausdrucksstarke dunkle Augen und eine Stupsnase. Damit kam sie nach unserem Vater, wohingegen Valdemar wie Alix das blonde Haar, die graublauen Augen und den hellen Teint unserer Mutter hatte.

Während wir aßen, sprach Mutter leise mit Vater. Ohne Zweifel ging es um die Brautausstattung und die Vorbereitung der Reise nach England. Ich konnte kaum etwas verstehen, und das war etwas völlig Neues, denn in unserem alten gelben Palast hatten wir beim Essen immer wild durcheinandergeredet. Ein weiteres Zeichen dafür, dass unser Leben nicht mehr dasselbe war. Und als der vierjährige Valdemar unvermittelt verkündete: »Ich will mit nach England!«, herrschte schlagartig völlige Stille.

Ich presste mir die Serviette auf den Mund, um ein Kichern zu unterdrücken.

»Kinder werden nicht zu Hochzeiten eingeladen«, erklärte Mama ihm. »Du bleibst mit Thyra und eurer Gouvernante hier, bis …«

»Nein!« Valdemar schlug mit der Faust auf den Tisch. »Ich will mitfahren!«

Mama warf Papa einen Blick zu, der aussah, als würde gleich ein dröhnendes Gelächter aus ihm herausplatzen. »Christian, bitte teile unserem Sohn mit, dass solche Ausbrüche nicht geduldet werden können.«

Papa nahm sich zusammen. »Valdemar«, sagte er, um einen strengen Ton bemüht, »hör auf deine Mutter.«

Valdemar zog einen Schmollmund. Tröstend tätschelte Alix ihm die Hand und murmelte etwas. Unsicher blickte er zu ihr auf. »Eine neue Lokomotive?«

Alix nickte. »Versprochen. Ich habe gehört, dass sie in England wunderschöne Spielzeugeisenbahnen bauen.«

Ich verbiss mir gerade noch die Bemerkung, dass es das auch in Dänemark gab. Außerdem besaßen wir schon eine herrliche Modelleisenbahn, die meine Brüder beim Umzug zurückgelassen hatten. Sie hatte immer wunderbar funktioniert, bis Valdemar sie eines Tages in einem Wutanfall zertrampelte.

Dann wandte sich Alix unvermittelt an unsere Eltern. »Ich verstehe nicht, warum er nicht mitkommen sollte. Schließlich handelt es sich um meine Hochzeit. Und ich würde gern meine ganze Familie dabeihaben.«

Wer hätte das gedacht? Noch nie hatte ich sie ihre Meinung mit solchem Nachdruck vortragen hören. Ich saß steif auf meinem Stuhl und sah, wie Mama nach Luft schnappte.

»Aber wir haben uns um so vieles zu kümmern. Königin Victorias Familie wird vollzählig erscheinen; dazu viele andere wichtige Gäste. Da kann ich mich unmöglich auch noch um die Kinder kümmern.«

»Das kann doch Minnie tun.« Alix richtete den Blick auf mich.

Ohne darüber nachzudenken, nickte ich. »Natürlich kann ich das.«

»Schön, dann ist das geregelt!«, rief Papa erleichtert, woraufhin Mama ihn mit verkniffener Miene anstarrte.

Valdemar wäre vielleicht in Jubelgeheul ausgebrochen, hätte er nicht Mamas warnenden Blick bemerkt. So widmete er sich seinem Teller und veranstaltete mit dem gebackenen Fisch ein heilloses Durcheinander, bis Alix ihm die Gabel aus der Hand nahm und ihm half. Zwischendurch schenkte sie mir ein schnelles, dankbares Lächeln, das mir Gewissheit verschaffte. Wenn sie uns alle bei sich in England haben wollte, musste sie schwere Zweifel hegen. Ich beschloss, baldmöglichst ein Gespräch mit ihr zu führen.

Nach dem Essen wurden Valdemar und Thyra trotz heftiger Proteste ins Bett geschickt, während wir Größeren uns mit den Erwachsenen im Salon versammelten. Papa schenkte sich einen Cognac ein, und Mama nahm ihre Stickerei wieder auf. Während sie einfädelte, sagte sie: »Minnie, spiel doch bitte etwas für uns.« Wir hatten in diesem Palast einen mächtigen Flügel, der schon etwas anderes darstellte als das klapprige Pianoforte in unserem gelben Haus, doch als ich auf dem Hocker Platz nahm und zu spielen begann, schienen meine Finger förmlich auf den Tasten zu kleben. Ich machte einen Fehler nach dem anderen, wohl weil ich in Gedanken bei Alix war, die am Fenster saß und auf die ins Zwielicht der Dämmerung getauchte Landschaft hinausschaute.

»Minnie, ist das Händel, den du da verstümmelst?«, schnappte Mama. Sofort erstarrten meine Hände.

Seufzend wandte sich Alix zum Zimmer um. »Es war ein langer Tag. Ich ziehe mich wohl am besten zurück.«

»So früh?«, fragte Mama. »Es ist noch nicht einmal dunkel.«

Doch schon war Alix bei ihr und Papa und drückte beiden einen Kuss auf die Wange. Als sie sich der Schwingtür näherte, sprang ich auf. »Ich gehe mit«, verkündete ich, und bevor Mama mich zurückrufen konnte, folgte ich Alix auf den Flur hinaus.

Sie schien mich erst wahrzunehmen, als ich sie am Ärmel zupfte. Kurz zuckte sie zusammen, dann blieb sie stehen. Ihr argwöhnischer Gesichtsausdruck verriet mir, dass sie bereits ahnte, was ich sagen wollte.

»Bist du zu müde, um mit mir zu reden?«, fragte ich.

Sie lächelte. »Ich habe mich schon gefragt, wann du mich darauf ansprichst.«

»Du hättest ja *mich* fragen können.« Ich biss mir auf die Lippe. Auf keinen Fall wollte ich einen feindseligen Ton anschlagen. »Aber wahrscheinlich hattest du zu viel zu tun.«

»Allerdings. Ich hatte ja keinen Begriff davon, was für einen Aufwand eine Hochzeit erfordert! Wenn ich noch ein einziges Kleid oder einen Hut anprobieren muss …« Ihr Blick begegnete dem meinen. »Sollen wir nach oben in mein Zimmer gehen?«

»Nein«, erwiderte ich impulsiv, denn ich wollte nicht die Stapel von Sachen sehen, die für England verpackt werden mussten. »Lass uns in die Galerie gehen.«

Die Galerie war eine luftige, schwarz-weiß geflieste Passage, die an der dem Garten zugewandten Seite des Palasts entlang verlief. Sie empfing uns mit einer düsteren Atmosphäre; die Pflanzen in ihren Porzellanvasen kauerten gefiederten wilden Tieren gleich auf weißen Bastmöbeln, die ich schon deshalb verabscheute, weil immer etwas vorstand, an dem mein Kleid hängen blieb, und …

Alix riss mich aus meiner Unschlüssigkeit. »Du kannst dich getrost setzen. Wenn du dir eine Naht zerreißt, kannst du sie ausbessern lassen. Kein Nähen mehr bei Kerzenschein. Jetzt haben wir andere, die das für uns machen.«

Herausfordernd ließ ich mich auf den nächsten Stuhl plumpsen. Mir war nicht klar, ob sie mich nur neckte. »Ich vermute, es behagt dir, jetzt Diener zu haben.«

»Warum auch nicht?« Sie nahm mir gegenüber Platz. »Es ist angenehm, nicht mehr mit abgebrochenen Fingernägeln oder zerstochenen Daumen herumzulaufen. Siehst du das nicht auch so?«

Ich zuckte mit den Schultern. »Diener reden. Sie haben überall Augen und Ohren. Ich möchte lieber nicht ständig der Gegenstand von Klatschgeschichten sein.«

Sie senkte den Blick und nestelte an der Bordüre ihrer Manschette herum. »Du klingst wütend, Minnie.«

»Wirklich?« Es ärgerte mich, dass ich ein Echo der Worte meines Vaters zu hören bekam. »Vielleicht habe ich ja guten Grund dazu.«

Sie hob die Augen, die im düsteren Licht der Galerie übergroß wirkten. »Was sollte das sein?«

Ich wollte ihr vorhalten, dass ich wütend war, weil sie einen Mann heiratete, für den sie gar keine Zuneigung empfinden konnte; Mama hatte sie gezwungen, ihre Pflicht zu erfüllen. Das Ganze war nur Mamas Schuld. Doch während ich noch überlegte, wie ich anfangen sollte, hörte ich mich schlicht sagen: »Warum hast du Ja gesagt?«

Sie gab keine Antwort. Zwar schaute sie nicht weg, doch jetzt hatte ihr Gesicht wieder diesen verschlossenen Ausdruck. Das ermutigte mich zu der Ergänzung: »Du kannst ihn unmöglich lieben. Du kennst ihn ja kaum.«

In gemessenem Ton erwiderte sie: »Glaubst du, ich hätte in diese Ehe eingewilligt, wenn ich ihn für unpassend gehalten hätte? Nein, ich kenne ihn nicht, noch weiß ich, ob er mich glücklich machen wird. Aber er hat um meine Hand angehalten und wird mich zur Prinzessin von Wales machen. Ich habe alles sorgfältig durchdacht, bevor ich mein Jawort gegeben habe.«

»*Dein* Jawort? Oder Mamas Jawort? Alix, ich habe immer geglaubt …«

»Was?«, fragte sie. »Was hast du immer geglaubt?«

Ich rang um Worte. Ihr Ernst hatte mir den Wind aus den Segeln genommen. »Ich … ich weiß nicht. Ich dachte nur, wir beide würden erst dann heiraten, wenn wir uns richtig verlieben – so wie Papa und Mama.«

Sie lächelte. Und die feinen Fältchen, die sich dabei an ihren Mundwinkeln bildeten, zerrissen mir das Herz – sie wirkte genauso stoisch und resigniert wie in der Zeit, als wir uns Bergen von Kleidung gegenübergesehen hatten, die es zu stopfen galt. »Minnie, wir sind keine Kinder mehr, die begierig darauf warten, Gutenachtgeschichten von den Gebrüdern Grimm vorgelesen zu bekommen. Papa wird König. Wir müssen dort einheiraten, wo wir unserem Land zu Diensten sein können. Dänemark mag kein mächtiges Reich sein, aber wir haben trotzdem Feinde, an vorderster Stelle Preußen. Dieser Teufel von Bismarck war überhaupt nicht erbaut davon, dass Papa seinem bevorzugten Kandidaten vorgezogen und zum Thronfolger ernannt wurde. Die Zeit der Märchen ist vorbei.«

»Märchen?«, brauste ich auf, atmete dann aber tief durch

und nahm mich zusammen. Meine pflichtbewusste Schwester, die bisher nie auf die Welt draußen geachtet hatte, sprach auf einmal wie ein Diplomat. »Das alles hat in der Tat nichts mit Märchen zu tun. Der Zarewitsch – glaubst du nicht, dass es uns Ehre einbringt, wenn du ihn heiratest? Das russische Reich ist viel mächtiger als das britische, würde ich sagen. Und Nixa liebt dich.«

»Liebt mich?« Ein Anflug von Heiterkeit belebte Alix' Stimme. »Nixa Romanow liebt mich doch nicht.«

»Nicht? Nun, bei mir hat er einen sehr guten Eindruck hinterlassen. Ich habe gesehen, wie er dich in Rumpenheim, wo du dem öden Bertie von Wales vorgestellt wurdest, angestarrt hat. Die ganze Zeit hat Nixa dort mit praktisch niemandem geredet außer mit dir. Papa hat mir erzählt, er hätte um deine Hand angehalten, wenn du nicht gesagt hättest, du könntest nicht in Russland leben, weil du die Sprache nicht beherrschst. Alix, am Hof der Romanows wird doch Französisch gesprochen! Und dein Französisch ist viel besser als dein Englisch.«

»Das habe ich nur gesagt, um Nixa nicht bloßzustellen. Er wollte ja nur um meine Hand anhalten, weil sein Vater es ihm befohlen hatte. Zar Alexander will einfach nicht, dass sein Sohn eine preußische Braut heimbringt.«

»Du bist doch keine Preußin.«

»Nein. Aber Nixa wollte mich gar nicht.« Sie musterte mich mit einem verwirrend direkten Blick. »Kann es sein, dass du wirklich keine Ahnung hast?«

Plötzlich bekam ich keine Luft mehr. Und fast wäre ich zurückgezuckt, als ihre Hand die meine berührte.

»Du warst diejenige, von der er nicht den Blick abwenden konnte, als wir in Rumpenheim waren«, fuhr sie fort. »Er war hingerissen. Als er sich mit mir unterhielt, erkundigte er sich die ganze Zeit nur nach dir. Er wollte um *deine* Hand anhalten, aber davon wollte Papa nichts wissen. Der Zar hatte seinen Sohn zu uns geschickt, damit er um mich warb. Ich habe allen unnötige Mühe erspart, weil ich klar zu verstehen gab, dass ich kein Interesse habe.«

Ich starrte sie an. Das war einer der wenigen Momente in meinem Leben, da es mir tatsächlich die Sprache verschlug.

Mitfühlend tätschelte Alix mir die Hand. »Ach, Minnie. Bist du wirklich so blind? *Jeder* hat es bemerkt. Selbst der öde Bertie, wie du ihn nennst, meinte, Nixa würde durch die Gegend staksen wie ein liebestoller Bauerntölpel.«

Erinnerungen an unseren Aufenthalt in Rumpenheim kehrten zurück. Die belebenden Ausritte an den Vormittagen fielen mir wieder ein, die zwanglosen Mittagessen im Schlossgarten unter Pavillons, die Tänze und Spiele an den Abenden. Doch sosehr ich mich auch bemühte, ich vermochte keine Eindrücke vom russischen Thronfolger heraufzubeschwören – er blieb eine unscheinbare Gestalt in polierten Stiefeln. Seine Mutter, die Zarin, kannte ich seit Jahren. Sie war eine geborene Prinzessin von Hessen-Darmstadt und Verwandte meiner Mutter. Ich hatte Kaiserin Maria Alexandrowna jedoch stets als abweisende Persönlichkeit mit strengem, patrizischem Gebaren und ebenso traurigen wie scharfen Augen erlebt, die unsere bescheidenen Lebensverhältnisse unausgesprochen zu missbilligen schienen. Sie selbst war jedes Mal in Gewänder gehüllt gewesen, die wir uns niemals hätten leisten können. Dennoch pflegten sie und Mama einen regelmäßigen Briefverkehr, und die Kaiserin legte Wert darauf, uns zu sich zu befehlen, wann immer sie auf dem Weg zu ihrem jährlichen Urlaub in Nizza durch Deutschland oder Dänemark reiste. So hatten wir bei einer dieser Gelegenheiten ihren ältesten Sohn Nikolai – besser bekannt unter seinem Kosenamen Nixa – kennengelernt. Für mich war er nichts als ein unauffälliger Junge: privilegiert, höflich, distanziert.

Ich konnte mich nicht erinnern, jemals besonders auf ihn geachtet zu haben. Im Gegenteil, während unseres Aufenthalts in Rumpenheim hatte ich mich derart auf sein Interesse an Alix konzentriert, dass ich ihn offenbar gar nicht angeschaut hatte. Jetzt ärgerte ich mich darüber, dass mir etwas entgangen war, was laut meiner Schwester alle anderen sehr wohl bemerkt hatten.

»Rede keinen Unsinn«, murmelte ich. »Er würde mich nie wollen, wenn er dich bekommen könnte.«

Alix zog ihre Hand zurück. »Das ist kein Wettkampf. Er hat sich in dich verliebt. Er hat Rumpenheim nur deshalb ohne Heiratsantrag verlassen, weil Papa nicht wollte, dass er dir den Kopf verdreht, solange der Zar nicht in die Verbindung eingewilligt hat. Nixa Romanow wird nie mein Mann sein. Aber deiner könnte er sehr wohl werden.«

Und schon wieder wusste ich nicht, was ich sagen sollte.

»Du solltest es dir ernsthaft durch den Kopf gehen lassen«, riet Alix. »Nixa wirkte fest entschlossen, und er versicherte Papa, dass die Zarin ihren Segen geben würde, so wie Mama einverstanden sein wird. Und vielleicht wird auch Zar Alexander zustimmen, da auch du schließlich keine preußische Prinzessin bist.«

»Ich bin doch keine Prinzessin! Und Papa ist noch nicht gekrönt.«

»In den Augen der Welt sind wir bereits Prinzessinnen.« Etwas an ihrer Stimme ließ mich schaudern. »Du musst endlich erwachsen werden, Minnie. Sieh die Welt, wie sie ist, und nicht so, wie du sie gern hättest. Als Töchter des Königs von Dänemark werden wir begehrte Bräute sein.«

»Du nicht«, erinnerte ich sie. »Du gehörst jetzt Bertie von Wales.«

»Allerdings.« Sie erhob sich in einem Rauschen von grauer Seide. »Meine Zukunft steht fest. Deine dagegen nicht. Du musst eine kluge Wahl treffen. Hör auf dein Herz, benutze aber auch den Verstand. In den Sonetten mag die Liebe den Sieg davontragen, aber sie wird uns nicht notwendigerweise Sicherheit gewährleisten.«

Ich blickte zu ihr auf, ohne mich von meinem Stuhl lösen zu können. Von allem, was sie hätte sagen können, hätte ich das am allerwenigsten von ihr erwartet. »Sicherheit?«, ächzte ich. »Du hast Bertie aus Gründen der ... Sicherheit gewählt?«

»Unter anderem. Aber selbst wenn Nixa um meine Hand angehalten hätte, hätte ich ihm trotzdem einen Korb gegeben. Ich will wirklich nicht in Russland leben. Ich bin nicht wie du: Es liegt einfach nicht in meiner Natur, auf Abenteuer aus zu sein.« Sie zögerte. »Bist du mir noch böse?«

»Ich war nie böse«, wisperte ich.

Erneut schenkte sie mir ein Lächeln, nur war es jetzt von Nachsicht erfüllt. »O doch, das warst du. Sehr sogar. Aber du darfst nicht böse sein. Wir sind immer noch Schwestern. Und dich werde ich immer am meisten lieben.«

Auf einmal packte mich der Drang, sie zu umarmen. Schon hatte ich mich halb erhoben, brennende Tränen in den Augen, so überwältigt war ich von ihren Worten, von meiner eigenen Unwissenheit über die Intrigen, die uns dereinst umgarnen sollten wie eine unsichtbare Maschine, die im Geheimen mit grausamer Effizienz vor sich hintuckerte, um unser Leben zu zerstören.

Doch bevor ich sie berühren konnte, wich Alix zurück. »Nicht jetzt.« Die Stimme blieb ihr in der Kehle stecken. »Später werden wir noch reichlich Zeit haben, uns zu verabschieden, nur bitte nicht schon jetzt.«

Sie verließ die Galerie, erklomm die Treppe zu ihrem Zimmer und verschwand. Ich wehrte mich standhaft gegen die Kälte, die sich in meinem Inneren ausgebreitet hatte.

Ich war dabei, meine Schwester an Sicherheitsinteressen

zu verlieren. Auf die Enthüllung, dass der Romanow-Erbe womöglich eine Ehe mit mir anstrebte, verschwendete ich keinen weiteren Gedanken.

3

Wir kehrten zurück nach Kopenhagen und zu unserem gelben Palast mit seinen durchhängenden Sesseln, über die wir Schals gebreitet hatten, um die Stellen zu verbergen, wo die Rosshaarfüllung herausquoll; zurück zu den modrigen Räumen, zu den gerahmten Bildnissen, die wir selbst mit Wasserfarbe gemalt hatten; zurück zu den ausgeblichenen Vorhängen, die wir zahllose Male gewaschen und ausgebessert hatten.

So froh ich auch darüber war, wieder zu Hause zu sein, machte sich dennoch eine gewisse Wehmut in mir breit, während die Tage dahinrasten. Dieser Palast, durch den wir als Kinder gestreift waren, hatte begonnen, sich aufzulösen wie ein Geist, sich in seine eigenen müden Mauern zurückzuziehen. Gleichzeitig sickerte die Zukunft mehr und mehr in unsere Gegenwart ein.

Mama und Alix schienen unzertrennlich, zogen sich stundenlang zurück, um gemeinsam die Einzelheiten der Brautausstattung zu regeln, oder besuchten adelige Damen, die plötzlich entdeckt hatten, dass es uns gab, und darauf bestanden, die zukünftige Prinzessin von Wales zum Lunch zu bitten. Auch Papa war oft außer Haus. Meist weilte er dann auf Geheiß des siechen Königs am Hof und überließ es mir und den Kleinen, die Stunden totzuschlagen, denn die täglichen Haushaltspflichten, die einst meine Zeit ausgefüllt hatten, wurden jetzt von unseren neuen Bediensteten verrichtet.

Meinen kleinen Geschwistern aus unseren abgegriffenen Märchenbüchern vorzulesen oder mit ihnen zu spielen bewahrte mich davor, in Melancholie zu versinken. Gleichwohl sorgte ich mich, wie es ihnen ergehen würde, da sie doch noch so jung waren und jetzt bald als Mitglieder einer königlichen Familie in die öffentliche Aufmerksamkeit katapultiert werden würden. Ich wollte sie beschützen, obwohl es nichts gab, was ich tun konnte; ich war ja nicht einmal in der Lage, mich selbst abzuschirmen. In den Nächten lag ich wach und heckte abenteuerliche Fluchtpläne aus. Wir konnten verkleidet an Bord eines Schiffs gehen und zu den Kolonien segeln – zu welchen, das wusste ich nicht –, wo wir als gewöhnliche Menschen leben würden – was wir tun würden, das wusste ich auch nicht. Oder aber Papa würde entdecken, dass er gar nicht herrschen wollte, die Krone ablehnen und mit uns in das Leben zurückkehren, das wir kannten, denn Königin Victoria würde Alix dann kaum noch mit ihrem Sohn verheiraten wollen. Und dann …

Ich hätte vielleicht über diese Fantasien gelacht, hätte ich nicht gewusst, was kommen würde. Doch als der Winter sich über Dänemark senkte, rückten der März 1863 und Alix' Abreise immer näher, raunten mir jeder Windstoß und jedes Schneegestöber zu, dass diese unvermeidlich war.

Und dann war unsere Gnadenfrist urplötzlich abgelaufen. Bevor ich meine Gedanken so recht sammeln konnte, brach in unserem Haus die Hölle los: Reisekoffer wurden gepackt und zum Frachtschiff geschafft, Mama marschierte Befehle bellend durch alle Räume und scheuchte die abgehetzten Dienstmägde herum. In Windeseile verhüllten die Mägde die Möbel mit Betttüchern, als legten sie unserem Palast ein Totenhemd an. Am Ende war er in jeder Hinsicht ein Gespenst.

»Hast du Angst?«, flüsterte ich Alix am Vorabend unserer Abreise zu, nachdem ich stundenlang darauf gewartet hatte, dass Mama endlich das Zimmer verließ, damit meine Schwester und ich uns austauschen konnten.

Alix schüttelte den Kopf. »Warum sollte ich?«

Doch sie *hatte* Angst, das erkannte ich an der Art und Weise, wie sie die Lippen zusammenpresste, wie sie das Kinn reckte, als wir tags darauf in den Zug nach Brüssel stiegen, von wo es mit Königin Victorias Jacht weiterging, die sie eigens für uns gesandt hatte.

Am Kai drängelten sich heftig winkend und Alix' Namen rufend unsere Landsleute, um ihr Lebewohl zu sagen. Ich musste mir ein Lachen verkneifen. Nie zuvor hatte uns irgendjemand zugejubelt. Die Situation erschien mir geradezu grotesk.

Bei unserer Ankunft in England allerdings wurde aus meiner Belustigung Ehrfurcht.

Hier wurde Alix ein prachtvoller Empfang bereitet. Obwohl der Märzregen wie Messerklingen herabprasselte und wir wie Espenlaub zitterten in unseren teuren neuen Kleidern, die, wie Mama nicht müde wurde zu betonen, eine hübsche Stange Geld gekostet hatten, verstopften Tausende von Königin Victorias Untertanen die Straße nach London, um Alix in ihrer überdachten Kutsche zuzujubeln. Sie saß zwischen Mama und Bertie. Der Prinz hatte uns mit einem ironischen Lächeln begrüßt, und jetzt glaubte ich, Spuren eines weiblichen Parfums an seinem Gehrock zu wittern. An Papas Seite hinter meiner Schwester sitzend, wandte ich abrupt den Blick von den Jubelnden ab, die allesamt gegen den Regen immun zu sein schienen, und blickte meinen Vater an.

Mit den Lippen bildete er das Wort *Schirme*, und erneut musste ich einen Lachanfall unterdrücken.

Wie wahr! Alix würde Dutzende von Schirmen brauchen.

Am Bahnhof wartete der Zug nach Windsor Castle auf uns. Als wir wieder ausstiegen, war es bereits dunkel. Für die Fahrt zur königlichen Burg war eine weitere Kutsche nötig. Und wieder ging es kaum voran, weil wahre Massen von

Gratulanten einen Blick auf die neue Prinzessin erhaschen wollten. So waren meine Füße bald völlig durchfroren, und meine Hände in den Kalbslederhandschuhen fühlten sich an wie Eiszapfen. Doch als wir zu guter Letzt aus unseren Kutschen in Richtung Burg taumelten, nahm ich die Beschwerden kaum wahr.

Stattdessen war mir bange vor der Begegnung mit der Königin. Victoria war in der ganzen Welt berühmt. Sie hatte den Thron in ihrem achtzehnten Lebensjahr bestiegen. Unter ihrer Herrschaft hatten die Briten ihr Weltreich unermüdlich ausgebaut, sich sogar das ferne Indien einverleibt und so Victorias Krone noch mehr Glanz verliehen. Doch dann war ihre Ehe mit dem geliebten Prince Albert, dem sie neun Kinder geschenkt hatte, durch seinen vorzeitigen Tod abrupt beendet und das ganze Imperium in Trauer gestürzt worden. Obwohl wir isoliert vom Weltgeschehen waren, hatten auch wir von dem herzzerreißenden Kummer der Königin erfahren. Wäre es nach Victoria gegangen, erzählte uns unsere Mutter, hätte sie sich am liebsten an der Seite ihres Gatten in der Gruft beisetzen lassen. Ich stellte sie mir als antike Göttin vor: streng, unerbittlich, schwarz gekleidet – und als ich ihr zum ersten Mal gegenübertrat, bestätigte ihre Erscheinung prompt mein Bild von ihr.

Sie stand in der Eingangshalle mitten unter ihren Dienerinnen, einer Ansammlung von sich bauschenden Röcken und mit Rüschen besetzten Hauben. Natürlich stach sie heraus, jedoch nicht wegen ihrer schwarzen Kleider – sie alle trugen dunkle Kleidung –, sondern weil die stille Autorität, die sie ausstrahlte, sämtliche Blicke bannte. Groß war sie nicht, im Gegenteil, sie war viel kleiner, als ich erwartet hatte, aber jeder wusste sofort, wen er vor sich hatte. Victoria Regina stand nicht da wie jemand, der sich in der Welt bewegte, sondern so, als drehte sich die ganze Welt um sie.

Sie schlug den Schleier über ihrem Gesicht hoch – ganz offensichtlich war ihre Trauer noch nicht beendet – und blinzelte uns aus wässrigen Augen an. »Wo, um alles auf der Welt, seid ihr gewesen?«, fragte sie gereizt.

Schweigen breitete sich aus. Ich fragte mich, wo wir uns ihrer Meinung nach hätten herumtreiben können, als Bertie vortrat und sagte: »Das Volk …«

Mit einem knappen Nicken, als gäbe sie sich mit dieser Erklärung zufrieden, richtete die Königin den Blick auf Alix. Und noch bevor meine Schwester zu einem überfälligen Knicks niedersinken konnte, schloss Victoria sie in die Arme. »Endlich bist du da!« Sie seufzte, als hätte sie die ganze Zeit nichts anderes getan, als Alix' Ankunft herbeizusehnen.

Nun erwiesen wir alle ihr mit Verbeugungen und Knicksen die Ehre. Die Königin hielt meine Schwester eine schiere Ewigkeit an sich gedrückt, und ich musste wegschauen, da ich den Anblick dieser dicken, in schwarzen Stoff gehüllten Arme nicht ertragen konnte, die sich wie die Flügel eines Raben um meine Schwester schlangen.

Schließlich löste sich die Königin von ihr. Mit tränenfeuchten Augen sagte sie in tadelndem Ton: »Ihr kommt mit großer Verspätung. Das Diner wird in der nächsten Stunde aufgetragen. Ich schlage vor, dass ihr euch in eure Zimmer zurückzieht und euch umkleidet. Ich kann nicht mit euch speisen. Das lange Warten hat mich erschöpft. Wir sehen uns morgen.«

Damit wandte sich die Königin ab und schritt davon. Die Schar von Trauerbegleiterinnen folgte ihr auf den Fuß, ebenso die erstaunlich gehorsamen Spaniels.

Alix blickte mich über die Schulter hinweg an. Ängstlich wirkte sie dabei nicht. Eher resigniert.

Die darauffolgende Woche war angefüllt mit Unternehmungen, die in der Hochzeit ihren Höhepunkt fanden. Dabei gelang es mir partout nicht, einen Platz in Alix' Nähe zu ergattern. Hunderte Gäste drängten sich zwischen uns, und den absoluten Mittelpunkt, den jeder ehrerbietig zu umrunden hatte, bildete die Königin. Immerhin konnte ich beobachten, wie Alix und Victoria eine unverkennbare Verbindung zueinander entwickelt hatten. Zuneigungsbekundungen lagen der Königin nicht, doch bei den Mahlzeiten, beim Tee oder dem einen oder anderen ihrer endlosen Spaziergänge mit den berühmten Spaniels, die ihr nie von der Seite wichen, legte sie Alix immer wieder die Finger auf den Arm – eine mütterliche, besitzergreifende Geste, die erkennen ließ, dass Victoria meine Schwester als Eigentum Großbritanniens betrachtete.

Das minderte meine Empörung freilich um keinen Deut.

Papa wurde praktisch ignoriert. Man behandelte ihn als Gast von minderer Bedeutung, obwohl er der Vater der Braut war, der Erbe des Königs von Dänemark und Herzog von Schleswig, Holstein und Lauenburg – Letzteres allerdings nur dem Titel nach, ohne das Amt auszuüben. Ich fragte mich, ob die Königin sich schlicht nicht daran erinnern wollte, dass er früher einmal vergeblich um sie geworben hatte. Jedenfalls geruhte sie nur dann mit ihm zu sprechen, wenn das Protokoll es verlangte, und da sie es war, die das Protokoll festlegte, gab es nur sehr wenige Gelegenheiten.

Mama ihrerseits war zu beschäftigt, um Anstoß zu nehmen. Wann immer sich eine Möglichkeit bot, machte sie viel Wirbel um Alix und jagte ansonsten Thyra und Valdemar hinterher, die sich häufig meiner Aufsicht entzogen, um mit den Kindern von Victorias Tochter Vicky, der Kronprinzessin von Preußen, Verstecken zu spielen und Bediensteten einen Schreck einzujagen, wenn sie sich in einer der Ritterrüstungen in den Nischen verbargen und plötzlich mit den Eisenteilen klapperten.

An einem klaren Tag – soweit man in England überhaupt von schönem Wetter sprechen kann – unternahmen wir einen Ausritt. Papa war dank seiner Zeit bei der dänischen Pferdewache ein hervorragender Reiter. In jüngeren Jahren hatte er dort gedient, um uns über Wasser zu halten, weil seine Einkünfte damals nicht ausreichten – gebessert hatte sich unsere Situation ja erst, als er zum Thronfolger bestimmt worden war. Aber er hatte schon früh darauf Wert gelegt, dass wir Kinder reiten lernten. Alix liebte Pferde, zog allerdings gutmütige Stuten vor. Ich dagegen schreckte vor nichts zurück. Für mich gab es nichts Aufregenderes, als auf einem Pferd zu sitzen, seine Kraft und Schnelligkeit zu spüren. Nur Fliegen stellte ich mir noch schöner vor. Mit entsprechendem Eifer beteiligte ich mich an den Ausritten und hielt mühelos mit den hohen Gentlemen und Ladys mit. Es ging hinaus ins Freie und die Hügel in der Umgebung hinauf. Voller Stolz sah ich, dass Papa sich wacker schlug und ein derartiges Geschick im Umgang mit seinem Pferd bewies, dass Victoria nicht umhinkam, ihn – wenn auch widerstrebend – dafür zu rühmen.

Was mich betraf, musste ich bei meiner Ausstattung improvisieren. Niemand hatte einen Gedanken darauf verschwendet, ob auch von mir eine Demonstration meiner Reitkünste erwartet wurde, und da ich keine geeignete Kappe hatte, band ich meine Haare kurzerhand zusammen, steckte sie unter ein Netz und stellte mich so dem verblüfften Blick der Königin.

Victoria selbst ritt nicht mit, sondern zog sich in ihr Arbeitszimmer zurück. Ihr jüngerer Sohn dagegen, der neunzehnjährige Alfred, nahm sehr wohl am Ausflug teil. Am Anfang hatte er sich im Hintergrund gehalten, ein noch sehr jung wirkender Bursche mit weichen Lippen, den matten blauen Augen seiner Mutter und einer ständig mürrischen Miene. Nichts schien ihm Freude zu bereiten außer Essen und Trinken – Tätigkeiten, denen er mit Hingabe frönte.

»Macht die Party Spaß?«, fragte er mit einem anzüglichen Blick. Da mir nicht klar war, was genau er mit »Party« meinte, lächelte ich nur verlegen und gab meinem Pferd die Sporen, um zu Alix und Bertie aufzuschließen. Trotz meiner anfänglichen Vorbehalte entwickelte ich nach und nach Sympathie für meinen neuen Schwager. Weit gereist und kosmopolitisch gesinnt, zeigte Bertie im Umgang mit meiner Schwester Anstand und Duldsamkeit, die mir bewiesen, dass er zumindest entschlossen war, gegenseitigen Respekt zu pflegen, selbst wenn er ebenso wenig in Alix verliebt war wie sie in ihn.

Als wir in bester Stimmung von unserem Ausflug zurückkehrten, wurde ich auf dem Weg zu meinem Zimmer, wo ich mich für den Tee umkleiden wollte, von einer der allgegenwärtigen, Trauer tragenden Hofdamen abgefangen.

»Ihre Majestät wünscht Sie zu sehen.«

Eine Privataudienz war höchst ungewöhnlich, sodass es sich von selbst verbot, auch nur einen kurzen Moment für die Toilette zu erbeten. Wenn die Königin rief, hatte man sofort zu gehorchen. Kurz strich ich meine zerknitterten Gewänder glatt, rümpfte erschrocken die Nase über den Pferdegeruch an meinen Fingern und folgte der Lady durch die mit Teppichen verkleideten Korridore von Burg Windsor in ein mit Holz getäfeltes Amtszimmer. Nachdem die Dame angeklopft hatte, ließ sie mich auf der Schwelle zurück, wo ich verlegen wartete.

»Du kannst hereinkommen!«, rief die Königin schließlich.

Ich trat in einen kalten Raum, in dem ich meinen eigenen Atem aufsteigen sah. Zwar gab es einen Kamin, doch der war blitzblank geschrubbt und leer. Wie fast der ganze Rest der Burg war auch dieser Raum mit allem möglichen Nippes vollgestopft, der ohne jedes erkennbare System angehäuft worden war. Unbezahlbare Gegenstände aus dem Mittelalter thronten auf den Tischen, von denen an allen Ecken und Enden silbern eingerahmte Daguerreotypien oder Porzellanfigurinen über die Ränder zu fallen drohten. Die Wände waren behängt mit von Tabakqualm verfärbten Gemälden, und in den Ecken ragten Marmorbüsten oder riesige Türme aus Büchern auf.

Die Königin saß an einem Schreibpult, das beladen war mit einem Stapel Papier. Neben ihr stand ein Sekretär. Victoria war eine leidenschaftliche Briefeschreiberin. Wie ich gehört hatte, verbrachte sie jeden Tag Stunden damit, Briefe an Verwandte zu verfassen und Mitteilungen an Gouverneure in den entlegensten Teilen ihres Imperiums zu diktieren. Für einige Minuten ignorierte sie mich, wie ich dastand und schüchtern meine Handschuhe samt Haarnetz zwischen den Fingern knetete. Schließlich murmelte sie: »Du gibst eine hervorragende Figur im Sattel ab, wie ich gehört habe.«

»Danke, Eure Majestät.« Sollte ich wegen des Kompliments einen Knicks machen? Die Beine taten mir vom Reiten weh. Und wenn ich zu einem Knicks niedersank, wie lange musste mein Knie dann am Boden bleiben, ehe ich mich unter Schmerzen wieder aufrichten durfte?

Ihre Feder kratzte über das Papier. »Reitest du oft auf diese Weise?«

»Ja, Majestät. In Dänemark versuche ich, so oft wie möglich auszureiten …«

»Nein.« Sie bedachte mich mit einem durchdringenden Blick. »Auf *diese* Weise.«

Erst war mir völlig schleierhaft, was sie meinte. Doch als sie die Augen wieder senkte, begriff ich.

»Ich hatte keine Kappe, Majestät.« Ich widerstand dem Impuls, meine zerzausten Locken zu betasten.

»Es hat ganz den Anschein.« Sie schrieb wieder. Dann streute sie Sand über ihren Brief und sagte: »Du hättest um eine bitten können. Ich bin mir ziemlich sicher, dass wir dir eine Kappe zur Verfügung hätten stellen können, Dagmar.«

»Minnie«, verbesserte ich sie unwillkürlich und konnte es

nicht fassen, dass ich soeben die Königin von England korrigiert hatte. »Nur … nur mein Vater nennt mich Dagmar.«

»Wirklich?« Sie musterte mich mit unergründlicher Miene. »Hat er dich sehr lieb?«

Was war denn das für eine Frage? Ob er mich *lieb* hatte?

»Er ist mein Vater, Majestät. Er liebt seine Familie. Und wir lieben ihn.«

Eine verstohlene Regung huschte über ihr Gesicht. Am liebsten hätte ich mir die Zunge abgebissen. Ein Ehemann, der seinen Kindern ein liebender Vater war – sie hatte den ihren unlängst verloren.

»So sollte es auch sein.« Sie erhob sich und schritt zu zwei Polstersesseln hinüber, die vor dem nicht beheizten Kamin standen. »Komm. Setz dich zu mir. Ich möchte, dass wir uns noch ein wenig unterhalten.«

Ich nahm neben ihr Platz. Der Sessel wirkte gewaltig und schien mich regelrecht zu verschlucken; das Kissen fühlte sich eisig an. Wie konnte sie bloß den ganzen Tag an diesem Pult sitzen, in einem Raum, in dem man rohes Fleisch hätte lagern können?

»Alfred hat mir erzählt, dass du wie eine Engländerin reitest«, sagte sie.

Ich nahm an, dass dies als Kompliment gemeint war, und lächelte. Ihrer Meinung nach waren die Engländer gewiss in allem besser als der ganze Rest der Welt.

»Weiter berichtete er, dass du deinen Aufenthalt hier genießt«, fuhr sie fort. »Trifft das zu?«

Zweifelte sie an den Worten ihres Sohnes? Oder stellte sie meine Dankbarkeit für ihre Gastfreundschaft auf die Probe? Beim Gedanken daran, wie sie meinen Vater behandelt hatte, flammte jäh Misstrauen in mir auf. Ich verbarg es und sagte nur: »Es ist ein schönes Land, Majestät, aber es regnet hier ziemlich viel.«

»Regen ist gesund. Für den Körper und für die Felder.«

»Natürlich.« Wie anstrengend! Hatte sie mich zu einer Privataudienz gerufen, um mit mir das Fehlen einer geeigneten Kopfbedeckung und das unerträgliche Wetter zu erörtern? Wenn das so weiterging, würde ich es nicht mehr rechtzeitig zu meinem Zimmer schaffen, um mich zu waschen und umzuziehen, ehe ich mich zum obligatorischen Tee in ihrem höhlenartigen Empfangssaal einfand.

Ohne jede Vorwarnung sagte sie auf einmal: »Alfred ist sehr angetan von dir. Du hast sicherlich nichts davon bemerkt. Aber du sollst wissen, dass ich dich vor nicht allzu langer Zeit als Braut für ihn in Betracht gezogen habe.«

Ach, hatte sie das? Das überraschte mich fast genauso sehr wie ihre Feststellung, dass ich Alfred gefallen hatte, denn davon hatte ich in der Tat nichts mitbekommen. Nun, selbst wenn ich etwas geahnt hätte, hätte ich es nicht zugeben können, denn eine Lady durfte nie bemerken, dass ein Gentleman Interesse an ihr hatte. Doch bei der Erinnerung an Alfreds anzügliche Äußerungen hätte ich fast die Augen verdreht. Wenn *das* die Art ihres Sohnes war, sein Interesse auszudrücken, hatte er noch einiges zu lernen. Dennoch brachte mich die Erkenntnis, dass sie geplant hatte, mich in diesem Gespräch unter vier Augen damit zu überrumpeln, völlig aus der Fassung. Genügte es ihr denn nicht, meine Schwester auf die gleiche Weise zu erobern, wie sie es mit Indien getan hatte? Glaubte sie, dänische Prinzessinnen gäbe es immer paarweise so wie Schuhe oder Handschuhe?

»Ich wünsche deine Meinung dazu zu hören«, sagte sie in leicht tadelndem Ton. »Leider wäre es jetzt keine angemessene, passende Verbindung mehr, aber von deiner Antwort wird abhängen, ob ich mit deinem Vater darüber spreche. Es ist mir wichtig – sehr wichtig –, dass niemand gegen seinen Willen heiratet.«

Ich bezweifelte, dass meine eigenen Wünsche hier von Belang waren. Dänische Prinzessinnen mochte es paarweise geben, doch konnte Victoria immer noch zahllose andere Bräute für ihren Sohn wählen. Ich schluckte, um meine von der Kälte trockene Kehle zu befeuchten. »Ich kenne Seine Hoheit ja gar nicht, Eure Majestät.«

»Da ließe sich Abhilfe schaffen. Du könntest nach der Hochzeit noch eine Weile als Gast bei uns bleiben. Deine Schwester wäre entzückt. Ich habe Sandringham und Marlborough House Bertie zur freien Verfügung gestellt. Es gibt also Platz genug. Selbstverständlich werde ich für all deine Kosten aufkommen.«

»Meine Kosten? Wir sind nicht *so* verarmt, Majestät! Mein Vater wird bald der König von Dänemark sein.«

Meine Empörung platzte aus mir heraus, bevor ich sie zügeln konnte. In der bleiernen Stille danach konnte ich sehen, wie Victorias so gut wie unsichtbare blonde Augenbrauen ein Stück weit nach oben wanderten.

»Du hast Geist«, lobte sie. »Auch ich war früher ein geistreiches Mädchen. Zu geistreich, würden manche sagen.« Wieder verschatteten sich ihre Augen, und ihre Mundwinkel sackten herab. Der Tod ihres geliebten Albert verfolgte sie noch immer.

»Ma- Majestät, es ehrt mich, dass Sie an mich gedacht haben«, stammelte ich, »aber da meine Schwester jetzt so weit entfernt von unserem Land lebt, möchte ich meinen Eltern nicht schon wieder einen Verlust zumuten.«

»Dennoch muss jedes Mädchen irgendwann heiraten.« Sie blickte mich an, als erforderte ihre Feststellung keine Antwort. Tatsächlich erweckte ihre teilnahmslose Miene den Eindruck, nichts könne sie aus der Fassung bringen, nicht einmal eine unverblümte Ablehnung ihres Angebots. Da ich immer noch schwieg, sagte sie: »Ja, eindeutig zu viel Geist –

leider. Und die entsprechende Willensstärke. Nun gut. Wir werden nicht mehr darüber reden. Du musst dich jetzt beeilen, sonst kommst du noch zu spät zum Tee.«

Ich machte einen tiefen Knicks und wandte mich zur Tür. Victoria verharrte auf ihrem Sessel, den Blick starr auf den leeren Kamin gerichtet. Als ich schon die Hand auf der Klinke hatte, hörte ich sie sagen: »Mir tut der Mann, der dich bekommt, jetzt schon leid, Dagmar von Dänemark. Du wirst nicht leicht zu zähmen sein.«

Es klang wie eine Anklage.

Und es gefiel mir.

Das Diner war – wie die Teenachmittage, bei denen Victoria über alles bestimmte – eine steife Angelegenheit. Den Rhythmus setzten Speisen, die in braunen Soßen ertranken, und eine unverfängliche Konversation über das Klirren von Kristallgläsern und silbernen Gabeln hinweg.

Gleich danach schlich ich mich zu Alix ins Zimmer. Meine Schwester stand mit bereits gelöstem Haar im Morgenrock vor einer Schneiderpuppe, die mit Alix' kunstvoll gearbeitetem Hochzeitskleid bekleidet war – einer Mischung aus weißer Honiton-Spitze und silbernem Gewebe, umkränzt mit Orangenblüten aus Seide. Auf dem Bett stand eine geöffnete Truhe gefüllt mit Perlenketten, einem Diamantdiadem und mehreren anderen Edelsteinen, die sie laut Befehl der Königin bei der Zeremonie zu tragen hatte.

»Sieh dir das an.« Sie hielt einen mit Edelsteinen besetzten Anhänger hoch. »Erkennst du ihn?«

Ich musterte ihn. »Das Heilige Kreuz von Dagmar!«

»Eine Kopie«, sagte Alix. »Nicht das Original. Aber identisch bis ins Detail. König Frederik hat es mir als Geschenk gesandt. Er wollte an der Hochzeit teilnehmen, aber Ihre Majestät war von der Idee nicht angetan.«

Natürlich war Victoria davon nicht angetan. Unser kinderloser König in Begleitung seiner momentanen Geliebten, in deren Adern nicht ein Tropfen königlichen Blutes floss, war ganz gewiss nicht willkommen. Die Nachbildung des in Dänemark verehrten Schmuckstücks aus dem dreizehnten Jahrhundert war freilich wunderschön, in jeder Hinsicht exquisit und wertvoller als alles, was meine Schwester und ich je besessen hatten. Alix stand unmittelbar davor, ein Leben im Herzen des Luxus anzutreten, auch wenn sie eine permanente Erkältung riskierte, da Königin Victoria offenbar nicht bereit war anzuerkennen, dass Kamine dazu da waren, benutzt zu werden. Stattdessen riss sie, wo immer sie sich gerade befand, sämtliche Fenster auf, um die gesunde britische Luft hereinzulassen.

»Sie ist so etwas wie ein Ungeheuer, nicht wahr?« Ich betastete die feine Spitzenborte von Alix' Hochzeitskleid, die sich anfühlte wie geraspeltes Schaumgebäck. »Jeder hat eine Heidenangst vor ihr. Hast du sie heute Abend beim Diner gesehen?« Ich senkte die Stimme, um Victorias verdrossenen Ton nachzuahmen. »›Alfred, du hattest genug Wein. Wir haben noch andere Gäste, die ihn kosten möchten. Vicky, bitte sorge dafür, dass dieser Junge die Ellbogen vom Tisch nimmt. Bertie, musst du immer über Indien sprechen? Wir *essen*. Ich möchte nicht noch mehr über Stoßzähne erfahren.‹ Sie versteht es ganz gewiss, ihre Sippe in die Schranken zu weisen.«

Alix runzelte die Stirn. »Sie ist ihre *Mutter*. Eine Mutter *muss* so etwas sagen.«

Sie klang gereizt. Ich nahm an, dass sie immer noch verstimmt war, weil ich nicht so sorgsam auf meine jüngeren Geschwister aufgepasst hatte wie versprochen, und sie in Victorias Salon gestürmt waren und ihren Lieblingsspaniel aufgeschreckt hatten. Also versuchte ich, Alix mit einem Scherz aufzuheitern. »Du wirst Mama nicht vermissen. Die Königin klingt genau wie sie. Mama ist allerdings schöner.«

»Du darfst nicht so reden«, tadelte Alix mich, konnte sich aber ein Grinsen nicht verkneifen. »Sie hat dich gestern zu einer Privataudienz zu sich gerufen. Das ist unerhört. Alfred hat es Bertie erzählt. Er wirkte sehr erregt.«

»Wie kannst du das sagen? Er wirkt ja immer erregt. Das muss an seiner Verdauung liegen. Er isst zu viel.«

Alix lachte laut auf, und ich war erleichtert. »Allerdings. Er wird einen Wanst haben, bevor er dreißig ist. Hat sich die Königin seinetwegen mit dir unterhalten?«

»Zufälligerweise ja.« Ich bedachte sie mit einem wissenden Blick. »Sie hat mir gesagt, dass ich Alfred gefalle und sie mich als mögliche Braut für ihn in Betracht zieht. Ich war aber nicht der Meinung, dass wir zueinanderpassen.« Ich wechselte das Thema. »Hast du ihr von Nixa erzählt?«

»Von seinem Interesse an dir? Nein. Sie weiß nur, dass ich ihm einen Korb gegeben habe. Sie meinte, dass das klug von mir war. Ihrer Meinung nach ist Russland ein barbarisches Land, das viel zu grob mit ausländischen Bräuten umspringt.«

»Sie muss speziell Däninnen gemeint haben. Die Romanows haben über die Jahrhunderte schließlich auch einen ganzen Haufen von deutschen Bräuten geheiratet, aber meines Wissens ist keine davon an ihrer Barbarei zugrunde gegangen.«

»Vielleicht sorgt sie sich um dich«, meinte Alix.

»Warum sollte sie? Wen ich heirate, geht sie nichts an. Und wenn Alfred wirklich solches Interesse an mir hat, hätte er es mir selbst sagen sollen und nicht seine Mutter für ihn sprechen lassen.«

»Ich glaube, sie war von seinem Interesse nicht wenig überrascht.« Alix hielt inne. »Wenn du eingewilligt hättest, hättest du hier bei mir bleiben können.«

»Ist das dein Wunsch?«, fragte ich verblüfft. »Willst du es dir jetzt, da du hier bist, wieder anders überlegen?« Fast hätte ich hinzugefügt, dass es mir angesichts der Königin sehr wohl so gegangen wäre.

»Nein, das nicht. Aber denk an meinen Rat: Höre auf dein Herz …«

»Und benutze deinen Kopf. Das habe ich nicht vergessen.«

4

Die Hochzeit fiel nicht besonders prunkvoll aus. Aber immerhin kamen viele Gäste. Kein Wunder, auf den Sitzbänken der St. George's Chapel von Windsor fanden schließlich neunhundert Personen Platz.

Ich war stolz auf meine Schwester, die mit ihrem herrlichen Hochzeitskleid und der mit Perlen und Diamanten besetzten *parure*, einem Geschenk von Bertie, sogar die Töchter der Königin in den Schatten stellte. Noch nie hatte Alix so schön ausgesehen; an der Seite ihres strammen Mannes, der recht zufrieden mit sich wirkte, bot sie einen atemberaubenden Anblick.

Die Flitterwochen wollten sie auf irgendeinem Landgut mit dem Namen Osborne verbringen, wo die Königin nach ihrer Hochzeit mit ihrem gewesenen Albert geweilt hatte. Und heute noch sollte es losgehen. Nach der Feier und einem Frühstück in der Waterloo Gallery verschwand Victoria, sobald Alix nach oben gegangen war, um sich umzukleiden. Ich wartete unterdessen unruhig, denn ich wusste, dass der Zug schon bereitstand. Als Alix endlich wieder erschien, starrten sie alle mit offenem Mund an. Ihr weißes Samtkleid und die Stola aus Hermelin waren einfach überwältigend.

In der Tat gab es zu ihrer Beschreibung nur ein Wort: königlich. Ich, wir alle hätten sie gern noch länger angehimmelt, aber jetzt drängte die Zeit. Wie bei so vielen Hochzeiten ging der Abschied hastig vonstatten. Bevor ich auch nur ein Wort zu ihr sagen konnte, streifte ihr Kuss meine Wange, und schon hasteten Alix und Bertie mit ihrem jeweiligen Gefolge hinaus ins Freie zu den wartenden Kutschen, die sie zum Bahnhof bringen sollten. Nach ihnen brachen nun auch allmählich die neunhundert Gäste auf. Victoria schien keinen Wert darauf zu legen, sich von all den Geladenen zu verabschieden. Sie hatte sich in ihre private Kapelle zurückgezogen, um allein für die Frischvermählten zu beten.

Ohne die Königin noch einmal zu sehen, reisten wir tags darauf ab. Doch so froh ich auch war, den britischen Hof und Victoria – hoffentlich für immer – zu verlassen, sorgte ich mich um Alix, die nun ein Leben unter der Fuchtel einer tyrannischen Schwiegermutter ertragen musste.

Kaum waren wir Mitte März 1863 nach Kopenhagen zurückgekehrt, brachen auch dort unerwartete Veränderungen über uns herein.

Infolge des Sturzes ihres aus Bayern stammenden Königs Otto lehnten die Griechen auch dessen Bruder als Thronfolger ab. Daraufhin wurde eine völlig neue Liste mit möglichen Kandidaten erstellt, die unter anderem auch Victorias Sohn Alfred enthielt. Zur Überraschung aller wählte die griechische Nationalversammlung jedoch meinen siebzehnjährigen Bruder Willy, der eigentlich eine Laufbahn bei unserer königlichen Marine hätte antreten sollen. So nahm er nun den Titel König Georg I. der Hellenen an, was für unsere Familie eine weitere Erhöhung bedeutete.

König hin oder her, mir tat er leid, zwang man ihn doch, wie Alix seine Pflicht zu tun und eine Krone zu tragen, um die er nie gebeten hatte und die ihn weit von uns fort führte. Das wiederum bekräftigte mich in meiner Entschlossenheit zu bleiben, wo ich war.

Dann, kaum hatte Willy uns verlassen, wurde Papa ans Bett unseres sterbenden Königs befohlen. Frederiks berüchtigter ausschweifender Lebenswandel hatte sich zu guter Letzt gerächt. Er starb, wie er gelebt hatte: mit viel Lärm und ohne Reue.

Also wurde mein Vater König Christian IX., und wir zogen in den Amalienborg-Palast, ein marodes Gebäude, das dringend einer Renovierung bedurfte. Mama nahm diese Aufgabe sogleich mit der gewohnten Emsigkeit und Sparsamkeit in Angriff. Jetzt offiziell Prinzessin Dagmar von Dänemark, erklärte ich meinen Titel für lächerlich, woraufhin Mama tadelnd meinte: »So wenig dir das gefällt, du bist nun mal eine Prinzessin.« Auf mein »Von mir aus; ich fühle mich aber nicht wie eine« schürzte sie nur die Lippen.

Papa stattete mich mit der versprochenen Suite aus, und wie vermutet verlangte Thyra lautstark, bei mir einziehen zu dürfen. Ich willigte ein. Ganz allein hätte ich die dröhnende Stille, die seit Alix' Fortgang um mich herum herrschte, einfach nicht mehr ertragen.

Bald danach wurde Papa mit zahlreichen Konflikten konfrontiert. Preußen und Österreich fochten Dänemarks Anspruch auf die zwischen Nord- und Ostsee gelegenen Herzogtümer Schleswig, Holstein und Lauenburg an. Und nicht nur das: Der preußische Kanzler, Otto von Bismarck, erklärte uns kurzerhand im Namen von König Wilhelm den Krieg und beschlagnahmte die Gebiete mit der Behauptung, wir hätten sie widerrechtlich an uns gerissen. Obwohl Papa verzweifelt versuchte, eine friedliche Lösung herbeizuführen, verlor er nicht nur die Herzogtümer, sondern erntete obendrein von unserer Presse vernichtende Kritik. Dieser Krieg und alles, was er mit sich brachte, weckte meinen Hass gegen die Deutschen.

Die Schwächung unseres Einflusses wirkte sich im Übrigen auch unmittelbar auf mich aus. Mama bestellte mich in ihr neues Amtszimmer, in dem sich überall Stoffmuster und Baupläne für die Renovierung des Palasts stapelten.

»Ich habe einen Brief von Seiner Kaiserlichen Majestät Zar Alexander II. erhalten. Er billigt die Werbung seines Sohnes und beabsichtigt, Zarewitsch Nixa zu entsenden. Ist das nicht wunderbar?«, rief sie und wedelte mit dem Schreiben vor meiner Nase. »Er wird hierherkommen und persönlich um deine Hand anhalten.« Ich zeigte keinerlei Regung. »Das ist eine große Ehre. Zukünftige Bräute werden sonst immer an den Hof der Romanows geladen, damit man sie dort begutachten kann, aber Seine Hoheit will stattdessen zu uns kommen, um …«

Ich fiel ihr ins Wort. »Begutachten? Was heißt das?«

»Um sicherzustellen, dass sie die Richtigen sind. Bist du nicht begeistert, Minnie? Das ist eine große Ehre!«

Ich schnaubte. »Und wenn die Braut in spe für ungeeignet erachtet wird? Was ist dann?«

Ihr Fuß unter dem Saum ihres Kleides begann, ungeduldig auf den Holzboden zu pochen – die alten Teppiche hatte sie bereits entfernen lassen. »*Du* wirst ja nicht dorthin beordert. Niemand wird dich begutachten. Nixa hat dich schließlich schon gesehen. Du giltst bereits als passend. Er hat sich davon überzeugt, und jetzt glaubt es auch sein Vater, der Zar.«

»Geht das nicht etwas zu schnell? Nachdem Preußen uns gedemütigt und uns unsere Herzogtümer gestohlen hat, dürften wir doch eher als extrem ungeeignet gelten.«

Sie prallte fast unmerklich zurück. Ich nutzte ihre momentane Verwirrung und spähte zu dem Durcheinander auf dem Pult hinüber. Dort mussten die Beweise für ihr Komplott liegen. Unwillkürlich fragte ich mich, wie viele Briefe zwischen ihr und der Zarin hin- und hergegangen waren – zwei Königinnen, die das Schicksal ihres Nachwuchses planten, ohne Rücksicht auf politische Schicksalsschläge, genau wie zahllose Herrscherinnen vor ihnen.

»Die Lage deines Vaters hat nichts damit zu tun«, antwortete sie schließlich. »Eine Prinzessin muss eben heiraten, unabhängig davon, wer was von wem gestohlen hat.«

»Ich verstehe«, murmelte ich, ohne zu widersprechen, denn einen Fehler hätte sie ohnehin nie zugegeben. »Trotzdem kennt Nixa mich so gut wie gar nicht. Stellt etwa auch das kein Hindernis dar?«

»Es gibt keines. Was könnte denn schon dagegensprechen?«

»Ich.« Ich erwiderte ihren entgeisterten Blick. »*Ich* bin das Hindernis. Oder soll ich wie Alix kein Mitspracherecht in der Frage haben, wen ich mir zum Ehemann nehme?«

Mamas Gesicht verschloss sich wie eine Muschel. »Oh, sie *hat* gesprochen. Viel sogar, das kann ich dir versichern.«

»Werden Sie mir dann dasselbe Recht zugestehen?«

Einen Moment lang befürchtete ich, sie würde mir eine Moralpredigt über meine Undankbarkeit halten, weil ich ihre sorgfältig ausgearbeiteten Pläne durcheinanderbrachte, doch dann presste sie hervor: »Ja natürlich. Dein Vater und ich würden dich nie zu so etwas zwingen.«

Ich nickte. Damit bekundete ich meine Absicht, sie beim Wort zu nehmen. Und, was noch wichtiger war, ich wusste, dass Papa sie beim Wort nehmen würde. Wenn ich den Zarewitsch nicht als angenehm empfand, würde es keine Hochzeit geben.

Er traf im Frühsommer ein, eine Zeit, da in Dänemark die Wildblumen aus der Erde schossen und geschmolzener Schnee die Flüsse anschwellen ließ. Wir waren in den vor Kopenhagen am Esrum-See gelegenen Fredensborg-Palast gezogen, da Mama dessen Orangerie und barocke Gärten als die ideale Kulisse für unsere Begegnung bevorzugte.

Ich wusste nicht, was ich zu erwarten hatte. Wie ich Alix erklärt hatte, wurde am Hof der Romanows Französisch gesprochen. Dieses Adelsgeschlecht galt als Inbegriff der Kultiviertheit und Pracht und richtete sich trotz seiner orientalischen Wurzeln mehr nach dem Westen denn nach dem Osten aus. Für mich indes verkörperte Russland inzwischen jene barbarische Bedrohung, die Victoria in ihm gesehen hatte. Ich stellte mir endlose Winter unter einem von Schneegestöber erfüllten Mitternachtshimmel vor und dazu in Pelze gehüllte Heiden, die einen Wodka nach dem anderen hinunterkippten und ihre Gläser zertrümmerten. Alles, was mich in meiner Entschlossenheit bestärkte, den Zarewitsch für meiner nicht wert zu befinden, wurde zu Wasser auf den Mühlen meiner Einbildungskraft, bis meine Furcht am Ende geradezu epische Ausmaße annahm und sogar ich zugeben musste, dass ich maßlos übertrieben hatte.

Gleichwohl klammerte ich mich an meine Entschlossenheit. Alix hatte sich getäuscht. Ich war keine Abenteurernatur. Auch hatte ich keineswegs den Wunsch, mein Land, meine Familie oder meinen Glauben aufzugeben. Ich war Protestantin, und in Russland würde man bestimmt von mir erwarten, dass ich in die russisch-orthodoxe Kirche eintrat – und das alles für ein Land, das offenbar nichts als Mythen und die gefrorene Erde der Tundra vorzuweisen hatte.

Ich vermutete, dass der Zarewitsch von Kosaken flankiert eintreffen würde, doch mein erster Blick auf ihn – mein erster *wirklicher* Blick – zeigte ihn mir, wie er allein durch unsere Gärten auf die Eiche zuschlenderte, unter der ich mit einem Buch saß.

Ich war schläfrig, und meine Augen waren halb geschlossen, doch als ich plötzlich seine Schritte hörte, fuhr ich abrupt hoch, sodass das Buch zu Boden fiel. Ich dachte, die sich nähernde Gestalt sei mein Vater, der seit dem Verlust seiner Herzogtümer an den Nachmittagen gern spazieren ging, um seine Seele zu beruhigen. Mama hatte sich nicht näher dazu geäußert, wann mit der Ankunft des Zarewitsch zu rechnen war; also hatte ich geglaubt, er würde jemanden vorausschicken, der ihn ankündigte.

Und jetzt war er auf einmal da, der russische Kronprinz. Keine drei Schritte entfernt stand er vor mir, den Kopf verwundert geneigt, weil ich mich gerade vorgebeugt hatte, um das Buch aufzuheben, und schräg zu ihm nach oben schielte. Zunächst war mein Kopf ganz leer; erst als mir nach und nach dämmerte, wer das sein musste, ließ ich das Buch liegen und richtete mich auf.

Er sah gut aus. Das ließ sich nicht bestreiten. Die Romanows waren durchweg stattlich. Er wirkte schlank in seiner Steppjacke, der gestreiften grauen Hose und dem steifen, am Kragen offenen weißen Hemd, zu dem er kein Halstuch trug. Wie ungezwungen, dachte ich verwundert, ehe er sich seinerseits nach dem Buch bückte und es für mich aufhob. Als seine graublauen Augen den meinen begegneten, sagte er leise: »Ich bedaure zutiefst, dass ich Eure Hoheit offenbar erschreckt habe. Bitte nehmen Sie meine Entschuldigung an.«

Er hatte dichtes, dunkles Haar, das am Ansatz einen Stich ins Kupferfarbene aufwies. Seine Züge waren kantig, markant, der Mund verriet beim Sprechen ein leichtes Zucken, eine geringfügige Unvollkommenheit, die ihm etwas Koboldhaftes verlieh. Ein Mensch mit Stärken und Schwächen also. Dennoch war ich völlig durcheinander. Er wiederum blickte mich scheu an, als hätte er kein Recht, hier zu sein, und müsste die Störung erklären.

Höre auf dein Herz.

Alix' Worte im Sinn, riskierte ich ein Lächeln, als er mein Buch umdrehte und die zerknitterten Seiten glatt strich. »*Enoch Arden* von Lord Tennyson. Auf Englisch.«

Er reichte mir das Buch zurück. »Lieben Sie es, Gedichte in fremden Sprachen zu lesen, Prinzessin Dagmar?«

Ich hatte mich immer noch nicht an meinen Titel gewöhnt,

auch wenn mir die Art, wie er ihn mit seinem russischen Akzent aussprach, nicht unsympathisch war. Immerhin hatte er sich ein wenig Dänisch angeeignet, und das beeindruckte mich.

»Meine Schwester Alix hat es mir geschickt«, erklärte ich. »Sie sagt, dass ganz London es dieser Tage liest. Enoch war lange auf dem Meer verschollen. Als er nach vielen Jahren doch noch nach Hause zurückkehrt, muss er feststellen, dass seine Frau, die ihn für tot gehalten hatte, seinen besten Kindheitsfreund geheiratet hat. Enoch gibt sich ihr nicht zu erkennen, denn er liebt sie zu sehr, um ihr Glück zu zerstören. Am Ende stirbt er an gebrochenem Herzen. Es ist traurig. Ich bin nicht sicher, ob ich traurige Gedichte mag.«

»Ich auch nicht, obwohl bei uns in Russland traurige Gedichte ein landesweiter Zeitvertreib sind.« Er lächelte, und mir fiel auf, dass er sich noch gar nicht vorgestellt hatte, ganz so, als wären wir alte Freunde, die einander zufällig über den Weg gelaufen waren. Auch dieser Umstand trug zu meiner Verwirrung bei.

Und nichts von alldem passte zu meinen Vorstellungen davon, wie unsere erste Begegnung verlaufen würde.

»Sie wirken überrascht«, murmelte er, als ich endlich aufstand. Er war groß, aber nicht zu groß. Ich konnte ihm in die Augen sehen, ohne allzu sehr den Kopf recken zu müssen.

»Das bin ich auch.« Ich sah keinen Grund zu lügen. »Ich hatte nicht erwartet, Sie heute zu sehen.«

»Aber Sie wussten sicher, dass mein Besuch angekündigt war?« Seine Augen bohrten sich förmlich in die meinen.

Da ihn der Gedanke, ich wäre womöglich nicht im Bilde gewesen, zu bekümmern schien, nickte ich einfach und sagte: »Sie haben mich nur dabei ertappt, wie ich meine Zeit vertrödelt habe. Meine Mutter wird davon nicht erbaut sein. Sie hatte wohl auf eine etwas … würdevollere erste Begegnung gehofft.«

»Dann verraten wir es ihr einfach nicht.« Er blickte mich derart eindringlich an, als hätte ich einen Grasfleck im Gesicht. »Ich hatte Sie ganz anders in Erinnerung.«

»Oh?« Hatte er sich etwa entschlossen, mir doch keinen Heiratsantrag zu machen, nun, da er mich so wiedergesehen hatte, wie ich war? Es war wohl das eine, ein Mädchen aus der Ferne zu bewundern, wenn sie unbefangen durch die Gegend lief wie ich in Rumpenheim, aber etwas ganz anderes, ihr auf einmal gegenüberzustehen und zu entscheiden, ob man sie heiraten wollte. Ohne mir bewusst zu werden, was ich tat, strich ich mir mit einer Hand übers Haar und spürte erschrocken, dass die ausgefranste Schleife, mit der ich es nach hinten gebunden hatte, schon fast heruntergerutscht war. Plötzlich wollte ich wieder das Mädchen sein, von dem er laut Alix beim ersten Mal so verzaubert gewesen war. Innerlich verfluchte ich mich dafür, dass ich die Angelegenheit nicht ernst genug genommen hatte. Ich hätte vorbereitet sein sollen, wie es Mama mir zahllose Male vorgehalten hatte; hätte ihn begrüßen müssen, wie es meinem Stand gebührte. Jetzt hielt er mich wegen des abgetragenen Kleides und meines halb gelösten Haars gewiss für schlampig. Und dann las ich auch noch mitten am Nachmittag unter einem Baum Gedichte, trug weder einen Hut noch …

»Ja«, bestätigte er, »Sie *sind* anders. Lebendiger …«

»Ach, wirklich?« Ein ungläubiges Lachen platzte aus mir heraus. »Meine Mama würde das bestimmt nicht sagen.«

»Dann sieht sie Sie nicht so, wie ich Sie sehe.« Bevor ich auf diese Bemerkung reagieren konnte, mit der er mir gewiss nur schmeicheln wollte, erklärte er: »Ich bin einen weiten Weg gekommen voller Hoffnung auf diesen Moment. Ich habe mir alles im Kopf zurechtgelegt, doch jetzt …« Erneut schenkte er mir ein Lächeln. Dabei kamen kleine weiße Zähne zum Vorschein. Einer der vorderen war schief gewachsen – eine weitere willkommene Unvollkommenheit.

»Sie sind enttäuscht«, meinte ich.

»O nein!« Er trat so schnell auf mich zu, dass ich schon glaubte, er würde meine Hand ergreifen. Stattdessen bog er die Finger, als kostete es ihn gehörige Selbstüberwindung, genau diesem Impuls zu widerstehen. »Nicht im Geringsten! Sie etwa?«

Das war der Augenblick, vor dem mir gegraut hatte. Hier bot sich mir die Gelegenheit, ihn fortzuschicken. Ich ahnte, dass er sich nicht gekränkt geben würde. Er war viel zu gut erzogen, um mir Unbehagen zu bereiten. Vielmehr würde er sich einfach zurückziehen, da er im übrigen Europa immer noch eine reichliche Auswahl hatte.

Doch dann hörte ich mich murmeln: »Nein, nicht enttäuscht.«

Sein Lächeln wurde breiter, hellte sein Gesicht auf. Mir fiel auf, wie blass er war. Offenbar verbrachte er nicht viel Zeit im Freien.

»Wollen wir ein Stück gehen?«, schlug ich vor, nur um sogleich über meine Forschheit zu erschrecken, denn es war immer der Herr, der führen sollten. Doch ohne auch nur mit der Wimper zu zucken, trat er näher heran, und diesmal so dicht, dass seine schmalen Finger die meinen streiften.

»Nichts lieber als das«, antwortete er.

Er blieb einen Monat bei uns. Vormittags ritten wir aus. Obwohl er so zart wirkte, war er ein passionierter Reiter. Manchmal ruderten wir auch über den See, und oft unternahmen wir Spaziergänge in den Gärten. Eine Begleitperson war nie dabei. Jeder wusste, dass er ein seriöser Bewerber war, dem man vertrauen konnte. Bei diesen Gelegenheiten erzählte er mir von Russland, als spürte er irgendwie, dass mir insgeheim immer noch bange war.

Gebannt lauschte ich seinen Schilderungen des Reiches

der Romanows, der von mongolischen Stämmen bewohnten Steppen und der zerklüfteten Berge des Kaukasus, wo es rebellische Tscherkessen gab, deren Vernichtung der Zar zugestimmt hatte, falls sie sich nicht bändigen ließen. Er ließ mich im herrlichen Klima der Krim am Schwarzen Meer in der Sonne baden und wie ein wilder Luchs durch die Wildnis Sibiriens jagen. Gemeinsam tanzten wir unter einem blass schimmernden Himmel durch das ätherisch schöne St. Petersburg, genossen jene weißen Nächte, die ich zwar schon kannte, da es sie im Sommer auch bei uns in Dänemark gab, die jedoch zu einem magischen Erlebnis gerieten, wenn er davon schwärmte und in mir eine brennende Sehnsucht danach weckte. Er sprach von der bahnbrechenden Aufhebung der Leibeigenschaft, die sein Vater durchgesetzt hatte, die nicht nur die Befreiung der Bauern aus jahrhundertelanger Knechtschaft bei den Großgrundbesitzern zur Folge hatte, sondern auch die immense Beliebtheit Zar Alexanders II. bei seinem Volk.

»In Russland«, sagte er, »haben wir viele Prinzessinnen und Prinzen, aber in unserer königlichen Familie kennt man uns als Großfürsten und Großfürstinnen.«

»Wie in Preußen«, bemerkte ich. »Wie merkwürdig. Gibt es bei Ihnen auch so viele davon?«

Er lachte auf. »Zu viele, sagt mein Vater. Er möchte unsere autokratischen Privilegien beschneiden. Aber seine Brüder, allesamt Großfürsten, wollen davon nichts wissen. Geht es nach ihnen, soll alles beim Alten bleiben.« Er ergriff meine Hand, wie er das neuerdings bei unseren Gesprächen immer öfter tat. »Doch es muss geschehen. Mein Vater sagt, wir müssen die Vergangenheit hinter uns lassen, wenn wir überleben wollen. Die Pflicht eines Romanow ist es, zuallererst Russland zu dienen und erst danach sich selbst.«

Ich bewunderte seine Liebe zu seinem Vaterland. Das war

etwas, was wir gemeinsam hatten, denn auch ich liebte mein Land. Tatsächlich stellte er mir viele Fragen darüber, und ich zeigte mich nur zu gern auskunftsfreudig. Doch während ich die Errungenschaften unserer kleinen Monarchie pries und sie insgeheim mit der Macht Russlands verglich, dämmerte mir, dass es mit den Gemeinsamkeiten nicht weit her war. Nixa war nicht nur der Erbe des mächtigsten Reiches der Welt, sondern er war auch weit herumgekommen. So hatte er alle Länder Europas und sogar den Fernen Osten bereist. Darüber hinaus war er so umfassend gebildet, wie es der Kronprinz eines Weltreichs nur sein konnte. Das alles machte mir schmerzhaft bewusst, welche Lücken ich selbst hinsichtlich Bildung und Erfahrung aufwies, welch geistlose Gedichte ich in meiner freien Zeit las, wie albern meine Wasserfarbenbilder und die Räder waren, die ich heimlich auf dem Rasen schlug, wenn Mama nicht hinschaute. Zwischen uns lagen himmelweite Unterschiede. Auch wenn ihn das nicht zu stören schien, seine Mutter, die Zarin, würde daran gewiss Anstoß nehmen.

Und nachdem schon Nixa mich durcheinandergebracht hatte, würde das seiner Mutter noch viel gründlicher gelingen.

Diese unnahbare Kaiserin, die bei unserer ersten Begegnung nur ein paar belanglose Worte mit mir gewechselt hatte, sollte mich jedoch überraschen. Sie legte auf dem Weg nach Nizza zu ihrem alljährlichen Erholungsurlaub einen Zwischenaufenthalt bei uns ein, und als ich sie unter Mamas wachsamen Augen im Salon begrüßte, umarmte sie mich entzückt, küsste mich im französischen Stil auf beide Wangen und hielt mich auf Armeslänge von sich weg, um mich eingehend mit ihrem melancholischen Blick zu studieren. »Wie reizend du bist, meine liebe Minnie. Was für eine Wespentaille! Und diese großen schwarzen Augen! Himmel, du bist bezaubernd!«

War ich das? Unwillkürlich blickte ich zu Mama hinüber, die förmlich vor Stolz zu platzen schien. Mir fiel wieder ein, dass Nixa ursprünglich auf Befehl seines Vaters um Alix hatte werben sollen. Hatte die Zarin meine Schwester ebenfalls für »bezaubernd« gehalten? War das ihre höfliche Art, jede peinliche Situation zu entschärfen? Maria Alexandrowna war selbst eine geborene Prinzessin in einem fremden Land. Sie hatte dann vor der Hochzeit mit dem Zaren nicht nur den eigenen Namen ablegen und einen kaiserlichen russischen annehmen, sondern darüber hinaus auch zum russisch-orthodoxen Glauben übertreten müssen. Nun stand sie seit vielen Jahren dem Hof ihres Mannes vor. Gewiss hatte sie nicht vergessen, wie heikel die Lage einer fremdländischen Braut war.

»Hat sie sich schon einmal für eine Daguerreotypie ablichten lassen?«, fragte sie, an Mama gewandt.

Meine Mutter stieß einen verlorenen Seufzer aus. »Schon seit Jahren nicht mehr.« Dass Fotografieren etwas Neuartiges und daher teuer war, fügte sie nicht hinzu; wir hatten einfach nie genug Geld gehabt, um uns einen offiziellen Fotografen leisten zu können – wenn es denn überhaupt einen in Dänemark gab.

»Dem müssen wir Abhilfe schaffen«, bestimmte die Zarin. »Ich muss ein Porträt von ihr haben, damit ich es Alexander zeigen kann. In Frankreich werde ich nach jemandem schicken. Es hat in den letzten Jahren erhebliche Verbesserungen gegeben. Für eine Daguerreotypie Modell zu sitzen ist bei Weitem nicht mehr eine solche Tortur wie früher.« Sie wandte sich wieder an mich und ließ erneut ihr Lächeln aufblitzen. »Würde dir das gefallen, meine Liebe?«

Ich nickte. Daraufhin musste ich mich neben sie setzen, und sie begann ein kleines Gespräch mit mir, in dem sie geschickt jegliche Fallstricke vermied. Beim Abschied war ich ebenso verwirrt wie bei ihrer Ankunft. Es war schön, bewundert zu werden, doch erneut befielen mich nagende Zweifel, die dafür sorgten, dass ich mich von Nixa zurückzog. Nicht offensichtlich, aber doch auf eine subtile Weise, die ihm nicht verborgen blieb.

Er hatte mir immer noch keinen Heiratsantrag gemacht. Ich wusste zu schätzen, dass er taktvollerweise nicht damit herausplatzte, solange er sich meine Zuneigung nicht verdient hatte. Erst eines Abends, als alle sich in den Salon zurückgezogen hatten, brach er sein Schweigen. Plötzlich zupfte er mich am Ärmel und zog mich in eine hinter einem Wandschirm verborgene Nische im Flur.

Bevor ich ihn fragen konnte, was los war, murmelte er: »Lieben Sie mich denn nicht?«

»Sie lieben?« Ich starrte ihn überrascht an. »Wir kennen uns doch kaum.«

Er senkte den Blick. »Aber ich dachte …«

»Nixa.« Obwohl ich stets darauf geachtet hatte, ihn nie als Erste zu berühren, ließ ich jetzt meine Vorsicht fahren. Leicht legte ich ihm die Finger auf den Ärmel. Als ich spürte, dass er zitterte, zog ich die Hand nicht weg. »*Was* dachten Sie?«

»Ich dachte, dass Sie …« Er schien um Worte zu ringen. Schließlich straffte er die Schultern. »Ich dachte, dass Sie es sich vielleicht wünschen könnten, eines Tages meine Frau zu werden.«

Ich betrachtete ihn schweigend, ehe ich antwortete: »Ich glaube, dass es vielleicht wirklich so kommt … eines Tages.«

»Dann würden Sie also Ihr Jawort geben, wenn ich …« Auf einmal wirkte er so erwartungsvoll; gleichzeitig schien er sich aber auch für eine Zurückweisung zu wappnen.

Am liebsten hätte ich gelacht. Aber Gelächter wäre jetzt wirklich nicht angebracht gewesen. Er schien förmlich zum Zerreißen angespannt, bis ich sagte: »Wenn Sie mich so fragen, wie es sich gehört, würde ich wohl einwilligen.«

Unbeholfen schlang er die Arme um mich, darauf bedacht, seinen schlanken Körper nicht zu fest an den meinen zu pressen. Dann hörte ich ihn flüstern: »Ich habe Angst davor, Sie zu fragen.«

»Aber Sie müssen.« Ich löste mich von ihm. »Ein Mädchen muss immer gefragt werden.«

»Wollen Sie mich heiraten?«, hauchte er, und plötzlich fürchtete ich, er würde vor mir niederknien.

»Ja«, sagte ich.

Denn das wollte ich wirklich – und niemand hätte davon überraschter sein können als ich selbst.

Meine Eltern und die Zarin freuten sich über unsere Verlobung; und als Nixa zusammen mit seiner Mutter zur Weiterfahrt nach Frankreich aufbrach, hatte die Nachricht auch schon England erreicht, wo Alix kürzlich ihr erstes Kind, einen Jungen, auf die Welt gebracht hatte. In ihrer Begeisterung bestand sie darauf, uns zu besuchen, sobald sie sich erholt hatte.

»Bertie sagt, dass er und Alix an der Hochzeitszeremonie teilnehmen werden«, fasste ich den Brief zusammen.

Papa lächelte. »Das wäre in der Tat bemerkenswert. Seit vielen Jahren hat kein Mitglied der königlichen Familie von Großbritannien mehr einen Fuß auf russischen Boden gesetzt. Das Verhältnis zwischen Victoria und Alexander ist nicht das Beste. Stell dir nur vor: Eure Hochzeit könnte der Anlass für eine Entspannung zwischen den zwei Großmächten sein!«

»Das braucht uns jetzt nicht zu kümmern!« Mama riss mir Alix' Brief aus der Hand. »Politik ist hier ohne Bedeutung. Zwei junge Leute haben sich ineinander verliebt, und es ist ein Segen, dass sie zusammengefunden haben. Wenn Ihre Hoheiten aus Wales persönlich kommen und diesen Segen mitfeiern möchten, dann sei es so.«

Papa zwinkerte mir zu. Ich sah ihm an, dass er sich zwar für mich freute, es ihn aber andererseits betrübte, dass ich ihn verlassen und in die Fremde ziehen würde. Darum nahm ich mir vor, bis dahin besonders viel Zeit mit ihm zu verbringen, auch wenn ihm seine Verpflichtungen als König kaum noch so etwas wie ein Privatleben gestatteten und ich ihn nur noch selten zu sehen bekam.

Ob Mama sich weigerte, die politischen Vorteile unserer Verbindung zu feiern, spielte keine Rolle für mich. Nixa hatte mich und für mich gewählt. Diese Aufgabe hatte ich ihm nicht leicht gemacht, aber zu guter Letzt hatte er mich gewonnen – nicht weil er der Zarewitsch war, sondern weil er das Herz auf dem rechten Fleck hatte. Ich hatte mich in Nixa Romanow, den Menschen, verliebt – mit seinem sanften Wesen und seiner edlen Gesinnung.

Diese Liebe gab mir in den Monaten, die wir getrennt waren, Auftrieb, zumal unser reger Briefwechsel die Entfernung gar nicht so groß erscheinen ließ. Dann traf der Fotograf aus Paris ein, und ich saß für die Porträtaufnahme Modell. Das fertige Produkt bekam ich erst zu sehen, als eine gerahmte Kopie geliefert wurde. Das Original war sofort nach der Fertigstellung zur Zarin nach Russland geschickt worden. Allerdings erschrak ich über mein Abbild mit dem hochgeschlossenen weißen Kleid, dem zu fürchterlich künstlichen Ringellocken gedrehten Haar und den übergroßen Augen, die mein schlichtes Gesicht beherrschten. Mama erklärte die Aufnahme zu meinem perfekten Ebenbild. Für unseren Hof beauftragte sie ihren eigenen Fotografen und sandte eine verschwenderische Fülle von Porträts von uns allen per Kurier nach St. Petersburg.

Im Gegenzug schickte Nixa sein eigenes Porträt und Aufnahmen von seinen Verwandten, damit ich schon einmal die Gesichter und Namen meiner zukünftigen Familienmitglieder miteinander in Verbindung bringen konnte. Bei einem Porträt brach ich unwillkürlich in Lachen aus. Es zeigte den Zaren und die Zarin, umgeben von ihren sechs Söhnen, vom einundzwanzigjährigen Nixa bis zum Großfürsten Paul, der mit seinen fünf Jahren der Jüngste war, sowie der einzigen noch lebenden Tochter, der elf Jahre alten Großfürstin Marie. Was mich an dem Bild so erheiterte, war eine wuchtige Gestalt, die zwar neben Nixa stand, aber irgendwie distanziert wirkte.

»Na, so was! Das muss ein Kosake sein!«

»Also wirklich, Minnie«, tadelte Mama mich. »Das ist doch kein Kosake, sondern Großfürst Alexander, Nixas Bruder. In der Familie nennen sie ihn Sascha. Er ist nur siebzehn Monate jünger als Nixa. Die beiden sind einander sehr nahe.«

»Wirklich?« Ich musterte den gedrungenen Burschen, der die anderen turmhoch überragte. »Nixa hat mir kaum etwas von ihm erzählt. Und er sieht den anderen überhaupt nicht ähnlich.«

Nixa hatte mir außerdem ein Paket mit Büchern gesandt, darunter russische Märchen über Hexen, Tanzbären und unsterbliche Zauberer, Gedichte vom großen Tolstoi, die ich ganz und gar nicht traurig fand, sowie ein Lehrbuch der russischen Sprache, damit ich mich damit schon einmal ein bisschen vertraut machen konnte. Dazu schrieb er, dass die russische Botschaft in Kopenhagen uns einen orthodoxen Priester schicken würde, der mir Unterricht in meinem neuen Glauben erteilen sollte, denn meine Konversion zum orthodoxen Christentum war zwingend erforderlich. Immerhin konnte mir Mama versichern, dass unser Erlöser auch in Russland verehrt wurde.

Manchmal erwachte ich spät in der Nacht aus einem unruhigen Schlaf. Während ich den Atemzügen meiner kleinen Schwester Thyra neben mir lauschte, versuchte ich, Nixa in

Gedanken herbeizubeschwören und ihn in seiner heimischen Umgebung in jenem prächtigen Winterpalast zu sehen, wo seine Vorfahren über Generationen hinweg gelebt hatten und in dem es jene sagenumwobenen Säle gab, das Bernstein- und das Malachitzimmer. Ich stellte mir den ersten Schnee vor, die fröhlichen Schlittenfahrten durch die weiße Pracht, hörte das Knacken des Eises, das im Winter den Fluss Newa bedeckte und ihn derart gründlich erstarren ließ, dass man Kufen an die Schuhe schnallen und darübergleiten konnte.

Lange konnte ich diese Traumbilder nie aufrechterhalten. Sie tauchten auf und verschwanden wieder. Enttäuscht und verloren blieb ich zurück. Zunehmend nagte ein seltsames Unwohlsein an mir.

»Die Nerven«, sagte Mama, als ich mich ihr anvertraute. »Die Nerven einer jungen Braut sind ein Folterwerkzeug, wenn sie sie nicht in den Griff bekommt. Du darfst nicht bei deinen Vorstellungen von Dingen verweilen, die du nicht kennst. Denk einfach nur daran, wie sehr er dich liebt, und überlass die Zukunft sich selbst.«

Gesagt, getan. Alsbald deckte sie mich mit Plänen für meine Brautausstattung ein, zu der auch Abendkleider vom berühmten Couturier Charles Frederik Worth gehörten, dessen aufwendige Kreationen der Inbegriff der aktuellen Mode waren. Ich fragte gar nicht erst, wie wir uns solchen Luxus leisten konnten – sein Atelier lag in Paris. Mama war ohnehin unerbittlich. Zu meiner Hochzeit würde ich nach dem neuesten Stil gekleidet fahren, denn niemand sollte sagen dürfen, Dänemark hinke der Zeit hinterher.

Monsieur Worth schickte uns Kleider und auch Korsette an eleganten Gliederpuppen, bei deren Anblick Thyra in begeistertes Quietschen ausbrach, doch Mama verbot ihr, sie anzufassen. Nachdem wir unsere Wahl getroffen hatten, erklärte Mama mir, dass wir nach Paris reisen würden, um die

Kleider anpassen zu lassen. Bei der Vorstellung, dass ich in der gleichen Ausstattung in Russland eintreffen würde wie eine dieser idealisierten Puppengestalten, geriet ich schier in Ekstase.

Wir hatten gerade die Fahrkarten gekauft, als meine ganze Welt auseinanderbrach.

5

Mama kam mit dem Telegramm zu mir ins Zimmer. Nach Kopenhagen zurückgekehrt, war ich soeben mit Packen beschäftigt oder versuchte vielmehr, meine kunterbunt übers Bett verstreuten Kleider einzupacken, während ich mit mir debattierte, was ich mitnehmen sollte. Nach unserem Aufenthalt in Paris wollten wir nämlich nach Nizza reisen, wo bereits die Zarin weilte. Wegen eines nicht näher bezeichneten Leidens hatte sie St. Petersburg diesmal früher als üblich verlassen. Mama hatte mir erklärt, dass Maria Alexandrowna an einer Lungenschwäche litt und sich regelmäßig in der Nähe des Ozeans aufhalten musste. In Russland besaß sie mehrere an der Küste gelegene Paläste, doch anscheinend wünschte sie die Nähe zum Meer an einem Ort, der außerhalb des Reichs ihres Gemahls lag. Nixa war ihr dorthin gefolgt, damit wir vor meinem Umzug nach Russland noch ein wenig Zeit miteinander verbringen konnten. Als ich nun das Papier in Mamas Hand sah, dachte ich mir nichts weiter dabei.

»Hat Ihre Kaiserliche Hoheit wieder eine Nachricht geschickt?«, fragte ich. Ohne ihre Antwort abzuwarten, zeigte ich ihr meinen abgenutzten Strohhut. »Glauben Sie, er genügt für unseren Urlaub? Ich weiß, es ist erst Frühlingsanfang und es wird wohl nicht allzu heiß werden. Aber ich will auf keinen Fall Sommersprossen bekommen. Oder wäre ein Sonnenschirm vielleicht besser?«

»Minnie«, sagte Mama. Ihre leise, leicht bebende Stimme ließ mich innehalten.

Mama blieb regungslos auf der Schwelle stehen. Nicht, weil

sie sich nicht bewegen wollte, nein, sie *konnte* es anscheinend nicht. Plötzlich griff sie Halt suchend nach dem Türrahmen.

»Nixa«, murmelte sie, und plötzlich glitt mir der Hut aus den Fingern, »er hatte einen Unfall.«

Ich brachte kein Wort hervor, starrte nur ihr unglückliches Gesicht und den Papierfetzen in ihrer Hand an, und jäh begann sich das ganze Zimmer um mich zu drehen.

»Sein Pferd hat ihn abgeworfen«, sagte Mama, immer noch mit dieser schrecklichen Grabesstimme. »Erst hatte er Rückenschmerzen, dann konnte er nicht mehr gehen, und zum Schluss bekam er Fieber. Ihre Kaiserliche Majestät ließ einen Arzt holen, eine Kapazität aus Wien. Minnie, er hat eine Rückenmarkentzündung.«

Sie hätte mir jede Krankheit nennen können; ich hätte keinen Unterschied bemerkt. Während ihre Worte in mir versanken und das Dröhnen meines Herzschlags in meinen Ohren sie übertönte, streckte ich die Hand nach irgendetwas aus, um mich festzuhalten.

Mama stürzte herbei, erwischte mich gerade noch an der Taille und führte mich zum Bett. Schlaff und stumm kauerte ich auf der Matratze, den Blick ins Leere gerichtet.

»Er hat darum gebeten, dich sehen zu dürfen«, sagte sie. »Oh, mein Kind, wir müssen uns beeilen. Er hat schon die letzte Salbung erhalten. Die Zarin fleht uns an, sofort zu kommen.«

Ich war noch nie in Frankreich gewesen, und als wir endlich fuhren, nahm ich nichts davon wahr. Vier Tage lang reisten wir mit der Eisenbahn durch das grässliche Deutschland. Die Zarin hatte für uns einen ganzen Waggon reserviert, sodass wir allein waren. Von Dijon aus brachte uns ihr eigener kaiserlicher Zug nach Nizza. Der französische Kaiser höchstpersönlich ließ alle Züge aus dem Fahrplan streichen, die uns hätten aufhalten können. In einem Abteil so luxuriös wie ein Palast, mit Wandvertäfelungen aus Walnussholz und Polstersesseln, wo uns Diener in Uniform verwöhnten, saß ich am Fenster und ließ die französische Landschaft an mir vorbeigleiten, ohne irgendetwas bewusst zu sehen; genauso gut hätten wir durch einen endlosen Tunnel rasen können.

Mama sprach wenig. Worte hätten mich ohnehin nicht von meiner Qual erlösen können. Ich hatte mich verliebt und mein Ehegelöbnis gegeben, und jetzt sollte mein Verlobter mir genommen werden. Selbst wenn Mama versucht hätte, mich zu trösten, ich hätte ihr gar nicht zugehört. Ich gab mich meinem Kummer hin und betete unentwegt im Rhythmus der auf den Gleisen ratternden Räder: Lass es nicht wahr sein. Lass ihn genesen. Bewirke ein Wunder. Lass ihn nicht sterben.

Ich war überzeugt: Wenn Nixa starb, würde ich das nicht überleben. Es würde sein wie bei Victoria und Albert. Ich würde nur noch den Wunsch haben, ihm in die Gruft zu folgen, denn ein Leben ohne ihn konnte ich mir nicht vorstellen.

Mit jeder Faser meines Wesens glaubte ich das.

Ich war ja noch so jung.

Die Zarin wartete vor dem Eingang der grandiosen Villa Belmont, die, umrahmt von Orangenhainen und duftenden Akazien, übers Mittelmeer schaute – ein Blick, der mir grausam ins Herz schnitt. Wie konnte ein solch herrlicher Ort nur Schauplatz eines derart schrecklicher Unglücks sein?

Die geschminkten Augen der Kaiserin und die Dankbarkeit, mit der sie Mama umarmte, verrieten mir, dass wir wenigstens nicht zu spät gekommen waren. Zugleich wurde mir, ohne dass es einer Erklärung bedurfte, bewusst, dass Gott meine Gebete nicht erhören würde.

Die Zarin wandte sich an mich. »Er hat darum gebeten, dich gleich nach deiner Ankunft sehen zu dürfen.«

»Erst muss ich mich umziehen«, hörte ich mich mit fremder, weit entfernt klingender Stimme flüstern.

»Unsinn.« Mama gab mir einen Stups in Richtung der Zarin, die mich durch die nach Meer riechende, luftige Villa zu Nixas Zimmer führte.

»Er hat keine Schmerzen«, wisperte sie, als ich auf der Schwelle zögerte. »Ihm ist Laudanum verabreicht worden. Setz dich zu ihm ans Bett, meine Liebe. Er wartet schon so lange. Länger als …« Ihre Stimme brach.

Länger als er hätte warten müssen. Länger als von Gott vorgesehen.

Also trat ich an sein Bett. Seine Augen waren geschlossen, seine Haut wirkte so bleich, dass sie mit dem Weiß der Bettwäsche zu verschmelzen schien. Unter dem Kinn hatte er einen tiefen Schnitt. Fast konnte man meinen, das Schicksal, das ihm schon so vieles geraubt hatte, sei entschlossen, ihn zur Gänze zu verschlingen und bis auf die Knochen nichts übrig zu lassen. Mit eisernem Willen kämpfte ich meine Tränen zurück. Ich durfte nicht vor ihm weinen. Er durfte mich nicht trostlos sehen, sondern musste im Gegenteil Kraft aus meiner Nähe schöpfen, musste wissen, dass ich …

»Minnie.«

Seine Stimme erreichte mich über das entfernte Murmeln des Meeres jenseits der Fenster hinweg, die der Frischluft wegen halb offen standen. Auch wenn er das Wasser nicht sah, konnte er es wenigstens hören.

Ich sank auf den Hocker neben dem Bett und ergriff seine Hand. Die Haut fühlte sich erschreckend kalt an. Und als er den Blick zu mir hob, erkannte ich Angst in seinen geröteten Augen. Dank des Medikaments mochte er vielleicht nicht unter Schmerzen leiden, doch tief in sich spürte er sehr wohl einen anderen Schmerz, der nicht körperlicher Natur war.

Nixa wusste, dass er verdammt war.

Seine ausgetrockneten Lippen öffneten sich.

»Nein«, sagte ich rasch und nahm vom Nachttisch ein Glas Wasser. »Du brauchst nicht zu sprechen. Ich bin bei dir. Ich werde dich nicht verlassen.«

Seine Hand klammerte sich an die meine. Doch als ich ihm mit der anderen das Glas an die Lippen hielt, drehte er den Kopf weg. »Hör zu«, sagte er. Obwohl er keine Kraft hatte, bohrten sich seine Finger in meine Handfläche. Ich beugte mich näher zu ihm, konnte seinen fauligen Atem, seinen schweißnassen, ungewaschenen Körper riechen. »Ich muss es dir sagen … Ich … habe dich im Stich gelassen … Ich habe dein Glück zerstört. Wie … bei Enoch.«

»Nein. Das hast du nicht getan. Niemals.«

»Doch.« Seine Hand kroch höher, umkrallte mein Handgelenk. »Ich … ich bin für dich … verloren. Wir können nicht mehr heiraten … Aber ich … habe es dir doch versprochen …«

Ohne zu wissen, warum, als spürte ich die Nähe von etwas Unsichtbarem, ein gedämpftes Tapsen vielleicht, drehte ich den Kopf zur Tür. Niemand war da.

Wieder wandte ich den Blick Nixa zu.

»Sascha«, keuchte er. »Versprich mir, dass du ihn heiratest … an meiner Stelle. Er … er wird dich ebenso sehr lieben wie ich. Um meinetwillen sogar noch mehr.«

Vielleicht hätte ich mich von ihm gelöst, weil ich es einfach nicht glauben wollte, aber seine Finger waren eisigen Reben gleich um mein Handgelenk geschlungen, und sein Gesichtsausdruck … Lieber Gott, er *flehte* mich an!

»Versprich es mir, Minnie.«

Ich brachte die Worte, die er hören musste, nicht hervor. Ich wollte sie sagen, allein schon ihm zuliebe. Doch mir war, als stürzte ich eine endlos tiefe Klippe hinunter, dem Meer entgegen, ohne je hineinzufallen.

Er erschlaffte. Seine Finger lösten sich von mir, und er lag reglos da. Ich fürchtete schon, er wäre in diesem Augenblick gestorben. Doch dann sah ich, dass seine Brust sich bewegte, wenn auch kaum wahrnehmbar. Ich rührte mich nicht von der Stelle und schaute ihm dabei zu, wie er ganz langsam von mir forttrieb. Wie Enoch in seinem Boot.

Während die Zarin wieder die Wache übernahm, führte mich Mama zu den für uns hergerichteten Zimmern. Ein Diener brachte uns ein warmes Mahl, das ich nicht anschauen, geschweige denn anrühren konnte. Stumm zog ich mich aus und schlüpfte gerade in mein Nachthemd, als Mama mich unvermittelt fragte: »Hat er etwas über Sascha gesagt?«

Verwirrt blickte ich ihr in die Augen. Wie hatte sie das nur erfahren? »Nein. Warum sollte er?«

Sie bedachte mich mit einem eigenartigen Blick. »Er hat *nichts* gesagt?«

»Nein. Wieso fragen Sie?«

Sie musste den Hauch von Hysterie in meiner Stimme vernommen haben, denn sie schielte vorsichtig zur geschlossenen Tür hinüber, so wie ich das kurz zuvor in Nixas Zimmer getan hatte, dann flüsterte sie: »Weil Sascha auch hier ist. Er ist gekommen, sobald er von Nixas Erkrankung erfahren hat.«

»Er ist hier?« Mir fiel wieder jenes unheimliche Gefühl ein, beobachtet zu werden, als ich bei Nixa gesessen hatte, dieser gedämpfte Schritt vor der Tür. Abscheu wallte in mir auf. »Warum hat er sich nicht vorgestellt?«

»Die Zarin hielt es für das Beste, dich zuerst mit Nixa allein zu lassen. Du wirst Sascha … bald kennenlernen.« Sie stockte kurz. Offenbar hatte ihr schon »bei der Totenwache« auf der Zunge gelegen. »Morgen vielleicht«, fügte sie hinzu.

Ich legte mich ins Bett und drehte mich zur Wand. Jetzt wollte ich nur noch entkommen und alles vergessen.

»Soll ich dich wecken, wenn …«, hörte ich Mama wispern.

»Ja«, sagte ich.

Mit einem Klicken fiel die Tür ins Schloss. Ich war allein.

Schlaf fand ich nicht. Zwar sehnte ich mich danach, alles zu vergessen, spürte jedoch die ganze Zeit die Gegenwart jenes unsichtbaren Wesens, als stünde es am Fuß des Betts – dieser Fremde, den mein Verlobter gebeten hatte, mich an seiner Stelle zu heiraten.

Früh am Morgen versammelten wir uns um Nixas Bett. Draußen goss die Sonne ihr Gold übers Meer, doch die Fenster waren jetzt geschlossen. Im Zimmer war die Luft zum Ersticken, durchsetzt von einem Gemisch aus Moschus und Champagner, ein Gebräu, das die Wiener Kapazität angerührt hatte, um Nixa aus seiner Starre zu wecken.

Am Bett standen zwei orthodoxe Priester, in meinen Augen bizarre Erscheinungen mit ihren schwarzen Kaftanen, über die sie Stolen aus goldenem Brokat gelegt hatten, und ihren krempenlosen Hauben, die hinten mit einem Schleier versehen waren. Einer von ihnen sang eine russische Litanei. Der andere schwang ein Gefäß aus ziseliertem Gold, aus dem Myrrheschwaden emporstiegen und die stickige Luft noch unerträglicher machten. Als Mama und ich eintraten, wandte ich schnell den Blick von den düsteren, bärtigen Gesichtern der Priester ab, und konzentrierte mich auf Nixa, der nun ganz offensichtlich mit dem Tod rang.

Erst da bemerkte ich ihn: Großfürst Sascha. Regungslos stand er an der Seite seiner Mutter.

Die Zarin kauerte auf dem Hocker. Immer noch trug sie das dunkle Kleid, in dem ich sie bei unserer Ankunft gesehen hatte. Demzufolge war sie die ganze Nacht an Nixas Seite geblieben. Sie blickte nicht auf, als Mama und ich auf sie zutraten, vorbei an den leise weinenden Kammerzofen und einer Schar von Gästen, allesamt russische Aristokraten, die wohl ebenfalls in Nizza weilten und enge Vertraute der kaiserlichen Familie sein mussten, wenn sie sich sogar in dieser Situation zu den Angehörigen gesellten. Mir erschien das respektlos. Das hier war doch keine Theateraufführung, sondern das tragische Ende eines jungen Mannes.

In stiller Erbitterung die Fäuste ballend, nahm ich meinen Platz neben der Zarina ein. Als sie meine Nähe spürte, griff sie nach meiner Hand. Da ich die Faust immer noch nicht geöffnet hatte, klammerte sie sich daran.

Ich warf einen kurzen Blick auf ihren zweitältesten Sohn. Hätte ich nicht gewusst, dass er Nixas Bruder war, wäre ich nie darauf gekommen, dass es sich um nahe Verwandte handelte. Anders als Nixa war Sascha von massiver Statur, was ihn ungelenk wirken ließ. Außerdem war er so groß, dass er sich eine gebückte Haltung angewöhnt hatte. Sein nach vorn gereckter Kopf saß auf einem dicken Hals. Unterhalb seiner bereits schütteren Haarlinie hatte er schmale haselnussgraue Augen, und sein kleiner, verkniffener Mund lag im Schatten eines feinen Schnurrbarts, der nicht zur Gesamterscheinung passte. In meinen Augen fehlte Sascha alle Raffinesse, die Nixa auszeichnete.

Er erwiderte meinen Blick nicht. Doch als Nixa meine Nähe spürte, richtete er seine schon glasigen Augen auf mich und flüsterte: »Ist sie nicht charmant?«

Wenn er seinen Bruder gefragt hatte, fühlte dieser sich jedenfalls nicht angesprochen und antwortete nicht. Der Priester setzte seinen Sprechgesang fort, während vor meinen tränenerfüllten Augen alles verschwamm. Im letzten Moment riss ich mich von der Zarin los und kniete mich an Nixas Bett. »Verlass mich nicht«, flüsterte ich mit brechender Stimme.

Er seufzte nur. Das war sein letzter Atemzug.

Die Zarin stieß einen kleinen Schrei aus. Auf den Knien

drehte ich mich halb zu ihr um. Ihre verzweifelte Klage hatte die Stille durchbrochen. In diesem Moment trat ein gepflegter, großer Mann mit Stirnglatze, ergrauendem Schnauzer und dicken Koteletten vor, um sie zu trösten. Sascha machte ihm Platz. Plötzlich erstarrte ich. Dieser große, ältere Mann … kam mir so bekannt vor. Und als er murmelte: »Maria, *my solnyschko*«, fiel es mir wie Schuppen von den Augen.

Zar Alexander. Auch er war hier.

Mein Verlobter lag tot vor mir, doch mein Blick suchte jetzt verzweifelt nach meiner Mutter. Schließlich entdeckte ich sie hinter der Zarin unter all den anderen, die sich Taschentücher an die verweinten Augen pressten. Sie wandte den Blick ab. In diesem Moment begriff ich, dass diese Fremden um mich herum, die ich für Aristokraten auf Urlaubsreise gehalten hatte, Angehörige der kaiserlichen Familie höchstpersönlich waren.

Das konnte ich nicht ertragen. Welch eine Demütigung! Mich hatte niemand aufgeklärt, obwohl sie alle die ganze Zeit gewusst hatten, was ich soeben verloren hatte. Ich versuchte, mich aufzurappeln, doch meine Röcke verfingen sich zwischen meinen Knöcheln, und ich geriet ins Straucheln. Jemand stieß ein ersticktes Keuchen aus, vielleicht aus Furcht, ich würde auf Nixas Leiche kippen. In diesem Moment sprang Sascha vor, packte mich mit festem Griff an der Schulter und zwang mich, aufrecht stehen zu bleiben.

Erschrocken schaute ich ihm in die stählernen Augen. Bevor ich mich bedanken konnte, zischte er mit gedämpfter Stimme, sodass nur ich seine Worte hören konnte: »Ich habe es ihm versprochen. Vergiss das nicht.«

Damit ließ er mich los und entfernte sich.

Und dann kam meine Mutter und führte mich aus dem Zimmer, fort von einer Zukunft voller Liebe, von der ich geglaubt hatte, sie wäre für mich bestimmt.

Nixas letzter Wunsch wurde nicht wieder erwähnt. Ich behielt für mich, worum er mich gebeten hatte, und verbarg es auch während des Fackelumzugs zur orthodoxen Kirche in mir. Nach der Totenmesse brachte ein russisches Kriegsschiff den Sarg zur Beerdigungszeremonie nach St. Petersburg.

Was mich betraf, sollte ich auf Mamas Drängen mit ihr zusammen nach Rumpenheim fahren. Sie meinte, ich könne dort trauern und Ruhe finden. Kurz bevor wir aufbrachen, kamen Ihre Kaiserlichen Majestäten, um sich zu verabschieden. Als sie mir Nixas orthodoxe Bibel überreichte, drückte die Zarin mich fest an sich. »Er wird immer bei uns sein, Kindchen«, flüsterte sie mir ins Ohr. »Sein Gedenken lebt jetzt in uns. Solange wir uns an ihn erinnern, wird er ewig leben, im Himmel und in unseren Herzen.«

Neben ihr stand der Zar. Sein Gesicht war aschfahl. Als ich vor ihm knickste, küsste er mich auf die Wange. »Du wirst in unserer Familie immer willkommen sein«, sagte er mit zitternder Stimme, die nur zu deutlich verriet, wie tief sein Schmerz war. »Wir trauern mit dir um deinen Verlust.« Er versuchte, mich anzulächeln, aber seine graublauen Augen, Nixas Augen, waren vor Kummer verdunkelt. Der völlig unerwartete Tod seines ältesten Sohnes und Thronerben war ein verheerender Schlag für ihn – ebenso wie für mich.

Mit hängenden Schultern trat er zur Seite, damit sein dritter Sohn, Großfürst Wladimir, mich umarmen konnte. Und dies tat er mit einer Herzenswärme, die mich fast zu Tränen rührte. Er besaß, wenn auch nicht ganz so ausgeprägt, Nixas Anziehungskraft, nur wirkte seine Ausstrahlung männlicher und bildete einen Kontrast zu den sensiblen braunen Augen, die er von seiner Mutter geerbt hatte. Obwohl wir einander noch nie begegnet waren, spürte ich auf Anhieb seine aufrichtige Zuneigung. Doch als er sagte: »Sie müssen unbedingt bald nach St. Petersburg kommen«, sah ich die Zarin zusammenzucken.

Sascha war nicht erschienen. Als die Zarin uns zum Zug begleitete, entschuldigte sie ihn und erklärte, dass der neue Zarewitsch untröstlich sei; die Ereignisse hätten ihn so sehr erschüttert, dass er sich weigere zu sprechen, egal, mit wem. Inzwischen hätte er Nizza mit dem Sarg seines Bruders verlassen. Er wolle ihn bis nach Russland begleiten.

Auf dem Weg nach Dänemark versuchte Mama, mir ständig Tee und Gebäck aufzudrängen, doch ich rührte nichts an. Immer wieder murmelte sie lieb gemeinte Worte, um mich aufzurichten und mich daran zu erinnern, wie sehr Nixa und ich einander geliebt hatten und wie viel Trost ich ihm am Ende gespendet hatte. Ich ließ das alles über mich hinwegschwappen wie das Wispern jener Wellen vor Nixas Fenster, das ich nie vergessen würde.

Ich habe es ihm versprochen. Vergiss das nicht.

Diese Worte verfolgten mich. Denn obwohl ich keineswegs dasselbe gelobt hatte, fühlte ich mich daran gebunden.

6

In Rumpenheim erkrankte ich an Rückfallfieber, das unsere Ärzte vor ein Rätsel stellte, Mama jedoch nicht. Wie sie das sah, hatte mich die Trauer fest im Griff, und sie hatte nicht vor, den Kummer triumphieren zu lassen. Unbarmherzig scheuchte sie mich hinaus zu Spaziergängen in den Gärten, doch das brachte mich nur zum Weinen, da die Bäume mich an die Eiche denken ließen, unter der ich Nixa zum ersten Mal begegnet war. Dann zwang sie mich auszureiten, aber auch das löste Bäche von Tränen aus, weil es mich daran erinnerte, dass es der Sturz von einem Pferd gewesen war, der seinen Tod verursacht hatte. Stundenlang saß sie mit mir im Salon über Näharbeiten gebeugt, die bald von Tränen durchnässt waren. Ohne meine Hilfe packte sie die frisch aus Paris eingetroffenen und im Voraus bezahlten, maßgeschneiderten Kleider aus, aber ich hatte so viel Gewicht verloren, dass mir keines davon mehr passte. Und der Anblick dieser herrlichen Gewänder aus blassrosa Satin oder weißer oder cremefarbener Seide, die eigentlich dazu gedacht gewesen waren, meinen Ruhm in Russland zu steigern, ließ mich nur umso heftiger schluchzen.

Schließlich gab sie ihre Bemühungen, mich abzulenken, auf. »Er ist nicht mehr!«, sagte sie eines Morgens abrupt. »Was du auch tust, nichts kann das ändern.«

Ich starrte sie fassungslos an. »Glauben Sie denn, ich wüsste das nicht?«

»Warum stellst du dich dann so an? Musst du etwa ebenfalls sterben? Ist das der Grund für dieses unerträgliche Leiden, diese Weigerung, irgendetwas zu tun? Wie du beim Essen herumstocherst! Du bist doch kein Vogel, der sich hier oder dort ein Körnchen herauspickt. Das werde ich nicht länger dulden. Du hast einen Mann geliebt und verloren, so wie es vielen Frauen passiert. Dein Tod wird niemandem helfen, sondern nur noch mehr Kummer für uns bedeuten. Willst du, dass wir dich zu Grabe tragen?«

»Was soll ich denn Ihrer Meinung nach machen?«, schrie ich. Es war das erste Mal überhaupt, dass ich die Stimme gegen sie erhob.

»Ich will, dass du lebst«, erklärte sie nachdrücklich. »Trauere um ihn, aber lebe. Nixa würde dich bestimmt nicht so sehen wollen. Er wünschte sich nur, dass du glücklich bist.«

»Mir hat er gesagt, dass er mein Glück zerstört hat! Er … hat gesagt, er hätte mich im Stich gelassen.« Ich verbarg das Gesicht in den Händen.

Sie trat zu mir und legte mir die Hand auf die Schulter. Nun klang sie ganz sanft. »Er konnte nichts dafür. *Du* kannst nichts dafür. Es war Gottes Wille. Je eher du das akzeptierst, desto leichter wird es für dich. Versuch es doch bitte. Für mich. Für deinen Papa. Für deine Geschwister. Wir alle machen uns schreckliche Sorgen um dich.«

Meine Schwester …

Ich blickte auf. »Alix. Ich möchte sie sehen.«

»Dann soll es so sein. Ich werde ihr gleich schreiben.«

»Aber nicht in England!« Beim bloßen Gedanken an Victoria, die Mitleid für den Mann geäußert hatte, der mich einst heiraten würde, jagte mir ein kalter Schauer über den Rücken. »Sie muss hierherkommen.«

»Gut«, sagte Mama, »dann kommt sie.«

Dank Alix' Anwesenheit, die ihren Mann Bertie und ihr Baby, Albert Victor, mitgebracht hatte, begann mein Kummer allmählich zu verebben. Bertie hatte zugenommen. Mit seinem rot verfärbten Gesicht, dem Schnauzer und dem sich um seinen Bauch spannenden Frack wirkte er wie ein würdevoller, etwas korpulenter Herr. Er war rührend besorgt, zeigte seine Anteilnahme und brachte mich unabsichtlich zum Lächeln, als der kleine Albert Victor einen Wind fahren ließ und er auf Mamas entsetzte Frage »Was gebt ihr denn dem armen Kind zu essen?«, gelassen antwortete: »Muttermilch. Anscheinend hat der Junge meine hannoverische Kraftnatur geerbt.«

Auch Alix hatte jetzt ausgeprägtere Rundungen, aber sie war dadurch nur noch schöner geworden. Sie wirkte in ihrer Ehe vollkommen zufrieden. Von Anfang an nahm sie mich unter ihre Fittiche und erklärte ernste Gesprächsthemen für verboten. Dies sei unsere Wiedervereinigung, und wir müssten das Beste daraus machen. Und zum Besten gehörte: ordentlich viele Mahlzeiten, damit ich wieder zunahm; Kartenspiele; Dichterlesungen; gemeinsames Klavierspielen und Ausflüge zu unseren anderen Palästen, wo wir Mama dabei zuschauen konnten, wie sie sich über schmutzige Fenster aufregte. Tatsächlich konnte ich zum ersten Mal seit Nixas Tod wieder lachen, als Alix eines Tages mit dem Fuß aufstampfte und Mama kategorisch verbot, selbst gegen Schmutz vorzugehen; schließlich sei sie jetzt die Königin von Dänemark und habe Bedienstete, die ihr solche Aufgaben abnahmen.

Alix heilte mich. Sie bewirkte etwas, das sonst nichts und niemand vermocht hatte. »Selbst mitten in einer Katastrophe geht das Leben weiter«, verkündete sie eines Tages, als wir zusammen an einer Decke für das Körbchen ihres Jungen strickten. »Du bist noch so jung und hast so vieles vor dir, worauf du dich freuen kannst, wenn du erst diese Zeit der Trauer überwunden hast.«

»Was, zum Beispiel?«, fragte ich. »Ich bin das, was die

Franzosen eine … *demoiselle à marier* nennen. Ist es das, was du meinst, ein Fräulein im heiratsfähigen Alter?«

»Du bist sogar noch mehr, nämlich *une princesse à marier*! Hast du schon einmal *daran* gedacht, seit …?«

Einem stillschweigenden Abkommen gemäß ließen wir seinen Namen unausgesprochen. Doch in diesem Moment wollte ich auf einmal die Last meines Geheimnisses abwerfen und von der Wunde, die es mir zugefügt hatte, geheilt werden, damit ich mich endlich wieder ganz fühlen konnte.

So erzählte ich Alix von Nixas letztem Wunsch und den Worten, die Sascha mir ins Ohr gezischt hatte.

Die Augen meiner Schwester weiteten sich. »Du hast ihm aber nichts versprochen, oder?«

Ich senkte den Blick. »Ich hätte es tun sollen. Jetzt tut mir das leid. Er hat die Welt verlassen, ohne Gewissheit zu haben.«

»So etwas darfst du nicht versprechen! Er lag im Sterben. Er wusste nicht, worum er dich bat.«

»Doch«, erwiderte ich leise, »er *wusste* es. Und Sascha hat sich seine Worte zu Herzen genommen. Er hat es mir klipp und klar gesagt. Nixa muss es wirklich gewollt haben.«

»Und du?« Ihre Augen durchbohrten mich. »Ist es auch das, was *du* willst?«

»Ich weiß es nicht. Ich kann es nicht wissen, es sei denn, ich …«

»Es sei denn, du heiratest ihn«, vollendete Alix den Satz. »Aber wenn du später erkennst, dass es doch nicht die richtige Entscheidung war, wie lässt sich dann noch Abhilfe schaffen? Eine Scheidung oder Trennung wären undenkbar.«

Ich versuchte, ein Lächeln zustande zu bringen. »Ja, ein Skandal wäre verheerend. Mama würde das nie dulden.«

»Dann müssen wir Erkundigungen einziehen. Du musst wissen, wie es um Saschas Absichten steht. Hat es keine Briefe gegeben? Keine förmliche Anfrage oder …« Ihre Stimme erstarb, als ich den Kopf schüttelte. »Natürlich nicht.« Sie seufzte. »Selbst wenn er einen Brief geschrieben hätte, Mama hätte ihn dir verheimlicht. Sie wird erst dann etwas sagen, wenn sie glaubt, dass du bereit bist, es dir anzuhören. Bist du nun dazu bereit?«

Erst nach einer ganzen Weile murmelte ich: »Ich kann es dir beim besten Willen nicht sagen. Wenn er es tatsächlich ernsthaft beabsichtigt, sollte ich wenigstens vorbereitet sein. Nixa …« Meine Stimme brach. Ich schluckte. Dann zwang ich mich dazu fortzufahren, den Namen laut auszusprechen. »Nixa hat mich überrascht. Ich möchte nicht noch einmal überrascht werden.«

»Ich verstehe.« Alix lächelte traurig.

Es *hatte* Briefe gegeben, wie mir Mama beichtete, viele Briefe zwischen ihr und der Zarin; und selbst der Zar hatte seine Zustimmung bekundet. Was Sascha betraf, hatte er keine eigene Meinung geäußert, aber Mama versicherte mir hastig, dass Gerüchte, wonach er seine Geliebte meinetwegen verlassen habe, jeder Grundlage entbehrten. Ob er eine Beziehung beendet hatte oder überhaupt eine Geliebte hatte, war unklar, aber wie Alix verkündigte, genügten die Indizien, um unsere Mutmaßung zu bestätigen.

»Er wartet auf dich«, ließ sie mich wissen. »Du musst dich entscheiden.«

Sie verkniff es sich, ihren Rat zu wiederholen, ich solle auf mein Herz hören, aber zudem meinen Verstand benutzen. Doch das war auch gar nicht nötig – ihr Verhalten sprach für sich. Jetzt bot sich mir eine zweite Gelegenheit, den Zarewitsch zu heiraten und in Russland als seine Gemahlin, als Zarin zu leben. Eine solche Chance würde ich nie wieder bekommen. Trotzdem zögerte ich, von Zweifeln zerrissen, bis Alix nach England zurückkehrte, ich wieder allein war und mir endlose Nächte mit Grübeleien um die Ohren schlug, während sich jene Szene am Sterbebett ein ums andere Mal vor meinem inneren Auge wiederholte.

Und erneut nahm Mama das Heft in die Hand. »Er ist bereit, herzukommen und seinen Heiratsantrag persönlich zu stellen. Ich brauche dich wohl nicht daran zu erinnern, wie außergewöhnlich das ist.«

Ich war gerade bei der Abendtoilette, hatte meine Zofe Sophie, die bei mir nie viel zu tun bekam, schon für die Nacht entlassen und bürstete mir vor dem Spiegel das Haar. An das Spiegelbild meiner Mutter gerichtet, fragte ich: »Wie lange wissen Sie schon Bescheid?«

»Ich war ahnungslos …« Sie unterbrach sich. »Ich will dich nicht anlügen. Als wir in Nizza waren, habe ich es von der Zarin erfahren. Nixa hatte ihr und Sascha seinen letzten Willen erklärt. Nur hielt ich es damals nicht für richtig, es dir sofort zu sagen. Du wärst nicht in der Lage gewesen, es in Ruhe zu überdenken.«

Ich hatte es geahnt! Ich legte die Haarbürste zur Seite. »Er ist ein *Tier*! Er hat mich angezischt wie eine Schlange, und das, als sein Bruder gerade seinen letzten Atemzug getan hatte.« Sie runzelte die Stirn, aber ich wollte jetzt keine Fragen hören. Sie hätten zwangsläufig zu der Offenbarung geführt, dass Nixa mich um dasselbe gebeten und ich ihm die Antwort verweigert hatte. Also fuhr ich fort: »Was soll ich Ihrer Meinung nach tun?«

»Wie kann ich dich beraten? Du hast so schlimm gelitten …« Sie seufzte. »Nun ja, er ist nicht Nixa, aber unfreundlich ist er deswegen nicht. Und äußerlich mag er tatsächlich etwas von einem Tier haben, wie du sagst, aber dafür kann er nichts. Als Zweitgeborener wurde Sascha zum Dienst in der kaiserlichen Garde erzogen. Niemand hat je daran gedacht, dass er in eine Lage wie diese geraten würde.«

»So wie niemand gedacht hat, dass ich je in eine Lage wie meine jetzige geraten würde«, konterte ich.

»Allerdings. Dennoch könntet ihr so viel füreinander tun. In einer Ehe ist Liebe nicht alles, vorausgesetzt, es herrschen auf beiden Seiten Vertrauen und Respekt. Liebe kann mit der Zeit zwischen zwei Menschen wachsen, wenn sie mit Hingabe genährt wird. Die Zarin hat mir versichert, dass dies Sascha ein Herzenswunsch ist.«

»Ist die Beendigung eines Verhältnisses mit einer Mätresse Beweis genug für Hingabe?«

Mama musterte mich nachdenklich. »Minnie, ich verstehe deinen Widerwillen. Und ich sehe, dass Nixas Tod ein schwerer Schlag für dich ist. Obendrein warst du noch nie eine, die Veränderungen leicht hingenommen hat. Aber trotzdem musst du heiraten, Kinder bekommen und dir ein eigenes Zuhause einrichten.«

»Ist das alles?« Mamas stoische Art ließ mich verzagen, doch dann gab ich mir einen Ruck. »Ein eigenes Zuhause und Kinder, und das alles in der Hoffnung, dass eines Tages vielleicht Liebe entstehen könnte? Noch bin ich eine dänische Prinzessin, daran haben Sie mich oft genug erinnert. Da ist eine Hochzeit mit einem Romanow doch sicher nicht die einzige Möglichkeit, Ehefrau und Mutter zu werden?«

Mama seufzte. »Du bist noch zu jung, um das Leben so zu verstehen, wie es ist. Auch wenn du Nixa nicht heiraten konntest, bist du jetzt für viele eine Witwe. Und es gibt nur einen Zarewitsch.«

Was für eine barsche Erinnerung daran, dass ich durch den Tod des Mannes, den ich geliebt hatte, kompromittiert war! Ich hatte mich von meinem Schreck noch nicht erholt, als Mama fortfuhr: »Durch eine Ehe mit Sascha kann sich für dich alles ändern. Er kann dir einen Rang gewährleisten, der dich zu einer der wichtigsten Frauen der Welt macht. Wenn mit der Zeit auch Liebe dazukommt, ist das ein Segen, aber allein schon diese Ehe an sich ist eine große Ehre.« Diese Worte ließen mich zusammenzucken. Von der gleichen »großen Ehre« hatte sie gesprochen, als sie mir eröffnet hatte, dass ich Nixa heiraten sollte. »Eines Tages wird er Zar sein, so Gott will«, fügte sie hinzu. »Und gebe Gott, dass seinem Vater noch viele Jahre als Herrscher vergönnt sind. Aber denke nur daran, was du alles erreichen kannst, wenn du Zarewna, also Kronprinzessin, und später Zarin an der Seite deines Mannes bist. Du könntest Dänemark unschätzbare Dienste erweisen. Und selbst von ihrem Platz hinter dem Thron aus kann eine Frau herrschen.«

»Herrschen?« Endlich richtete blickte ich ihr direkt ins Gesicht. »Ich will ja gar nicht herrschen!«

»Doch, genau das wirst du tun, so oder so.« Erneut brachte mich ihr aufrichtiger Ton aus dem Konzept. »Das gehört zu den Dingen, die Königinnen einfach tun müssen. Glaubst du etwa, dein Vater wäre ohne mich der König, der er ist? Ich bin die Peitsche, die ihn anspornt. Ich bin seine Augen und Ohren, sein Gewissen und seine Ratgeberin. Ohne uns Frauen würden die meisten Männer ihr Leben lang kleine Jungen bleiben. Unsere Familie ist nur dank mir das geworden, was sie ist, denn ich habe nie aufgehört, mehr anzustreben als das, was wir hatten.«

Plötzlich begriff ich. »Willy … Haben Sie …?«

»Ja. Ich habe deinem Bruder die Krone der Hellenen verschafft, indem ich seine Kandidatur Königin Victoria schmackhaft gemacht habe. Sie ist die Einzige unter uns, die ihre Macht offen ausüben kann, aber sie ist immer noch eine Frau. Und eine Mutter. Sie wusste, dass die Griechen Alfred als ihren nächsten König in Betracht zogen, und sie wollte ihn nur ungern opfern. Aber dann ging sie plötzlich bereitwillig auf meinen Vorschlag ein, als ich ihr anbot, keinen Anspruch auf die

Ionischen Inseln zu erheben und sie unter britischem Protektorat zu belassen. Prompt fiel die Abstimmung zu Willys Gunsten aus. Und das ist der Einfluss, den auszuüben dir offensteht: Du kannst diskret auf Nationen einwirken und deiner Blutlinie nützen – aber nur, wenn du deine Wahl weise triffst.«

Statt meine Antwort abzuwarten, stand sie auf und ließ mich am Frisiertisch zurück – gleichermaßen verblüfft wie entsetzt. Zum ersten Mal im Leben sah ich sie nicht als meine fordernde Mutter, sondern als Frau, die für uns aus dem Nichts einen Platz in der Welt geschaffen hatte.

Auch wenn ich mir das auf keinen Fall eingestehen konnte, hatte sie die Entscheidung für mich getroffen. So wie es sich auch schon Nixa gewünscht hatte, würde ich Sascha heiraten und mein Schicksal auf mich nehmen.

Selbst wenn ich nicht in ihn verliebt war.

Die offizielle Bestätigung traf ein. Versiegelt war sie mit dem Emblem der Romanows, dem doppelköpfigen Adler auf goldenem Wachs. Die Hochzeit musste im November stattfinden, dem Monat, in dem sich traditionsgemäß jeder Zarewitsch vermählte. Mama zog alle Register ihrer Organisationskunst und verdonnerte mich täglich zu stundenlangem Lernen mit meinem Russischlehrer und dem orthodoxen Priester, der zu uns geschickt worden war, um mich in meinem neuen Glauben zu unterweisen. Dann schrieb Alix, dass sie erneut schwanger war und die Königin ihr weite Reisen verboten hatte, sie also nicht zu meiner Hochzeit kommen konnte.

»Victoria ist nur deshalb über deine Verlobung verstimmt, weil du ihren Alfred zurückgewiesen hast«, schnaubte Mama.

Dazu sagte ich nichts. Obwohl es mich betrübte, dass Alix deswegen leiden musste, registrierte ich mit Genugtuung, dass ich Victorias Pläne erneut durchkreuzt hatte.

Lange bevor ich bereit war, mich zu verabschieden, stand schon der Aufbruch an. Ich reiste mit drei Hofdamen und meiner Zofe Sophie, dazu meiner schwarzen Spanielhündin – ein Geschenk meines Vaters –, die ich Grazia getauft hatte. »Damit du etwas Lebendiges aus Dänemark bei dir hast«, erklärte er und löste damit eine Tränenflut bei mir aus, als ich ihn auf dem Kai ein letztes Mal umarmte, bevor es an Bord unseres generalüberholten königlichen Schiffs, der *Sleswig*, ging.

Mein Bruder, Kronprinz Frederik, sollte mich als unser Abgesandter nach Russland begleiten, auch wenn Mama und Papa heftig dagegen protestiert hatten. Für die sündteure Brautausstattung hatten sie unsere Schatzkammer geplündert, sodass sie sich eigentlich keine zusätzlichen Kosten mehr leisten konnten.

Jetzt umarmte ich auch Mama. Obwohl es Ärger zwischen uns gegeben hatte, versagte uns beiden plötzlich die Stimme. Schließlich löste sich Mama von mir und flüsterte: »Vergiss nie, wer du bist.« Dann übergab sie mich Freddy, der mich an Bord führte.

Im Hafen ragten zwei russische Kriegsschiffe stählernen Leviathanen gleich in die Höhe. Das war meine offizielle Eskorte zum Reich der Zaren. Gewehrsalven wurden abgefeuert, und das Orchester meines Schiffs spielte die dänische Nationalhymne.

Es liegt ein lieblich Land
Im Schatten breiter Buchen
Am salz'gen Ostseestrand
An Hügelwellen träumt's, im Tal
Alt-Dänemark, so heißt es
Und ist der Freya Saal.

Ich stimmte sofort mit ein, und Freddy wie auch meine Hofdamen taten es mir gleich. Und während wir sangen, schmiegte sich Grazia an meine Brust. Dass ich nun tatsächlich mein Heimatland verließ, zerriss mir das Herz.

Doch wenigstens wusste ich jetzt, dass mein Heimatland *mich* nie verlassen würde.

Teil II

1866 – 1881

Weiße Nächte

Gott thront hoch oben im Himmel,
der Zar weit weg in der Ferne.

RUSSISCHES SPRICHWORT

7

Eine Sage in den Büchern, die Nixa mir geschickt hatte, gefiel mir besonders gut. Darin hieß es, das rotgoldene Schimmern Russlands sei die Farbe des Feuervogels. Dieser sei ursprünglich ein Bauernmädchen gewesen, das es verstanden hatte, die farbenprächtigsten Stoffe zu weben. Von Neid auf seine Gabe zerfressen, versuchte ein böser Zauberer, es zu entführen, und verwandelte es in einen Feuervogel. Doch der Feuervogel starb, als er sich in die Lüfte schwang, und seine Federn wehten vom Himmel herab, um sich über das Land zu verstreuen, dessen fruchtbarer Boden sie in sich aufnahm. Seitdem offenbarten sich diese Farben in den Blättern von Russlands Bäumen, seinen Wildblumen und den traditionellen Gewändern der *Mudschiki*, der Bauern.

Und feuervogelrot war tatsächlich der Farbton von ganz Russland, wie ich bald herausfinden sollte – jenes satte Scharlachrot wie von Blut, das auch ein Symbol für Gesundheit, Wohlstand und Glück war. Rot war die Farbe vieler Häuser, Kutschen und Schlitten; Rot war auch die Farbe des geliebten Reichsapfels, der an Haustüren, Giebeln, Dachsparren und Mauern prangte. Mit zarten roten Mustern waren die Ärmel der traditionellen Gewänder und die Halstücher bestickt; kräftig rot war der Lack auf Holzwerkzeugen; und ein elegantes Blutrot leuchtete mir von den Paspeln an den Uniformen der Soldaten entgegen, die zur Feier meiner Ankunft in einer Prozession an mir vorbeidefilierten.

Und Rot war nicht die einzige Farbe meines neuen Landes. Kurz nach meinem Eintreffen fiel der erste Schnee, was für mich in dieser Intensität eine völlig neue Erfahrung war. Ich fühlte mich, als säße ich in einer riesigen mit Perlmutt ausgekleideten Muschel, um mich herum das in winterhaftes Glühen getauchte St. Petersburg, das fast wie eine Luftspiegelung zu schweben schien. Die Bilder waren von einer kristallinen Schärfe, die seine anderen Farben noch stärker betonte – das Türkis, Birnengrün, Elfenbeinweiß, das ätherische Blau und blasse Pink der zwiebelförmigen Turmkuppeln der Kathedrale, Palastfassaden und mancher skurriler Ladenschilder; ein wahrer Regenbogen aus Pastellfarben, der mit dieser erstaunlichen Stadt verschmolz, einer Stadt, die man oft als Venedig des Nordens bezeichnete, weil sie nicht nur vom Fluss Newa geteilt, sondern auch von zahlreichen Kanälen durchzogen wurde.

So etwas hatte ich noch nie gesehen. Ich verrenkte mir fast den Hals, während ich versuchte, vom Deck meines Schiffs aus alles zu erfassen. Der Blick war überwältigend, ja, Ehrfurcht erregend. Nixa hatte ihn mir schon beschrieben, aber ihn mit eigenen Augen zu sehen war ein Erlebnis, als wäre ich an einem wundersamen Ort gelandet, als wäre mir das Paradies erschienen.

An Land zu gehen wurde mir nicht gestattet. Stattdessen kamen der Zar und die Zarin an Bord. Begleitet wurden sie von meinem Verlobten Sascha und dessen Brüdern, den Großfürsten Wladimir, Alexej, Sergej, dem jungen Paul und ihrer Tochter, der frühreifen Großfürstin Marie. Zu meiner Überraschung überreichte mir der Zar eine schlichte Zinnplatte mit Brot und Salz darauf, das in Russland offenbar übliche Willkommensgeschenk. Im selben Moment explodierte über dem Hafen ein Feuerwerk und verwandelte den Nachthimmel in ein taghelles, glitzerndes Firmament.

Tags darauf fuhren wir in Begleitung berittener Husaren in offenen Kutschen durch die Stadt. Überall jubelten die Menschen und fielen auf die Knie, sobald sich der Zar näherte. Man hätte meinen können, er wäre ein Gott. Ohrenbetäubend erhob sich ihr Ruf »Gott schütze den Zaren!«. Welch ein Beweis für die tiefe Liebe des russischen Volks zu seinen Herrschern! Doch die Zarin wandte sich zu mir um und sagte: »Die Menschen hier begreifen deine Ankunft als gutes Omen. Du bist am Tag des Heiligen Andreas gekommen, des Apostels, der wie Jesus gekreuzigt wurde. Er hat zwei Tage lang am Kreuz gehangen und dennoch bis zu seinem Tod dem Volk gepredigt. Danach soll am Himmel ein Kreuz erschienen sein.«

Ich nahm es mit einem höflichen Lächeln zur Kenntnis. Mir kam das wie Aberglauben vor. Ich selbst war nach der lutheranischen Lehre erzogen worden war, die alle Götzenverehrung ablehnte. Das änderte freilich nichts daran, dass ich mehr sehen und diese erhabene Stadt erforschen wollte. Zu meiner Enttäuschung kehrten wir aber gleich nach unserer Prozession zur luxuriös ausgestatteten, kaiserlichen Jacht *Alexandria* zurück, die in der Nacht neben meinem Schiff vor Anker gegangen war.

Am nächsten Tag wurden wir zur Sommerresidenz des Zaren, Peterhof, gebracht, die auf der anderen Seite der Newa-Bucht lag. Hierbei handelte es sich um ein mächtiges Schloss, das über dem Ostseestrand aufragte. Die Größe der Anlage war unmöglich zu ermessen, denn es gehörten noch weitere Paläste und eine Vielzahl von großen und kleineren Gärten mit atemberaubenden Fontänen und Kaskaden dazu. Der Hauptpalast mochte mit seinen dreißig Räumen vielleicht gar nicht so riesig erscheinen, doch beim Speisesaal befiel mich unwillkürlich der Eindruck, dass ganz Dänemark hineinpassen würde.

Nach dem Aufenthalt im Peterhof-Palast fuhren wir mit dem Privatzug des Zaren weiter landeinwärts zum ganz in

Eisblau und Gold gehaltenen Katharinen-Palast in dem Dorf Zarskoje Selo, einer weiteren prachtvollen kaiserlichen Residenz, umschlossen von herrlichen Gärten. Hier weilten wir sechs Tage. Inzwischen drehte sich mir der Kopf von dem Wirrwarr an Eindrücken und Gefühlen, kurz: Ich war erschöpft und hatte eine Pause dringend nötig. Angesichts der Größe und Erhabenheit meiner Umgebung kam ich mir vor wie eine Zwergin. Immer eindringlicher wurde mir bewusst, dass es mich in ein Land verschlagen hatte, dessen Reichtum alles übertraf, was ich bisher gekannt hatte. Gleichwohl beunruhigte mich zunehmend der Verdacht, dass zwar der Zar und seine Gattin von mir entzückt sein mochten, Sascha aber ganz und gar nicht.

Seit meiner Ankunft hatte er kaum ein Wort mit mir gesprochen. Diese Schweigsamkeit machte sein redegewandter Bruder Wladimir mehr als wett. Er führte mich durch den Katharinen- und den benachbarten Alexander-Palast, durch unzählige mit Marmor ausgekleidete Prunksäle und mit Wandgemälden geschmückte Kammern und Salons. Voller Stolz präsentierte er mir die prachtvolle Zimmerflucht, die als die Goldene Enfilade bekannt war und zu der auch ein Ballsaal gehörte, in dem den Besuchern ob des goldenen barocken Maßwerks und der Kristalllüster der Atem stockte.

Im Bernsteinzimmer wurde ich erneut von Ehrfurcht ergriffen. Jäh sah ich mich einer Wand aus geschnitzten Bernsteinpaneelen gegenüber, ergänzt durch Spiegelpilaster und Gold – ein Raum, dem ein überirdisches safranfarbenes Glühen entsprang. Wie viele Jahre es wohl gedauert, welches handwerkliches Geschick es erfordert haben mochte, ein solches Wunderwerk zu vollenden? Vorsichtig berührte ich eines dieser leuchtenden Paneele, über dem ein aus vergoldetem Stuck geformter Engel thronte, als Wladimir mitten in meine Grübeleien hinein sagte: »Dieses Zimmer war ein Geschenk des preußischen Königs Friedrich Wilhelm I. an Zar Peter den Großen. Ursprünglich wurde es für den Königspalast in Berlin angefertigt, aber Peter bewunderte es so sehr, dass der König es ihm als Teil ihrer Allianz anbot. Peters Tochter, Kaiserin Elisabeth, ließ es später hier aufbauen. Über die Jahre ist es dann erweitert worden. In diesem Zimmer befinden sich über sechs Tonnen Bernstein.«

»Aber zerbricht Bernstein nicht leicht?«, fragte ich. »Wie konnten die Künstler dieses Werk schaffen?«

»Wenn Bernstein vorsichtig in einem Ölbad erhitzt wird, lässt er sich biegen«, erklärte Wladimir. »Teile davon können zusammengefügt werden, indem man die Oberflächen mit Leinöl bestreicht und fest aneinanderpresst, solange sie noch heiß sind.« Er lachte. »Wir Romanows scheuen keine Kosten. Und wenn du glaubst, dass dieses Zimmer beeindruckend ist, dann warte erst, bis du unseren Winterpalast in St. Petersburg gesehen hast.«

»Dort muss es sein wie in Versailles«, wisperte ich. Versailles war das einzige Schloss, das ich als Vergleichsmaßstab kannte. Zumindest hatte ich zahllose Geschichten über die Residenz des französischen Sonnenkönigs gehört.

Hinter uns vernahm ich feste Schritte auf dem Intarsienparkett. »Siehst du das?« Als ich mich überrascht umdrehte, erkannte ich Sascha. Grinsend hielt er mir die Faust entgegen. »Da drinnen, in dieser einfachen russischen Hand, könnte ich ganz Versailles wie ein Hufeisen biegen.«

»Oh?« Ich war so froh, ihn endlich sprechen zu hören, dass ich kaum darauf achtete, was er sagte. »Zeig's mir.«

Wladimir lachte. »Führe ihn nicht in Versuchung. Er macht es tatsächlich.«

Am selben Abend nahm Sascha während des förmlichen Diners vor dem versammelten Hof, die Augen starr auf mich gerichtet, einen silbernen Servierteller in die Hand und knetete ihn mit seinen bloßen Fingern wie Teig. Dann warf er den verformten Teller auf den Tisch zurück und verkündete: »Darum muss Russland kein Land um irgendwas beneiden.«

»Er will dich beeindrucken«, meinte Wladimir, als er mich nach dem Essen zur Tanzfläche führte. »Er hat die Sorge, dass du ihn für einen schlechten Ersatz für Nixa hältst.«

Ich gab keine Antwort, obwohl es mir nicht behagte, dass Sascha anscheinend glaubte, er könne dadurch meine Gunst gewinnen, dass er in der Öffentlichkeit seine Muskeln spielen ließ. Ich stand kurz davor, einen Mann zu heiraten, der sich in so etwas gefiel! Bei diesem Gedanken überwältigte mich schreckliches Heimweh. Ich wehrte mich mit aller Kraft dagegen, aber es verschwand erst, als mir die Musik durch die Glieder fuhr und ich mich ganz dem Tanz hingab. Hier konnte ich herausstechen. Ich hatte ja bis zur Erschöpfung geübt. Folglich war ich nach den ersten Quadrillen und meinem Lieblingstanz, der feurigen polnischen Mazurka, so gut wie nicht außer Atem.

»So, wie du tanzt, wirst du im Nu alle russischen Herzen gewinnen«, keuchte Wladimir, dem schon Schweißtropfen über die geröteten Wangen perlten. »Die russischen Tänze zu beherrschen ist ein Kunststück, das niemand unterschätzen sollte. Man möchte meinen, dass auch Dänemark kein Land um irgendwas beneiden muss.«

Jäh ertappte ich mich bei einem gewissen Bedauern, dass nicht er mein Bräutigam war, denn Sascha blieb die ganze Zeit sitzen, schlug sich zwar mit den Handflächen auf die Oberschenkel und stampfte im Rhythmus der Musik mit den Füßen, ersparte sich aber die Mühe, mich zu begleiten.

Am nächsten Tag kehrten wir mit dem privaten Zug der Zarenfamilie nach St. Petersburg zurück und rollten anschließend in offenen Landauern die Prachtstraße Newski-Prospekt zum Winterpalast hinunter. Wieder drängten sich zu beiden Seiten gewaltige jubelnde und begeistert die Mützen schwingende Menschenmassen. Sascha saß indes still an meiner Seite. In seiner blauen Uniform sah er gepflegt aus, und sein dünner Schnurrbart lenkte von seinem massiven Kinn und den etwas vortretenden blaugrauen Augen ab, die den Eindruck vermittelten, das Treiben um uns herum sei für ihn ein Übel, das es zu überstehen gelte.

Als unsere Droschken dann durch das zur Erinnerung an den Sieg Russlands über Napoleon erbaute Narva-Tor rauschten und den riesigen Vorplatz vor dem Palast erreichten, der von der aus rotem Granit geschaffenen Alexandersäule beherrscht wurde, verschlug es mir den Atem.

Unmittelbar vor mir ragte der Winterpalast auf.

So weit das Auge reichte, erstreckte er sich längs des Flussufers, ein Koloss aus herrlichem Zinnober, geziert durch weiße, mit Gold gekrönte Wandpfeiler. Als die Sonne an Kraft gewann, brachte sie die Fassade zum Lodern und verwandelte die hohen, weiß gerahmten Fenster in glitzernde Spiegel. Die Augen mit den Händen abschirmend, spähte ich hinauf zur Balustrade des Dachs, die mit Bronzestatuen geradezu gespickt war. Man hätte meinen können, dies alles hätte ein hoffnungslos überladenes, barockes Ungetüm ergeben, doch irgendwie kam der Bau mir luftig und elegant vor.

»Über tausend Zimmer«, verkündete Sascha.

Nach einer Schrecksekunde drehte ich mich zu ihm um. »Wenn man jemanden sucht, wie kann man ihn jemals finden?«

»Das klappt schon irgendwie. Aber wir werden dort sowieso nicht leben. Nach der Hochzeit werden wir im Anitschkow-Palast residieren. Er ist in der Nähe, aber nicht zu nahe. Ich halte gern Abstand zum Hof.«

Das Lächeln gefror mir auf den Lippen. Sollte mich das etwa beruhigen?

Zu Trompetenstößen, vorgetragen von einem Mitglied der Armeekapelle, hielten wir im Palast Einzug. Innen war er noch ehrfurchtgebietender als außen: endlose Säle mit Wänden aus Alabaster, allesamt mit Spiegeln verkleidet, Rundgänge, die Tonnen an Lapislazuli und Onyx bargen und mit Wandpfeilern aus Malachit und Marmortreppen geschmückt waren, die so glatt waren, dass ich sie in meinen schweren Wollröcken nur mit Mühe erklimmen konnte.

Doch letztere Übung blieb mir nicht erspart. Sophie stolperte hinter mir her, gezogen von Grazia, die mit aller Macht an der Leine zerrte. Am oberen Treppenabsatz teilte sich die Gruppe plötzlich auf. Die Männer gingen in die eine Richtung weiter, während die Frauen unter Führung der Zarin mich in den labyrinthartigen Westflügel bugsierten. Am Ende landeten wir in einer Suite, bestehend aus ineinander übergehenden Räumen, allesamt mit rotem Brokat tapeziert. Möbliert waren sie mit gepolsterten Stühlen und Sofas, mit vergoldeten Sekretären und Tischen, und der letzte Raum prunkte mit einem Himmelbett, das Platz für gut und gern zehn Personen bot. In stummer Ehrfurcht starrte ich es an. Mir schoss durch den Sinn, wie Alix und ich nachts im Winter zu zweit auf einer unserer wackeligen Pritschen geschlafen und die Mauerritzen an den Fenstern mit Wolle zugestopft hatten, damit es nicht kalt hereinzog.

Die Zarin blieb bei mir, während ihre Hofdamen sich in ein Vorzimmer zurückzogen. Unter meinem knöchellangen Mantel verschwitzt, blieb ich schlaff und willenlos stehen. Irgendwie waren meine Siebensachen hierhergeschafft und in einer Ecke aufeinandergestapelt worden. Diese armselige Ansammlung von Koffern nahm sich im Vergleich zu dem exzessiven Reichtum, den ich gerade gesehen hatte, wie ein verfallener Ameisenhaufen aus. Und ich selbst kam mir vor wie eine Bettlerin, die um Almosen flehte. Ohne jede Vorwarnung schossen mir Tränen in die Augen. Wie peinlich! Mühsam kämpfte ich sie zurück.

Dann fing Grazia an zu bellen. Die Zunge hing ihr aus dem Maul, und sie fixierte mich mit ihren dunklen Augen.

»Sie hat Durst«, sagte ich, an Sophie gewandt, die ebenso perplex wie ich zu sein schien. »Sie hat seit Stunden nichts getrunken.«

»*Eau pour le chien*!«, befahl die Kaiserin. Sekunden später kam eine ihrer Hofdamen mit einer Schale voller Wasser aus dem Vorzimmer herein und stellte sie vor meinem Spaniel ab. Grazia schlabberte sie gierig leer, wobei sie auch reichlich Wasser auf den üppigen roten Teppich spritzte.

»Du musst ebenfalls durstig und müde sein«, sagte die Zarin. Die Tatsache, dass sie mein Unbehagen zur Kenntnis nahm und mit leiser Stimme bestätigte, löste bei mir eine neue Gefühlswallung aus. Und wieder schwammen meine Augen in Tränen. Wie durch einen Schleier hindurch blinzelte ich sie an. »Ich … ich weiß nicht, was ich tun soll, Majestät.«

»Oh, nein.« Eilig trat sie auf mich zu. »Keine Majestät hier. Einfach nur Maria.« Damit schloss sie mich in die Arme und drückte mir ihre kühle Hand an den Nacken. Dankbar ließ ich den Kopf an ihre knochige Schulter sinken. In diesem Moment wurde mir eindringlich bewusst, wie sehr mir meine Mutter fehlte, und jäh entwich mir ein unterdrücktes Schluchzen.

Sofort zog die Zarin ein Taschentuch aus ihrer Rocktasche und tupfte mir die Wangen ab. »Alles ist gut. Wenn du willst, gehen wir erst morgen zu ihm. Wir werden ihm zusammen die letzte Ehre erweisen.«

Sie hatte meinen Kummer falsch interpretiert und geglaubt, ich würde um Nixa weinen, doch in diesem Moment hatte ich zu meiner Schande überhaupt nicht an ihn gedacht, sondern war nur von heftigem Heimweh überwältigt gewesen.

Ich nickte. »Ja. Ich würde ihn sehr gern … besuchen.«

»Er ist in der Peter-und-Paul-Kathedrale beigesetzt worden.« Ihre Hand löste sich von meinem Nacken und ergriff die meine. Ihre Finger waren so eiskalt, als wäre bei der Erwähnung seiner Grabstätte alle Wärme aus ihrem Körper gewichen. Doch obwohl ihre Stimme zitterte, entdeckte ich darin auch einen Anflug von Härte. »Du wirst dich beizeiten akklimatisieren. Es ist am Anfang niemals leicht, wenn man in dieses Land kommt, aber wir passen uns an, mein Kind. Das müssen wir. Lass dir nicht den Mut nehmen. Du bist jetzt eine Romanow. Du musst deine Rolle akzeptieren und darin aufgehen. Anders kannst du nicht überleben.« Sie ließ mich los. »Ich werde darauf achten, dass man dich ordentlich versorgt. In den nächsten Tagen kommt vieles auf dich zu: dein Übertritt in die orthodoxe Kirche, die Brautausstattung und die Hochzeit selbst.« Mit einem fahlen Lächeln löste sie sich von mir. »Ich weiß, dass du uns alle überraschen wirst.«

Als die Zarin sich in Richtung Vorzimmer entfernte, stürzte Sophie herbei, um mir zu helfen. Allein konnte ich den Mantel nicht aufknöpfen; meine Finger waren in den Seidenhandschuhen einfach zu klamm. Dabei war es im Zimmer, ja, im ganzen Palast, zum Ersticken heiß. Der *pechka*, der ebenso praktische wie mächtige russische Kachelofen in der Ecke, glühte förmlich. Wie ein Dämon pustete das auf gebogenen Füßen stehende Ungetüm Heißluft ins Zimmer, sodass ich glaubte, ich würde schmelzen, wenn ich nicht sofort alle Oberkleider ablegte.

Eine schlanke junge Frau mit kastanienbraunem Haar und einem vielleicht nicht ebenmäßigen, aber faszinierenden Gesicht trat ein. »Ich bin Alexandra Apraxine, Prinzessin Obolenskij«, stellte sie sich vor und versank in einem tiefen

Knicks. »Mein Mann, der Prinz, ist Erster Haushofmeister im Haushalt Seiner Kaiserlichen Hoheit. Ich werde Ihnen als Erste Hofdame dienen.« Sie lächelte. »Wenn es Eurer Hoheit gefällt, können Sie mich gern Tanja nennen, wenn wir unter uns sind.«

Ich stieß einen Seufzer der Erleichterung aus. Endlich verzichtete hier jemand auf Förmlichkeit! »Und Sie müssen mich Minnie nennen.«

»Minnie«, wiederholte sie vorsichtig. Unsere Namen waren ihr noch nicht vertraut. Sogleich half sie Sophie dabei, mir die in der Wärme nicht benötigten Kleidungsstücke auszuziehen: Mantel, Hut, Handschuhe und Muff. Danach packte sie mein Gepäck aus, während ich mich auf einen der unbequemen, mit rotem Brokat bezogenen Stühle setzte, von wo aus ich beobachten konnte, wie sie die Lippen schürzte, als sie meine zerknitterte Unterwäsche entdeckte und glatt strich.

»Ich fürchte, meine Spitzen sind nicht so elegant wie das, was man bei Ihnen wohl gewohnt ist«, brachte ich hervor. Und fast hätte ich ihr gestanden, bis auf die Umhänge aus Paris, die in ihren mit Samt gefütterten Schachteln ruhten, könne keines von meinen Kleidern mit dem, was man hier trug, mithalten.

»Das macht nichts«, versicherte Tanja mir. »Seine Kaiserliche Hoheit hat sich schon darum gekümmert. Es ist bei uns Brauch, dass der Zar seiner Schwiegertochter die Brautausstattung besorgt. Sie wartet nur noch darauf, von Ihnen inspiziert zu werden.«

»Heute?« Mit noch mehr Beweisen für die Armut meiner Familie konfrontiert zu werden würde ich nicht ertragen.

»Morgen Nachmittag, nach der Besichtigung der Festung mit Ihrer Majestät«, ließ mich Tanja wissen, um dann Sophie darin zu unterweisen, wie man meine Kleider richtig in die Schränke legte. Inzwischen war ich freilich so weit anzubieten, dass man meine Sachen allesamt wegwerfen könne – bis auf die Kleider von Worth.

Ich hob Grazia auf meinen Schoß und vergrub den Kopf in ihrem weichen Fell. Sie roch nach der kalten Luft draußen und dem Leinöl, mit dem die Holzoberflächen im Palast imprägniert waren. Vergeblich versuchte ich, heimatliche Düfte an ihr zu entdecken, um sie für immer in mich aufzunehmen. Nun aber wurde ich von der Befürchtung überwältigt, ich würde sie nur allzu schnell vergessen.

Denn obwohl Grazia eine lebende Verbindung mit Dänemark war, roch sie bereits jetzt ganz und gar nach Russland.

8

Es war eine schlichte Grabstätte vor einer prachtvollen Ikonenwand – ein Sarkophag aus weißem Marmor, umzäunt von Gitterwerk, an der Brüstung eine Plakette mit seinem Namen und seinen Geburts- und Sterbedaten und oben auf dem Deckel das orthodoxe Kreuz – mit den drei Querbalken – in Gold.

Großfürstin Marie hatte darauf bestanden, uns zu begleiten. Während der Fahrt über die Newa-Brücke zur Haseninsel hatte sie unablässig über alles geplaudert, was ihr in den Sinn gekommen war, und natürlich auch über die Peter-Paul-Kathedrale, deren mit einem Engel gekrönter Turm die ganze Stadt überragte. Doch von dem Moment an, da wir in das von Weihrauchduft erfüllte Gotteshaus traten, wo Wachskerzen flackerten und Ikonen von ihrem Posten unter dem lindgrünen Tonnengewölbe auf uns herabschauten, verstummte sie und hielt sich an der Hand ihrer Mutter fest.

Vor dem Grabmal knieten wir uns nieder. Gepolsterte Bänke oder Kissen für die Knie gab es nicht. In der orthodoxen Kirche stand die Gemeinde während des gesamten Gottesdienstes. In unseren dunklen Gewändern waren wir unbemerkt an den in Schultertücher gehüllten älteren Frauen vorbeigegangen, die Kerzen angezündet hatten und beteten.

Ich brachte einen aus Rosen geflochtenen Kranz aus dem Palast mit. Rosen schien es in diesem Land in unbegrenzter Fülle zu geben. In Vasen arrangiert, standen sie überall auf den Tischen oder in marmornen Schalen in Vorzimmern. Während ich die Vase vor dem Grabmal abstellte, flüsterte ich mein orthodoxes Gebet für Nixa, das ich auswendig gelernt hatte, während die Zarin hinter mir leise weinte.

Auf dem Rückweg über den mittlerweile aufgewühlten Fluss fragte mich Großfürstin Marie: »Hast du meinen Bruder sehr geliebt?«

»Ja.« Mit einem Lächeln verbarg ich die Trauer, die ihre Frage in mir geweckt hatte. »Ich habe ihn nicht lange gekannt, aber er war sehr lieb zu mir. Wir … wir wollten heiraten.«

»Und jetzt heiratest du statt seiner Sascha?« Das Mädchen runzelte die Stirn. »Liebst du ihn auch?«

Gedankenverloren spähte die Kaiserin auf den Fluss hinaus. Sie schien uns gar nicht zu hören. Gleichwohl blickte ich eilig zu ihr hinüber, bevor ich antwortete. Der Scharfsinn ihrer Tochter hatte mich verblüfft.

»Jetzt heirate ich ihn«, bestätigte ich. »Das ist meine Pflicht.«

Marie überlegte. »Hm, wenn du meine Brüder liebst, dann müssen wir Schwestern sein.«

»Dann sind wir Schwestern«, sagte ich leise und küsste sie auf die Wange.

Wie alles andere an diesem Hof war meine Brautausstattung von schwindelerregender Pracht. Auf mehreren mit Tüchern bedeckten Tischen ausgebreitet, füllte sie ein ganzes Vorzimmer und wurde ständig von den Turban tragenden Türken bewacht, die auch die Leibgarde des Zaren bildeten. Sie umfasste Zobel- und Hermelinpelze, Luchsfelle, Mäntel, Umhänge, Kostüme, Morgenröcke, Stiefel aus besticktem Leder, pelzgefütterte Handschuhe, bunte Schals, feinste Seidenstrümpfe und exquisite Unterwäsche, ebenfalls aus Seide, und nicht zuletzt ganze Stapel von den in Russland allgegenwärtigen Taschentüchern – Gebrauchsmittel, die hierzulande für Bräute unerlässlich waren und deren Qualität alles übertraf, was ich besaß, auch wenn ich bezweifelte, dass ich jemals wagen würde hineinzuschnäuzen.

»Muss ich das *alles* begutachten?«, fragte ich Tanja erschrocken. Die Zarin konnte ich nicht mehr um Rat bitten, weil sie sich in ihre Privatgemächer zurückgezogen hatte. Ihr anhaltendes Husten am Nachmittag hatte schon sehr besorgniserregend geklungen, und ich befürchtete, sie könne sich wegen der Aufregung um den Besuch von Nixas Grabstätte eine Erkältung zugezogen haben. Und nun begleitete mich neben Tanja auch Marie bei der Inspektion, schlenderte zwischen den Tischen umher, betastete Artikel, als wären sie Spielzeuge, und machte vor den Wachmännern, die mit steinerner Miene dastanden, alberne Bemerkungen.

»Überhaupt nicht«, versicherte Tanja mir. »Eure Hoheit brauchen sie nur anzunehmen.«

»Dann … nehme ich die Geschenke an«, sagte ich stockend, nur um die herrliche Ausstattung doch noch genauer zu betrachten und mich von der Großzügigkeit faszinieren zu lassen, immer in dem Bewusstsein, dass ich all das meinem Schwiegervater, dem Zaren, verdankte.

Die nächsten Wochen wurden bestimmt von einem prall gefüllten Zeitplan von dem Moment an, da ich aufwachte, bis zu der Stunde, in der mir gestattet wurde, erschöpft ins Bett zu fallen.

Mein Übertritt zum orthodoxen Glauben wurde in einem zweistündigen düsteren Ritual vollzogen, in dem von mir verlangt wurde, dass ich meiner lutherischen Konfession nicht nur abschwor, sondern sie verfluchte. Dazu musste ich dreimal spucken, obwohl die ätzenden Weihrauchschwaden aus den an Ketten schwingenden Gefäßen mir kaum noch Luft zum Atmen ließen. Doch gerade weil ich gezwungen wurde, mich dem neuen Glauben zu unterwerfen, gelangte ich zu dem Schluss, dass es im Grunde viel wichtiger war, überhaupt an Gott zu glauben, als sich mit der Frage zu beschäftigen, auf welche Weise man das bekundete. Zum Abschluss nahm ich meinen neuen Namen Maria Fjodorowna an, der »Geschenk Gottes« bedeutete. Wie praktisch alle ausländischen Bräute wurde ich dabei gesalbt und zu den Ikonen geführt, die ich küssen musste, bevor ich meine erste orthodoxe Kommunion erhielt.

Bei der Gala, die an diesem Abend zu meinen Ehren abgehalten wurde, wurde ich per Dekret des Zaren zum ersten Mal als *Ihre Kaiserliche Hoheit Großfürstin Maria Fjodorowna* angekündigt. Bekleidet war ich mit einer schulterfreien blauen Robe, zu der eine Schärpe aus Samt und eine sternförmige Saphirbrosche gehörten, und dem traditionellen russischen Kopfschmuck, dem halbmondförmigen Kokoschnik, der über und über mit funkelnden Diamanten und Perlen besetzt war. Als zum Tanz gebeten wurde, lastete er längst bleischwer auf mir, was mich freilich nicht daran hinderte, voller Stolz übers Parkett zu wirbeln.

Sosehr ich mich darum bemühte, das Ritual der Hochzeitszeremonie zu verstehen, war und blieb es ein Buch mit sieben Siegeln für mich. Überwacht wurde es vom hochnäsigen Zeremonienmeister, der mein mangelndes Wissen als persönliche Beleidigung wertete. Tanja wich nicht von meiner Seite, gab mir Ratschläge und übersetzte für mich ins Französische, wenn der Zeremonienmeister zwischendurch in ein bellendes Deutsch verfiel. Ich hatte mich nie damit abgegeben, diese Sprache so zu lernen, wie das nötig gewesen wäre – immerhin sprachen am Hof der Romanows alle neben Russisch und Französisch auch fließend Deutsch, ja, mehr noch, Russisch bekam ich hier kaum je zu hören. Wie ich von Tanja erfuhr, war die Muttersprache sogar geradezu verpönt, eine Haltung, die mir überhaupt nicht einleuchten wollte.

Dank mühsamer Lektüre der Geschichtsbücher wusste ich inzwischen, dass Peter der Große bestrebt gewesen war, Russland näher an Europa heranzuführen, und seine Nachfolger diese Tradition fortgesetzt hatten. Wie ich weiter erfuhr, war die Romanow-Dynastie schon lange nicht mehr von reinem russischen Blut: Katharina war in Polen geboren und hatte bei den Romanows eingeheiratet, ehe sie den Thron in einem regelrechten Staatsstreich für sich beanspruchte. In seinen Gebräuchen und seiner Lebensart funktionierte der kaiserliche Hof ähnlich wie seine Gegenstücke in Europa, nur lag seine Pracht unter einem zusätzlichen Firnis aus alten slawischen Traditionen. Und von mir wurde erwartet, dass ich sie alle in ihrer Komplexität erfasste. Während ich mich damit abmühte, sie zu lernen, sehnte ich mich nach jemandem, dem ich mich anvertrauen konnte. Zwar war mein Bruder auch hier am Hof, doch er war vollauf mit seinen Pflichten als Kronprinz und Vertreter unserer Nation beschäftigt. Zudem war er oft in der Stadt unterwegs, wenn er zusammen mit Wladimir und Beamten des Zaren Würdenträger besuchte. Auch Sascha bekam ich kaum zu sehen, außer bei festlichen Banketten und Staatsempfängen. Er legte sogar tatsächlich Wert auf Distanz zu mir, was meine Unruhe weiter steigerte. Nie hatte ich mich so unsicher und isoliert gefühlt wie hier. Wie sollte ich an diesem Hof überleben? Wie konnte ich Dänemark als Gemahlin eines Mannes Ehre erweisen, den ich kaum kannte und der irgendwann, vielleicht erst in vielen Jahren, den Zarenthron besteigen würde?

Am Morgen des sechsten November, der über dem ersten Schnee anbrach, wurde ich zur Feuerprobe ins Malachitzimmer gescheucht.

Mir mein Brautkleid anzulegen war eine einzige Qual von

drei Stunden Dauer. Und als der Friseur, der eigens für diesen Anlass eine Lizenz hatte, mir Schläfenlocken legte, wie sie einst Katharina die Große bevorzugt hatte, beobachtete ich die Prozedur in dem mannshohen Spiegel, der ursprünglich der Nichte Peters des Großen gehört hatte und jetzt ausschließlich den Romanow-Bräuten vorbehalten war. So bekam ich *en détail* mit, wie Dagmar von Dänemark in ein hauchzartes silbriges Gewebe gehüllt und in einen purpurnen, mit Hermelin verbrämten Mantel gesteckt wurde, ehe sie die Krone Katharinas der Großen mit dem pinkfarbenen Diamanten auf den Kopf gesetzt bekam und ihr um Hals, Arme und Handgelenke juwelenbesetzte Bänder und Perlenschnüre gelegt wurden.

Die Wirkung war berückend, wuchs sich aber bald zur Kraftprobe aus, als der Zar und sein Bruder mich in einem feierlichen Umzug zur kaiserlichen Kapelle eskortierten. Unter den Insignien meiner Würde lief der Schweiß in Strömen an mir hinunter, und als ich an Saschas Seite die mit roten Tüchern bespannte Altarempore erklomm, glaubte ich für einen Moment, ohnmächtig zu werden.

Ohne dass Sascha seine Haltung änderte, schoss seine Hand vor und stützte mich. Ich erstarrte. Jäh war mir wieder eingefallen, wie er mich nach Nixas Tod gehalten hatte.

Ich habe es ihm versprochen. Vergiss das nicht.

Der Metropolit sprach ein Gebet, während wir dreimal um den Altar herumschritten. Was Sascha jetzt wohl empfinden mochte? Immerhin heiratete er mich wegen eines Versprechens, das er seinem sterbenden Bruder gegeben hatte, also gewissermaßen unter Zwang. Verstohlen blickte ich ihn von der Seite an. Würde er überhaupt etwas für mich empfinden, oder würde er mich verabscheuen, weil ich ihm das Leben verdorben hatte und von ihm verlangte, dass er nicht nur als Zarewitsch seine Pflichten auf sich nahm, sondern auch als mein Gemahl meinem Wohlergehen und meiner Absicherung zuliebe Erben zeugte? Und all das für eine Frau, die seinen verstorbenen Bruder geliebt hatte, ihm selbst jedoch nichts bedeutete?

Ich war noch ganz mit meinen Gedanken beschäftigt, als die Zeremonie mit dem Gebet für die kaiserliche Familie endete, in die auch ich namentlich miteinbezogen wurde. Der Zar und die Zarin traten vor und küssten uns auf die Wange. »Denk daran«, flüsterte mir die Zarin ins Ohr, »jetzt bist du eine von uns.«

Draußen brachten Salutschüsse aus hundert Gewehren die Palastfenster zum Beben und ließen so das Volk wissen, dass es eine neue Zarewna hatte, die irgendwann an der Seite ihres Gemahls die Geschicke des Landes lenken würde. Vorbei an Höflingen, die sich alle tief verbeugten, wurden wir durch endlose Korridore zu einem mit roten Samttüchern bedeckten Balkon geführt, der auf den riesigen Platz hinausführte. Als wir in die eisige Luft und das Schneetreiben traten, brachen die unter uns versammelten Leute – eine anonyme Masse aus Tausenden Menschen, soweit ich das in meiner Benommenheit erkennen konnte – in ohrenbetäubenden Jubel aus. Was sie riefen, konnte ich zunächst nicht verstehen. Dann ging mir mit einem Schlag der Sinn der russischen Worte auf: »Gott schütze unsere Zarewna!«

In diesem Moment, da ich das Volk meines neuen Heimatlandes meinen neuen Titel rufen hörte, raste eine glühende Welle durch meine Adern und vertrieb alle Kälte. Unerklärlich war das und völlig unerwartet, doch mit einem Mal begriff ich, dass ich mit meinem Ja zum russischen Erben mehr getan hatte, als mich an einen Fremden zu binden. Ich hatte mich an eine *Dynastie* gebunden, an ein Reich, an eine jahrhundertealte Tradition, in der Frauen immer wieder ihre Pflicht für ihr Heimatland getan hatten. Ich war nicht mehr die mittellose Tochter einer einstmals bedeutungslosen Familie, eine Prinzessin ohne Macht; nein, jetzt war ich eine Romanowa – mit allen Herausforderungen, Aufgaben, Privilegien und Pflichten, die mein Rang mit sich brachte.

»Zeig Mutter Russland, dass auch du sie liebst«, forderte Sascha mich auf. Er ergriff meine Hand, und gemeinsam hoben wir zum frenetischen Jubel des Volks die Arme.

»Gott schütze Eure Kaiserlichen Hoheiten!«

Dagmar von Dänemark gab es nicht mehr. Jetzt war ich *Ihre Kaiserliche Hoheit Maria Fjodorowna.*

Für die Hochzeitsfeier durfte ich den Umhang ablegen. Endlich von dieser Last befreit, freute ich mich auf die Gala, an der neben der vollzähligen kaiserlichen Familie auch Hunderte von Adeligen teilnahmen. Ort der Feier war der Nikolai-Saal mit seinen korinthischen Säulen und riesigen Fenstern. Einem alten Brauch entsprechend, speisten wir nicht mit den Geladenen, sondern für uns in einem eigenen Raum. Nach dem Essen mischte sich der Zar unter seine Gäste, denen es für heute verboten war, in seiner Gegenwart aufzustehen. Dass es zur Abwechslung so ungezwungen zugehen konnte, wunderte mich dann doch, da hier normalerweise alles nach einem strengen Protokoll geregelt war.

Die Vorstellungsprozedur zog sich endlos in die Länge. Die Zarin hatte Tanja die Gästeliste gegeben, und diese hatte mich auf alle Eventualitäten vorbereitet: die korrekte Aussprache der Namen und dazugehörenden Titel, Informationen über den persönlichen Hintergrund wie zum Beispiel den Rang des ältesten Sohnes im Preobraschenski-Regiment oder die kürzliche Hochzeit der Tochter. Ich dachte, dieses Übermaß an Informationen wäre mir zum einen Ohr hinein- und zum anderen hinausgeflogen, doch verblüffenderweise wusste ich alles noch, als die Aristokraten mit ihren Frauen an mir vorbeidefilierten. Und ihr Entzücken über meine Nachfragen verriet mir, dass ich einen vorteilhaften Eindruck gemacht hatte.

»Ein guter Anfang«, flüsterte Tanja, ehe ich die Gesellschaft verlassen und dem Zaren vom Empfangssaal in unser privates Speisezimmer folgen musste. »Die Leute werden nie vergessen, wie anmutig Sie waren. Und das Wort wird weit reisen, denn in der Gesellschaft ist nichts schneller als der Klatsch. Wenn die Ballsaison beginnt, werden alle, die Rang und Namen haben, darauf brennen, Sie einzuladen. Und so werden Eure Hoheit die Gesellschaft erobern: Namen um Namen, Salon um Salon.«

Das klang ermüdend. Freilich war ich nun schon seit über zwölf Stunden auf den Beinen und hatte einen Bärenhunger. Auch Sascha, der während der Vorstellungen steif neben mir gestanden hatte, knurrte der Magen.

Als wir dann endlich an unserem Esstisch saßen und ich über den ersten Gang, Wildbraten in Pflaumensoße, herfiel, bedachte er mich mit einem erstaunten Blick. »Dein Appetit ist nicht von schlechten Eltern.«

»Sollte er das denn sein?«, fragte ich, die Gabel auf halbem Weg zum Mund.

»In Versailles vielleicht«, gab er zurück. »Hier nicht.«

Als unser Hunger gestillt war, gingen wir in den angrenzenden Tanzsaal. Sascha und ich eröffneten den Reigen mit einer Mazurka. Ein einfacher Tanz war das wahrlich nicht. Sascha trat mir auf die Zehen, die allgemeine Aufmerksamkeit schien ihn zu stören. Kaum war der letzte Ton verklungen, zerrte er mich vom Parkett herunter. Doch dann verbeugte sich Wladimir, die Wangen vom Wein gerötet, vor mir, und unter Saschas wütendem Blick ließ ich mich von seinem Bruder zurück auf die Tanzfläche führen. Mit seiner Eleganz gab er unter all den anderen Männern eine gute Figur ab. So ging es bis weit nach Mitternacht, ohne dass ich müde wurde. Im Gegenteil, ich fühlte mich munter und erfrischt wie immer nach dem Tanzen. Doch nun stand mir die nächste Prüfung bevor – meine Hochzeitsnacht.

Traditionsgemäß verbrachten ein Bräutigam aus dem Hause Romanow und seine Angetraute ihre erste gemeinsame Nacht abseits des Hofs in der privaten Datscha des Zaren. Ich hatte gehofft, man würde diesen Brauch diesmal angesichts von Kälte und Schnee nicht einhalten, doch da hatte ich mich geirrt. In Begleitung unserer neuen Bediensteten wurden Sascha und ich in eine Kutsche verfrachtet, vor die acht flinke Pferde gespannt waren. Und die galoppierten mit halsbrecherischer Geschwindigkeit hinaus aufs Land. Die russische Ebene lag da wie über der Welt ausgegossene Tinte. Als wir das von Fackeln erleuchtete Haus erreichten, hörte ich irgendwo in der weiten, verschneiten Wildnis einen Wolf heulen.

Mit dem traditionellen Roggenbrot und Salz als Willkommensgruß wurden wir empfangen. Tanja führte mich sogleich in eine separate Suite, wo sie mich entkleidete und mir Nachtwäsche aus der neuen Brautausstattung anlegte. Anschließend wurde ich in das mit Girlanden geschmückte Brautgemach gebracht, in dem das Bett auf seinem silbernen Podest wartete. Nachdem ich eine gesegnete Ikone, die man mir an die Lippen hielt, geküsst hatte, wurde ich unter die mit Weihwasser besprenkelte und noch etwas feuchte Decke gebettet und allein gelassen.

Während ich wartete, hörte ich in meinen Ohren das Blut rauschen. Und ich wartete weiter. Irgendwann zog ich mir das dicke Bärenfell bis ans Kinn. Ich war bereits am Einschlafen, als die Tür aufging. Es war dunkel im Zimmer, aber wer immer meinen Bräutigam begleitete, trug eine Kerze, sodass er in dem Lichtschein riesengroß über der Schwelle aufragte. Dabei war er so oder so zu groß für diese Tür. Er musste den Kopf einziehen, um nicht gegen den Querbalken zu stoßen.

»Und?« Die Hände in die Hüften gestemmt, stellte sich Sascha vor mich hin.

Vor Verblüffung brachte ich kein Wort hervor. Er trug einen Turban wie die türkischen Wachmänner, noch dazu mit einer Pfauenfeder geschmückt. An seiner wuchtigen Gestalt hing ein metallisch schimmerndes Nachthemd herab, das einer Rüstung ähnelte. Ich setzte mich auf, als er sich mir mit einem leisen Klingeln näherte. Seine Füße steckten tatsächlich in orientalischen Pantoffeln mit nach oben gebogenen Spitzen.

Ich gab mir alle Mühe, an mich zu halten, obwohl der Drang in mir übermächtig wurde, eine unbeherrschbare Mischung aus Müdigkeit, Fassungslosigkeit und Heiterkeit, und dann platzte es aus mir heraus, und ich konnte einfach nicht mehr aufhören zu lachen. Tränen schossen mir in die Augen und liefen mir über die Wangen. Sascha stand entgeistert da, sein Gesicht wurde weiß, dann gefror es, und seine Augen verengten sich zu Schlitzen.

»Das ist der Brauch in der Hochzeitsnacht des Zarewitsch«, knurrte er. »Lachst du mich etwas aus wie einen Narren?«

Bei der Erinnerung daran, wie seine Pranken den silbernen Teller vor meinen Augen verformt hatten, wurde ich schlagartig nüchtern. »Du bist bestimmt kein Narr«, beteuerte ich. »Aber du musst zugeben, dass das … unerwartet war.«

»Und ob ich ein Narr bin!« Sein Blick schoss wütend zur Tür, die sein unsichtbarer Begleiter von außen geschlossen hatte, nachdem er die Kerze auf einem Seitentisch abgestellt hatte. »Das wird dieser affektierte Zeremonienmeister noch bereuen. Ich habe ihm gesagt, dass ich mich nicht um Bräuche schere. Ich lasse mich doch nicht …!«

»Vergiss die Bräuche.« Ich legte mich zurück. »Komm zu mir, Sascha.«

Bis dahin hatte ich seinen Namen noch nie in einem liebevollen Ton ausgesprochen. Umso aufmerksamer beobachtete ich daher, wie Sascha den Blick senkte, während seine Hände diese groteske Kleidung zusammenrafften.

Auf diesen Moment war ich ebenso wenig vorbereitet wie er. Alle Rituale, die außerhalb dieser Mauern um unsere Ehe gewoben worden waren, konnten unsere Nacktheit jetzt nicht mehr verbergen. Hier waren wir Mann und Frau, die tun sollten, was Verheiratete eben taten. Ich war nicht völlig ahnungslos bei dem, was mich erwartete, doch er war in jedem Fall mir gegenüber im Vorteil. Wenn die Gerüchte zutrafen, hatte er schon eine Geliebte gehabt. Ich dagegen war unberührt.

»Nicht, wenn du lachst«, knurrte er. »Wenn du lachst, werde ich …« Seine Stimme erstarb, als wäre er sich nicht sicher, was er tun konnte, ohne seine Würde zu verlieren. Mir gefiel das. So ungehobelt er auch sein mochte, besaß er doch ein gewisses Feingefühl.

»Ich werde nicht lachen«, versprach ich.

Wie ein Mann, der sich anschickt, in kaltes Wasser zu hechten, packte er seinen Umhang mit beiden Händen, zog ihn sich über den Kopf, wobei er auch den Turban wegstieß, und ließ beides zu Boden fallen. Sein Leinenhemd war nass – ihm musste unter seiner Tracht heiß geworden sein. Doch als er ins Bett kletterte, konnte ich keinen Geruch an ihm feststellen, nicht einmal einen Hauch von Schweiß. Er roch frisch.

Bevor er zu mir gekommen war, hatte er sich gebadet.

Seite an Seite lagen wir da, ohne uns zu bewegen. Schließlich hörte ich ihn murmeln: »Ich weiß, dass du mich nicht liebst, aber wir können nur …«

»Ja?« Ich drehte mich zu ihm um. Die Kerze flackerte, gab nur wenig Licht. In der Dunkelheit um ihn herum wirkte sein Profil wie gemeißelt. Ich hätte es mit den Fingern nachzeichnen können.

»Wenn wir es einfach versuchen könnten«, schlug er vor. »Ich möchte, dass wir glücklich werden, Maria.«

»Minnie«, erwiderte ich. »Alle nennen mich Minnie.«

Er schwieg. Nach einer Weile meinte er: »Manja gefällt mir besser. Das benutzen wir hier für Maria. Aber es kann auch ›rebellisch‹ bedeuten … So kommst du mir vor.«

Unwillkürlich musste ich lächeln. »Mein Vater hat mich auch als rebellisch bezeichnet. Also bleibt es bei Manja. Und bei Sascha.« Nach einer Pause fügte ich hinzu: »Auch ich will, dass wir glücklich werden.«

Was hätte ich sonst sagen können? Wir waren verheiratet. Nixa war tot. Ich wollte nicht, dass meine Liebe zu ihm meine Ehe mit Sascha überschattete. Ich hatte meine Wahl getroffen. Neben mir lag jetzt der Mann, zu dem ich mich bekannt hatte, im Guten wie im Schlechten, ob gesund oder krank, den zu lieben und zu ehren ich gelobt hatte. Er brauchte mich genauso wie ich ihn. Er war wie ich an unseren Schwur gebunden.

Zögernd hob er die Hand und berührte vorsichtig meine Brust. Ich schloss die Augen. Er liebkoste mich, näherte sich mir langsam, ein großer, ungeschlachter Mann, der in dieser Situation aber nichts anderes als unsicher und zärtlich war. Er hielt inne, zögerte, dann presste er die Lippen auf die meinen. Unser erster wirklicher Kuss. Er löste keine Leidenschaft in mir aus, aber als unangenehm empfand ich ihn auch nicht. Sein Atem war so rein wie sein Körper.

Ich spürte seine Erregung an meinen Schenkeln. »Du bist so zart«, murmelte er. »Wie ein Kind. Ich … ich will dir nicht wehtun.«

»Das wirst du nicht.« Ich ergriff seine Hand. »Sei nur sanft zu mir …«

Und er *war* sanft. Mir missfiel nicht, was er tat.

Zu meiner Überraschung missfiel es mir ganz und gar nicht.

9

Der Winter war herrlich – vorausgesetzt, man blieb nicht zu lange draußen. Ich hatte auch in Dänemark schon strenge Winter erlebt, aber die russischen waren von einem ganz anderen Kaliber. Und die Russen ließen sich durch klirrende Kälte, monatelang geschlossene Schneedecken und die eisigen Winde, die über die Newa heulten und Fluss wie Kanäle einfroren, keineswegs aus der Ruhe bringen. Im Gegenteil, es bereitete ihnen einen großen Spaß, Eishügel zu bauen und dann auf Schlitten hinunterzusausen. Niemand hier ging gern zu Fuß. Überall sah man bunte Schlitten und gemietete *droschki* – offene Wagen – oder die berühmte von drei Pferden gezogene Troika, die von bärtigen Kutschern, gehüllt in fellgefütterte Kaftans, gelenkt wurden. Die Straßen waren bevölkert wie sonst auch. Ungerührt ging man weiter seinen Geschäften nach, während Feuerschalen an den Straßenecken für Wärme sorgten. Und jeder, der begütert war, leistete sich ein Haus mit luftundurchlässigen Mauern, heizte mit dem berühmten russischen Kanonenofen und ließ die Fensterscheiben doppelt verglasen, sodass sich kein Kondenswasser bilden konnte.

Sobald die Ballsaison begann, machte sich in der Stadt eine aufgeregte Feierstimmung breit. Gesellschaftliche Ereignisse begannen kurz vor Mitternacht und dauerten bis zum Morgengrauen des nächsten Tages. Man genoss Galadiners, Opern, Bälle, Theateraufführungen, Tänze und Symphonien in strahlend hell erleuchteten Sälen, Theatern und Palästen, in denen allein schon für Heizmittel, Bienenwachs für die Kerzen und Gas für die Lüster wahre Vermögen ausgegeben wurden. Obendrein wurden auf mächtigen Tafeln Dutzende Delikatessen aufgehäuft, die man in Kaufhäusern erwarb; dort lagerten Unmengen von Fisch- und Fleischvorräten auf Eisblöcken und wurden auf diese Art frisch gehalten. Ich hatte nach Russland kommen müssen, um zu erfahren, dass man Lebensmittel einfrieren konnte, und mich verblüffte die ungeheure Vielfalt an Köstlichkeiten: Stör und Forelle, jeweils gepökelt, Raufußhuhn, Rebhuhn, Wild, Schinken und Wurst, aber auch Körner, getrocknete Früchte und Nüsse, begleitet von zartem Spargel und in Glashäusern gezogenem Gemüse. Gastfreundschaft galt in Russland als Tugend, und der Winter war die Jahreszeit, in der man aß, trank und feierte. Der Winter war die Zeit, in der man sich des Lebens erfreute, und die Russen liebten es, fröhlich zu sein.

Sascha und ich zogen in den an der Kreuzung Newski-Prospekt und Fontanka-Kanal gelegenen Anitschkow-Palast, ein geräumiges Haus, das neben einem Küchengarten einen von Mauern umschlossenen Garten mitsamt großem Teich aufwies. Von meinem neuen Palast aus fuhr ich häufig mit der Troika aus und besuchte nach und nach Mitglieder des Hochadels. Wie Tanja vorausgesagt hatte, waren sie alle höchst erpicht darauf, mich zu empfangen. Täglich lagen neue Einladungsschreiben auf der Türschwelle, und Sascha grummelte schon, dass ich mich, »ginge es nach diesen Hohlköpfen«, erst dann wieder zu Hause blicken lassen würde, wenn die Newa auftaute. Trotzdem fühlte ich mich als die neue Zarewna verpflichtet, mich von ihnen bewirten zu lassen, zumal Tanja nicht müde wurde zu betonen, wie wichtig es war, guten Willen zu zeigen, insbesondere den drei Brüdern des Zaren und ihren Familien gegenüber.

Ich schwelgte in dieser Aufmerksamkeit. Die Konversation, die auf Französisch geführt wurde, war nie langweilig. Jeder war von dem jeweils neuesten kulturellen Ereignis fasziniert, ob Oper, Drama oder Roman. Das Essen war vorzüglich und die Musik von Rimski-Korsakow, Mussorgski und Borodin himmlisch. Ich trug herrliche neue Kleider, die ich zu Dutzenden aus den besten Modehäusern in Paris und St. Petersburg bezog. Mit meinem gelockten Haar, das ich mit Federn, juwelenbesetzten Kämmen oder Perlen schmückte, und mit funkelnden Edelsteinen direkt auf meiner Haut tanzte ich unbeschwert ganze Nächte hindurch, denn es gab ja nichts Unzüchtiges am Tanzen. Und anders als manche Damen kehrte ich stets nach Hause zurück. Sascha mochte vielleicht nörgeln, doch er stellte sich mir nicht in den Weg. Irgendjemand musste sich ja um die Gesellschaft kümmern, meinte er. »Besser du als ich, meine Manja.« Auch er hatte seine Unterhaltung – an Örtlichkeiten, die er mit seinen Brüdern und anderen Offizieren bei der Armee aufsuchte. Ich verkniff es mir zu fragen, was diese Vergnügungen alles umfassten. Prinz Obolenskij, Tanjas Gatte, gab auf ihn acht, und wie ich kam auch er jedes Mal nach Hause, obschon mit vom Wodka trüben Augen.

Allerdings verpflichtete ihn das Protokoll, mich zu den Staatsempfängen im Winterpalast zu begleiten, wo jedes Mal Tausende in den brütend heißen Nikolai-Saal strömten, den stets ganze Beete von Rosen und Alleen aus Lorbeerbäumen zierten. Sascha verabscheute das alles. Missmutig stand er herum, zupfte an seiner Uniform und trank zu viel. War er erst betrunken, verlor er seine Schüchternheit und spielte dann sogar im Orchester die Tuba. Er war durchaus musikalisch und konnte auch gut spielen, wenn er nüchtern war. Öfter jedoch, als mir lieb war, trank er sich einen furchtbaren Rausch an, in dem er unerklärlicherweise in rasende Wut geriet. Dann war ich stets gezwungen, ihn hastig nach Hause zu schaffen und ins Bett zu stecken, ehe ich für den Rest der Nacht in den Palast zurückkehren konnte.

Ich hatte alles, wovon ich nur träumen konnte: Reichtum, Rang, die ganze Stadt lag mir zu Füßen. Am Dreikönigsfest – der Tag, an dem es in Russland nach alter Tradition die Weihnachtsgeschenke gab – hielt ich den ersten Ball in unserem Palast ab. Das bedeutete, dass ich schon Wochen vorher die Vorbereitungen überwachen und meine schlampigen Dienstmägde einweisen musste. Schmutz und Unordnung waren gang und gäbe in russischen Haushalten, wie ich bald herausfand. Allein schon die Wäscheschränke waren ein einziges Chaos. Die Mädchen bekamen große Augen, als ich beim Aufräumen selbst mit Hand anlegte. Zunächst mussten die verschlissenen und die mottenzerfressenen Tücher weggeworfen und durch neue ersetzt werden. Damen, die auf sich hielten, an erster Stelle die Zarin, gaben sich offenbar grundsätzlich nicht mit der Führung ihres Haushalts ab. Bei mir dagegen zeigte meine Kindheit Wirkung, in der ich unter der Fuchtel meiner Mutter alle Haushaltsarbeiten erledigt hatte.

»Die Böden müssen geschrubbt werden«, erklärte ich meinem Personal. »Und die Zimmer gehören jeden Tag gründlich abgestaubt. Ihr wascht euch doch, oder?«, fügte ich hinzu, als sie mich mit offenen Mündern anstarrten. »Gut. Ein Haus muss genauso gepflegt werden. Schließlich leben wir darin.«

Mit körperlicher Reinlichkeit verhielt es sich in der Tat ganz anders. Sie war in Russland eine Obsession. Öffentliche Dampfbäder gab es überall in der Stadt, und zwar für Männer wie für Frauen. Mein privates Badezimmer war mit allem ausgestattet, und Sascha nahm alle zwei Tage ein Bad, selbst im tiefsten Winter. Darum erstaunte es mich, dass ein in Sachen persönlicher Hygiene so achtsames Volk sich nicht darum scherte, wenn sich der Kohlestaub aus den Öfen und Kochherden fingerdick auf sämtlichen Oberflächen sammelte. So erwarb ich den Ruf, eine gnadenlose Kontrolleurin zu sein, vor allem, da ich oft unangekündigt auftauchte und an Leintüchern schnüffelte. Doch mit der Zeit begriffen meine Angestellten, dass sie, wenn sie ihre Stellung behalten wollten, ihre Aufgaben so verrichten mussten, wie ich es ihnen auftrug. Wer sich bemühte, wurde belohnt, denn mein Einkommen als Zarewna war beträchtlich, und ich zahlte meinen Bediensteten aus Überzeugung gutes Geld.

Im Dezember waren die Tage kurz und die Nächte lang, aber in den Häusern und Kirchen brannten die Lichter und rührte sich das Leben. Im Januar nahm das matte Tageslicht wieder zu, am Tag der Wasserweihe allerdings war davon noch nicht viel zu bemerken, als der Zar, gefolgt von einer ganzen Prozession, zum Fluss zog, in dessen Eis man ein Loch geschlagen hatte, sodass die Newa wieder ihre trüben Tiefen zeigte. Nachdem der Metropolit seinen Stab ins Wasser getaucht und es so gesegnet hatte, wurde ein Kelch damit gefüllt und dem Zaren gebracht, damit er daran nippte. Danach stürzten die Bürger vor und füllten ihre Eimer, denn das gesegnete Wasser galt als wundertätig. Später, im April, riss die Eisdecke über der Newa auf, und auf der Festung wurden Kanonen gezündet, deren Donner den Frühling ankündigte.

In dieser vollkommenen Welt fehlte mir nur noch ein Kind. Sascha und ich genossen unsere Intimität regelmäßig, und ich war zuversichtlich, dass ich bald neues Leben in mir tragen würde.

Ich war neunzehn Jahre alt und die Zarewna.

Wie konnte mir da ein Wunsch verwehrt werden?

10

»Gehen Sie heute mit uns spazieren?«, fragte die dreizehnjährige Marie. Ich entdeckte die Großfürstin im Vorraum zum Arbeitszimmer des Zaren. Ihre großen blauen Augen leuchteten vor Vorfreude. Die täglichen Bummel ihres Vaters den Quai de la Cour längs des Winterpalasts hinunter waren eine altehrwürdige Frühlingstradition. Jeden Tag, nachdem er die Protokolle seiner Staatsangelegenheiten durchgelesen hatte, unternahm Alexander Spaziergänge, bei denen er auf jedes Zeremoniell verzichtete, um seine Untertanen persönlich grüßen zu können. Er glaubte daran, dass Russlands Väterchen, wie die Zaren gern bezeichnet wurden, sich nie absondern durfte. Wie auch immer, seine Bitte an mich, ihn heute zu begleiten, war eine große Ehre.

»Richtig, ich gehe mit.« Ich lächelte Marie an, die mit ihrem weißen Kleid, dem bebänderten Sonnenhut und dem zu Zöpfen geflochtenen Haar ganz entzückend aussah. »Was für ein hübsches Mädchen du bist!« Ich sah sie nicht so oft, wie ich mir das wünschte. Sie war noch zu jung, um an den Winterfesten teilzunehmen. Dasselbe galt auch für ihre noch jüngeren Brüder, die Großfürsten Sergej und Paul, die wie sie von Privatlehrern Unterricht erhielten. Umso erfreuter war ich, Marie hier zusammen mit Milord, dem irischen Setter des Zaren, auf der Ottomane anzutreffen. Während sie dem Hund liebevoll die Ohren kraulte, streckte sie den Turbanträgern, die den Eingang zum Arbeitszimmer bewachten, die Zunge heraus.

»Endlich!«, stöhnte sie. »Der Winter ist sooo langweilig!«

Ich setzte mich neben sie. »Du wirst ja nicht ewig ein Kind bleiben. Wenn du erst eine Frau bist, wird der Winter dir ganz anders vorkommen.«

Sie zog einen Schmollmund. »Mama ist immer noch in Nizza. Sie hasst den Winter auch.«

Ich nickte. »Ja. Die Kälte setzt ihr sehr zu.« Marie war noch zu jung, um zu begreifen, dass die Gesundheit ihrer Mutter in den letzten Jahren zunehmend gelitten hatte; sie ahnte auch nicht, dass hinter den häufigen Kuren der Zarin auf der Krim oder in Nizza möglicherweise nicht nur das milde Klima steckte, sondern das Bedürfnis, den gesellschaftlichen Zwängen von St. Petersburg zu entkommen – zumindest vermutete ich das. »Aber jetzt ist Frühling, und sie wird bald zurück sein. Und im Sommer fahren wir nach Zarskoje Selo und zum Schloss Peterhof. Wird das nicht herrlich? All die schönen Gärten, in denen wir herumtollen können!«

Ich wollte, dass Marie viel Spaß in den Gärten hatte, dass sie spielte und lachte, dass sie das letzte Jahr ihrer Kindheit in vollen Zügen genoss. Wie mir jetzt erst so recht klar wurde, war meine unbeschwerte Jugend ohne strenge Etikette wirklich ein unschätzbares Glück. Marie war zwar lebhaft, hüpfte für ihr Leben gern im Palast herum, rutschte die marmornen Treppengeländer hinunter und glitt in ihren gefütterten Hausschuhen hinter den livrierten Bediensteten her, wenn sie den Boden polierten, doch das Leben einer jungen Großfürstin war nicht leicht, vor allem dann nicht, wenn ihre Mutter über längere Zeiträume hinweg abwesend war und ihr Vater die Verantwortung für ein Weltreich trug.

»Wahrscheinlich«, meinte sie mit jener Leichtigkeit, wie sie nur Kinder besaßen. Sie beugte sich näher zu mir. »Aber nur, wenn uns die Nihilisten nicht zwingen, in die Festung Gattschina zu fliehen.«

Ich blickte sie erschrocken an. »Wie kommst du denn darauf?«

»Papa hat erst neulich mit einem seiner Minister darüber gesprochen. Sie wollen nicht, dass er draußen vor dem Palast spazieren geht. Die Nihilisten haben ihm wieder gedroht.«

Mich überlief ein eisiger Schauer. Eine solche Nachricht von einem Kind zu erfahren war schlimm genug, aber ich hatte keine Ahnung davon gehabt, dass diese obskure Gruppe so weit gegangen war, dem Zaren tatsächlich Gewalt anzudrohen. Für mich waren sie nichts als Querulanten, die sich als Nihilisten bezeichneten, um irgendein Schlagwort zu haben, unter dem sie ihre Lehre von der gesellschaftlichen Revolte verbreiten konnten. Natürlich hatte ich von ihnen reden hören, aber so gut wie alle taten sie als Rattenfänger und Libertäre ab, die nichts Rechtes zu tun hatten und sich nun für die Leibeigenen einsetzten, die nach ihrer Emanzipation kein Land hatten erwerben können und auf Arbeitssuche zu Tausenden in die Städte strömten.

»Du darfst dich von so etwas nicht beunruhigen lassen«, mahnte ich Marie. »Es ist nicht …«

Weiter kam ich nicht, denn in diesem Moment trat der Zar aus der Tür. Mein Schwiegervater, ein großer, schlanker Mann, trug schon seine Wanderausstattung: seinen alten Frack, Halstuch und Hut und in der behandschuhten Hand einen Spazierstock. Erst lächelte er Marie an, die sich ihm überglücklich in die Arme warf, dann mich. »Pünktlich wie immer, meine Liebe«, sagte er durch seinen Schnauzbart. »Du hättest sie bitten sollen, mir zu sagen, dass du da bist.«

»*Sie*?« Ich warf einen Blick auf die Wächter, die regungslos wie Säulen dastanden.

Er schmunzelte. Dann ergriff er mich am Arm, und wir machten uns daran, den Palast zu durchqueren. Marie und Milord sprangen neben uns her, während Alexanders Leibwächter uns bis zum Seiteneingang begleitete, wo er auf seinen Befehl zurückblieb. Diesmal schlug der Zar nicht den üblichen Weg zur Promenade längs der Newa ein, sondern bog stattdessen in die Sadowaja-Straße ab. Mit seiner Alltagskleidung und dem schwarzen Filzhut fiel er nicht weiter auf. Die Leute gingen an uns vorbei, ohne auf uns zu achten. Nach der Michailowski-Burg, die für die Ausbildung von Soldaten genutzt wurde, kam der Sommergarten in Sicht – eine grüne Oase auf einer Insel zwischen dem Fontanka- und dem Schwanen-Kanal.

»Und die Gärten?«, fragte ich.

Alexander nickte knapp. »Falls wir diese Idioten, die mir folgen, abschütteln können.« Dazu, wen genau er meinte, äußerte er sich nicht näher. Als ich nach hinten blickte, verstärkte er seinen Griff. »Komm mit. Hier können wir für uns sein. Diese Freude lasse ich mir von niemandem nehmen.«

Marie rannte mit Milord voraus. »Aber nicht zu weit!«, rief Alexander ihr nach. Wir hatten nun den Schatten der Ulmen erreicht und flanierten an den mit buntem Marmor eingefassten Brunnen vorbei. »Man hat mir geraten, die Uferpromenade zu meiden, weil sie nicht mehr sicher ist«, erklärte Alexander. »Anscheinend ist außerhalb des Palasts überhaupt nichts mehr sicher, wenn ich meinen Ministern glauben darf. Ein Hühnerhaufen sind sie. Und sie belästigen mich mit ihrem Gegacker.«

»Marie hat das Gegacker auch gehört«, bemerkte ich und klappte meinen Sonnenschirm auf – mein blasser Teint musste vor der Sonne geschützt werden.

»Wirklich?« Er tätschelte mir den Arm. »Ja, sie ist kein Kind mehr. Das Leben, das wir jetzt führen, lässt das nicht zu. Sie hört zu viel. Die Diener reden. *Jeder* redet. Wie ich gesagt habe: ein scheußliches Gegacker. Fast könnte man meinen, hinter jeder Straßenecke würde ein nihilistischer Attentäter auf mich lauern.«

Ich blieb abrupt stehen. »Dann ist es also wahr? Haben sie Eure Majestät tatsächlich persönlich bedroht?«

»Hattest du Zweifel daran? Meine Liebe, Russland ist nicht das, was es zu sein scheint.«

Ich hielt seinem Blick stand. »Das verstehe ich nicht. Wer *sind* diese Nihilisten, dass sie ihrem Zaren drohen?«

Er verzog gequält das Gesicht, wandte dann den Blick ab und schaute zu Marie hinüber, die gerade Milord schalt, weil er einen Urinstrahl mitten auf dem Weg abgelassen hatte. »Ihr Name sagt alles«, murmelte er. »*Nihil* ist lateinisch und bedeutet ›nichts‹. Sie lehnen jede Staatsgewalt ab und streben Anarchie als Mittel zur Veränderung an. Sie verachten unsere Monarchie, unsere Aristokratie und unsere Kirche. Sie sind wie der Pöbel zur Zeit der französischen Revolution – sie möchten am liebsten alles vernichten, wofür wir stehen.«

Mir war, als würde ein Schatten über uns fallen. Dabei war der Himmel völlig frei von Wolken, jener weite, kristallene russische Frühlingshimmel. »Aber … das ist doch absurd. Es waren doch Sie, der die Bauern befreit und die Leibeigenschaft aufgehoben hat. Sie sind der Befreiungszar. Ihr Volk verehrt Sie!«

Er seufzte. »Meine Untertanen sind keine Nihilisten. Sie wollen lediglich ihr Leben bestreiten und möglichst keine Not leiden. Diese Rebellen sind Nörgler. Größtenteils Intellektuelle, die sich dem Fanatismus verschrieben haben. Nach allem, was ich gehört habe, verfolgen sie nicht alle ein einheitliches Ziel, aber sie glauben, ich hätte die Leibeigenen nur befreit, um unseren neuen Fabriken billige Sklaven zuzuführen. Wir tun unser Möglichstes, um diese Narren in Schach zu halten, doch trotzdem säen sie Gewalt, in der Hoffnung, dass ich entweder Reformen zustimme oder abdanke. Vorzugsweise Letzteres. Für einen Zaren haben sie keine Verwendung.«

»Dem muss ein Riegel vorgeschoben werden! Das ist Verrat!«, rief ich, woraufhin Marie erschrocken zu uns herschaute.

Alexander winkte ihr beruhigend zu. »Sosehr es mich schmerzt«, fuhr er fort, »man könnte es Verrat nennen, doch nicht alles, was sie behaupten, ist aus der Luft gegriffen. Die Leibeigenen leiden tatsächlich große Not. Ich habe sie aus jahrhundertelanger Knechtschaft entlassen, aber sie von den Banden einer Tradition zu befreien, das ist nicht so einfach. Ich habe nicht bedacht, zu welchen Folgen das führen kann. Ohne Grundbesitzer, die für sie verantwortlich sind, stehen sie plötzlich auf der Straße und werden ausgebeutet, weil sie ja auf Arbeit angewiesen sind, zumal viele von ihnen weder lesen noch schreiben können. Hätte ich das gewusst, wäre ich vielleicht nicht so entschlossen gewesen, ihre Lebensweise derart radikal zu ändern. Nur wenige können eine Veränderung gutheißen, wenn sie nichts davon haben.«

Ich hatte keine Ahnung, wovon er redete. Dann erinnerte ich mich an die im Schnee knienden Leute, an denen wir mit der Kutsche vorbeigefahren waren. Wie naiv ich doch gewesen war! Hatte ich wirklich nichts von der Dunkelheit jenseits meines neuen vergoldeten Lebens bemerkt? Und als mir schließlich wieder einfiel, dass wir hier draußen im Garten völlig allein waren, packte mich angesichts dieser für mich neuen Mitteilungen die Angst. »Aber wenn sie eine solche Gefahr für Sie sind, sollten wir doch sicher nicht …«

»O nein.« Er schüttelte heftig den Kopf. »Ich werde mich nicht hinter einen Steinhaufen kauern, noch werde ich einem Trupp Wachen erlauben, mir auf Schritt und Tritt zu folgen. Wenn uns unser Schicksal ereilen soll, können wir ihm nicht entgehen.« Er führte mich weiter den Weg hinunter auf den kleinen Sommerpalast Peters des Großen zu, der am anderen Ende des Gartens am Ufer eines künstlich angelegten Sees thronte. »Du darfst dich von solchen Dingen nicht beunruhigen lassen«, sagte er, und es klang wie ein Echo meines Versuchs, Marie zu beschwichtigen. »Die Nihilisten sind lästig, aber noch haben sie mich nicht getötet.«

»Gott behüte.« Ich hätte mich wohl bekreuzigt, wären meine Hände frei gewesen, doch in der einen hielt ich den Sonnenschirm, und mit der anderen hatte ich mich bei Alexander eingehängt.

»Allerdings! Wobei sie ja nicht an Gott glauben.« Er lachte kurz auf. Danach fiel eine Weile kein Wort, und nur das Pochen seines Spazierstocks auf dem Boden war zu hören. Schließlich räusperte er sich. »Ich möchte mit dir über Sascha sprechen. Bist du mit ihm glücklich? Und bitte sei ehrlich mit mir. Mir wird schon am Hof genug Honig um den Bart geschmiert. Sag die Wahrheit. Ist dein Mann loyal zu dir?«

Obwohl er nicht direkt sagte, was er eigentlich meinte, verstand ich sofort. »O ja. Er hat seine Gewohnheiten, aber nicht diese.« Ich erforschte das Gesicht meines Schwiegervaters. »Warum?«

»Ich frage nur so. Immerhin hat er am Anfang ziemlich heftig protestiert, als wir ihm erklärten, dass mit der anderen Frau Schluss sein muss, bevor er dich heiratet.« Er schnalzte missbilligend mit der Zunge. »Marie! Lass Milord sein Geschäft verrichten, wo er will.« Während er seiner Tochter nachblickte, wie sie weiter zum Seeufer tanzte, kämpfte ich gegen eine plötzliche Unruhe an. Sascha hatte eine Geliebte aufgegeben! Der Zar hatte es bestätigt. Das Wissen darum drückte mir mit einem Mal schier das Herz ab. Nie hatte ich Anzeichen irgendeiner Indiskretion beobachtet. Andererseits zog er an den Abenden mit Wladimir herum, aber das bedeutete doch sicher nicht …

»Minnie?« Alexanders Stimme zwang mich, ihn wieder anzusehen. »Wenn du mir sagst, dass kein Anlass mehr zu Sorgen wegen einer Geliebten besteht, dann bin ich sehr erleichtert. Dann hat Sascha Wort gehalten.«

Unsicher erwiderte ich: »Wir kennen einander noch nicht so gut, Majestät. Aber Sascha … ist immer nett zu mir gewesen.«

»Nett. Nun, nicht gerade die Art von Begeisterung, die ich bei einer frisch verheirateten Frau erwarten würde. Auch wenn Nettigkeit in einer Ehe wohl durchaus höher bewertet werden sollte.« Alexander hielt einen Moment inne. Dann fragte er abrupt: »Liebst du ihn?«

»Ich …« Meine Stimme erstarb. Ich wollte nicht lügen, denn er hatte mich um Aufrichtigkeit gebeten. »Ich werde lernen, ihn zu lieben. In solchen Angelegenheiten erfordert Liebe Zeit.«

»Gewiss. Bei manchen Menschen.« Seine Züge wurden weicher, und ich glaubte, einen Hauch von Wehmut zu bemerken, die ihn jünger und zugleich viel älter wirken ließ. »Ich habe meine Frau einmal sehr geliebt.«

Sein Geständnis verwirrte mich. Das klang ja, als liebte er sie jetzt nicht mehr! Aber wie konnte das sein? Sie waren seit über zwanzig Jahren verheiratet, hatten sieben Kinder, hatten gemeinsam schwere Prüfungen überstanden, erst den Verlust einer Tochter zu Beginn ihrer Ehe und zuletzt Nixas Tod. Führte solches Leid zwei Menschen denn nicht näher zusammen? Dann fiel mir wieder ein, wie häufig die Zarin fern des Hofes weilte. Floh sie etwa nicht nur vor Pomp und Zeremoniell, sondern auch vor ihrem Mann?

Alexander zögerte. Marie kam herbeigelaufen, und schmunzelnd ließ er sich gefallen, dass sie ein zu einem Bündel verknotetes Taschentuch aus seiner Manteltasche zog und damit zum See zurückrannte, um die im Schnupftuch aufbewahrten Krümel über dem Wasser auszustreuen. Doch die Enten, die sich aus Angst vor dem frei laufenden Hund in der Mitte des Teichs aneinanderdrängten, ignorierten sie.

»Solange Milord da ist, wird sie sie nie ans Ufer locken«,

murmelte Alexander. »Aber wenn wir sie lassen, bleibt sie den ganzen Tag mit den Krümeln dort. Sie ist stur. Wie Sascha. Wusstest du, dass seine Brüder ihn ›den Bullen‹ nennen?«

»Den Bullen?« Ich musste grinsen. Der Spitzname traf den Nagel auf den Kopf. »Das passt zu ihm. Er hat tatsächlich das Gemüt eines Bullen. Und er ist genauso hartnäckig.«

»Du kennst ihn besser, als du glaubst. Als er noch ein Kind war, trieb er seine Lehrer zur Verzweiflung. Sie versicherten mir, dass Lernen nicht seine Sache sei, und schlugen vor, ich solle ihn den Regimentern übergeben; die Armee würde ihm schon Disziplin beibringen. Tja, wer hätte gedacht, dass er es ist, der eines Tages mein Amt erben wird?«

Er seufzte. Sein Blick wanderte wieder zum Ufer hinüber, wo Marie wütend aufstampfte, weil die Enten sich immer noch weigerten, ihr gefällig zu sein. »Nun, jetzt muss er lernen, ob er will oder nicht. Im Augenblick ist Sascha nicht darauf vorbereitet, meinen Thron zu besteigen, sollten sich die düsteren Warnungen vor meinem vorzeitigen Ableben früher bewahrheiten als erwartet. Ich kann dieses Reich keinem Mann hinterlassen, der nichts vom Regieren versteht. Unser modernes Zeitalter gewährt gekrönten Narren keine Gnade.« Er richtete den Blick wieder auf mich. »Wirst du ihm helfen?«

»Ich?«, rief ich überrascht. »Majestät, ich selbst bin erst recht nicht zum Regieren ausgebildet worden.«

»Aber du liest viel. Du liebst Bücher. Und du gewinnst die Herzen der Menschen. Streite es nicht ab. Ich habe schon oft die Frauen meiner Brüder in den höchsten Tönen davon schwärmen hören, wie modisch und klug du bist. Die Großfürstinnen schmeicheln keiner Frau, es sei denn, sie fürchten, sie könnte ihre eigenen beträchtlichen Fähigkeiten in den Schatten stellen. Du könntest Sascha einen Mentor an die Seite geben und dafür sorgen, dass er mehr tut, als nur in

Wladimirs Fußstapfen zu treten. Junge Männer können so unüberlegt sein, und Wladimir ist nicht unbedingt ein gutes Vorbild. Wein, Tänzerinnen, Rennpferde – Wladimirs Ausgaben treiben mich noch in den Bankrott. Sascha ist nicht Nixa.«

»Nein«, erwiderte ich leise, »das ist er nicht.«

»Du könntest jemanden finden, dem er vertraut. Am Hof hatte er zahllose Ratgeber. Vielleicht erweist sich einer von ihnen als geeignet. Er muss an die Sache herangeführt werden, ohne etwas zu ahnen – wie ein …«

»Ein Stier auf die Kuhweide«, vollendete ich und lächelte ihm ermutigend zu, um dem Satz alle Schärfe zu nehmen. »Ich denke, dass es ihm nicht schaden wird, wenn er mehr liest als nur die Zeitung.«

»Und lehre ihn auch, sich etwas zu mäßigen«, ergänzte der Zar. »Sascha trinkt zu viel, er darf seine Gesundheit nicht gefährden. Anders als Wladimir, der jeder Laune nach Belieben nachgeben kann, wird Sascha den Thron erben und nach ihm sein Sohn.« Er zögerte. »Ich darf doch hoffen, bald Näheres über ein derartiges gesegnetes Ereignis zu erfahren. Ein Zarewitsch braucht einen Sohn. Mehr als einen, wenn möglich.«

»Wir bemühen uns«, sagte ich verlegen.

»Und den Rest müssen wir, wie es so schön heißt, Gottes Willen überlassen.« Sein Blick ging an mir vorbei, und seine Augen verengten sich. »Ah, sie haben uns zu guter Letzt doch noch gefunden, wie ich sehe.«

Ich drehte mich um und sah zwei Männer in Zivil hinter die Weiden springen. Erschrocken schnappte ich nach Luft. »Vom Palast ausgesandte Gendarmen«, murmelte Alexander. »Meine Minister lassen sich einfach nicht davon abbringen, aber ich habe andere Pläne und muss ihnen entkommen. Würde es dir etwas ausmachen, wenn ich dich und Marie in ihrer Obhut ließe? Sie werden zweifellos eine Kutsche in der

Nähe stehen haben, mit der sie euch zum Palast zurückbringen können.«

Bevor ich ihm antworten konnte, hatte er sich den Hut tief ins Gesicht gezogen und schlenderte davon, vorbei am Sommerpalast und weiter eine schattige Ulmenallee hinunter zum anderen Ausgang. Binnen Minuten war er verschwunden. Jetzt tauchten die zwei Gendarmen aus ihrem Versteck auf, offenbar unschlüssig, was sie nun mit mir und Marie tun sollten. Das Mädchen stand betreten am Ufer und schaute ihrem Vater nach. Der Hund hatte sie allein gelassen und rannte hinter dem Zaren her.

»Er hat Milord, der ihn beschützt«, tröstete ich Marie und zerzauste ihr das Haar. Der Hut hing ihr an seinen Bändern über den Rücken. Ihre Miene wurde immer betrübter, als uns die Soldaten zum vorderen Ausgang eskortierten, vor dem tatsächlich eine Kutsche wartete. Nachdem wir hineingeklettert waren und uns auf der Bank niedergelassen hatten, starrte Marie zum Fenster hinaus. Ich wollte schon die Jalousie herunterziehen, damit wir für uns sein konnten, als Marie blaffte: »Das nützt jetzt auch nichts mehr. *Uns* werden die Nihilisten nichts antun. Es ist Papa, den sie wollen, und der geht jetzt zu dieser Frau.«

Ich starrte sie entgeistert an. Nach der unerwarteten Offenbarung vorhin war ich mir nicht sicher, ob ich noch mehr erfahren wollte. »Da hast du dich getäuscht, mein Kind. Dein Vater möchte einfach nur allein sein. Kaiser zu sein ist eine schwere Bürde, und …«

»Was wissen Sie denn schon?«, unterbrach sie mich und erinnerte mich einmal mehr an Sascha. »Er besucht sie immer, wenn Mama nicht daheim ist. Einmal hat er mich sogar zu ihr mitgenommen.«

»Zu *ihr*?«

»Ja, zu seiner Freundin.« Marie wandte sich ab und blickte zum Fenster hinaus. Der Kutscher ließ jetzt die Peitsche knallen, und die Pferde zogen an.

Durch mein Fenster konnte ich die Gendarmen zurück in den Garten laufen sehen, doch ich wusste schon jetzt, dass sie den Zaren nicht entdecken würden. Alexander war längst auf dem Weg zu diesem Rendezvous, mit seinem eigenen Geheimnis im Herzen – einem, von dem ich nie geglaubt hätte, dass er es hütete.

Ich wollte Sascha fragen, ob er Bescheid wusste. Anzunehmen war das, wenn sogar seine kleine Schwester im Bilde war. Sicher war ich mir freilich nicht, da er so gut wie nie auf Klatsch achtete. Bevor ich mir mein weiteres Vorgehen zurechtlegen konnte, lenkte mich mein Gemahl fürs Erste von dem Thema ab. Denn beim Betreten des Speisezimmers überreichte er mir einen Brief von meiner Mutter. Ich überflog ihn eilig.

»Mein Bruder Willy kommt uns besuchen. Zusammen mit Bertie und meiner Schwester Alix!«

Die Aufregung und Freude drängten mein Unbehagen über das Geheimnis des Zaren in den Hintergrund – ich vermisste Alix schrecklich. Nach meiner Hochzeit war Freddy nach Dänemark zurückgekehrt, doch da meine Familie einen regelmäßigen Briefverkehr pflegte, wusste ich bereits, dass Alix ihren zweiten Sohn, Prinz George, und eine Tochter, Prinzessin Louise, auf die Welt gebracht hatte. Zwei Schwangerschaften so kurz nacheinander waren freilich eine Strapaze für sie gewesen. Ständig hatte sie im Bett liegen müssen, und das hatte ihr gesundheitlich zugesetzt. Seitdem litt sie an rheumatischem Fieber. Da ich mir Sorgen um sie machte, fiel mir ein Stein vom Herzen, als ich las, dass es ihr besser ging und sie endlich wieder reisen konnte.

Sascha schürzte skeptisch die Lippen. »Da muss doch mehr dahinterstecken.«

»Nun, Mama schreibt, dass Willy sich eine Frau nehmen muss«, berichtete ich und faltete den Brief zusammen. »Seine griechischen Berater bestehen auf einer orthodoxen Braut. Weil er noch nicht übergetreten ist, müssen sie sich vergewissern, dass er beabsichtigt, seine Erben im orthodoxen Glauben zu erziehen. Mama hat mich und Alix gebeten, bei der Suche nach orthodoxen Lehrern zu helfen. Wir müssen sofort den Palast informieren. Wir haben wichtige Dinge zu regeln.«

»Wenn Königin Victoria ihren Erben und seine Frau hierherreisen lässt, kannst du davon ausgehen, dass der Palast längst alles weiß«, meinte Sascha und wandte sich wieder seiner Zeitung und seinem pochierten Ei zu.

Weil er gestern Nacht unterwegs gewesen war, war er heute spät aufgestanden. In der Früh um vier war er sturzbetrunken in mein Schlafzimmer getorkelt. Bei der Erinnerung daran befiel mich ein fürchterlicher Verdacht, aber dann kam mir wieder in den Sinn, wie er an meiner Kehle geschnüffelt, »Minnie, meine Manja« gelallt und versucht hatte, mir das Nachthemd hochzuschieben. Da hatte ich dem Ganzen einen Riegel vorgeschoben und ihm empfohlen, erst in seinen eigenen Räumen nüchtern zu werden, bevor wir uns am Morgen wiedersahen. Nur hatte sich dieses Wiedersehen verzögert, weil sein Vater mich zu sich bestellt hatte, als Sascha noch schlief. Der Zar war nun einmal ein eingefleischter Frühaufsteher.

Und im Lichte dessen, was der Kaiser mir erzählt hatte, fühlte ich mich darin bestätigt, dass Sascha das Verhältnis mit seiner Geliebten beendet hatte und viel zu ungeschickt war, irgendein anderes zu verbergen. Wenn das nicht einmal dem Zaren gelungen war, wie sollte es dann mein Mann schaffen?

»Tja«, sagte ich, »wenn Willy auf Brautschau ist, müssen wir ihm dabei helfen. Eine Frau wird Wunder bei ihm wirken.«

»Ganz zu schweigen von den Wundern für Dänemark und Russland. Was Willy, Griechenland oder England betrifft, müssen wir noch abwarten.«

»Oh?« Ich beäugte Sascha, bis er die Zeitung sinken ließ. In seinem Schnauzer war etwas Eidotter hängen geblieben. »Glaubst du nicht, dass eine Frau das eine oder andere verbessern kann?«

»Bei mir nicht«, verkündete er. »Das steht schon mal fest. Komm zu mir, Manja. Auf den Schoß.« Er spreizte seine massiven Schenkel, sodass unter dem nachlässig um seinen runden Bauch geschlungenen Morgenrock seine Mannespracht hervorragte.

»Nichts dergleichen!« Ich lachte. »Iss auf und geh dann nach oben. Du musst dich waschen und anziehen. Meine Angehörigen kommen. Wir haben viel zu erledigen. Unsere eigenen Bedürfnisse müssen warten.« Mir fiel das Gespräch mit seinem Vater wieder ein. »Ohnehin«, fügte ich hinzu, »müssen wir noch einen geeigneten Privatlehrer finden.«

»Einen *Lehrer*?« Er starrte mich an, als hätte ich ihn aufgefordert, nackt über den Newski-Prospekt zu laufen.

»Ja. Für uns beide. Wir müssen uns um unsere Bildung kümmern. Ich möchte mehr über … ach, über einfach alles lernen. Und du musst etwas anderes lesen als nur immer diese Zeitung oder die Speisekarten der Tavernen, in denen du mit Wladimir verkehrst. Du erstellst am besten eine Liste mit den Namen der aussichtsreichsten Kandidaten, damit wir sie zu einem Gespräch einladen können.«

Er funkelte mich an. »Ich kenne keine aussichtsreichen Kandidaten.«

»Unsinn. Hattest du nicht Lehrer im Palast?« Kaum hatten die Worte meine Lippen verlassen, als ich mich bereits für mein Ungeschick verfluchte, denn laut dem Zaren hatte er seine Lehrer zur Verzweiflung gebracht.

Doch zu meiner Erleichterung brummelte er: »Eigentlich gab es nur einen, den ich mochte. Leider glaube ich nicht, dass er gern zu mir kam.«

»Dafür wird er dich jetzt umso lieber mögen. Schreib ihm. Sag ihm, dass wir ihn sehen möchten. Und zwar sofort.«

Sein Name war Pobendonstjew. Dünn, ja fast ausgemergelt, mit einem stechenden Blick hinter den Gläsern seiner Drahtgestellbrille und einem Rücken, der so gerade war, dass ich ihn mir in gebückter Haltung nicht einmal *vorstellen* konnte. Nur widerstrebend hatte mich Sascha wissen lassen, dass Pobendonstjew Anwalt war, eine Zeit lang Theologie studiert hatte und jetzt vom Zaren dazu berufen worden war, dessen Söhne zu erziehen. Er war derjenige Pädagoge, den Sascha am meisten bewundert hatte. Das Erste, was mir an dem Mann gleich beim Eintreten in unseren Salon auffiel, war, dass er schnuppernd die Luft einsog. Frische Blumen waren in Vasen arrangiert worden, und ich hatte in den Ecken Urnen mit darin eingepflanztem Farn aufgestellt. Pobendonstjew musterte das alles mit einer Miene, als wäre die Natur unter seiner Würde und als hätte er nicht das geringste Interesse, seinen Standpunkt noch einmal zu überdenken.

»Mein Junge«, sagte er, und ich registrierte verblüfft, dass Sascha sich auf seinem Stuhl fast duckte, »ich muss zugeben, das hat mich überrascht.« Er bedachte mich mit einem schmalen Lächeln. »Hoheit.«

Ich schenkte ihm eine Tasse Tee ein – etwas, das ich in diesen Tagen bis auf wenige Ausnahmen nur für meinen Mann tat. »Wir suchen einen gelehrten Herrn von hohem Ansehen, der für uns einen Lehrplan erstellt und uns beim Studium zur Seite steht, Monsieur. Meines Wissens sind Sie bestens qualifiziert, zumal Sie den Söhnen des Zaren Unterricht erteilt haben.«

»Ich unterweise immer noch die Großfürsten Paul und Sergej. Und ich betrachte das als größte Ehre.« Er nippte an seinem Tee, den ich ihm mit meinem Samowar zubereitet hatte. Dazu hatte ich eine bittere, teerige Brühe, die die Grundlage war, mit heißem Wasser aufgegossen. Seine ausdruckslose Miene wertete ich als Hinweis darauf, dass das Gebräu seinen strengen Maßstäben genügte. »Leider Gottes hatte ich bei Sascha keinen Erfolg, wie ich fürchte. Ist das nicht so, mein Junge?« Er warf meinem Mann einen Blick zu. »Trotz all meiner Bemühungen ist unser Zarewitsch in die Welt hinausgezogen, ohne mit mehr ausgestattet zu sein als mit einer sehr dünnen intellektuellen Hülle.«

Auch wenn mir sein hochnäsiger Ton nicht imponierte, von der Metapher war ich beeindruckt. »Wir sind leider beide mit einer dünnen intellektuellen Hülle ausgestattet«, sagte ich.

»Ich kann lesen und schreiben«, grunzte Sascha. »Das sollte doch wohl genügen …«

Warnend legte ich ihm die Hand auf den Schenkel.

Pobendonstjew saß schweigend da, als zöge er mein Angebot in Erwägung. Und ich hatte mich nicht getäuscht. Sascha dabei zu helfen, sich auf die Zukunft vorzubereiten, war eine zu verlockende Aussicht. Da er schon einmal gescheitert war, würde sein Stolz es ihm verbieten, abzulehnen.

»Zuallererst Geschichte, würde ich meinen«, sagte er schließlich. Und in verblüffend leidenschaftlichem Ton erklärte er: »Außerhalb unserer Städte ist Russland eine Wüstenei, beherrscht von Aberglauben und Unwissen.« Er machte eine Kunstpause. »Die Bauern lassen sich allzu leicht verführen. Sie müssen immer dem Zaren gehorchen, denn der Zar ist von Gott berufen worden, damit er über sie herrscht.«

Ich lächelte, obwohl es mich bei seinen Worten kalt überlief. Zu sehr erinnerten sie mich an die Bedrohung durch die

Nihilisten. Gleichwohl sah ich Sascha zögernd nicken. Pobendonstjews Hochachtung für autoritäre Herrschaftsformen schien bei meinem Gemahl Anklang zu finden.

»Gut, Geschichte«, bestätigte ich. »Wenn Sie uns eine Lektüreliste erstellen, kümmere ich mich darum.«

»Bücher, ja!« Pobendonstjew trank seine Tee aus. Mit einem Mal verriet er einen Feuereifer, der seine starre Haltung von vorhin Lügen strafte. »Ich stelle Ihnen noch diese Woche eine Liste zusammen, Hoheit. Ihr Ersuchen ehrt mich, Hoheit. Und ich denke, das wird ein sehr befriedigendes Arrangement sein.«

Kaum war der Gelehrte gegangen, explodierte Sascha. »Er hält mich für einen Dummkopf! Das hat er schon immer getan! Er war es, der meinem Vater eingeredet hat, ich würde nur für die Armee taugen. Für *ihn* mag das Ganze ja befriedigend sein, aber für mich *nicht*.«

»Sascha.« Ich seufzte. »Du hast mir gesagt, dass du große Achtung vor ihm hast. Und er hat hervorragende Zeugnisse.«

»O ja, ich *hatte* große Achtung vor ihm. Und ich wünschte mir so sehr, von ihm gelobt zu werden, dass meine Brüder sich über mich lustig machten. ›Schaut euch nur den Bullen an‹, haben sie gesagt, ›wie er darauf wartet, von Pobendonstjew unters Joch gezwungen zu werden.‹ Ich habe versucht, es ihnen allen zu zeigen, aber dann hat er Papa gesagt, dass ich es nie schaffen würde …« Er drehte sich von mir weg, doch ich sah, dass er bei der Erinnerung an die Erniedrigungen in der Kindheit am ganzen Leib zitterte.

Ich legte den Arm um ihn. »Sascha, du bist nicht mehr der Junge von damals. Du bist jetzt der Zarewitsch und musst dir nur etwas Mühe geben. Und bald wirst du sehen, wie gut du dich schlägst. Und ich werde die Lektionen zusammen mit dir lernen. Wenn es so weit ist, müssen wir vorbereitet sein.«

Er schüttelte meine tröstende Hand ab, wollte meine zärtlichen Worte nicht hören. Wütend blitzte er mich an und spuckte: »Du solltest lieber die Betten für den Besuch deiner Schwester herrichten.« Damit stürmte er aus dem Salon und knallte die Tür mit solcher Wucht zu, dass die Aquarelllandschaften, die ich aus Dänemark mitgebracht hatte, an der Wand verrutschten.

Er würde noch eine Weile grollen, doch er wusste, dass ich recht hatte. Wir mussten lernen, wie man herrschte. Seine Zukunft, *unsere* Zukunft hing davon ab.

Ich seufzte. Auch wenn ich recht hatte, würde mir das meine Aufgabe trotzdem nicht erleichtern.

11

Willy, Bertie und Alix trafen Ende Mai 1867 ein, mitten in den schimmernden weißen Nächten, in denen die Sonne nie ganz unterging und St. Petersburg wie von innen erstrahlte. Nach etlichen Galaveranstaltungen reisten wir nach Peterhof, wo Alix und ich endlich Zeit fanden, uns auszutauschen.

»Hast du nicht befürchtet, dass Bertie in einen Skandal verwickelt werden könnte?«, fragte ich, als wir auf der dem Meer zugewandten Palastterrasse saßen und die salzhaltige Brise genossen, die von der nahen Ostsee heranwehte. Zu jedermanns Überraschung hatte Sascha sich gleich mit Bertie angefreundet und den Kronprinzen und meinen Bruder, zusammen mit dem stets hilfsbereiten Wladimir, durch die Stadt geführt. Ihre vom Wodka beflügelten Eskapaden im berühmt-berüchtigten Nowaja Derewnja, dem Vergnügungsviertel an der Newa, wo es Mandolinen, Zigeuner und Schnaps in Hülle und Fülle gab, hatten für Schlagzeilen in der internationalen Presse gesorgt.

Alix zuckte mit den Schultern, als könne ihr das nichts anhaben. »Schlimmer als in London? Das glaube ich kaum.«

»Hat er in London auch wie ein Husar auf Tavernentischen getanzt oder eine Pelzmütze aufgehabt und Piroggen von Straßenhändlern gegessen?«, stichelte ich. »Das wird Victoria aber nicht gefallen.«

»Nein, sicher nicht.« Sie wich meinem Blick aus. »Aber es ist mir immer noch lieber als seine sonstigen Vergnügungen.«

Verdutzt wollte ich sie nach weiteren Details aushorchen, doch ich sah, wie sie ihrem Mann nachblickte, der an Willys Seite durch den Park spazierte, während Sascha in seiner schwerfälligen Art mit ihnen Schritt zu halten suchte. Ich selbst hatte schon beinahe einen Skandal befürchtet, weil mein eigener Mann so erpicht darauf war, Bertie in den Genuss der echten russischen Gastfreundschaft zu bringen.

Alix wandte sich zu mir um. »Wieso fragst du? Machst du dir Sorgen um Sascha?«

Jetzt war ich es, die ihrem Blick auswich. »Er ist der Zarewitsch. Alles, was wir tun, steht unter Beobachtung. Die Presse und die Gesellschaft sind hierzulande gnadenlos.«

»Presse und Gesellschaft sind überall gnadenlos. Und du musst dich nicht um ihn sorgen. Sein Herz gehört dir allein. Ich habe noch keinen Mann gesehen, der so in seine Frau verliebt war.«

Ich starrte sie an. »Glaubst du wirklich?«

Sie lächelte. »Ach, Minnie, blind wie eh und je. Du solltest weniger auf Klatsch und Tratsch hören und mehr deinen eigenen Augen trauen. Er betet dich an. Und ich muss sagen« – sie senkte die Stimme – »ich wundere mich, dass du ihm noch kein Kind geschenkt hast. Stimmt irgendetwas nicht, abgesehen von deinen absurden Verdächtigungen?«

»Aber nein«, entgegnete ich, abrupter als beabsichtigt, »ich habe noch nicht empfangen, aber wir versuchen es weiter.«

»Na gut.« Sie beugte sich vor und flüsterte: »Solange ihr es immer schön fleißig versucht.«

Ich zuckte in gespielter Entrüstung zurück, und wir brachen in Lachen aus, was uns fragende Blicke vonseiten des Zars und der Zarin eintrug, die in der Nähe saßen.

»Ihre Kaiserliche Majestät hat zu viel abgenommen, seit ich sie das letzte Mal sah«, bemerkte Alix. »Und dieser Husten … hoffentlich ist es nichts Ernstes.«

Ich vermied es, zur Kaiserin hinzusehen, die ausgezehrt wie ein Gespenst an den Hof zurückgekehrt war und der ständigen Betreuung durch ihre Leibärzte bedurfte. Mit gedämpfter Stimme sagte ich: »Die Doktoren fürchten, es könnte die Schwindsucht sein.«

»O nein!« Alix blickte mich schmerzerfüllt an. »Die Ärmste! So eine furchtbare Krankheit. Sie zieht sich über Jahre hin und ist doch unheilbar. Der Zar muss ja außer sich sein, nach so vielen Ehejahren.«

Obwohl ich ihr nur zu gern anvertraut hätte, was ich über Alexander herausgefunden hatte, hielt ich meine Zunge im Zaum. Ich spürte eine Veränderung, eine unbestimmte Zurückhaltung bei meiner Schwester, die uns beide zwar nicht direkt betraf, aber doch ihre Wirkung tat wie ein Schleier, der nicht gehoben werden durfte. Ihr Hinweis auf Berties Benehmen in London ließ mich zweifeln, ob es nicht taktlos wäre, die Indiskretion des Zaren zu erwähnen; so blind war ich denn doch nicht, ihre Anspielung darauf zu ignorieren, dass Bertie ebenfalls auf Abwege geraten sein könnte.

Ich zog es vor, das Thema zu wechseln. »Da wir nun schon hier sind, lass uns doch mal überlegen, welche Braut für Willy infrage käme. Er hat bisher ja nichts dazu getan, selbst eine zu finden, wenn er immer nur von einem Trinkgelage ins nächste taumelt. Wie wär's denn mit der Tochter des Zaren? Ich weiß, Marie ist gerade erst dreizehn und Willy einundzwanzig. Er könnte doch warten, bis sie alt genug ist.«

»Sie schenkt ihm keinerlei Beachtung«, wandte Alix ein. »Außer wenn er sie und Olga auf den See hinausrudert. Der arme Willy hat gewiss schon einen Muskelkater in den Schultern.« Sie hielt inne, warf mir einen bedeutsamen Blick zu. »Ich glaube, er hat mehr für Olga übrig. Wie alt ist sie?«

»Sechzehn.« Ich erwiderte ihren Blick. »Glaubst du wirklich …?«

Alix lachte. »Wie ich schon sagte, blind wie eh und je. Minnie, sobald sie anwesend ist, kann Willy die Augen nicht von ihr lassen. Und sie wäre passend genug. Die Tochter vom Bruder des Zaren, im orthodoxen Glauben erzogen.«

»Ja, aber …« Ich überlegte. »Wir müssten erst ihren Vater fragen, Großfürst Konstantin, und den Zaren natürlich auch. Ich bin mir nicht sicher, dass sie zustimmen würden.«

»Vielleicht fragen wir erst einmal Willy«, meinte Alix.

Ich konnte mir nicht vorstellen, dass Willy interessiert wäre. Konstantins Tochter Olga war sehr schüchtern und nicht besonders hübsch, obwohl sie die schönen Augen der Romanows besaß. Als Älteste in einer Rasselbande von sechs Geschwistern führte sie das behütete Leben aller Mädchen ihres Ranges. Mir kam sie ebenso unreif vor wie Marie. Aber als wir Willy darauf ansprachen, gab er zu, Olga ins Herz geschlossen zu haben, und Großfürst Konstantin war so begeistert, dass er alle Zweifel beiseitewischte. Obschon ein wenig bestürzt von Willys Wahl, hatte Alexander keine Einwände, sollte das Mädchen sich einverstanden erklären. Und was Olga betraf, als sie von Alix und mir befragt wurde, errötete sie und murmelte, sie fühle sich geehrt, sodass ich meine Zweifel hatte, ob sie überhaupt verstand, was die Ehe bedeutete. Willy war jedenfalls hochbeglückt. Also stürzten Alix und ich uns in die Hochzeitsvorbereitungen, die dann im Oktober jenes Jahres in einem großartigen Fest im Winterpalast gipfelten. Auf dem Rückweg nach Griechenland stellte Willy seine Angetraute unseren Eltern in Dänemark vor.

Als Alix nach fünf Monaten stetigen Zusammenseins abreiste, war ich in Tränen aufgelöst. Noch am Hafenkai klammerte ich mich an sie, während sie mir zuflüsterte: »Liebe Sascha, so sehr du nur kannst, Minnie. Er mag nicht so gewandt sein wie Nixa, aber er ist dir herzlich zugetan. Mehr kannst du in diesem Leben nicht verlangen.«

Ich wusste nicht, wann ich meine Schwester wiedersehen würde, doch ich nahm mir ihren Rat zu Herzen, machte mir keine Sorgen mehr um Saschas Treue und widmete mich ganz dem Unterricht bei Pobendonstjew sowie meinen häuslichen und gesellschaftlichen Verpflichtungen.

Als der Schnee St. Petersburg unter sich begraben hatte und die Weihnachtschoräle in den Kathedralen erklangen, stellte ich fest, dass ich endlich ein Kind erwartete.

Eines frühen Morgens im Mai – dem sechsten jenes Monats – erwachte ich, stöhnend vor plötzlichem Schmerz. Ich fühlte Nässe zwischen den Beinen und bekam keine Luft mehr, als die nächste Schmerzattacke mich überwältigte. Panisch läutete ich die kleine Glocke auf meinem Nachttisch.

Tanja und Sophie kamen schlaftrunken mit verrutschten Nachthauben hereingestolpert. Sie schliefen in der Kammer neben der meinen; wir waren Mitte April in den Alexander-Palast gezogen, um dort auf meine Niederkunft zu warten, ein Umzug, den ich so lange wie möglich hinausgezögert hatte, so sehr widerstrebte es mir, meinen geliebten Anitschkow zu verlassen, nur um mich dort draußen auf dem Landsitz zu langweilen. Immer wieder hatte ich mich dagegen gewehrt: Ich sei nur schwanger und kein Invalide. Nur weil die Zarin darauf bestand, dass mein Kind unbedingt in Zarskoje Selo geboren werden müsse, ließ ich mich schließlich dazu breitschlagen, mich in diese opulente Suite mit Parkblick zurückzuziehen, wo alles auf meine Niederkunft vorbereitet war.

»Sascha«, ächzte ich, an Tanja gewandt, »holt Sascha. Ich glaube … es ist so weit.«

Obwohl alle mir versicherten, die Form meines Bauches deute auf einen Jungen hin, war es mir ganz egal, ob es ein Junge oder ein Mädchen werden würde. Zumindest hatte ich mir eingeredet, ich würde sie gleichermaßen lieben; doch als Sascha ins Zimmer gestürzt kam, wo Sophie mir die Stirn benetzte, während ich vor Schmerzen stöhnte und die Hebamme mir zwischen den Schenkeln herumfuhrwerkte, wurde er aschfahl und schrie: »Alarmiert sofort den Winterpalast! Meine Gemahlin bringt meinen Sohn zur Welt! Sagt ihnen: Eile tut Not!«

Zwischen den Wellenkämmen der Wehen, die mir alle Luft aus den Lungen pressten, keuchte ich: »Eile? Warum? Kann ich nicht ebenso gut gebären, ohne …«

»Nein.« Sascha funkelte Tanja an. »Seht zu, dass sie keine Sekunde alleingelassen wird. Meine Eltern müssen bei der Geburt zugegen sein!«

Während er hinausstürmte und auch den Lakaien im Korridor seine Befehle entgegenbellte, sodass nun die gesamte Dienerschaft von meiner Notlage in Kenntnis gesetzt war, schnitt ich eine Grimasse. »Muss ich jetzt die Geburt verzögern, bis sie eintreffen?«

Tanja nickte. »So will es das Protokoll, Eure Hoheit.«

Nach zwei Stunden fanden der Zar und die Zarin sich ein, um in meinem Zimmer Wache zu halten, zusammen mit Sascha, sehr zu meiner Beschämung. In der zehnten Stunde, als ich schon so weit war, dass ich das Kind am liebsten eigenhändig herausgezerrt hätte, spürte ich plötzlich, dass es sich löste. Die Nabelschnur wurde durchtrennt. Ich hörte ein Klatschen, gefolgt von energischem Protestgeschrei. Erschöpft sank ich in die schweißgetränkten Kissen zurück und hörte Sascha verkünden: »Ein Sohn!«

»Am Tag des Heiligen Hiob geboren«, bemerkte die Zarin düster. »Beten wir, dass der Herr ihn nicht in der Schmiede des Unheils prüfen möge wie den armen Hiob, um seinen Glauben unter Beweis zu stellen.«

Als ob der Herr seine arme Mutter in den Wehen nicht schon genug geprüft hätte, wollte ich am liebsten erwidern, doch ich war zu müde. Außerdem ging es der Kaiserin schlecht; ihre Schwindsucht war nunmehr ein anerkanntes

Familiengeheimnis. Sie tat mir leid, denn ich wusste, wie sehr sie noch immer unter Nixas Verlust litt.

»Lasst mich ihn sehen«, flüsterte ich mit matter Stimme. Tanja legte ihn mir an die Brust; er war inzwischen in ein weißes Leintuch gewickelt worden. Als seine kleine Faust sich an meinen Busen klammerte, überwältigte mich ein Gefühl, wie ich es nie gekannt hatte.

Mein Kind. Mein Sohn. Endlich war er da. Er war mein.

»Wir werden ihn Nikolai nennen«, sagte Sascha, »zu Ehren meines Großvaters.« Er hielt inne und sah mich plötzlich an. Als ich in den Wehen lag, hatte er sich abgewandt, war im Zimmer auf und ab gegangen, während ich keuchte und schrie, aber angeblickt hatte er mich die ganze Zeit über nicht. Jetzt tat er es. »Manja?«

Müde blickte ich von ihm zu Alexander hinüber, der den Arm um seine Gemahlin gelegt hatte. Er lächelte mir zu. »Es ist ein Glück verheißender Name für einen Zaren.«

»Ja«, wisperte ich, »Nikolai ist gut.«

In meinen Augen war er vollkommen – mit Saschas graublauen Augen und seidigen Büscheln von meinem dunklen Haar, das sich später noch aufhellen würde, und einem kleinen Körper, der zart duftete wie Sahne. Ich war bestürzt, als ich hörte, dass ich eine Amme einstellen sollte. Ich wollte ihn selbst stillen, schlich immer wieder an seine Wiege und schickte die Amme fort, um ihn an meinen schmerzenden Brustwarzen saugen zu lassen. Ich hatte reichlich Milch; meine Schwangerschaft war problemlos verlaufen, trotz all der Vorkehrungen, die aus Angst getroffen worden waren, ich könnte am Milchfieber oder anderen Übeln erkranken, die junge Mütter dahinrafften. Der abergläubische Kommentar der Zarin bei seiner Geburt hatte ebenfalls einen Nerv getroffen; ich teilte ihren frommen Mystizismus nicht, konnte aber nicht umhin zu glauben, dass es für uns beide wie ein Talisman wirkte, wenn ich meinen Sohn stillte.

Zu seiner Taufe kleidete ich Niki in ein spitzenbesetztes Gewand, dessen Brustlatz ich selbst mit seinem Namen und Geburtsdatum bestickt hatte. Der Zar schenkte ihm das traditionelle goldene Kreuz der Romanows und befahl einen Dreihundert-Schuss-Salut von der Festung aus, dazu Champagner für jedermann, von den Palästen und Adelssitzen bis hin zu den Hafenschenken.

Sascha ging stolzgeschwellt einher. Doch wenn wir unter uns waren, sagte er: »Ist er nicht ein bisschen klein geraten? Meine Mutter meinte, er sei nur halb so groß, wie Wladimir und ich bei unserer Geburt waren.«

»Jedes Baby ist anders. Ich bin klein. Aber ich bin auch stark. Habe ich ihn nicht neun Monate lang getragen? Er wird sich schon noch zu einem russischen Bären auswachsen, wie du einer bist.«

Sascha stimmte halbherzig zu. »Wir dürfen ihn aber nicht zu sehr verhätscheln. Als ich ein Junge war, schliefen wir auf Pritschen, nahmen kalte Bäder und bekamen keinerlei Luxus zugestanden, um nur ja nicht überheblich zu werden. Und mein Vater, wie du weißt, hält in all seinen Räumen auf rigorose Ordnung.« Er ließ den Blick durch unseren Salon schweifen, der vollgestellt war mit Topfpflanzen, japanischen Wandschirmen und allerlei Nippes, den ich nach Lust und Laune auf Basaren kaufte, gerahmte Fotografien auf jedem Tisch, die Wände behängt mit Gemälden. Ich fühlte mich wohl in dem Sammelsurium, besonders im Winter. Ich fand es gemütlich, heimelig.

»Er ist doch noch ein Baby«, wandte ich ein. »So bald wird er noch nicht auf einer Pritsche schlafen.«

Sascha schmunzelte. »Mein Schwan ist zu einer Löwin geworden. Wehe dem, der ihrem Jungen zu nahe kommt.«

Er wusste gar nicht, wie recht er hatte. Ich war wild entschlossen, meinen Sohn nach dem Beispiel meiner Eltern persönlich zu erziehen und ihn nicht irgendwelchen dienstbaren Geistern anzuvertrauen, nur damit er mir nicht zur Last fiel. Mein Bedürfnis, mich um meinen Sohn zu kümmern, nahm ich sogar zum Anlass, die Privatstunden bei Pobendonstjew zu vertagen. Sie brachten mir ohnehin nichts, da der Meister all seine Bemühungen nur auf Sascha ausrichtete. Obwohl er am Anfang gemurrt hatte, fand mein Mann mittlerweile Gefallen an der Unterweisung, sodass er mein Fernbleiben nicht einmal erwähnte. Von der Mühsal des Nachmittagsunterrichts befreit, konnte ich mich endlich wieder meiner Korrespondenz widmen, während Niki seinen Mittagsschlaf hielt. Wöchentlich gingen nun Briefe zwischen meiner Mutter und mir hin und her, in denen sie mir Ratschläge zum Abstillen sowie zur Ernährung gab und mich davor warnte, das Baby zu fest einzuwickeln, denn dies hemme das natürliche Wachstum. Ich befolgte all ihre Ratschläge und hatte meine liebe Not, mich gegen die rückständige Amme durchzusetzen. Die Mutterschaft war ein unermessliches Geschenk und eine Aufgabe, die ich genoss. Nichts tat ich lieber, als unseren Niki anzukleiden und in meiner Kutsche mitzunehmen, um ihn seinen verzückten Großtanten und Onkeln vorzuführen, oder mit ihm im Kinderwagen, den Zaren an meiner Seite, am Kai und im Sommergarten spazieren zu gehen – auch wenn ich jetzt immer auf eine Gendarmeneskorte bestand.

Ich war so sehr davon in Anspruch genommen, mich um meinen Sohn zu kümmern, dass ich kein Bedürfnis nach weiteren Kindern hatte, obwohl genau das von mir erwartet wurde. Und sobald ich mich von der Niederkunft erholt hatte, begann Sascha wieder, mein Bett aufzusuchen.

Die eheliche Liebe, die Alix mir zu hegen riet, war bislang

nicht wirklich in mir aufgekeimt, doch zu jener Zeit erblühte sie allmählich. Trotz der Meinungsverschiedenheiten über Nikis Erziehung hatte die Elternschaft uns einander näher gebracht, und nun fand ich mehr und mehr Gefallen an den Zärtlichkeiten meines Gatten und hatte es gern, wenn seine stämmigen Arme mich umfingen. Er war der einzige Liebhaber, den ich je gekannt hatte, doch ich konnte mir keinen anderen vorstellen – aufmerksam und feinfühlig, meiner Lust mehr zugewandt als der seinen. Wenn er mich zum Stöhnen brachte, pflegte er zu raunen: »Wenn eine Frau es genießt, bringt sie Söhne zur Welt«, und ich zog ihn nur noch tiefer in mich, während ich »so ein Unsinn« murmelte.

Bald wurde ich wieder schwanger. Fast ein Jahr nach Nikis Geburt brachte ich einen weiteren Sohn zur Welt, der nach seinem Großvater, dem Zaren, Alexander genannt wurde. Er war ein schöner Knabe, größer als Niki, was Sascha mit Stolz und Befriedigung erfüllte.

»Und jetzt noch Schwestern«, sagte er, den kleinen Alexander im Arm wiegend. »Buben brauchen Schwestern.«

Ich verdrehte die Augen. »Und Mütter brauchen Erholung.«

»Willst du etwa deinem Gatten die Tür verbieten, Weib?«, knurrte er.

»Wenn nötig«, gab ich zurück, aber er wusste, dass ich es nicht so meinte, und ich lächelte, als ich ihn Alexanders runde Wangen küssen sah und unser neugeborener Sohn versuchte, nach seinem Schnurrbart zu greifen.

»Der hier ist stark«, sagte Sascha. »Ein echter Romanow. Mit ihm werde ich auf Wildschweinjagd gehen.«

Ich sagte mir, es sei ganz natürlich, dass er den robusteren Beweis seiner Männlichkeit vorzog, obwohl es für mich keinen Sinn ergab. Auch wenn er kleiner war, war Niki gesund und wohlgestaltet.

Als 1870 der erste Geburtstag unseres zweiten Sohnes nahte, standen wir kurz vor der Abreise nach Dänemark. Sascha hatte großes Interesse daran bekundet, mein Land kennenzulernen, und ich wollte es ihm sehr gern zeigen. Da bekam der kleine Alexander plötzlich hohes Fieber; außer sich vor Sorge schickte Sascha einen Boten zum Palast. Als der kaiserliche Leibarzt, den der Zar entsandt hatte, aus dem Kinderzimmer kam, sagte er düster: »Ich fürchte, es ist Hirnhautentzündung, Eure Hoheit.« Ich schrie so laut auf, dass Sascha hilflos zurückwich.

»Er ist erst elf Monate alt! Er ist doch von keinem Pferd gefallen!« Ich konnte es einfach nicht glauben, dass es dieselbe Krankheit sein sollte, die Nixa dahingerafft hatte, und hörte kaum auf den bedächtigen Einwand des Arztes, diese Krankheit benötige keine Verletzung, um auszubrechen. Wie eine Furie stürzte ich ins Kinderzimmer und weigerte mich, noch irgendjemanden in seine Nähe zu lassen.

Ich saß an seinem Bettchen und tupfte ihm wieder und wieder den schrecklichen Fieberschweiß von der Stirn, während er sich wand und wimmerte, bevor er in Stille versank. Vor meinem inneren Auge sah ich Nixa in jener Villa, sein ausgezehrtes Antlitz, seinen flehenden Blick, und meine ganze Welt brach zusammen.

Schwarz wurde alles in mir, schwarz alles um mich herum.

Ich wusste nicht, dass er gestorben war, bis Sascha eintrat und ich seine bebende Hand auf meiner Schulter spürte. »Manja, meine Liebe, komm jetzt.« Fast versagte ihm die Stimme. »Niki … er braucht dich.«

Aus Angst vor Ansteckung war mein Sohn mit seiner Amme in den Taurin-Palast ausquartiert worden. Ich hob die Augen zu Sascha und flüsterte: »Sie sollen ihn nicht wegbringen.«

Sascha half mir von meinem Schemel am Bettrand auf und

geleitete mich zur Tür; als ich mich umwenden wollte, hielt er mich fest. »Schau nicht zurück.«

Niedergestreckt von dem Verlust, konnte ich nicht an seinem Begräbnis teilnehmen. Sascha war Zeuge seiner Beisetzung in der St.-Peter-und-Paul-Kathedrale, und aus ihrem Rückzugsort auf der Krim, wo sie ihren eigenen Kampf auf Leben und Tod focht, sandte die Zarin mir einen herzzerreißenden Beileidsbrief: Gott nehme uns manchmal das, schrieb sie, was wir am meisten liebten.

Ich zerknüllte den Brief und schleuderte ihn aufschluchzend von mir. An jenem Abend fand Sascha mich auf dem Boden liegend vor. Tanja und Sophie sagten, sie hätten versucht, mich aufzurichten; brüllend jagte er sie aus dem Zimmer. Sie hatten es versucht. Doch angesichts der Vorstellung, wie mein wundervoller Sohn kalt und still in einem weißen Sarkophag ruhte, wollte ich nur noch selber sterben.

»Manja.« Sascha fiel neben mir auf die Knie und nahm mich in die Arme. »Das darfst du dir nicht antun. Gott muss uns sehr lieben, wenn er unseren Kleinen an seine Seite gerufen hat.«

»Gott hat ihn von mir genommen, genau wie Nixa«, schluchzte ich. »Gott liebt mich überhaupt nicht.«

Er umfing mein Gesicht mit den Händen. »So etwas Lästerliches darfst du nie wieder von dir geben. Gott muss dich wahrhaft mehr als andere lieben, dass er dir solche Opfer abverlangt.« Als ich nach seiner ruhigen Mahnung den Kopf hängen ließ, fügte er hinzu: »Auch ich trauere um unseren kleinen Jungen, aber du – du bist mein Leben. Ohne dich bedeutet mir diese Welt nichts.«

Seine Augen füllten sich mit Tränen; ich hatte ihn noch nie weinen sehen. Er senkte den Blick, flüsterte: »Ich weiß, ich werde dir Nixa nie ersetzen können.« Und da begriff ich, was ich mir noch nicht eingestanden hatte. In irgendeinem Moment, der mir nicht bewusst gewesen war, hatte ich mich in ihn verliebt – in seine gleichmütige Ruhe und unbeholfene Verletzlichkeit, in seine unablässige Zuneigung zu mir, obwohl er gar nicht darauf angewiesen war – er hätte jede Menge Frauen haben können wie seine Brüder. Doch in all der Zeit, obgleich er wohl oft genug gehört hatte, Sascha der Bulle könne von Glück reden, die Verlobte seines toten Bruders zur Frau bekommen zu haben, in all der Zeit hatte er nicht ein Mal geschwankt. Nicht ein Mal hatte er mir zum Vorwurf gemacht, dass ich die heimliche Flamme von Nixas Verlust im Herzen trug, die der Tod unseres Sohnes bloßgelegt hatte.

Stattdessen hatte er mir sein Herz geschenkt. Sein großes Bullenherz, mit all seiner Unsicherheit.

»Sascha«, sagte ich.

Seine Miene bekam etwas Zögerndes, als müsse er sich gegen einen Angriff wappnen. »Es macht nichts, wenn du mich nie so lieben wirst, wie ich dich liebe. Niki und ich … wir brauchen dich beide.«

»Aber ich liebe dich doch, mein Gemahl«, hauchte ich.

Er atmete langsam aus, als löste sich ein Knoten in ihm, und zog mich an seine Brust. »Wir werden noch mehr Kinder bekommen«, sagte er. »Das verspreche ich dir. Noch viele. Wir werden dieses Haus bis unters Dach mit ihrem Lachen füllen, auf dass du dich eines Tages ohne so große Trauer an unseren verlorenen Sohn erinnern mögest.«

Sein zärtliches Gelöbnis zerschmetterte mich vollends, sodass ich nur noch wispern konnte: »Bring mich heim.«

»Wir sind daheim, meine Liebe«, murmelte er. »Russland ist unsere Heimat.«

»Ich will nach Dänemark. Ich will in mein Land. Zu meinen Eltern.«

Er umfasste mich fester. »Dann fahren wir hin. Sobald es

sich einrichten lässt. Ich lasse mich von meinem Vater beurlauben.«

In jenem Moment, als wir uns aneinanderklammerten wie Überlebende einer Katastrophe, gab ich mich ihm ganz. In den nächsten Wochen, während wir die Reise vorbereiteten, zwang ich mich immer wieder, mich aufzuraffen, um seinetwillen und für unseren Niki, der verwirrt war, weil er meine Trauer spürte, auch wenn er den Verlust seines Bruders noch nicht begreifen konnte.

Ich musste für beide stark sein. Denn sie waren mein Leben.

12

Meine Eltern hießen uns freudig willkommen. Sogleich nahmen sie mich unter ihre Fittiche, wie sie es immer getan hatten, und Mama verordnete mir üppige Mahlzeiten und frische Luft, um meinen Körper und Geist zu stärken.

»Du bestehst ja nur noch aus Haut und Knochen!«, ereiferte sie sich. »Wir können nicht zulassen, dass du dahinsiechst. Du hast schließlich Mann und Kind, um die du dich kümmern musst.«

Meine siebzehnjährige Schwester Thyra war nicht da. Sie hatte sich in einen dänischen Offizier verliebt – eine unglückliche Wahl, da er es sich in keiner Weise erlauben konnte, eine Prinzessin zu heiraten. Mama hatte eingreifen und die Affäre beenden müssen; die untröstliche Thyra war nach Athen geschickt worden, in der Hoffnung, dass sie in Gesellschaft von Willy und seiner Frau über ihren Liebeskummer hinwegkommen würde.

Doch immerhin kam Alix mit Bertie und den Kindern. Im selben Jahr, als ich Niki zur Welt brachte, hatte sie ihre zweite Tochter, Victoria, bekommen, im Jahr darauf folgte das dritte Mädchen, Maud. Sie sei schon wieder schwanger, seufzte sie, aber noch sei sie in einem frühen Stadium, sodass sie Victorias strenges Reiseverbot für werdende Mütter unterlaufen könne. Während wir durch die Gärten von Fredensborg spazierten, tapste mein Söhnchen hinter Alix' George her, der vier Jahre älter war und sich wie ein Tyrann aufführte, indem er seinen älteren Bruder Albert und auch Niki in barschem Ton herumkommandierte.

»Mein Georgie glaubt, er müsse sich durchsetzen«, meinte Alix. »Der Zweitgeborene ist immer so fordernd, weil er weiß, dass er nicht der Erste ist ...« Sie unterbrach sich, nahm meinen Arm. »Verzeih mir, das war unbedacht von mir. Dieses dauernde Kinderkriegen hat mich schon ganz dümmlich werden lassen.«

»Du brauchst dich nicht zu entschuldigen.« Ich blinzelte hastig die Tränen weg. »Deine Kinder sind so wunderschön. Du und Bertie, ihr müsst sie sehr lieben, sieh mal ...«, sagte ich, um den Schatten in ihrer Miene zu vertreiben. »Sascha ist auch schon ganz vernarrt. Was für ein rührender russischer Tölpel er doch ist.«

Wie ein Bauer mit zerknitterter Leinenjacke und Pumphose bekleidet, kroch mein Mann auf allen vieren über den Rasen – kaum waren wir fern vom Hof, weigerte er sich, etwas anderes als diese alten Sachen anzuziehen. Die Kinder ritten kreischend auf seinem breiten Rücken, und Bertie fing sie auf, wenn sie abrutschten, und lachte aus vollem Hals, während Sascha nach Bärenart den Kopf schüttelte und so tat, als wollte er ihnen in die Beine beißen.

»Er liebt Kinder. Er ist selbst wie ein großes Kind.« Sie wandte sich mir zu. »Hast du schon daran gedacht, es wieder zu versuchen ...?

Ich schluckte gegen den Kloß in meinem Hals an. »Ja. Bald. Wir wollen beide mehr Kinder.«

Ihr Lächeln vertiefte sich. »Kinder sind unser Trost. Bis sie groß werden und uns verlassen, müssen wir jeden Tag für sie aufstehen, was immer auch kommen mag.«

Ich hatte eine merkwürdige Distanz zwischen ihr und Bertie bemerkt; nichts, das ich genauer hätte benennen können, aber spürbar war es dennoch. Eines Abends zog Alix sich früh zurück; die Männer leerten den Cognac und rauchten zu viele Zigarren, um dann betrunken in ihre Zimmer zu torkeln.

Mit Mama im Salon allein geblieben, wagte ich die Frage: »Kommt Alix Ihnen unglücklich vor?«

Meine Mutter stopfte Socken. Sie flickte immer noch ihre und Papas Kleidung, was mich so entsetzt hatte, dass ich darauf bestand, ihre magere Apanage aus meiner Schatulle aufzustocken. Ohne von ihrer Nadel aufzublicken, entgegnete sie: »Das darfst du sie nie fragen.«

»Warum? Hat sie Ihnen etwas gesagt?« Ich war nicht sicher, ob ich es wissen wollte. Ich hatte Bertie liebgewonnen, nicht nur, weil er Sascha mochte, sondern weil er alles war, was man sich von einem Schwager nur erhoffen konnte – freundlich und niemals grob, ein Vorkämpfer gegen Preußen in England. Frankreich und Preußen standen kurz vor einem Krieg, und Berties unverblümte Vorträge über die Notwendigkeit, die deutsche Angriffslust in die Schranken zu weisen, hatten Victoria ganz und gar nicht gefallen.

Mama seufzte bekümmert. »Nicht direkt. Aber genug, um zu wissen, dass sie oftmals wegschauen muss. Bertie ist ein guter Ehemann, aber wie jeder Mann hat er seine Schwächen.«

»Mätressen, meinen Sie«, sagte ich rundheraus, sodass sie zu mir aufschaute.

»Wie gesagt, frag sie lieber nicht. Es würde sie nur demütigen. Er liebt sie ja trotz allem. Mehr sogar, glaube ich, als ihm selbst bewusst ist.«

Ich widmete mich wieder meiner Lektüre, aber die Worte verschwammen mir vor den Augen; ich entschuldigte mich und ging hinauf ins Kinderzimmer. Die Buben, die sich ein Bett teilten, lagen aneinandergekuschelt wie Welpen da. Alix' Mädchen waren mit ihrer Nanny im Zimmer neben ihr untergebracht, sodass sie sie hören konnte, falls sie nachts weinten. Nachdem ich Niki übers Haar gestrichen und Georges besitzergreifenden Arm von ihm herabgehoben hatte, tappte ich den dunklen Flur entlang zu Saschas Zimmer. Wir teilten nie die gleichen Räume, auch nicht in Russland. Er hatte seine eigenen Zimmerfluchten, die spartanisch eingerichtet waren, und ich hatte meine, die ganz das Gegenteil darstellten. Er kam zu meinem Bett, wenn es uns nach Traulichkeit verlangte, doch wir hatten uns auf eine freundschaftliche Balance zwischen Nähe und Distanz geeinigt, indem wir getrennte Betten beibehielten.

Nun konnte ich ihn hinter der Tür schnarchen hören. Ich trat dennoch ein und zog mich bis aufs Unterhemd aus, schlüpfte zu ihm ins Bett, das heiß wie ein Backofen war, und schmiegte mich an ihn. Er knurrte, rückte aber näher. Seine Männlichkeit regte sich an meinem Rücken. Ich lupfte das Hemd und ließ ihn in mich gleiten; er stöhnte auf, als ich seine Hände an meine Hüften zog.

»Ich will ein Kind, Sascha«, flüsterte ich, während er zustieß, »ich möchte noch einen Sohn.«

Als die letzten Herbstblätter über die Alleen trieben, wusste ich, woran ich war. Jeden Morgen wurde ich von solcher Übelkeit heimgesucht, dass Tanja ganz kopflos umherstob. Sascha sagte ich es erst Ende November, als unser Leibarzt mich untersucht und meine Gewissheit bestätigt hatte. Trotz unserer Freude, und vielleicht wegen des Verlusts unseres Zweitgeborenen, wurde Sascha geradezu unleidlich, wollte mich von allem abschotten, verlangte, dass ich mich jeglicher Betätigung enthielt.

»Jetzt, wo die Saison gerade beginnt?«, sagte ich. »Deine Mutter ist auf die Krim gereist. Wer soll denn die Gala im Winterpalast eröffnen? Dein Vater, der Zar, braucht mich, die Zarewna, an seiner Seite. Und da werde ich auch sein.«

Verärgert, aber nicht in der Lage, mich aufzuhalten, wenn er nicht die Türen verriegelte, quetschte er sich in seine blausilberne Uniform mit der Hose aus Elchleder und begleitete mich widerwillig an den Hof, wo ich im Hochgefühl meiner neuen Gewissheit tanzte, flirtete und mich glänzend unterhielt. Sascha hielt sich mit schmollender Miene an meiner Seite; sogar Wladimir bemerkte, er habe meinen Mann noch nie so anhänglich gesehen.

»Hast du ihm Anlass gegeben, an dir zu zweifeln?«, neckte er mich, während wir unter den Kronleuchtern im Nikolai-Saal tanzten.

»Niemals«, sagte ich. »Und ist es nicht langsam an der Zeit, dass du, mein lieber Schwager, mit dem Herumpoussieren aufhörst und eine ordentliche Verbindung eingehst?«

»Was? Sind zwei Ballerinen vom Mariinski-Theater nicht ordentlich genug?«

»Jetzt mal ehrlich.« Ich klopfte ihm mit dem Fächer auf die Schulter. »Dein Vater hat mir erst letzte Woche vorgejammert, dass deine Schulden aberwitzig sind und dass er dir die Mittel streichen muss, wenn du dich nicht endlich so verhältst, wie es sich für einen Großfürsten gehört. Was willst du dann noch mit deinen Ballerinen anfangen?«

Lachend warf Wladimir seinen Kopf zurück. Doch seine Heiterkeit verflog schon bald. »Ja doch, ich muss mir eine Frau suchen«, gab er zu. »Papa hat es zu einer nicht verhandelbaren Bedingung für die Beibehaltung meiner Zahlungsfähigkeit gemacht. Ich werde auf Europareise gehen – wie wir Großfürsten es eben so machen – und mich nach etwas Passendem umschauen. Wünsch mir Glück, Minnie. Schade, dass du schon vergeben bist.« Er zwinkerte mir spitzbübisch zu. »Dich hätte ich vom Fleck weg geheiratet.«

»Du bist unverbesserlich. Der betreffenden jungen Dame kann ich nur Glück wünschen. Sie wird es brauchen.«

Als er sich verbeugte und ich ihn verließ, um mich zu Sascha zu gesellen, der mich mit griesgrämiger Miene erwartete, rief Wladimir mir nach: »Mag sie Glück haben oder nicht, meine Ballerinen werde ich nie aufgeben!«

Das bezweifelte ich nicht.

Während Eisschollen von der Newa zum Meer trieben und der Sommergarten in voller Maiblüte prangte, kam ich nieder, erneut in Zarkoje Selo. Nach nur wenigen Stunden wurde mein dritter Sohn geboren, Georgi genannt. Sascha stolzierte mit seinem greinenden Nachwuchs im Arm herum. Er war robust, ein echter Romanow, und seine Geburt half mir tatsächlich, den Tod unseres kleinen Alexander zu verschmerzen; jetzt hatten wir zwei überlebende Söhne.

Niki blieb allerdings klein, sehr zu Saschas Missfallen, und er hing auch mehr an mir als an seinem Vater, der ihn trotz seines kindlichen Alters viel zu streng behandelte. Eines Morgens kam ich aufgeschreckt von Sophies entsetztem Schreien ins Bad gestürzt, wo der arme Niki schlotternd in der Wanne stand, während Sascha ihn mit kaltem Wasser übergoss.

»Bist du wahnsinnig?« Ich schubste meinen Mann zur Seite, um meinen bibbernden Sohn in ein Handtuch zu wickeln. »Er ist vier Jahre alt! Was hast du dir bloß dabei gedacht?«

»Er braucht Abhärtung.« Sascha zog einen Schmollmund wie immer, wenn er sich mit irgendwelcher Unbill konfrontiert sah, sei es zerkochter Kohl bei Tisch oder eine schwierige Lektion von Pobendonstjew. »Er muss lernen, dass das Leben nicht nur aus weichen Kissen und Mamas liebevollen Armen besteht.«

»Du bist ein Grobian. Er hätte sich eine Lungenentzündung holen können. Wenn ich dich je dabei erwische, dass du ihm wieder so etwas antust, wirst du lernen, wie grausam Mamas Arme sein können.«

Er ging hinaus und schlug die Tür hinter sich zu. »Papa hasst mich«, flüsterte Niki.

»Nein, nein, mein Süßer. Papa hasst dich nicht. Er ist eben nur … ähm …«

»Ein Grobian?«, sagte Niki, und ich lachte, drückte ihn an mich. »Ganz recht«, stimmte ich zu. »Ein großer, grober *Muschik.* Sollen wir unseren Bauern zum Korndreschen schicken?«

Mein Sohn nickte, als ob er dies für eine gute Idee hielte. Von da an sorgte ich dafür, dass Sascha ihn nicht mehr zu hart anfasste.

»Soll er etwa in Angst vor dir aufwachsen?«, fragte ich Sascha, der immer noch schmollte.

»Besser, er hat Angst vor mir, als dass er so wird wie Sergej«, entgegnete er.

Saschas jüngerer Bruder, Großfürst Sergej, war fast fünfzehn Jahre alt. Nächstes Jahr würde er volljährig werden, und er war jetzt schon ein Ausbund an Vollkommenheit und Mehrsprachigkeit; sogar das Italienische beherrschte er, da er unbedingt Dante im Original hatte lesen wollen. Musikalisches Talent besaß er ebenfalls und spielte im Orchester des Winterpalasts Flöte. Hoch aufgeschossen und hager wie ein Storch, ähnlich wie Nixa, war Sergej von auffallender Schönheit, mit den fein ziselierten Wangenknochen eines Renaissance-Prinzen und graugrünen Augen, die in gewissem Licht manchmal katzenhaft ins Topasfarbene changierten.

»Und was gibt es an Sergej auszusetzen? Er ist fleißig, belesen, sprachgewandt …«

»Du hörst nicht, was ich höre.« Sascha stand ächzend auf. »Mein Bruder Paul hat mir Sachen erzählt … die will ich gar nicht wiederholen. Aber lass es dir gesagt sein«, warnte er, »Nikolai wird nicht wie Sergej werden. Nicht, solange ich da noch ein Wörtchen mitzureden habe.«

Es hatte keinen Zweck, sich mit ihm anzulegen, wenn er in solch einer Stimmung war. Was immer Paul ihm hinterbracht haben mochte, so schlimm, wie er tat, konnte es gar nicht sein. Die jüngsten Söhne des Zaren, Paul und Sergej, waren unzertrennlich; sie waren immer zusammen mit ihrer Mutter auf die Krim und nach Nizza gereist, bis sie zu krank wurde. Im Palast absolvierten sie gemeinsam ihre Schulstunden und versuchten, sich in einer Welt zurechtzufinden, die von ihren Brüdern Sascha, Wladimir und Alexej dominiert war.

Was Niki anging, so würde ich es niemandem erlauben, ihm Angst einzujagen. Mein Erstgeborener war nicht wie ein Romanow. Ich spürte es längst, und ich sah es nicht als Fehler an. Ganz im Gegenteil.

Kraftstrotzende Romanows hatten wir schon mehr als genug.

13

Wladimir kehrte von seiner Europareise zurück, wo er eine Unmenge von Kasinobetreibern, Hoteliers, Schauspielerinnen und ihre jeweilige Entourage überaus glücklich gemacht hatte.

Er kam mich im Anitschkow-Palast besuchen. Sascha war gerade auf einem Ausritt mit Grazia und seinem Jagdterrier Moska. Beim Tee ließ Wladimir seine neuen Manschettenknöpfe aus Smaragd und Onyx hervorblitzen, alle mit eingraviertem Monogramm. Ich verdrehte angesichts seiner Verschwendungssucht die Augen, als er auf einmal verkündete: »Ich habe eine Frau gefunden.«

»Tatsächlich?« Nach all den Abenteuern, die er beschrieben hatte, gefolgt von Wutanfällen des Zaren, als die Rechnungen eintrafen, wunderte es mich, dass er noch Zeit für die Brautsuche gefunden hatte.

»Jawohl«, sagte Wladimir. »Sie passt mir. Anscheinend passe ich ihr sogar noch mehr. Sie war bereits verlobt, aber sie hat die Verlobung gelöst, um mich zu heiraten.«

Ich hatte den Verdacht, dass diese unternehmungslustige Dame nur zu gut begriff, welch vorzüglichen Fang sie da gemacht hatte. Ein leichtlebiger Gatte mit kaiserlicher Apanage und einer Schwäche für Ballerinen und Rennpferde war genau das Ideal, das manche Frauen anstrebten, ließ es ihnen doch reichlich Muße, sich ihren eigenen Interessen zu widmen.

»Und wer ist die Glückliche?«, fragte ich.

Er sog die Wangen ein. »Es wird dir nicht gefallen.«

»Wieso denn nicht? Ich dachte schon, du heiratest nie, so wie du dein Leben gestaltest.«

»Es ist eine Deutsche«, sagte er, und noch während meine Hand wie erstarrt über dem Samowar in der Luft hing, fügte er eilig hinzu: »Herzogin Marie von Mecklenburg-Schwerin, Tochter des Großherzogs Friedrich. Ihr Vater hat slawisches Blut; seine Urgroßmutter war eine Tochter von Zar Paul I. Aber ihre Familie ist durchaus auch Reichskanzler Bismarck und dem neuen Kaiser zugetan.«

Ich lehnte mich zurück, ohne ihm noch einmal Tee einzugießen, und sah ihn in missbilligendem Schweigen an, bis er murrte: »Alle wollten doch, dass ich eine Frau finde. Wird man mir jetzt ihre Herkunft vorwerfen?«

»Ich nicht. Ich bin sicher, du weißt, was du tust.« Aber mein Tonfall besagte das Gegenteil, und er verlegte sich wieder aufs Jammern, was bei mir verschwendet war.

»Minnie, es gibt nicht viele Prinzessinnen, die bereit wären, hierherzukommen und sich unsere Lebensweise zu eigen zu machen, wie du es getan hast. Es ist mir klar, dass Frankreichs Niederlage gegen Deutschland bitter für dich war, aber bitte grolle mir nicht deswegen. Ich habe mir schon genug von meinem Vater anhören müssen.«

»Ob bitter oder nicht, das spielt hier keine Rolle«, sagte ich. »Ist Seine Majestät gegen die Verbindung?«

»Nicht in der Theorie. Aber in der Praxis …« Er fingerte nervös an seinen Manschettenknöpfen. »Sie will nicht zum orthodoxen Glauben konvertieren. Gehorsam schulde sie vor allem Gott, sagt sie, und Gott wünsche, dass sie Protestantin bleibt.«

»Typisch deutsch, persönlichen Zugang zu den Wünschen unseres Allmächtigen zu haben.«

»Aber du wirst doch nett zu ihr sein, wenn sie herkommt? Du bist die Zarewna. Ich verlasse mich auf dich.«

»*Falls* sie herkommt. Für eine Romanow-Braut hat die Konversion immer außer Frage gestanden.«

»Oh, sie wird schon kommen«, meinte er. Ich konnte nicht erkennen, ob er zuversichtlich oder im Zweifel war. »Marie mag glauben, sie kenne Gottes Wünsche, aber wenn er nicht einverstanden ist, wird sie ihn ignorieren.«

»Klingt ja zauberhaft«, sagte ich trocken. »Ich bin gespannt auf ihre Ankunft.«

Es dauerte über ein Jahr, die Verbindung zu arrangieren. Zwar weigerte sich Marie von Mecklenburg-Schwerin zu konvertieren, doch da Alexander unter dem Druck stand, Wladimir endlich in geordnete Verhältnisse zu zwingen, und der Vater der Herzogin nicht minder bemüht war, seine widerborstige Tochter an den Mann zu bringen, wurde schließlich eine Einigung erreicht. Zum ersten Mal in hundertfünfzig Jahren würde ein Großfürst der Romanows eine Frau heiraten, die nicht zum orthodoxen Glauben übertrat.

Sascha war wütend. Ebenso wie Bertie hatte er die preußenfeindliche Haltung meiner Familie übernommen, denn ich hielt mich mit diesbezüglichen Äußerungen nicht zurück, erst recht nicht nach dem katastrophalen Krieg, der Napoleon III. das Reich gekostet und Paris einer brutalen Belagerung unterworfen hatte; zerschlagen war seither meine Hoffnung auf eine preußische Niederlage, die uns die Rückerstattung unserer verlorenen dänischen Herzogtümer beschert hätte. Nun ließ Sascha seinen Unmut an Wladimir aus, zeigte ihm im Winterpalast die kalte Schulter und verkündete dem Zar gegenüber, die Hochzeit wäre »eine Abscheulichkeit«, bis ich einschreiten musste und meinen Mann daran erinnerte, dass wir eben manchmal schlucken mussten, was uns nicht behagte.

»Wladimir ist derjenige, der bald einiges schlucken muss«, sagte er. »Diese deutsche Kuh wird ihn an der Nase herumführen und ihm noch den letzten Rubel aus der Tasche ziehen.«

»Mag sein, aber sie wird Großfürstin Wladimirowitsch heißen, also müssen wir uns damit abfinden.«

Nur hieß sie nicht Großfürstin Wladimirowitsch. Sie nahm den Vatersnamen Pawlowna an, um ihre Abstammung von den Romanows zu betonen, und erschien 1872, um unser Leben auf den Kopf zu stellen.

Ich wollte sie nicht mögen.

Mittlerweile war der Hass auf Deutschland tief in meiner Seele verwurzelt; der Kaiser war eine Bedrohung, unerbittlich auf die Erweiterung seines Machtbereichs bedacht. Deshalb ärgerte es mich noch mehr, dass der Zar seiner neuen Schwiegertochter einen Hundert-Karat-Smaragd schenkte, der einst Katharina der Großen gehört hatte, zusätzlich zu dem Fünf-Karat-Rubin von Wladimir, und obendrein noch prachtvollen Smaragdschmuck, der meinem Geschmeide in nichts nachstand. Als ich die Großfürstin Pawlowna majestätisch und reich geschmückt wie eine Kaiserin durch den Dom von Kazan schreiten sah, war es mir eine klammheimliche Genugtuung, dass alle Juwelen der Romanow-Schatztruhen nicht von ihrem germanischen Quadratkiefer ablenken konnten, obwohl ich ihr zugestehen musste, dass sie ausdrucksvolle braune Augen und trotz ihrer allzu üppigen Figur eine starke Ausstrahlung besaß.

Und ob ich sie mochte oder nicht, der Zar erwartete von mir, dass ich mich mit ihr anfreundete. Und mehr als das. »Sie ist willensstark«, sagte er. »Sie wollte Wladimir, und jetzt hat sie ihn. Was sie mit ihm machen wird, kann ich mir nicht vorstellen, aber ich will nicht, dass sie aus der Rolle fällt. Sieh zu, dass sie begreift, was man von ihr erwartet. Ich verabscheue jegliche Vulgarität.«

Es war eine vielsagende Bemerkung über seine neue Schwiegertochter. Sobald sie und Wladimir also von ihrer einmonatigen Hochzeitsreise zurückkehrten, nahm ich es auf mich, sie in Wladimirs Palast zu besuchen, der nahe beim Winterpalast am Flussufer im exklusivsten Viertel der Stadt gelegen war. In der Eingangshalle wurde ich von Baulärm empfangen; Gerüste zogen sich die Wände hoch, Planen bedeckten die Böden.

Sie kam die Treppe herabgerauscht, in einem eng geschnürten grünen Seidenkleid, das kastanienrote Haar, heller als meines und lockiger, kaum von zwei diamantenbesetzten Kämmen gebändigt. Nach einer parfümierten Umarmung und Küsschen auf beide Wangen geleitete sie mich hinauf in ihren Salon, wo der Teetisch mit ihrem Limoges-Porzellan gedeckt war und die massiven, goldverzierten Doppeltüren den Lärm dämpften.

»Renovierungen«, erklärte sie unnötigerweise in ihrem deutsch gefärbten Französisch. Typisch, dass sie sich keine Mühe mit der Verfeinerung ihrer Aussprache gab; wie ich noch merken würde, war aber gerade das Teil ihres Charmes. »Dieses Schloss bedarf dringend einer weiblichen Hand. Neue Täfelungen, neue Böden, neue Aufpolsterung – einfach alles. Wladimir hat sich ja kaum je hier aufgehalten. Wie du dir vorstellen kannst, hat er alles völlig verkommen lassen.«

»Verstehe.« Ich hatte mir vorgenommen, so wenig zu sagen, wie die Höflichkeit es gestattete. Sollte *sie* doch reden und sich entlarven. Sie saß mir gegenüber auf einem mit grünem Fries bezogenen Sofa, und nachdem die Zofe den Tee serviert hatte, winkte sie das Mädchen hinaus und wandte mir ihre volle Aufmerksamkeit zu. Ihr Blick war forschend, fast aufdringlich in seiner Intensität.

»Du musst mir alles erzählen. Ich wünsche mir so, dass wir Freundinnen werden.«

»*Alles* würde wohl etwas zu lange dauern«, entgegnete ich. »Vielleicht kannst du mir erzählen, wie du Russland findest. Ich weiß noch, als ich hier neu war, erschien es mir erst einmal sehr fremdartig.«

»Ach ja?« Sie nippte an ihrem Tee, griff dann nach einem perlenbesetzten Silberetui und ließ den Deckel aufschnappen. Sie entnahm eine dünne, schwarze Zigarette, die sie mit einem Streichholz anzündete, um den Rauch sodann mit affektiert gespitzten Lippen von sich zu blasen. »Ich finde Russland überhaupt nicht fremdartig.«

Ich sah sie verwundert an.

»Oh, möchtest du auch eine?« Sie streckte mir das Zigarettenetui entgegen. Ich rauchte nicht, doch die Art, wie sie es mir hinhielt, hatte etwas Herausforderndes. Also nahm ich eine Zigarette, entzündete sie und fing sofort an zu husten, als ich den beißenden Rauch in die Kehle bekam. Mir tränten die Augen; während ich die Zigarette in den Kristallaschenbecher auf dem Tisch zwischen uns legte, lehnte sie sich zurück. »Ich liebe Zigaretten zum Tee. Das ist jetzt der neueste Stil in Paris und Berlin. Alle Prinzessinnen rauchen heutzutage.«

Berlin erwähnte sie ganz bewusst. Ich zwang mich, zur Zigarette zu greifen und einen Zug zu tun. Der Versuch mündete in einem solchen Hustenanfall, dass sie alarmiert vom Sofa hochfuhr, bis ich mit erstickter Stimme hervorbrachte: »Sie ist stärker, als ich es gewohnt bin.«

»Es ist russischer Tabak«, schnurrte sie. »Was hast du denn geraucht?« Aber dann lächelte sie. »Du hast bisher nicht geraucht, aber von nun an wirst du es tun. Ich bewundere Frauen, die sich nicht unterkriegen lassen.«

»Ich hatte keine Ahnung, dass es ein Wettstreit war«, gab ich zurück, aber trotz meines Vorsatzes, distanziert zu bleiben, wurde sie mir immer sympathischer. Sie entsprach so gar nicht dem Bild, das ich mir von ihr gemacht hatte. Keine

Spur von teutonischer Angriffslust, nur ein robustes Selbstbewusstsein. Für eine erst Zwanzigjährige fand ich das ganz erfrischend.

»Es gibt immer einen Wettstreit zwischen Frauen, die mit Brüdern verheiratet sind«, sagte sie. »Ich hoffe, wir können uns über das Offensichtliche hinwegsetzen und stattdessen freundschaftliche Rivalinnen werden.«

»Rivalinnen?«

»Aber ja. Ich beabsichtige, eine führende Stellung in der hiesigen Gesellschaft einzunehmen.« Sie beugte sich zu mir vor. »Du kannst dir nicht vorstellen, wie eintönig mein Dasein war, bevor ich Wladimir kennenlernte. Er hat mich aus einem Leben in endloser Knechtschaft und Langeweile gerettet.«

Ersteres schien mir doch eher zweifelhaft. Sie wirkte nicht wie eine Frau, die von irgendjemandem geknechtet werden konnte. »Wladimir ist gewiss ein guter Fang«, sagte ich, und sie musste die Ironie herausgehört haben, denn sie lachte – ein schallendes Lachen, das nichts Gekünsteltes hatte.

»Ein guter Fang, fürwahr. Er ist ein Gestrauchelter, das weiß ich bereits, du kannst mich also nicht schockieren. Ballerinen, Rennpferde, Spielschulden – er hat mir alles gestanden. Das habe ich ihm abverlangt. Man muss die Bank schon kennen, ehe man dort ein Konto eröffnet.«

»Er hat ein abenteuerliches Leben geführt. Du wirst deine liebe Not mit ihm haben, fürchte ich.«

»Nein. *Er* wird seine liebe Not haben. Ich habe ihm meine Erwartungen ganz klar dargelegt. Jetzt muss er sie nur noch erfüllen. Wenn er glaubt, ich lasse ihn weiterhin Schulden machen, dann hat er sich geirrt.«

»Und die Ballerinen?«

Sie zuckte mit den Schultern. »Man kann ein Raubtier nicht zähmen, nur bändigen.«

Ich musste kichern. »Wladimir bändigen. Du bist wirklich furchtlos.«

»Was gibt es da zu befürchten?« Sie drückte die Zigarette im Aschenbecher aus, wo meine noch vor sich hin glomm. »Er ist mein Mann. Solange er sich an ein paar einfache Regeln hält, kann er tun und lassen, was er will. Wenn nicht, werde ich mir einen Liebhaber nehmen. Das kann man sich als Ehefrau ruhig erlauben, weißt du. Anders als Tolstois tragische Heldin brauchen wir uns nicht vor einen Zug zu werfen.«

So entsetzlich ihre Worte klangen, war ich doch nicht entsetzt. Sie drückte sich mit solcher Unverblümtheit aus, als legte sie die Bedingungen eines Kaufvertrags dar. Trotz allem musste ich verblüfft dreingeschaut haben, denn sie deutete auf das Zigarettenetui. »Nimm dir noch eine. Es dauert ein wenig, aber mit der Zeit wird der Rauch sich angenehm anfühlen.« Als ich tat, wie mir geheißen, prompt wieder hustend, aber entschlossen, das Laster zu meistern, fragte sie in zuckersüßem Ton: »Habe ich dich schockiert?«

»Nicht im Geringsten. Hast du das erwartet?«

»Gehofft.« Wieder zuckte sie mit den Schultern. »Dass es mir nicht gelungen ist, verheißt eigentlich nur Gutes für uns, Minnie.« Sie nahm die Teekanne und schenkte mir noch einmal ein. »Du musst mich Miechen nennen.«

Sie meinte, was sie gesagt hatte. Zum Auftakt dieser Saison wurden die Tore ihres noch unvollendeten Palasts geöffnet, um die adelige Gesellschaft willkommen zu heißen. Und ich begriff sogleich, dass ich in meiner Eigenschaft als Zarewna – zumal die Zarin nun chronisch abwesend war – zwar die erste Dame am Hof sein mochte, dass in St. Petersburg aber Miechen, wie angedroht, eine Vorrangstellung einzunehmen gedachte.

Missgelaunt, weil ich ihn genötigt hatte, mich heute Abend zu begleiten und zur Soiree seine grün-goldene Galauniform anzulegen, blickte Sascha sich in dem frisch renovierten Empfangssaal um und knurrte: »Hat sie den Winterpalast seiner gesamten Vergoldung entblößt?«

»Es ist reichlich protzig«, stimmte ich zu und musterte skeptisch die bunten Marmorverkleidungen und goldenen Putten überall.

Sascha knirschte fast mit den Zähnen, als Wladimir und Miechen uns begrüßten, und ließ seinen Blick unwirsch über ihre Aufmachung wandern, während sie ihm ein unbefangenes Lächeln schenkte. Im Gegensatz zu meiner schlichten weißen Seide und dem schmalen Halsband aus Perlen und Diamanten prunkte sie in einer karneolroten Seidenrobe nach der neuesten Mode, die runden weißen Schultern gepudert und – für Sascha schockierend – nackt; die Arme in langen Satinhandschuhen, mit so vielen Juwelen behangen, wie sie sich nur aufladen konnte, inklusive des eindrucksvollen Smaragdschmucks. Das Ganze machte tatsächlich einen vulgären Eindruck, wie der Zar schon befürchtet hatte, aber es schien ihr vollkommen egal zu sein, was mein Mann oder sonst jemand von ihr dachte. Sie ließ ihn mit seiner mürrischen Miene stehen, hängte sich bei mir ein und zog mich mit in ihren überfüllten Salon.

Den ganzen Abend über flossen Champagner, Wein und Cognac in Strömen. Kaviar, Räucherlachs und Pastetchen machten unentwegt die Runde, auf goldenen Platten gereicht von Dienern in maulbeerfarbener Livree mit dem großfürstlichen Wappen. Sascha gab sich keine Mühe, seinen Widerwillen zu verbergen, aber Wladimir wirkte ganz zufrieden, in sein Schicksal ergeben, wie ich es nie für möglich gehalten hätte. Er kreiste um seine Frau wie ein Planet in ihrer Umlaufbahn, und natürlich trug er mit seiner Bildung dazu bei, dem Ganzen einen gewissen Schliff zu verleihen.

»Ich verstehe nicht, was er in ihr sieht«, sagte Sascha auf dem Heimweg. »Sie ist ein Parvenü. Ihr Palast ist scheußlich und ihr Buffet-Diner die reinste Ausschweifung. Sie wird ihn noch vor ihrem ersten Hochzeitstag in den Ruin treiben.«

»Er wusste, wen er heiratet. Sie hat ihm nichts vorgemacht.«

»Das wird sie schon noch«, erwiderte er. »So eine Frau betrügt immer.«

Miechen erweckte Bewunderung und Neid in mir. Sie hatte selbst bestimmt, auf welches Fundament ihre Ehe gegründet sein würde; sie störte sich nicht an Tändeleien, schaffte es aber dennoch, Wladimir an die Kandare zu nehmen. In ihm hatte sie einen Mann gefunden, der sie ergänzte, der Gesellschaften, Glanz und Bewunderung liebte. Plötzlich ärgerte ich mich über Saschas Abneigung gegen Bälle, über seine Gewohnheit, zu Hause in schäbigen Gewändern herumzuschlurfen, und ich rüffelte ihn deswegen. Einmal ertappte er mich dabei, wie ich nach einer Auseinandersetzung in meinem Privatgemach eine Zigarette rauchte. Als er durch die Tür kam, fuhr ich erschrocken herum und verbarg das Corpus Delicti hinter meinem Rücken.

»Hinter dir steigt Rauch auf«, sagte er. »Gib Acht, dass du nicht Feuer fängst.«

Das Rauchen wurde mir zur täglichen Gewohnheit; allerdings beschränkte ich meinen Konsum auf vier Zigaretten pro Tag und rauchte nie in der Öffentlichkeit. Ich wollte nicht, dass irgendwer außer Sascha es wusste, aber wenn ich meinen Söhnen einen Gutenachtkuss gab, rümpfte Niki manchmal die Nase. »Mama, Sie riechen nach Zigarre.«

Miechens Einfluss breitete sich in mir aus wie ein schleichendes Gift. Ich hatte das Gefühl, dass sie mich immer abschätzend musterte, wenn wir sie und Wladimir in unseren Palast einluden, als beurteilte sie, ob wir das Recht hätten, die zu sein, die wir waren. Nie sagte sie etwas Abfälliges, und doch schaffte ich mir Dutzende neuer Kleider an. Dabei entdeckte ich, dass sie keine Modelle des aufstrebenden Pariser Couturiers Félix besaß, da sie Unsummen für ihre Garderobe ausschließlich bei Maison Worth ausgab. Sie bewunderte meine Einrichtung, fragte sogar, wo ich meine japanischen Wandschirme gekauft hätte, denn sie wolle sich auch so etwas anschaffen. Doch während meine als allgemeine Augenweide in meinem Salon prangten, stellte sie die ihren als Trennwände zum Ankleidezimmer in ihrem üppig seidengepolsterten Boudoir auf.

Ich konnte mich nicht entscheiden, ob wir befreundete Rivalinnen oder überhaupt befreundet waren. Ihr selbst war das vermutlich gleichgültig. Dass es mir nicht egal war, ärgerte mich am meisten, denn es hätte mich nicht kümmern sollen.

Eines Tages würde ich Kaiserin von Russland sein. Wie sie sehr wohl wusste.

14

Als ich im Sommer 1873 durch London fuhr, Alix an meiner Seite, Bertie und Sascha in ihrer offenen Karosse vor uns, standen Engländer am Wegrand und applaudierten, und ausnahmsweise fiel kein Tropfen Regen. Ich musste lächeln, als ich an meinen ersten Besuch hier dachte.

Damals war ich nur Dagmar aus Dänemark gewesen, die jüngere Schwester der frischgebackenen Prinzessin von Wales, und Queen Victoria hatte an meiner Tauglichkeit als Braut für ihren Sohn Alfred gezweifelt. Nun war ich als Ihre Kaiserliche Hoheit Maria Fjodorowna zurückgekehrt, um den Weg zu ebnen für die unerwartete Verlobung der sechzehnjährigen Zarentochter Marie mit ebenjenem Alfred, der nun den Titel des Herzogs von Edinburgh trug. Als Alix mir schrieb, dass Alfred sich bei einem Treffen des deutschen Familienzweigs von Hessen-Darmstadt in Marie verliebt hatte, war mein erster Gedanke, dass er wohl nach wie vor ein Sklave seiner fleischlichen Gelüste war. Hatte er mir nicht sogar während der Vermählung meiner eigenen Schwester eindeutige Absichten bekundet? Trotz allem aber erteilten Alexander und Victoria nach langen Verhandlungen ihre Zustimmung zu der Hochzeit und unterzeichneten einen ungewöhnlichen Friedenspakt. Die Londoner Zeitungen spekulierten, dass die beiden Großmächte wohl eine Waffenruhe in Bezug auf strittige Gebietsansprüche in Asien vereinbart hätten. Die St. Petersburger Presse sprach wie üblich von einer britischen Verschwörung gegen Russland. Um zu verdeutlichen, dass es sich um eine Liebesheirat handelte und nicht um Politik, stimmte Victoria einem Besuch von Sascha und mir zu.

»Lass uns ihnen zuwinken«, sagte ich zu Alix, die zweifelnd eine Braue hob, aber meinem Vorschlag nachkam. Die Leute am Wegrand reagierten für britische Verhältnisse überraschend enthusiastisch und riefen unsere Namen.

Ich lehnte mich lachend in die Polster zurück, während wir auf den Buckingham-Palast zurollten. »Was für ein Spaß!« Ich deutete auf unsere gleichen gestreiften Kleider und kessen, mit künstlichen Kirschen geschmückten Häubchen. Es war meine Idee gewesen, dass wir beide das Gleiche tragen sollten, um alle zu verwirren.

Alix schmunzelte. »Endlich bist du am Ziel deiner Wünsche. Aber die Königin wird dich bestimmt wiedererkennen, sobald sie deiner ansichtig wird.«

»Das will ich doch hoffen.« Ich lächelte.

Victoria war natürlich nicht da, um uns willkommen zu heißen; sie hatte sich nach Windsor zurückgezogen, um dem ganzen Wirbel, den unser Besuch verursachte, zu entgehen. Trotzdem war ich fest entschlossen, mich zu amüsieren. Auf einen Ball, der für uns gegeben wurde, gingen Alix und ich wieder gleich gekleidet, jetzt in blauem Samt und Perlen, und tanzten mit dem Mann der jeweils anderen – beide hatten sich einen Bart wachsen lassen, um sich in unser Spiel einzufügen –, während die Gäste auf Stühle, Tische und sogar auf die Ränder von Blumenkübeln stiegen, um einen Blick auf uns zu erhaschen.

Aus Windsor sandte Victoria eine säuerliche Botschaft, dass sie ob unseres kindischen Betragens höchst ungehalten war.

Drei Wochen blieben wir in England und besuchten die königlichen Anwesen, ehe wir pflichtschuldig einige Tage in Windsor bei Ihrer Majestät verbrachten, die mir sehr alt und zänkisch vorkam und mich mit ihrem wässrigen Blick musterte, als könne sie ihren Augen nicht trauen.

»Sie hätte nie gedacht, dass du Sascha heiraten würdest«, vertraute Alix mir an, während wir uns in ihrem Bett zusammenkuschelten, als ob wir noch Mädchen in Dänemark wären, denn trotz des milden Sommerwetters war Windsor immer noch ungemütlich klamm. »Sie wollte Affie auch nicht Marie heiraten lassen, aber Bertie hat ihr erklärt, dass die Welt im Umbruch ist und wir nicht mehr mit Russland verfeindet sein dürfen.«

»Ich hoffe, Alfred sieht das auch so«, sagte ich. »Hast du gesehen, was er für ein Gesicht machte, als Sascha ihn heute nach dem Essen beiseitenahm? Ich dachte, er fängt an zu weinen, als Sascha ihm einschärfte, Marie den Respekt zu zollen, den sie verdient.«

Alix zog uns die Decke bis ans Kinn hoch. »Er braucht sich keine Sorgen um sie zu machen; wir werden uns gut um Marie kümmern.«

Ihre Bemerkung löste eine vage Unruhe in mir aus. Auf unserer Rückreise nach St. Petersburg fasste Sascha in Worte, was ich nicht recht zu ergründen vermochte. »Es ist ein Fehler. Meine Schwester hat keine Ahnung, wen sie da heiratet. Sie will einfach nur eine Braut sein. Aber was für ein Leben steht ihr denn auf dieser tristen Insel bevor, mit einem Flegel als Mann und einer untröstlichen alten Witwe als Schwiegermutter?«

»Na, du hast jedenfalls nach Lust und Laune gejagt und geschlemmt.« Ich knuffte ihn in den Bauch. »Du bist fett geworden vom Wildbret dieser tristen Insel.«

»Ich mochte Bertie, Alix und die Fasanen«, entgegnete er. »Den Rest weniger.«

Daheim empfing mich Marie außer sich vor Ungeduld, meine Meinung über die Königin, England und ihren Zukünftigen zu erfahren. Ich konnte nicht anders, als Alix' ermutigende Worte zu wiederholen. Was sollte ich auch tun, nachdem die Hochzeitsvorbereitungen schon im Gange waren?

»Meine Schwester Alix freut sich auf deine Ankunft«, versicherte ich ihr. »Sie wird sich gut um dich kümmern.«

Vor lauter Aufregung bemerkte Marie nicht, dass ich es versäumt hatte, den Ehemann zu erwähnen, der sich eigentlich um sie hätte kümmern sollen. Ich fragte mich, ob Sascha nicht recht hatte, was ihre Beweggründe betraf.

Wenige Wochen nach der Hochzeit schrieb Marie aus England an den Zaren, um sich zu beklagen. Die Queen ließ sie in ihren Gemächern in Balmoral kein Feuer machen, und als Marie zum Diner mit ihrem Diadem erschien, das ihr Vater ihr zur Hochzeit geschenkt hatte, stellten sich bei Victoria alle Stacheln auf, und sie bezeichnete es als »zu kostbar«. Dabei warf sie ihren Töchtern einen vielsagenden Blick zu, die, wie Marie schrieb, »nichts annähernd so Prachtvolles besitzen«. Sie war unglücklich und krank vor Heimweh.

Voller Verzweiflung ließ der Zar mich zu sich rufen. »Ich hätte es nicht erlauben dürfen«, klagte er. »Anfangs war ich dagegen, aber Marie flehte mich an; sie schwor, dass sie ihn lieben würde.«

»Und Sie haben ihr geglaubt? Sie ist doch erst sechzehn! Was weiß sie denn schon von Liebe?«

Er seufzte tief auf. »Ich wollte ihr den Herzenswunsch nicht abschlagen. Sie ist schließlich meine einzige Tochter, und ich hatte mir geschworen, sie nie zu zwingen, jemanden zu heiraten, den sie nicht liebt.«

Ich sagte, ich würde meiner Schwester schreiben und sie bitten, Marie beizustehen. Ich wusste, es würde einige Zeit dauern, bis Marie, wie alle jungen Bräute in einem fremden Land, Kompromisse zu schließen lernte. Doch als ich Alexanders Arbeitszimmer verließ, musste ich an die Worte der Zarin denken.

Es ist am Anfang niemals leicht, aber wir passen uns an, mein Kind. Das müssen wir.

Unglücklicherweise, fürchtete ich für Marie, würde die Anpassung ihre russische Seele bezwingen.

Dunkeläugig und elfengleich war meine Tochter Xenia im Frühjahr 1875 zur Welt gekommen. Ich wollte mich nicht in die Einsamkeit von Zarskoje Selo zurückziehen und bestand darauf, in meinem Bett in meinem heimischen Palast zu gebären. Da es eine Tochter war, wurde ohnehin weniger Aufhebens um ihre Geburt gemacht.

Sascha jedoch war tief bewegt. Er betete Xenia an, und ihr Erscheinen ließ ihn in seiner Strenge unseren Söhnen gegenüber milder werden. Er kaufte ihr Puppen, Spitzenkleider, hübsche Kappen und sogar ein Schaukelpferd, auf dem er sie festhielt und schaukelte, während sie jauchzte und schrie. Mit drei Söhnen und nun auch noch einer Tochter waren wir so von unserem Familienleben in Anspruch genommen, dass ich von der Anarchie außerhalb unserer Tore kaum etwas mitbekam.

Bis ein nihilistischer Attentäter einen Anschlag auf den Zaren verübte, als dieser im Sommergarten spazieren ging. Die Leibwächter, derer Alexander sich nun nicht mehr entledigen konnte, stürzten sich auf den Unhold, ehe er seine Pistole abfeuern konnte, aber die darauffolgende Panik setzte Alexanders zwanglosen Spaziergängen ein Ende. Fortan musste er sich im Winterpalast verschanzt halten und eine kugelsichere Weste unter den Kleidern tragen, wenn er in seiner eigens verstärkten Kutsche ausfuhr; »sie würden mich zur Strecke bringen wie einen Wolf«, wie er mir traurig anvertraute.

»Das hat er sich selbst zuzuschreiben«, meinte Sascha. »Mein Vater sprach davon, eine Verfassung zuzulassen und einer Duma zu erlauben, unsere Alleinherrschaft einzuschränken. Pobendonstjew sagt, es wäre das Ende von allem, wofür wir stehen: Autokratie, Orthodoxie und Staatszugehörigkeit sind die drei Pfeiler Russlands, dessen Zar von Gott zum Herrschen berufen ist, nicht zum Einreißen der gottgegebenen Ordnung.«

Inzwischen bereute ich es bitter, unseren Lehrer einst befürwortet zu haben, zumal ich nach Nikis Geburt nie mehr an seinen Lektionen teilnahm, sodass ich seinen schädlichen Einfluss auf meinen Mann gar nicht recht wahrgenommen hatte.

»Wenn er das behauptet, ist er ein Fanatiker. Das passt nicht zu der Welt, in der wir heute leben«, entgegnete ich. Sascha starrte mich nur entgeistert an. »Sascha, dein Vater hat mir selbst erzählt, dass die Landbevölkerung leidet, weil die Bauern sich aus Mangel an eigenem Land in den Städten als Fabrikarbeiter verdingen müssen, wo sie kaum genug zum Leben verdienen. Viele von ihnen sind Analphabeten und werden gnadenlos ausgebeutet.«

»So war es immer schon in Russland. Willst du etwa unser gottgegebenes Recht anzweifeln, über dieses Reich zu herrschen, wie wir es seit Jahrhunderten tun?«

Ich bemerkte, dass ich ins Fettnäpfchen getreten war, doch ich empfand das dringende Bedürfnis, seine beengte Sicht der Dinge aufzubrechen, die nur noch mehr Zwietracht mit dem Zaren säen konnte. »Dass ihr so herrscht wie schon seit Jahrhunderten, ist der Grund, weshalb es diese Nihilisten gibt. Dein Vater hat nicht die Absicht, alles umzustürzen, wofür die Dynastie steht, aber er sieht ein, dass man Zugeständnisse machen muss. Wir können schließlich nicht so weitermachen und immer auf den nächsten Bösewicht warten, der ihn erschießen will.«

Sascha blickte finster drein. »Es mag nicht seine Absicht sein, aber sein Gerede von einer Verfassung gibt seinen Feinden jede Menge Zündstoff. Was er nicht selber tut, werden sie für ihn tun.« Er hielt mir ein Flugblatt hin. »Sieh selbst.«

Ich las, was in verschmierter Tinte auf billigem Papier stand:

Russen! Opfer von Ausbeutung! Zieht hinaus mit euren Mistgabeln und kehrt zurück im Schein der brennenden Herrenhäuser, die Taschen voll mit dem Geld, das euch zusteht.

Angstvolle Wut durchzuckte mich. »Wo hast du das her?«, fragte ich, obwohl ich es schon wusste. »Hat Pobendonstjew sich erdreistet, diese Schweinerei in unser Haus zu bringen?«

»Das Zeug wird in der ganzen Stadt auf illegalen Druckerpressen produziert. Er wollte mir zeigen, dass die Nihilisten unser eigenes Volk, deine leidenden Arbeiter, gegen uns aufwiegeln.«

Ich war entsetzt. Ich hatte Mitgefühl mit den Armen. Nun erst begriff ich, wie wenig ich eigentlich wusste. Da ich in einer Welt lebte, die nur selten einen Einblick in das Leben der Tausenden um mich herum bot, hatte ich angenommen, dass es mich nicht betraf; dass es dem Zaren oblag, Gesetze zu erlassen und für das Wohl seiner Untertanen zu sorgen. Jetzt sah ich mich mit der grauenvollen Möglichkeit konfrontiert, dass alles, was ich kannte und liebte, zerstört werden konnte, falls die Nihilisten mit ihren Aufrufen zum Umsturz Erfolg hatten.

»Man sollte sie dafür hinrichten«, sagte Sascha. »Auf dem Platz vor dem Palast aufhängen, um zu zeigen, dass wir keine Volksverhetzung dulden. Stattdessen hat mein Vater, den du verteidigst, diesen Idioten, der ihn erschießen wollte, begnadigt und zugelassen, dass er wieder in den Rattenlöchern verschwindet, die sie sich überall in der Stadt in die Mansarden nagen. Nächstes Mal werden sie ihn nicht verfehlen. Nächstes Mal werden sie ihn töten …«

»Sascha, psst!«, warnte ich. Niki hatte im Spiel mit seinen Zinnsoldaten auf dem Teppich vor dem Kamin innegehalten und blickte verwirrt zu uns auf.

»Soll er es nur lernen«, sagte Sascha. »Soll er ruhig begreifen, dass der Zar allein durch die Gnade Gottes regiert und seinem eigenen Volk nicht trauen kann.«

Ich hätte Pobendonstjew liebend gern entlassen, aber Sascha erlaubte es nicht. Er ließ es sogar zu, dass dieser grässliche Mensch alle möglichen Leute in unseren Salon einlud, deren Ansichten mir völlig unverständlich waren – Universitätsprofessoren und hagere Schreiberlinge in abgeschabten Mänteln, Vertreter von Freiheitstheorien, die in krassem Kontrast zu den Idealen Pobendonstjews standen. Angewidert musste ich mir anhören, wie solch ein Kerl mit Schnapsfahne mich grinsend fragte: »Was meinen Sie, Madame, wie viele Familien in diesem Palast hier bequem leben könnten?«

»Eine«, antwortete ich und widerstand dem Impuls, ihm zu bedeuten, dass er mich mit »Kaiserliche Hoheit« anzureden habe. »Meine. Finden Sie, wir sollten Zimmer vermieten?«

»Sie können eben nicht begreifen, was Sie direkt vor Augen haben.« Mit einem höhnischen Lachen wandte er sich zu den anderen um, die mich alle anblickten, als wäre ich ein törichtes Kind. Ich sah Saschas Gesicht rot anlaufen vor Wut über die unverschämte Herabwürdigung, der man mich in meinem eigenen Hause aussetzte. Dann blickte er zu Pobendonstjew hinüber; das sardonische Lächeln seines Lehrers ließ es ihm geraten erscheinen, den Mund zu halten. Da wurde mir alles klar. Unser Lehrer umgab uns absichtlich mit dem, was ihm verhasst war, um zu beweisen, dass es nur im Chaos enden würde, wenn wir den Radikalen ihren Willen ließen.

Um der drückenden Atmosphäre daheim zu entkommen, besuchte ich am nächsten Tag Miechen in ihrem Palast und nahm die Kinder mit. Hier kümmerte sich eine Schar von dienstbaren Geistern um meine Söhne und ihren zweijährigen Kyril. Die Jungen tobten durch ein Kinderzimmer, das vor Spielsachen strotzte, fast so groß war wie ein Ballsaal und ebenso überladen von dem allgegenwärtigen vergoldeten Stuck an Decken und Wänden.

»Dieser Lehrer wird uns noch in Ungnade fallen lassen«, sagte ich, ungeachtet meiner strikten täglichen Quote eine Zigarette nach der anderen rauchend. »Alexander ist fuchsteufelswild. Er hat Sascha dafür gescholten, dass er Umstürzler in unserem Salon empfängt!«

»Wie unangenehm«, meinte Miechen. »Es betrübt mich, deinen Kümmernissen noch weitere hinzuzufügen, Minnie, aber in der Gesellschaft gibt es auch schon Gerede.«

»Gerede?« Die Stimme blieb mir vor Schreck im Halse stecken.

»Ja. Darüber, dass jeder im Anitschkow-Palast ein und aus gehen kann, sogar Nihilisten, Hauptsache, sie haben Dostojewski gelesen und tragen kein Halstuch.« Sie zuckte bedauernd die Schultern. »Nicht, dass ich solches Gerede gutheiße, nicht wahr, aber ich kann nicht umhin, es mit anzuhören.«

»Das … das ist ungeheuerlich«, flüsterte ich. In ihren Augen sah ich einen Funken Bosheit aufglimmen, etwas wie Genugtuung darüber, eine Scharte in meiner ansonsten idealen Existenz entdeckt zu haben.

»Allerdings«, sagte sie. »Ich würde das gewiss nicht zulassen. Noch würde ich es riskieren, den Zorn Seiner Majestät zu erregen, nur um es einem Mann recht zu machen, den ich angestellt habe und bezahle.«

»Er ist ein Dienstbote.« Ich erhob mich. »Dienstboten bestimmen nicht, wer mein Haus betritt.«

Sie lächelte kühl. »Das will ich doch hoffen.«

Ich wies meine Zofe an, mir die Jungen und Xenia in ihrem Tragekorb zu bringen, und kehrte in einem Wirbelwind aus Empörung in meinen Palast zurück. Sobald Sascha von seinem Regimentsdienst heimkam, stellte ich ihn zur Rede, noch ehe er seinen Mantel aufgeknöpft hatte.

»Willst du es drauf ankommen lassen, dass wir in Verruf geraten und vom Hof verbannt werden, nur um Pobendonstjew zufriedenzustellen? Du wirst diese Zusammenkünfte sofort beenden. Sag deinem Lehrer, er darf seinen Unterricht in eingeschränktem Maße fortsetzen, aber von diesem Gelichter wollen wir keinen mehr in unserem Hause sehen.«

Seine Augen wurden schmal. »Höre ich meine Frau mir Vorschriften machen?«

»Jawohl.« Ich drehte mich auf dem Absatz um. »Und wenn du nicht willst, dass deine Frau und die Kinder sich eine andere Unterkunft wählen, wirst du dich nach ihren Vorschriften richten.«

Pobendonstjew erhob keine Einwände. Er hatte sein Ziel erreicht: Sascha auf den Weg der Unbeugsamkeit zu führen, der ihn in Opposition zum Zaren brachte, dessen Abschaffung der Leibeigenschaft samt daraus resultierender Massenverelendung den Aufstieg der Nihilisten befördert hatte. Ich konnte ihm gegenüber kaum noch höflich bleiben und beendete den Unterricht bei ihm unter dem üblichen Vorwand, ich hätte zu viel mit den Kindern und dem Haushalt zu tun. Vor lauter Wut, ihn nicht einfach hinauswerfen zu können, ging ich selbst zu Alexander, platzte einfach unangemeldet in sein Arbeitszimmer.

»Minnie.« Er blickte von den auf seinem Schreibtisch ausgebreiteten Papieren auf, seine Feder in der Hand und zu seinen Füßen der alte Milord. Als er meine Miene sah, sagte er: »Sag kein Wort zu Saschas Verteidigung. Er ist zu weit gegangen. Diese Versammlungen in eurem Salon und dieser Unhold Pobendonstjew, der ihm ohne Unterlass Gift ins Ohr träufelt – wie konntest du das nur zulassen? Ich bin sehr enttäuscht von dir. Nicht einmal Miechen ist es mit all ihrer Extravaganz gelungen, mich derart zu verletzen.«

»Ich habe keine Entschuldigung«, sagte ich. »Nur dass Sie mich gebeten haben, Sascha anzuleiten. Da Pobendonstjew ihn in seiner Kindheit schon unterwiesen hatte, und ebenso Ihren Sohn, Großfürst Paul …«

»Jetzt nicht mehr. Der Mann wird nicht mehr in diesen Palast vorgelassen. Ich sollte ihn nach Sibirien schicken. Mal sehen, wie es ihm gefällt, die Lagerinsassen zu lehren, ihren Kaiser zu missachten.«

Ich tat einen Schritt auf ihn zu. »Die Zusammenkünfte gibt es nicht mehr; ich habe Sascha wissen lassen, dass ich sie nicht mehr dulden werde. Was kann ich sonst tun? Da Ihre Majestät sich so selten am Hof aufhält, gibt es vielleicht zusätzliche Pflichten, die ich an Ihrer Stelle auf mich nehmen könnte. Ich möchte es so gern wiedergutmachen.«

»Aber *kannst* du es denn?« Alexander legte die Feder hin und strich sich mit der tintenbefleckten Hand über die müden Augen. Er war alt geworden. Die Bedrohung durch die Nihilisten, die Krankheit seiner Frau und sicher auch die geheime Mätresse setzten ihm zu. »Mein Bruder Nikolai hat seine Frau verlassen, um sich mit einer Frau aus dem Volke zusammenzutun. Mein anderer Bruder, Konstantin, dessen Tochter deinen Bruder geheiratet hat, soll dem Okkultismus verfallen sein und sich mit Sehern und Propheten umgeben, die ihn anstacheln, mir den Thron abspenstig zu machen. Meine Tochter Marie ist todunglücklich in England. Und als ob das alles noch nicht genug wäre, ist der Balkan in Aufruhr, und die Ottomanen in der Türkei haben uns gerade den Krieg erklärt. Wie willst du irgendetwas davon wiedergutmachen?«

»Ich weiß nicht.« Hilflos blickte ich ihn an. »Irgendetwas kann ich doch sicher tun.«

Er musterte mich. »Ich habe dich immer gern gehabt. Du bist meine liebste Schwiegertochter, weil du dich nie in Dinge einmischst, die dich nichts angehen. Es tut mir leid, dass Sascha sich gegen mich stellt, denn er verkennt den Ernst der Lage. Ich kann das Reich nicht in eine Revolte taumeln lassen, wenn eine Lösung zur Hand wäre – eine Verfassung und eine Duma, der das Volk zustimmt, um die Kritik einzudämmen und uns alle zu retten. Ich habe dir einmal gesagt, dass ich fürchte, mit der Befreiung der Leibeigenen einen Fehler begangen zu haben, aber inzwischen habe ich eingesehen, dass mein Fehler darin bestand, nicht ganz Russland befreit zu haben. Nun, zumindest freut es mich zu hören, dass du die Missbilligung meines Sohns nicht teilst.«

Er rang sich ein Lächeln ab, das mehr wie eine Grimasse wirkte. »Meine Frau ist Präsidentin des Roten Kreuzes; es ist nur ein Ehrenamt, aber wenn der Krieg ausbricht, werden wir den Beistand des Roten Kreuzes brauchen. Ich erlaube dir, ihre Präsidentschaft zu übernehmen. Aber«, sagte er, als ich eifrig nickte, den Tränen nahe vor Erleichterung, dass er mir noch immer vertraute, »sei besser gleich vorgewarnt, dass die Organisation ebenso im Argen liegt wie alles andere. Es gibt Klagen über veruntreute Gelder, Misswirtschaft, Schlendrian. Kein Beamter in meinem Reich scheint es für nötig zu halten, ehrlich zu sein, wenn er auch so davonkommt.«

»Ich überwache meinen Haushalt. Dann kann ich auch das Rote Kreuz verwalten.«

Er seufzte. »Ich wünschte, es wäre dasselbe.«

15

»Das hier ist die Station für unverheiratete Mütter.« Die Oberschwester am St. Petersburger Rotkreuz-Spital stand mit mir an der Schwelle eines lang gestreckten, trüb beleuchteten Saals mit Balkendecke, wo Reihe um Reihe von ausgemergelten Gestalten auf schmalen Eisenbetten ein grauenhaftes Hustenkonzert veranstalteten. Kaum war ich eingetreten, roch ich den Gestank sogar durch meine Schutzmaske – ein fauliger Pesthauch nach ungewaschenen Körpern, schwärenden Wunden, Eiter, Exkrementen und Mercurochrom.

Die Oberschwester hielt mich zurück. »Sie haben Influenza und Typhus. Das ist ansteckend, Eure Kaiserliche Hoheit.«

Ich spähte in den Raum. Die Reihen kamen mir endlos vor. »So viele?« Ich war tief bestürzt. Den Vorsitz beim Roten Kreuz hatte ich um der Versöhnung mit Alexander willen übernommen, aber auch in der Hoffnung, meine Mildtätigkeit gegenüber den Unglückseligen unter Beweis zu stellen. Doch ich hatte nicht mit einer so aufwühlenden Zurschaustellung des Schicksals der Armen gerechnet, wie ich es mir nie hätte ausmalen können. Bei meinem Rundgang durch das Spital hatte ich genug gesehen, um in Tränen aufgelöst zu sein. Nicht nur war der Drang zu weinen übermächtig, es schien auch keinerlei Möglichkeit zu geben, sich ihm zu überlassen. Angesichts solchen Elends konnte ich nicht umhin zu verstehen, warum die Nihilisten unseren Tod wollten. Während wir in Saus und Braus lebten, litt Russland unsagbar vor unseren blicklosen Augen.

»Diese hier sind nicht einmal ein Viertel der Kranken in

der Stadt«, erklärte die Oberschwester. »Wir behandeln nur die Schwerkranken. Die meisten sind Prostituierte oder Fabrikarbeiterinnen. Ihre Kinder, von denen viele bald Waisen sein werden, sind hier im Erdgeschoss untergebracht. Tag für Tag, Eure Hoheit, Stunde für Stunde müssen wir noch viele mehr abweisen, die unserer Hilfe bedürfen. Wir haben nicht genug Betten und Pflegekräfte, um sie alle aufnehmen zu können.«

Ich sagte mir, ich müsse hineingehen und ihnen Linderung spenden, so gut es eben ging, doch die Oberschwester geleitete mich zurück ins Büro der Verwaltung, wo ich in ungläubiger Erschütterung auf einen Stuhl sank.

»Wie Eure Hoheit gesehen haben, fehlt es uns an Mitteln«, verkündete sie, vor ihrem überladenen Schreibtisch stehend. »Wir wissen nicht, wo die Gelder bleiben, die das kaiserliche Ministerium uns zubilligt, aber bis zu uns gelangen sie nicht. In unserer gegenwärtigen Lage können wir nicht einmal unsere Ärzte bezahlen. Wir sind kurz davor, das Haus zu schließen. Es ist eine Schande.«

Ich musterte die schimmelfleckigen Wände, spürte den kalten Luftzug, der durch die morschen Fensterrahmen drang; ihre Schilderung war sicher nicht übertrieben. Das ganze Hospital war baufällig.

»Ich werde dafür sorgen, dass Sie die Mittel erhalten«, versprach ich. »Ich werde am Hof mit dem Finanzminister reden und Ihnen die Gelder, wenn nötig, höchstpersönlich hier überreichen.«

Sie nickte mir dankbar zu, doch in ihrer Stimme schwang auch Skepsis mit. »Wir sind wahrhaft gesegnet durch die Anteilnahme Eurer Hoheit.«

Ich war entschlossen, den Beweis zu erbringen, dass sie mehr als nur meine Anteilnahme bekamen. Es dauerte Monate, die bürokratischen Knoten zu entwirren, infolge derer mehr als die Hälfte der für das Rote Kreuz bestimmten Mittel in skrupellose Hände umgeleitet worden waren. Aber ich ließ mich nicht beirren, bestellte immer wieder Beamte des Ministeriums ein und forderte Rechenschaft. Wenn irgendwer mir auszuweichen suchte, drohte ich, den Zaren davon in Kenntnis zu setzen. Die Nachricht sprach sich schnell herum, bis bereits die bloße Erwähnung meines Engagements die Übeltäter in die Flucht schlug. Ich war nicht auf ihre Bestrafung aus – die ich gar nicht durchsetzen konnte, auch wenn ich es gern getan hätte –, sondern widmete mich stattdessen der Umgestaltung des Roten Kreuzes und seiner Ausstattung mit den nötigen Mitteln, die ich noch durch reichliche Spenden aus meiner eigenen Schatulle ergänzte. Schließlich begriffen die für die Verwaltung der Gelder zuständigen Beamten, dass sie für jeden Fehler zur Rechenschaft gezogen würden – und zwar durch mich.

Es war mir nicht so wichtig, dass all meine Mühen mein Ansehen förderten, da die Presse mich in den höchsten Tönen für mein Interesse an etwas anderem als Mode oder Gala-Abenden pries und empfahl, andere Großfürstinnen sollten es mir gleichtun; doch immerhin trugen die Berichte dazu bei, dass bezüglich Gleichgültigkeit gegenüber Not und Elend die Vorbehalte gegen uns Romanows allmählich schwanden. Ich fuhr jeden Tag zum Hospital, nahm an Kursen teil, um mich zur Krankenschwester ausbilden zu lassen, und half auf den Krankenstationen aus, ohne auf Saschas empörte Vorhaltungen zu achten, ich würde damit meine Gesundheit gefährden. Meine Kinder hielt ich an, beim Packen der Pakete für die Armen zu helfen, die stundenlang vor den Ausgabestellen anstanden, und bezahlte umfangreiche Renovierungsmaßnahmen für eine neue Station, die in meinem Namen gegründet wurde. Ich wollte außerdem Bildungsstätten einrichten, damit verarmte Frauen noch andere Möglichkeiten bekamen, als sich als Näherinnen, Fabrikarbeiterinnen oder Prostituierte durchzubringen, doch meine Pläne wurden durch den Krieg mit der Türkei vereitelt.

Unter meiner Schirmherrschaft wurde das Rote Kreuz seiner Mission gerecht und schickte medizinisches Gerät, Sanitätszubehör und andere notwendige Güter per Bahn an die Front. Sascha wurde an die Spitze seines Regiments entsandt; es bereitete mir Sorgen, dass er in Kampfhandlungen verwickelt werden konnte, doch ich ließ nicht in meiner Arbeit nach. Endlich hatte ich die Chance, meiner angenommenen Heimat von Nutzen zu sein, Russland etwas von dem zurückzugeben, was es mir gewährt hatte.

Mitglied der kaiserlichen Familie zu sein, das bedeutete Verpflichtung. Ich hatte die meine entdeckt.

Der Krieg forderte furchtbare Opfer. Der eigene Neffe des Zaren fiel im Schlachtgetümmel, in das Sascha ebenfalls einbezogen wurde, was mich mit Angst erfüllte, bis ich die Nachricht erhielt, dass er unverletzt war. Jeder Angehörige der kaiserlichen Familie, der gesund genug war, seine Pflicht zu tun, hatte sich für den Dienst am Vaterland einzufinden; wir hatten Glück, dass nicht noch mehr zu Schaden kamen. Ende 1877 hatten die Türken unhaltbare Verluste erlitten, und unsere Armee stand vor der ottomanischen Hauptstadt Istanbul. Aus Furcht, dass Russland diese alte Kulturstätte einnehmen und mehr Gebiete erobern könnte, als ihnen genehm war, schickten die Briten eine Flotte Kriegsschiffe, um unsere Marine einzuschüchtern. Unter dem Druck, eine Einigung auszuhandeln, willigte der Zar in Bedingungen ein, durch welche die Türken ihre Provinzen Rumänien, Serbien und Montenegro aufgeben und Bulgarien eine autonome Verwaltung zusichern mussten. Infolge von Alexanders gütlichem Ausgleich besetzte Preußen umgehend Bosnien und die Herzegowina, und Großbritannien beschlagnahmte das bislang von den Ottomanen beherrschte Zypern.

Und was immer der Zar für einen Sieg beansprucht haben mochte, am Ende war alles überschattet von einer landesweiten Korruptionsaffäre, die dazu beitrug, seinen Zwist mit Sascha zu beenden. Mein Mann war der einzige Befehlshaber in der Armee, der nicht der Unterschlagung von Staatsgeldern beschuldigt wurde, infolge derer die Stiefel und Mäntel, die an die Front geliefert wurden, aus minderwertigem Material waren, das Brot mit Sägespänen versetzt, das Fleisch verdorben und die Bajonette so wenig stabil, dass sie abbrachen und zahllose russische Soldaten das Leben kosteten. Alexander beauftragte Sascha, eine Kommission zur Untersuchung von Machtmissbrauch auf die Beine zu stellen; alle hochrangigen Offiziere, inklusive seiner älteren Onkel und Wladimir, wurden überprüft. Der umfangreiche Bericht, den Sascha zusammenstellte, ließ seinen Vater erbleichen. Die Großfürsten und Wladimir wurden mit hohen Geldstrafen belegt; der Skandal machte Schlagzeilen.

»Sie haben ganz einfach ihre Pflichten vernachlässigt«, sagte Sascha. »Sie alle schieben es auf ihre Untergebenen und vergessen dabei, dass sie selbst es sind, die diese Untergebenen eingesetzt haben. Aber wenn die Katze nicht hinschaut, plündern die Mäuse natürlich, was sie nur kriegen können.« Er schnaubte. »Jetzt wollen wir mal sehen, wie hoch Miechen in dieser Saison den Kopf trägt, wenn ihr aufgeht, dass Wladimirs Apanage auf einen Hungerlohn herabgestuft wurde und niemand sich mehr bei ihnen blicken lassen will.«

Inmitten all dieser Turbulenzen fand ich mich erneut guter Hoffnung, was mir schrecklich ungelegen kam, denn wegen meiner Schwangerschaft und der Unruhen im Ausland konnte ich nicht zur überraschenden Hochzeit meiner Schwester Thyra mit Ernst August, dem Erbprinzen von Hannover, fahren. Preußen hatte das Herzogtum Hannover vor Kurzem annektiert, sodass meine Schwester also einen Titelträger ohne Reich geheiratet hatte. Es wunderte mich nicht, dass alles so schnell gegangen war; zweifellos hatte meine Mutter das Ganze eingefädelt, um Thyra von weiteren unpassenden Verstrickungen abzuhalten.

Mein dritter Sohn Michail, Mischa genannt, wurde im Dezember 1878 geboren. Das Kind, das im Krieg gezeugt worden war, erwies sich als unser sanftmütigstes, als sträubte sein ganzes Wesen sich gegen die Gewalttätigkeit, die vor seiner Geburt geherrscht hatte. Niki und Georgi verliehen Mischa den Spitznamen »Fläzi«, weil er als kleiner Junge die Gewohnheit annahm, sich ständig in den nächstbesten Sessel fallen zu lassen, als ob sein Körper zu schwer für ihn wäre. Ich liebte ihn von ganzem Herzen; und vielleicht weil er vor Mischas Geburt die Gräuel des Krieges hatte erleben müssen, behandelte Sascha ihn mit besonderer Milde.

Mit drei heranwachsenden Jungen und einer Tochter fügte ich mich ins Unvermeidliche und stellte auf Alix' Empfehlung eine englische Nanny ein, Mrs Franklin. Ich kümmerte mich aber auch selbst noch um meine Kinder, legte Wert auf gemeinsame Mahlzeiten und überwachte ihre schulischen Fortschritte. Mit der Zeit würde Sascha sich durchsetzen und die Jungen mit harten Pritschen, kalten Bädern und der strengen Disziplin bekannt machen, die er für unerlässlich hielt, um ihren Charakter zu stärken, aber solange sie noch jung waren, gab es bei uns daheim immer Zuwendung und Wärme, Spielfreude und sehr viel Liebe. Nie wollte ich, dass irgendeines meiner Kinder sich ungeliebt fühlte.

Den Zaren sonntags zum Mittagsmahl in meinen Palast zu bitten, das war meine Idee. Nachdem er und Sascha den mühevollen Weg zur Versöhnung eingeschlagen hatten, fand ich, dass sie mehr Zeit abseits des Hofprotokolls miteinander verbringen sollten. Außerdem faszinierte Alexander meine Kinder, die ihn förmlich mit »Eure Kaiserliche Majestät Grand-père« begrüßten und ihm dann auf den Schoß kletterten. Geduldig ertrug Alexander ihr Geplapper und zeigte sich dem sanften Mischa zugetan, der immer nah bei ihm saß.

Ich wusste, dass Alexander trauerte. Die Zarin war zum letzten Mal aus Nizza zurückgekehrt; ihre Gemächer im Winterpalast würde sie nur noch in ihrem Sarg verlassen.

Ich hatte mit Sascha seine Mutter besucht und war erschüttert; die Zarin war bis auf die Knochen abgemagert und rang nach Luft, während sie Blut hustete, doch Sascha zeigte kein Mitgefühl mit dem Leid seines Vaters angesichts des bevorstehenden Verlusts. Wenn das Thema zur Sprache kam, verstummte mein Mann, und Alexander machte ihm keinen Vorwurf, sodass ich mich fragte, ob Sascha nicht doch endlich den Ehebruch des Zaren entdeckt hatte.

Falls ich noch Zweifel hegte, sorgte Miechen für Zerstreuung. Obwohl sie Schweres durchgemacht hatte, nachdem Wladimir in Ungnade gefallen war – vom Hof verbannt, bis ihr Mann den Zaren um Verzeihung bat –, hatte sie doch nichts von ihrem Stolz eingebüßt, war die ganze Saison über mit hoch erhobenem Haupt in anderen Salons ein und aus gegangen, stets mit genug Juwelen behängt, um jede Gastgeberin zu blenden. Und so war sie bestens auf dem Laufenden, was den aktuellen Klatsch betraf.

»Inzwischen hat doch jeder davon gehört«, sagte sie. »Wenn es Sascha noch nicht zu Ohren gekommen ist, muss er taub sein. Sie heißt Jekaterina Dolgorukowa. Ihr Vater war ein Fürst, ein enger Freund Seiner Majestät und ein hoffnungsloser Spieler, der seine Familie in den Ruin getrieben hat. Auf dem Totenbett bat er den Zaren, sich seiner Kinder anzunehmen. Also hat Alexander die Jungen auf die Militärakademie geschickt und Jekaterina und ihre Schwester ins Smolny-Institut, das bekanntlich von Katharina der Großen gegründet wurde und dem Adel vorbehalten ist.«

»Jaja«, murmelte ich, »es ist sehr exklusiv. Die Zarin ist dort Schirmherrin.«

»In der Tat. Und Seine Majestät hat für die jungen Damen das Schulgeld gezahlt. Nach ihrem Schulabschluss hat er Jekaterina an standesgemäßer Adresse in der Stadt einquartiert. Sie ist erst neunzehn, nach außen hin sein Mündel, aber es braucht keinen Hellseher, um zu erkennen, wieso seine Kutsche immer wieder auf dem Hin- oder Rückweg zu ihrem Haus gesichtet wird. Manchmal«, fügte sie in missbilligendem Ton hinzu, »soll er den Großteil der Nacht dort zugebracht haben. Einige behaupten sogar, sie habe ihm schon ein Kind geboren.«

Während ich die Hände im Schoß rang, schloss sie genüsslich: »Du siehst, es ist ein ganz hübscher Skandal.«

Fast hätte ich geantwortet, dass es ihr wohl kaum zustand, über ihn zu lästern, da ihr Wladimir sich unentwegt mit Ballerinen vergnügte, während sie sein Vermögen ausgab, um ihren Palast und ihre Stellung aufzuwerten. Aber ich hielt mich zurück. Es war weder die Zeit noch der Ort dafür. Außerdem wiederholte sie nur, was andere gesagt hatten. Es war kein Geheimnis mehr; und doch war ich angewidert. Sie würde es unserem Schwiegervater nie verzeihen, dass er Wladimirs öffentliche Anprangerung zugelassen und sie als Großfürstin gedemütigt hatte.

Ich wagte es nicht, Sascha von meinem Gespräch mit ihr zu berichten. Falls er von der Mätresse seines Vaters wusste, behielt er es für sich, wenn wir uns zum Sonntagsmahl versammelten. Solange keiner seine Mutter erwähnte, schienen er und der Zar ihre Differenzen beizulegen, zumindest nach außen hin.

Anlässlich des Besuchs vom Bruder der Zarin, dem Großherzog von Hessen, der in Kenntnis gesetzt worden war, damit er seine Schwester vor ihrem Tod noch einmal sehen konnte, verlangte Alexander, dass Sascha den Großherzog am Bahnhof begrüßte und zum Winterpalast begleitete. Es war ein deutliches Zeichen der Versöhnung, und so brach Sascha denn an jenem eisigen Februarnachmittag mit seiner Eskorte auf, während ich daheim blieb und die Kinder früh zu Bett brachte, um mich für das Bankett zu Ehren des Großherzogs anzukleiden. Da die Zarin zu krank war, um das Bett zu verlassen, würde ich ihren Bruder an der Seite des Zaren empfangen.

Doch als meine Troika mich am Winterpalast absetzte, war Sascha immer noch nicht angekommen.

»Der Zug hat Verspätung«, sagte Wladimir. »Mein Vater ist höchst ungehalten. Du weißt, wie sehr ihm Unpünktlichkeit verhasst ist. Er befindet sich im Feldmarschall-Salon, wenn du zu ihm willst. Ich kann auch hierbleiben und auf Sascha warten.«

Ich raffte meine schwere Schleppe und stieg die Jordan-Treppe hinauf, die zu den Repräsentationsräumen führte. Im Salon traf ich Alexander nervös auf und ab schreitend an. »Wo bleibt er nur?« Er wandte sich mit finsterer Miene zu mir um. »Kann er denn nichts so tun, wie es ihm aufgetragen wurde? Es ist schon fast sieben. Unser Empfang war auf Viertel nach sechs anberaumt.«

»Aber Majestät, mein Mann kann doch nichts für eine Zugverspätung«, entgegnete ich.

Alexander presste die Lippen zusammen. Als sein Adjutant erschien und meldete, Seine Kaiserliche Hoheit und unser Gast seien eingetroffen, marschierte er wortlos aus dem Salon, gefolgt von mir und den anderen Großfürstinnen, darunter auch Miechen, die seine bissige Bemerkung über Sascha mit einem selbstzufriedenen Lächeln quittierte.

Wir hatten gerade den oberen Rand der Treppe erreicht, die Sascha, Wladimir und der Großfürst im Begriff waren zu erklimmen, als das leise zischende Gaslicht plötzlich flackerte.

Dann bebte der Marmorboden.

Miechen warf mir einen erschrockenen Blick zu. Wir flankierten den Zaren, doch ich hatte kaum Zeit, nach seinem Arm zu greifen, als der gigantische Kronleuchter, der über der Treppe hing, in einer Fontäne aus zerborstenem Glas herabkrachte. Putz regnete in scharfkantigen Splittern von der Decke. Die Großfürstinnen prallten kreischend zurück; ich konnte sie nicht hören, sah aber ihre panisch aufgerissenen Augen und Münder, bevor ich selbst umgerissen wurde, als ein röhrender Feuerball aus dem Speisesaal in unserem Rücken explodierte.

Dunkelheit umgab uns. Als der wirbelnde Nebel aus zerfetztem Holz, Gips und Stein in den Korridor quoll und mir die Luft nahm, drang die grauenhafte Kakophonie ferner Schreie bruchstückhaft an mein Ohr. In der dicken Staubwolke tastete ich hilflos nach irgendeinem Halt.

»Minnie!« Alexanders Mund war dicht an meinem Ohr. Er brüllte, aber ich hörte ihn wie durch ein enges Rohr, vollkommen orientierungslos, als er mir aufhalf und anfing, nach den anderen zu rufen. Als jede Einzelne mit ängstlicher Stimme antwortete, hörte ich Miechen, und da erst fiel mir alles wieder ein.

»*Sascha!*«, schrie ich. Ich konnte nichts erkennen. Die ganze Treppe musste zerstört sein, dachte ich voller Entsetzen. Sascha, Wladimir und der hessische Großherzog waren dabei gewesen heraufzusteigen, und …

»Licht!«, donnerte Alexander. Von überall her kamen Lakaien angehetzt, und doch kam es mir wie eine Ewigkeit vor, bis sie endlich Kerosinlampen und Kerzen brachten. Die schwachen Flammen erhellten kaum die Szene, doch immerhin genügte ihr Licht, um erkennen zu lassen, dass die Treppe intakt war. An ihrem marmornen Fuß lagen Sascha, der Großfürst und Wladimir kreuz und quer übereinander. Als ich über die Gips- und Glassplitter auf den Stufen zu ihnen hinabstolperte, war Sascha der Erste, der sich schwankend aufrichtete.

Er taumelte blinzelnd, streckte dann die Hand aus, um dem benommenen Großfürsten aufzuhelfen. Wladimir kam selbst auf die Beine, an der Schläfe eine blutende Schnittwunde. Meine Ballschuhe knirschten über den Schutt, als ich meinem Mann in die Arme sank. Er hielt mich fest an sich gedrückt, während Alexander, Miechen und die anderen Großfürstinnen, die Lockenfrisuren zerstört, der ganze Kopfputz weggeblasen, inmitten von Laternen tragenden Lakaien zögerlich die Treppe herunterkamen. Wir liefen hinaus auf den Vorplatz, wo die Palastgarde sich versammelt hatte.

Vor dem Hintergrund der von Schneeflocken gesprenkelten Nacht knisterten orangefarbene Flammen aus den geborstenen Fensterscheiben des Saals, in dem wir kurz zuvor noch hätten dinieren sollen. Während wir schlotternd in der Kälte standen, blaffte der Zar einen seiner Gardeoffiziere an: »Was ist passiert?«

»Eine Explosion, Majestät«, stammelte der Kosak und starrte in fassungslosem Entsetzen unter seiner schwarzen Lammfellmütze hervor auf das Inferno. »Im Keller unter dem Quartier der finnischen Garde.« Er bekreuzigte sich. »Gott sei ihnen gnädig. Das Regiment war drinnen.«

»Es muss viele Verwundete geben«, sagte der Zar. Während er anfing, Befehle zu erteilen, ließ ich Saschas Hand los. »Sie brauchen Beistand. Ich bin eine examinierte Krankenschwester.«

Ich winkte Miechen. Zu ihren Gunsten sei gesagt, dass sie sich trotz der Rußspuren auf ihren gepuderten Wangen und trotz eines fehlenden Schuhs sogleich zu mir gesellte. Gemeinsam mit den anderen Großfürstinnen und unseren Hofdamen eilten wir zum gegenüberliegenden Flügel in den Dienstbotentrakt, um Leintücher als Verbandszeug zu besorgen, dazu Matratzen, Eimer mit heißem Wasser und alles, was an medizinischem Gerät aufzutreiben war. Meine Ausbildung beim Roten Kreuz half mir, die Nerven zu behalten, während ich eine improvisierte Krankenstation errichten ließ. Sobald das Feuer im Saal gelöscht war, wurden die wenigen Überlebenden aus dem eingestürzten Mannschaftsquartier aus dem Geröll gezogen und zu uns gebracht. Dabei halfen nicht nur die Lakaien, sondern auch der Zar, Sascha, Wladimir und andere Großfürsten, die mit bloßen Händen im Schutt gruben.

Glieder fehlten, Fleisch war mit Stoff verschmort. Blut durchtränkte mein Kleid, was ich erst Stunden später bemerkte, als die Ärzte und Schwestern vom Städtischen Krankenhaus uns ablösten. Sascha kam, von Kopf bis Fuß mit Ruß und Schmutz bedeckt, um mich heimzubringen.

Während der Kutschenfahrt zum Anitschkow-Palast barg ich den Kopf an seiner Brust, und seine Arme umschlossen mich; wie eine ganze Räucherkammer riechend, murmelte Sascha nur ein Wort: »Mörder.«

»Es war keine undichte Gasleitung.« Mit steinerner Miene stand Sascha vor mir. »Sie haben sich in den Palast eingeschlichen. Im Keller wurden die Rohre repariert. Einer der Arbeiter, ein Zimmermann, hat den Sprengstoff eingeschmuggelt, Stab für Stab, er muss Wochen dafür gebraucht haben. Der Wachmann, der die Passierscheine kontrollierte, erinnert sich, dass er just am Tag des Banketts zu spät kam.«

»Ein Zimmermann?« Ich konnte es kaum glauben.

»Ja. Er muss einen Zeitzünder eingebaut haben; die Bombe

ging hoch, als wir im Speisesaal hätten sitzen sollen.« Sascha ließ keine Gefühlsregung erkennen, gerade so, als hätte das alles nichts mit uns zu tun. Aber nach Jahren der Ehe wusste ich, dass er nie zorniger war, als wenn er diese unbewegte Miene aufsetzte. »Er hätte uns alle umgebracht. Stattdessen hat er acht finnische Gardesoldaten in ihrem Quartier getötet, zwölf Diener im Saal und fünfundvierzig weitere verwundet. Einige von ihnen werden sich nie von ihren Verbrennungen erholen.«

Er sah durch mich hindurch, während ich die Hände im Schoß zusammenkrampfte und das Gefühl nicht loswurde, dass die Wände unseres Salons jeden Augenblick in die Luft fliegen konnten. Es hatte ein paar Tage gedauert, bis meine Ohren zu dröhnen und meine Hände zu zittern aufhörten, doch Sascha war gleich am nächsten Morgen zum Palast zurückgekehrt, um das Ausmaß der Zerstörung in Augenschein zu nehmen und sich in die Ermittlung einzuschalten.

»Also waren es …?«, sagte ich schließlich.

Er nickte. »Nihilisten. Mein Vater hat die Festnahme jedes mutmaßlichen Dissidenten angeordnet. Diesmal, schwört er, wird es keine Gnade geben. Er kann kein Risiko mehr eingehen. Sein silbernes Kronjubiläum wird nächsten Monat begangen.«

»Müssen wir daran teilnehmen?« Meine Stimme klang matt.

»Natürlich! Wir dürfen keine Angst vor ihnen zeigen. Das verbiete ich dir. Wir werden hingehen, und wir werden in ihre elenden Gesichter blicken, damit sie sehen können, wie wenig sie uns anhaben können.«

»Aber wir wissen ja nicht mal, wer sie sind! Wir kennen doch ihre Gesichter gar nicht. Jeder könnte einer von ihnen sein. Einfach jeder. Herrgott, wenn sie eine Bombe im Palast verstecken konnten, ist keiner von uns mehr sicher.«

Er legte mir die Hand auf die Schulter, als ich in Tränen ausbrach. »Minnie«, sagte er ruhig, »wenn wir jetzt vor ihnen einknicken, werden wir nie mehr aufhören wegzulaufen.«

Ich schluckte. »Aber nicht die Kinder. Ich werde nicht das Leben der Kinder riskieren.«

»Nein«, sagte er, »bis auf Weiteres müssen die Kinder dem Hof fernbleiben.«

Der Zimmermann, der unseren Tod vorbereitet hatte, wurde nie gefasst. Doch auf Saschas Drängen hin stellte der Zar eine machtvolle Geheimpolizei auf, die Ochrana, die damit betraut wurde, Terroristenzellen aufzuspüren. Für jeden, den sie festnahmen, sagte Sascha, gingen ihnen zehn durch die Lappen. Er tat gerade so, als ob es in St. Petersburg vor Terroristen wimmelte, und drohte ihnen so vehement Vergeltung an, dass ich ihn anherrschen musste, sich vor den Kindern zu zügeln, nachdem Niki schon gefragt hatte, ob ein Nihilist über unser Tor klettern und uns im Schlaf ermorden konnte. Alle meine Bemühungen, meinen Kindern ein Gefühl von Sicherheit zu erhalten, waren durch eine einzige Gräueltat zerstört worden.

Obwohl ich es mir damals noch nicht eingestehen konnte, hatte ich schon den Verdacht, dass unsere Welt nie mehr dieselbe sein würde.

16

Marie weinte herzzerreißend, als ich sie in die Arme schloss. Sie war aus England gekommen, um ihrer Mutter zur Seite zu stehen, und nun lag die Zarin von weißen Rosen umkränzt in der Kapelle in ihrem Sarg. Ich erwies ihr die letzte Ehre, küsste sie auf die eingefallene, kalte Wange und entsann mich, wie sie versucht hatte, mich nach Nixas Tod und nach dem Verlust meines Kindes zu trösten. Wie einsam sie gewesen sein musste, so hilflos den Schicksalsschlägen ausgeliefert.

»Sie ist jetzt bei Gott«, versuchte ich, nun auch Marie zu trösten, die vorzeitig gealtert und aufgedunsen wirkte, kein Vergleich zu der lebenslustigen jungen Großfürstin, die im Sommergarten mit Milord herumgetollt hatte. »Ist ja gut, mein liebes Kind. Deine Mutter hat jetzt ihren Frieden.«

»Sie hat so gelitten«, flüsterte Marie. »Oh, Minnie, wenn du sie gesehen hättest ... es war grauenvoll. Am Ende bekam sie gar keine Luft mehr.«

Das Schuldgefühl, nicht bei ihr gewesen zu sein, weil Sascha mich nach dem Attentat nicht mehr in den Winterpalast zurückkehren ließ, wurde durch Maries plötzliches Aufschrecken verdrängt. Ich drehte mich halb um und sah Alexander in der Tür stehen; an den schwarz gekleideten Frauen vorbei, die mit seiner Tochter die Totenwache hielten, blickte er unverwandt zu uns herüber.

Marie riss sich von mir los. »Wie *konnten* Sie nur?«, schrie sie ihn an.

Alexander erstarrte.

»Ich konnte sie hören«, sagte Marie. »Jeden Tag, über uns.

Rennen. Lachen. Spielen. Während meine Mutter, Ihre Zarin, mit dem Tode rang, haben Sie Ihre Hure und ihre Bastarde in unseren Palast eingeschleust, um sie an ihren letzten Tagen noch zu quälen.«

»Mein Kind …«, begann er, während ich wie vom Donner gerührt dastand. Marie wusste seit Jahren von seiner Mätresse, sie war die Erste gewesen, die es mir erzählt hatte, aber das hier … Wie Marie fand auch ich es gewissenlos, diese Frau im Palast wohnen zu lassen, während seine Gemahlin im Sterben lag. Und auch noch uneheliche Kinder! Ich war schockiert von der Bestätigung, dass er tatsächlich welche in die Welt gesetzt hatte.

Marie hob den Arm. Einen Augenblick fürchtete ich, sie könnte ihren Vater schlagen. Stattdessen zeigte sie mit bebendem Finger zur Tür. »Sie verdienen es nicht, diesen Raum zu betreten! Ich schäme mich für Sie. Die Scham, die Sie selbst nicht empfinden, tragen wir alle an Ihrer statt.«

Es war eine unverzeihliche Beleidigung, und doch wandte er sich ab und entfernte sich mit gesenktem Haupt, während Marie in verzweifeltes Schluchzen ausbrach. Ihre Dienerinnen umringten sie; ich schlich hinaus, um Alexander beizustehen, auch wenn mich Maries Vorwürfe zutiefst erschüttert hatten. Doch er war schon fort. Sascha und seine vier Brüder brüteten im Vorzimmer vor sich hin; die finstere Entschiedenheit in ihren Mienen ließ erkennen, dass die Romanow-Söhne sich diesmal alle miteinander gegen ihren Vater zusammengeschlossen hatten.

Das Volk säumte den Weg, um Blumen und geweihte Münzen zu werfen, während die Zarin mit feierlichem Geleit zur Kathedrale gebracht wurde, um neben Nixa beigesetzt zu werden. Vierzig Tage Staatstrauer wurden anberaumt, für deren Dauer alles gesellschaftliche Leben zum Erliegen kam.

In dieser Trauerzeit befahl Sascha unseren Umzug in die Sommerresidenz, den Jelagin-Palast, der auf der gleichnamigen Insel in der Newa-Mündung lag. Geräumig und wunderschön, mit einer Kuppel über der Eingangshalle, an die sich endlose Zimmerfluchten anschlossen, bot er Ausblicke auf friedliche Flusslandschaften. Ich vermisste mein Zuhause, meine himbeerroten Seidentapeten, all meine Kleinode und Nippesfiguren, doch angesichts der Umstände war es wohl besser so. Wenigstens konnten meine Kinder hier im Park spielen, ohne dass ich befürchten musste, irgendein Nihilist würde eine Sprengladung über die Mauer werfen.

Hierher zog ich mich zurück, um überfällige Briefe an Alix und meine Eltern zu schreiben, die sich Sorgen wegen der Situation in Russland machten. Alix drängte mich, auf unbegrenzte Zeit nach Dänemark zu reisen. Genau das wollte ich auch tun, sobald die Staatstrauer vorüber war; aber kaum war die Zarin beigesetzt und die Julihitze über St. Petersburg hereingebrochen, kehrte Sascha von einem Besuch bei Wladimir zurück. Er bebte vor Zorn.

»Wir sind allesamt zum Winterpalast zitiert worden. Zum Diner.«

»Diner?« Ich erschrak. »So bald schon? Aber wir sind doch noch in Trauer!«

»Der Zar hat es befohlen. Und tu nicht so, als ob du nicht wüsstest, warum.«

Da war es endlich: das Geheimnis, das er mir wie einen Kadaver vor die Füße warf.

»Jawohl«, sagte er, »wir sollen Prinzessin Katharina Juriewskaja willkommen heißen. Das ist jetzt ihr Titel, per Dekret des Zaren verliehen. Er hat sie geheiratet und ihre drei Kinder legitimiert.«

»*Drei!*« Ich fuhr hoch; das tragbare Schreibpult glitt mir vom Schoß und polterte zu Boden, sodass die Briefbögen in alle Richtungen flatterten und meine gute alte Grazia hochschreckte.

»Ach?« Sascha blickte mich überrascht an. »Ich dachte, du wüsstest es. Wladimirs deutsche Kuh hat es jedenfalls gewusst. Sie konnte uns gar nicht eilig genug davon berichten, als die Vorladung unseres Vaters eintraf. Anscheinend hat jeder gewusst, auf welche Weise er sich seines Mündels angenommen hat.«

Ich starrte ihn in sprachlosem Entsetzen an. Marie kam mir in den Sinn, die nach England abgereist war, sobald sie die Mutter zu Grabe getragen hatte, ohne noch einmal mit ihrem Vater zu reden.

Bevor ich meine Stimme wiederfand, fuhr Sascha fort: »Eines muss man der Deutschen lassen: Sie hat sich ostentativ geweigert, die Anwesenheit dieser Frau zur Kenntnis zu nehmen. Und für eine Lutheranerin ist sie gar nicht mal so unwissend. Sie verkündete, der Zar habe unser orthodoxes Gesetz gebrochen, da unsere heilige Kirche ein Minimum von vierzig Tagen nach dem Tod eines Ehegatten vorschreibt, ehe eine Wiederverheiratung stattfinden kann. Aber Wladimir kann es nicht riskieren, dem Diner fernzubleiben und wieder in Ungnade zu fallen. Und leisten können sie es sich auch nicht.« Er lachte bitter. »Wie will sie denn ohne seine Apanage ihre Behausung weiter aufpolieren?«

Ich reckte das Kinn. »Miechen mag dort erscheinen müssen. Aber nicht wir.«

»O doch.« Mein Mann nickte entschlossen. »Ich will es mir nicht nehmen lassen, ihnen zu zeigen, wie wir sie zu empfangen gedenken. Du wirst mitkommen und dich angemessen herausputzen. Silberlamé und Saphire. Offenbar sind wir ja nun nicht mehr in Trauer.«

Er stürmte hinaus. Grazia sah traurig von ihrem Kissen zu mir auf.

Der Zar hatte seine Mätresse geheiratet, Gott sei uns gnädig.

Sie war blond und zierlich, geradezu zerbrechlich, und so jung, dass ich unwillkürlich Mitleid mit ihr empfand; mit ihrem weißen Gewand und dem perlenbesetzten Kokoschnik wirkte sie wie ein Waisenkind in fremden Kleidern. Und ihr furchtsamer Blick aus großen blauen Augen ließ sie wie ein Rehkitz zwischen Raubtieren erscheinen. Keiner außer mir schien darum bemüht, diesen Eindruck zu mildern.

Selbst die Kinder waren auf Alexanders Geheiß mit dabei. Wir standen der Rangfolge nach aufgereiht – zuerst Sascha und ich mit unseren Söhnen Niki und Georgi, den Einzigen, die ich bereit gewesen war mitzunehmen. Dann kamen die Brüder des Zaren: Konstantin in seiner rot-goldenen Uniform, adlernasig und hochmütig; der in Ungnade gefallene Nikolai, fett geworden und abfällig grinsend; und ihr jüngster Bruder, der ritterliche Michail, sie alle mitsamt ihren Familien. Die übrigen Söhne des Zaren – Wladimir, Alexej, Sergej, Paul – standen mit finsteren Mienen beisammen. In blauer Seide und Diamanten prunkend, verdrehte Miechen die Augen zur Decke, als wären nur die Fresken dort oben von Interesse.

Niki und Georgi, mittlerweile dreizehn und zehn Jahre alt, freuten sich über das Treffen mit ihren Vettern, die sie noch nicht kannten. Das Gewisper und Gekicher zwischen ihnen und den vier Söhnen des Großfürsten Michail, vor allem dem hübschen zwölfjährigen Sandro, trug nur noch mehr zu der angespannten Atmosphäre bei. Wir ermahnten sie, still zu sein; sie hatten ja keine Ahnung, warum wir hier waren.

Hinter dem Zaren und seiner neuen Gemahlin kam ein blonder Knabe zum Vorschein, nicht älter als acht Jahre, mit den feinen Zügen seiner Mutter und Alexanders unverwechselbaren graublauen Augen. Er war allein; ihre beiden Töchter waren noch zu jung, um vorgestellt zu werden, aber meine Söhne blickten überrascht zu dem Neuankömmling hinüber. Niki zupfte mich am Ärmel. »Wer ist das denn?«

Sascha funkelte ihn an. »Niemand.«

»Seine Kaiserliche Majestät und Zar aller Russen, Alexander II., und Prinzessin Juriewskaja«, verkündete der Zeremonienmeister mit Stentorstimme, was die allgemeine Beklemmung nur noch unterstrich. Er klopfte mit seinem Elfenbeinstock auf den Boden. Wir versanken allesamt in eine tiefe Verneigung; aber nicht ganz so lange, wie es üblich war. Sascha packte mich am Oberarm und zog mich mit unbotmäßiger Eile hoch, als der Zar vor uns trat. Er hatte Farbe in den Wangen und wirkte verblüffend verjüngt für einen Zweiundsechzigjährigen, der erst vor Kurzem seine rechtmäßige Gattin begraben hatte. Nach einem bösen Blick auf Sascha, der die Frau an der Seite des Zaren geflissentlich ignorierte, wandte Alexander sich mir zu.

»Minnie«, sagte er in bleiernem Ton, »ich möchte dir Prinzessin Katharina Juriewskaja vorstellen. Meine Gemahlin.«

Ich spürte die pikierten Blicke aller Umstehenden auf mir. Da ich nach Katharina die zweite Frau am Hofe war, kam es nun auf meine Reaktion an. Sascha hatte mir eingeschärft, dass ich in keiner Weise auf sie zugehen durfte, aber ich konnte mich doch nicht weigern, sie zur Kenntnis zu nehmen, wie er es getan hatte. Ihre bebenden Lippen verrieten mir, dass sie mit den Tränen kämpfte; mir schwoll das Herz, denn sie hatte ja keine Schuld. Ein Mündel, das, kaum dem Kindesalter entwachsen, der Gnade des Zaren ausgeliefert worden war – wie hätte sie da Widerstand leisten sollen?

Ich neigte den Kopf und murmelte: »Eure Kaiserliche Hoheit.«

Die anderen Großfürstinnen neigten ebenfalls die Häupter,

um meinem Beispiel zu folgen. Nur Miechen wandte mit angewiderter Miene den Kopf ab. Nachdem diese beschämende Vorstellung beendet war, begaben wir uns in den Speisesaal, nicht den, wo die Bombe hochgegangen war – der wurde noch in instandgesetzt –, sondern den größeren Gartensaal, wo der Abstand zwischen den Plätzen wenigstens so groß war, dass es nicht zu bissigen Bemerkungen kommen konnte.

Auf dem Stuhl sitzend, der einst unserer verstorbenen Zarin vorbehalten war, zeigte die Prinzessin bei aller Furchtsamkeit durchaus Haltung, indem sie versuchte, die Anwesenden ins Gespräch zu ziehen. Keiner gab viel zur Antwort, und alle wandten bei jeder Gelegenheit die Augen ab. Am anderen Ende des Tisches saß Sascha wie versteinert, die breiten Schultern unter den Epauletten gestrafft, den Blick über die Blumengestecke, Kandelaber und mehrstöckigen Platten voller Speisen hinweg starr auf seinen Vater geheftet.

In all meiner Zeit in Russland hatte ich mich bei Hof noch nie so unwohl gefühlt. Als die Desserts und der Mokka serviert wurden, zischte Sascha mir zu: »Wir gehen.«

Ich zuckte zusammen. »Aber wir sind noch nicht fertig. Und die Jungen verstehen sich so gut mit ihren Vettern. Es schickt sich nicht, zu gehen …«

»Jetzt!« Er erhob sich, stand da wie ein Berg, und alle im Saal verstummten. Der Zar, der uns die ganze Mahlzeit über keines Blickes gewürdigt hatte, sah zu ihm hin. »Ihr bleibt.«

Sascha warf seine blütenweiße Serviette auf den Tisch. Er hatte keinen Bissen gegessen. »Nikolai«, rief er, »Georgi. Sagt euren Vettern Lebewohl. Ihr müsst längst im Bett sein.«

Während meine Jungen sich hastig verabschiedeten, wandte Sascha sich mir zu. »Kommst du, meine Liebe?«

Miechen, die mir gegenübersaß, bedachte mich mit einem wölfischen Lächeln.

»Ihr bleibt!«, donnerte der Zar, doch ich war schon aufgestanden und griff nach meiner Stola. Sascha, die Hände auf den schmalen Schultern seiner Söhne, geleitete uns hinaus.

Keine Erklärung hätte unmissverständlicher sein können. Von Stund an befand mein Mann sich mit seinem Vater im Kriegszustand.

»Festivitäten ohne Unterlass«, sagte Miechen. Sie hatte sich in ihrem Kahn zu meinem Landsitz hinausrudern lassen und zeigte sich beeindruckt, auch wenn sie es sich nicht verkneifen konnte, kritisch anzumerken: »Wird es hier nicht schrecklich klamm, so nah an der Newa?« Dann sah sie sich meine neueste Gemäldesammlung an – in meinen Mußestunden hatte ich begonnen, russische Malerei anzukaufen –, wandte sich zu mir um und rief: »Bist du denn niemals untätig? Diese Bilder sind so anders. Bauern und Basare. Nicht gerade das, was man gewohnt ist, nicht wahr?«

»Sascha bevorzugt diese Art von Kunst. Er möchte, dass wir uns mit Werken von russischen Malern umgeben. Unsere Kinder sollen lernen, dass nicht nur westliche Kunst es verdient, ausgestellt zu werden.«

»Na, diese hier werden wir aber nicht so bald in der Eremitage sehen«, entgegnete sie.

Wir saßen in meinem Salon und tranken Tee, wobei sie mir den neuesten Klatsch vom Hof auftischte; obgleich sie der Prinzessin so hochnäsig begegnet war, hatte der Zar es offenbar vorgezogen, darüber hinwegzusehen. Allerdings nicht in unserem Fall. Wir waren nicht mehr willkommen, und so hatte ich die Empfänge zu Ehren Katharinas versäumt.

»Ich dachte, du wärst nicht da, weil du nach Dänemark gereist seist«, sagte Miechen vorwurfsvoll. »Wenn ich gewusst hätte, wo ihr euch vergraben habt, hätte ich vielleicht auch auf die Teilnahme verzichtet.«

Ich rang mir ein Lächeln ab, wohl wissend, dass sie das

nicht über sich gebracht hätte. »Der Sekretär Seiner Majestät ließ mich wissen, ich könne Dänemark jederzeit besuchen, aber meinen Kindern und Sascha ist es untersagt. Da ich nicht ohne sie fahren will, muss ich hier ausharren.«

»Alexander verweigert deiner Familie die Ausreise?« Sie schnaubte. »Es ist wirklich unwürdig, wie er sich aufführt. Fast bewundert man ihn schon für seine Dreistigkeit, uns diese ganze Schande zuzumuten.« Sie warf mir einen forschenden Blick zu. »Ich nehme an, eure Abwesenheit von ihren Empfängen bedeutet, dass ihr noch immer nicht mit ihm redet?«

»Ich würde es ja tun, wenn Sascha einverstanden wäre.« Ich seufzte, zu müde von dem Ganzen, um ihr etwas vorzuheucheln. »Er sagt, lieber lässt er sich nach Sibirien verbannen. Er kann die Beleidigung des Andenkens seiner Mutter nicht ertragen.«

»Recht hat er«, gab sie zurück, aber es klang nicht sehr überzeugt. Sie wirkte eher davon angetan, dass Sascha jetzt derjenige war, der den Unwillen des Zaren auf sich zog. »Es ist unverzeihlich. Eine Schande. Wladimir denkt genauso, aber …«

»Er kann es sich nicht leisten.« Ich gab mir keine Mühe, die Schärfe meines Tons zu mildern. »Ich verstehe. Der Zar hat sie geheiratet. Das ist nicht mehr zu ändern.«

»Und er wird sie auch noch zur Zarin machen. Verlass dich drauf. Das ist erst der Anfang. Nächstes Jahr werden wir zu ihrer Krönung nach Moskau zitiert.«

»Glaubst du wirklich, dass er so weit geht?« Ich konnte es mir nicht vorstellen. Nicht nur, weil Katharina kaum darauf vorbereitet war, sondern auch, weil sie mir nicht so vorkam, auf derlei öffentliche Ehren erpicht zu sein.

»Auf dem letzten Fest, das ich besucht habe«, sagte Miechen, »hat er ihren Sohn hereinführen lassen. Es wurde irgendein Mummenschanz geboten, italienische Jongleure« – sie machte eine abfällige Geste – »die vulgärste Art der Unterhaltung, aber was kann man heutzutage schon erwarten? Jedenfalls hat er den Jungen auf den Schoß genommen und gefragt: ›Wie würde es dir gefallen, Großfürst zu sein?‹ Vor allen Leuten! Also, wenn das kein deutlicher Hinweis ist!«

Ich fand keine Worte. So gern ich Alexander hatte, aber was er da aufführte, war nicht mehr zu rechtfertigen.

»Die Heirat ist in ganz Europa auf Ablehnung gestoßen«, fuhr Miechen fort, während sie sich die fünfte Makrone vom Kuchenteller angelte. »Du hast sicher gehört, was Victoria dazu gesagt hat? Nein? Oh, sie war höchst beunruhigt. Wenn jetzt schon Kaiser anfangen, Ehen unter Stand einzugehen, sagte sie, wie können wir dann noch hoffen, die Heiligkeit der königlichen Stammbäume zu bewahren?«

»Das klingt nach ihr«, murmelte ich. Tatsächlich hatte ich einen Brief von Alix erhalten, in dem sie ähnliche Missfallensbekundungen seitens der Königin zitierte, auch wenn ich nicht bereit war, es zuzugeben.

»Konstantin ist außer sich«, fügte Miechen hinzu.

Ich sah zur Tür hinüber, obwohl ich die Dienstboten angewiesen hatte, draußen zu bleiben, wie immer, wenn Miechen zu Besuch war. Man konnte nie wissen, was sie ausplaudern würde.

Sie senkte die Stimme. »Er hält Versammlungen in seinem Marmorpalast ab, um den Stand der Dinge mit seinen Brüdern und anderen zu besprechen. Wladimir war auch dabei.«

Ich entsann mich, dass es Gerüchte gab, Konstantin sei Okkultist und mit zwielichtigen Gestalten im Bunde. Von denen gab es in Russland mehr als genug – *stranniki*, heilige Wanderer, verehrt von der Bauernschaft, und *jurodiwij*, heilige Narren, waren häufig in den Salons der Adligen anzutreffen, wo sie von unsichtbaren Kräften schwatzten und die

Leichtgläubigen ausnahmen oder verführten – und manchmal beides zugleich. Den weltmännischen, kultivierten Wladimir konnte ich mir bei solchen Zusammenkünften am wenigsten vorstellen.

»Nur um zu hören, was dort so geredet wird«, erklärte Miechen. »Eigentlich lehnt er das alles ab; du weißt, wie er diesen absurden Mystizismus verachtet. Doch anscheinend tut Konstantin diesmal mehr, als sich nur die Karten legen zu lassen. Muss ich noch mehr sagen?«

»Nein.« Ich nippte an meinem Tee. Er war lau geworden und schmeckte bitter. »Es ist Hochverrat, von solchen Dingen zu sprechen. Wladimir täte gut daran, Konstantins Versammlungen künftig zu meiden.«

»Das habe ich ihm auch geraten. Aber so weit ist es schon gekommen. Der eigene Bruder des Zaren verschwört sich gegen ihn. Wenn Alexander mit der Krönung Ernst macht, kann er nicht sagen, er sei nicht gewarnt worden.«

Klirrend setzte ich die Tasse ab. »*Ist* er gewarnt worden?« Das war zu weit gegangen. Hoftratsch war eine Sache, und um ehrlich zu sein, hatte er mir gefehlt, aber dies hier war etwas ganz anderes. Dies war gefährlich.

»Ich nehme es an«, sagte sie. »Aber wenn nicht, wird er wohl bald gewarnt werden, hm?«

Miechen meinte es als Angebot. Wie sie wusste, war meine Verbannung weder meine Schuld noch mein Wunsch. Ich billigte das Verhalten meines Schwiegervaters nicht, doch ich musste meine eigene Stellung berücksichtigen, und auf diesem Eiland zu versauern war ihr nicht zuträglich. Auch Miechen benötigte ihre freundschaftliche Rivalin wieder am Hof. Mit wem sollte sie denn sonst wetteifern?

Nachdem sie gegangen war, klatschgesättigt und zufrieden, mich aufgerüttelt zu haben, kehrte ich zurück in meinen Salon und blickte lange auf den Fluss hinaus. Ich hörte meine

Kinder mit ihrer Nanny im Garten. Ein Mückenschwarm tanzte über dem Ufer. Wir konnten nicht bis Ende September bleiben. So schön und sicher unsere Sommerresidenz war, Miechen hatte recht: diese Abgeschiedenheit war ungesund.

Als Sascha und ich uns an jenem Abend zum Diner niedersetzten, stand mein Entschluss fest. Wir würden heimkehren, zurück in den Anitschkow-Palast.

Und ich würde eine Bittschrift an den Zaren senden, um zu ihm vorgelassen zu werden.

17

Alexander ließ mich den ganzen Winter lang warten. Obwohl ich mich die Saison über an die stillschweigende Verbannung vom Hof hielt, ließ ich mich dennoch ab und zu in der St. Petersburger Gesellschaft blicken, auch auf einem Kostümball in Wladimirs Palast, wo Miechen mir huldvoll sämtliche Gäste vorstellte. Wo immer ich auftauchte, wurde ich mit Herzlichkeit empfangen, umso mehr, als meine gegenwärtige Lage etwas Bedauernswertes hatte. Prinzessin Juriewskaja dagegen wurde allgemein als dreiste Abenteurerin verunglimpft und der Zar wegen seiner Vernarrtheit verspottet. Ich beteiligte mich nicht an der Kritik – sie war schließlich seine Ehefrau und er der Großvater meiner Kinder –, aber das Mitgefühl der Leute war mir willkommen. Die Nachricht von meiner Rückkehr in die Gesellschaft würde den Palast erreichen und Alexander vor die Alternative stellen, mich entweder vorzulassen oder klarzustellen, dass er Sascha zu enterben gedachte.

Diese Möglichkeit machte mir Sorgen. Die Thronfolge war auch früher schon einmal geändert worden, wenn auch gewaltsam. Katharina die Große hatte ihren Gemahl, Peter III., abgesetzt, der dann ermordet wurde. Ich fürchtete nicht, dass der Zar meinem Mann etwas zuleide tun würde, aber eine Enterbung war fast genauso vernichtend, und Alexanders Zorn war nicht verraucht. Einstmals hätte er meine Bittschrift sofort beantwortet. Es hätte ja auch gar keinen Grund für eine solche Bittschrift gegeben, denn seine Tür hatte der

Familie immer offen gestanden. Jetzt ließ er nur noch diejenigen vor, die seiner Ehefrau Respekt zollten.

Ich überwand meinen Stolz und sandte Katharina zum Dreikönigstag eine herrliche Kette aus blauen Süßwasserperlen, die mir die verstorbene Zarin vermacht hatte. Wohl wissend, dass Sascha erzürnt wäre, wenn er es herausfände, sorgte ich vor, indem ich die Perlen durch eine Kopie ersetzte, angefertigt von dem hochgeschätzten Juwelier Gustave Fabergé, dessen Diskretion seiner Kunstfertigkeit gleichkam.

Mein Geschenk besänftigte den Zaren. Nach dem Neujahrsball, auf dem er das Jahr 1881 vor versammeltem Hof durch eine Polka mit Katharina einweihte, ließ er mich zu sich rufen.

Als ich sein Arbeitszimmer betrat, blickte ich zu dem leeren Polster hin, wo Milord immer gelegen hatte. Alexander kam meiner Frage zuvor. »Er ist gestorben.«

»Das tut mir leid, Majestät«, sagte ich. »Er war ein wunderbarer Hund.«

»Und ein treuer Freund, was selten ist.« Alexander trat hinter dem Schreibtisch hervor; das Kissen darunter war immer noch von rötlichen Hundehaaren bedeckt. »Ich habe ihn auf dem Tierfriedhof am Katharinen-Palast begraben lassen. Das hat er wahrlich verdient.«

Ich nickte, die Finger um die abgestreiften Handschuhe gekrampft. Ich maßte mir keine Vertrautheit an und nahm nicht Platz, bevor er mir einen Stuhl anbot. Er trat an das Fenster, das auf den Innenhof hinausging; sicher gefiel es ihm nicht, dass sein Arbeitszimmer nach innen blickte. Sein ganzes Leben war mittlerweile nach innen ausgerichtet, ohne seine täglichen Spaziergänge, während die Nihilisten Aufruhr schürten und seine zweite Ehe in weiten Kreisen Missbilligung hervorrief.

»Du wolltest mich sehen«, sagte er schließlich. Er hatte nicht vor, es mir leichter zu machen.

»Ja, ich wollte Sie sprechen, wegen …« Mir versagte die Stimme. Nun, da ich hier war, wusste ich nicht, wie ich die richtigen Worte finden sollte, um meinem Mann weitere Ungnade zu ersparen.

»Minnie«, sagte er, und auch wenn nichts Sanftes in seiner Stimme lag, schwang doch kein Vorwurf mit, »wir wissen beide, weswegen du hier bist. Das ist nichts, was sich mit beherztem Durchgreifen lösen ließe. Sascha wird mir niemals verzeihen; das liegt nicht in seinem Wesen. Ich würde die Ehe annullieren und sie und die Kinder wegschicken müssen. Und das kann ich nicht.«

»Ich weiß.« Denn ich hatte erkannt, was so wenige wahrhaben wollten. Er war verliebt. Seine Leidenschaft für die Zarin hatte sich verflüchtigt, infolge ihrer Verluste, ihrer Krankheit, ihrer häufigen Abwesenheit, wohl auch durch die Monotonie der gemeinsamen Jahre. Katharina hatte diese Leidenschaft neu entfacht. Sich gegen ihn zu stellen wäre nicht nur sinnlos, sondern auch selbstzerstörerisch.

»Du vielleicht«, sagte er, »aber Sascha nicht. Oder wenn, dann ist es ihm gleichgültig. Mein Glück bedeutet ihm nichts.« Leicht hinkend kam er auf mich zu. Als ich mich besorgt zeigte, schüttelte er den Kopf. »Ich bin bloß beim Spielen mit den Kindern gestolpert. Ein väterliches Missgeschick.«

Hatte er je mit Sascha oder seinen anderen Söhnen gespielt? Wohl kaum. Wie Sascha es mir beschrieben hatte, war er streng erzogen worden, weshalb er seinen Söhnen das Gleiche auferlegen wollte. So hatte man es ihm und seinen Brüdern beigebracht.

»Konstantin zettelt eine Verschwörung gegen Sie an«, platzte ich heraus. Verfrüht. Eigentlich hatte ich mich erst noch für Sascha einsetzen wollen, damit er wieder in Gnaden aufgenommen wurde, bevor ich ihn und den Zaren zusammen auf Konstantin losließ.

»Natürlich.« Alexander warf mir einen müden Blick zu. »Sie alle schmieden Komplotte, so oder so. Sie halten mich für schwach und versuchen, das auszunutzen. Aber wenn es ihnen gelingt, wird der Thron, den sie erben, nicht der sein, den ich innehatte.«

Ich vernahm die Drohung in seinen Worten, und das war mir wohl anzusehen, denn er strich sich nachdenklich über den Schnurrbart, ehe er sagte: »Die Zeit ist gekommen. Ich habe einen Erlass für die verfassungsgebende Versammlung vorbereitet.«

Ich erstarrte; das, was Sascha lange gefürchtet und bekämpft hatte, sollte nun also Wirklichkeit werden. Alexander trat wieder an den Schreibtisch und hob einen Bogen Papier hoch. »Meine Katharina hat mich darauf gebracht. Dieses Reich kann so nicht weiter bestehen, als Spielwiese für die wenigen Privilegierten. Das Volk muss auch eine Stimme haben. Und ich werde sie ihm geben. Wir werden immer noch herrschen, nur nicht wie bisher. Es muss eine Duma aus gewählten Volksvertretern geben, eine schrittweise Einschränkung unserer Alleinherrschaft. Das wird Zeit brauchen, und zweifellos wird es viel Widerstand geben, in erster Linie von deinem Mann. Aber so wahr ich der Zar bin, Russland wird eine Verfassung erhalten, weil es das ist, was wir tun müssen, um zu überleben.«

Ich konnte mich nicht bewegen. Nicht einmal sprechen konnte ich. Es war eine Kriegserklärung gegen seine eigene Familie. Ich bebte bei dem Gedanken an die Auswirkungen.

»Bist du dagegen?«, fragte er.

Zu meiner Überraschung hörte ich mich hauchen: »Nein.«

»Das hätte mich auch gewundert. Dein Vaterland hat eine

Verfassung wie die meisten Königreiche in Europa. Selbst Queen Victoria und der Kaiser müssen einem Parlament Rede und Antwort stehen. Nur hier tun wir so, als würden Mongolenhorden in unsere Festung einbrechen und uns unseres gottgegebenen Rechts berauben, zu tun und zu lassen, was uns beliebt. Wir haben sehr wenig aus der Geschichte gelernt. Wir hätten den harschen Lektionen der Franzosen und Amerikaner mehr Aufmerksamkeit widmen sollen. Wenn dem Volk jegliche Mitsprache an der Regierung verwehrt wird, dann wird es sich diese erstreiten, mit Gewalt, wenn es sein muss. Herrscher können beseitigt werden. Ludwig XVI. wurde guillotiniert, Präsident Lincoln ermordet. Am Ende sind wir alle sterblich.«

»Es ist« – ich hob die Augen, begegnete seinem Blick – »ein ehrenwertes Ansinnen, Majestät.« Ich ließ unerwähnt, dass Präsident Lincolns kürzliche Ermordung einem Bürgerkrieg entsprungen war, der Amerika zerrissen hatte, denn ich begriff, was er sagen wollte. Selbst ein weiser Herrscher konnte zu Fall gebracht werden.

»Ah.« Er lächelte. »Da ist sie ja endlich. Meine Minnie. Du weißt, dass ich die Wahrheit sage. Du hast das Leid gesehen, durch dein Wirken beim Roten Kreuz. Du warst selbst in diesem Palast dabei, als sie versucht haben, uns in die Luft zu jagen. Ihre Logik ist roh und ihre Vorgehensweise wüst, aber ihre Gründe … Wenn man Augen und Ohren hat, kann man nicht umhin, sie zu verstehen. Ich habe lange darüber nachdenken müssen, anders als meine Katharina. Sie ist keine von uns. Sie versteht es vollkommen. Wenn ich könnte«, fügte er hinzu, »würde ich abdanken. Aber Russland ist nicht bereit für so einen drastischen Wandel. Er muss langsam vor sich gehen, schrittweise. Wir müssen unser Land aus der Knechtschaft führen, aber behutsam …«

»Wie einen Bullen in den Pferch«, murmelte ich.

Er schmunzelte. »Wie einen angeketteten Bären aus der Grube, um genau zu sein.«

Wir schwiegen einen Moment. Dann sagte er: »Du musst es Sascha sagen.« Ich erhob mich. Nun, da er seine Absicht deutlich gemacht hatte, durfte ich nicht schwanken. »Er muss es erfahren, bevor Sie eine öffentliche Erklärung abgeben. Er ist der Zarewitsch. Wenn Sie es ihm nicht zuerst sagen, wird er es als die ärgste Kränkung auffassen. Er hat es wahrlich verdient«, zitierte ich bewusst seine eigenen Worte.

Alexander runzelte die Stirn. »Ich bin nicht in der Stimmung für ein weiteres Diner, bei dem er mich mit Dreck bewirft.«

»Ein Mittagessen«, schlug ich vor. »Lassen Sie es mich arrangieren. Sie könnten doch eines Sonntags nach der Messe zum Anitschkow kommen und es ihm sagen. Sollte es daraufhin Zwistigkeiten geben, dann bleiben sie wenigstens in privatem Rahmen.«

»Ach, Zwistigkeiten gibt es sowieso.« Sein Stirnrunzeln vertiefte sich. »Ich werde mich nicht von meinem Entschluss abbringen lassen, ganz gleich, was er sagt. Ich warne dich jetzt schon, Minnie. Ich werde ihn, Konstantin und jeden anderen, der es wagt, sich mir entgegenzustellen, einkerkern oder verbannen lassen.«

»Ich verstehe.« Ich nickte. Sascha würde es nicht verstehen, doch erfahren musste er es trotzdem.

»Ich bin im Begriff, auf die Krim zu reisen«, sagte Alexander. »Im März werde ich zurück sein. Plane dein Mittagessen entsprechend. Und, Minnie«, fügte er hinzu, als ich mich zur Tür wandte, »vorerst kein Wort zu Sascha. Lass mich derjenige sein, der es ihm beibringt. Wenn er etwas dazu zu sagen hat, soll er es zuerst mir sagen.«

Mein Wissen um die Geliebte des Zaren hatte ich lange vor

Sascha verborgen. Es war mir nicht leichtgefallen, doch ich hatte es um der Harmonie in der Familie willen getan. Aber dieses Geheimnis jetzt für mich zu behalten, das fühlte sich an, als ob ich ihm untreu wäre; ständig lag es mir auf der Zunge, brannte mir ein Loch in den Mund. Um mein Gewissen zu erleichtern, gestand ich ihm beim Frühstück, dass ich bei seinem Vater zu Besuch gewesen war.

»Glaubst du, das ist mir entgangen?«, sagte er. »Nichts bleibt den Klatschmäulern am Hof verborgen. Du hattest sein Arbeitszimmer noch nicht verlassen, da hat mich die Nachricht schon erreicht.« Er blätterte die Zeitung um und bedeutete seinem langjährigem Kammerdiener Iwan mit einem Winken, ihm Tee nachzugießen. »Nun? Was hat er gesagt? Muss ich mich erniedrigen, auf den Knien gekrochen kommen und seiner Hure im Nikolai-Saal die Hand küssen?«

»Er ist sich darüber klar, dass er einen Fehler gemacht hat.« Angelegentlich strich ich Marmelade auf mein Brötchen, um seinem Blick auszuweichen. »Er weiß, dass es überstürzt war. Zum falschen Zeitpunkt. Er hofft auf eine Versöhnung. Er möchte nicht mit dir zerstritten sein. Er …« Ich hob ein wenig die Stimme. »Er versteht, wie schwer das alles für dich war, und ist bereit, seine Pläne mit dir zu erörtern, wenn er von der Krim zurück ist.«

Ich fühlte mich kurzatmig, am Rand eines Abgrunds balancierend. Schräg hinter uns, reglos, stand Iwan. Als ich ihn anblickte, glitt er lautlos hinaus.

»Soso.« Sascha hob die Teetasse. »Er hofft auf eine Versöhnung. Er möchte nicht zerstritten sein. Er hat Pläne, die er zu erörtern wünscht. Wie zum Beispiel …?«

»Ich weiß nicht. Er hat mich nicht eingeweiht.« Nie wieder, schwor ich mir im Stillen. Nie wieder würde ich ihn anlügen. Es war ein schrecklicher Betrug, als ob ich ihm eine Falle gestellt hätte.

»Er hat dir nichts gesagt, weil er keine anderen Pläne hat, als das Weib zur Zarin zu krönen und mit ihr in Sünde zu leben.« Mit ungerührter Miene vertiefte Sascha sich wieder in seine Zeitung.

»Aber du wirst ihn doch treffen? Du wirst nicht unhöflich sein?«

Er blickte nicht auf. »Die Unhöflichkeit ist ganz auf seiner Seite. Aber ja, ich werde ihn treffen. Vorausgesetzt, er kommt hierher, zu mir.«

Der Februar taute in den März. Später Schneefall hatte die Stadt frisch überzuckert. Ich richtete mich für das Sonntagsmahl her, das auf den Dreizehnten des Monats festgesetzt und über den Privatsekretär des Zaren arrangiert worden war. Nach der Messe würde Alexander seine gewohnte Inspektion der kaiserlichen Reitschule vornehmen. Und danach, so hieß es offiziell, würde er seinen Bruder Michail besuchen. In Wirklichkeit aber würden sie sich beide im Anitschkow einfinden. Um die List zu untermauern, hatte ich meine Michailowitsch-Neffen zum Eislaufen mit meinen Söhnen eingeladen und dafür eigens neue Schlittschuhe angeschafft; so hätte der Zar einen guten Grund, seinen Bruder zu begleiten, angeblich, um die Jungen abzuholen. Stattdessen aber würde ich sie alle zum Essen bitten.

An dem bewussten Sonntag kleidete ich mich in meine maßgeschneiderte Zobeljacke mit passender Kappe, dazu ein wadenlanger Rock aus blauem Samt und rotlederne Stiefel. Dann ging ich nachschauen, ob Niki und Georgi umgezogen waren, band dem dreijährigen Mischa einen Schal um, weil er erkältet war, und beruhigte die sechsjährige Xenia, die weinte, weil sie mitwollte.

»Aber du kannst doch noch nicht Schlittschuhlaufen, Schätzchen«, sagte ich und wischte ihr die Tränen ab, während Mrs Franklin schmallippig zusah. Sie war eine sehr gute Kinderfrau, aber Gehätschel missbilligte sie. Kinder sollte man heulen lassen, bis sie einsahen, dass Tränen nichts änderten, hatte sie gemeint, worauf ich ihr erklärte: »In diesem Hause nicht.« Das hatte sie zum Schweigen gebracht.

»Kommt herunter, sobald ihr eure Stiefel geschnürt habt«, mahnte ich Niki und Georgi, die diese Prozedur wie üblich in die Länge zogen, indem sie darum wetteiferten, wer es schneller schaffte.

Im Wohnzimmer saß Sascha schreibend an meinem zierlichen Intarsientisch. Ich fand es immer drollig, ihn darübergebeugt zu sehen wie einen Riesen, der zu groß für den Stuhl war. Er hatte seinen eigenen Schreibtisch in seinem Arbeitszimmer, aber in meinem Salon war es wärmer, da ich den Ofen einheizen ließ, während sein Arbeitszimmer eine Eiskammer war, weil er es ablehnte, Brennholz zu verschwenden.

»Wir gehen Schlittschuh laufen«, erinnerte ich ihn.

»Für wie lange?«, fragte er, am Federhalter kauend.

»Bis dein Vater kommt, nehme ich an.« Ich küsste ihn auf die angegraute Wange. Er hatte sich wieder den Bart stehen lassen; mit knapp sechsunddreißig Jahren hatte er den Großteil seines Haupthaars verloren und beschlossen, dass der Bart ihn wie einen »echten Russen« aussehen ließ, aber die Borsten kratzten. Ich zwickte ihn ins Ohrläppchen: »Du könntest dich mal wieder rasieren.«

»Nein«, sagte er nur. Ich ging hinunter in die Diele, um auf die Jungen zu warten. Während Sophie die neuen Schlittschuhe auspackte, blickte ich aus dem Seitenfenster. Es schneite beständig. Würde es zu einer Absage kommen? Wenn ja, was sollte dann werden? Das Einzige, was ich noch mehr fürchtete, war die im Lauf der Woche erwartete Auslieferung der Hofpostille, in der womöglich jener Erlass angekündigt wurde, mit dem eine Duma gestattet werden sollte. Sascha würde einen Wutanfall bekommen, und ganz gleich, was ich tat, nichts würde einen offenen Krieg zwischen meinem Mann und seinem Vater verhindern können.

Niki und Georgi kamen johlend die Treppe heruntergejagt. Als ich mich mit tadelnder Miene zu ihnen umwandte, denn Sascha hatte sie immer wieder angehalten, nicht die Stufen hinunterzupoltern wie betrunkene Kosaken, ertönte ein fernes Wummern. Die Jungen bemerkten es nicht, sie hatten nur Augen für ihre neuen Schlittschuhe, aber Sophie blickte mich erschrocken an. Kurz darauf tauchte Sascha aus dem Wohnzimmer auf. »Salutschüsse um diese Uhrzeit?«

Ehe ich antworten konnte, krachte es schon wieder – so laut, dass die Fensterscheiben klirrten. Im Wohnzimmer, das auf den Prospekt hinausging, hörte ich Glas splittern.

Sascha begegnete meinem Blick. Er griff nach meiner Hand.

»Nein«, flüsterte ich, als er mich zur Tür zog. Er stemmte die Türflügel auf. Wir spähten hinaus; in der verdüsterten Ferne waberte schwarzer Rauch.

»Unsere Troika! Sofort!«, befahl Sascha. Sophie stürzte los. Verdattert ließen die Jungen ihre Schlittschuhe auf den Marmorboden fallen. Ich versuchte, ihnen zuzulächeln, aber mein Herz klopfte so heftig, dass mir ganz flau wurde.

Unser Schlitten, von zwei Pferden gezogen, hielt vor dem Tor. »Dummkopf!«, brüllte Sascha den Stallknecht an. »Die Kutsche, hab ich gesagt. Bring die Kutsche!«

»Du hast gesagt, die Troika«, flüsterte ich.

Er drehte sich zu mir um. »Wirklich?«

Ich nickte.

»Gehen wir denn nicht Schlittschuh laufen, Mama?«, fragte Georgi. Ich schüttelte den Kopf. Niki war blass geworden, als wüsste er bereits, was keiner auszusprechen wagte.

»Gott im Himmel.« Sascha lief hinaus. »Wie lange dauert

das denn noch?« Er war noch nicht bis zur Hausecke gelangt, als von den Stallungen her das Klirren des Pferdegeschirrs erklang, das die Kutsche ankündigte. »Hol seinen Mantel«, wies ich Sophie an, denn mein Mann stand barhäuptig und in Hemdsärmeln im Schneetreiben und starrte auf die Kutsche, als hätte er vergessen, warum er sie angefordert hatte. Nachdem Sophie mir seinen Mantel und seine Astrachanmütze ausgehändigt hatte, winkte ich den Jungen: »Kommt.«

Niki nahm meine Hand, aber Georgi wich ängstlich zurück. »Ich werde auf ihn aufpassen, Eure Hoheit. Gehen Sie nur. Seine Hoheit wartet.«

Mit Niki an der Hand lief ich zu Sascha hinaus, der hastig den Mantel überwarf und die Mütze aufsetzte, während wir in die Kutsche stiegen.

»Zum Palast«, befahl er dem Kutscher.

Wir fuhren die Allee am Katharinen-Kanal entlang. Niki schmiegte sich an mich; ich spürte, wie er zitterte. Ich nahm ihn in die Arme und zog die Felldecke über unsere Knie, als ich Sascha aufstöhnen hörte. Aus dem Fenster spähend, sah ich Leute, die sich bekreuzigten, und Polizisten, die sie davon abzuhalten suchten, Tücher in eine Blutlache inmitten des zertrampelten Schnees zu tauchen. Ein umgekippter Schlitten und ein zerfetztes, noch im Geschirr hängendes Pferd, dessen Gedärm hervorquoll, lagen unweit davon in einer weiteren Lache. Dunkelrote Spuren, schwarz im trüben Licht, zogen sich wie blutige Klingenhiebe durch den Schnee.

»Sieh nicht hin.« Ich hielt Niki die Hand vor die Augen.

Als die Kutsche in die Auffahrt zum Palast einbog, wohin die Spuren führten, kam sie ruckartig zum Stehen. Sascha riss die Tür auf und funkelte die Männer von der Preobraschenski-Garde an, deren Oberst er war und die ihm mit ihren Bajonetten den Weg versperrten.

»Der Zarewitsch!«, donnerte er, und die Gardisten machten eilig Platz. Im Vorbeifahren erhaschte ich einen Blick auf ihre fahlen Gesichter unter den kegelförmigen Mützen mit dem Emblem des doppelköpfigen Adlers. Mit fürchterlicher Gewissheit wusste ich, dass eine Katastrophe über uns hereingebrochen war.

Am Hintereingang stand die kaiserliche Troika. Gefrorenes Blut im Schnee. So viel Blut, dass es mir unter den Stiefeln hervorquoll, als ich, Niki fest an der Hand, Sascha zur Treppe folgte. Dort fanden wir Michails Frau Olga mit ihren Söhnen vor, die fürs Schlittschuhlaufen gekleidet waren. Sie schrie auf, als sie mich sah, warf sich mir in die Arme und hätte Niki dabei fast umgestoßen. Mein Sohn klammerte sich an meine Jacke, während sie schluchzte: »Mischa ist tot, sagen sie. Eine Bombe, sagen sie. Gott sei uns gnädig!«

Ihr Sohn Sandro, der für seine vierzehn Jahre hoch aufgeschossen war und schon die gemeißelten Züge der Romanows aufwies, beugte sich zu Niki herab. »Mein Papa ist nicht tot«, hörte ich ihn flüstern. »Er war nicht in derselben Troika. Aber unser armer Grandpère ...«

Sascha stürzte an Michails Jungen vorbei die Treppe hinauf. Die Stufen schwammen in Blut. Niki an mich gedrückt, Olga bitterlich an meiner Schulter weinend, ihre Jungen hinter uns, so schleppten wir uns hinauf und durchquerten den Vorraum voller kniender Lakaien auf das Arbeitszimmer des Zaren zu.

Michail kam durch die offene Flügeltür, noch im Mantel, die grüne Wolle voller Blutflecken. Er raunte Sascha etwas zu. Mein Mann schob den Kopf vor, machte eine fahrige Geste zu mir hin und ging entschlossen weiter.

»Ich kann nicht«, stöhnte Olga. Michail nahm seine Frau in den Arm, die schwankte, als wollte sie in Ohnmacht fallen. Mir ging es ähnlich, als ich mit Niki ins Arbeitszimmer trat, wo ich mich erst einen Monat zuvor mit Alexander getroffen hatte. In dem eleganten weiß getäfelten Raum mit seinen Tischen voller Familienfotografien wimmelte es von Hofbediensteten, Ministern, Familienmitgliedern. In einer Ecke sah ich Miechen inmitten der Großfürstinnen. Unsere Blicke begegneten sich, dann wandte ich mich schweren Herzens ab, zum Diwan hin, als die Menge sich vor mir teilte. Dort lag etwas Unsägliches, umsorgt vom kaiserlichen Leibarzt, Dr. Botkin. Der Metropolit in seinem Popengewand stand betend daneben. Sascha starrte hinab, wie vor den Kopf geschlagen.

Niki fing an zu weinen. Ich schob ihn zurück: »Geh zu Tante Miechen.« Ich konnte nicht wegsehen, trat einen Schritt vor, dann noch einen, gebannt von dem grauenvollen Anblick.

Alexander war nicht wiederzuerkennen. In seinem verstümmelten Antlitz stand ein Auge grotesk hervor; ein Riss mit zerbrochenen Zähnen, der einst sein Mund gewesen war, gähnte über dem zerschmetterten Kiefer. Während er röchelnd sein Leben aushauchte, sickerte Blut aus den Wunden und bildete eine Lache auf dem Teppich. Er trug die zerrissenen Reste seiner Uniform, die Hose in Fetzen über zerfleischten Stümpfen. Er hatte keine Beine mehr.

Herrscher können beseitigt werden … Am Ende sind wir sterblich.

Die Trauer überwältigte mich. Ich wankte zurück zu Miechen, die Niki an sich gedrückt hielt. Sie zog mich mit sich fort, während ich versuchte, meinen Schmerz zu beherrschen.

»Zwei Bomben«, flüsterte sie. »Zwei Männer, an der Kanalbrücke. Die erste hat ihn verfehlt. Sie traf seine Kosakeneskorte. Alexander stieg aus, um dem Verwundeten Beistand zu leisten, und Michail versuchte noch, ihn aufzuhalten. Ein anderer, den keiner gesehen hatte, warf die zweite Bombe. Sie traf ihn direkt, wie du gesehen hast …«

»Nein.« Ich wollte Niki die Ohren zuhalten. Sein verweintes Gesicht war zusammengekniffen, als wäre er kurz davor loszubrüllen. »Nicht mehr! Bitte!«

»Er kann nicht überleben«, sagte sie. »Du musst dich darauf einstellen.«

Ich blickte zu Sascha hinüber. Er war an das Fenster zum Hof getreten. Jenseits der Scheiben konnte ich die Schreie der Menge vernehmen, die sich, von der Tragödie alarmiert, schon vor dem Palast zu versammeln begann.

In seiner Sonntagsweste mit der stutzerhaften Uhrkette stellte Wladimir sich neben Sascha und legte ihm den Arm um die Schultern. Ich sah ihn dringlich auf seinen Bruder einreden. Sascha zog den Kopf ein, wie immer, wenn er etwas Unerwartetes oder Unwillkommenes zu hören bekam.

»Du *musst*«, hörte ich Wladimir drängen; seine Stimme, die er nie zu dämpfen verstand, hallte durch die beklommene Stille im Raum. Sascha nickte knapp, worauf Wladimir das Arbeitszimmer verließ, nicht ohne in Richtung der Minister zu gestikulieren, die ihm eilig folgten. Im Vorraum ging Großfürst Konstantin auf und ab, die hagere Gestalt in sich zusammengesunken. Er zuckte zurück, als Wladimir an ihm vorbeilief, ohne ihn eines Blickes zu würdigen. Ich warf wieder einen Blick auf Sascha, der vom Fenster aus seinen gramgebeugten Onkel böse anfunkelte.

Auf einmal kam ein geisterhaftes Wesen in weißem Spitzenkleid durch eine Seitentür ins Arbeitszimmer gestürzt. Jedermann erstarrte, als Prinzessin Juriewskaja sich über den Zaren warf. Die Großfürstinnen, die sie alle verachtet und abgelehnt hatten, beobachteten ihre Verzweiflung in stummem Grauen, während sie Alexanders zerschmetterten Kopf an der Brust barg und ihr Kleid mit seinem Blut tränkte.

»*Nein, nein, nein*«, wimmerte sie. Unbedacht sprang ich vor und zog sie vom Diwan fort. Sie brach in meinen Armen zusammen; beide lagen wir auf den Knien am blutbesudelten Boden des Arbeitszimmers. Ich fühlte ihren mageren Leib voller Verzweiflung bis auf die Knochen beben.

»Ruhe, bitte«, sagte Dr. Botkin. Er richtete den Blick auf die kaiserliche Familie. Sie näherten sich zögernd, darauf bedacht, einen weiten Bogen um mich und die Prinzessin zu machen, die Augen auf den sterbenden Zaren geheftet. Plötzlich gab Alexander ein ersticktes Gurgeln von sich, dann lag er still und starr.

Botkin fühlte seinen Puls. »Der Zar ist tot«, verkündete er, Tränen in den Augen.

Katharina verstummte. Sie schien sich in meinen Armen aufzulösen.

Draußen auf dem Platz, wo die Garde den Eingang zum Palast verbarrikadiert hatte, wurde ein Bote mit der Nachricht losgeschickt. Ein lauter Ruf ertönte aus der Menge: »Gott segne Zar Alexander III.!«

Im Arbeitszimmer sanken alle auf die Knie, um für die dahingeschiedene Seele zu beten. Der Metropolit, der am Morgen noch die Messe für uns zelebriert hatte, stimmte mit zittrigem Bass die Totenklage an. Jemand nahm mir die schlaffe Katharina ab; sie war ohnmächtig geworden.

Ich stand auf und ging zu meinem Mann. Sascha blickte mich nachdenklich an. Für einen kurzen, atemlosen Moment schien ein Lächeln über seine Lippen zu huschen.

Dann kam Wladimir mit dem Polizeipräfekten im Schlepptau zurück.

»Was befehlen Eure Kaiserliche Majestät?«, fragte der Präfekt. Fast wunderte ich mich, dass er sich an einen toten Zaren wandte, bis mir aufging, dass die Frage an Sascha gerichtet war. Und der arme Mann schien bis ins Mark erschüttert, war der verstorbene Zar doch unter seiner Obhut ermordet worden. Ich blickte an ihm vorbei in den Vorraum: Konstantin war verschwunden.

Ich erwartete, dass Sascha seine unverzügliche Festnahme anordnen würde. Stattdessen sagte er: »Ihre Polizei ist unfähig. Sie haben die Übeltäter ungehindert herumstreunen lassen wie die Wölfe. Sie sind entlassen. Einstweilen wird die Armee das Kommando übernehmen. Ich will, dass die Kanaillen, die meinen Vater ermordet haben, auf der Stelle exekutiert werden.« Er wandte sich Wladimir zu, ohne weiter auf den Präfekten zu achten, der sich fast bis zum Boden verneigte. »Ruf das Kabinett zusammen. Ich werde mich in einer Stunde dort einfinden. Und sag dem Metropoliten, er soll sich für den Treueid im Großen Thronsaal vorbereiten. Ich will, dass alle dabei zugegen sind. Lass Priester rufen, um den Truppen ebenfalls den Treueid abzunehmen.«

»Zu Befehl, Eure Kaiserliche Majestät.« Wladimir warf Sascha einen verschwörerischen Blick zu. »Ich werde es finden«, murmelte er, »und es dir dann gleich bringen.«

»Tu das«, knurrte Sascha. »Stell den ganzen Palast auf den Kopf, wenn es sein muss.«

Er nahm meine Hand, bevor ich fragen konnte, was Wladimir denn finden sollte. In einem einzigen Moment hatte er alle Erwartungen übertroffen. Als wir auf die Jordan-Treppe zugingen und die Lakaien sich vor uns verneigten, würdigte er sie keines Blickes, das Kinn gereckt, die Haltung stramm. Jetzt gab es kein Schlurfen mehr, keine unbeholfenen Gesten, kein Wegducken.

Sascha, der Bulle, war nun Zar Alexander III., Alleinherrscher über alle Russen.

Und zu meiner Bestürzung war ich seine Zarin.

Teil III

1881–1894

Der Muschik-Zar

Jene roten Blumen, die uns so faszinierten …

GROSSFÜRST KONSTANTIN KONSTANTINOWITSCH

18

»Wir mussten nach der Messe seine Stirn küssen, zweimal am Tag, ganze sieben Tage lang«, erzählte ich Alix. »Es war furchtbar. Die Einbalsamierer hatten getan, was sie konnten, aber … sie konnten die Zerstörung nicht kaschieren. Und der Geruch …« Ich erschauderte. »Vom dritten Tag an roch ich ihn sogar schon, bevor ich die Kapelle betrat.«

Es war die erste Gelegenheit, mit meiner Schwester allein zu sein und ihr das ganze Grauen zu schildern; sie war die Einzige, zu der ich vollkommen ehrlich sein konnte. Sie und Bertie waren noch rechtzeitig zu Alexanders Beisetzung in der Festung eingetroffen, ungeachtet Queen Victorias panischer Warnung, dass Russland zu einer Mördergrube geworden sei, in der es von Attentätern wimmelte, und alle es auf ihren Monarchen abgesehen hätten. Aber anders als ich hatte Alix das entstellte Gesicht meines Schwiegervaters nicht gesehen.

»Ich kann es mir nicht vorstellen.« Sie seufzte. »Solche Unmenschlichkeit … mir fehlen die Worte.«

»Und jetzt auch noch das.« Mit ausholender Geste deutete ich auf die beengten Räume im Erdgeschoss des Gattschina-Palasts, der dreißig Meilen außerhalb der Stadt lag. »Praktisch eine Kaserne. Umgeben von hohen Mauern mit schmiedeeisernen Toren.« Wieder wurde mir das Herz schwer beim Anblick all der Kisten mit meinen Besitztümern, die ich noch nicht ausgepackt hatte. »Nicht einmal die Prunkräume dürfen wir uns einrichten, nein, hier unten im Arsenal müssen wir uns verkriechen, weil es leichter zu verteidigen ist, falls wir angegriffen werden. Ich wollte im Anitschkow bleiben oder in den Winterpalast ziehen, aber aus Gründen der Sicherheit hat man uns aus der Stadt geschafft. Sascha hat seine Krönung in Moskau verschoben. Er will sich nicht dazu äußern, wie lange es dauern wird, bis wir in die Stadt zurückkehren können.«

Ohne mir dessen bewusst zu sein, nahm ich eine Zigarette aus dem Silberetui in meiner Tasche und zündete sie mit bebenden Fingern an. Alix machte große Augen. »Ich kann nicht aufhören zu zittern«, sagte ich. »Die Ärzte meinen, es ist eine nervöse Störung. Ich kann kaum schlafen oder essen, und …«

»Ja, du siehst wirklich nicht gut aus.« Sie runzelte die Stirn. »Wann hast du denn damit angefangen?«

Jetzt erst begriff ich, warum sie so pikiert schaute: weil ich rauchte. »Miechen hat mich dazu gebracht. Anscheinend rauchen jetzt alle Prinzessinnen in Europa.«

»Nicht in England. Minnie, das tut dir bestimmt nicht gut.«

Ich winkte ungeduldig ab. »Es beruhigt meine Nerven. Ich dachte, dir fehlen die Worte.«

Sie presste die Lippen zusammen, sah mir zu, wie ich einen Zug nahm, und sagte: »Wenn Sascha es für das Beste hält, vorerst hier zu wohnen, musst du dich eben damit abfinden. So schlimm ist es doch nicht«, fügte sie wenig überzeugend hinzu. »Es müsste frisch gestrichen werden, aber mit deinen Möbeln und ein paar Bildern an den Wänden …«

»Bitte, lass es.« Ich klopfte Asche in meine Teetasse. »Es ist genauso eine Gruft wie die Festung. Da hätten sie uns auch gleich lebendig begraben können.« Ich hörte, wie meine Stimme rau wurde vor ohnmächtiger Wut – eine Wut, die mich immer wieder überkam, seit mir bewusst geworden war, dass Alexanders Ermordung uns in einen Zustand blanker

Todesangst katapultiert hatte. »Seit Peter der Große Moskau verließ, um St. Petersburg zu bauen, hat ein Zar sich nie mehr aus seiner Hauptstadt entfernt. Ich verstehe ja die Sorge, nach jener schrecklichen Explosion, und nun dies. Aber wir sind die kaiserliche Familie. Wir dürfen das Tor nicht ohne Kosakeneskorte passieren. Und die Geheimpolizei beobachtet jede unserer Bewegungen. Sascha hat einmal gesagt, wenn wir klein beigeben, werden wir nie mehr aufhören zu flüchten. Aber ist das hier denn etwas anderes, als klein beizugeben vor diesen Ungeheuern?«

»Sind sie denn gefasst worden?«, fragte Alix.

»Ja.« Zornig blies ich Rauch aus. »Es war sogar eine Frau dabei. Sie hat das Attentat organisiert, ausgerechnet in einem Käseladen. Sie war auch am Kanal; sie hat ein Taschentuch geschwungen, um anzuzeigen, dass Alexanders Schlitten sich näherte. Alle vier sind bereits hingerichtet worden – durch den Strang.«

»Großer Gott.« Alix faltete die Hände im Schoß.

Ich drückte die Zigarette aus. Am liebsten hätte ich mir gleich noch eine angesteckt, doch Alix hätte mich nur gescholten. »Wie du sagst, wir werden uns mit dieser Situation abfinden müssen, bis wir in die Stadt zurückkehren können. Sascha hat sein Kabinett, seine Beamten und Regimenter zu beaufsichtigen, das ganze Riesenreich zu regieren. Das kann er doch nicht von Gattschina aus …«

Mir versagte die Stimme. Alix sprang alarmiert auf, aber ich schüttelte den Kopf. Ich hatte mir vorgenommen, nicht mehr zu weinen, denn Tränen änderten nichts, wie Mrs Franklin sagte. Und doch wollte ich nichts lieber, als laut losheulen, weil das alles so ungerecht war, das schreckliche Ende des Zaren, der die Leibeigenen befreit hatte und so viel für Russland erreichen wollte; und das Klima der Angst, das seitdem herrschte und dem wir vielleicht nie mehr entkommen würden.

»Ach, Minnie.« Alix nahm mich in die Arme. »Wir können nicht wissen, warum Gott uns in Momenten wie diesen so auf die Probe stellt. Aber du hast immer noch Sascha, der dich beschützt.«

An sie gedrückt, hörte ich mich flüstern: »Sascha hat sich verändert.«

»Er hat seinen Vater auf grauenvolle Art verloren. Natürlich hat er sich da verändert …«

»Nein.« Ich rückte von ihr ab. »Es ist mehr als das. Er … er hat den Erlass verbrannt.«

Sie blickte mich verwundert an. »Welchen Erlass?«

»Den Erlass für eine Verfassung.« Ich musste mich überwinden, das Geheimnis zu lüften, das mich fast noch mehr bedrückt hatte als der Tod meines Schwiegervaters. »Alexander plante, eine verfassungsgebende Versammlung zuzulassen. Wladimir hat es irgendwie in Erfahrung gebracht und den Erlass dann in Alexanders Schreibtisch entdeckt. Er hat das Arbeitszimmer durchsucht; als er eine Schublade verschlossen fand, sagte ihm ein Diener, dass Katharina Juriewskaja den Schlüssel hatte. Wladimir drohte ihr, sie mit den Kindern auf die Straße zu setzen, wenn sie den Schlüssel nicht hergeben würde.«

Alix erbleichte.

»Sie gab ihm den Schlüssel«, fuhr ich fort. »Zur Belohnung hat Sascha ihr und den Kindern ein jährliches Einkommen zugestanden, unter der Bedingung, dass sie künftig im Ausland leben. Wladimir hat den Erlass hierhergebracht; sie haben ihn im Kamin verbrannt. Er sollte in der Hofpostille veröffentlicht werden, just einen Tag nach demjenigen, an dem Alexander …« Vergebens versuchte ich, meine Verzweiflung im Zaum zu halten. »Der letzte Wille seines Vaters – und er hat ihn vernichtet. Alexander wollte es ihm selber sagen, aber er bekam nicht mehr die Gelegenheit dazu. Alle Rundschreiben mit der Ankündigung wurden konfisziert. Sascha hat befohlen, jede Veröffentlichung einzustampfen, die von der Ochrana als subversiv erachtet wird. Russland, sagt er, sei unseres Vertrauens nicht würdig.«

»Er tut es für das Vaterland«, flüsterte Alix. »Für die Zukunft eurer Kinder.«

Ich hielt ihrem Blick stand. »Das mag er wohl glauben. Aber was soll das denn für eine Zukunft sein?«

Sascha hielt sich wochenlang wegen Staatsgeschäften in St. Petersburg auf, denn auch wenn der Hofstaat in Gattschina residierte, galt dies nicht für das Reich. Er hatte einen Telegrafendienst installieren lassen, damit wir in Verbindung bleiben konnten.

Anfangs vermisste ich ihn nicht einmal, sehr zu meinem Befremden. Ich hatte ihn lieben gelernt, trotz seiner brummigen Art und seiner Abneigung gegen die gesellschaftlichen Aktivitäten, die mir gefielen. Ich hatte versucht, mir seine fehlende Kultiviertheit mit seiner Erziehung zu erklären, die ihn nur darauf vorbereitet hatte, in der kaiserlichen Garde zu dienen, nicht, der Zarewitsch zu sein. Für seinen Bruder Wladimir galt das zwar genauso, aber dennoch ergänzte er Miechen in vollkommener Weise. Doch diese plötzliche Bedenkenlosigkeit bei Sascha, diese Unterschlagung des letzten Staatsaktes seines Vaters, hatte einen schrecklichen Zweifel in mir geweckt. Ich fragte mich, ob der Mann, den ich geheiratet hatte, mir im Grunde nicht vollkommen fremd war, trotz Alix' wiederholter Beteuerungen, dass er mich und seine Familie liebe, dass er nur tue, was nötig sei, um unsere Sicherheit zu gewährleisten, ebenso wie die Einheit des Landes, das er nach dem brutalen Mord an seinem Vater nun zu regieren hatte.

Aber kaum war Alix mit Bertie nach England zurückgekehrt, kaum fand ich mich allein mit meinen Kindern, umgeben von unzähligen Bediensteten, deren Namen ich noch nicht kannte, als ich begann, mich nach ihm zu sehnen. Seine Vertrautheit, sein unbändiges Lachen über meine spitzen Bemerkungen, unsere Intimität … All das ließ mich ihn mehr vermissen, als ich es für möglich gehalten hätte, denn er war mein einziger Halt in unserer neuen Existenz als Zar und Zarin von Russland, in die wir so unvermittelt hineingeworfen worden waren.

Um mich von meinem Kummer abzulenken, bemühte ich mich, mir einen Überblick über die vierhundert öffentlichen Anstalten des Landes – Hospitale, Asyle, Waisenhäuser – zu verschaffen. Als Zarin wurde von mir erwartet, dass ich vielerlei Schirmherrschaften übernahm, zusätzlich zum Rotkreuz-Vorsitz und zur Ausbildungsstätte für Frauen, der ich nun eine großzügige Summe als kaiserliche Stiftung zukommen lassen konnte. Außerdem hatte ich noch das Patronat für das Smolny-Institut für Mädchen übernommen, jene Bastion der Bildung, die von Katharina der Großen gegründet worden war. Und aus meiner persönlichen Schatulle finanzierte ich die russische Zweigstelle des Tierschutzbundes, eine Sache, die mir sehr am Herzen lag, denn wir mussten in unserem Reich das Bewusstsein dafür wecken, dass unsere Mitkreaturen unsere Fürsorge und Achtung verdienten. Ich durfte nicht vergessen, was ich während der Regierungsjahre meines Schwiegervaters an Erfahrungen gemacht hatte. Sein Erlass würde nie verwirklicht werden, doch ich nahm mir vor, in seinem Andenken so viel wie möglich für das Volk zu tun, dessen Wohl nun uns anvertraut war; auch wenn es nie genug sein konnte, denn es gab weit mehr Not, als ich als Einzelperson lindern konnte.

Ich kümmerte mich auch um meine Kinder, die ihr gruftartiges Spielzimmer immer mehr zu schätzen lernten, denn außer all den Spielsachen und Schreibpulten enthielt es auch einen Billardtisch und sogar eine Schaukel, die Sascha für sie aufgehängt hatte. Sie umringten mich, um Verstecken zu spielen, rannten durch die labyrinthartigen Galerien, um sich hinter den prachtvollen Wandteppichen, den riesigen Jadestatuen oder Porzellanvasen zu verbergen, obwohl ich wusste, dass all die Kostbarkeiten unersetzlich waren, falls etwas zerbrechen sollte.

Die jüngeren Kinder passten sich schnell an und fragten nie, warum wir so weit weg von unserem Zuhause in der Stadt lebten. Sie hatten den Zarski Sad, unseren Privatpark, und konnten die Tage mit Spielen und Lernen ausfüllen. Niki aber war empfindsamer.

Eines Nachts wachte ich auf und sah ihn in seinem Nachthemd zitternd vor meinem Bett stehen. Mein erster Gedanke war, er müsse einen Fieberanfall haben. Als ich aufstand, um ihn in den Arm zu nehmen, wisperte er: »Der Hund. Ich habe ihn bellen hören.«

»Welcher Hund denn, Schätzchen?« Wir hatten einige Wachhunde auf dem Grundstück, aber zurzeit keinen in der Familie, außer Saschas Jagdhunde, die er im Zwinger hielt. Meine geliebte Grazia war im ehrwürdigen Alter von sechzehn Jahren gestorben, und Niki hatte sie ebenso betrauert wie ich, denn er war sehr tierlieb. Wir hatten sie in einem kleinen Sarg zum Tierfriedhof am Katharinen-Palast in Zarskoje Selo gebracht und sie neben dem guten alten Milord seines Großvaters begraben. Niki hatte mir das Versprechen abgenommen, einen Grabstein für sie zu errichten.

»Pauls Hund«, sagte er, die Augen riesengroß in seinem weinerlich verzogenen Gesicht.

Einen Moment war ich verwirrt, dann begriff ich plötzlich, was er meinte. Gattschina war der Ort, an dem Zar Paul I. stranguliert worden war; wie es hieß, war sein Hund untröstlich über den Verlust seines Herrchens gewesen und hatte nicht mehr aufgehört zu jaulen, sodass man ihn erlösen musste.

»Nein, mein Junge.« Ich zog ihn zu mir ins Bett. »Das bildest du dir nur ein. Hier gibt es keine Geister. Es war nur der Wind, der dich geängstigt hat.«

»Die Dienstboten sagen aber, dass es Geister gibt.« Er klammerte sich an mich, schon fast dreizehn Jahre alt, schmal und schlaksig, nichts als Ecken und Kanten, und doch noch so kindlich, so leicht verstörbar.

»Na gut.« Ich fuhr ihm durch das dicke Haar. »Was können wir denn tun, um die Geister zu vertreiben? Würde ein neuer Welpe helfen?«

Er hob den Kopf. »Ein Barsoi?«, hauchte er. Es war sein Herzenswunsch. Der langhaarige Russische Wolfshund wurde für seine Schnelligkeit und Geschicklichkeit beim Verfolgen von Jagdbeute geschätzt, aber Sascha war dagegen; er meinte, Niki sei noch nicht alt genug, einen so wertvollen Hund nach allen Regeln der Kunst abzurichten.

Ich drückte ihn an mich. »Du sollst deinen Barsoi bekommen.«

Ich erkundigte mich nach einem Züchter. Eine Woche später wurde der lebhafte weiße Welpe geliefert – es war ein Weibchen. Niki war außer sich vor Freude. Er nannte sie Juno, nahm sie überallhin mit, erzog sie geduldig und schalt sie, wenn sie sich auf den Teppich erleichterte. Bald versuchten er, Georgi und Mischa, Juno in ihre Soldatenspiele einzureihen, schnallten ihr einen verbeulten Schild um und marschierten mit ihr herum. Zu meiner Belustigung versuchten sie auch vergebens, sie davon abzubringen, hinter den Hasen herzujagen, die durch unseren Park hoppelten. Aber sie erwischte trotzdem einige, die ich häuten und zum Abendessen auftragen ließ. Ich erklärte den Jungen, das Jagen liege nun mal in der Natur des Hundes.

Vor unserem ersten Osterfest als Zar und Zarin kehrte Sascha von seinen Reisen zurück, müde und froh, uns zu sehen. Mit seinem Vollbart, seinen in Stiefeln steckenden Pluderhosen, dem losen Hemd und der ausgeleierten Jacke verschmähte er die förmliche Kleidung seines Ranges, sodass die Leute begonnen hatten, ihn den *Muschik*-Zar zu nennen, das Väterchen, das sich wie ein Bauer kleidete. Ich verdrehte die Augen über den Spitznamen, als er schon auf die Kinder zustürzte und schallend lachte, als Juno ihn ansprang und Niki, blass vor Schreck, sie zurückzuhalten suchte.

Sascha widmete mir ein verschmitztes Lächeln. »Wie ich sehe, warst du ungehorsam, Manja. Wir haben jetzt einen Barsoi im Haus.«

Zu Ostern überreichte er mir ein unerwartetes Präsent. Bunt bemalte hart gekochte Eier waren das traditionelle russische Ostergeschenk; zuerst war ich von Saschas Ei enttäuscht. Als das Päckchen am Morgen des Ostersonntags im Palast eintraf, stand er neben mir und verfolgte mit zufriedener Miene, wie ich das parfümierte Seidenpapier aufschlug und ein schlichtes weißes Emaille-Ei zutage förderte.

»Wie reizend«, konstatierte ich, obwohl es keinerlei Verzierung aufwies, nichts, was es von einer simplen Reproduktion unterschied.

Sascha schmunzelte. »Es ist von Fabergé angefertigt. Hier.« Er beugte sich herüber, um die obere Hälfte des Eis aufzuklappen. Sie öffnete sich wie ein Deckel; drinnen schimmerte, zu meiner Verblüffung, ein Eigelb aus purem Gold, auf dem eine goldene Henne mit Rubinaugen saß.

Ich lachte. »Wie die Matrjoschka-Puppen, eins verbirgt sich im anderen!«

»Da kommt noch mehr«, sagte er. »Öffne die Henne.«

Vorsichtig, da sie so klein und filigran war, nahm ich die Henne an der kaum sichtbaren Saumkante in der Mitte auseinander; innen ruhte eine brillantenbesetzte Replik unserer Zarenkrone. Mit einem Blick zu Sascha hinüber, der nickte, stupste ich die Krone mit der Fingerspitze auf. Georgi, Niki, Mischa und Xenia scharten sich um mich, als mittels eines verborgenen Mechanismus ein Miniaturbild von Gattschina hervorkam, gekrönt von winzigen, perlengesäumten Kameen meiner Kinder.

Meine Augen füllten sich mit Tränen. Das Kleinod wie ein mit Juwelen geschmücktes Vögelchen in den Händen haltend, flüsterte ich: »Es ist ein Stück vom Himmel.«

»Meine Manja ist mein Himmel«, sagte Sascha mit vor Rührung erstickter Stimme.

Das Ei bekam einen Ehrenplatz in unserem Kuriositätenkabinett und wurde allseits bewundert, sodass Fabergé sich bald vor Nachfragen nicht mehr retten konnte. Es wurde zu unserer jährlichen Ostertradition. Die handgefertigten Eier waren extrem kostbar, erforderten sie doch ein ganzes Jahr peinlich genauer Feinarbeit, und keine anderen übertrafen diejenigen, die mein Mann für mich in Auftrag gab, denn niemand traute sich, so viel auszugeben wie er. Nicht einmal Miechen war kühn genug, ihn zu übertreffen.

Seine übrigen Geschenke waren nicht weniger großzügig: Rubine und Saphire, lange Ketten kirschgroßer Perlen, Broschen, Ohrringe und Armreife aus rosa Diamanten, gefasst in Weißgold.

»Gefallen dir deine neuen Smaragde, Manja, meine Liebe?«, murmelte er, den massiven Leib, unter dem das Bettgestell knarzte, an den meinen drängend. »Du solltest sie auf unserem nächsten Empfang tragen.«

»Hier?«, fragte ich verwundert. »In diesem Verlies? Mit dir

in deiner Bauerntracht? Meinst du nicht, es wäre passender, wenn ich stattdessen in Kopftuch und Schürze käme?«

Er zog einen Schmollmund. »Es ist ja nicht für die Ewigkeit.«

»Und wann hört diese Ewigkeit auf?«, begehrte ich auf und klopfte meine Kissen zurecht. »Es dauert jetzt schon ein Jahr. Die Saison hat begonnen. Was sollen wir denn hier draußen machen? Unsere Gäste mit dem Zug herbringen?«

Ich hatte es ironisch gemeint, aber nach einem Moment sagte er: »Warum nicht? Lass den Palast nach deinem Geschmack renovieren. Halte einen Ball ab und lass sie alle hier antanzen. Sie haben da zu erscheinen, wo wir sind.«

Ich starrte ihn an. »Ist das dein Ernst?«

»Absolut.« Er legte mir den schweren Arm um die Taille und zog mich mit einem Ruck an seine Seite. »Es ist zu lange her«, murmelte er, seine Lippen an meinem Hals, während ich ihn halbherzig abwehrte. »Meine Manja duftet nach französischem Parfum, und ich möchte sie abschlecken.«

»Du hasst doch alles Französische.« Ich stemmte mich gegen ihn. »Keine französischen Gemälde in unseren Räumen. Nur russische Malerei. Kein Französisch bei Tisch. Nur Russisch. Deine armen Kinder müssen sich Tag und Nacht damit abplagen, die Sprache zu lernen.«

»Sie müssen wissen, dass sie Russen sind. Daran ist nichts Unehrenhaftes.«

»Natürlich nicht.« Ich legte meine Hände auf seine bärtigen Wangen und sah in seine blaugrauen Augen, die zwar von der gleichen Farbe, ansonsten aber mitnichten wie die Augen Alexanders waren. Er hatte beim Tod seines Vaters keine Gefühlsregung gezeigt, doch ich wusste, dass er seit der Thronbesteigung nichts anderes getan hatte, als Alexander zu rächen und uns zu verteidigen. »Ich will in unseren Anitschkow zurück, Sascha. Ich vermisse unser Zuhause. Ich vermisse unser Leben in St. Petersburg. Wir waren so glücklich dort.«

»Bist du jetzt nicht glücklich?« Ein Ausdruck von Verlorenheit stahl sich in seine Miene.

»Immer, wenn ich bei dir bin. Aber ich könnte glücklicher sein.«

Er schwieg. Nach einer Weile sagte er: »Die Ochrana meldet, dass die Unruhestifter hordenweise auf der Flucht sind, bis auf diejenigen, die in meinen Kerkern verrotten.«

»Also sind wir jetzt sicher? Wir können zurück?«

»Wir sind niemals sicher. Aber wie könnte ich dir einen Wunsch abschlagen? Wir werden den Anitschkow wieder eröffnen und die nächste Saison dort verbringen.« Und während ich mich aufjubelnd über ihn warf und ihn mit Küssen bedeckte, lachte er in sich hinein. »Aber vorher muss meine Manja noch eine Gegenleistung erbringen.«

Ich hielt im Küssen inne, als ich seine Hand, die mein Nachthemd hochschob, auf dem Schenkel spürte. »Weiter nichts?«, murmelte ich. »So leicht gibt unser *Muschik*-Zar sich zufrieden?«

»Niemals zufrieden.« Er ließ die Hand höher wandern. »Aber für den Moment muss es genügen.«

In jener Nacht, in unserem düsteren Gewölbe, dessen Decke so niedrig war, dass Sascha sie mit der ausgestreckten Hand berühren konnte, zeugten wir unser letztes Kind.

19

Ich ließ den Gattschina-Palast renovieren und eröffnete die Saison im September mit einem glanzvollen Ball. Die frisch vergoldeten Säle strotzten vor Treibhausblumen von der Krim, deren Farbenpracht mit der meiner juwelenbehangenen, allesamt mit Privatzügen aus St. Petersburg angereisten Gästen wetteiferte.

»Minnie, meine Beste, wie gut du aussiehst, und das so kurz nach der Geburt eurer kleinen Olga!«, schwärmte Miechen, während sie mein rosa Seidenkleid mit dem modisch eckigen Ausschnitt musterte, den schmalen, in mehreren Bahnen gerafften Rock mit fliederfarbenen Borten und die Schmetterlinge aus rosa Diamanten mit Smaragdfühlern in meiner Coiffure.

»Olga ist schon vor zwei Monaten geboren«, erinnerte ich sie. »Ich hatte kaum zugenommen. Sie ist von zierlicher Statur wie ich.« Ich lachte. »Obwohl sie ihrem Vater wie aus dem Gesicht geschnitten ist.«

»Soso.« Miechens habgieriger Blick schweifte über die prachtvolle Sammlung von Wandteppichen, zusammengetragen von der Gemahlin des Zaren Paul I., die ich aus dem Lager geholt hatte, um sie auszustellen. »Und du hast in diesen alten Gemäuern hier wahre Wunder vollbracht. Ich dachte, du würdest vor Langeweile sterben.«

»Es ist immerhin eine kaiserliche Residenz. Alexander hat sie als Jagdschloss genutzt. Ich habe sie recht lieb gewonnen.«

»Sag bloß, du gehst auf die Jagd?«, fragte sie erstaunt. »Ich dachte, du kannst keiner Kreatur ein Haar krümmen? Hast du nicht diesen Verein zum Schutz der Tiere gegründet?«

»Miechen, du weißt sehr wohl, dass die Jagd etwas ganz anderes ist. Ja, ich habe schießen gelernt. Schnee- und Rebhühner vor allem. Fischen tue ich auch gern. Unser Silbersee hier liefert wunderbare Forellen. Und natürlich haben wir einen weitläufigen Park auf dem Gelände; die Kinder tollen für ihr Leben gern darin umher.«

Sie lachte trillernd. »Du meine Güte, du bist ja ein richtiges Hausmütterchen geworden, Minnie! Wenn man dich so hört, würde man meinen, dass du St. Petersburg gar nicht vermisst hast.«

Ich hörte den versteckten Hohn in ihrer Heiterkeit. So isoliert war ich nun doch nicht, dass ich nicht von den glanzvollen Gesellschaften in ihrem ständig expandierenden Palast gehört hätte, wo sie sich in meiner Abwesenheit anheischig gemacht hatte, den Hof als Mittelpunkt der Lustbarkeiten zu überstrahlen. Wladimir hatte von Saschas Aufstieg profitiert; mein Mann hatte sich immer auf seinen jüngeren Bruder verlassen, und Miechen heimste die Lorbeeren ein, denn ohne Zarin in der Stadt strömte ganz St. Petersburg zu ihr.

Ich nahm ihren rundlichen Arm, der in langen schwarzen Satinhandschuhen steckte und mit Diamantreifen überladen war. »Wir werden für die Saison in die Stadt zurückkehren.«

Sie zuckte zusammen. »So bald?«

»Sascha sagt, es sei jetzt sicher. Er hat die Nihilisten vertrieben und ist damit einverstanden, dass wir für begrenzte Zeit wieder in der Hauptstadt leben. Aber nicht im Winterpalast. Der ist nur für offizielle Anlässe. Als ständige Residenz will er ihn lieber nicht wählen.«

»Er hat auf jeden Fall seine Zähne gezeigt. Sich ihm zu widersetzen heißt, eine Festnahme durch die Ochrana zu riskieren und am Galgen zu landen, oder in Sibirien, von wo keiner je zurückkommt.« Sie sprach so beiläufig wie immer, wenn sie mir Neuigkeiten hinterbrachte, mit denen sie mir eins auswischen wollte. »Wir hören, dass die Universitäten, die für radikale Tendenzen bekannt sind, unter Kuratel gestellt, mit Bußgeldern belegt oder geschlossen werden. Manche wagen zu behaupten, unser *Muschik*-Zar sei im Begriff, ein Tyrann zu werden.«

»Tatsächlich?« Ich tat ihr nicht den Gefallen, mich beunruhigt zu zeigen. »Wer denn, zum Beispiel?«

»Ach, der übliche Klüngel von schäbigen Intelligenzlern und Journalisten«, entgegnete sie vage, während sie stehen blieb, um zwei alte Thronsessel zu betrachten, die ich in den Katakomben des Gattschina-Palasts entdeckt und neu vergolden lassen hatte. »Sind das antike Stücke? Wie zauberhaft. Na, jedenfalls wählen viele ein Leben in der Fremde. Meinungsfreiheit, sagen sie, ist in Russland jetzt etwas, für das man haftbar gemacht wird.«

»Tja, schade.« Ich verkniff mir ein Lächeln, als ich sah, wie sie über die unvergleichlichen Miniaturuhren staunte, die einst Peter dem Großen gehört hatten und nun in Glasvitrinen ausgestellt waren. »Es ist ihnen vielleicht nicht bekannt, dass ihr *Muschik*-Zar auch russische Maler fördert, ebenso wie Industrie und Handel, die, wie du weißt, weit hinter dem europäischen Standard zurückliegen.«

Sie warf mir einen amüsierten Blick zu. »Jaja, all diese urigen Bilder von Bauern und Basaren, die jetzt in der Eremitage hängen. Man kann sich fragen, was ihm wohl als Nächstes einfallen wird. Nun, wie auch immer … ich möchte dir keine Angst einjagen, Minnie.«

»Angst?« Ich sah sie an. »Wieso denn?«

»Sie sind nicht alle tot, Minnie. Er mag die Nihilisten in die Flucht geschlagen oder in den Untergrund getrieben haben, doch sie bleiben eine Bedrohung. Ihre Pamphlete und

Flugblätter kursieren immer noch, wenn auch in vermindertem Maße. Aber wer sucht, der findet.«

Es gelang mir nicht, den Tadel aus meiner Stimme zu verbannen. »Suchst du denn?«

»Ich? Warum sollte ich? Aber man hört so manches. Außer, man befindet sich nicht in St. Petersburg, natürlich.«

Ich ließ ihren Arm los, als wir uns dem Ballsaal näherten, wo die Gäste in langer Reihe standen, um mich zu begrüßen. »Dann ist es jetzt an der Zeit für uns zurückzukehren«, sagte ich, rauschte voraus und ließ sie stehen. »Der Zar und die Zarin sollten alles hören, was ihre Untertanen sagen.«

Ich war überglücklich, zurück in St. Petersburg zu sein, und befahl meinen Dienstboten, die Möbelüberzüge abzunehmen, alle Fenster aufzureißen und die Böden zu schrubben. Innen war der Anitschkow-Palast unverändert, außen aber war ein ganzer Flügel abgerissen worden, um eine neue, hohe Mauer und einen Fluchttunnel zu bauen.

Die Kinder waren betrübt, Gattschina verlassen zu müssen, wo sie in der ummauerten Zitadelle so viel mehr Freiheit genossen hatten, aber die Besuche ihrer Michailowitsch-Vettern heiterten sie bald wieder auf. Es belustigte mich, die achtjährige Xenia jedes Mal erröten zu sehen, wenn der hübsche Sandro hereinkam, der neun Jahre älter und Nikis bester Freund war. Mit seiner schlanken Statur, den veilchenblauen Augen und vollen Lippen war Sandro zu einem feschen Burschen herangewachsen, und er nahm sich immer Zeit, Xenia mit einem galanten Kompliment zu begrüßen, während sie sehnsüchtig zu ihm aufsah.

Es tat meinen Kindern gut, mit Gleichaltrigen zusammen zu sein, und mir tat es gut, endlich wieder am Gesellschaftsleben teilzuhaben, auf Soireen zu erscheinen, die Oper, das Ballett, das Theater zu besuchen und mich in der Öffentlichkeit als die neue Zarin zu präsentieren. Kühn setzte ich mich dabei über die niemals endenden Gerüchte von allgemeiner Unzufriedenheit hinweg, denn, wie Miechen sagte, mein Mann hatte wahrlich die Zähne gezeigt. Nach Jahren der Indoktrination durch Pobendonstjew strahlte Sascha nun Entschlossenheit und Härte aus, und seine autokratische Haltung zeigte sich in allem, was er unternahm. Er würde kein liberaler Zar wie sein Vater sein.

Bis er alle überraschte, sogar mich.

Wir waren wieder zurück im Gattschina-Palast. Sascha war im Begriff, für eine Woche nach Moskau zu fahren, um unsere Krönung vorzubereiten, eine aufwendige Zeremonie nach uralter Tradition, die unendlich viel Detailarbeit erforderte. Nachdem er den ganzen Vormittag die Reise geplant hatte, war er in seinem Arbeitszimmer verschwunden, um ein Nickerchen auf seinem schäbigen Diwan zu halten – in seinen Räumen ließ er mich nie das Geringste verändern –, während ich mich mit der zahnenden Olga und der Planung von Nikis Unterricht abplagte. Als Zarewitsch musste mein ältester Sohn von neuen Lehrern entsprechend unterwiesen werden, und die Verbannung aus dem Schulzimmer, wo er all die Jahre gemeinsam mit seinen Brüdern lernte, hatte einen Sturm der Entrüstung ausgelöst.

»Ich will aber mit Niki zusammen lernen«, quengelte Georgi. Er war mein lebhaftestes Kind und trotz seiner empfindlichen Lunge immer zu Schabernack aufgelegt. Seine Lehrer imitierte er mit unheimlicher Präzision, sodass seine Brüder Tränen lachten und die Autorität der wackeren Schulmeister, die er auf die Schippe nahm, schwere Einbußen erlitt.

»Weil Niki der Thronerbe ist«, bestimmte ich, »wirst du weiterhin mit Mischa von Meister Heath unterrichtet.«

»Heath, Heath«, krächzte Popka, Georgis grüner Papagei, ein unbedachtes Geschenk seines Onkels Wladimir. Das Biest hatte die Respektlosigkeit meines Sohns übernommen. Ich musste mir das Lachen verkneifen, als Meister Heath eines Nachmittags, die Hände über dem blanken Schädel zusammenschlagend, aus dem Schulzimmer flüchtete. Ich hatte nicht gewusst, dass er ein Toupet trug, bis ich es zwischen den Krallen des Papageis hängen sah.

»Das ist ungerecht«, maulte Georgi. »Wieso darf er Thronerbe sein und nicht wir?«

»Weil er der Erstgeborene ist«, murmelte der sanfte Mischa, kaum die Nase aus dem Buch hebend, mit dem er es sich auf der Fensterbank gemütlich gemacht hatte. »Hör auf zu jammern, Georgi. Ohne Niki werden wir mehr Spaß haben. Er ist doch immer so ernsthaft.«

»Na, na, Mischa«, tadelte ich ihn. »Das ist aber nicht nett. Niki ist ernsthaft, weil …«

»… er so viele Pflichten zu erlernen hat«, rezitierte Georgi, exakt in meinem Tonfall, was Mischa zum Feixen brachte. »Das wissen wir, Mama. Sie sagen es uns immer wieder.«

»Aha, du hörst also *doch* zu. Ich hatte da schon meine Zweifel. Also, macht jetzt eure Schulaufgaben. Ihr könnt Meister Heath verulken, so viel ihr wollt, aber lernen werdet ihr trotzdem von ihm. Oder ihr geht ohne Essen zu Bett. Wieder mal.«

Georgi schmollte genau wie Sascha, während er zu seinem Pult schlurfte. Er war kein eifriger Schüler.

Sobald ich sie verlassen hatte, fing Tanja mich im Korridor ab. »Minnie«, sagte sie, denn in unserem Haushalt bevorzugte ich eine formlose Anrede, »Großfürst Wladimir und seine Gemahlin, die Großfürstin, sind hier. Ich habe sie in den Salon geführt.«

»Was? Jetzt? Aber wir waren doch gar nicht verabredet. Sascha ruht noch, und …« Ich stockte, als ich ihre Miene sah.

»Was ist los?« Panik stieg in mir auf. War schon wieder ein Unglück geschehen?, schoss es mir in den Sinn.

»Sie haben nichts gesagt«, entgegnete sie eilig, »aber der Großfürst wirkt verärgert.«

»Herrje. Was nun?« Ich strich mir die losen Strähnen in den Haarknoten zurück – ich war noch im Negligé und überhaupt nicht auf Besuch eingestellt, aber Wladimir konnte sehr ungemütlich werden, wenn man ihn warten ließ. So eilte ich die Treppe hinunter.

Noch ehe ich sie begrüßen konnte, raunzte er: »Hast du das gewusst?« In ihren Zobelpelz gehüllt, starrte Miechen mich an. Unter dem Mantel wölbte sich ihr Bauch, schon ihre vierte Schwangerschaft seit der Hochzeit. So sehr sie Wladimirs Apanage verschleuderte, so sehr vergalt sie es ihm mit Fruchtbarkeit.

»Was gewusst?«

»Das mit Sascha«, blaffte Wladimir. »Was er uns angetan hat.«

»Ich weiß von nichts.« Ich gab mir keine Mühe, meine Gereiztheit zu verbergen. Es machte mir nichts aus, dass mein Schwager mich mit der gleichen Ungezwungenheit behandelte wie eh und je, aber seine Unhöflichkeit fand ich doch höchst befremdlich.

»Sie sagt die Wahrheit«, bestätigte Miechen, als ob ich nicht da wäre. »Sascha erzählt ihr nie etwas, von dem er meint, dass sie es nicht zu wissen braucht.«

Ich sah sie irritiert an.

»Er hat uns die Apanage gekürzt.« Wladimir zog ein zerknittertes Rundschreiben aus der Manteltasche. Lila Äderchen, die er von der Trinkerei hatte, hoben seine zornige Blässe hervor, als er laut zu lesen begann: »Kraft Erlass Seiner Kaiserlichen Majestät wird hiermit bekundet, dass die folgenden Änderungen in …«

»Muss das sein?«, unterbrach ich ihn.

Er zerknüllte das Papier und schleuderte es zu Boden.

»Es werden uns Einschränkungen auferlegt«, sagte Miechen, während ich schweigend auf das Papierknäuel blickte, »in Bezug darauf, wer sich künftig Großfürst oder Großfürstin nennen darf. Von nun an dürfen nur die Kinder und Kindeskinder des Zaren den Titel ›Kaiserliche Hoheit‹ tragen. Entsprechend verringert sich unser Einkommen. Außerdem darf von nun an kein Mitglied der kaiserlichen Familie jemanden ehelichen, der nicht dem orthodoxen Glauben angehört, und falls solche Ehen ohne Genehmigung des Zaren geschlossen wurden, müssen sie aufgelöst werden.« Ihr Lächeln war eisig. »Das ist es im Wesentlichen, aber wenn du willst, Minnie«, sagte sie mit ironischer Betonung meines Namens, »kannst du es ja selber lesen. Es liegt direkt vor deinen Füßen.«

Wut flammte in mir auf. Ihr überheblicher Tonfall war empörend, aber noch während ich um eine Erwiderung rang, dröhnte Sascha von der Tür aus: »Die Dame da vor euch ist eure Zarin!«

Wladimir tat zornig einen Schritt auf ihn zu. »Wie kannst du es wagen, uns das anzutun?«

Sascha blieb ungerührt. »Spiel dich nicht so auf, Bruder. Du bekommst zwanzigtausend im Jahr, erheblich mehr als deine Onkel. Ich kann es aber genauso gut auf fünftausend zusammenstreichen.«

»Konstantin wird sich das nicht bieten lassen!«, schrie Wladimir. »*Wir* werden uns das nicht bieten lassen. Soll ich, der Sohn eines Zaren, mit einem Hungerlohn auskommen? Soll ich mich von meiner Frau lossagen, weil sie nicht unseres Glaubens ist, und sie allein drei Söhne großziehen lassen und bald ein viertes Kind, das gerade unterwegs ist?«

»Finde dich damit ab«, sagte Sascha, »oder verlass Russland. Und was deine Frau angeht: Die Ehe wurde mit der Zustimmung unseres Vaters geschlossen. Da kannst du dich noch glücklich schätzen.«

Ich hatte Angst, dass Wladimir der Schlag treffen würde. Er lief puterrot an, klappte den Mund auf und zu, und ich betete, dass er nichts mehr sagen möge. Das tat er auch nicht, besann sich offenbar und zischte Miechen zu: »Ich hab genug gehört.«

Er stürmte an mir vorbei zur Tür. Als ich versuchte, Miechens Blick aufzufangen, um ihr zu zeigen, dass ich nicht nur Verständnis für sie hatte, sondern vollkommen ahnungslos gewesen war, rauschte sie wortlos an mir vorüber.

Ich tastete nach der nächsten Sessellehne und trat dabei auf das Papierknäuel. »Er ist zu eingebildet«, sagte Sascha, »und sie genauso. Es ist immer die eigene Familie, vor der ein Zar sich hüten muss. Sieh dir an, wie meine Onkel meinen Vater behandelt haben. Sie denken, sie werden sich das nicht bieten lassen? *Ich* lasse mir das nicht bieten. Sie setzen sich über alle Regeln hinweg. Sie kommen und gehen, wie es ihnen gerade beliebt, und verprassen ein Vermögen – Russlands Vermögen, wohlgemerkt, das ihnen ein mehr als großzügiges Auskommen ermöglicht, und trotzdem ist es ihnen nie genug.«

»Sascha.« Ich musste mich setzen. »Er ist dein Bruder. Willst du dich wegen des Geldes mit ihnen verfeinden?«

Er sah mich aus schmalen Augen an. »Hältst du das für so unwichtig? Allein schon mit dem Geld, das unsere Krönung kostet, ließe sich eine ganze Flotte finanzieren. Aber die Moskauer müssen ja unbedingt ihre Prozession haben. Meine Staatskasse wird bis an die Grenzen des Ruins belastet, und es reicht immer noch nicht bei all den Sicherheitsvorkehrungen und Unterhaltszahlungen, um die Familie mit ausreichend Diamanten, Wein und Fleisch zu versorgen. Sie rammeln wie die Karnickel, und alle wollen sie als Kaiserliche Hoheit gelten, um sich aus allen Futtertrögen bedienen zu können. Ich muss zahlen, um unsere Residenzen, Jachten, Züge und Museen zu unterhalten, unser Ballett, unsere Kunst- und Musikakademie. Jeder Staatsempfang verschlingt Unsummen. Allein schon im Winterpalast, höre ich, wird die Bettwäsche täglich gewechselt, selbst wenn gar keiner da ist. Ich habe die meisten dieser faulen Lakaien entlassen, die den ganzen Tag nur herumstehen. Und die Goldtressen an Uniformen und Livreen habe ich auch abgeschafft.«

Ich sah zu ihm auf. »Sind wir schon so verarmt, dass du die Goldtressen abschaffen musst?«

»Russland ist verarmt. Dank deiner Arbeit beim Roten Kreuz solltest du wissen, dass wir Hospitäler und Schulen bauen müssen; wir können nicht gedeihen, indem wir hundert Großfürsten und ihre Haushalte finanzieren. Es ist eine Schande. Kein Hof in ganz Europa verschwendet so viel Geld wie wir. Ich werde es nicht länger dulden. Wenn der Zar sparen muss, dann gilt das für alle.«

»Soll das heißen, auch für mich?«

»Du bist die Zarin. Du gibst den Ton an. Musst du wirklich fünfzehntausend Rubel für ein Zobelcape und zehntausend für ein Pariser Abendkleid ausgeben, wie deine jüngsten Schneiderrechnungen belegen? Das überlasse ich dir.«

Solch einen Tadel hatte ich nicht erwartet. »Nicht alle kleiden sich gern wie Bauern«, gab ich verletzt zurück.

»Das habe ich auch nie verlangt. Aber diese Deutsche muss begreifen lernen, wo ihr Platz ist, und es auch Wladimir beibringen. Und was die anderen betrifft« – er wandte sich zur Tür – »die werden sich nicht beschweren. Konstantin weiß, dass er von Glück reden kann, noch am Leben zu sein. Wenn es nach Wladimir gegangen wäre, hätte man ihn gleich eingesperrt, nach dem, was meinem Vater passiert ist. Ich habe abgelehnt. Unser Onkel mag ein unmöglicher Kauz sein, aber er hätte es nie gewagt, eine Bombe auf seinen eigenen Bruder zu werfen. Ich wünschte, ich könnte das Gleiche von meinem Bruder sagen.«

Er verließ mich, um in sein Arbeitszimmer zurückzukehren. Mein erster Impuls war es, ihm nachzugehen und ihn zu trösten, denn in diesem Moment hatte er eine unsichtbare Schwelle überschritten. Als Zar war er all den Sorgen und Opfern ausgesetzt, die sein Rang ihm auferlegte. Doch dieses Opfer, das er mittels eines Erlasses gebracht hatte und das den Familienfrieden zu zerstören drohte, dieses Opfer konnte nur ich verstehen: Es war das Opfer für sein Land. Keiner von denen, die es sich in kaiserlicher Üppigkeit gut gehen ließen, würde einsehen, dass Russland für ihn an erster Stelle stehen musste, auch und sogar vor den Romanows.

Dafür bewunderte ich ihn und liebte ihn nur noch mehr.

Aber dann folgte ich ihm doch nicht. Ich blieb in meinem Sessel sitzen, unter den Füßen das zerknüllte Rundschreiben, und dachte darüber nach, dass es in Zukunft nicht nur Nihilisten sein würden, vor denen wir uns in Acht nehmen mussten.

20

Es war Mai, aber kalt wie im Februar. Der schneidende Wind drang durch meinen Hermelinpelz, vereiste mir die Füße in meinen juwelenbesetzten Schühchen und verwandelte meinen Atem in eisigen Dampf.

Ganz Moskau wartete; Tausende säumten die Straßen vom Petrowsky-Palast bis zu den roten Ziegelmauern des Kreml und den Zwiebeltürmen der Basilius-Kathedrale. Sascha war auf einem prachtvollen Schimmel vorausgeritten, in seiner weißen Kappe und der schmucklosen grünen Uniform eine eindrucksvolle, einsame Gestalt inmitten der Husaren und Kavalleristen, der Kosaken mit ihren Pelzmützen, der Reiterwache mit ihren Adlerhelmen, gefolgt von dem exotischen Defilee der Gesandten aus unseren asiatischen Gebieten.

Die vielen Moskauer Kirchenglocken läuteten vergebens gegen die donnernden Salutschüsse an. Meine Kutsche, ein Meisterwerk aus Gold und Glas, kam mir unendlich weit entfernt vor, als ich mich gemessenen Schritts darauf zubewegte. Das Diadem auf meinem Kopf – Bestandteil der Romanowschen Kronjuwelen – mit seinem Spitzenschleier und die Halskette aus miteinander verschlungenen Perlen- und Diamantenschnüren fühlten sich so schwer an wie steinerne Tränen; der Krönungsmantel aus Silberbrokat wie eine vereiste Kaskade an meinem Rücken.

Gekleidet in ihr erstes Prunkgewand mitsamt Kokoschnik, saß Xenia bereits in der Kutsche. Ich hatte nicht gewollt, dass sie mitkam, und auch unsere Söhne nicht, nachdem Sascha mir erzählt hatte, dass in der neuen elektrischen Leitung, die er im Kreml hatte installieren lassen, der ersten in Russland überhaupt, Sprengstoff entdeckt worden war, den man sogar mit den Lichtschaltern verbunden hatte. Jeder Zoll der Kabel hatte überprüft werden müssen. Die Ermittlungen führten zu einer Mansarde in Moskau, wo sich ganze Stapel der in Moskau so beliebten Kappen mit hoher Krempe fanden, alle angefüllt mit Nitroglyzerin-Bomben wie jene, die Alexander getötet hatte. Der Anschlag wurde vereitelt, aber ich war so entsetzt, dass ich Xenia ungeachtet aller Tränen nicht erlauben wollte, mich zu begleiten, bis Sascha mich dann doch dazu überredete nachzugeben. »Sie ist unsere älteste Tochter. Sie möchte so gern mit dir in der Kutsche fahren. Lass sie ruhig.«

Es war polizeilich verboten, Kappen in die Luft zu werfen, während wir vorbeifuhren, falls doch eine dieser heimtückischen Bomben nicht entdeckt worden war. Uns war zugesichert worden, dass keine weitere Bedrohung mehr bestand, nachdem alle Schuldigen dingfest gemacht worden waren, und doch war ich den ganzen Weg über fast gelähmt vor Angst, bis die Kutsche dort anlangte, wo die Priester, der Metropolit und Sascha warteten. Jubelnd rief die Menge meinen Namen; ich sah nichts als aufgerissene Mäuler, während ich mit meiner Tochter in diesem gläsernen Käfig eingesperrt war, der jeden Augenblick zerschellen konnte, wenn eine Bombe unter uns detonierte.

Nur eine Stunde später, die mir jedoch endlos erschien, kam ich an. Ich nahm Xenia bei der Hand, um auszusteigen, als die Tür aufgerissen wurde. Sascha hatte sich über das Protokoll hinweggesetzt, um uns selbst zu begleiten.

»Manja.« Er beugte sich zu mir vor. »Unser Geschmeide steht dir. Du bist so weiß wie ein Schwan. Aber so traurig. Lächle, meine Liebe. Lass die Leute sehen, wie es dich freut, ihre neue Zarin zu sein.«

Ich wandte mich zu der Menge um, deren Jubelrufe mich in Wellen überfluteten. Während ich die Hand hob, suchte ich ängstlich nach der einen finsteren Miene, der einsamen, vor sich hin brütenden Gestalt, die den Tod bei sich trug, bereit, eine Höllenmaschine auf uns zu schleudern.

Die Leute brüllten in leidenschaftlicher Verehrung. Mit seiner Hand in meiner und Xenia strahlend an unserer Seite – später sollte sie ihre Brüder mit ihrer Aufschneiderei ganz verrückt machen –, so schritten wir in die *Uspenskij sobor*, die Mariä-Entschlafens-Kathedrale, mit ihren fünf goldenen Kuppeln und Fassadenbögen, die Christus und die vier Evangelisten darstellten.

Drinnen waberten Weihrauch- und Myrrheschwaden. Die Bilderwand glitzerte in tausendfältiger Ikonenpracht. Der Metropolit segnete und überreichte Sascha die Zarenkrone mit ihrem Diamantenkreuz und dem riesigen Rubin, die für Katharina die Große angefertigt worden war und die seitdem jeder Zar getragen hatte. Während die Gemeinde kniete, setzte Sascha sich selbst die Krone auf. Dann kniete ich vor ihm nieder. Er nahm die Krone ab, berührte damit meine Stirn als Symbol unserer Einheit, und setzte mir das Diadem der Zarengemahlin auf, das ein meerblauer Saphir zierte. Meine Schwiegermutter hatte ich es nur ein Mal bei einem Staatsempfang tragen sehen, und ich war überrascht, wie leicht es sich auf meinem Scheitel anfühlte.

Im Glanz dieses Augenblicks, umgeben von Weihrauchduft und den Gesängen der orthodoxen Kirche, begegneten sich unsere Blicke. Sascha nahm mich in die Arme und raunte mir zu: »Kein Mann hat eine Frau je so geliebt, wie ich dich liebe, meine Zarin.«

Traditionsgemäß wurden Volksfeste in Moskau auf dem Chodynka-Feld am Stadtrand abgehalten, wo wir als frisch gekröntes Zarenpaar Becher und Teller, die unsere Insignien trugen, als Erinnerungsstücke verteilen würden.

Und so versammelten wir uns nach drei Tagen erschöpfender Festlichkeiten auf einem überdachten Podest am Chodynka-Feld. Ein böiger Wind, wie ihn nur Moskau spenden konnte, ließ den Baldachin über uns knattern wie Gewehrsalven. Ich versuchte, meine Angst zu unterdrücken, als ich die Menschen sah, die aus den entlegensten Winkeln Russlands gekommen waren, um an unserer Großzügigkeit teilzuhaben. Wie leicht konnte irgendwo bei all diesen Menschen eine Bombe versteckt sein – unter einem bestickten Blusenärmel, einem Bauernrock, auch wenn das Tragen von Kopfbedeckungen streng verboten war.

Wir standen von Gardesoldaten abgeschirmt, und die Geheimpolizisten mischten sich, als fliegende Händler getarnt, unters Volk. Mir kam es vor wie der schwache Versuch, eine hereindrängende Herde mit einem Lattenzaun aufhalten zu wollen, während die Leute sich vor dem Podest anstellten, eine Reihe für Sascha und eine für mich. Der Sicherheitsvorkehrungen wegen konnten wir die Andenken nicht selbst austeilen; Kammerherren in kugelsicheren Westen taten es an unserer statt. Doch als eine Familie nach der anderen vortrat, um den billigen Zinnteller oder Becher in Empfang zu nehmen – sie hatten allenfalls einen symbolischen Wert –, grub ich mir vor Anspannung die Fingernägel in die Handflächen. Ich musste stocksteif dagestanden haben, denn Sascha sah zu mir herüber und brachte mich dazu, dass ich mir ein Lächeln abrang. Er hatte während der ganzen Krönungsfeierlichkeiten keine Nervosität erkennen lassen, obwohl er sicher nicht so gelassen war, wie er sich gab. Für alle, die seiner ansichtig wurden, war er der Inbegriff des gestrengen *Batuschka*, Russlands Väterchen von Gottes Gnaden.

Die Reihen der wartenden Menschen erschienen mir endlos. Ich wankte schon vor Erschöpfung, als eine Mutter mit ihrem Kind vor mich trat. Mein Kammerherr hielt ihr einen Zinnteller hin. Die Mutter, die aus Respekt oder des polizeilichen Verbots wegen ohne Kopftuch dastand, blickte flehend zu mir auf, die ich reglos auf meinem Podest stand. Sie wirkte nicht alt, doch in ihr dunkles Haar mischten sich graue Fäden, was ihre Herkunft verriet; das harte Landleben ließ Bäuerinnen früh altern. Windzerzauste Strähnen wehten um ihren Kopf. Ihre Wangen waren eingefallen vor Hunger und Entbehrung.

Mit einem Kopfschütteln wies sie den Teller zurück und stammelte etwas in einem russischen Dialekt, den ich nicht verstand. Mein Kammerherr blaffte sie ungeduldig an und hielt ihr noch mal den Teller hin, woraufhin sie von Neuem ihren unverständlichen Protest erhob und uns wie zur Verteidigung das Kind entgegenstreckte.

Der Wind schlug das Tuch vom Gesicht des Kindes zurück, und unwillkürlich tat ich einen Schritt nach hinten, schon ganz schreckhaft in meiner Furcht vor Gewalt, denn ich sah die Wangen des Kindes über und über von Ausschlag bedeckt.

Der Kammerherr winkte den Wachen, die Frau zu entfernen, die mich immer noch unverwandt ansah. Ohne mir darüber klar zu sein, was ich im Begriff war zu tun, hörte ich mich aus trockener Kehle krächzen: »Warte.« Ich zwang mich, an den Rand des Podests zu treten, wo ich mich vollkommen ausgeliefert fühlte. »Was hat sie gesagt?«

»Nichts, Eure Hoheit«, antwortete der entnervte Diener, der sicher ebenfalls müde war, weil er seit Stunden nichts anderes tat, als ohne Unterlass Andenken zu verteilen. »Irgendwas von einem Segen.«

»Segen?« Ich wandte mich unsicher zu Sascha um.

»Sie möchte, dass du das Kind segnest«, sagte er leise.

»Manche *Muschiki* glauben, die Berührung des Zaren oder der Zarin könne Gesundheit spenden. Aberglaube, Manja. Du brauchst dem nicht nachzukommen.«

Ich blickte die Frau an. Die Wachen hatten sie in die Mitte genommen und waren drauf und dran, sie abzuführen. Aber der Anblick des beklagenswerten Kindes ließ mich zögern.

Du darfst dich nicht überwältigen lassen. Du bist jetzt eine Romanow. Du musst deine Rolle annehmen und darin aufgehen. Anders kannst du nicht überleben.

Von allen, an die ich in jenem Moment hätten denken können, war es ausgerechnet meine Schwiegermutter, die schon lange tot in ihrer Gruft lag. Jetzt war ich Zarin, wie sie es einst gewesen war. Am Ende hatte sie sich zurückgezogen, zermürbt von all den Verlusten und der Untreue ihres Gatten. Mir durfte das nicht passieren.

Ich stieg die Seitenstufen hinab und winkte den verblüfften Kammerherrn zur Seite, um mich der Frau zu nähern. Die Wachen nahmen Habachtstellung an; ich ignorierte die stumme Warnung in ihren Blicken.

Die Augen des Kindes waren riesig, braun wie die seiner Mutter, aber leer, als hätte es jegliche Fähigkeit zu fühlen verloren. Ich streckte die Hand aus meinem reich verzierten Ärmel, und wie durch uralten Instinkt gelenkt, legte ich sie auf den Kopf des Kindes und murmelte ein Gebet.

Die Frau fiel auf die Knie. »Gott segne Euch, Majestät«, hörte ich sie stammeln, denn so viel konnte ich verstehen.

»Nein«, entgegnete ich. Plötzlich standen mir Tränen in den Augen. »Gott segne *dich*, du Kind Russlands.« Und ich reichte ihr die Hand.

Sie beugte sich vor, und ohne sie zu ergreifen, streifte sie mit den rissigen Lippen meine Haut. Ich fühlte, wie sie einatmete, als ob ich eine übernatürliche Aura verströmte. Ich wandte mich zu dem fassungslos starrenden Kammerherrn um, nahm ihm den Teller ab und gab ihn ihr. Sie drückte ihn sich an die Brust, während die Tränen ihr über die hageren Wangen liefen. Dann war sie verschwunden, untergetaucht in der bunten Menge, die ihre Andenken schon erhalten hatte und nur noch auf unseren Abgang wartete, bevor die Imbissbuden aufmachten und die Volksbelustigung begann, die den Leuten für den Rest des Tages ein wenig Zerstreuung bringen sollte.

Als ich an Saschas Seite zurückkehrte, sagte er: »Nie bin ich stolzer auf dich gewesen.«

Ich fühlte mich nicht stolz. Ich fühlte mich befreit. Ich brauchte nicht länger vor der Bedrohung durch die Nihilisten zu zittern, in der ständigen Angst, von einer Bombe zerfetzt zu werden. Gewiss, es konnte noch immer passieren, aber für heute hatte ich die Angst überwunden. Ich hatte mich wie eine Romanow verhalten.

Wir waren Russland verpflichtet. Ich gelobte mir, das niemals zu vergessen.

Sascha bestand auf einer unveränderlichen Routine. So habe er etwas, meinte er, worauf er sich freuen könne, wenn er seine endlosen Kabinettssitzungen ertragen müsse, im permanenten Ringen mit den komplexen Problemen des Reichs und dazu noch mit seinen Brüdern und Onkeln, die ihn überall und jederzeit mit ihren Schwierigkeiten oder Beschwerden belästigten, von denen sie mehr als genug hatten. Keiner ging zufrieden aus solchen Unterredungen hervor, denn Sascha warf sie kurzerhand hinaus, wenn sie sich seinem Diktat nicht beugten.

Und er fing an, zu viel zu trinken. Niemals tagsüber, wenn er seinen Pflichten nachging, oft aber abends, allein in seinem Arbeitszimmer, wohin er sich nach dem Essen gern zurückzog. Bevor ich zu Bett ging, sah ich noch zu ihm hinein und fand ihn schlafend auf dem durchgesessenen Sofa vor, eine leere Wodkaflasche in Reichweite, während sein treuer Kammerdiener in der Ecke Wache hielt, und sein Haushofmeister, Tanjas Ehemann Prinz Obolenskij, besorgt im Vorzimmer ausharrte. Ich breitete eine Decke über meinen Gemahl, der in diesem Zustand nicht zu wecken war, ließ die Flasche entfernen und wandte mich tadelnd an den Prinzen, der mir versicherte, er würde sein Bestes tun, um Saschas Alkoholkonsum einzudämmen. Ich wusste, er würde es versuchen, und Sascha würde es sich nicht gefallen lassen, aber mir lag daran, mein Missfallen kundzutun.

Um Sascha die Bürde zu erleichtern, führte ich bei uns geregelte Abläufe ein. Im Winter verbrachten wir die Saison in der Stadt, besuchten die Oper und das Ballett und luden zu Hofbällen in den Winterpalast, bei denen ich mich glänzend unterhielt und er missmutig vor sich hin brummte. Im Frühling übersiedelten wir nach Gattschina, um uns im Freien aufhalten zu können. Im Frühsommer ging es an die See nach Peterhof oder nach Liwadija auf der Krim, um der Hitze zu entkommen. Im Herbst reisten wir nach Dänemark, um meine Familie zu treffen.

Dort gesellten sich Alix und Bertie mit ihren Kindern zu uns. Saschas Erleichterung, aus Russland fort zu sein, zeigte sich, sobald wir Kopenhagen erreichten, wo die Gastfreundschaft meiner Eltern, verglichen mit unserer kaiserlichen Opulenz, sich recht bescheiden ausnahm, hausbacken und schlicht wie die Kleider meiner Kindheit.

»Endlich sind wir raus aus dem Gefängnis!«, dröhnte Sascha und stapfte die Gangway hinunter, um meinen Vater und meine drei Brüder an seine Brust zu drücken. Freddy und Valdemar waren jetzt verheiratet und hatten selbst Kinder, aber der Mann meiner jüngsten Schwester wollte Österreich nicht verlassen, sodass wir Thyra selten zu sehen bekamen. Mein

Bruder Willy dagegen war froh über die Gelegenheit, Griechenland zu entkommen, und brachte auch seine Frau Olga und ihre ersten drei Kinder mit, die im Laufe der Jahre zu einer siebenköpfigen Schar anwachsen sollten.

Wir, die Frauen, nahmen es auf uns, unseren quirligen Nachwuchs zu beschäftigen. In Fredensborg bedeutete das tägliche Spaziergänge am See, Bootsfahrten, Fischen, Reiten, Mahlzeiten auf der Terrasse. Auch Sascha genoss das sichtlich. Die Jungen scharten sich um ihn; stets war er bereit, Köder an ihren Angeln zu befestigen oder knietief in den See zu waten, um ihre gestrandeten Boote an Land zu ziehen. In der langen Abenddämmerung schlenderte er mit meinem Vater, Bertie und meinen Brüdern durch den Park, in Schwaden von Zigarrenrauch gehüllt, die Jungen an ihre Fersen geheftet, denn wo Papa Sascha hinging, da wollten sie auch sein.

In Dänemark wurde er milder. Er schalt Niki nicht mehr so viel, trank weniger und lächelte mehr – dieses liebenswerte Lächeln, das ihm Fältchen um die Augen grub. Sein dröhnendes Lachen, wenn die Jungen ihn mit wassergefüllten Ballons bewarfen und kreischend wegrannten, sobald er sich auf sie stürzte, war so oft zu vernehmen, dass Mama sagte: »Ich glaube, ich höre einen glücklichen Zaren.«

»Ja, *hier* fühlt er sich wohl«, bestätigte ich, mit Alix auf dem Korbsofa sitzend und eine meiner dünnen russischen Zigaretten rauchend, eine Angewohnheit, die keine von beiden guthieß.

»Und ist die Zarin auch glücklich?«, wollte Alix wissen und warf mir einen hintersinnigen Blick zu.

»Aber natürlich ist sie das!«, entgegnete Mama, ehe ich antworten konnte. »Hatte ich es nicht vorhergesagt? Wenn zwei Menschen sich zueinander bekennen, kann es immer Liebe geben.«

Und Liebe gab es – in den sonnengebleichten, nach Lavendel duftenden Leintüchern unseres Bettes ließen Sascha und ich unsere Leidenschaft wieder aufleben, lachten wie die Kinder und brachten Mama dazu, die Augenbrauen zu heben, wenn wir verspätet und zerzaust zum Frühstück erschienen.

Als hätte Dänemark uns verzaubert, hörte unser ganzes Reich einfach auf zu existieren. Ohne die Bürde der kaiserlichen Verpflichtungen waren wir nur noch Mann und Frau, Vater und Mutter, und ein eifriges Liebespaar.

»Wenn ich könnte, würde ich den Rest unserer Tage in Frieden verleben«, sagte Sascha seufzend, als es Zeit wurde, Abschied zu nehmen. »Ihr Dänen versteht euch darauf, mit den schlichten Freuden des Lebens zufrieden zu sein.«

Er war Russe bis ins Mark, aber so ein bisschen Dänemark wärmte ihm die Seele.

21

»Da ist ein Unterrock verloren gegangen.« Miechen deutete mit dem Kinn in eine Ecke des Nikolai-Saals, der sich in einen Dschungel aus Zierpalmen und Treibhausblumen verwandelt hatte. »Dort drüben, bei dem Fliederbusch.«

Als ich das zerknitterte Wäschestück nur wenige Schritte entfernt von zwei plaudernden Großfürstinnen auf dem Boden liegen sah, hielt ich mir die Hand vor den Mund, um ein Kichern zu unterdrücken. »Wem der wohl gehört?«

»Sicher versteckt sie sich gerade hinter einem Busch«, meinte Miechen mit einem vielsagenden Augenzwinkern, und ich musste laut lachen.

Wir waren auf dem Ball zur Feier der Vermählung von Saschas sechsundzwanzigjährigem Bruder, Großfürst Sergej mit Prinzessin Elisabeth von Hessen-Darmstadt, eine von Victorias vielen Enkelinnen.

Die Ehe hatte ich gestiftet. Gemäß den Verheißungen seiner Jugend war Sergej zu einem hochgewachsenen, noch immer überschlanken jungen Mann herangereift; er strahlte eine brütende Intensität aus, die viele für Bösartigkeit hielten. Nach Abschluss seiner Ausbildung war er zum Kommandanten der Preobraschenski-Garde ernannt worden, der von Peter dem Großen gegründeten Elitetruppe, und widmete sich seiner militärischen Karriere mit dem gleichen Elan wie früher seinen Studien. Sein einziger Makel war, dass er unverheiratet geblieben war, und so beschloss ich, dies zu ändern.

»Er braucht eine Ehefrau«, sagte ich zu Sascha. »Außer Wladimir ist noch keiner deiner Brüder verheiratet, und es ist meine Pflicht, passende Verbindungen für die Familie zu arrangieren, nachdem du ja keine Lust dazu hast. Sergej ist im richtigen Alter. Habe ich deine Erlaubnis? Der verwitwete Großfürst von Hessen hat vier unverheiratete Töchter, von denen eine wohl passen könnte.«

Sascha runzelte die Stirn. »Ist das der Deutsche, der eine von Queen Victorias Töchtern geheiratet hat?«

Ich war überrascht, dass er sich das gemerkt hatte, obwohl er sich so wenig für die Belange seiner Familie interessierte, wenn es nicht gerade um ihre Extravaganzen ging. »Ja, ihre Tochter Alice, die in Hessen an Diphtherie starb. Victoria zog ihre Enkelinnen dann praktisch allein groß, da Alice eine ihrer Lieblingstöchter war. Es wird wohl nicht ganz leicht sein, ihre Einwilligung zu erhalten.«

»Es ist sogar äußerst unwahrscheinlich«, meinte Sascha. »Nach der katastrophalen Ehe meiner armen Schwester Marie mit ihrem Alfred wird Victoria wohl keinem ihrer Nachkommen noch einmal erlauben, ein Mitglied des Hauses Romanow zu heiraten. Und ich bezweifle auch, dass Sergej dazu bereit wäre.«

Aus gutem Grund hatte ich es vermieden, Marie zu erwähnen, die es trotz ihrer fünf Kinder nicht mehr ausgehalten hatte, mit ihrem Mann unter demselben Dach zu wohnen, und England verlassen hatte, um in ihrem mütterlicherseits ererbten Herzogtum Sachsen-Coburg bei ihrer ältesten Tochter Ducky zu leben.

»Warum denn nicht? Deine Mutter war eine Prinzessin von Hessen und hat denen von Hessen-Darmstadt mit Nixa und deinen Brüdern Besuche abgestattet; also müsste Sergej die Prinzessinnen noch aus seiner Kindheit kennen.«

»Ich war nie mit meiner Mutter in Hessen-Darmstadt«, entgegnete er mit steinerner Miene, »aber du hast meine Erlaubnis. Es wird Zeit, dass Sergej heiratet. Höchste Zeit sogar. Ich werde nicht dulden, dass er Schande über uns bringt.«

Ich verstand nicht, was er meinte. Von allen seinen noch lebenden Brüdern war Sergej der fleißigste, der sich nie etwas zuschulden kommen ließ. Sein jüngster Bruder, Großfürst Paul, der dreiundzwanzig Jahre alt war, hatte schon mehrere Mätressen gehabt, und der ältere Alexej war geradezu berüchtigt für seine Eroberungen. Nur Sergej war ohne Fehl und Tadel.

Durch Gesandte ließ Ludwig von Hessen uns wissen, seine zweite Tochter Elisabeth, Ella gerufen, sei diejenige, die infrage käme. Sie war zwanzig Jahre alt, und anscheinend hatten sie und Sergej trotz der Entfernung schon zarte Bande geknüpft, seit sie ihm nach dem Tod seiner Mutter und seines Vaters tief empfundene Beileidsbriefe geschrieben hatte.

Sobald ihr Vater ihm seine Zustimmung erteilt und ihm versichert hatte, dass er auf Victoria Einfluss nehmen würde, um auch ihr Einverständnis zu erwirken, ließ Sascha seinen Bruder aus Krasnoje Selo kommen, wo er die meiste Zeit des Jahres mit seinem Regiment stationiert war. Gespannt lief ich in meinem Salon auf und ab und wartete auf das Resultat ihrer Unterredung in Saschas Arbeitszimmer, jeden Augenblick darauf gefasst, ihn losbrüllen zu hören, falls Sergej sich widersetzte.

Kein Laut drang durch die Tür. Als Sergej mich hinterher aufsuchte, schneidig in seiner grün-goldenen Uniform, nervös den Silberring, den er von seiner Mutter hatte, am kleinen Finger drehend, schnarrte er: »Ich denke, Glückwünsche sind angebracht, Majestät. Ich soll Elisabeth von Hessen heiraten.«

»Dann sind die Glückwünsche also für *dich!*«, rief ich beglückt, ohne mich zu wundern, dass er mich mit meinem Titel angesprochen hatte, denn Sergej war immer so überaus förmlich.

»Nein.« Er verbeugte sich. »Die Glückwünsche gelten ausschließlich Eurer Majestät.«

Er ließ mich einigermaßen ratlos zurück; war er nun zufrieden oder nicht? Als ich Sascha fragte, wie Sergej reagiert hatte, schnitt er eine Grimasse. »Er hat gesagt: ›Wie Eure Majestät befehlen.‹ Ich schlage vor, du hebst dir dein Mitgefühl für die Braut auf.«

»Ich begreife einfach nicht, was er gegen Sergej hat«, vertraute ich Miechen eines Nachmittags kurz vor Ellas Eintreffen an, als wir beim Tee saßen. Unsere Ehemänner waren noch immer zerstritten, doch wir Schwägerinnen hatten im fröhlichen Wetteifer der Ballsaison beschlossen, befreundete Rivalinnen zu bleiben. »Sergej ist vielleicht nicht so gesellig wie dein Wladimir, so abenteuerlustig wie Alexej oder so entgegenkommend wie Paul, aber er ist ein feiner Kerl, wenn auch ein bisschen leidenschaftslos und streng in seiner Pflichtauffassung.«

Miechen schnaubte. »So leidenschaftslos, wie du glaubst, ist er gar nicht.«

Natürlich hatte sie irgendetwas gehört. Zu meiner Überraschung wollte sie aber nicht damit herausrücken, bis ich drohte, Sergej selbst zur Rede zu stellen, da die Hochzeit kurz bevorstand. »Oh, nein, tu das bloß nicht«, sagte sie nervöser, als ich sie je erlebt hatte. »Das solltest du besser nie erwähnen.«

»Was sollte ich nie erwähnen? Hat er eine unpassende Mätresse oder vielleicht die Spielsucht?« Das hätte mich nicht gewundert; alle Romanows, mit Ausnahme von Sascha, und mittlerweile wohl auch Wladimir, schienen wie unter einem Fluch dem Zwang verfallen, ihre Ehefrauen leiden zu lassen, hatten sie doch alle einen unverbesserlichen Hang zu Ballerinen, Glücksspiel und anderen Lastern.

»Wenn es nur das wäre.« Miechen beugte sich zu mir vor. »Einer seiner eigenen Diener, habe ich gehört, und er soll auch gewisse öffentliche Badehäuser frequentieren. Mitleid mit der Braut ist da wohl angebracht. Das arme Kind wird es brauchen.«

Zuerst sah ich sie nur verwirrt an. Doch als mir langsam aufging, was sie meinte, sagte ich: »Das hätte ich nicht von dir erwartet, dass du solchen Dreck über ein Mitglied unserer Familie verbreitest.«

»Na gut.« Sie lehnte sich zurück. »Frag Sascha, wenn es sein muss.«

Sie wusste, dass ich das nicht wagen würde. Sascha wäre entsetzt, erführe er, dass ich überhaupt von solchen Dingen gehört hatte, und erst recht, wenn ich sie im Zusammenhang mit seinem Bruder erwähnte. Doch ich entsann mich, dass er mir schon vor Jahren gesagt hatte: »Sergej wird uns Schande machen. Mein Bruder Paul hat mir … gewisse Dinge erzählt. Dinge, die ich nicht wiederholen werde«, und ich fragte lieber nicht weiter. Ich wollte es nicht wissen. Mir genügte, dass ich von Männern gehört hatte, die ihre eigene Art vorzogen; man musste nicht lange in St. Petersburg leben, um zu bemerken, was es da an anstößigen Unterströmungen und unerlaubten Liebschaften gab, die ebenso charakteristisch für unsere Gesellschaft waren wie der Anstrich von Raffinesse. Aber Sergej – das konnte ich mir einfach nicht vorstellen.

Auch in jener Ballnacht nach seiner Hochzeit sah ich keinen Grund, Miechen zu glauben. Ella war schön und gertenschlank und hatte blaue Augen, hellbraunes Haar, ein ebenmäßiges, ovales Gesicht und zart geschwungenen Lippen. In ihrer Nähe taute Sergej sichtlich auf; er überragte sie um Haupteslänge, beugte sich aber oft zu ihr vor, um ihr etwas ins Ohr zu flüstern – kurz, die beiden entsprachen jeder romantischen Vision vom idealen großfürstlichen Paar.

Jetzt tanzten sie miteinander. Als sich Miechens und meine Belustigung über die Dame ohne Unterrock gelegt hatte, sah ich den Blick meiner Schwägerin schon wieder durch den Saal schweifen; sie suchte nach weiteren Zerstreuungen. Sascha hatte sich früh zurückgezogen, wie er es bei offiziellen Empfängen zu tun pflegte, aber ich war so beglückt von meinem Erfolg als Heiratsvermittlerin, dass ich beschlossen hatte, ohne ihn dazubleiben, obwohl es dann mir oblag, dem Orchester irgendwann Einhalt zu gebieten und allen eine gute Nacht zu wünschen.

»Ist das Niki, den ich dort drüben sehe?« Miechen zückte ihr Lorgnon, das an einer Goldkette über ihrem wogenden Busen hing. Nach den Geburten ihrer Kinder war sie immer matronenhafter geworden, aber das zusätzliche Gewicht ließ sie nur noch eindrucksvoller erscheinen. »Ja, tatsächlich. Er scheint sich ja sehr für Ellas mäuschenhafte Schwester zu interessieren. Wie heißt sie noch mal?« Sie schnalzte ungeduldig mit der Zunge. »Ich kann mir den Namen nicht merken, obwohl sie mir schon zweimal vorgestellt wurde.«

»Alexandra.« Ich folgte ihrem Blick. »Ella nennt sie Alicki.«

»Ja. Alicki. Da zeigt sich schon, wie wenig Eindruck sie hinterlässt, wenn ich sie gleich wieder vergesse. Leider hat sie ganz und gar nichts von ihrer Schwester.«

Ich stimmte ihr zu. Alexandra von Hessen war nicht wie ihre Schwester, aber sie war ja noch nicht mal dreizehn Jahre alt, vier Jahre jünger als mein Niki, der mit sechzehn seine Volljährigkeit erreicht hatte und ehrenhalber bei den Husaren aufgenommen worden war. Heute Abend trug er deren schwarz-rote Uniform und sah fesch darin aus, zumal sie seinen schlanken Körper vortrefflich zur Geltung brachte. Die mit Goldtressen geschmückte Jacke hatte er sich lässig über die Schultern gehängt.

»Niki ist so ritterlich«, schnurrte Miechen. »Sieh nur, wie er sich des armen Fräuleins annimmt.«

Sie neckte mich, und ich konnte sehen, warum. Mein Sohn wirkte ungewöhnlich eifrig, wie er vor der sitzenden Alicki stand, die ernst zu ihm aufblickte, während er sich gesprächiger zeigte, als ich ihn je in der Öffentlichkeit erlebt hatte. Wie Sascha fühlte er sich bei Gesellschaften unwohl. Still und reserviert, wie er war, hatte er mir einmal anvertraut, dass er sich neben seinen stattlichen Michailowitsch-Vettern mickrig vorkam, die sich bei jeder Gelegenheit in Positur warfen wie waschechte Romanows.

»Und da beklagt Sascha sich immer, dass Niki zu schüchtern sei«, meinte Miechen. »Er würde seine Meinung ändern, wenn er ihn jetzt sehen könnte. Schade, dass unser Zar so früh zu Bett gegangen ist.«

Ich warf ihr einen schiefen Blick zu. Sie lächelte. »Sieh dich vor, Minnie. Vielleicht wirst du deinen Hass auf Preußen noch einmal hinunterschlucken müssen, wenn du die zwei da zu lange allein lässt.«

»Entschuldige mich«, sagte ich und rauschte zu meinem Sohn, der mein Herannahen nicht bemerkte, anders als Alicki, deren Gesicht noch blasser wurde. Sie war nicht reizlos, dachte ich, als sie aufstand und einen linkischen Hofknicks vollführte. Groß für ihr Alter und überschlank, mit kupfergoldenem Haar, dünnlippig zwar, aber mit königlicher Nase und wohlproportionierter Figur. Das Auffälligste an ihr waren ihre lebhaften graublauen Augen. Im unsteten Licht der neuen elektrischen Wandlampen und der alten Gasleuchter wirkten sie beinahe violett.

Ein hübsches Mädchen, das bald eine schöne Frau sein würde, wenn auch weniger schön als ihre Schwester. In diesem Moment fasste ich eine plötzliche Abneigung gegen sie. Ein hübsches deutsches Mädchen, dem mein Sohn, der Zarewitsch, zu viel Aufmerksamkeit schenkte; ich musste zugeben, das ging mir gegen den Strich. Doch ich ließ mir nichts anmerken, denn gewiss war Niki nur höflich zu einem ausländischen Gast unseres Hofes, der Schwägerin seines Onkels Sergej. Ich hätte froh sein sollen, dass er sich so bemühte, statt wie meist bei solchen Anlässen nur befangen am Rand zu stehen und darauf zu warten, dass er zu seinen Büchern zurückkehren konnte.

»Eure Kaiserliche Majestät«, murmelte sie.

Ich lächelte und gebot ihr mit einem Wink, sich wieder aufzurichten. Eine unkleidsame Verlegenheitsröte zog sich ihr fleckig über Kehle und Wangen. »Minnie«, sagte ich und tat mein Bestes, warmherzig zu klingen. »Du bist jetzt Teil unserer Familie, nachdem deine Schwester unseren Sergej geheiratet hat. Alle in der Familie nennen mich Minnie.«

Sie senkte die Augen, ohne meinen Namen zu wiederholen.

»Alicki hat mir erzählt, wie sehr ihr Russland gefällt«, sagte Niki, mit einem vernehmlichen Beben in der Stimme.

»Tatsächlich, mein Lieber?«, erwiderte ich und zog ihm die rutschende Jacke wieder auf die Schulter. Ich hatte sie kein Wort reden sehen, hätte ich fast hinzugefügt, während ich den Blick wieder auf sie richtete. »Du bist ja noch nicht lange hier. Russland besteht aus weit mehr als St. Petersburg.«

Die fleckige Röte breitete sich jetzt über ihr Dekolleté aus. Sie trug ein altmodisches Kleid aus lila Seide, das sie vermutlich selbst genäht hatte, denn als Familienvorstand war Victoria alles andere als großzügig. Ich hätte das Mädchen bemitleiden sollen: So früh schon die Mutter verloren, und der Vater irgendein von Geldnöten geplagter kleiner Herzog. In ihrer einfachen Aufmachung hätte sie mich an mich selbst in ihrem Alter erinnern sollen. Doch in meinen Augen hatte sie nichts von meiner Vitalität und Selbstsicherheit, so schüchtern und gehemmt, wie sie da mit ihrem unschönen Ausschlag vor mir stand.

»Ja, Eure Majestät«, hauchte sie.

Offenbar würde ich sie nicht zu einem Gespräch animieren können.

»Mein Sohn.« Ich tippte ihn mit dem Fächer an. »Meinst du nicht, du solltest dich um deine Schwester kümmern? Xenia möchte vielleicht tanzen. Mit wem, wenn nicht mit dir?«

»Sandro«, sagte er zu meiner Überraschung. Früher hätte er sich sofort entschuldigt und meiner Aufforderung gehorcht. »Sie hat schon den ganzen Abend mit ihm getanzt.«

»Na ja, er ist ihr Vetter. Nun geh schon. Es wird spät, und der Zarewitsch sollte wenigstens ein Mal mit seiner Schwester getanzt haben, bevor der Abend vorbei ist. Der Hof erwartet das von dir.«

Kurz sah es so aus, als wollte er sich widersetzen. Ich traute meinen Augen kaum, als er sich an Alicki wandte. »Möchtest du mit mir und meiner Schwester tanzen?«

Ich dachte, sie würde in Ohnmacht fallen. Sie war feuerrot angelaufen. Doch sie nickte schüchtern und hauchte kaum hörbar: »Wenn Ihre Majestät es erlaubt.«

»Mama?« Niki sah mich mit solcher Entschlossenheit an, dass ich mir eingestehen musste: So klein war mein kleiner Junge gar nicht mehr.

»Natürlich.« Ich rang mir ein Lächeln ab.

Er trat zur Seite, um Alicki vorgehen zu lassen. Fast hätte sie es vergessen, aber dann widmete sie mir schnell noch einen linkischen Knicks. Sie hatte die Anmut einer Stallmagd. Hatte Victoria ihrer Enkelin denn nicht das Mindeste über die Anforderungen für den Auftritt am Hof beigebracht?

Doch als sie und Niki auf der Suche nach Xenia durch die Menschenmenge im Ballsaal gingen, sah ich, dass sie sich im

Gleichschritt bewegten, einander zugeneigt, wie um sich gegenseitig Trost zu spenden.

»Ich glaube, ich möchte sie heiraten«, sagte Niki einen Monat später, als wir beim Frühstück saßen. Seine Geschwister waren schon ins Schulzimmer hinaufgegangen. Sascha bestand auf strenge Einhaltung der Zeiten bei den Mahlzeiten, aber heute hatte ich für Niki eine Ausnahme gemacht. Er war in den letzten Wochen nicht mehr er selbst, noch abwesender als sonst. Trotz Saschas tadelnden Blicks über die Zeitung hinweg bat ich Niki, am Tisch sitzen zu bleiben und seine Mahlzeit zu beenden.

»Wen denn, mein Sohn?« Ich nippte an meinem Tee und richtete den Blick auf den Rest des Omeletts auf seinem Teller. »Bitte, iss. Du wirst zu dünn.«

Er nahm einen Bissen. Die Vorstellung, noch magerer zu werden, war ihm ein Graus. Mit vollem Mund konnte er meine Frage nicht beantworten, also tat Sascha es für ihn, ohne von seiner Zeitung aufzublicken.

»Ich will doch hoffen, du redest nicht von diesem hessischen Mädchen. Du sollst sie ja geradezu angehimmelt haben, als sie hier war, und hast keine Gelegenheit ausgelassen, sie in Sergejs neuem Palast zu Kutschfahrten durch den Park abzuholen. Es ist ja löblich, der Schwester deiner angeheirateten Tante solche Gastfreundschaft zu erweisen, aber nun, da sie wieder zu ihrem Vater heimgekehrt ist, darf man wohl erwarten, dass diese törichte Zuneigung ein Ende findet.«

»Sie … Sie haben mich *beobachtet*?«, fragte Niki verblüfft.

Sascha gluckste. »Meine Ochrana hat den Auftrag, die Familie zu beschützen. Glaubst du, du kannst dich hier nach Belieben rein- und rausschleichen, ohne dass jemand es mitbekommt?«

»Sascha.« Ich zog seine Zeitung nach unten. »War das nötig?«

»Ja. So gut ist es nicht um unsere Sicherheit bestellt, dass mein Sohn und Erbe mit irgendeinem Püppchen und ohne Eskorte herumschlendern …«

»Sie ist kein Püppchen!« Niki sprang auf. »Sie ist eine Prinzessin. Und ich … ich habe sie nicht angehimmelt …« Er stockte, als Sascha ihn mit schmalen Augen fixierte.

»Wie du meinst.« Sascha klang nicht erzürnt. Nur Georgi konnte sich ihm entgegenstellen, ohne seinen Zorn zu ernten; bei Niki war er selten milde aufgelegt. Jetzt aber zwinkerte er mir lächelnd zu. »Sieh da, unser kleiner Bär zeigt die Krallen.«

»Sie hat mich sehr gern.« Niki richtete sich zu seiner vollen Höhe auf; es rührte mich zu sehen, wie er seine schmale Brust wölbte. »Und ich habe sie sehr gern. Wir haben verabredet, uns zu schreiben. Darf ich ihr schreiben, ohne dass meine Briefe von der Ochrana gelesen werden?«

»Schatz, dein Frühstück«, warf ich ein. »Es wird kalt.« Bewusst enthielt ich mich jeden Kommentars. Ich wollte nicht, dass mein Sohn eine verarmte Deutsche heiratete. Was gut genug für einen Großfürsten war, ziemte sich nicht für den Zarewitsch.

»Papa?« Niki blieb stehen. »Darf ich?«

Sascha blickte wieder in die Zeitung. »Von mir aus. Ich werde deine Briefe selbst abschicken.«

»Danke, Papa.« Niki aß sein Omelett auf, verbeugte sich und ging, ohne mich auf die Wange zu küssen, wie er es sonst immer tat, bevor er sich an seine Schulaufgaben machte.

Kaum hatte er den Raum verlassen, wandte ich mich zu Sascha um. »Von dir aus? Du wirst seine Briefe selbst abschicken?«

Sascha zuckte mit den Schultern. »Er will ihr ein paar Briefe schreiben. Na und? Was ist so schlimm daran?«

Ich griff nach meinem Zigarettenetui, obwohl ich eigentlich nie bei Tisch rauchte. »Das Schlimme daran ist, dass sie, wie Niki sagt, eine Prinzessin ist. Und zwar eine heiratsfähige mit zweifelhaften Aussichten, deren ältere Schwester soeben eine glänzende Partie gemacht hat. Einen Romanow bekommt man nicht alle Tage.«

»Eine Ehe, die du eingefädelt hast. Willst du die jetzt anzünden? Ich habe nichts dagegen.«

Aus bloßem Widerspruchsgeist legte ich die Zigarette weg. »Aber das habe ich für Sergej getan.«

»Und dafür bin ich dir dankbar, Manja. Sergej scheint ja von seiner Frau recht angetan zu sein, und das ist wirklich eine große Erleichterung.« Er faltete die Zeitung zusammen. »Streiten wir uns jetzt oder nicht? Ich muss heute noch zur Inspektion in die kaiserliche Reitschule. Wenn wir uns also streiten wollen, dann besser gleich, damit ich nicht zu spät komme.«

Ich warf ihm einen finsteren Blick zu. »Wie gesagt, sie ist im heiratsfähigen Alter und hat Niki um den Finger gewickelt. Wann hat er jemals Interesse an einem Mädchen gezeigt?« Kaum hatte ich das gesagt, tat es mir leid. Meine Worte klangen wie ein Echo seiner Ängste wegen Sergej, die sich nach der Hochzeit so weit verflüchtigt hatten, dass er den Jungvermählten die Nutzung des Belosselski-Beloserski-Palasts als Stadtresidenz überlassen hatte. Bei Sascha bedeutete solche Großzügigkeit, dass er besänftigt war. Sein Misstrauen gegenüber Sergej war durch die Bereitschaft seines Bruders, eine Familie zu gründen, getilgt worden.

»Wird Zeit, dass Niki Interesse an Mädchen bekommt«, sagte Sascha. »Er ist jetzt ein Mann.«

»Er hat nur Interesse an einem einzigen Mädchen gezeigt. An ihr. Und er ist sechzehn. Wie kann er da schon wissen, wen er einmal heiraten wollen wird?«

»Und sie ist … was? Vierzehn?«

»Dreizehn«, entgegnete ich säuerlich.

»Zu jung, um zu heiraten. Minnie, er muss sich doch die Hörner abstoßen. Dann hat er sich eben in ein Prinzesschen verguckt, das in Hessen lebt. Lass ihn ihr ruhig Briefe schreiben. Das wird vergehen. In seinem Alter wollen wir immer das erste beste Mädchen heiraten, das uns ins Auge fällt. Tun es aber nie.«

Er hatte recht, aber ich mochte es nicht zugeben.

»Wenn du es für passender hältst«, fuhr er fort, »kann ich auch Paul bitten, ihm eine Ballerina zuzuführen. Ich glaube, die kleine K., die im Mariinski tanzt, ist gerade zu haben. Anscheinend hat sie eine Schwäche für Großfürsten.«

»Beziehungsweise für deren Geld«, sagte ich. »Das einzig Kleine an Matilda Kschessinskaja sind ihre Ballettschühchen. Alles andere an ihr, inklusive ihr Geschmack, ist exorbitant und ordinär.«

Er beugte sich zu mir herüber und küsste mich. »Nicht wie die kleine Alicki von Hessen, was, die arm wie eine Kirchenmaus und ebenso sittsam ist.« Er hob mein Kinn an. »Sind wir uns einig?«

Ich nickte widerstrebend. »Solange es bei Briefen bleibt. Ella wohnt ja nun hier und wird ihre Schwester sicher mal einladen. Wir könnten bald mehr von Alicki von Hessen sehen, als uns lieb ist.«

Sascha schmunzelte. »Aber wenn, dann wirst du sie zweifellos in ihre Grenzen weisen.«

Als er hinausging, zündete ich mir eine Zigarette an und lehnte mich in meinem Sessel zurück, um genüsslich den ersten Zug zu tun.

Sehr wahr. Falls sie versuchen sollte, Niki einzufangen, würde sie es mit mir zu tun bekommen.

22

An seinem neunzehnten Geburtstag wurde Niki ins Preobraschensi-Regiment aufgenommen, das unter Sergejs Kommando stand, und siedelte nach Krasnoje Selo über. Es war nicht weit, im Südosten der Stadt, doch nun war er einen Gutteil des Jahres fort, und ich vermisste ihn schrecklich. Jede Woche schickte ich ihm Päckchen mit frischer Wäsche und Briefe voller Ratschläge, die ihm sicher peinlich waren, denn es wurde erwartet, dass er wie jeder andere Soldat behandelt wurde.

Georgi war mittlerweile fast siebzehn Jahre alt, hochgewachsen und hübsch, aber noch immer von chronischem Katarrh geplagt, der mich mit Sorge erfüllte. Als Zweitältester war er für eine Regimentskarriere vorgesehen. Sascha behauptete stets, der Katarrh würde sich geben, aber die Ärzte meinten, er habe schwache Lungen und das Leben in Kasernen sei ihm nicht zuzumuten.

Mit dreizehn Jahren erblühte Xenia zur jungen Frau. Ihre Liebe zu ihrem Vetter Sandro hatte sich vertieft, und beide äußerten den Wunsch zu heiraten. Sascha und ich behielten uns die Einwilligung vor, bis sie achtzehn würde. Ich belehrte Xenia, sie müsse alt genug sein, ehe sie eine Verbindung fürs Leben einging. Trotzig beharrte sie auf ihrer Wahl, und Sascha sagte schmunzelnd: »Sandro oder als alte Jungfer sterben. Sie ist ganz deine Tochter.«

»Meine?«, entgegnete ich empört. »Diesen Romanow-Starrsinn hat sie doch von dir.«

Der neunjährige Mischa blieb unser Bravster, zwar kein

besonders guter Schüler, aber beständig in seinem Bemühen. Weil sie so viel jünger waren als ihre Geschwister, wohnten Mischa und die fast sechsjährige Olga nahezu das ganze Jahr über im Gattschina-Palast. Meine vielfältigen Verpflichtungen ließen mir keine Zeit, mich um ihre Erziehung zu kümmern. Während sie in ländlicher Umgebung auf das Erwachsenendasein vorbereitet wurden, wusste ich sie in Sicherheit, und wir kehrten stets zu ihnen zurück, sobald die Saison zu Ende war.

Die kleine Olga war mir ein Rätsel. Sie vergötterte Mischa und rannte immer auf ihn zu, damit er sie hochhob und herumwirbelte. Aber an den Kleidern, die ich für sie nähen ließ, zupfte sie lustlos herum und mochte sie nicht einmal anprobieren. Ständig zog sie nur mit dem abgeschabten Plüschbären umher, den Sascha ihr zum zweiten Geburtstag geschenkt hatte, und all die Stofftiere, die ich ihr inzwischen gekauft hatte, ließ sie unberührt liegen.

»Schätzchen, lass mich doch Pupsi waschen und ihm seine Augen annähen. Er ist ja blind.«

Als ich nach dem Bären greifen wollte, drückte sie ihn an ihre Brust. »Pupsi ist nicht blind. Sie sind es.«

Ich musste an die Worte meiner Schwester Alix denken: *Ach, Minnie, bist du denn so blind?* Verletzt und verwirrt ging ich hinaus. Von allen meinen Kindern war Olga diejenige, die ich nicht zu erreichen vermochte, aber Sascha nahm meine Sorge nicht ernst. »Sie sieht dich ja so selten. Wenn sie dereinst auf ihren ersten Ball geht, wird sie dich schon ins Herz schließen. Wer, wenn nicht ihre Mutter, kann sie bildschön aussehen lassen?«

Ich glaubte nicht, dass sie jemals bildschön sein würde, nicht wie Xenia. Mit ihrem aparten Gesichtchen und ihrer anmutigen Figur zog meine ältere Tochter jetzt schon die Blicke auf sich. Doch ich tröstete mich damit, dass Olga ja immer noch Mischa und ihren Vater hatte, falls sie später einmal jemanden brauchte, dem sie sich anvertrauen konnte.

Auch wenn ich allen meinen Kindern liebevoll zugetan war, würde ich nicht um ihre Liebe betteln.

»Fünf Studenten«, berichtete Sascha mit emotionsloser Stimme. »Sie hatten den Sprengstoff in ausgehöhlten Büchern bei sich. Wegen der Kathedralenbaustelle haben wir den Umweg am Gribojedow-Kanal entlang genommen, was sie nicht erwartet haben. So sind wir dem Anschlag entgangen. Die Ochrana hat sie geschnappt.«

Wir fuhren in unserer Kutsche durch den Park von Gattschina, eben von einer Besichtigung der unvollendeten Auferstehungskirche zurückgekehrt, einem vieltürmigen Kuppeldom im altrussischen Stil, den Sascha am Ort des Mordanschlags auf seinen Vater errichten ließ.

Undenkbar, dass auch wir an der gleichen Stelle hätten sterben können. Ich brach in Tränen aus. »Ich dachte, du hättest uns von diesem Albtraum befreit, Sascha. Ich dachte, es ist vorbei.«

»Manja, lass doch.« Verlegen tätschelte er mir die Hand, denn unsere Eskorte ritt hinter uns. »Ich tue, was ich nur kann, aber sie sind wie Ratten, vermehren sich ständig, stecken andere an … Diese fünf werden exekutiert, aber ich kann nicht vorhersagen, wann weitere fünf an ihre Stelle treten werden. Sie hassen mich, weil ich ihnen nicht gebe, was sie wollen. Aber ich bin bereit, für Russland zu sterben, wenn es sein muss. Ich werde nicht aufhören, meine Pflicht zu tun, bis sie mich aufhalten.«

»Aber was *wollen* sie denn, dass sie uns so zusetzen?« Wütend wischte ich mir die Tränen ab.

Er wandte den Kopf ab. »Du weißt es. Du hast es immer gewusst.« Es lief mir kalt den Rücken hinunter, und nicht nur deshalb, weil wir beinahe von Bomben zerfetzt worden wären. »Es war der Grund für die Einladung zum Sonntagsmahl, damals, zu dem mein Vater nicht mehr erscheinen konnte.« Er sah mich an. »Habe ich recht?«

»Ja«, hauchte ich.

»Dachte ich's mir doch. Gut, dass wir das geklärt haben. Ich mag keine Geheimnisse zwischen uns.«

»Alexander … er wollte es dir sagen. Ich hatte ihn gedrängt, mit dir zu reden.«

»Stattdessen hatte Wladimir mich bereits eingeweiht. Er hatte davon gehört. Unser Vater war nicht so schlau, wie er dachte. Ein Zeitungsredakteur, der eine Ankündigung von dem Erlass erhalten hatte, bevor er veröffentlicht werden sollte, hat Wladimir informiert. Gott sei Dank. Sonst wäre ich gezwungen gewesen, etwas meinen Segen zu geben, das ich niemals zulassen wollte. Wenn die Nihilisten den Mann umgebracht haben, der bereit war, ihnen Zugeständnisse zu machen, was hätten sie dann erst getan, wenn sie bekommen hätten, was sie wollten?«

Ich biss mir auf die Lippe; ich wollte nicht zugeben, dass ich Alexanders Vorhaben gutgeheißen hatte. Jetzt war ich nicht mehr dafür, nachdem ich gesehen hatte, was der Kampf um Reformen meinen Schwiegervater gekostet hatte und auch uns kosten konnte. Sosehr ich mich auch bemühte, das Schicksal unseres Volkes durch Hilfsprojekte zu lindern, musste ich meinem Mann doch darin beipflichten, dass Russland noch nicht bereit für einen so drastischen Wandel war.

»Ich verzeihe dir«, sagte er. »Ich weiß, du hast es nur gut gemeint.«

Und damit war das Thema für ihn beendet. Ich sprach es nicht wieder an, litt jedoch zunehmend an nervöser Unruhe. Angesichts meiner Nöte nahm Sascha eine Einladung der

Gouverneure des Kaukasus an, die dem Zaren auf diese Weise ihre Loyalität bekunden wollten.

»Es wird uns guttun«, sagte er. »Die Kaukasier sind ehrliche Leute. Seit Jahr und Tag hat kein Zar mehr ihre Region besucht. Wir werden unsere Kinder und unseren Haushalt im kaiserlichen Zug mitnehmen. Da werden wir es so bequem haben wie zu Hause – ohne die vergiftete Atmosphäre von St. Petersburg.«

»Aber wir wollten im Herbst nach Dänemark«, wandte ich ein. Doch als er nur wortlos mit den Kiefern mahlte, eine stumme Erinnerung daran, was gerade zwischen uns besprochen worden war, nickte ich ergeben. »Na gut.«

Mochten wir es auch noch so bequem haben, sicher fühlte ich mich trotzdem nicht. Der kaiserliche Zug war luxuriös genug, die Waggons gingen ineinander über und enthielten damastgepolsterte Ruhebetten, Salons, Bäder, zwei Küchen und Dienstbotenquartiere. Blau lackiert, mit dem Emblem des doppelköpfigen Adlers auf den Türen, war unser Zug identisch mit einem zweiten, der ebenso wie unserer streng bewacht unterwegs war, sodass ein eventuelles Attentat dadurch erschwert wurde, dass man nicht wissen konnte, in welchem von beiden wir uns befanden.

Unter anderen Umständen hätte die Reise mir sicher gefallen. Niki hatte Urlaub vom Regiment bekommen und begleitete uns. Sein Militärdienst in Krasnoje Selo hatte ihm breitere Schultern beschert und ihn dazu angeregt, sich einen buschigen Schnauzer wachsen zu lassen. Alicki von Hessen erwähnte er mit keinem Wort, und ich fragte auch nicht nach ihr. Wir hatten vor, ihn mit Georgi und seinem Vetter, dem Kronprinzen von Griechenland und ältesten Sohn meines Bruders Willy, auf Bildungsreise durch Europa und Asien zu schicken. In glänzender Ferienlaune genoss Niki sichtlich die Zeit mit seinen Geschwistern, die ihn gern wegen seiner strammen Haltung neckten; besonders Olga war so beglückt von der Aufmerksamkeit, die er ihr schenkte, dass sie kaum von seiner Seite wich. Sogar Georgi erholte sich langsam von seinem Husten, und seine schmalen Wangen röteten sich vor Eifer, wenn er und Xenia uns abends aus Puschkins Dichtung vorlasen. Doch ich konnte nie vergessen, dass wir in einer vielleicht tödlichen Falle steckten, unterwegs in eine abgelegene Bergregion, mit unseren Dienstboten, dazu Agenten der Ochrana, Zivilpolizisten und Kosaken der Leibgarde – alles unerlässliche Sicherheitsmaßnahmen, die mir sehr zuwider waren, erinnerten sie mich doch ständig an die Gefahr, die uns jeden Tag einholen konnte.

Immerhin war der Besuch erfreulich. Die Kaukasier empfingen uns mit Brot und Salz, wirbelnden Derwischen und ihrer reich bestickten Tscherkesska. Angetan mit diesen traditionellen Gewändern, ließ man mich an Saschas Seite Platz nehmen wie eine Ebenbürtige, denn weibliche Anführer wurden im Kaukasus verehrt.

Einen Monat später brachen wir auf nach Gattschina, und der Lockvogel-Zug fuhr uns voran. Meine kleineren Kinder waren unruhig geworden, zänkisch, und Georgis Husten hatte sich verschlimmert, sodass ich jede Nacht aufstand, um ihm die Brust mit Salbe einzureiben. Xenia sehnte sich nach Sandro, von dem sie offenbar nicht mehr für längere Zeit getrennt sein konnte, und mir fiel auf, dass Niki begonnen hatte, Briefe zu schreiben, an wen, konnte ich mir ja denken. Erschöpft und angespannt, wollte ich nur noch zurück in die Geborgenheit unserer heimischen Routine, doch Sascha war aufgekratzt, überschwänglich wie immer nach Zusammenkünften mit seinem »fleißigen, arbeitsamen Volk, ganz was anderes als diese Speichellecker in der Stadt«.

So ratterten wir in unserem Salonwagen am Zugende dahin. Georgi döste auf einem Diwan, Xenia und Mischa lasen,

Olga zeichnete, und Niki schrieb auf dem tragbaren Schreibpult. Sascha hatte sich in einen Sessel fallen lassen und gähnte, was kein Wunder war nach dem vielen Wodka zum Mittagessen. Ich entschuldigte mich, um auszutreten. Alle wussten, dass ich auf den Korridor ging, um zu rauchen, doch ich beließ es bei dem Vorwand, obwohl Niki mir einmal nach draußen gefolgt war und eine Zigarette mit mir geraucht hatte; zu meinem Missfallen hatte er sich das Rauchen beim Militär angewöhnt.

Diesmal folgte er mir nicht; dafür war er zu sehr in seinen Brief vertieft. Ich zog mir die Stola über die Schultern, denn der Korridor war kalt, und gerade als ich mir meine Zigarette anzünden wollte, gab es einen heftigen Ruck. Das Streichholz versengte mir die Finger, und die Zigarette fiel mir aus der Hand. Während ich mich nach ihr bückte, ertönte ein ohrenbetäubendes metallisches Kreischen. Wieder gab es einen Ruck, der mich zu Boden warf. An der Wand des Korridors entlang begann ich, zum Salonwagen zu kriechen.

Die Lichter gingen aus.

Es war wieder wie in der Nacht der Explosion im Winterpalast, der gleiche besinnungslose Absturz in die Panik, nur diesmal kippte der ganze Zug von den Gleisen. Zum nutzlosen Kreischen der Bremsen ließ sich das schaurige Knirschen von gestauchtem Stahl vernehmen. Auf allen vieren im Korridor, die Röcke über dem Kopf, erstickte ich fast im beißenden Staub. Ich kämpfte mich wieder auf die Beine und stieß auf eine Szene unbeschreiblicher Verwüstung.

Der Salonwagen war abgeknickt, ein Teil des Dachs hing wie eine zerfetzte Trennwand zwischen mir und der Stelle, wo meine Familie sich aufgehalten hatte. Ich war so benommen, dass mir alles vor den Augen verschwamm. Etwas Warmes rann mir die Schläfe herab. Ich hob die Hand, sah Blut an den Fingern.

»Minnie«, hörte ich Sascha ächzen. »Manja, wo bist du?«

»Hier«, rief ich. »Hier bin ich, Sascha!« Ich schob mich durch den schiefen Türrahmen, blieb mit dem Kleid hängen, riss mich los und fand ihn bis zu den Hüften von Trümmern verschüttet vor, einen Teil des eingestürzten Dachs auf die Schultern gestemmt. Sein Gesicht war verzerrt; er zitterte, während er das Dach mit aller Kraft hochhielt. »Die Kinder, finde die Kinder«, keuchte er. »Ich weiß nicht, wo sie sind.«

Ich rief ihre Namen. Von oben hörte ich Nikis ängstliche Stimme: »Mama, hier.« Ich blickte auf und sah ihn durch eine Lücke im intakten Teil des Dachs spähen, Georgi, Mischa und Xenia neben ihm. Irgendwie hatten sie es geschafft hinauszuklettern.

»Olga, wo ist Olga?« Die Angst durchfuhr mich wie ein Blitz. Mir war, als müsste ich mich übergeben, als Sascha mit einem letzten bebenden Ächzen das Dach herabgleiten ließ und ich mir die Hände beim hastigen Durchwühlen der Trümmerteile aufriss. Immer wieder rief ich nach Olga, während ich innerlich betete, lieber Gott, bitte lass mein kleines Mädchen am Leben sein.

Dann kam zu meiner Erleichterung einer unserer Kosaken, Olga auf dem Arm. Sie war aus dem Waggon geschleudert worden, und als ich sie ihm abnahm, wimmerte sie: »Sie werden uns alle töten.«

»Nein, nein, ganz ruhig, mein Schatz.« Ich drückte sie an mich. Der Kosake half mir aus dem zerstörten Waggon, der sich in denjenigen vor uns geschoben hatte. Niki und die anderen Kinder sprangen vom Dach herab und scharten sich um mich.

Es dauerte über eine Stunde, Sascha auszugraben. Zusammen mit anderen Gardesoldaten schaufelte der Kosake seine Beine frei und hebelte ihm das Zugdach mittels eines Balkens vom Rücken; er hatte nur ein paar Sekunden, um darunter hervorzuschlüpfen, bevor es wieder herabkrachte. Hinkend, die Hose zerrissen, die Schenkel blauschwarz marmoriert, schleppte er sich zu uns, um uns zu umarmen. Die Kinder waren verängstigt, hatten Schnitte und Prellungen erlitten, aber eine hastige Bestandsaufnahme offenbarte keine ernste Verletzung. Georgi hustete mehr denn je von all dem Staub, und ich wickelte ihn in meine verschmutzte Stola. Dennoch war es Sascha, um den ich mich am meisten sorgte; sein verletztes Bein musste verarztet werden, doch als er sich umwandte und in den raucherfüllten Nieselregen vor uns blickte, sagte er ruhig: »Schau, Manja, Gott hat uns gerettet.«

Vor uns herrschte unvorstellbares Chaos. Die Lokomotive und die ersten sechs Waggons waren entgleist und umgekippt. Hätten wir weiter vorn gesessen, wäre es um uns geschehen gewesen. Aus den zerstörten Waggons zogen Überlebende die Toten und Verwundeten und betteten zerschmetterte Leichen in den Schlamm unter umgekippten, in Drahtgewirr hängenden Pfählen.

»Es wird Stunden dauern, bis jemand es erfährt«, sagte Sascha. »Das da sind Telegrafenmasten. Wir müssen selber sehen, wie wir zurechtkommen, bis Hilfe eintrifft.« Er begann, auf die Rettungskräfte zuzuhumpeln, und rekrutierte dabei auch noch diejenigen, die desorientiert im Gleisbett umhertaumelten.

»Meine Kinder«, wandte ich mich an den Kosaken. »Lass sie nicht aus den Augen.«

Xenia hielt Olga an sich gedrückt; die Kleine starrte schweigend und blicklos vor sich hin. Als ich mich zu Sascha aufmachte, der schon fast die Zone der ärgsten Zerstörung erreicht hatte, ergriff Niki meine Hand. »Ich komme mit.«

Ich hielt mich an ihm fest, während wir durch den Schlamm liefen und verstreute Dinge aufsammelten – aus dem Zug geschleuderte Leintücher, Kopfkissen, Handtücher. Ich strengte mich an, alles in Streifen zu reißen, um Verbandszeug zu bekommen, und er machte mit Holzteilen aus dem Zug Feuer, um Wasser abzukochen.

Während Sascha ungeachtet seines anschwellenden Beins nach Überlebenden suchte, kümmerten Niki und ich uns – zusammen mit den unverletzt gebliebenen Dienern und unserem einzigen Arzt an Bord – um die Verwundeten. Bis auf die Haut vom Regen durchnässt, mussten wir hilflos zusehen, wie etliche Opfer an grausigen Schnittwunden, zerschmetterten Knochen oder Schock starben. Einmal rief Niki mich dringlich an seine Seite, während er sich vergebens mühte, den stark blutenden Riss in der Brust einer Magd zu verbinden, die mit uns nach Gattschina gereist war und deren Namen ich nicht einmal kannte.

»Sie kriegt keine Luft!!«, rief er bestürzt. »Mama, wie kann ich ihr helfen …?«

»Es ist zu spät«, flüsterte ich. Blutblasen stiegen aus ihrem Mund auf, und sie rührte sich nicht mehr.

Nikis Augen schwammen in Tränen. Er schlug das Kreuz über ihr, während ich hilflos danebenstand, ebenso stolz auf ihn wie schmerzerfüllt, dass er solches Leid mit ansehen musste.

Es kam mir vor wie eine Ewigkeit, bis ein schrilles Pfeifen das Eintreffen des Hilfstransports ankündigte. Unser Lockvogel hatte die Stadt Borki erreicht. Fehlgeschlagene Versuche, uns telegrafisch davon zu unterrichten, ließen sogleich auf eine Katastrophe schließen. Ich war so erschöpft, dass ich kaum noch stehen konnte, als die Nothelfer auf uns zugelaufen kamen. Sascha scheuchte sie zur Seite und rief mit heiserer Stimme, er werde hier gebraucht, bis ich zu ihm trat.

»Lass die Sanitäter übernehmen«, sagte ich. »Wir haben getan, was wir konnten.«

Er blickte mich verwirrt an, geschwärzt von Ruß und

Schmutz, die Hände zerschunden vom Durchwühlen der Wracks. »All das«, wisperte er, »wozu? Um mich zu töten? So viel Tod, um einen einzigen Menschen umzubringen?«

Ich begleitete ihn mit unseren Kindern zum Ersatzzug. Nachdem unser zerstörter Zug von den Gleisen herabgezogen worden war, fuhren wir nach Borki. Dort, auf dem Bahnsteig, in unseren zerrissenen Kleidern, hielten wir eine Trauerfeier für die Toten ab. Tränen, deren er sich nicht zu schämen brauchte, rannten über Saschas rußgeschwärzte Züge.

»Ungeheuer«, knurrte er. »Dafür werden sie büßen.«

23

»Noch mehr Petitionen.« Ich legte das Bündel auf Saschas ohnehin schon überladenem Schreibtisch ab. »Du solltest sie lesen.«

»Wieso?« Er lehnte sich in seinem knarzenden Stuhl zurück, der wie alle anderen Möbel in diesem Raum dringend ersetzt werden sollte.

»Weil sie von deinen Untertanen gestellt wurden. Möchtest du ewig auf diesen Pobendonstjew hören, obwohl er dir nur schadet? Die neuen Gesetze, mit deren Hilfe ihr die Nihilisten ausmerzen wollt, gehen zu weit.«

»Wie das?« Seine Stimme klang ruhig, aber ich wusste, dass ich einen Wutanfall riskierte. Seit dem Zugunglück war er starrsinnig geworden. So gewährte er der Ochrana nicht nur zusätzliche Freiheiten dabei, unsere Gefängnisse zu füllen, sondern hatte zudem neue Zensurgesetze eingeführt, die zur Folge hatten, dass unsere Intellektuellen scharenweise ins Ausland flohen. Vor der Öffentlichkeit hatte ich seine Haltung bisher verteidigt, denn mir war klar, dass es ihm nur um unseren Schutz ging, doch jetzt hatte er den Bogen überspannt.

»›Alle Untertanen des Reichs müssen die russischen Sitten und den orthodoxen Glauben üben‹«, zitierte ich laut. »Damit schränkst du die Siedlungsfreiheit der Juden gewaltig ein und verlangst von ihnen, dass sie sich assimilieren, in ein anderes Gebiet ziehen oder das Land verlassen. Außerhalb der Städte haben wir jetzt wieder Pogrome! Da gehen viele lieber ins Exil. Das hier sind Petitionen von begüterten St. Petersburger Juden, die seit Jahren für meine wohltätigen Stiftungen spenden. Was soll ich ihnen nun sagen?«

»Vielleicht, dass es dein Mann ist, der die Gesetze macht, und nicht du«, knurrte Sascha. Sein Ton gab mir deutlich zu verstehen: Ich hatte hier in seinem Arbeitszimmer nichts zu suchen. *Er* regierte das Reich, und ich hatte mich nicht einzumischen.

»Das gefällt mir nicht«, murmelte ich zu meiner eigenen Überraschung. »Sie sind immer noch unsere Untertanen. Willst du etwa, dass jeder Jude konvertiert oder ins Exil geht?«

»Falls nötig, ja. Wir müssen alles tun, was erforderlich ist, um das Reich zu schützen.«

»Also wirklich!« Verzweifelt hob ich die Hände. »Meine wohltätigen Stiftungen und unsere Veranstaltungen am Hof, müssen wir das alles dem Schutz des Reichs opfern?«

»Ich habe es dir schon einmal gesagt: Nie wieder werden sie uns so etwas antun. Wenn wir hier im Gattschina-Palast ohne Galadiners oder gesellschaftliche Ereignisse leben müssen, dann sei es so. Ich werde nicht die Sicherheit meiner Familie aufs Spiel setzen.«

Ich zögerte. Übel nehmen konnte ich ihm seinen Ausbruch nicht. Der Speisesaal im Winterpalast, der Schlitten seines Vaters auf der Kanalbrücke, der verhinderte Anschlag in Moskau und dann das Attentat in St. Petersburg; und jetzt, wie er das sah, die Attacke sogar in unserem privaten Zug – die Terroristen hatten bewiesen, dass sie uns an jedem Ort und jederzeit angreifen würden, und nichts außer ihrem Tod oder seiner Wachsamkeit konnte das verhindern.

»Sascha.« Ich mäßigte meinen Ton. »Ich verstehe. Auch ich bin sehr besorgt. Aber die Nihilisten hatten nichts mit dem Unfall zu tun. Du hast den offiziellen Bericht gelesen. Unsere Lokomotive war in schlechtem Zustand und fuhr zu schnell für die überladenen Waggons.«

»Ich glaube dem Bericht nicht. Sie *waren* schuld.«

»Trotzdem können wir nicht so weiterleben – in ständiger Angst. Auch können wir nicht ganz Russland dafür verantwortlich machen. Du hast mir einmal gesagt, dass wir nicht vor ihnen davonlaufen dürfen.«

»Wir laufen ja nicht davon.« Er griff nach seinem Spazierstock und erhob sich. Seit dem Unfall hinkte er und konnte ohne Gehhilfe keinen Schritt mehr tun. »Wie ein alter Bojar«, grummelte er. Ich wusste, dass er zudem Rückenschmerzen hatte, denn hin und wieder blieb er jäh stehen und sog die Luft scharf ein, nur um dann so zu tun, als wäre nichts gewesen – sich eine Schwäche einzugestehen, das gab es bei ihm einfach nicht. »Wenn jemand davonläuft, dann sie. Und sie werden Hals über Kopf aus meinem Reich fliehen, sonst richte ich den ganzen Haufen hin.« Er starrte mich an. »Du kannst von mir aus deine Stiftungen unterstützen, deine Bälle abhalten und die Kaiserin spielen. Wann habe ich dir je das Recht dazu abgesprochen? Willst du mehr Geld für deine Wohltaten? Du sollst es haben. Aber die Feinde unseres Glaubens werde ich nicht unterstützen. Noch werde ich zulassen, dass uns irgendwelche Querulanten bedrohen.« Abrupt wechselte er das Thema. »Wie geht es Georgi?«

»Besser«, antwortete ich. Unser Sohn litt wieder unter akuter Bronchitis. Überhaupt war seine Gesundheit stark gefährdet, seit eine Grippeepidemie über Europa hinwegfegte, die Albert Victor, den ältesten Sohn meiner Schwester Alix, kurz nach seinem achtundzwanzigsten Geburtstag das Leben gekostet hatte – eine schreckliche Tragödie, die bei mir größte Sorgen auslöste. »Aber ich glaube nicht, dass er sich früh genug erholen wird, um Niki auf der großen Reise zu begleiten. Es erkranken immer noch Menschen an der Grippe. Stell dir nur vor, wenn er auf dem Weg nach Japan krank wird!«

»Ach, er wird sich nie erholen, wenn du ständig einen solchen Wirbel um ihn veranstaltest. Lass ihn einfach machen. Ist doch egal, ob er in Tokio hustet oder hier.« Er ging zu dem Bücherregal, wo er seinen Wodka versteckte. Fast hätte er die Flasche herausgezogen, die, wie ich wusste, dort hinter einigen dicken Bänden stand, doch dann änderte er abrupt die Richtung. Bestimmt befürchtete er, dass er wieder Ermahnungen von mir zu hören bekommen würde.

»Ich möchte wenigstens diejenigen beruhigen, die eine Petition eingereicht haben«, erklärte ich nach einer Weile, während er sinnierend vor seinem Schreibtisch stand. »Das ist meine Pflicht. Meine Wohltätigkeitsvereine sind auf ihre Zuwendungen angewiesen. Hast du etwas dagegen, wenn ich das diskret tue?«

»Mach das, wie du meinst. Das tust du ja immer.«

»Danke.« Damit verließ ich sein Büro in dem Wissen, dass er seine Flasche hervorholen würde, sobald ich draußen war.

Seine Maßlosigkeit beunruhigte mich, aber noch größere Sorgen bereitete mir ihre Wirkung auf die Kinder. Niki hatte mittlerweile Angst vor ihm. Als unser Zarewitsch musste er den in ihn gesetzten Erwartungen gerecht werden und in allem, was er unternahm, glänzen. Und seit er in Preobraschenski zum Oberstleutnant befördert worden war, brachte ihm das nur Spott von Sascha ein: Er könne mehr erreichen, wäre er nicht ständig damit beschäftigt, »Sonette an dieses Mädchen aus Hessen zu schreiben«.

Nur immer Forderungen, nie Lob, das gefiel mir nicht.

Für die Saison 1889 kehrte Alicki nach Russland zurück, um ihre Schwester zu besuchen. Ella wurde in der Familie allseits bewundert, da es wirklich nicht leicht war, mit ihrem Mann Sergej umzugehen, wenn der den Haushalt wie eine Armeeeinheit führte und die ganze Zeit Uniform trug, sogar beim Frühstück. Doch Ella, oder Tante Titinka, wie meine Kinder sie nannten, beklagte sich nie. Wann immer wir in der

Stadt waren, empfing sie die Kinder herzlich in ihrem Palast am Newski-Prospekt, bewirtete sie mit Makronen und heißer Schokolade und schimpfte auch nicht, wenn sie mit ihren Stiefeln den Schnee auf ihren Perserteppichen verteilten.

»Aber immer noch kein Zeichen von einem Kind«, schniefte Miechen. »Entweder sie ist unfruchtbar, oder …«

Ich seufzte. »Nicht jede Frau wird auf Anhieb schwanger. Bei manchen dauert es eben seine Zeit.«

Miechen verbiss sich einen Kommentar zu Sergej, aber nicht zu Ellas Schwester. »Wie ich höre, besucht Niki die Maus jeden Nachmittag, sobald er seine Pflichten im Regiment erledigt hat. Er begleitet sie sogar zu all den Bällen und Empfängen. Du musst ja außer dir sein vor Enttäuschung.«

»Er bricht bald zu seiner großen Reise auf. Sie wird dann nach Hessen zurückkehren. Sie ist eine treue Anhängerin des lutherischen Glaubens. Niki sagt, dass ihr Vater sie gebeten hat, nicht zu konvertieren, solange er lebt. Sascha verbietet aber Ehen mit Personen, die nicht der orthodoxen Kirche angehören. Darum habe ich keinerlei Anlass, enttäuscht zu sein.«

»Noch mag sie ja eine inbrünstige Lutheranerin sein, aber sie weiß genau, wie es weitergeht. Ein Zarewitsch läuft einem nicht jeden Tag über den Weg.«

Ich lachte, obwohl ich gar nicht amüsiert war. Denn in der Hoffnung, Nikis Interesse würde irgendwann nachlassen, hatte ich Saschas Rat beherzigt. Zu meiner Verwunderung war es aber nicht so gekommen, wie er vermutet hatte. Ich konnte einfach nicht verstehen, was Niki in ihr sah, und fürchtete allmählich, Miechen könnte klüger sein, als ich bereit war, mir einzugestehen. Hatte dieses deutsche Nichts tatsächlich die Absicht, sich meinen Sohn zu schnappen?

So wie die Dinge standen, konnte ich Niki gar nicht früh genug auf seine Weltreise schicken. Unterwegs würde er mehrere Königshöfe besuchen, und ich betete zu Gott, eine Prinzessin würde dabei ein Auge auf ihn werfen. Was er brauchte, war Abwechslung. Da er unser Erbe war, wollten wir dafür sorgen, dass er diese auch bekam. Der Abschied von ihm und Georgi zerriss mir dennoch schier das Herz. Wegen unseres Zweitältesten hatten wir mehrere Ärzte aufgesucht, von denen uns keiner ein Heilmittel hatte geben können. Alle waren sich darin einig, dass Georgi eine schwache Lunge hatte, doch er weigerte sich, meinen Bitten zu folgen und zu Hause zu bleiben. So musste ich meine Tränen wohl oder übel zurückkämpfen und ihn ziehen lassen.

Zwei Monate nach ihrer Abreise traf ein Telegramm von Niki in Gattschina ein. Georgi war krank geworden und kehrte völlig ausgemergelt zu uns zurück.

»Ich fürchte, es ist die Schwindsucht«, klärte mich Dr. Botkin auf. »Und zwar in beiden Lungenflügeln. Er braucht dringend ein wärmeres Klima.« Er teilte mir die verheerende Botschaft zutiefst betrübt, aber auch etwas hastig mit; offenbar hatte er Angst vor Saschas Reaktion.

Mein Gemahl saß da wie vom Donner gerührt und überließ es mir zu rufen: »Er ist doch noch nicht einmal zwanzig! Wie kann das sein? Sie haben ihn selbst wiederholt untersucht, Doktor. Ihre Kollegen ebenfalls. Keiner von Ihnen hat je das Wort Schwindsucht in den Mund genommen.«

Botkin nickte verlegen. »Ich fürchte, wir alle haben uns getäuscht. Er ist für diese Krankheit eigentlich zu jung, und die Symptome waren zu Anfang nicht eindeutig. Aber jetzt bin ich mir sicher. Bitte verzeihen Sie mir, Eure Majestäten. Ich werde von meinem Amt als Kaiserlicher Leibarzt sofort zurücktreten.«

Leise erwiderte Sascha: »Sie haben meinen Vater behandelt, als er im Sterben lag. Wie hätten Sie wissen können, was mit meinem Sohn ist? Jetzt haben Sie die Diagnose gestellt. Ich werde Ihren Rücktritt nicht akzeptieren.« Während er das sagte, sah er Botkin nicht an; sein Blick verlor sich irgendwo in der Ferne.

»Majestät.« Botkin verneigte sich und hob seinen Arztkoffer vom Boden auf. Aus Georgis Zimmer war Husten zu hören. Sogleich näherte ich mich der Tür. »Unser Palais auf der Krim«, hörte ich mich benommen murmeln. »Ich fahre mit ihm dorthin. Er soll sich ausruhen.«

»Das wird fürs Erste genügen«, erwiderte Botkin. »Aber wenn der Sommer zu Ende geht, wird ihm die feuchte Meeresluft nicht mehr helfen. Er braucht etwas, das höher gelegen und trockener ist. Ein solches Klima ist weitaus vorteilhafter für Schwindsüchtige. Es kann die Krankheit um viele Jahre verlangsamen, Majestät.«

»Höher?« Ich starrte ihn erstaunt an.

»Er meint die Berge«, erklärte Sascha, der mich jetzt endlich anschaute. »Die Ärzte rieten meiner Mutter damals dasselbe. Sie weigerte sich, auf sie zu hören. Für sie gab es nur Nizza oder die Krim ...« Seine Stimme erstarb. »Unser Junge. Warum stellt Gott uns nur auf eine solche Probe?«

Ich konnte ihn nicht trösten. Zuallererst musste ich mich um Georgi kümmern. Doch während ich unserem Sohn den von Botkin verschriebenen, mit Laudanum gemischten Sirup verabreichte, drang von nebenan Saschas raues Schluchzen herüber.

Wir mieteten ein Palais in den Vorbergen des Kaukasus nahe der Stadt Kazbet, wo es auch ein Krankenhaus gab. Georgi akzeptierte die Diagnose, ohne besondere Aufregung zu zeigen. Allerdings bestand er darauf, in Russland zu bleiben. Auf keinen Fall wollte er in ein ausländisches Sanatorium gehen. So organisierte ich den Umzug für ihn, sandte seine Möbel und seine Habseligkeiten in Kisten verpackt voraus und reiste mit ihm in der Eisenbahn, der eine Kutschfahrt über einen schmalen Ziegenpfad folgte, zu dem Palais hinaus. Den Luxus, den wir gewohnt waren, bot es nicht, aber es war geräumig, und von der großen Veranda aus konnte man das ganze Tal überblicken. Die Dienstboten, die sich um Georgi kümmern sollten, suchte ich im Ort aus. Seine Zimmer richtete ich selbst her und ließ es mir auch nicht nehmen, das Bett zu beziehen. Als ich ihm schließlich einen Schal um die Schultern legte, meinte ich: »Es ist ja nur vorübergehend, bis du wieder gesund bist. Botkin sagt, dass die trockene Bergluft dich heilen wird. Und sobald es dir besser geht, kannst du zu uns zurückkehren.«

Er sah mir in die Augen. »Es hilft mir nicht, Versprechen zu hören, die sich dann doch nicht erfüllen lassen.«

Brennende Tränen traten mir in die Augen. Liebevoll umarmte und tröstete Georgi mich, als wäre ich diejenige, die ins Exil musste. »Ich glaube, mir wird es hier gut gefallen«, sagte er, als ich mich an ihn klammerte. Er war schon immer das lebhafteste und humorvollste meiner Kinder gewesen und war so temperamentvoll wie ich. »Keine Kaiserliche Hoheit mehr. Schlicht und einfach Georgi Alexandrowitsch.«

»Niemals.« Ich legte meine Hände an seine Wangen. »Du wirst immer ein Großfürst sein.«

Noch zwei Wochen blieb ich bei ihm, dann musste ich nach Hause zurück. Ich konnte meine Familie nicht allzu lange sich selbst überlassen. Xenia, Olga und Mischa hatten beim Abschied von ihrem Bruder fürchterlich geweint, und Tanja schrieb mir, dass Sascha sich stundenlang in seinem Büro einsperrte, nur um dann mit seinen Hunden ausgedehnte Spaziergänge durch den Park von Gattschina zu unternehmen. Dabei zog er sich stets die Fellmütze tief ins Gesicht und hielt den Kopf gesenkt, als ertrüge er es einfach nicht, die Stellen zu sehen, an denen unsere Kinder gespielt hatten.

Als ich mit der Kutsche die Bergstraße nach Kazbet hinunterratterte, wo am Bahnhof der kaiserliche Zug wartete, winkte Georgi mir von der Veranda aus nach. Es war ja nicht für immer, sagte ich mir.

Und doch war es das. Obwohl ich es nicht akzeptieren konnte.

»Ihr Vater ist gestorben. Jetzt ist ihr Bruder Ernst der Großfürst von Hessen. Im Frühling heiratet er Tante Maries Tochter Ducky. Die ganze Familie wird bei der Hochzeit dabei sein, sogar die Königin. Ich möchte auch hinfahren. Alicki hat mich eingeladen.«

Niki hatte sich tapfer vor uns aufgebaut, obschon der Eindruck von Standhaftigkeit durch die Art und Weise getrübt wurde, wie seine Augen hin und her schossen.

»Hör damit auf, deine Mutter so flehentlich anzuschauen«, knurrte Sascha. »Diesmal wird sie sich nicht für dich einsetzen. Du weißt genau darüber Bescheid, wer wen heiratet, und warst zwar so frech, alle über deine Absichten in Kenntnis zu setzen, hast dir aber nicht die Mühe gemacht, zuerst mit uns darüber zu sprechen. Sei wenigstens jetzt ein Mann und schau mir in die Augen.«

Niki hob den Kopf. »Ich sage Ihnen ja gerade Bescheid. Ich habe alles getan, was Sie von mir verlangten. Sogar diese Weltreise habe ich unternommen und viele Prinzessinnen kennengelernt …«

»Meines Wissens hat dein Vetter, der Wüstling von Griechenland, sich um die Prinzessinnen gekümmert. *Du* hast dich nur lächerlich gemacht und dir von einem Samurai einen Schlag gegen den Kopf verpassen lassen.«

»Das war doch kein Samurai!« Ich starrte Sascha verärgert

an. Niki war in Japan von einem empörten Schaulustigen angegriffen worden, der an seinen Possen Anstoß genommen hatte. Als er und sein Vetter johlend in einer Rikscha an diesem Mann vorbeifuhren, hatte der Mann mit einem Schwert nach ihnen geschlagen. Die Klinge war an Nikis Schläfe vorbeigeschrammt und hatte sein Auge um Haaresbreite verfehlt. Obwohl die Wunde, die ihm dabei zugefügt worden war, inzwischen verheilt war, hatte mein Sohn eine Narbe davongetragen und litt gelegentlich unter Kopfschmerzen. »Er hätte sterben können!«

»Ist er aber nicht.« Sascha funkelte Niki an. »Und jetzt will er, dass wir ihn an einer königlichen Hochzeit teilnehmen lassen und ihm die Werbung um ein Mädchen finanzieren, das klar und deutlich zu verstehen gegeben hat, dass ihr Gewissen es ihr verbietet, zu unserem Glauben zu konvertieren; eine junge Frau, die jetzt ihrer neuen Schwägerin Platz machen muss. Und wenn meine Nichte Ducky auch nur ein bisschen von meiner Schwester mitbekommen hat, wird sie Alicki von Hessen nicht einen Moment im Zweifel darüber lassen, wohin sie gehört – und das ist *nicht* Russland.«

Niki schluckte. Ich sah die Bewegung seines Adamsapfels über dem gestärkten weißen Kragen seines Hemds, das er zu einem anthrazitfarbenen Anzug aus Paris trug.

»Hast du während deines Frankreichaufenthalts irgendetwas von den Dingen erledigt, um die ich dich gebeten habe, außer diese Dilettantenausstattung zu kaufen? Hast du Prinzessin Hélène den Hof gemacht, wie ich dich angewiesen habe?«

»Ja«, sagte Niki, worauf Sascha donnerte: »Lügner! Ihr Vater, der Cômte, hat mir geschrieben, dass dein Vetter sich um sie bemüht hat, wohingegen du kaum ein Wort gesagt hast.«

»Sie … war nichts für mich.« Erneut sah ich, dass Niki verzweifelt versuchte, meinem Blick auszuweichen. Er tat mir schrecklich leid. Gleichwohl war ich fest entschlossen, nicht nachzugeben. Wenn er nach Hessen zur Hochzeitsfeier von Alickis Bruder fuhr und dem Einfluss ihrer ganzen Familie ausgesetzt war, wer wusste schon, was da alles passieren konnte? Ich traute es Victoria jedenfalls zu, dass sie ihm Alicki auf den Schoß schob, auch wenn sie einfach nur sehen wollte, wie ihre Enkelin eines Tages zur Kaiserin von Russland gekrönt wurde.

»Ach so, sie ist nichts für dich.« Saschas Ton triefte vor Hohn. »Prinzessin Hélène ist schön, wohlerzogen, aber sie ist nichts für dich. Für jeden anderen stellt sie sehr wohl etwas dar. Schließlich ist sie nichts weniger als die Tochter des anerkannten französischen Thronfolgers – aber für dich gilt das nichts. Für dich muss es dieses deutsche Mädchen ohne jede Bedeutung sein. Müssen wir das so verstehen?«

Leise sagte Niki: »Warum lehnen Sie sie so sehr ab? Sie hat doch nur gesagt, dass sie nicht konvertieren kann, solange ihr Vater lebt. Ihr Bruder hat keine Einwände dieser Art. Wenn ich ihr meinen Wunsch richtig darlegen kann, wird Alicki ihn beherzigen.«

»Konvertieren allein reicht nicht.« Sascha griff nach seinem Stock, stemmte sich hoch und baute sich vor Niki auf. Immerhin brachte unser Sohn es fertig, nicht zusammenzuzucken, als Sascha donnerte: »Sie braucht meine Zustimmung! Und die hat sie nicht. Himmelherrgott, dein kranker Bruder lebt jetzt in der tiefsten Provinz in einem Vorgebirge, und ich muss mich mit deiner Narretei herumplagen, während er einen besseren Erben abgeben würde, als du das je sein wirst. Gut. Lauf nach Hessen und spiel bei der Hochzeit ihres Bruders den Werber. Aber was immer du Alicki von Hessen erzählst, meine Zustimmung bekommst du *nicht*!«

»Papa.« Nikis Stimme bebte. »Das begreife ich nicht. Warum?«

»Ich habe keine Zeit für dein Gejammer.« Sascha humpelte zur Salontür. »Ich muss nach St. Petersburg. Minnie!«, bellte er mich an. »Bring du diesem Dickkopf einen Hauch von Vernunft bei, bevor mir der Geduldsfaden reißt und ich sie in ihn hineinprügele!«

Gleich darauf stürmte er hinaus. In der Tür brüllte er nach seinem Diener. Verdattert starrte Niki ihm nach.

»Mach die Tür zu und setz dich zu mir«, forderte ich meinen Sohn auf.

Als er neben mir saß, musste ich meine ganze Kraft zusammenraffen. Von all meinen Kindern mochte ich ihn am liebsten, das konnte ich nicht leugnen. Als mein Erstgeborener hatte er einen besonderen Anspruch auf mich, was sowohl ein Segen als auch ein Fluch für ihn war, denn er suchte bei allem meinen Rat, und ich ermunterte ihn dazu. Ich wollte ihn von mir abhängig wissen, weil mir das bestätigte, dass ich immer den ersten Platz in seinem Herzen einnehmen würde. Allerdings traf das gar nicht zu. Nicht mehr. Den ersten Platz besaß nun *sie*. Mir blieb nichts anderes übrig, als mich zu bezähmen, obwohl meine Abneigung gegen sie bereits in Ekel umschlug. Wie hatte diese graue Maus, als die Miechen sie bezeichnete, meinen Sohn mit ein paar Besuchen und einer Handvoll Briefen erobern können?

»Dein Vater wollte nicht so hart sein«, begann ich vorsichtig. Jetzt, da wir allein waren, sah ich, wie er die Schultern hängen ließ. »Er macht sich große Sorgen um Georgi, aber er liebt dich sehr. Nur musst du bedenken: Du bist der Zarewitsch. Da ist deine Ehe nicht eine Frage der persönlichen Vorliebe, sondern eine Staatsangelegenheit. Wer immer die Frau ist, die du wählst, sie muss bereit sein, all die Pflichten auf sich zu nehmen, die ihr Rang mit sich bringt.«

Selbst in diesem Moment brachte ich es nicht fertig, meinen zweiten Einwand gegen sie anzusprechen: ihre deutsche Geburt, über die ich hinweggesehen hätte, wäre sie hinreichend für den Hof ausgebildet worden und hätte sie nicht unter dieser extremen Schüchternheit gelitten, die sie als Prinzessin von minderer Bedeutung brandmarkte. Laut konnte ich das freilich nicht sagen, weil ein Teil von mir wusste, wie voreingenommen mein Urteil war. Wie konnte ich, Nikis leibliche Mutter, dieses Mädchen dafür an den Pranger stellen, dass ihr Fähigkeiten fehlten, die auch ich bei meiner Ankunft in Russland nicht besessen hatte? Doch meine Einwände erschöpften sich nicht darin. Abgesehen von Armut und mangelhafter Ausbildung war Alicki in meinen Augen charakterlich einfach nicht geeignet. Niki war schon schüchtern genug. Mit ihr an seiner Seite würden sie eher wie Geschwister wirken, anstatt wie ein Ehepaar. Keiner von ihnen wusste, wie schnell Leidenschaft verwelken konnte, wie viel Geduld und welche Mühen nötig waren, um eine Ehe über die Jahre hinweg am Leben zu erhalten.

»Alicki wird konvertieren, Mama. Sie hat verstanden, was von ihr erwartet wird.«

»Wirklich?« Ich ballte meine im Schoß ruhende Hand zur Faust, obwohl ich am liebsten die seine ergriffen und auf irgendeine magische Weise alle Spuren dieses Mädchens aus seinem Herzen getilgt hätte. »Ihre Erziehung war ja nicht unbedingt beispielhaft. Vom Leben hier weiß sie nicht das Geringste. Unsere Zarewna zu sein mag ihr wie die Erfüllung ihrer Träume erscheinen, aber glaube mir, das ist es ganz und gar nicht. Und *ich* muss es wissen. Ich hatte diesen Titel selbst einmal.«

»Aber als Papa Sie geheiratet hat, waren Sie weder reich noch auf dieses Amt vorbereitet. Sie haben uns Geschichten darüber erzählt, wie Sie und Tante Alix Ihre Kleider selbst genäht haben und dass Sie keine Gouvernanten hatten, weil

Ihr Vater sich das nicht leisten konnte. Wo ist da der Unterschied?«

Ich zögerte. Niki hatte mich mit meinen eigenen Waffen geschlagen.

»Unsere Kirche verbietet Ehen zwischen einem Mann und der Witwe seines Bruders, aber Papa hat Sie trotzdem geheiratet«, fuhr Niki fort. »Sie wussten nichts vom Leben hier. Doch nach und nach haben Sie alles gelernt. Alicki wird hier ebenso hineinwachsen. Und Sie können ihr dabei helfen. Sie sind meine Mutter. Ich habe ihr gesagt, dass Sie auch ihr eine Mutter sein werden.«

»Nixa und ich waren nie verheiratet«, hielt ich ihm vor. Und als er mich verständnislos anstarrte, fügte ich in sanfterem Ton hinzu: »Ich möchte nur, dass du sorgfältig über diesen Schritt nachdenkst. Wie sie bist du noch unerfahren, und wir … wir sind uns nicht sicher, ob sie die Richtige für dich ist.«

»Für mich?«, fragte er. »Oder für Sie und Papa?«

Ich prallte zurück. Er hatte mich durchschaut. So wie er kaum je etwas vor mir verbergen konnte, gelang es auch mir nur selten, ihm etwas zu verheimlichen.

»Liegt es an ihr?« Seine Stimme klang auf einmal rau. Der Zorn, den er bisher unterdrückt hatte, drang jetzt nach oben. »Weil Sie sie nicht mögen? Weil sie nicht so geistreich, charmant und modisch ist? Weil sie nicht Ella oder Miechen ist? Ist das der Grund?«

»Ganz gewiss *nicht*. Sie mag keine Ella sein, aber eine Miechen in der Familie reicht vollauf.«

»Warum dann?« Er ergriff meine Hand. »Mama, ich bin über zwanzig Jahre alt. Wenn ich mir eine Frau nehmen muss, wie Sie sagen, für mich und für Russland, warum sollte es dann nicht die Frau sein, die ich liebe? Sie ist eine Deutsche, und ich weiß, dass Ihnen das missfällt, aber wir haben im

Laufe der Jahrhunderte immer wieder deutsche Bräute geheiratet. Sie wird wie Sie mit der Zeit eine Russin werden. Sie ist nicht das, was Sie denken. Sie kennen sie überhaupt nicht.«

»Nein«, gab ich zu, »ich kenne sie wirklich nicht.«

»Xenia wird den Mann heiraten, den sie liebt«, erklärte Niki mit erhobener Stimme, um jeden Protest meinerseits zu ersticken. »Sie mögen noch so lange sagen, sie sei zu jung, aber in Wahrheit wollen Sie eigentlich, dass sie Sandro heiratet. Sie darf also hierbleiben und muss sich nicht im Ausland mit einem Prinzen verkuppeln lassen, der sie nur unglücklich machen würde. Verdiene ich nicht dasselbe?«

Ich brachte kein Wort hervor. Stumm starrte ich in sein hübsches Gesicht, in seine flehenden Augen. In diesem Moment war er wieder mein kleiner Junge, der bei mir Bestätigung suchte – eine Bestätigung, die ich ihm nie verweigern würde. Einmal mehr war ich gefangen zwischen meinem sehnlichen Wunsch, ihn zu trösten, und meinem abgrundtiefen Misstrauen Alicki gegenüber. Dabei konnte ich meine Abneigung selbst nicht verstehen. Eigentlich hätte ich entzückt darüber sein müssen, dass er dieses Mädchen gefunden hatte und sie offenbar seine Liebe erwiderte, denn er war keiner, der sein Herz aus einer bloßen Laune heraus verschenkte. Wie auch immer, ich wurde nicht schlau aus mir. Das Einzige, was für mich feststand, obwohl ich es nicht laut sagen durfte, solange sie einander vielleicht tatsächlich liebten, war: Liebe war in einer königlichen Ehe niemals genug. Oft war Liebe sogar der geringste Bestandteil.

»Ja«, antwortete ich ihm schließlich, »natürlich verdienst du dasselbe.« Bevor ich hinzufügen konnte, das bedeute aber nicht notwendigerweise, dass sie ihn glücklich machen würde, ließ Niki meine Hand los und stand auf.

»Wenn Sie so denken, müssen Sie Papa davon überzeugen. Ich werde Ella zur Hochzeit ihres Bruders begleiten und mein Möglichstes tun, um meine Pflichten als Gesandter unseres Reiches zu erfüllen. Aber es wäre eine schreckliche Blamage für mich, falls Papa sich weigern sollte, mich zu unterstützen, wenn ich um Alickis Hand anhalte.«

Er hatte meine Worte fälschlich als Einwilligung ausgelegt. Und jetzt strebte er zur Tür. Doch bevor er sie erreichte, erwiderte ich hastig: »Eines vergisst du bei all dem: Victoria hat sich noch nie um Russland geschert. Du brauchst die Einwilligung deines Vaters, so wie Alicki auf die Zustimmung ihrer Großmutter angewiesen ist.«

»Das wissen wir«, entgegnete er, und seine Worte schnitten mir ins Herz, als er fortfuhr: »Ich habe Tante Alix schon geschrieben. Sie hat geantwortet, dass sie bereit ist, sich für uns einzusetzen. Victoria mag Alicki sehr gern, und die hat ihr unseren großen Wunsch schon anvertraut. Die Königin hat noch nicht Ja gesagt, aber das wird sie bestimmt tun, sobald ich um Alickis Hand angehalten habe.«

Damit ließ er mich allein zurück. Reglos blieb ich auf meinem Stuhl sitzen. Er hatte meiner Schwester geschrieben – ausgerechnet in einer Zeit, in der sie um den Verlust ihres ältesten Sohnes trauerte. Und Victoria war darüber im Bilde.

Ich fühlte mich, als wäre mir mein Recht, das Schicksal meines Sohnes zu überwachen, entrissen worden.

24

Im Schutz von Sonnenschirmen, die unsere Bediensteten hielten, spazierten Alix und ich durch die Gärten von Peterhof, wo Springbrunnen die schwüle Luft abkühlten.

Xenia und Sandro hatten ihre jeweiligen Schlachten um die Erlaubnis, heiraten zu dürfen, schlussendlich gewonnen und waren zu ihrer Hochzeitsreise aufgebrochen. Mir war das nicht leichtgefallen. Zunächst hatte ich mich dagegengestellt, aber Xenia war neunzehn Jahre alt, im selben Alter, wie ich es gewesen war, als ich Sascha geheiratet hatte. Und was für eine Szene meine Tochter aufgeführt hatte, die in der Drohung gipfelte, dass sie weglaufen würde – Unsinn, wie ihn nur ein dummes verliebtes Mädchen von sich geben konnte, obwohl sie wusste, dass ich sie jederzeit im Palast einsperren konnte –, doch letztlich hatte ich nachgeben müssen.

Nach und nach hatten die Hochzeitsgäste den Palast verlassen. Zurück blieben nur noch die unmittelbaren Angehörigen. Bertie und mein Mann schauten sich dessen Sammlung von Schusswaffen oder Hirschgeweihen an oder unternahmen sonst irgendetwas miteinander. Meine Schwester musste bemerkt haben, in welcher Stimmung ich war, denn nun, da wir allein waren, fragte sie vorsichtig: »Sascha sieht nicht allzu gut aus. Fehlt ihm etwas?«

»Er hat Schmerzen im Rücken«, sagte ich. »Er arbeitet pausenlos und macht sich Sorgen um Georgi.«

»Ist das alles? War er schon beim Arzt?«

Ich blieb abrupt stehen. »Glaubst du, ich vernachlässige ihn? Soll ich ihn dir überlassen, damit du dich um ihn kümmern kannst, so wie du es ja auch schon mit meinem Sohn gemacht hast?« Ich sah ihr an, dass sie unsicher wurde. In freundlicherem Ton fuhr ich fort: »Oder hast du ihm etwa nicht deine Einwilligung gegeben, als er Alexandra den Heiratsantrag machte? Und das, obwohl sie erneut Vorbehalte gegen einen Übertritt in die orthodoxe Kirche äußerte und sich dabei auf Victorias Bedenken berief?«

»Ja, aber damals wollte Victoria selbst entscheiden, wann sie Niki einladen wollte, nach England zu kommen und eine bestimmte Zeit mit ihr und Alicki zu verbringen. Mit mir hatte das nichts zu tun.«

»Sie wollte darüber verfügen, ob ihre Enkelin den Antrag annehmen sollte«, knurrte ich. »Als hätte sie den Prinzen irgendeines Zwergfürstentums im Haus gehabt und nicht den Zarewitsch von Russland. Ich hatte so sehr gehofft, Victoria würde der Sache einen Riegel vorschieben und Niki auf den Boden der Tatsachen herunterholen. Wie viel lieber wäre es mir gewesen, sie hätte ihn abgewiesen! Aber nein, stattdessen kehrt er in schottischem Tweed-Anzug und Zylinder nach Hause zurück und lässt uns wissen, dass Victoria ihm ihren Segen gegeben hat und wir einen orthodoxen Geistlichen zu ihr schicken können, damit er Alexandra in ihrem neuen Glauben unterweist, den sie jetzt doch endlich annehmen will. Und das alles, als ob *unsere* Zustimmung gar nicht mehr von Belang wäre!«

Alix warf einen Blick auf unsere Hofdamen, die die Sonnenschirme zusammenfalteten und sich außer Hörweite begaben. »Minnie«, sagte sie, »das ist ungerecht von dir.«

»Ach ja?« Ich schnaubte. Wie gern hätte ich jetzt geraucht! Ich hatte gute Lust dazu, einen Skandal auszulösen, indem ich mir im Garten eine Zigarette anzündete und meiner Schwester den Rauch mitten ins Gesicht blies. »Und wie gerecht ist es, mit ihm gemeinsame Sache zu machen? So etwas würde ich dir nie antun! Nie habe ich mich darin eingemischt, wie du deine Familienangelegenheiten regelst.«

Alix seufzte. »Dir ist doch sicher klar, dass Niki mir schlicht nicht erzählt hat, dass du ihm deine Zustimmung verweigert hast, oder? Er hat etwas anderes behauptet, und das war unrecht von ihm. Hätte ich von diesem Umstand gewusst, hätte ich mich niemals dazu überreden lassen, mich bei der Königin für ihn einzusetzen.«

»Nun, mich direkt zu fragen, das kam dir jedenfalls nicht in den Sinn.« Jetzt zog ich tatsächlich mein Zigarettenetui aus der Tasche und zündete mir vor Alix' entsetzt aufgerissenen Augen einen Glimmstängel an. »Wie auch immer, da Victoria ihm nun ihre Zustimmung gegeben hat, braucht Niki keine weitere. Was *ich* davon halte, ist für ihn nicht mehr von Belang. Mein Georgi ist krank. Ich habe Xenia verloren, und jetzt verliere ich auch Niki. Das ist das Los einer Mutter. Wir ziehen sie auf, sie wachsen heran und verlassen uns.«

»Minnie, ich hatte wirklich nicht den Schimmer einer Ahnung.« Alix fasste mich am Arm. »Du musst mir verzeihen. Ich weiß, wie schrecklich du dich um Georgi sorgst. Ich kenne diesen Schmerz nur allzu gut. Als mein Eddy krank wurde und starb, wollte ich ihm ins Grab folgen. Wenigstens ist Georgi noch bei dir. Er ist jung und stark. Wenn er auf sich achtet, kann er mit diesem Leiden noch viele Jahre leben.«

Auf einmal stiegen Schuldgefühle in mir auf. Alix hatte nach dem Tod ihres Sohnes, den sie Eddy genannt hatte, mir gegenüber nie die Fassung verloren. Ich hatte ihr damals Briefe geschrieben, und ihre Antworten hatten von nichts als Schicksalsergebenheit gezeugt. Gleichwohl hatte der Verlust seine Spuren hinterlassen. Sie war nicht mehr so schön wie früher, wirkte nicht mehr so strahlend. Ganz würde sie sich wohl nie davon erholen.

»Xenia und Sandro sind bis über beide Ohren verliebt«,

fuhr sie fort. »Und Niki und Alicki sind es auch. Ich habe sie zusammen in England gesehen. Alle waren der Meinung, dass sie füreinander geschaffen sind. Selbst Victoria sagt das, und sie ist über dieses Verlöbnis kein bisschen glücklicher als du.«

»Sie sind erst dann verlobt, wenn Sascha seinen Segen gibt.« Ich entzog ihr meinen Arm, nahm mehrere Züge von meiner Zigarette und blickte auf das herabprasselnde Wasser der Großen Kaskade, einer riesigen Anlage von Springbrunnen, die unzählige Fontänen rings um eine Grotte und die vergoldete Statue von Samson mit den Löwen versprühten.

Nach längerem Schweigen wagte Alix die Frage: »Was ist? Was verschweigst du mir?«

Ich räusperte mich, warf meine Zigarette zu Boden und trat sie mit der Schuhspitze aus. »Du bist eine Nervensäge mit deinen Fragen. Dabei weißt du längst, was ich dir nicht sagen will.« Ich schaute ihr in die Augen. »Victoria wusste es gleich: Das Mädchen ist für diese Aufgabe nicht geeignet. Sie hat nicht das nötige Stehvermögen für eine Zarewna.«

Alix blinzelte mich verwirrt an. »Wie kommst du darauf? Nun gut, sie hat gelegentlich Schmerzen in den Beinen, laut den Ärzten die Folge eines Unfalls, den sie in der Kindheit erlitten hat. Sie ist einmal beim Spielen im Garten auf eine Glasscheibe gefallen, die die Pflanzen gegen den Frost schützte. Ich habe die Narben selbst gesehen, als wir in Bath waren und ein Heilbad nahmen. Aber ansonsten ist sie kerngesund.«

Ich wusste selbst, dass meine Gefühle irrational waren und von einer Abneigung herrührten, die ich mir immer noch nicht erklären konnte. »Na ja, ich meine, sie spricht Französisch mit einem fürchterlichen Akzent, ist so schüchtern, dass sie in der Öffentlichkeit kaum den Mund aufbringt, und sie hat keinerlei Ausstrahlung. Wie wird sie die Härten eines Lebens als Gattin des Zaren aushalten? Ich weiß selbst nur zu gut, wie anstrengend das sein kann und wie viele persönliche Vorlieben man opfern muss, um den Ansprüchen anderer zu genügen. Ich bezweifle sehr, dass Alicki von Hessen eine Erziehung genossen hat, die sie auch nur im Geringsten auf das vorbereitet hat, was von ihr erwartet wird.«

»Minnie, deine Ausbildung war doch genauso unzureichend. Sie wird es eben mit der Zeit lernen – wie du«, erwiderte Alix, und bevor ich explodieren und einen weiteren unangebrachten Vergleich zwischen mir und ihr anstellen konnte, fügte meine Schwester hinzu: »Wie du sagst, unsere Kinder werden erwachsen. Das müssen sie. Aber sie verlassen uns nicht. Sie gehen nur dann weg, wenn wir es ihnen unmöglich machen zu bleiben. Du kannst dich dem Glück deines Sohnes nicht in den Weg stellen, egal, wie gut gemeint deine Absicht auch sein mag. Damit bringst du ihn nur so weit, dass er sich von dir abwendet. Ist es das, was du willst?«

»Nein!« Plötzlich kam ich mir vor wie ein alter Hausdrachen. »Ich will, dass er eine liebende Ehefrau findet, seine eigene Familie gründet – nur eben nicht mit ihr. Sie hat etwas …« Ich wich dem Blick meiner Schwester aus. »Du musst mich für irrational halten, aber tief in meinem Herzen weiß ich, dass sie nicht die Richtige für ihn ist.«

»*Er* sieht das anders.« Meine Schwester wurde leiser. »Minnie, das sind deine Nerven. Georgis Krankheit und jetzt Xenias Hochzeit haben dir spürbar zugesetzt. Da erscheint dir jedes Hindernis unüberwindbar. Aber Niki kennt sein Herz. Sie lieben einander und wollen heiraten. Ist das so schrecklich?«

»Ich weiß nicht«, murmelte ich. »Eigentlich nicht.«

Sie hängte sich wieder bei mir ein. »Ganz genau. Du weißt, dass eine Liebesheirat ein seltenes Geschenk ist. So, und jetzt komm mit. Lass uns sehen, was unsere Gatten treiben, bevor sie die Cognacflasche bis zum letzten Tropfen leeren. Du darfst dich nicht so grämen. Ich habe von Niki nicht den Eindruck, dass es ihm an Urteilsvermögen fehlt. Er hat sorgsam darauf geachtet, Victoria zu beeindrucken.« Sie stieß mir den Ellbogen in die Rippen. »Und ich brauche dich wohl nicht daran zu erinnern, was für eine Strapaze das manchmal sein kann.«

Unwillkürlich musste ich grinsen, während sie mich fest an sich drückte und wir in den Palast zurückkehrten, wo Sascha und Bertie tatsächlich Cognac tranken und mit ihren Jagdabenteuern prahlten.

Für eine Weile geriet mein Problem in Vergessenheit.

Das Leben war leichter, wenn ich so tun konnte, als gäbe es Alicki von Hessen nicht.

»Meine Stiefel passen nicht.« Sascha stand in Strumpfsocken auf der Schwelle zu meinem Salon im Gattschina und starrte mich aufgebracht an, als träfe mich die Schuld daran.

Nach Alix' und Berties Abreise hatten wir auf der *Polarstern*, unserer kaiserlichen Jacht, eine vierwöchige Kreuzfahrt unternommen, bei der uns auch Olga, Mischa und Georgi begleiteten. Während der gesamten Fahrt hustete unser Sohn so gut wie nie. Allerdings ließ ich ihn aus – vielleicht übertriebener – Vorsicht nicht im Meer schwimmen. Durch Georgis Erholung aufgemuntert, aß Sascha wieder mit seinem gewohnten Appetit, brachte Olga bei, wie man Köder am Angelhaken befestigte – sie schnitt Grimassen, spießte die Würmer aber trotzdem auf –, und zeigte Mischa, wie man Hechtschwärme erspähte und sich am Grund der kalten finnischen Gewässer niederkauerte.

Doch kaum musste er sich von unserem Sohn verabschieden, verfiel er wieder in seine alte Launenhaftigkeit. Ich begleitete Georgi indes nach Abastumani, wo er einen Zusammenbruch erlitt und sein Husten zurückkehrte. Zum ersten

Mal war sein Taschentuch mit Blut befleckt. Drei Wochen lang blieb ich noch bei ihm im Palais, zu besorgt, um von seiner Seite zu weichen.

Mit einem verdrossenen Seufzer griff ich nun wieder nach dem Stift, um an dem Brief weiterzuschreiben, aus dem mich Sascha mit seiner Beschwerde gerissen hatte. »Sie müssen nass geworden sein. Das Leder ist eingegangen. Aber du hast genügend Schuhe. Muss es denn immer dasselbe sein, das du tagein, tagaus trägst, bis die Sohle sich löst?«

»Keines passt mehr.«

Ich blickte zu ihm auf. Sich am Türrahmen festhaltend, streckte er mir einen Fuß entgegen. »Siehst du?«

Ich kniff die Augen zusammen. »Was denn? Ich sehe denselben großen …« Er riss den Strumpf herunter. Einen Moment lang stockte mir der Atem. Seine Zehen waren geschwollen, und die Haut hatte eine unnatürliche gelbe Färbung angenommen. Nun ging ich zu ihm hinüber und besah mir die Zehen genauer. Er stellte den Fuß wieder auf den Boden und verzog das Gesicht. »Das tut weh!«

»Dann müssen wir sofort Botkin holen …«

»Nein.« Obwohl er die Kündigung des Arztes nicht angenommen hatte, wollte er seit der Diagnose für Georgi nichts mehr mit ihm zu tun haben. »Ich lasse ihn nicht an mir herumfummeln. Wahrscheinlich ist es die Gicht.«

»Setz dich.« Ich führte ihn zu meinem Sofa. Während er sich vorsichtig darauf niederließ, fragte ich: »Hast du noch Schmerzen im Rücken?«

Er nickte. »Kurz vor Xenias Hochzeit ist es wieder losgegangen.«

»Warum hast du nie etwas gesagt? Die Hochzeit war vor über drei Monaten!«

»Jetzt sage ich es ja«, fauchte er. »Lass dieses Trara. Es ist die Gicht. Ich esse zu viel.«

»Das ist wahr.« Gegen Saschas Willen wies ich Obolenskij an, unseren Arzt zu holen. Sascha regte sich fürchterlich auf, als wir Botkin zu ihm ins Zimmer baten, doch dieser schloss ungerührt die Tür hinter sich.

Ich kehrte in meinen eigenen Salon zurück, wo ich rauchte und unentwegt auf und ab marschierte. Als Botkin bei mir eintrat, bedurfte es nur eines kurzen Blicks auf seine ernste Miene, und das Herz sank mir in die Magengrube.

»Es ist nicht die Gicht. Ich glaube, er hat eine schwere Nierenentzündung. Ich habe eine Urinprobe genommen, die ich analysieren werde. Majestät, er hat seit der letzten Untersuchung vor zwei Jahren erheblich an Gewicht verloren. Außerdem hat er Probleme mit dem Atmen. Er hat mir gesagt, dass er allenfalls eine halbe Stunde zu Fuß gehen kann, ohne ins Keuchen zu geraten. Und er war es gewohnt, drei Stunden täglich durch die Gärten zu laufen.« Seine Stimme nahm einen vorwurfsvollen Ton an. »Warum wurde ich nicht früher zu Rate gezogen?«

»Er hat nie mit mir darüber gesprochen. Auch habe ich ihn nie jammern hören! Auf unserer Reise nach Finnland ging es ihm prächtig. Er hat jeden Tag geangelt …« Von schlechtem Gewissen geplagt, ließ ich mich aufs Sofa fallen. »Von seinem Gewichtsverlust habe ich gar nichts bemerkt. Die Hochzeit unserer Tochter hielt mich ständig beschäftigt. Und dann die Sache mit Georgi …«

Botkin nickte. »Ich verstehe. Bei einem Mann von seiner Statur kann ein Gewichtsverlust lange unbemerkt bleiben. Dennoch muss ich auf vollständiger Ruhe bestehen. Nierenleiden sind ein ernsthaftes Problem. Ich kenne eine Kapazität auf diesem Gebiet, Dr. Leyden. Ich schlage vor, ihn an den Hof zu holen. Er ist in Berlin tätig und …«

»Berlin?«, rief ich mit einem zittrigen Lachen. »Das wird Sascha nicht erlauben. Ein Deutscher! Gott behüte!«

»Eure Majestät, die Staatsangehörigkeit ist in diesem Fall nebensächlich. Der Zar ist schwer krank!«

Ich vernahm seine Worte wohl und wusste auch, dass Botkin immer sehr realistisch war und nicht zu dramatischen Auftritten neigte, nicht nach seiner Fehldiagnose bei Georgi und erst recht nicht bei allem, was die Gesundheit des Zaren betraf. Doch ich konnte das alles nicht mehr verkraften. Ein Riegel schien bei mir einzurasten und sperrte meinen gesunden Menschenverstand weg. »Wird es helfen, wenn ich ihn nach Liwadija bringe?«, fragte ich.

»Fürs Erste, ja, immer vorausgesetzt, er kann dort ruhen. Aber Meeresluft, egal, in welchen Mengen, kann ihn nicht heilen. Er muss von einem Experten untersucht werden, der ihm ein Behandlungskonzept vorschreiben wird, an das er sich mit äußerster Disziplin halten muss. Wenn er den ärztlichen Rat befolgt, kann er überleben.«

»Ich werde mit ihm sprechen.« Mich auf die Seitenlehne stützend, stand ich auf. »Bitte sagen Sie ihm kein Wort davon. Erst muss ich mit ihm sprechen. Sonst wird Ihr Dr. Leyden nie einen Fuß auf russischen Boden setzen. Ich kenne meinen Mann. Er wird sich nie fügen, solange er glaubt, es allein zu schaffen.«

»Kann ich Leyden wenigstens ein Telegramm schicken und ihm die Situation erklären?«

»Ja«, sagte ich. »Aber seien Sie diskret. Niemand darf davon erfahren.«

Tatsächlich wehrte sich Sascha so heftig, dass ich schon befürchtete, ihn keinen Schritt aus Gattschina hinauszubekommen.

»Das ist doch nichts!«, brüllte er, obwohl er sich wegen der Schmerzen keine abrupten Bewegungen leisten konnte. »Das ist die Gicht oder ein Nierenstein. Hast du vergessen, dass

Xenia ihren ersten Winter als Sandros Ehefrau verbringt? Wir sind für sie verantwortlich. Da können wir nicht Mitte Oktober zum Urlaub auf die Krim fahren!«

»Das ist kein Urlaub«, widersprach ich und knöpfte ihm den Mantel zu, der viel zu weit für ihn geworden war. Jedes seiner Kleidungsstücke hing an ihm herab, obwohl er sie vor gerade erst einem halben Jahr mit seiner Leibesfülle noch fast zum Zerreißen gebracht hatte. »Es ist einfach eine Ruhepause. Ich habe alle Verpflichtungen abgesagt. Xenia versteht das. Wir müssen Botkins Rat befolgen.«

»Dieser Narr hat nichts von Georgis Krankheit bemerkt. Warum sollten wir da noch auf ihn hören?«

»Mir zuliebe.« Beschwörend legte ich ihm beide Hände auf die Brust. »Bitte. Tu das für mich. Ich könnte es nicht ertragen, wenn …« Mir brach die Stimme. »Du musst es tun.«

»Manja. Weinst du etwa?« Er fasste mir unters Kinn und hob mein Gesicht zu dem seinen empor. »Reg dich nicht auf. Du bist nur überreizt.« Mein Kinn weiter liebkosend, küsste er mich sanft, so wie er es am Beginn unserer Ehe getan hatte, als er sich meiner Liebe nicht sicher gewesen war. »Ich habe nicht die Absicht, dich zu verlassen.«

Auf der Krim war das Wetter noch mild, doch der Winter nahte unaufhaltsam. Bei der kaiserlichen Villa handelte es sich um ein Gebäude aus Steinen und Holz mit einem überstehenden Ziegeldach, trotzdem konnte es im Inneren feucht werden, wenn vom Schwarzen Meer Stürme heranrasten. Da ich mir noch nicht im Klaren darüber war, was ich tun sollte, hatte ich meinem Bruder in Griechenland ein Telegramm gesandt und ihn gebeten, uns sein königliches Palais auf Korfu für den Winter zur Verfügung zu stellen. Er hatte mir geantwortet, wir könnten es jederzeit benutzen. Doch in Saschas Verfassung würde die Überfahrt selbst mit unserer kaiserlichen Jacht eine arge Strapaze für ihn bedeuten. So entschied ich, dass zunächst ein Aufenthalt in Liwadija Sascha helfen sollte, wieder einigermaßen zu Kräften zu kommen.

Als er in einem Zimmer mit Blick aufs Meer untergebracht war, sah er sich bald von Verwandten umringt. Es war schlicht unmöglich, Saschas Krankheit geheim zu halten. Das eine oder andere Wort sickerte nach draußen, und schon trafen seine Brüder ein und belegten jedes freie Zimmer, während seine Onkel und deren Frauen sich in einer angrenzenden Villa einquartierten und täglich vorbeischauten, um unseren Salon zu bevölkern. Nur Miechen hielt sich fern. Sie beschränkte sich darauf, uns zusammen mit Wladimir die Botschaft zu schicken, dass sie für Sascha betete. Xenia und Sandro verkürzten ihre Hochzeitsreise, um gemeinsam mit Niki zu uns zu kommen. Olga und Mischa hatten wir in Gattschina zurückgelassen, doch Sascha fragte so oft nach ihnen, dass ich mich gezwungen sah, sie zu uns zu beordern. Nur von Georgi verlangte ich das nicht. Er war selbst zu krank und das Wetter zu unsicher. Da konnte ich ihm keine Reise zumuten.

So waren wir von einem kleinen, aber nichtsdestotrotz anstrengenden Hofstaat umgeben. Gleichzeitig verfiel Sascha so rapide, dass seine Minister ihre Bestürzung kaum verbergen konnten – und das, obwohl er nicht aufhörte, sie zu drangsalieren. In einem großen Ohrensessel thronend, einen Schal um seinen geschrumpften Körper gewickelt und die Stirn von Zornesfalten gefurcht, studierte er jeden Tag ihre Berichte.

Niki hoffte, im November heiraten zu können, wie es bei der Hochzeit eines Zarewitsch Brauch war. »Bitte erwähne das nicht in der Gegenwart deines Vaters«, warnte ich ihn. »Siehst du denn nicht, wie schlecht es ihm geht? Da sind neue Sorgen das Letzte, was er braucht. Lass ihn sich erst erholen, und dann können wir uns immer noch entscheiden.«

Aus Sorge um seinen Vater verzichtete Niki darauf, ihn zu

bedrängen. Gleichwohl war mir klar, dass er alles ganz anders geplant hatte, denn auch wenn Sascha ihm keine offizielle Zustimmung erteilt hatte, betrachtete mein Sohn sich als verlobt mit Alicki von Hessen.

Mit ihm zu streiten war nicht möglich. Ständig flatterte ich mit fröhlichem Gebaren durch Liwadija und schalt Xenia, als ich sie einmal dabei ertappte, wie sie sich an Sandros Schulter ausweinte. »Ich will das nicht sehen. Was ist nur los mit dir? Dein Vater wird sich erholen. Nichts kann einen russischen Bären so schnell umwerfen.«

Doch in den Nächten, wenn ich zu Sascha hinüberrutschte, ihn an mich drückte und er murmelte, dass ihm das wehtat, konnte ich sehen, dass sein Zustand sich verschlechterte. Er aß kaum noch, giftgrüner Speichel rann ihm aus dem Mund, und wenn er mich um eine seiner Zigaretten bat und ich sie ihm anzündete, brauchte er sie nur an die Lippen zu setzen, dann schüttelte ihn auch schon der nächste Hustenanfall, und er warf sie weg. »Ich kann nicht mal rauchen!«, stöhnte er. »Was für eine erbärmliche Art, seine Tage zu beenden.«

Seine Worte stürzten mich in Panik. Als hätte eine Alarmglocke angeschlagen, entsandte ich sofort unseren kaiserlichen Zug, um Botkins deutsche Kapazität ins Land zu holen. Und Leyden kam. Der Arzt, ein spindeldürrer Mann mit einem altmodischen Kneifer auf der Nase, der mich irgendwie an Pobendonstjew erinnerte, ließ bei der Untersuchung Saschas matten Widerstand und eine Schimpfkanonade über sich ergehen. Wenig später allerdings gellten Saschas Schreie durch die ganze Residenz, als er gezwungen wurde, eine Urinprobe abzugeben.

Nach der Untersuchung dieser Probe unter einem Mikroskop fand sich Leyden bei mir ein. »Er leidet an Albuminurie«, erklärte er in einem flüchtigen Ton, als hielte er es für selbstverständlich, das ich bereits wusste, worum es sich dabei handelte.

Ich musterte ihn schweigend.

Auf die gleiche beiläufige Weise fuhr er fort: »Ein unheilbarer Verfall der Nieren. Majestät, so leid es mir tut, es gibt keine erfolgversprechende Behandlung. Der Zar liegt im Sterben.«

Botkin führte Leyden zurück zu seiner Kutsche und zum Bahnhof, denn ich wollte ihn nicht mehr im Palast haben. Nach dem Abschied versuchte ich, mich zusammenzunehmen, und kehrte zu Sascha zurück.

Er saß in seinem Sessel, die geschwollenen Füße auf einem Schemel.

»Sag's nicht«, flüsterte er, als ich seine Hand ergriff. »Sei ruhig. Ich bin es auch.«

Es ließ sich nicht verbergen. In Krisenzeiten verbreiteten sich Nachrichten noch schneller als sonst, und die Großfürsten, seine Brüder und Onkel, wurden immer unruhiger. Mittlerweile war seine komplette Verwandtschaft eingetroffen und belagerte mich regelrecht. Nach einer schrecklichen Nacht bei Sascha, der inzwischen permanenter Pflege bedurfte, passte mich eines Morgens Wladimir im Flur ab und zischte: »Wir müssen ein ärztliches Bulletin veröffentlichen. Alle reden schon von seinem baldigen Tod.«

»Sollen sie doch«, gab ich zurück und versuchte, mich an ihm vorbeizudrängen, doch plötzlich tat er etwas, was er nie zuvor gewagt hatte: Er ergriff mich am Arm. Als ich wütend zu ihm herumwirbelte, sagte er leise: »Niki ist nicht auf das Amt vorbereitet. Er hat Sandro gesagt, dass er nie Zar werden wollte und nichts vom Herrschen versteht. Aber *was* er will, das weiß er sehr wohl: Er hat sie per Telegramm hierhergebeten. Sie sitzt schon im Zug nach Russland.«

Ich schüttelte ihn ab und stürmte aufgebracht durch das Haus. Schließlich entdeckte ich Niki zusammen mit Xenia im Säulengang. Als er mich bemerkte, erstarrte er; fast wäre ihm die Zigarette aus dem Mund gefallen.

»Wie *konntest* du das tun?«, fauchte ich. »Ist das wahr? Hast du sie zu dir gebeten?«

Stockend sagte Xenia: »Mama, er braucht …«

Mein böser Blick ließ sie verstummen. Ich baute mich vor Niki auf. »Hast du das getan? Raus mit der Sprache. Sofort.«

»Vorher habe ich Papa gefragt«, flüsterte er. »Er hat eingewilligt.«

»Wann war das?«

»Gestern Nachmittag, als er nach mir rief.« Tränen schossen ihm in die Augen, doch in diesem Moment kannte ich weder Mitleid noch Gnade. Dafür reichte meine Kraft einfach nicht mehr. »Mama, bitte seien Sie nicht böse. Ich habe ihn gefragt, und er hat Ja gesagt, weil kein Zar unverheiratet gekrönt werden sollte.«

»Du undankbarer Kerl!« Ich zitterte am ganzen Körper. Zum ersten Mal in meinem Leben wollte ich ihn schlagen. »Noch ist er nicht tot! Und solange er lebt, ist *er* der Zar und hat eine Frau. Mich. Deine Mutter!«

Niki senkte die Augen. In flehendem Ton rief Xenia: »Mama, so dürfen Sie nicht mit ihm sprechen! Er ist untröstlich. Das sind wir alle. Er will sie bei sich haben. Er glaubt, sie sollten verheiratet sein, bevor Papa … bevor er …« Die gefürchteten Worte blieben ihr im Hals stecken.

»Hier nicht«, sagte ich. »Hier gibt es keine Hochzeit.«

Ich marschierte zurück ins Innere des Palais. Als ich durch den Speiseraum eilte, erschreckte ich die Großfürsten. In ihren legeren Alltagskleidern saßen sie am Frühstückstisch und tafelten, als läge ihr Bruder nicht ein paar Zimmer weiter im Sterben. Sekunden später platzte ich bei Sascha ins Zimmer. Der alte Iwan hatte es in der Zwischenzeit geschafft, ihn aus dem Bett zu hieven, zu waschen und anzuziehen.

»Hast du Niki erlaubt, sie hierherzuholen?«, fragte ich.

Zwischen ausgetrockneten Lippen stieß Sascha ein leises Lachen aus. »Wladimir hat keine Zeit verschwendet, wie ich sehe.« Mühsam winkte er mich zu sich, und plötzlich barsten in mir alle Dämme. Ich stand da, zwischen uns seine ausgestreckte Hand, und brach in so fürchterliches Schluchzen aus, dass mich sämtliche Kräfte verließen und meine Beine nachgaben.

»Nein, Manja, nicht du«, flüsterte er. »Bei allen kann ich Tränen ertragen, aber nicht bei dir.« Zögernd raffte ich mich auf und ließ den Kopf auf seinen Schoß sinken. Er streichelte mich sanft und murmelte: »Lass deine Schwester herkommen. Du brauchst sie jetzt. Alix gibt dir immer Kraft.«

Tatsächlich schrieb mir Alix umgehend, dass sie und Bertie so bald wie möglich kommen würden. Ihr zweiter und einziger überlebender Sohn, George, leide gegenwärtig am Typhusfieber, befinde sich aber auf dem Weg der Besserung. Natürlich konnte ich mir nur zu lebhaft vorstellen, welche Ängste Alix und Bertie ausgestanden haben mussten. Gleichwohl trafen sie die Vorbereitungen für die Reise nach Liwadija, und ich betete zu Gott, dass sie noch rechtzeitig bei uns eintreffen würden.

Doch Gott erhörte meine Gebete nicht mehr.

Alicki traf in einem dunklen, bis zum Kinn zugeknöpften Mantel ein. Mit dabei hatte sie Berge von Gepäck und drei Dienerinnen. Das Palais war zwar schon jetzt bis zum Bersten voll, aber irgendwie musste ich Platz schaffen. Es gelang mir, indem ich Wladimir in ein Nachbargebäude ausquartierte. Als dann Alicki in das Schlafzimmer trat, das ich für sie hergerichtet hatte, murmelte sie: »Es tut mir leid, dass ich Ihnen solche Umstände bereite.

Mit einem angespannten Lächeln erwiderte ich: »Unsinn, meine Liebe. Wir gehören ja bald der gleichen Familie an, wie ich gehört habe.«

»Ich dachte, das wäre schon längst so.« Sie musterte mich mit diesen blasslila Augen, die ebenso schön wie unergründlich waren und keinerlei Gefühl preisgaben. »Meine Schwester Ella ist durch die Ehe mit Großfürst Sergej Nikis Tante.«

»Ja, natürlich. Aber jetzt werden die Familienbande auf eine Weise gestärkt, die wir nicht erwartet hatten.« Damit ließ ich sie stehen. Meine Geduld war schon längst in einem Maße strapaziert worden, dass ich es nicht mehr über mich brachte, allzu viele Gebote der Höflichkeit einzuhalten.

Nachdem er in Kenntnis gesetzt worden war, rief Sascha Alicki und Niki am Nachmittag zu sich. Seine fiebrigen Augen begannen zu strahlen, als sie vor ihm knieten und er über ihnen das Kreuzzeichen schlug.

»Lass mich mit meiner neuen Tochter allein«, befahl er mir. Obschon ich zu Tode erschrak, blieb mir keine Wahl, als hinauszugehen. Über eine Stunde lang blieben sie allein. Als Alicki herauskam, sah ich, dass ihr blassen Wangen feucht waren. Niki ergriff ihre Hand und führte sie fort. Obschon ich Sascha nie fragte, was er zu ihr gesagt hatte, sollte ich es später von Niki erfahren.

»Er hat gesagt, dass seine Frau ein Engel ist und er dafür betet, dass Alicki dasselbe für mich sein wird.«

Es war geschehen. Sascha hatte ihnen seinen Segen gegeben.

Der erste November brach mit bedecktem Himmel und stürmischem Wind an, der an den Fenstern rüttelte. Sascha stöhnte. Sofort stürzte ich zu seinem Sessel, in dem er mittlerweile immer schlief, weil er wegen der Schmerzen nicht mehr im Bett liegen konnte. Er war in der Nacht nach unten gerutscht und lag halb auf dem Polster. Als ich ihm half, sich aufrecht hinzusetzen, hustete er Blutklumpen.

Von da an wich ich nicht mehr von seiner Seite. Ich aß und trank nicht, noch zog ich mich um oder bürstete mir das Haar. Die ganze Zeit hielt ich seine Hand, während er immer wieder wegdämmerte und zu sich kam und die übrige Familie ins Zimmer schlüpfte und die Priester das Gebet für die Sterbenden sangen. Eines nach dem anderen küssten ihn die Kinder. Niki klammerte sich an Alicki, dann folgten Xenia und Sandro, nach ihnen Olga, die außer sich vor Bestürzung war, und schließlich Mischa, der ruhig wirkte und Olga zu trösten versuchte.

Sascha schien nicht zu registrieren, dass sie alle bei ihm waren, aber als eine Uhr irgendwo im Haus dreimal schlug, erwachte er. »Die Fenster«, wisperte er. »Macht sie auf.«

Dr. Botkin setzte zu einem Protest an, doch mit erhobener Hand gebot ich ihm Schweigen und forderte Iwan auf, Saschas Wunsch zu erfüllen. Das entfernte Donnern des sich gegen die Klippe werfenden Meers und der Geruch von Salz drangen in das Zimmer und spülten mich zurück in eine andere Zeit und in ein anderes Palais an einer anderen Küste, wo der Tod mich erwartet hatte.

Unvermittelt seufzte Sascha: »Minnie, meine arme Minnie«, und holte mich damit abrupt ins Hier und Jetzt zurück. Beide Arme um ihn schlingend, flüsterte ich: »Ich bin hier. Ich bin bei dir, mein Liebster.«

Sein Kopf senkte sich auf meine Schulter. »Es ist nicht für immer«, murmelte er.

Und ohne einen weiteren Laut verließ mich mein Mann.

Teil IV

1894–1906

Liebe Mutter

Die Illusionen, die uns schmeicheln,
sind uns lieber als zehntausend Wahrheiten.

ALEXANDER PUSCHKIN

25

Schwarzer Krepp, den jetzt verkrusteter Schnee bedeckte, war um sämtliche Laternenmasten, Kutschen und Geschäftseingänge gewickelt worden. Die Newa war zugefroren, doch niemand baute Eishügel oder schnallte sich Kufen an die Stiefel. Ganz Russland war zum Stillstand gekommen und trauerte um seinen Befreier-Zar.

Mit Niki und meinen jüngeren Kindern begab ich mich in den Anitschkow-Palast in Klausur. Da Alicki nicht mit Niki verheiratet war, musste sie bei Sergej und Ella in deren Palast residieren, der gegenüber dem meinen lag. Doch sie war dabei gewesen, als Niki den Treueid leistete und zum Zaren Nikolai II. ausgerufen wurde. Völlig durcheinander und von seinem Kummer überwältigt, war mein Sohn bei der Trauerfeier nicht in der Lage gewesen, irgendwelche Funktionen auszuüben. Diese Aufgaben nahm ihm mein Schwager Bertie ab, der zu spät gekommen war, um zusammen mit Alix von Sascha Abschied zu nehmen, dafür nun aber, Tränen in den Augen, die Großfürsten einberief, damit sie den Trauerzug zum kaiserlichen Schiff sowie die Regimentseskorte für Saschas letzte Reise zusammenstellten.

Alix blieb bei mir. Sie brachte mir Saschas letztes Geschenk, ein Armband aus Emaille und Rubinen. Es war eigentlich für unseren achtundzwanzigsten Hochzeitstag gedacht, den wir genau eine Woche nach Saschas Tod gefeiert hätten. Sascha hatte es ihr zusammen mit einem Brief an Bertie anvertraut. Ich weinte bitterlich, als ich das Armband in seiner Fabergé-Schachtel sah. Und gleich darauf haderte ich mit mir, weil ich nicht begriffen hatte, wie krank er war, und weil ich sooft an meiner Liebe zu ihm gezweifelt hatte. Da ich in meinem Gram entsetzlich hilflos war, fütterte meine Schwester mich mit Suppe, ließ mir die Badewanne füllen und wusch mich. Danach zog sie mir für die Trauerzeremonie die schwarze Witwentracht an und später am Abend wieder aus, als die Gottesdienste vorbei waren und ich meinem in der Kapelle des Winterpalasts aufgebahrten Mann den rituellen Kuss auf die kalte Stirn gegeben hatte. Als ich zu wimmern begann und darum flehte, sterben zu dürfen, weil ich ohne ihn nicht leben konnte, drückte sie mich fest an sich und wiegte mich in den Armen.

Erst jetzt sagte sie: »Du hast immer noch für deine Familie zu leben. Deine Kinder brauchen dich. Niki muss verheiratet und gekrönt werden, und du musst ihn beraten. Das ist nun mal der Lauf der Welt, egal, wie grausam oder ungerecht dir das erscheinen mag.«

Sie verlieh mir Kraft, so wie Sascha es mir prophezeit hatte, auch wenn ich ihm damals nicht hatte glauben wollen.

Nach dem letzten Gottesdienst, die Lieder immer noch im Ohr und den ganzen Körper vom Weihrauchgeruch durchdrungen, wohnten wir seiner Beisetzung in der Peter-und-Paul-Kathedrale bei. Allerdings ertrug ich es nicht, zu verfolgen, wie sein Sarg mitsamt dem darüber drapierten Krönungsmantel in die Gruft hinabgelassen wurde, ehe man einen marmornen Sarkophag darüberschob und so die letzten Spuren von ihm zudeckte.

Ich konnte einfach nicht glauben, dass er nicht mehr da war.

Nichts in unserem Haus durfte verändert werden. Ich beließ sein Büro so, wie er es verlassen hatte: Seine alten Stiefel blieben in der Kleiderkammer, seine von der Sonne ausgebleichten Hüte auf den Haken, seine abgeschlagenen Spazierstöcke dort, wo er sie hatte stehen lassen. Sein geliebter Jagdhund Sparta folgte mir auf Schritt und Tritt und jaulte, wenn die Stunde schlug, da sie immer ihren ausgedehnten Spaziergang unternommen hatten. Wie ich selbst schien auch alles andere erstarrt zu sein und nur darauf zu warten, dass Sascha hereingepoltert kam, sich den Schnee von den Stiefeln klopfte und knurrte, dass sein Kabinett aus Idioten und Feiglingen bestehe.

Manchmal vernahm ich seine Stimme auch jetzt noch. In diesen Momenten saß ich – meist rauchend – in meinem Salon, ohne mir die Mühe zu machen, ein Fenster zu öffnen, und hörte ihn durch die Rauchschwaden hindurch grummeln: »Manja, du rauchst zu viel.« Dann sprang ich auf, stolperte in meinen schwarzen Röcken zur Tür, nur um auf Tanja oder Sophie zu stoßen, meine Beschützerinnen, die vom Flur aus über mich wachten und mir besorgt vorhielten, ich würde nicht so viel essen, wie ich sollte, oder würde mit meinem ewigen Rauchen noch das Haus oder mich selbst in Brand setzen.

Schließlich begann die Phase der Apathie. Das war besser, als ständig im Griff der Trauer zu sein. Wenn ich nichts empfand, konnte ich wenigstens funktionieren. Alix und Bertie drängte es zurück nach England zu ihrem Sohn, der allmählich genas. Doch sie blieben noch bei mir und mit ihnen all die Würdenträger und Mitglieder verschiedener Königshäuser, die nach Russland gekommen waren, um dem verstorbenen Zaren die letzte Ehre zu erweisen, und nun ebenfalls die Abreise hinausschoben, obwohl das Wetter immer winterlicher wurde. Ich wusste, warum sie blieben. Meine Eltern, die mittlerweile hochbetagt waren, hatten auf meine Bitte hin nicht an der Bestattung teilgenommen, da mein Vater zu sehr durch seine Arthritis geschwächt war, um die weite Fahrt zu überstehen. Aber sie antworteten, dass sie hofften, zu Nikis Hochzeitsfeier kommen zu können. Das wiederum versetzte mir einen Stich ins Herz, denn es erinnerte mich an den Grund, warum niemand daran dachte abzufahren. Obwohl ich die mitleidigen Blicke und das verständnisvolle Flüstern hinter meinem Rücken verabscheute – *arme Minnie* –, graute mir vor dem, was vor mir lag, noch viel mehr.

Um mich zu beschäftigen, regte ich Olga dazu an, zusammen mit mir Dankespostkarten an all die Absender der Lawine von Kondolenzschreiben zu verfassen. Olga, die noch nicht ganz zwölf Jahre alt war, hatte ihren Vater mehr als alle anderen Mitglieder unserer Familie geliebt – Mischa vielleicht ausgenommen – und nach seinem Tod geweint, bis sie buchstäblich keine Tränen mehr hatte.

Als ich ihr erklärte, was sie auf die mit Prägedruck versehenen Karten zu schreiben hatte, fragte sie mich verdrießlich: »Müssen wir das wirklich? So viele Karten! Wer sind all diese Leute überhaupt?«

»Die Leute, die so nett waren, uns zu schreiben. Und ja, wir müssen ihnen antworten. Das verlangt die Höflichkeit.«

»Sie haben *Ihnen* geschrieben.« Schmollend schob sie den Unterkiefer vor, wie sie es so oft tat. Und plötzlich traf es mich wie ein Blitz aus heiterem Himmel: Dieselbe Eigenart hatte auch Sascha gehabt. Geradezu unheimlich, diese Ähnlichkeit! »*Ich* liege keinem am Herzen.«

»Und ob du ihnen am Herzen liegst. Sie nehmen Anteil.« Ich nahm die Verzweiflung in meinem Tonfall wahr. Olga hörte nie auf, meine Geduld auf die Probe zu stellen. Nun, dieses eine Mal wenigstens beflügelte das meine Hoffnung: Vielleicht würde unser Leben bald wieder in den gewohnten Bahnen verlaufen. »Jetzt mach dich an deine Arbeit. Wenn du fertig bist, unterschreibe ich.«

Als es vorbei war, hatte Olga Tintenflecken an den Händen, am Kleid und sogar einen Spritzer an der Nasenspitze. Ich lächelte, als ich meine Finger in Wasser tauchte und ihn wegwischte – eine offenbar unerwartete mütterliche Geste, die sie zurückprallen ließ. Dann fragte sie abrupt: »Wann wird Niki heiraten?«

»Bestimmt nicht vor dem Ende der Trauerzeit. Warum fragst du?«

»Kein besonderer Grund«, antwortete sie etwas zu schnell. Ich wusste, dass sie Niki täglich bei seinen Besuchen im Sergej-Palast, wie Ellas und Sergejs Residenz im Volksmund hieß, begleitet hatte. Darum sah ich ihr so lange fest in dic Augen, bis sie mit der Erklärung herausrückte: »Na ja, Alicki sagt, dass er jetzt der Zar ist, und sie hält es für unschicklich, dass sie immer noch nicht verheiratet sind.«

»Ist es ihrer Meinung nach angemessener zu heiraten, wenn sein Vater gerade erst bestattet wurde?«, fragte ich zurück.

Darauf antwortete Olga, die keine Angst vor meinen Gefühlsausbrüchen hatte: »Ich gebe nur das wider, was ich gehört habe. *Sie* wollten es unbedingt wissen.«

Ich wünschte mir, ich hätte nicht gefragt. »Geh jetzt und wasch dir Hände und Gesicht.«

Während sie sich trollte, setzte ich mich an den Schreibtisch, vor mir all die Karten und Umschläge, die noch versiegelt werden mussten. Plötzlich befiel mich Panik.

Mein Sohn würde sie heiraten. Und ich musste so tun, als ob ich mich freute.

Die Hochzeit war am sechsundzwanzigsten November, meinem siebenundvierzigsten Geburtstag. In Russland gab es keine Geburtstagsfeste. Stattdessen feierten wir den Namenstag, der immer am Tag des Heiligen war, nach dem man benannt worden war. An der Wahl des Tages fand niemand etwas auszusetzen. Ich auch nicht. Was mich störte, war die ganze Situation. Insofern war es für mich ohne Belang, auf welchen Tag die Hochzeit fiel. Nikis Onkel, die Großfürsten und die Minister hatten ihn bedrängt, möglichst bald zu heiraten, und er hatte kapituliert. Oder zumindest erklärte er es mir mit diesen Worten, als er mich um meine Erlaubnis bat. Ich erteilte sie ihm, wobei ich mich damit tröstete, dass er seine Entscheidung getroffen hatte und mir nichts anderes übrig blieb, als sie zu akzeptieren. Vielleicht war ich als seine Mutter ja nur überfürsorglich. Vielleicht würde seine Braut sich mit der Zeit als fähig erweisen, meinen Rang auszufüllen und meine Pflichten zu übernehmen.

Dieselbe nachgiebige Haltung nahm ich auch ein, als ich Alicki zur zeremoniellen Einkleidung der Braut in den Winterpalast begleitete. Ich sah ihr deutlich an, wie nervös sie war. Sie war wunderschön, aber so blass, dass sie an eine elfenbeinfarbene Ikone erinnerte, als sie mir von sich aus anvertraute, wie schlecht sie dieser Tage schlief.

»Das andere Klima«, meinte ich. »Die langen Nächte. Es dauert seine Zeit, bis man sich daran gewöhnt.«

»Das muss es wohl sein.« Seufzend blickte sie durch das Fenster unserer Kutsche zum Palast hinüber. »Aber ich weiß auch, wie schwierig das alles für Sie sein muss, so bald nach …« Sie wandte sich zu mir um. »Ich wünschte von ganzem Herzen, es wäre für Sie nicht so gekommen. Ich liebe Niki so sehr, aber ich hätte nie erwartet, dass … Sie tun mir schrecklich leid, liebe Mutter.«

Das waren die ersten liebevolle Worte, die ich von ihr hörte, das erste Mal, dass sie mir gegenüber Gefühle zeigte. Und das berührte mich, offenbarte es mir doch, wie verletzlich sie war; zugleich erinnerte es mich daran, wie verwirrend meine eigene Ehe am Anfang für mich gewesen war, welche Anforderungen die strenge Etikette gestellt hatte. Welche endlosen Pflichten ich hatte erfüllen und wie vielen Leuten ich hatte gefällig sein müssen! Allerdings war ich zunächst lediglich die

Zarewna gewesen, die jahrelang Zeit hatte zu lernen, was von ihr verlangt wurde, ehe ich schließlich gekrönt wurde. Alicki hatte diese Zeit nicht. Sie stand unmittelbar davor, in ein Leben geworfen zu werden, auf das sie überhaupt nicht vorbereitet war. In diesem Moment war sie mir gegenüber vollkommen aufrichtig. Sie hatte sich nichts von all dem gewünscht.

Ich ergriff ihre Hand und schloss die Finger mit leichtem Druck darum. So konnte ich durch ihre dünnen Handschuhe spüren, wie kalt ihre Finger waren. »Du brauchst ein Fell.«

Sie blickte mich verständnislos an.

»Fellhandschuhe«, klärte ich sie auf. »Edles Leder ist im Frühling wunderschön, aber im Januar erfrieren einem die Hände darin. Frostbeulen können sehr schmerzhaft sein.«

Fast brachte sie ein Lächeln zuwege. »Ich muss Ihnen entsetzlich unerfahren vorkommen.«

Jetzt drückte ich ihr fest die Hand. »Das sind wir alle in deinem Alter.«

Danach schwiegen wir, aber als wir in den Palast traten, hielt sie meine Hand immer noch – wie ein Kind, das Angst hatte, sich zu verlaufen.

Aufwendig war die Hochzeit nicht. Das konnte sie angesichts der Umstände auch gar nicht sein. Gleichwohl trug Alicki das silberne Kleid und ihre Robe und verzichtete auch nicht auf die Schläfenlocken und das Brautdiadem auf dem Kopf. Und als sie das Podest in der Kapelle erklomm, waren ihre Bewegungen von beeindruckender Eleganz. Nachdem sie ihr Gelübde abgelegt hatten, drehten sie und Niki sich zu mir um, und ich küsste alle beide, ohne auf die Tränen zu achten, die mir über die Wangen rannen.

»Mama, bitte weine nicht«, flüsterte Niki, allerdings nicht, weil ihm das peinlich war – vielmehr hatte er begriffen, dass ich von meiner Trauer überwältigt wurde, weil zwangsläufig

Erinnerungen an meine eigene Hochzeit zurückkehrten. Nur zu eindringlich machten sie mir bewusst, dass ich nie wieder eine Ehefrau oder gar Kaiserin sein würde.

Jetzt war Alexandra Fjodorowna – so lautete der orthodoxe Name, den sie annahm – die Gemahlin des Zaren.

Als das Paar unter Trompetengeschmetter die Kapelle verließ, folgte ich ihm zusammen mit Alix, Bertie und meinen anderen Kindern. Mir blieb nichts anderes übrig, als zu kapitulieren. Was einst mein gewesen war, gehörte jetzt ihr. Sie hatte meinen Rang und meinen Sohn. So Gott wollte, würde sie meine Enkelkinder gebären. Ich musste mich fügen. Und obwohl ich als Kaiserinwitwe gemäß höfischer Tradition weiterhin höchsten Vorrang genießen würde, war jetzt *sie* die wichtigste Frau im Reich. Ich durfte mich nicht einmischen. Es galt, Russland meinen Stolz zu opfern.

Aber zu geloben, meine Vergangenheit hinter mir zu lassen, und das in die Tat umzusetzen war nicht so leicht.

Unsere Gäste reisten ab, bevor sie eingeschneit wurden. Meine Schwester Alix nahm mir das Versprechen ab, dass ich mich mit Alexandra in Geduld üben würde. »Vergiss nicht, dass sie neu in Russland ist. Du musst ihr eine Mutter sein.«

Ich verabschiedete mich nur ungern von ihnen, aber sie und Bertie hatten ihren Aufenthalt längst über Gebühr ausgedehnt – zumindest, wenn es nach Victorias erzürnten Aufforderungen zur Rückkehr ging. Die Königin hatte mir ein Kondolenzschreiben und einen Gedichtband von Lord Tennyson geschickt, den sie als Experten für Trauer betrachtete. Ihre Worte und das Geschenk kamen von Herzen und berührten mich sehr, da ich ja nun eine Witwe war wie sie. Sofort schrieb ich ihr einen Dankesbrief.

Da der Winterpalast jahrelang leer gestanden hatte, das Kabinett jedoch kategorisch forderte, dass Niki dort um der

Kontinuität willen residierte, wurden die Prunkräume renoviert. Er und Alexandra nahmen sich das zu Herzen und kehrten gleich nach ihren Flitterwochen in Zarskoje Selo, die nur fünf Tage dauerten, nach St. Petersburg zurück. Allerdings zogen sie wegen der Sanierungsarbeiten fürs Erste zu mir in meinen Palast, wo ich ihnen die aus vier kleinen Zimmern bestehende Suite zur Verfügung stellte, in der Niki schon als Junggeselle gelebt hatte.

Außerdem gesellten sich Xenia und Sandro zu uns. Bis auf Georgi hatte ich damit alle meine Kinder wieder unter meinem Dach, und das vertraute Zusammensein vertrieb meine Gespenster. Jeden Morgen fand sich Niki zum gemeinsamen Frühstück mit mir in meinem Speisezimmer ein. Danach zogen wir uns in mein Büro zurück, wo ich damit begonnen hatte, ihm mein Wissen über die Kunst des Regierens zu vermitteln. Auch wenn das Datum der Krönung noch nicht feststand, musste er ein Verständnis für die komplexen Aufgaben bekommen, die ihm als Zar bevorstanden.

»Du solltest dem Land eine Verfassung geben«, riet ich ihm. »Schon dein Großvater hat mir erklärt, dass das die einzige Möglichkeit ist, Russland und unsere Dynastie auf dem Weg in das moderne Zeitalter zu bewahren. Du musst das für unser Volk tun. Es ist an der Zeit, die alte Autokratie abzuschaffen und es einer Duma zu gestatten, den Staat zu lenken.«

»Papa hat das nie gewollt«, widersprach Niki. Die Anstrengungen der letzten Monate hatten ihn Gewicht verlieren lassen und ihm sein markantes, kantiges Gesicht zurückgegeben. »Autokratie, Nationalstaat, orthodoxer Glaube – *das* war sein Leitspruch. Meine Onkel sagen mir, dass ich mich immer und ausschließlich daran halten muss.«

»Unsere Lage war damals eine ganz andere«, erwiderte ich. Und im selben Moment wurde mir bewusst, dass ich zwar immer an Saschas Seite gestanden hatte, aber jetzt, da er tot war, mehr und mehr auf das Urteil meines Schwiegervaters vertraute, so wie auch schon früher. Ich hatte genügend Aufruhr erlebt, um mir darüber klar zu sein, dass es in Russland nicht mehr so weitergehen konnte wie bisher. Eine Reform war dringend vonnöten. Sosehr ich meinen Sohn liebte, er war nicht wie sein Vater. Was ihm fehlte, war Saschas Willensstärke. Die hatte er – abgesehen von seinem Wunsch, Alexandra zu heiraten – auch nie besessen. »Du kannst nicht so herrschen wie dein Vater. Bedenke, wir haben die Ermordung deines Großvaters erlebt. Von da an hat Sascha schlicht nach dem Grundsatz gehandelt, die Nihilisten auszumerzen und ihre Bewegung zu zerschlagen. Heute stellen sie jedoch keine Bedrohung mehr dar, und die Bedingungen, unter denen du regierst, haben sich grundlegend geändert. Jetzt musst du den Plan deines Großvaters weiterentwickeln und Versammlungsfreiheit gewähren. Deine Onkel mögen damit nicht einverstanden sein, aber wenn du ihnen nicht Einhalt gebietest, tanzen sie dir auf der Nase herum.«

»Ich werde darüber nachdenken«, versprach er.

Danach erwähnte er das Thema mit keinem Wort mehr. Eines Morgens dann erschien er nicht zum Frühstück. Ich wartete und wartete, doch er kam nicht. Xenia, die mit ihrem ersten Kind schwanger war und unter morgendlicher Übelkeit litt, verfolgte misstrauisch, wie ich ungeduldig mit der Gabel auf meinen Teller klopfte, aber das Frühstück wurde beendet, ohne dass Niki eine Nachricht geschickt hatte, mit der er sich für sein Fernbleiben entschuldigte.

»Wo kann er stecken?« Ich schob meinen Stuhl zurück und stand auf.

»Mama«, sagte Xenia, »vielleicht brauchen er und Alicki einfach nur Zeit für sich …«

»Zeit für sich?« Ich starrte sie verblüfft an. »Es ist halb

neun am Morgen! Wir müssen die Kabinettsberichte durchsehen, Briefe schreiben und dann im Winterpalast nach dem Rechten sehen. Wenn man Kaiser ist, hat man keine Zeit für sich.«

Ich begab mich ins untere Stockwerk. Die Tür zu Nikis kleiner Suite stand einen Spaltbreit offen. Im vordersten Zimmer hatte er sein Büro eingerichtet, damit er seine Minister gleich dort empfangen konnte, ohne sie durch die übrigen Räume führen zu müssen. Und tatsächlich war er gerade mit Alexandra im Büro. Ihre Stimmen waren nicht zu überhören. Sie stritten. Obwohl ich wusste, dass man nicht lauschen sollte, blieb ich hinter der Tür stehen.

»Ich muss gehen«, sagte Niki. »Ich bin nicht zum Frühstück gekommen. Mama wird sich Sorgen machen.«

»Soll sie doch warten«, entgegnete Alexandra. »Sie lässt dich ohnehin tagein, tagaus nach ihrer Pfeife tanzen. Sie geht deine Berichte und deine ganze Korrespondenz durch; bei buchstäblich allem muss sie ihren Kommentar dazu abgeben. Und dann hat sie uns nicht erlaubt, in den Winterpalast zu ziehen, obwohl die Zimmer hier lächerlich winzig sind. Und warum durften wir nur fünf Tage in Zarskoje Selo bleiben? Nur weil sie uns wieder bei sich haben wollte. Dabei ist es dort viel bequemer.«

»Sanni«, seufzte Niki. Er benutzte den Kosenamen, den er ihr gegeben hatte, auch wenn ich in diesem Moment nichts an ihr liebenswert fand. »Sie trauert um meinen Vater. Sie braucht uns bei sich.«

»Sie braucht *dich* bei sich. Sie braucht dich, damit du tust, was sie dir befiehlt und sobald sie es dir befiehlt. Wenn ich jemanden empfangen möchte, muss ich sie um die Erlaubnis bitten, ihren Salon benutzen zu dürfen. Überall sind Bedienstete von ihr und spähen uns aus. Wir brauchen unser eigenes Zuhause, damit wir unsere Familie aufbauen können.«

Hinter der Tür erstarrt, lernte ich das kennen, was ich in diesem Moment für den wahren Charakter dieser angeblich zurückhaltenden, schüchternen jungen Frau hielt. Ich sollte aufs Altenteil abgeschoben werden. Also hatte ich von Anfang an recht gehabt. Mehr noch: Miechen hatte recht gehabt. Alexandra wusste genau, was sie wollte. Hatte Niki etwa geahnt, dass sie dermaßen anspruchsvoll, dermaßen *herrisch* war?

Nikis müder Seufzer schien meinen Verdacht zu bestätigen. Offenbar hatten sie diesen Streit schon öfter miteinander geführt. »Unsere Räume im Winterpalast sind noch nicht fertig. Mama will doch nur unser Bestes. Ich verstehe nichts vom Herrschen, und …«

»Sie wird für dich herrschen. Sie wird Kaiserinwitwe, Zarin und Zar sein, wenn du sie lässt.«

Er wollte schon etwas erwidern, schwieg aber, als sie hinzufügte: »Hat sie dir nicht befohlen, einer Duma Vollmachten zu erteilen, obwohl die all das untergräbt, wofür du stehst? Und hat sie dir nicht beim Abschiedsbankett für Alix und Bertie die Hand auf den Arm gelegt, damit *sie* als Erste in den Saal marschieren kann? Und ich musste wie eine Dienstbotin hinterherschlei …!«

»So will es einfach die Regel hier«, unterbrach er sie. »Du weißt doch, dass ihr als Kaiserinwitwe Vorrang gebührt.«

»Mag sein, aber niemand zwingt sie, sich an diese Regel zu halten! Jetzt bin *ich* die Kaiserin! Wenn sie wirklich unser Bestes will, wie du sagst, muss sie begreifen, dass sie uns brüskiert, wenn sie mir nicht gestattet, an der Seite meines Mannes, des Zaren, als Erste einzutreten. Ich lasse mich nicht ignorieren!«

Ich hatte genug gehört. Ich stieß die Tür auf und stürmte hinein. Niki wirbelte herum, das Gesicht aschfahl. Die Gefasstheit seiner Frau allerdings musste ich bewundern. Sie verriet nicht den Hauch von Überraschung, ja, sie sah aus, als hätte sie die ganze Zeit gewusst, dass ich hinter der Tür stand und lauschte.

Mein Blick wanderte zu ihren deutschen Hofdamen, die weiter vorn saßen. Es war an der Zeit, sie alle zu entlassen und durch Russinnen zu ersetzen. Sie musste lernen, dass es nicht nur unklug war, mich vor Bediensteten zu kritisieren, sondern auch von äußerst schlechten Manieren zeugte.

Ich schlug einen milden Ton an. »Du bist heute nicht zum Frühstück gekommen, Niki. Aber wir müssen uns doch die Kabinettsberichte vornehmen. Sind sie eingetroffen?«

Niki stürzte zu seinem Schreibtisch, wo der Ordner in einem Wust von Dokumenten liegen musste.

Alexandra begegnete meinem Blick mit eisiger Ruhe. »Sie müssen uns vergeben, liebe Mutter. Ich fühlte mich heute nicht wohl. Da habe ich Niki gebeten, bei mir zu bleiben und mit mir zu frühstücken.«

Auf dem Tisch stand tatsächlich ein Tablett mit zwei Tellern voller Brösel und zwei Teetassen. Sie musste meine Bediensteten angewiesen haben, ihnen das Frühstück hier aufzutragen. Später würde ich ein Wörtchen mit Obolenskij reden, der nach Saschas Tod bei mir geblieben war und meinem Personal vorstand. Die Befehle erteilte immer noch ich in meinem Palast.

»Du bist an meinem Tisch immer willkommen«, ließ ich sie wissen. »Ich nehme an, du fühlst dich jetzt wieder besser. Wäre es verfrüht zu hoffen, dass deine Indisposition ein erstes Vorzeichen eines freudigen Ereignisses sein könnte?«

Sie presste die Lippen aufeinander. Auch wenn sie es nie zugegeben hätte, wusste sie, dass ich ihr Gespräch belauscht hatte und meine Anspielung durchaus boshaft gemeint war.

Sie zögerte. »Nach nur einem Monat? Hoffen können wir in der Tat. Und ja, ich fühle mich wieder besser. Vielen Dank.« Sie nahm ihren Stickrahmen an sich und fädelte ein.

Unterdessen machte sich Niki am Schreibtisch zu schaffen. Gleich darauf wedelte er mit dem Ordner. »Gefunden!«, meldete er mit leicht bebender Stimme.

»Sehr schön. Wenn du fertig bist, komm nach oben, dann können wir sprechen.« Erneut bedachte ich Alexandra mit einem Lächeln. »Hoffentlich macht deine Besserung weitere Fortschritte, meine Liebe.« Damit rauschte ich hinaus.

Zweifellos hatte sie ihm noch mehr zu sagen, doch ich legte keinen Wert darauf, es zu hören.

26

»Sie ist undurchschaubar.« Ich zündete mir in Miechens Salon eine Zigarette an. »Die Farbe in ihren Räumlichkeiten im Winterpalast war kaum getrocknet, als sie auch schon den Befehl zum Auszug aus meinem Palast gab. Und jetzt sitzt sie dort in den renovierten Zimmern und weigert sich, auch nur eine Gala zu geben. Sie ist nicht einmal bereit, andere Fürstinnen zu einem Damenkränzchen zu laden. Mir wurde gesagt, die Saison – noch dazu ihre erste – war eine einzige Katastrophe.«

Der Frühling war angebrochen. Die vierzigtägige Trauer, die unsere orthodoxe Kirche festgelegt hatte, war vorüber. Gleichwohl trug ich immer noch Schwarz, und bisher hatte ich von allen gesellschaftlichen Ereignissen Abstand genommen, auch wenn mir meine Isolation allmählich zusetzte. Doch der Besuch bei Miechen zum Tee war gewiss kein Zeichen von mangelndem Respekt für meinen toten Mann, hielt ich mir vor. Schließlich hatte auch sie Abstand gewahrt. Zunächst hatte mich das geschmerzt, denn ungeachtet Saschas und Wladimirs Streitereien, waren wir immer Freundinnen geblieben, zumindest an der Oberfläche. Mit der Zeit hatte mich allerdings der Verdacht beschlichen, hinter ihrem Fernbleiben könnte ein anderer Grund stecken, sodass ich schließlich persönlich zu ihrem Palast hinausgefahren war.

Sie zeigte sich entzückt über das Wiedersehen. Zwar war sie noch korpulenter geworden, hatte sich aber mit ihrem Seidenkleid und den juwelenbesetzten Haarkämmen wie immer elegant herausgeputzt. Während wir vor ihrem Teeservice aus

Limoges-Porzellan saßen und der frisch gebrühte Tee im Samowar dampfte, erwiderte sie: »O ja, das kann man wohl sagen. Alle haben darüber geklagt, dass unsere neue Kaiserin zu stolz ist, um sich unter die Bojaren zu mischen. Wahrscheinlich verspürt sie keinerlei Bedürfnis, ihren Wert zu beweisen. Sie hat ja, was sie ergattern wollte: Niki im Bett und deine Krone auf dem Kopf.«

Ich hätte auf ihren ätzenden Ton achten sollen. Bei zwei deutschen Prinzessinnen am russischen Hof – von denen Alexandra die jüngere und eindeutig einflussreichere war – stand zu erwarten, dass Miechen über ihre Rivalin herziehen würde. Aber ich steckte zu tief in meiner Verbitterung, um das zu bedenken. »Noch hat sie meine Krone nicht. Und wenn es auch nur um Nikis willen ist, muss sie sich darum bemühen. Ich habe das jedenfalls getan, als ich in ihrer Lage war, und damals war ich noch lange nicht die Zarin. Es ist ihre Aufgabe, dafür zu sorgen, dass die Gesellschaft sie akzeptiert. Sich in ihren Gemächern zu verstecken, das wird ihr nicht helfen, irgendjemanden für sich zu gewinnen.«

Erbost stieß ich den Zigarettenqualm aus. Jetzt, da der Damm gebrochen war, ließ sich mein Gefühlsausbruch nicht mehr aufhalten. »Sie lehnt mich ab. Sie verübelt mir, dass mein Sohn meinen Rat sucht und seine Minister auf mich hören. Es missfällt ihr, dass ich mein eigenes Einkommen habe und die kaiserliche Standarte über meinem Palast weht, wenn ich in der Stadt bin, dass ich über Gattschina bestimme, über meine Datscha in Peterhof und ebenso über den *Nordstern*, den Zug, der sich in meinem Privatbesitz befindet. Von mir aus kann sie ja die Rechnungen meines Schneiders überprüfen, wenn sie genau wissen will, wie viel ich ausgebe.«

Miechen zog eine angewiderte Miene. »Und immer noch kein Zeichen von einem Kind?«

»Nein.« Ich drückte meine Zigarette aus und zündete sofort die nächste an. »Ich habe natürlich ihre Dienerinnen durch andere ersetzt. Die melden mir zwar, dass sie an der einen oder anderen Indisposition leidet, aber kein Anzeichen von Schwangerschaft verrät. Dass das an Niki liegt, halte ich für ausgeschlossen.«

»Wohl wahr. Aber jetzt weißt du, warum ich dich nicht besucht habe, solange sie da war … in deinem Palast.«

»Muss ich dich daran erinnern, dass ich meinen Mann verloren habe? Ein Besuch wäre hochwillkommen gewesen.«

»Du musst mir vergeben, Minnie.« Sie ergriff meine Hand. »Sascha und ich hatten im Laufe der Jahre unsere Meinungsverschiedenheiten, und ich fürchte, er hat mich nie gemocht, aber in Gedanken war ich jeden Tag bei dir. Ich war über sein Hinscheiden sehr betroffen. Es bekümmert mich zu hören, dass du so verärgert bist, aber …«

»Aber?« Ich fixierte sie.

»Na ja …« Sie zog ihre Hand zurück. »Trotz deines schrecklichen Verlustes bist du immer noch in einer beneidenswerten Lage. Niki verlässt sich auf deine Zustimmung bei der Besetzung seines Personals und seines Kabinetts. Damen deiner Wahl bedienen seine Frau, und um dein Vermögen ist es bestens bestellt. Solcher Einfluss ist wohl kaum zu verachten.«

»Ich *bewillige* seine Ernennungen nicht. Er fragt mich, und ich äußere meine Meinung.«

»Dennoch stehst du als Kaiserinwitwe im Rang über ihr.«

»Ja, und das verübelt sie mir am meisten«, knurrte ich. Mir war wieder eingefallen, was ich in meinem Palast erlauscht hatte. »Ginge es nach ihr, würde ich mich zurückziehen, wie das jede Witwe, die auf sich hält, tun sollte.«

»Das mag ihr missfallen, aber sie kann es nicht ändern. Ich verstehe, dass du dein Leben lang um Sascha trauern wirst und vielleicht den Wunsch hast, das ganze Jahr Trauer zu tragen, aber angesichts der Umstände solltest du vielleicht Niki bitten, als unser neuer Zar einen großen Ball abzuhalten. Bei dieser Gelegenheit kannst du dann durch dein Beispiel zeigen, wie sich eine Zarin zu verhalten hat.«

Das ließ ich mir durch den Kopf gehen, denn auch wenn es tatsächlich ratsam war, das ganze Jahr in Trauer zu verbringen, hatte der Vorschlag seine Vorzüge. »Das kann ich nicht«, sagte ich dennoch. »Xenia wird voraussichtlich ihr Kind im Juni gebären, und ich fahre in einem Monat nach Abastumani. Georgi hat mir geschrieben, dass es ihm besser geht. Ich muss ihn unbedingt besuchen. Es hat ihn sehr geschmerzt, dass er sich nicht von Sascha verabschieden konnte, weil ich ihm die Reise auf die Krim verboten hatte.«

Miechen bekundete mit einem tiefen Seufzer ihr Mitgefühl. »Ganz zu schweigen davon, dass er jetzt unser Zarewitsch ist, solange sein älterer Bruder keinen Sohn hat.«

»Vielleicht geht es ihm ja so gut, dass er nach St. Petersburg zurückkehren kann«, erwiderte ich pikiert. Miechens Andeutung hatte mich an einer wunden Stelle getroffen. Doch sie hatte recht: Die Aussicht, einen kranken Thronerben zu bekommen, war nicht gerade ermutigend.

»Ich bete dafür, dass er das kann. Aber ist das nicht umso mehr ein Grund, einen Ball abzuhalten? Um den Hof und den Hochadel darin zu bestätigen, dass alles in bester Ordnung ist.«

Nicht alles war in bester Ordnung, aber in diesem Punkt musste ich Miechen recht geben.

Georgi ging es so gut, dass ich es fast nicht glauben konnte. Das ruhige Leben im Vorgebirge hatte Farbe in sein Gesicht gebracht; er hatte sich einen Bart wachsen lassen und bestand nicht mehr nur aus Haut und Knochen. Jeden Tag fuhr er auf den schmalen Wegen in der Nähe seines Palais mit einem dieser neuen Räder herum. Zwar rauchte er immer noch –

was mir wegen seines Leidens Sorgen bereitete –, aber wer war ich, ihn zu schelten, da ich demselben Laster frönte? Außerdem hustete er in den zwei Wochen, die ich bei ihm verbrachte, so gut wie nie.

Darüber hinaus entdeckte ich Hinweise darauf, dass er nicht einsam war. Nichts Offensichtliches, aber die Art und Weise, wie seine Kleider zusammengefaltet waren, legte das nahe. Hinzu kamen die Sonnenblumen in der Vase auf seinem Nachtkästchen. So konnte sie nur eine Frauenhand arrangiert haben. Eine Frau aus dem Ort, wie ich vermutete, aber natürlich spionierte ich ihr nicht nach. Was er tat, war seine Sache, vorausgesetzt, er erregte kein Aufsehen. Ein Techtelmechtel hier draußen, weit weg von St. Petersburg, war ohne Bedeutung. Abgesehen davon war er unverheiratet. Eines legte ich ihm jedoch ans Herz: Da er gegenwärtig der erste Thronfolger war, wurde von ihm erwartet, dass er sich wieder seinen Pflichten widmete, sobald er zurückgekehrt war.

Er schmunzelte. »Ich habe immer noch die Schwindsucht, Mama. Noch bin ich nicht geheilt.«

»Damit kann man viele Jahre leben. Schau dich nur an. Du siehst aus wie das blühende Leben.«

»Ja, hier. Hier bin ich gesünder. Aber ich kann keine offiziellen Aufgaben übernehmen. Nun, hoffentlich ist das bald kein Thema mehr. Niki hat mir geschrieben, dass Alexandra schwanger ist.« Während er sich eine Zigarette anzündete, erstarrte ich auf meinem Stuhl. Er blickte mich verwundert an. »Hat er Ihnen das nicht gesagt?«

»Nein.«

»Vielleicht haben sie es erst kürzlich erfahren.«

»Vielleicht.«

Ich reiste vorzeitig ab. Xenia würde bald niederkommen, und Georgi schien guter Dinge zu sein. Als er mir den Abschiedskuss gab, sagte er leise: »Seien Sie lieb zu Alexandra.

Niki hat angedeutet, dass Sie beide ... sagen wir ... nicht das beste Verhältnis zueinander haben. Sie dürfen ihr nicht das Gefühl geben, sie sei weniger wert als Sie.«

Seine Worte ließen mich stutzen. Ihm hatte sich Niki anvertraut, mir hingegen nicht. Gut, sie waren einander schon immer nahe gewesen, aber jetzt hatte ich das Gefühl, als würde sich in meinem Inneren alles verkrampfen. Wussten alle anderen etwas, wovon ich keine Ahnung hatte? »Nun, sie scheint nicht allzu viel von mir zu halten«, erwiderte ich.

Georgi grinste. »Mama, Sie wissen nicht, wie kraftvoll Sie auftreten können. Und wenn sie Ihrer Meinung nach wenig von Ihnen hält, sorgen Sie dafür, dass es mehr wird. Tun Sie es für Niki. Seine Bürde ist ohnehin groß genug.«

Während der Zugfahrt nach Hause hatte ich viel Zeit zum Nachdenken. Kaum war ich in St. Petersburg ausgestiegen, begab ich mich unverzüglich in den Winterpalast.

»Warum hast du mir nichts gesagt?« Ich saß in Nikis neuem Amtszimmer, er mir gegenüber, doch er verbarg sich hinter Zigarettenqualm und wich meinem Blick unentwegt aus. »Ich musste die Neuigkeit von deinem Bruder erfahren, der sich im Kaukasus aufhält. Weiß ganz Russland Bescheid, nur ich nicht?«

»Georgi weiß es, weil ich es ihm in einem Brief anvertraut habe«, murmelte Niki. »Er soll nicht denken, dass wir etwas von ihm erwarten, nur weil er vorläufig der offizielle Thronfolger ist. Wir wollten eben noch etwas abwarten, bis wir die endgültige Bestätigung von Botkin bekommen haben.«

Ich entdeckte eine gewisse Vorsicht in seiner Stimme. »Endgültige Bestätigung? Frauen *wissen* so etwas; unser Körper sagt es uns. Eine Bestätigung durch den Arzt ist im Grunde überflüssig.«

Er drückte seine Zigarette im Aschenbecher aus. Sich mit der Hand über den Bart streichend, ging er zum Fenster. Er hatte sich diesen Raum herrichten lassen, weil er nicht bereit war, denjenigen zu benutzen, in dem sein Großvater gestorben war. Das neue Arbeitszimmer ging auf die Newa hinaus, und während er den Blick über den im Licht der Junisonne glitzernden Fluss schweifen ließ, sagte er leise: »Sie hat schon einmal eines verloren.«

Mir verschlug es die Sprache. Schon wieder. »Wann?«

»Kurz nachdem wir hier eingezogen waren. Es geschah so plötzlich. Das ist der Grund, warum Botkin uns diesmal geraten hat, mit der Ankündigung zu warten, bis wir ganz sicher sind.«

»Besteht noch irgendeine Gefahr?«

»Er hält das für unwahrscheinlich. Es geht nun schon auf den vierten Monat zu.«

Im vierten Monat! Und die ganze Zeit hatte man mir nichts gesagt!

»Ich wünschte, du hättest es mir erzählt. Wie kann ich euch helfen, wenn ihr mir nicht vertraut?«

Er fuhr zu mir herum. »Ich vertraue Ihnen. Mit meinem Leben.«

»Ich verstehe. Aber *sie* nicht.«

»Mama, momentan ist alles sehr schwer für sie. Für viele sind immer noch Sie die Kaiserin. Sie fühlt sich … hier nicht willkommen. Ihre Fehlgeburt war eine Demütigung für sie. Sie wollte nicht, dass die Leute es erfuhren.«

»Vor allem ich nicht.«

Er seufzte. »Ich weiß nicht, was ich noch sagen soll.«

»Du hast schon genug gesagt.« Ich erhob mich. »Ich muss mit ihr sprechen.«

Sie lag auf ihrer Chaiselongue in ihrer schönen neuen Suite, wo alle Räume blassblau gestrichen waren. Die breiten Fenster wiesen allesamt einen frisch vergoldeten Rahmen auf, die Suite wurde jedoch regelrecht erschlagen von einer Fülle an überladenen Tischen, weich gepolsterten Sesseln und mit Fransen besetzten Fußschemeln. Sie hatte wirklich jede Ecke mit irgendetwas vollgestopft. Eine von oben bis unten mit frommen Bildern behängte Wand schimmerte wie die Ikonostase einer Kathedrale. Für eine vormalige Lutheranerin, die sich zunächst gegen den Übertritt zum orthodoxen Glauben gesträubt hatte, hatte sie unser Bekenntnis mit verblüffendem Eifer angenommen.

»Du bekommst ein Kind, wie ich gehört habe«, sagte ich, während sie sich ein Tuch über die Schultern legte und mit einer Porzellanglocke Tee anforderte. Diesmal hatte es keine Einleitung mit honigsüßen Worten gegeben. Die Lust darauf war mir nach der langen Reise und Georgis aufwühlender Mitteilung gründlich vergangen.

Sie nickte. »Das ist wahr, Gott sei gelobt.«

»Das ist wunderbar!« Eigentlich hätte ich sie jetzt umarmen und küssen sollen, sagte ich mir, doch ihre Miene wirkte so abweisend, dass ich es nicht über mich brachte. »Ich freue mich ja so sehr für dich und Niki. Ein Kind ist ein Geschenk, das euer Leben für immer verändern wird.«

Ich fragte mich, ob sie wusste, dass auch ich einen Säugling – meinen zweiten Sohn – verloren hatte. Darüber zu sprechen hätte uns sicher einander näher gebracht, denn ich verstand ihren Schmerz nur zu gut, auch wenn sie ihr Kind nie gesehen hatte. Doch da sie nicht zu erkennen gab, dass sie Bescheid wusste, ließ ich die Sache auf sich beruhen. Ich war gekommen, um Wiedergutmachung zu leisten, nicht um alte Tragödien aufzuwärmen.

»Ich bete jeden Tag um einen Sohn«, erzählte sie, als ihre Dienerin uns Tee servierte.

Keine von den Damen, die ich ausgesucht hatte, wie ich sofort erkannte. Hatte sie in meiner Abwesenheit das Personal gewechselt?

Laut sagte ich: »Du darfst nicht zu viel bet …« Ich unterbrach mich. Keinen Rat erteilen! Sie hatte schließlich nicht darum ersucht. »Was immer es ist, dein Kind wird von Herzen geliebt werden.«

Während ich an meinem Tee nippte, rührte sie ihren nicht an, sondern ließ ihn kalt werden. Ihr waren die milden englischen Sorten lieber als die kräftigen asiatischen Mischungen, die in Russland üblich waren und die ich zu schätzen gelernt hatte.

»Wir müssen feiern«, schlug ich nach einer längeren Schweigepause vor, in der sie anscheinend vergessen hatte, dass ich da war, und in die Ferne gestarrt hatte. Noch nie hatte ich eine werdende Mutter so abwesend erlebt; es war, als wäre sie regelrecht in eine Trance verfallen. »Xenia wird bald niederkommen. Wir nehmen das als doppelten Anlass für eine prachtvolle Gala, bei der ich dich dem Hof persönlich vorstellen kann.«

Sie schreckte auf und richtete einen Blick aus schmalen Augen auf mich. »Ist das nicht zu früh?«

Ich wusste, worauf sie hinauswollte, war aber nicht bereit, mir den Wind aus den Segeln nehmen zu lassen. »Mein Mann ist tot. Ich muss mich nicht mehr verstecken, um meine Trauer unter Beweis zu stellen. Jetzt ist mein Sohn der Kaiser, und du bist seine Kaiserin, die ihm bald sein erstes Kind gebären wird. Das ist genau der richtige Zeitpunkt, dich dem Hof zu präsentieren.« Ich stieß ein leises Lachen aus, das selbst in meinen eigenen Ohren gekünstelt klang. »Du hast doch bestimmt nicht vor, die ganze Zeit in diesen Räumen zu bleiben.«

»Ich habe eigentlich gar nicht vor hierzubleiben. Ich möchte vielmehr in den Alexander-Palast in Zarskoje Selo ziehen. Da ist es so schön friedlich. Ich fühle mich dort richtig zu Hause.«

»Aber er ist zu weit von der Stadt entfernt.« In diesem Moment vergaß ich völlig, mit welcher Absicht ich zu ihr gekommen war. »Das ist eine Sommerresidenz. Du kannst dort kurz vor der Niederkunft einziehen, wenn du viel ruhen musst. Ich habe es so gehalten, als ich Niki auf die Welt brachte, aber fürs Erste musst du hierbleiben. Lass dich anschauen und bewundern.«

»Man wird mich wohl kaum bewundern, denke ich.« Sie wandte die Augen nicht von mir ab, und ihr Ton wurde immer bleierner. »Liebe Mutter, ich weiß, dass Sie es gut mit mir meinen, aber Sie scheinen zu verkennen, dass ich nicht wie Sie sein kann. Es geht mir nicht darum, Sie zu verletzen. Sie waren eine vorbildliche Kaiserin, eine, an der man sich ein Beispiel nehmen kann. Nur habe ich nicht den Wunsch, irgendjemandem nachzueifern. Und ich weiß sehr wohl, was über mich gesagt wird. Die Zeitungen nennen mich ›die Leichenzugsbraut‹, die den Zaren viel zu bald nach dem Tod seines Vaters geheiratet hat. Der Hof und die Gesellschaft denken dasselbe über mich.«

»Du übertreibst«, protestierte ich lahm. In Wirklichkeit war ich wie vor den Kopf geschlagen, weil ihre offensichtliche Zurückgezogenheit sie nicht vor böswilligem Tratsch bewahrt hatte; und nun war mir genau das passiert, was ich hatte vermeiden wollen: Ich war aufs Glatteis geraten. »Die Gesellschaft … kennt dich noch gar nicht. Damit sie das richtige Bild von dir bekommt, musst du ihr Einblicke gewähren.«

»Wozu?« Sie schaute mich skeptisch an. »Es ist, wie Sie sagen: Ich bin die Kaiserin. Ich werde Russland einen Erben gebären. Muss ich auch noch gemocht werden?«

Ich war wie vom Donner gerührt. Was sollte ich *darauf* antworten?

»Es … würde dir das Leben erleichtern«, brachte ich schließlich hervor.

»Ach, wirklich?« Einmal mehr zupfte sie an ihrem Halstuch, als wäre ihr kalt. »Ich denke, die Leute sollten mich so akzeptieren, wie ich bin. Niki hat mich zu seiner Frau erkoren, aber das war Gottes Wille. Würden die Leute am Zaren und am Allmächtigen zweifeln, bloß weil ich nicht das bin, was sie erwarten?«

»Das sollten sie zumindest nicht tun.« Ich konnte ihrem Argument nicht widersprechen, auch wenn ich ganz anderer Meinung war. »Aber du könntest ihren Respekt früher gewinnen, wenn du dich darum bemühen würdest.« Spontan ergriff ich ihre Hand, so wie ich es am Tag ihrer Hochzeit getan hatte. »Wenn du mir die Ehre erweist, mir zu erlauben, dass ich dich der Öffentlichkeit vorstelle, kann ich dir versichern, dass man dich respektieren und anerkennen wird. Ersteres ist durch das Amt bedingt, aber Letzteres muss man sich verdienen. Auch mir wurde die Anerkennung nicht in den Schoß gelegt, als ich hierherkam.«

Sie zog ihre Hand zurück. Für einen beunruhigenden Moment befiel mich das Gefühl, sie wolle sie sich an ihrem Halstuch abwischen. »Wenn Sie es für so wichtig halten …«, murmelte sie.

Das kam einer Kapitulation so nahe, wie es unter den Umständen möglich war. Erneut lächelte ich sie an, dann trank ich meinen Tee aus. »Ich muss dich ruhen lassen. Ich selbst bin gerade erst aus Abastumani zurückgekehrt. Schau mich nur an! In diesem staubigen Mantel sehe ich aus wie eine alte *Babuschka*! Na gut, bald werde ich ja tatsächlich Großmutter sein. Um die Feier brauchst du dich nicht zu kümmern. Ich erledige alles. Die Gästeliste schicke ich dir, sobald ich sie fertig habe. Es wird ein wunderbares Ereignis! Ich weiß einfach, dass du alle beeindrucken wirst.«

Sie nickte und neigte den Kopf zur Seite, damit ich sie auf die Wange küssen konnte. Erneut widerstand ich der Versuchung, ihr zu raten, dass sie nicht die ganze Schwangerschaft auf dieser Couch verbringen sollte. Das war nicht gesund. Immer nur zu ruhen, um das Kind zu schützen, mochte in England gang und gäbe sein, aber nicht hier in Russland. Während all meinen Schwangerschaften war ich durch sämtliche Ballsäle gewirbelt, und keines meiner Kinder hatte deswegen irgendeinen Schaden erlitten.

Doch ich verzichtete auf Ratschläge. Als ich den Raum verließ, schwieg sie beharrlich.

Die Planung der Gala beschäftigte mich nahezu rund um die Uhr. Von meinem orthodoxen Priester erhielt ich die Bestätigung, dass ich in die Gesellschaft zurückkehren konnte, vorausgesetzt, ich ließ die erforderlichen Messen für Saschas Seele abhalten. Als ich zusammen mit Tanja über der Gästeliste brütete, wurde diese immer länger, weil ich es einfach nicht über mich brachte, von all den Personen mit Rang und Namen irgendjemanden auszuschließen.

Miechen lachte, als ich sie ihr zeigte. »Der Schlag wird sie treffen. Über sechshundert Personen! Sie ist ja schon mit Tee für drei überfordert.«

Ich ließ mich jedoch nicht abschrecken und sandte Alexandra die Liste. Niki hatte mir gesagt, dass sie sich langsam mit meiner Idee anfreundete und auch schon Neugier auf die Leute bekundet hatte, die kommen würden. Als er sich zu unserem allmorgendlichen Treffen einfand – wir gingen immer noch jeden Tag seine Berichte durch und erörterten die anstehenden Aufgaben –, legte er seinen Hut ab, zündete sich hastig eine Zigarette an und überreichte mir die Gästeliste.

»Sanni möchte sie etwas abändern«, murmelte er.

Ich überflog die Korrekturen. Haufenweise waren Namen durchgestrichen worden. »Aber das ist ja mehr als die Hälfte.« Ich sah zu ihm auf. »Das kann doch nicht ihr Ernst sein! Warum? Damit beleidigt sie all die Mitglieder unseres Hochadels, denen sie es verwehrt, ihr aufzuwarten.«

Er benetzte sich die trockenen Lippen. In letzter Zeit rauchte er zu viel. Längst hatte er dunkle Schatten unter den Augen – ein Zeichen von Schlafmangel. »Ihr wurde hinterbracht, dass diese Personen ein zügelloses Leben führen. Sie glaubt, dass solche Leute nicht das Privileg verdienen, ihrer Kaiserin huldigen zu dürfen.«

Ich stieß ein kurzes Lachen aus. »Wenn wir jeden ausschließen, der ausschweifend lebt, können wir gleich die ganze Gala absagen. Wir sind in *St. Petersburg*. Da verbirgt doch jeder die eine oder andere Sünde.«

Er räusperte sich. »Es steckt noch mehr dahinter.«

»Ach ja?« Ich lehnte mich zurück und wappnete mich.

»Sie will in dieser Nacht die Kronjuwelen tragen.«

Ich machte eine wegwerfende Handbewegung. »Sie kann einen Antrag einreichen. Sie sind in der Schatzkammer, nehme ich an.«

»Keineswegs.« Er stellte sich meinem Blick. »Sie hat eine Bestandsaufnahme des Inventars vornehmen lassen. Das Diadem mit den pinkfarbenen Diamanten, die Halskette mit den Saphiren und mehrere andere Stücke fehlen. In der Schatzkammer liegen nur die ältere Kollektion und die Zarewna-Juwelen.«

Da fiel mir der Tag meiner Krönung wieder ein, als Sascha mich mit Komplimenten zu den überall an meinem Körper prangenden Juwelen überschüttet hatte. Und dann kamen mir alle möglichen offiziellen Anlässe in den Sinn, bei denen ich sie voller Stolz getragen hatte. Meine Stimme wurde schärfer. »Diese Stücke *fehlen* nicht. Sie sind hier bei mir, und das weiß sie ganz genau.«

Niki verlagerte das Gewicht und schwieg.

»Erwartet sie, dass ich ihr die Juwelen übergebe, die ich all die Jahre als die Ehefrau deines Vaters getragen habe?«, fuhr ich fort, nicht mehr in der Lage, meinen Groll zu unterdrücken. »Ihr steht die ganze Schatzkammer zur Verfügung!«

»Mama.« Die glühende Asche an der Spitze der Zigarette zwischen seinen Fingern neigte sich bedenklich. »Papa hat Ihnen so viele Juwelen geschenkt, damit Sie sie nach Lust und Laune tragen können. Die Kronjuwelen gehören nun einmal der Kaiserin.«

»Ich verstehe.« Meine Hände ballten sich unter dem Tisch zu Fäusten. »Da sie noch nicht gekrönt ist, sollte sie sich vielleicht besser damit befassen, wie sie die Gunst der Leute gewinnt, statt ständig daran zu denken, wie sie sich herausputzen soll.«

Er drückte seine Zigarette in dem Aschenbecher auf dem Schreibtisch aus. »Sie will lediglich ihrem Rang gemäß präsentiert werden. Der Schmuck in der Schatzkammer ist entweder veraltet oder gehört der Frau des Zarewitsch. Die besten Stücke haben Sie für sich behalten, weil sie sich leichter tragen lassen. Können Sie ihr nicht gefällig sein?«

»Und diese Liste hier? Soll ich ihr auch damit gefällig sein? Sollen wir etwa deine erste Gala an diesem Hof in meinem Salon abhalten? Denn für die Bewirtung der Handvoll älterer Adeligen und ihrer von jeder Sünde freien Matronen brauchen wir den Nikolai-Saal wohl kaum.«

Seine Züge verhärteten sich. Er griff nach Hut und Mantel und schritt zur Tür.

»Wir müssen noch deine Berichte durchgehen!«, rief ich ihm nach.

»Dann gehen Sie sie durch«, erwiderte er. »Sie machen ohnehin alles so, wie *Sie* es für richtig halten – egal, was ich dazu sage.«

Ich schickte die korrigierte Liste zurück und ließ mir einen Termin bei Madame Bulbenkowa geben. Das war die führende St. Petersburger Schneiderin und Inhaberin der Lizenz, unsere Kleider für den Hof anzufertigen. Sie hatte mich schon für die verschiedensten Anlässe eingekleidet, und darum verstand es sich von selbst, dass wir meine Ausstattung für die Gala in ihrem eleganten Atelier entwerfen ließen. Als ich sie fragte, ob Alexandra sich an sie gewandt hatte, schnaubte sie nur. »Vielleicht zieht unsere Kaiserin einen deutschen Schneider vor, Eure Majestät.«

»Gibt es so etwas überhaupt?«, erwiderte ich.

Da die offizielle Trauerzeit beendet war, war es für mich auch wieder statthaft, mich modisch zu kleiden. Gleichwohl hielt ich meine Ausstattung bis zum Abend der Gala geheim. Ich traf etwas früher ein, um den Saal zu begutachten und mich zu vergewissern, dass die Dekoration nach meinen Anweisungen vorgenommen worden war. Als ich die Fülle an frischen Blumen in den Fensternischen inspizierte, fiel das safrangelbe Gaslicht mit einem Mal in einem bestimmten Winkel auf die blitzblank polierten Spiegel, sodass seine Reflexion sie zum Leuchten brachte. Schlagartig war ich wieder in meinem Element. Die Aussicht, mein neues Festkleid zu tragen und in wenigen Momenten die ersten Gäste zu empfangen, erregte mich geradezu. Irgendwie hatte ich im Laufe der Vorbereitungen aufgehört, jene schmerzhafte Leere, die Sascha hinterlassen hatte, wahrzunehmen. Nun fühlte ich mich deshalb schuldig, denn er war noch kein ganzes Jahr tot. Dann wiederum hielt ich mir vor, dass Trauern nichts mit Selbstkasteiung zu tun hatte. Sascha hätte gewiss nicht gewollt, dass ich unglücklich war. Ich hoffte, dass er jetzt vom Himmel auf mich hinabschaute und über meinen Mut lächelte.

Auch wenn Alexandra noch so verkniffen dreinschaute.

Tatsächlich gefroren ihre Züge zu Eis, als sie und Niki eintrafen, um die Gäste zu begrüßen. Sie hatte ein traditionelles Hofkleid aus goldenem Gewebe gewählt, zu dem sie einen lila- und goldfarben bestickten Umhang trug, obwohl sie darin mit Sicherheit vor Hitze vergehen würde. Als Schmuck dienten ihr das Hochzeitsdiadem und eine dicht mit Diamanten besetzte Halskette aus der Schatzkammer. Auf ihrer fleckigen Haut kamen die Edelsteine jedoch kaum zur Geltung. Sie war im sechsten Monat schwanger und litt unter einer Hautverfärbung, die sie aussehen ließ, als hätte sie Röteln.

»Mama!«, rief Niki überrascht.

Lächelnd drehte ich mich vor ihm um die eigene Achse, und der Saum des Kleides schwang um meine Knöchel. Was ich trug, war eine Kreation aus schwarzem Satin und Tüll, bestickt mit Glasperlen, und der Stoff schmiegte sich elegant an meine schlanke Gestalt. Die Schultern waren mit dunklem karmesinrotem Chiffon bedeckt, und die Ärmel lagen eng an, statt sich zu bauschen, wie es sonst am Hof üblich war. »Gefällt es dir?«

»Es ist …« Niki fehlten die Worte, was ich als Kompliment wertete. Schmuck trug ich nicht, abgesehen von den Onyx- und Rubinkämmen in meinem hochgesteckten Haar, wie Alexandra sogleich bemerkt haben musste, denn ihr Blick wurde giftig, als er über mich hinwegglitt. Die erbetenen Kronjuwelen hatte ich ihr nicht geschickt, und um zu beweisen, dass ich keine Diamanten brauchte, um zu glänzen, hatte ich selbst ebenfalls darauf verzichtet.

»Wie wunderschön du aussiehst!« Ich beugte mich vor und küsste sie, damit sie mein teures Parfum von Rallet riechen konnte. »All dieses Gold und Lila! So kaiserlich!«

Sie prallte zurück.

Die Gäste warteten in einer langen Reihe darauf, vorgestellt zu werden. Als Erstes verbeugten sie sich vor Niki, der in seiner dunkelblauen Uniform der kaiserlichen Garde sehr stattlich wirkte. Nach ihm erwiesen sie mir und Alexandra die Ehre. Ich flüsterte meiner Schwiegertochter die jeweiligen Namen und Titel ins Ohr, die ich alle auswendig wusste. Mechanisch streckte sie ihnen die Hand entgegen, damit sie sie küssten, und bedankte sich mit einem steifen Nicken. Irgendwelche Bemühungen, ein Gespräch mit ihnen anzuknüpfen, ersparte sie sich. Nach ihr zogen die Gäste weiter zu Sandro und Xenia, um ihnen zur Geburt ihrer Tochter Irina zu gratulieren. Unterdessen sah ich einen Schweißtropfen unter Alexandras Schläfenlocken hinabrinnen, die zu formen ihren Friseur enorme Mühen gekostet haben musste. Steif wie eine Statue stand sie da, den wachsenden Bauch unter einem Mieder und den Falten ihres mächtigen Kleides verborgen. Statt ihre Fruchtbarkeit stolz zur Schau zu stellen, versteckte sie sie verschämt.

Natürlich war jeder Gast, den sie von der Liste gestrichen hatte, gekommen – auf meine Einladung hin.

Sie tanzte nur ein einziges Mal, und zwar eine Polonaise, die sie mit Niki zur Eröffnung der Gala absolvierte. Danach zog sie sich auf ihren Thron zurück, der auf dem Podium postiert war. Niki setzte sich besorgt neben sie. Schließlich trat ich mit ausgestreckter Hand auf ihn zu. »Komm, mein Sohn, tanz die Mazurka mit mir.« Unsicher blickte er sie an, bis sie nickte. Erst dann führte er mich auf die Tanzfläche.

Unter den Lüstern machten uns die Tänzer Platz und bildeten einen Kreis, um uns mit frenetischem Klatschen und Stampfen zu feiern, während ich in Nikis Armen übers Parkett wirbelte und er mit einem breiten Lächeln zu verstehen gab, wie sehr er diesen Moment genoss.

Als der Tanz zu Ende war, bahnten wir uns mühsam einen Weg durch die Menge. Viele ergriffen begeistert meine Hände und wollten nicht aufhören, von meinen Tanzkünsten zu schwärmen und mir zu versichern, wie schön es sei, mich wieder so voller Lebensfreude zu sehen. Irgendwann entdeckte ich Miechen und Wladimir, der schon ganz rot im Gesicht war und dessen Uniform aus den Nähten zu platzen drohte. Mit einem verschwörerischen Grinsen zwinkerte Miechen mir zu.

Noch einmal wandte ich mich zum Podium um. Dort stand Niki mit betretener Miene. Alexandras Stuhl war verwaist. Sie hatte uns mitten während der Gala verlassen, und außer Miechen hatte das niemand bemerkt.

»Sie haben sie absichtlich gedemütigt!«, warf Xenia mir vor, als ich das Packen meiner Koffer beaufsichtigte. »Sie ist in Tränen aufgelöst davongestürzt. Ich wäre ihr fast nachgelaufen. Wie konnten Sie ihr das nur antun, Mama? Sie sollte am Hof eingeführt werden, und Sie haben dafür gesorgt, dass alle sie ausgelacht haben!«

»Das habe ich nicht.« Mit einer Geste bedeutete ich Sophie, das Gepäck nach unten zu bringen und in meine Kutsche verladen zu lassen. »Sie hat es vorgezogen, sich zu benehmen, als würde die Ehre einzig und allein ihr gebühren. Sie hat mit niemandem gesprochen und die ganze Zeit wie eine Statue auf dem Podest gesessen. Es war ihre eigene Entscheidung zu gehen. Niemand hat sie vertrieben.«

Xenia funkelte mich aufgebracht an. »Sie sind unmöglich! Ich schäme mich für Sie!«

Ich schwieg verblüfft. Da meine älteste Tochter wie Niki und Mischa eigentlich zu Konformismus neigte, erstaunte mich ihr Ausbruch. Aber sie war in der Tat feinfühlig. Ich hatte Alexandras Bitte, die Liste zu ändern und ihr die Kronjuwelen zu übergeben, bewusst ignoriert, denn es war mir darum gegangen, sie bei dem Ball zu übertrumpfen und ihr auf diese Weise vor Augen zu führen, dass sie noch viel zu lernen hatte. Wie ich das sah, hatte sie die Schuld allein bei sich zu suchen. In meiner Zeit als erste Frau im Land hatte ich mich jedenfalls von niemandem in den Schatten stellen lassen.

Sobald Sophie aus dem Zimmer gehastet war, um uns nicht weiter zu stören, baute ich mich vor Xenia auf. »Wie kannst du es wagen, im Beisein meiner Dienerin in diesem Ton mit mir zu sprechen?«

»Ich spreche deshalb in diesem Ton mit Ihnen, weil Sie mir sonst nicht zuhören. Was würde Papa sagen, wenn er noch lebte? Sie müssen sie um Verzeihung bitten. Sie ist Nikis Frau!«

»Papa wollte nicht, dass sie Nikis Frau wird. Außerdem ist sie nach Zarskoje Selo aufgebrochen. Glaubst du wirklich, ich soll den ganzen weiten Weg zu ihr hinausfahren, nur um von ihr abgewiesen zu werden? Ganz gewiss nicht. Deine Großmutter in Dänemark ist krank. Ich muss sie besuchen. Olga und Mischa sind schon auf dem Schiff und warten auf mich. Ich habe ihr zuliebe mein Bestes versucht, aber *noch* weiter werde ich nicht gehen.«

»Ist *das* etwa Ihr Bestes?«, fragte Xenia mit einer ungeduldigen Handbewegung. »Einfach zu ignorieren, dass sie unsere Zarin ist und Ihnen bald ein Enkelkind gebären wird? Grandmère Louise ist doch gar nicht krank. Sie fahren nur aus Gehässigkeit nach Dänemark. Und dann nennen Sie sie immer nur Alexandra, nicht Alicki, als wollten Sie damit betonen, dass sie nicht zu unserer Familie gehört. Und ständig tun Sie so, als ob sie in allem auf die Kaiserinwitwe hören müsste.«

»Ich habe nie gesagt, dass sie nicht zur Familie gehört«, widersprach ich. »Und sie sollte in der Tat auf mich hören. Diese

Kaiserinwitwe hat dreizehn Jahre lang an der Seite des Zaren gelebt und blickt auf eine langjährige Erfahrung zurück.«

»Mama, sie steht davor, ein Kind zu …«

»Ja, im November. Jetzt ist August. Bei dieser Hitze werde ich bestimmt nicht hierbleiben oder mich im Alexander-Palast einquartieren, um ihr dabei zuzuschauen, wie sie auf der Couch ruht. Und jetzt lass mich bitte vorbei. Ich bin schon spät dran. Außerdem glaube ich, Irina weinen zu hören. Du solltest dich um dein Kind kümmern.«

Rasch stellte sie sich vor die Tür. »Wenn Sie Niki zu einer Entscheidung zwingen, wird seine Wahl Ihnen nicht gefallen.«

Fast hätte ich sie zur Seite geschoben. »Ich schicke eine Nachricht aus Dänemark. Wenn sie so weit ist, komme ich zurück – aber nicht eine Sekunde früher.«

Xenia wich zur Seite. Als ich an ihr vorbeistürmen wollte, sagte sie: »Sie wird es Ihnen nie verzeihen, wenn Sie sich weigern, es wenigstens zu versuchen.«

»Hat *sie* es denn versucht?«, konterte ich, und als Xenia die Lippen schürzte, nickte ich. »Nein, hat sie nicht. Auch sie hat nicht vor, auf mich zuzugehen.«

Damit ließ ich meine Tochter stehen, die mir fassungslos nachblickte. Während der Fahrt zum Hafen wurde mir bewusst, dass sie und Sandro sich während meiner Abwesenheit ohne Zweifel eine neue Residenz suchen würden. Jetzt wollten sie gewiss nicht mehr mit mir unter demselben Dach wohnen. Xenia war Niki treu ergeben, und das konnte ich ihr nicht einmal verübeln.

Was mich betraf, wollte ich ein wenig Zeit in meinem Vaterland verbringen und nichts von Alexandra hören.

Es war, wie Sascha so oft geklagt hatte: Allmählich kam mir Russland wie ein Gefängnis vor.

27

Meine Mutter war vergesslich geworden. Ständig hielt sie mir vor, ich hätte nicht daran gedacht, ihr das Halstuch zu bringen, obwohl es immer über die Stuhllehne drapiert war. Papas Arthritis hatte sich verschlimmert, doch nichts konnte ihn daran hindern, täglich mit der Zigarre in der Hand durch die Gärten von Fredensborg zu schlendern. Mischa und Olga genossen es unendlich, dass hier keine Etikette herrschte, und ruderten viel über den See oder lasen gemeinsam, den Kopf über dasselbe Buch gebeugt, wie sie es seit Jahren gewohnt waren.

Alix besuchte uns, nur kam sie diesmal allein. Sie wirkte still, irgendwie verschlossen, doch als Mutter sie fragte, was ihr fehlte, murmelte sie nur: »Nichts, nichts. Nur ein bisschen müde.«

Ich wusste freilich, dass mehr dahintersteckte. Der Verlust ihres Sohnes damals hatte sie so schwer getroffen, dass sie an einem lebensbedrohlichen Fieber erkrankt war, das ihr ein steifes Bein hinterlassen hatte. Außerdem klagte sie über zunehmende Schwerhörigkeit. Über ihren Mann sagte sie nichts, doch schon in St. Petersburg hatte ich aus der ausländischen Presse von dem Skandal erfahren, dass Seine Hoheit, der Prince of Wales, in Begleitung namhafter Schauspielerinnen gesehen worden war. Eingedenk der Warnung meiner Mutter, die mir schon vor vielen Jahren eingeschärft hatte, so etwas nie zu erwähnen, wahrte ich Schweigen, zeigte Alix dafür aber umso deutlicher meine Liebe.

Bei unseren nachmittäglichen Spaziergängen am Seeufer

hängte sich Alix bei mir ein, während sie sich mit der anderen Hand vorsichtig auf ihren Stock stützte, mit dem sie in England eine wahre Modewelle ausgelöst hatte. Weil sie ihrer Prinzessin ähneln wollten, benutzten Hunderte von Frauen nun ebenfalls einen Spazierstock. Nur dass er für Alix natürlich kein Luxus war, sondern bittere Notwendigkeit. Um sie von den Themen Krankheit und Tod abzulenken, erkundigte ich mich nach ihrem Sohn George, der kürzlich die ursprünglich für seinen Bruder als Braut vorgesehene Princess May of Teck geheiratet hatte.

Alix geriet geradezu ins Schwärmen. »Sie sind sehr glücklich! May ist wirklich entzückend. Ich habe Fotografien mitgebracht, um sie dir zu zeigen. Sie ist bekanntermaßen deutscher Abstammung, ist aber in England geboren und aufgewachsen, sodass sie weiß, wie man sich zu benehmen hat. Und mein George sieht Niki derart ähnlich, dass man sie für Zwillinge halten könnte! Victoria geht es allerdings nicht gut. Die Rebellionen in Indien und die Konflikte in Irland belasten sie sehr. Es ist nicht leicht, wenn man so lange regiert wie sie. Sie hat vom Leben nicht allzu viel gehabt und duldet bis heute keinen Ungehorsam.«

Sie schnitt eine Grimasse, und für einen kurzen Moment glich sie wieder meiner albernen Schwester von damals, die einen Zarewitsch zurückgewiesen hatte, um den britischen Thronfolger heiraten zu können. »Dein Brief, in dem du dich für ihren Gedichtband und die freundlichen Worte nach Saschas Tod bedankst, hat Victoria sehr gerührt. Sie erinnert sich noch gut daran, wie du damals ohne Hut ausgeritten bist.« Sie hielt inne. »Vermisst du es?«

»Was? Das Reiten?«

»Dein Leben als Zarin. Es kann dir nicht leichtgefallen sein, es aufzugeben.«

»Das war es auch nicht. Ich hatte mir immer voller Stolz

vorgestellt, ich würde den Titel bis zu meinem Tod tragen, aber als Sascha von mir gegangen war, erschien mir das nicht mehr so wichtig.« Ich schaute in die Ferne, denn ich wollte nicht, dass sie sah, was ihre Frage alles in mir ausgelöst hatte: den Schmerz aus der Vergangenheit und die Bitterkeit in der Gegenwart. »Ohne ihn möchte ich lieber diejenige sein, die ich bin. Das finde ich weniger anstrengend.«

»Und Niki? Geht es ihm gut?«

Ich zwang mich zu einem Lächeln. »Sehr gut. Er freut sich sehr auf die bevorstehende Geburt seines Kindes. Aber Zar zu sein …« Ich sprach schneller, um Fragen nach seiner Frau zu entgehen. »Also, Zar zu sein fällt ihm nicht leicht. Leider hatten wir nicht genügend Zeit, ihn auf dieses Amt gründlich vorzubereiten. Aber er wird lernen. Er muss.«

Alix musterte mich nachdenklich. Ich nahm an, dass sie das eine oder andere über die Lage in Russland erfahren hatte. Alexandra schrieb Victoria regelmäßig, und ich bezweifelte, dass sie irgendetwas Löbliches über mich zu melden hatte. Im besten Fall erwähnte sie mich mit keinem Wort. Zu meiner Erleichterung bohrte Alix jedoch nicht nach.

»Du siehst gut aus, Minnie«, sagte sie nach längerem Schweigen. »Einen Sohn zu verlieren, das ist schlimm genug, aber seinen Mann …« Ihre Stimme erstarb. Sie hatte zusammen mit ihrem geliebten Eddy auch Bertie verloren. Ich mochte alle beide. Es tat mir weh, dass sie sich in ihrer Trauer um den Sohn voneinander entfernt hatten. Andererseits wollte ich nicht, dass sie sich verpflichtet fühlte, mir zu beichten, was sie nicht offenbaren wollte.

»Wir müssen weitermachen«, meinte ich. »Du hast es selbst gesagt. Wir müssen für unsere Kinder leben.«

Sie seufzte. »Du hast mehr gelernt als nur das. Du hast auch gelernt, für *dich* zu leben.«

Alexandra hatte Vorsorge getroffen und sämtlichen Schaulustigen den Zutritt zu ihren Privaträumen im Alexander-Palast verboten, sodass ich bei der Geburt meines Enkelkindes nicht zugegen sein konnte, obwohl ich wie versprochen rechtzeitig zurückgekehrt war. Nur Niki durfte dabei sein, als die Wehen einsetzten und sich vierzehn qualvolle Stunden lang hinzogen.

Als mich über den Winterpalast die Nachricht erreichte, dass Ihre Kaiserliche Hoheit von einem Kind entbunden worden war, konnte ich die traditionellen Kanonensalven – dreihundert bei einem Jungen, einhundertundeine bei einem Mädchen – nicht mitzählen, denn ich saß bereits in meinem Zug nach Zarskoje Selo. Aber kaum hatte ich den Alexander-Palast und Nikis Arbeitszimmer betreten, erfuhr ich es.

»Eine Tochter«, sagte er, als ich ihn küsste und unwillkürlich die Nase rümpfte, weil er allzu stark nach Tabak stank. »Botkin sagt, dass sie vollkommen gesund ist. Jetzt ist es ein Mädchen, beim nächsten Mal wird es ein Junge. Alicki und ich sind noch jung. Wir haben Zeit.«

Er klang, als hätte er geübt, als hätte er dieselben Worte schon einmal gesagt – zweifelsohne zu ihr. Außerdem hatte er die abgehackten Bewegungen eines Mannes, der schon viel zu lange auf den Beinen war. Unruhig betastete er alle möglichen Gegenstände auf seinem Schreibtisch, ehe er nach seinen Zigaretten griff.

»Gib mir auch eine«, sagte ich.

Er blickte mich verblüfft an, dann zuckte er mit den Schultern. »Warum nicht? Wir sind allein.« Er zündete eine an und reichte sie mir.

»Wie geht es ihr?«, fragte ich und machte einen tiefen Zug.

»Das können Sie sich gewiss vorstellen.«

»Nein, kann ich nicht. Klär mich auf. Und bitte setz dich.«

Er sank auf seinen Ledersessel und massierte sich das Gesicht mit den Fingern, während aus seinem unter dem Vollbart versteckten Mund Rauchwolken aufstiegen. Seine blassen Augen waren vom Schlafmangel gerötet und wässrig. »Sie ist sehr müde. Jetzt schläft sie.«

»Das immerhin kann ich mir vorstellen, wenn die Geburt vierzehn Stunden gedauert hat.«

Er selbst war auch erschöpft. Meinen sarkastischen Ton hatte er gar nicht wahrgenommen. Bei dieser Frau war wirklich nichts leicht. Selbst ihre erste Geburt musste zu einem Drama ausarten!

»Mir ist eigentlich nicht so recht klar, wie sie sich fühlt«, sagte er unvermittelt. »Als die Hebamme mir Olga überreichte – wir haben beschlossen, sie Olga zu nennen, weil Sanni diese Figur in *Eugen Onegin* so liebt –, wirkte sie ... uninteressiert.«

Oder enttäuscht, dachte ich. Sie hatte viel zu beweisen, wie ihr bei meiner Gala vor Augen geführt worden war. Ein Sohn und Erbe hätte sie bei dem Versuch, den Respekt des Volkes zu gewinnen, weit vorangebracht.

»Wie du gesagt hast: Sie ist müde. Wenn sie sich erholt hat, wird sie sich in Olga verlieben. Das erste Kind ist immer etwas Besonderes. Du warst das auch und wirst es immer für mich sein.«

»Das sehe ich auch so.« Allerdings klang Niki nicht gerade überzeugt. Und tatsächlich platzten im nächsten Moment seine Gefühle aus ihm heraus. »Es war schrecklich, Mama! Sie sah aus, als würde sie sterben. Überall war Blut, viel, viel mehr, als ich erwartet hatte. Alle sagten, das sei normal, aber ich musste das Zimmer verlassen. Mir wurde richtig schlecht.«

»Das ist auch nichts für Männer. Bei einer Geburt hat außer dem Arzt kein Mann etwas zu suchen. Dein Vater hasste es, dabei zuzuschauen, wie ich euch auf die Welt brachte.«

Er brachte ein mattes Grinsen zustande. »Das klingt ganz nach ihm.«

»Aber das Kind ist wohlgeformt und gesund, richtig? Dann besteht kein Anlass zur Sorge. Lass ihr Zeit. Sie wird eine wunderbare Mutter sein. Das weiß ich einfach.«

Gerade noch verkniff ich mir den Zusatz, das sei auch alles, was sie sein würde. Nun, wenn sie als Mutter versagte, würde sie in allem scheitern.

»Sie sollten zu ihr gehen«, forderte Niki mich auf. Von der Spitze seiner Zigarette fiel ihm Asche auf die Brust. Er wischte sie weg und verschmierte sich damit das Revers.

»Und du solltest dich waschen und ein wenig schlafen«, erwiderte ich. »Ich werde sie nicht stören. Das Letzte, was eine frisch gebackene Mutter braucht, ist eine Schwiegermutter, die sie weckt.«

»Alicki nicht«, erwiderte er. »Ich glaube, die kleine Olga sieht aus wie Sie.«

Sie war pummelig, strampelte und schrie, als sie darum kämpfte, sich an der Brust ihrer Milchamme festzuklammern. In dem Moment, da ich sie sah, bekam ich weiche Knie. Ich hatte nicht geahnt, wie sehr mir davor gegraut hatte, mich einer kleinen Version von Alexandra gegenüberzusehen, doch deren erste Tochter bewies schon jetzt, dass sie die mächtige Lunge von Sascha geerbt hatte.

»Wie eine Romanow«, hörte ich mich sagen.

Die Milchamme nickte matt. »Sie hat immer Hunger, Majestät. Seit der Stunde ihrer Geburt kennt sie nichts als Forderungen.«

»Gut für sie.« Ich nahm das sich windende Bündel in die Arme. Sofort hämmerte meine Enkelin mit ihren überraschend kräftigen Fäustchen gegen meine Brust. Ich küsste sie auf den noch unförmigen Kopf und sog ihren milchigen Geruch ein – er zeugte von Hoffnung und Möglichkeiten, von Leben, bevor die Jahre ihren Tribut forderten.

Unvermittelt lag sie ganz still in meinen Armen. Ihre Augen schienen graublau zu sein. Wie die von Niki. Allerdings waren die Augen der meisten Säuglinge von dieser Farbe, bis sie nach gut einem Jahr ihren endgültigen Farbton annahmen.

Die Milchamme lächelte. »Sie weiß jedenfalls, wer ihre Großmutter ist.«

»Das sollte sie auch.« Ich hob sie hoch und blickte ihr liebevoll ins Gesicht. »Willkommen, Großfürstin Olga Nikolaijewna.«

Es war, wie ich es prophezeit hatte. Kaum hatte sie sich von den Strapazen der Geburt erholt, zeigte Alexandra größtes Interesse an ihrer Tochter, und bei jeder sich bietenden Gelegenheit redete sie Niki zu, den Alexander-Palast als permanente Wohnstätte zu nutzen, in der sie eine intime Umgebung für ihre Familie einrichten wollte. Auf Victorias Empfehlung hatte sie ein britisches Kindermädchen kommen lassen, das ihr dabei helfen sollte, Olga aufzuziehen.

»Aber Zarskoje Selo ist zu weit draußen«, hielt ich Niki vor. »Du musst gesehen werden.«

»Mit unserem privaten Zug ist es ja nur eine Stunde in die Stadt«, meinte er. »Papa ist mit uns doch auch nach Gattschina gezogen. Das ist noch weiter von St. Petersburg entfernt, und die Minister haben sich daran gewöhnt.«

»*Wir* haben uns daran gewöhnt«, konterte ich. »Er hat das nur um unserer Sicherheit willen getan, aber es hat mir dort nie gefallen. Wie willst du rechtzeitig erfahren, wenn sich eine Bedrohung anbahnt? Dein Platz als unser Zar ist die Hauptstadt.«

»Sanni will nicht in der Stadt leben. Sie glaubt, dass die Verhältnisse dort gesundheitsschädlich sind. Städte sind überbevölkert, und es drohen Seuchen. Sie will Olga in Sicherheit wissen.«

»Ich verstehe dich nicht. Wir alle haben Kinder in der Stadt großgezogen …« Ich unterbrach mich. Mir war wieder der Tod meines kleinen Alexander eingefallen. Im selben Augenblick sah ich, wie sich Nikis Miene verschloss. Das geschah unweigerlich, wenn er mit meinem Verdruss über seine Frau konfrontiert wurde, die offenbar das unergründliche Bedürfnis verspürte, sich zu isolieren. Bevor es zum Streit kam, zwang ich mich zu schweigen. Wir beide wussten, dass bei ihr mehr dahintersteckte als nur die Sorge um ihr Kind. Alexandra hatte nie die gesellschaftlichen Verpflichtungen einer Zarin auf sich nehmen wollen, und jetzt hatte sie die perfekte Ausrede.

»Ich wollte ihr zu Olgas Taufe ein Pianoforte senden lassen«, lenkte ich ein. »Glaubst du, sie würde sich darüber freuen?«

»O ja!«, rief Niki, der über versöhnliche Gesten meinerseits immer sehr erleichtert war.

Und wie sie sich freute. Sie zeigte sich entzückt und stellte sofort Blumentöpfe voller Veilchen auf die Abdeckung aus edlem Satinholz, bevor sie anfing zu spielen. Und das tat sie jeden Abend, wie mir Niki erzählte. Erneut unterdrückte ich meinen Groll. Hauptsache, sie war in ihrem neuen Zuhause, kümmerte sich um ihr Kind und wurde bald wieder schwanger. Wir brauchten einen Zarewitsch.

Ein halbes Jahr später schritten Niki und Alexandra zu ihrer Krönung, während am stählern schimmernden Himmel Krähen heiser krächzend ihre Kreise zogen.

Ihrer Haltung nach zu urteilen, stand Nikis Frau während der gesamten Zeremonie schreckliche Qualen aus und zählte die Minuten, bis sie zu ihrem Palast zurückkehren durfte. Als Niki ihr das Diadem auf den Kopf setzte, dasselbe, das Sascha auf meinem platziert hatte, wallten tiefe Gefühle in mir auf.

Ich entschuldigte mich dafür, dass ich am Abend nicht an der großen Feier im Kreml teilnehmen konnte, und bat Xenia, mich zu vertreten.

Meine Tochter verzichtete auf Vorwürfe, als ich ihr erklärte, dass mich allein schon bei der Musik ein Gefühl befiel, als würde Saschas Grab geplündert. Also blieb ich in meinen zugigen Gemächern – der Kreml hatte eine Renovierung dringend nötig – und verkroch mich in mein Bett, den Kopf unter Kissen verborgen. Da vermochte mich nicht einmal die Vorstellung davon zu trösten, wie Alexandra sich in all ihrem Schmuck Tausenden von Gratulanten zu stellen hatte. Zum ersten Mal seit dem Tod meines Gemahls konnte ich es nicht ertragen, nicht mehr die Zarin zu sein.

Als Leiter der Krönungszeremonie bestimmte Niki seinen Onkel Sergej, den er eigens dafür zum Generalgouverneur von Moskau ernannte. Die rasante Industrialisierung Moskaus und die damit einhergehende Verelendung hatten eine erkleckliche Schar von Radikalen angezogen. Die Bewegung der Nihilisten war zwar eingegangen, doch ihre Ideale blühten und gediehen weiterhin. Sergej hatte die Verhaftung Hunderter von demonstrierenden Studenten und die Vertreibung der Juden aus ihren Vierteln durchgesetzt, womit er sich in weiten Kreisen der Bevölkerung unbeliebt gemacht hatte. Die arme Ella wiederum weinte bittere Tränen, weil sie von St. Petersburg nach Moskau ziehen musste. Da sie selbst keine Kinder hatte, war sie zu einer hingebungsvollen Tante geworden, zumindest was ihre Nichten und Neffen auf der Romanow-Seite der Familie betraf, insbesondere Maria und Dmitri, die Kinder von Saschas und Sergejs jüngstem Bruder, dem Großfürsten Paul, dessen Frau – die Tochter meines Bruders Willy – bei Dmitris Geburt gestorben war.

Als Niki mich einlud, am Tag nach der Krönung aufs Chodynka-Feld zu kommen, wo einer alten Tradition gemäß

Geschenke ans Volk verteilt werden sollten, blieb mir nichts anderes übrig als zuzusagen. Ich hatte mich bereits vor all den anderen Veranstaltungen gedrückt, doch das konnte ich mir auf Dauer nicht leisten. Allerdings befürchtete ich, schmerzlich an die Zeremonie erinnert zu werden, an der Sascha und ich nach unserer Krönung teilgenommen hatten.

Der Tag rückte näher, und dann war es so weit. Ich richtete mich gerade her, als Tanja in heller Panik ins Ankleidezimmer stürzte.

Erschrocken wirbelte ich zu ihr herum. Dass dabei die Haube zu Boden fiel, die mir Sophie gerade aufgesetzt hatte, war mein geringstes Problem. »Was ist los? Gott im Himmel, sag mir nicht, dass meinem Sohn etwas passiert ist!«

»Nein, Seiner Majestät nicht«, versicherte Tanja mir hastig. »Er ist in Sicherheit, aber wir haben soeben die Nachricht von Seiner Hoheit, Großfürst Sergej, erhalten: Auf dem Feld hat es eine Katastrophe gegeben.«

Sogleich griff ich nach meinem Halstuch und eilte zur Tür hinaus. »Majestät, Ihre Haube!«, rief Sophie mir nach. Tanja und ich hatten inzwischen die Kutsche erreicht. Von der Haustür her warf mir Sophie die Kopfbedeckung zu. Zwar hatten wir Frühling, doch die Luft war kühl. Tanja band mir die Haube fest und zog mir den Schleier übers Gesicht. Während ich den Kutscher anwies loszufahren, legte sie mir eine Decke über die Beine. Erst als wir über die Straße zum Feld hinausratterten, berichtete sie mir atemlos, was geschehen war.

Unter den Volksmassen hatte sich das Gerücht verbreitet, es gebe nicht genug Kelche und Teller als Andenken. Daraufhin hatte es einen spontanen Ansturm auf die Souvenirstände gegeben, die man vor dem Podium aufgebaut hatte. Da das Gelände normalerweise als Truppenübungsplatz genutzt wurde, war es von Schützengräben durchzogen, die nur notdürftig abgedeckt waren. So kam es, wie es kommen musste. Manche Besucher stürzten in die Gräben und brachen sich die Knochen. Andere trampelten über sie hinweg. Berittene Kosaken, bewaffnet mit den gefürchteten Nagaikas, kurzen, dicken Peitschen, prügelten auf die Meute ein, womit sie die Panik jedoch nur verschlimmerten und eine wilde Stampede auslösten.

Mir stockte der Atem, als meine Kutsche mitten auf der Straße vor einer Sperre anhielt. Karren, abgedeckt mit Planen, rumpelten vorbei, unter denen hier ein mit einem zerquetschten roten Stiefel bekleideter Fuß herausbaumelte oder dort ein von einer blutgetränkten Bluse umwickelter Arm. Karren um Karren holperte an mir vorüber, während ich zu Tode entsetzt auf meinem Sitz kauerte und mich an Tanjas kalte Hand klammerte.

Jemand musste mich erkannt und meine Ankunft gemeldet haben, denn bald kam Sergej auf seinem Rappen herangeprescht. Kerzengerade saß er im Sattel, das markante Gesicht mit den hohen Wangenknochen wie gemeißelt und sein gepflegter goldbrauner Bart so starr wie Stein. Nur seine schmalen grünen Augen verrieten so etwas wie Leben, als er den Blick auf mich richtete, und selbst dieser war eisig und wirkte völlig losgelöst von der Verwüstung, die unter seiner Aufsicht geschehen war.

»Majestät.« Er verneigte sich im Sattel. »Sie müssen umkehren. Die Feierlichkeiten wurden abgesagt. Ich hatte gedacht, man hätte Sie informiert.«

Ich starrte ihn an. Um Worte ringend, brachte ich hervor: »Wie viele?«

»Das lässt sich noch nicht genau sagen. Angesichts der Umstände ist zu befürchten, dass die Zahl der Opfer beträchtlich ist.« Er schnitt eine Grimasse. »Bei derart großen Menschenmengen kommt so etwas eben vor. Rebellen und Querulanten verbreiten überall Chaos.«

»Weiß Niki schon Bescheid?« Ich schluckte meinen Zorn hinunter. Sergej hatte ich immer gemocht, vielleicht gerade deshalb, weil er bei den meisten unbeliebt war. Doch jetzt widerte er mich an. Wie konnte er eine so schreckliche Tragödie derart abtun?

»Ich bin sofort zu ihm geeilt und habe ihn in Kenntnis gesetzt. Aber jetzt muss ich Sie zum Umkehren auffordern, Majestät.«

Er hatte dem Kutscher bereits Anweisungen erteilt, als ich in scharfem Ton fragte: »Kommt er persönlich? Er und Alexandra werden doch sicher mit den Überlebenden sprechen, um sie zu trösten?«

Sergej gab keine Antwort. Stattdessen rammte er seinem Pferd die Sporen in die Seiten und galoppierte davon. Mühsam wendete mein Kutscher auf der engen Straße und lenkte das Gefährt wieder in Richtung Kreml. Inzwischen zitterte ich am ganzen Körper. Als meine und Tanjas Blicke sich begegneten, sagte sie: »Ich habe es Ihnen sofort gemeldet, als er die Nachricht schickte.«

Ich nickte. »Hierherzukommen, das war meine Entscheidung. Irgendeiner von uns musste das ja tun.«

Denn mir war bereits klar, dass Niki sich nicht blicken lassen würde.

Nachdem ich schwarze Trauerkleider angelegt hatte, begab ich mich in das Moskauer Krankenhaus, in das man die Verletzten gebracht hatte. Den Versuch, Niki irgendwo zu treffen, unternahm ich gar nicht erst. Mir war klar, dass ihn seine Minister und Beamten belagern würden und er sich wütende Proteste anhören musste, weil Sergej keine massiveren Barrieren zur Verhinderung eines Massenansturms hatte errichten lassen.

Das Krankenhaus glich einem Schlachtfeld: Auf jeder freien Pritsche lagen Leute mit den verschiedensten Brüchen –

Männer, Frauen und Kinder, die wegen der Belustigungen und der freien Bewirtung aus allen Teilen Russlands herbeigeströmt waren, nur um dann zerquetscht oder niedergetrampelt zu werden oder von den Peitschen der Ordnungshüter Hiebe einzustecken, bis ihnen die Haut in Fetzen herunterhing. Viele von ihnen würden den nächsten Tag nicht mehr erleben. Die offizielle Schätzung lautete auf mindestens tausend Todesopfer. Als Niki das erfuhr, brach er in Tränen aus. Sergej hatte ihn nicht darüber informiert, wie verheerend das Unglück war. Und als ob die Lage nicht schlimm genug gewesen wäre, war sein Satz, so etwas komme eben vor, gehört und in böser Absicht falsch interpretiert worden. Wie ein Lauffeuer hatten seine Worte sich im ganzen Reich und auch im Ausland verbreitet. Das fiel natürlich auf Niki zurück, der ohnehin allseits wegen seiner Gleichgültigkeit verurteilt wurde.

Als Sergej vor die Duma zitiert wurde, um Rede und Antwort zu stehen, berief er sich darauf, dass er nicht geahnt habe, wie ernst die Lage war, denn er habe zuerst mit dem Zaren gesprochen und erst danach das Feld inspiziert. Die Schuld gab er seinen Untergebenen aus Moskau, denen er sträfliche Nachlässigkeit vorwarf.

»Er hat mir seinen Rücktritt als Generalgouverneur angeboten«, berichtete Niki mir, als er sich am selben Abend kreidebleich bei mir einfand. Er trug seine weiße Uniform mit der schwarzen Bordüre aus Zobel, den angesteckten Diamanten und der kaiserlichen Schärpe. »Ich habe sein Angebot abgelehnt. Sandro und seine Brüder dagegen haben seinen Rücktritt gefordert. Das alles sei allein Sergejs Schuld gewesen, sagen sie. Aber Wladimir, Alexej und Paul haben sie angeschrien, sie seien nichts als selbstgerecht, denn wie hätte Sergej die Ereignisse vorhersehen können?«

»Niemand hätte so etwas ahnen können«, bestätigte ich. Jetzt war ich erleichtert, dass ich mich dagegen entschieden hatte, Niki unmittelbar nach dem Unglück aufzusuchen. Dort hätte ich nur erlebt, wie die Großfürsten übereinander herfielen. Persönlich war ich aber der Auffassung, dass es klug gewesen wäre, Sergejs Rücktrittsgesuch anzunehmen, wenn auch nur, um die Wogen der Empörung zu glätten, die von den Zeitungen aus durchs Land schwappen würden. Andererseits war ich nach der Nachtwache im Krankenhaus zu erschöpft, um mit ihm zu debattieren. Und als er unvermittelt bemerkte: »Sie sind ja gar nicht förmlich gekleidet«, musste ich ihn wohl mit offenem Mund angestarrt haben.

»Aber Mama, der Ball zu unseren Ehren in der französischen Botschaft. Unsere Teilnahme wird erwartet.«

»Nach dieser Tragödie? Sag das ab. Wir haben Untertanen verloren, die beerdigt werden müssen.«

»Frankreich ist mit uns verbündet. Sanni sagt, dass wir aus diplomatischen Gründen hingehen müssen.«

»Seit wann kümmert sie sich um diplomatische Gepflogenheiten? Man wird das nicht zu schätzen wissen, wenn sie mit dem Diadem von Katharina der Großen auf dem Kopf tanzt, obwohl das Blut unserer Untertanen auf dem Feld noch nicht getrocknet ist.«

Er wandte sich zur Tür.

»Niki«, sagte ich mit tränenerstickter Stimme, woraufhin er stehen bleib. »Dein Volk braucht dich. Du musst auf mich hören. Sag den Ball in der Botschaft ab und verkünde einen Tag der Trauer. In einer Zeit wie dieser dürfen wir nicht den Eindruck von Gleichgültigkeit erwecken. Alexandra mag das nicht verstehen, denn sie ist keine von uns.«

»Sie versteht *mich*«, entgegnete er.

Damit stieß er die Tür auf und stürmte hinaus.

28

Am zehnten Juni 1897 ließ die Kanone der Festung einhundertundein donnernde Salutschüsse ertönen: Meine zweite Enkelin von Niki, Taufname Tatjana, war geboren. Ein weiteres wunderschönes, gesundes Kind, zwei Jahre nach dem ersten – aber wieder kein Sohn.

Bei der Geburt war ich nicht zugegen. Mein Vater hatte mich dringend zu sich gerufen. Mit meiner achtzigjährigen Mama ging es zu Ende. Bei meiner Ankunft in Fredensborg, wo Alix schon auf mich wartete, traf ich meine Mutter krumm und zerbrechlich wie einen vertrockneten Zweig an. Sie hatte einen Schlaganfall erlitten und war an einen zweirädrigen Badestuhl gefesselt. Ihre verkrümmte Gestalt war nur noch ein Schatten der unerschütterlichen Frau, die wir gekannt hatten. Als sie im darauffolgenden Jahr im Schlaf verschied, kehrten Alix und ich zu ihrer Beerdigung zurück. Obwohl wir wussten, dass es besser so war, waren wir untröstlich. Mama hätte ihre eigene Schwäche verachtet.

Papa zog sich in sein Zimmer zurück und weigerte sich, es zu verlassen.

»Nächstes Jahr«, flüsterte Alix beim Abschied. Wir brauchten uns nicht vorzumachen, dass wir je wieder ein Familientreffen mit durch Schloss und Gärten tollenden Kindern und Kindeskindern genießen würden. Als Kronprinz musste Freddy einen Großteil von Papas Aufgaben übernehmen. Ohne Mama würde Papa nicht mehr lange leben, doch bis zu seinem Tod würden Alix und ich jedes Jahr zurückkehren und ihn besuchen.

»Für immer Schwestern«, erklärte ich und drückte sie an mich.

»Für immer«, bestätigte sie, doch als sie an Bord ihres Schiffs ging, fragte ich mich, wie lange »für immer« war. Ich selbst mit meinen knapp einundfünfzig Jahren war nicht mehr jung zu nennen. Und mit jedem Verlust schnitt der Tod von der Welt, wie ich sie gekannt hatte, ein weiteres Stück weg und ließ mich beklommen darüber grübeln, was an dessen Stelle entstehen mochte.

»Was für eine liebe Geste.« Ich versuchte, ein Lächeln zustande zu bringen, als Niki in meinem Anitschkow-Palast vor mir stand. Er war wegen einer Staatsangelegenheit in die Stadt gekommen, nachdem Alexandra pünktlich wie ein Uhrwerk zwei Jahre nach Tatjana ihre dritte Tochter auf die Welt gebracht hatte. »War das wirklich ihre Idee?«

Er nickte, wenn auch betreten. »Uns ist bewusst, dass für Sie die Zeit der Trauer um Grandmère Louise gerade erst zu Ende gegangen ist, aber Sanni sagt, es wäre uns eine Ehre, unsere jüngste Tochter auf Ihren Namen zu taufen.«

»Mein Name ist Dagmar«, erinnerte ich ihn, darauf bedacht, meinen Ton von jeder Wertung frei zu halten. »Maria ist mein orthodoxer Name, nicht derjenige, der mir bei der Taufe gegeben wurde. Aber richte ihr aus, dass ich mich wirklich geehrt fühle. Wie gesagt, es ist eine liebe Geste.«

Ein flüchtiges Lächeln huschte über sein Gesicht, dann hörten wir das Rattern der Telegrafenmaschine aus Saschas früherem Arbeitszimmer. Das war ein völlig neues Gerät. Ich hatte die Maschine vor Kurzem in meinem Palast aufstellen lassen, nachdem Niki sich eine in Zarskoje Selo zugelegt hatte. Da mich das Rauschen, das sie verursachte, jedoch entsetzlich störte, hatte ich sie in einen Raum verbannt, den ich nie benutzte. Wir lauschten gebannt, ob Obolenskij zu erkennen gab, dass er eine Nachricht erhalten hatte. Schließlich murmelte Niki: »Das könnte von Sanni sein«, und schritt hinaus.

Die Hände zu Fäusten geballt, blieb ich sitzen. Schon wieder eine Tochter! Allmählich kam es mir äußerst unwahrscheinlich vor, dass sie jemals einen Sohn gebären würde. Die Stille draußen hielt an. Wo blieb Niki bloß? Hatte Alexandra eine Nachricht gesandt, die ihn veranlasste, den Palast Hals über Kopf zu verlassen? Als ich, angestrengt die Ohren spitzend, zur Tür huschte, hörte ich im Flur draußen ein eindringliches Wispern. Das war Niki. Er redete mit Obolenskij, meinem Haushofmeister. »Lassen Sie mich sie darauf vorbereiten. Sie …«

Ich trat in den Flur hinaus. »Was ist los?«

Niki fuhr zu mir herum. Obolenskij blieb, die Augen abgewandt, wie erstarrt stehen. Mein Sohn war leichenblass. Seine Augen füllten sich mit Tränen. Seine Hand umklammerte das Telegramm. »Mama … Georgi, er … er ist …«

Ich vernahm seine Stimme, vernahm, was er sich zu sagen mühte. Und doch konnte ich es nicht hören. Ein dumpfes Brüllen schwoll in meinem Kopf an, und ich spürte eine unendliche Leere. Dass meine Knie nachgaben, bemerkte ich erst, als er auf mich zustürzte und mich auffing, bevor ich zu Boden sacken konnte. Während sein aufgestautes Schluchzen aus ihm hervorbrach, war ich nicht fähig zu weinen. Nicht eine Träne.

So tief saß mein Kummer in mir.

Man hatte ihn in einem Straßengraben gefunden, neben ihm sein umgekipptes Fahrrad. Höchstwahrscheinlich eine innere Blutung, lautete die Diagnose des örtlichen Arztes, der von Kabuz nach Abastumani geeilt war, um die Leiche meines Sohnes zu untersuchen. Um Gewissheit zu erlangen, würde er eine Autopsie durchführen müssen.

Das lehnte ich ab. Ich wusste, was meinen Sohn getötet hatte. Ich badete seinen kalten Körper und kleidete ihn in seine Uniform. Seine tief trauernden Bediensteten geleiteten mich zu meinem Zug, der mich und die Leiche meines Sohnes nach St. Petersburg bringen würde. Erst als ich sah, wie der Sarg im Gepäckwaggon festgegurtet wurde, kam mir wieder in den Sinn, dass er vermutlich nicht allein gelebt hatte, sondern zusammen mit einer Frau. Ich hatte nicht daran gedacht, mich nach ihr zu erkundigen. Sein Tod hatte mich zu schwer getroffen, als dass ich in der Lage gewesen wäre, die einfachsten Dinge zu erledigen. Vorrangig war jetzt die Bestattung. Natürlich musste er die einem Großfürst gebührende Trauerfeier bekommen.

Aber wer war die Frau gewesen? Jetzt würde ich es nicht mehr erfahren. Das Gesicht in den Händen vergraben, wartete ich darauf, dass der Kummer mich überwältigte und das, was von meinem gebrochenen Herzen noch übrig war, endgültig zerstörte. Doch stattdessen hörte ich ihn sprechen, als säße er neben mir.

Keine Kaiserliche Hoheit mehr. Schlicht und einfach Georgi Alexandrowitsch.

Von uns allen hatte allein er frei von unseren unsichtbaren Ketten leben und sterben können.

Meine drei Enkelinnen von Niki waren von ätherischer Schönheit und überdies dank der Abgeschiedenheit von Zarskoje Selo mit engelhafter Unschuld gesegnet. Leider sah ich sie nicht so oft, wie ich mir das gewünscht hätte. Selbst wenn ich keine Einladung erwartete, kündigte ich mein Kommen stets an, damit Alexandra sich darauf einstellen konnte, und blieb auch nie über Gebühr lange. Zwar sagte sie es nicht direkt, wenn sie meiner Gesellschaft müde wurde, doch sie gab es zu verstehen, indem sie sich in ihr malvenfarbenes Ankleidezimmer zurückzog. Offenbar musste bei ihr totgeschwiegen werden, was sie unerträglich fand. Dabei konnte sie doch gar nicht übersehen, dass sich nun, da Georgi tot war, die Frage nach einem männlichen Erben noch dringender stellte denn je.

Nichts machte das deutlicher als das aufgeregte Telegramm, das sie mir sandte, als Niki auf der Krim erkrankte.

Sofort fuhr ich mit meinem privaten Zug in den Süden und erreichte bald die Villa, in der Sascha gestorben war. Sie war bereits zur Hälfte abgerissen worden, denn Niki hatte befohlen, das ursprüngliche Gebäude durch einen Sommerpalast zu ersetzen. Er war persönlich angereist, um die Arbeiten zu beaufsichtigen. Im Sommer sollte der Palast bezugsfertig sein.

Freilich hatte ich in meiner Panik nicht bedacht, welch düstere Erinnerungen ich wegen Saschas schrecklichem Ende mit diesem Ort verband. Obendrein wartete auch noch wie damals der kaiserliche Leibarzt, Dr. Botkin, auf mich.

»Typhus, Eure Majestät«, erklärte er. »Er hat sehr hohes Fieber. Sie hätten nicht kommen dürfen. Das ist eine hochgradig ansteckende Krankheit. In Ihrem Alter sind Sie besonders gefährdet.«

Typhus. Dasselbe Leiden, das beinahe den überlebenden Sohn meiner Schwester Alix getötet hätte. Ich schluckte meine Angst hinunter. »Ich werde nicht noch einen Sohn verlieren. Wenn jemand als Nächstes sterben muss, dann will *ich* das sein. Schicken Sie der Zarin eine Nachricht mit Grüßen von mir. Schreiben Sie ihr, dass sie unter keinen Umständen hierherkommen darf. Sie soll ihr Leben um Gottes willen nicht aufs Spiel setzen oder die Krankheit in ihrem Palast einschleppen und am Ende ihre Töchter gefährden.«

Niki delirierte. Botkin und ich taten unser Möglichstes, während rosafarbene Flecken sich über seinen ganzen Körper ausbreiteten, und beteten für sein Leben. Als das Fieber nach fast einer Woche sank, war er so erschöpft, dass er nicht einmal den Kopf heben konnte. Obwohl Botkin dringend davon abgeraten hatte, hatte ich in den Nächten an Nikis Seite auf einem Stuhl geschlafen. Und als ich dann hörte, wie er sich bewegte, beugte ich mich sofort über seine ausgetrockneten Lippen und hörte ihn wispern: »Ver…sprechen Sie mir …«

»Was auch immer, mein geliebter Junge.« Ich liebkoste seine blau geäderte Hand.

»Sanni. Meine Mädchen …« Seine Stimme drohte zu ersterben. »Versprechen Sie mir, dass … Sie für sie … sorgen werden.«

»Alles wird gut. Das Fieber ist gesunken. Ruh dich aus. Ich bin bei dir. Ich werde dich nicht verlassen.«

»Versprechen Sie es.« Er starrte mich flehend an.

»Ich verspreche es dir. Aber ruh dich jetzt aus.«

Es dauerte noch drei Wochen, bis er so weit genesen war, dass er reisen konnte. In der Zwischenzeit hatten wir nach Rücksprache mit seinem Finanzminister, Graf Witte, entschieden, dass Mischa zum Zarewitsch bestimmt wurde – allerdings mit dem Vorbehalt, dass Mischa auf den Titel verzichtete, sobald Niki einen Sohn bekam. Mischa, der jetzt einundzwanzig Jahre alt war und der berittenen kaiserlichen Garde angehörte, zeigte sich erschrocken, doch wir versicherten ihm, dass es nur für den Notfall war. Nikis Krankheit hatte uns vor Augen geführt, welche Katastrophe uns treffen würde, falls er starb, ohne dass seine Nachfolge geregelt war.

Jeder verstand, wie dringend diese Angelegenheit war, nur Alexandra nicht. In der Zeit, da Niki im Alexander-Palast genas, war nicht zu übersehen, dass sie von hingebungsvoller Liebe zu ihm, aber auch von unbändiger Wut auf mich erfüllt war.

»Und wird sich unser neuer Zarewitsch bald eine Zarewna suchen?«, wollte sie wissen, als ich mit meinen Töchtern Xenia und Olga bei ihr in ihrem malvenfarbenen Umkleidezimmer saß. Sie waren auf meine Bitte mitgekommen, um den Mädchen Gesellschaft zu leisten, damit ich bei Nikis Pflege mithelfen konnte.

»Damit habe ich mich nicht befasst«, antwortete ich wahrheitsgemäß und fragte mich, woher sie das wusste, wenn sie sich die ganze Zeit um Niki kümmerte, der noch kaum in der Lage war, von seinem Bett in sein Arbeitszimmer zu gehen.

Sie wandte sich an Xenia. »Nun, wenn es so ist, werde ich vor der Öffentlichkeit wohl endgültig ohne jeden Schmuck auftreten müssen, weil Mischas Braut dann meine ganzen Juwelen bekommen wird. Schließlich gehören sie der Zarewna, und die Kaiserinwitwe kann den Rest nicht erübrigen.«

In diesem Moment hasste ich sie mit jeder Faser meines Herzens. Wären meine Töchter nicht dabei gewesen, hätte ich dieser Frau meine ungeschminkte Meinung gesagt. Stattdessen zündete ich mir eine Zigarette an. Prompt verengten sich ihre Augen, denn sie hasste es, wenn in ihren privaten Räumen gequalmt wurde. Dabei war mir dort mehr als einmal ein Geruch nach Tabak aufgefallen – ein Hinweis darauf, dass sie selbst gelegentlich eine Zigarette genoss. Fröhlich sagte ich: »Hast du erst einmal einen Sohn auf die Welt gebracht, wird sich die Angelegenheit von selbst regeln. *Seine* Braut wird noch viele Jahre lang keine Juwelen brauchen.«

Aus ihrem Gesicht wich bis auf zwei Flecken alle Farbe – sie kochte vor Wut.

Am nächsten Tag reiste ich mit meinen Töchtern nach Gattschina ab, nicht ohne mich vergewissert zu haben, dass Niki auf dem Wege der Besserung war. Im Zug sprach mich Xenia auf den Vorfall an. »Mussten Sie sie beleidigen? Erst haben Sie Mischa zum Zarewitsch ausgerufen und dann mit

Ihrer Bemerkung zu verstehen gegeben, dass sie vielleicht nie einen Sohn bekommt.«

»Sie hat ja auch noch keinen«, erwiderte ich, woraufhin Olga kicherte. Meine jüngere Tochter war von Alexandra ebenfalls nicht angetan, nur verbarg sie ihre Abneigung viel besser als ich. Sie liebte ihre Nichten und wusste genau, dass ihr nicht geholfen wäre, wenn sie sich den Zorn von deren Mutter zuzog. Denn anders als mir konnten den Schwestern des Zaren Besuche jederzeit verwehrt werden.

Missbilligend schüttelte Xenia den Kopf. »Sie widersetzen sich jeder Vernunft, Mama. Wenn Sie sie sich nicht schon zur Feindin gemacht haben, wird sie Sie spätestens jetzt hassen.«

Nun, darauf freute ich mich. Ich wollte mich mit ihr anlegen, ihr ins Gesicht sagen, was ich von ihren schrecklichen Manieren und ihrer bürgerlichen Mentalität hielt – diese Frau brachte es doch tatsächlich fertig, einen derart banalen Streit vom Zaun zu brechen, nachdem ihr Mann um Haaresbreite dem Tod entronnen war! Um meinen Abscheu zu bekunden, schickte ich die Kronjuwelen in die Schatzkammer zurück und informierte sie darüber mit einem sachlichen Schreiben.

Von mir aus konnte sie in all dem Schmuck ertrinken.

Groß und elegant, dazu mit den Zügen und dem lässigen Lächeln der Romanows ausgestattet, zog Mischa die Aufmerksamkeit der Frauen auf sich und machte mir auf diese Weise klar, dass er keineswegs den Wunsch hatte, sich allzu bald häuslich niederzulassen. Doch jetzt brach ein neues Jahrhundert an, und Olga wurde achtzehn Jahre alt. Obschon sie keinerlei Lust auf eine Ehe zeigte, bestimmte ich, dass es an der Zeit für ihr Debüt in der Gesellschaft war. Zu einer ausgesprochenen Schönheit war sie nicht herangewachsen, aber dank ihrer dunklen, ausdrucksstarken Augen war sie hübsch genug.

»Ein Debüt?«, fragte sie. »Wozu denn das? Ich hasse Bälle.«

»Das *glaubst* du. Aber wie kannst du es wissen, wenn du es nicht versuchst?«

»Nein.« Trotzig schob sie das Kinn vor.

»Doch. Und du wirst sogar lächeln.«

Sie sorgte dafür, dass die Anproben des Ballkleids zu einer Qual für alle Beteiligten wurden. Und bei der Gala beschwerte sie sich so lautstark über die angeblich viel zu engen Tanzschuhe, dass ich zusammenzuckte, sobald ich die gequälten Mienen der Kavaliere sah, die es trotz Olgas Grimassen wagten, sie um einen Tanz zu bitten.

Als der Ball vorbei war, baute sie sich vor mir auf und riss sich wütend das Diadem herunter. »Da! Jetzt habe ich mein Debüt überstanden. Und ich hasse Bälle immer noch.«

Während sie davonrauschte, blickte ich meine erste Hofdame Tanja ernüchtert an. »Wie soll ich je einen Mann für sie auftreiben?«

»Mit größter Vorsicht«, antwortete sie. »Und viel Geduld.«

Olgas Debüt war zugleich der Beginn der Ballsaison, meiner ersten nach dem Ende der Staatstrauer um Georgi. Ich selbst erschien in einem teuren rosafarbenen Samtkleid mit Stickereien aus Satin und spitzenbesetzten Ärmeln. Als ich in Miechens Palast trat und meine Stola ablegte, rief meine Freundin: »Oh, Minnie, wie gelingt es dir nur, dich dem Alter zu widersetzen? Wenn ich so leichtgläubig wie Mère Gigogne wäre, würde ich vermuten, du hättest einen Pakt mit Wundertätern geschlossen, damit sie die Zeit für dich anhalten.«

Mère Gigogne war ihr Spitzname für Alexandra. Er beruhte auf einer französischen Marionettenfigur, die umgeben von Kindern ein zurückgezogenes Leben führte. Der Vergleich war so amüsant wie boshaft und hatte sich im Nu unter allen Großfürstinnen verbreitet. Xenia hatte indes empört nach Luft geschnappt, als sie davon Wind bekam. Sie warf mir vor, ich würde die Unterstellungen wiederholen und auf diese Weise weitertragen. Nun, ich mochte solches Getuschel nicht, doch in Alexandras Fall war es durchaus passend.

Wie auch immer, Miechens Gerede brachte mich völlig durcheinander, als sie mit mir durch ihr Pantheon rauschte und verkündete, dass Ihre Kaiserliche Majestät, die Zarinwitwe, es nur bei den Soireen der Großfürstin Pawlowna für angemessen erachte, ihre Aufwartung zu machen. Das war natürlich dick aufgetragen und abgesehen davon frei erfunden, denn ich hatte sehr wohl vor, überall dort zu erscheinen, wo ich eingeladen wurde. Dennoch ließ ich sie reden, da sie ja zu glauben schien, ihre Gäste beeindrucken zu müssen.

Als wir später, umringt von hohen Persönlichkeiten, in ihrem Salon standen, erkundigte sie sich nach Alexandras vierter Schwangerschaft, die kürzlich bekannt gegeben worden war.

»Sie ruht ständig«, sagte ich. »Könnte ihre Couch einen Sohn hervorbringen, hätte sie schon ein ganzes Dutzend. Ich bete zu Gott, dass es diesmal ein Prinz wird.«

»Der Couch würde das sicher gelingen, wenn sie ein Wörtchen mitzureden hätte.« Miechen nickte einer vorüberschreitenden Herzogin zu und ließ die Smaragde an ihrem dicken Hals herausfordernd aufblitzen, während die Opale der anderen nur matt schimmerten. Erneut vernahm ich einen gewissen Unterton in ihrer Stimme, ein verräterisches Zeichen, dass sie darauf brannte, irgendein Geheimnis zu lüften – aber nur, wenn ich sie bedrängte und ihr Gelegenheit gab, die Spannung zu steigern. Miechen liebte es, sich mächtig zu fühlen und das die anderen spüren zu lassen.

»Gott kann sie ja wohl kaum Befehle erteilen.« Inzwischen achtete ich nicht mehr auf meine Worte. Wenn wir von Alexandra sprachen, kochte immer noch die Wut über ihr Verhalten in mir hoch, denn kaum hatte sie meinen Brief zu den Kronjuwelen erhalten, teilte sie mir mit, dass sie sie nicht mehr für angemessen hielt und neue anfertigen lassen würde. Sie hatte mein Einlenken aus reiner Gehässigkeit erzwungen und dann rasch ihre neuerliche Schwangerschaft bekannt gegeben, um sich vor Angriffen zu schützen. Diesmal fuhr ich nicht zum Alexander-Palast hinaus, um ihr zu gratulieren, sondern richtete es so ein, dass ich Niki traf, wann immer er zu Kabinettssitzungen in der Stadt weilte. Von nun an würde ich mich konsequent weigern, auf die Launen seiner Frau einzugehen.

»Gott ist überflüssig«, verkündete Miechen. »Jedenfalls dann, wenn man einen Dr. Philippe hat.« Sie hob ihr Glas an die Lippen und gab vor, einen Schluck zu trinken – ein geschicktes Manöver, mit dem sie den Eindruck erweckte, wir würden ein belangloses Gespräch führen. Dann ließ sie den Blick zu mir gleiten. »Sag bloß, du wusstest es nicht? Sie hat dich wahrhaftig im Dunklen tappen lassen.«

Mit einem Lächeln versuchte ich, die verletzende Wirkung ihrer Worte abzumildern. »Wenn ich mich nicht täusche, wirst du mir sicher gleich ein Lichtlein aufstecken.«

Schmunzelnd legte Miechen ihre Karten auf den Tisch. »Sie haben sich über eine gemeinsame Freundin kennengelernt – Anna Wyrubowa, eine ihrer Anstandsdamen, die sich keine besonderen Verdienste erworben hat. Wie auch immer, unsere Gigogne hat ihr ein Häuschen auf dem Palastgelände verschafft, wo sie wie Busenfreundinnen zusammen nähen und vierhändig Klavier spielen. Anscheinend hat Wyrubowa sie diesem Philippe aus Paris vorgestellt. Mir ist nicht ganz klar, welche Referenzen er vorzuweisen hat – wenn überhaupt –, aber zu seinen angeblichen Talenten gehört die Gabe, sich mit Kindern, die noch im Mutterleib liegen, zu verständigen und sie dazu zu bewegen – oder befiehlt er es ihnen gar? –, ihr Geschlecht zu ändern. Gigogne berät sich mit ihm in Wyrubowas Häuschen.«

Sie hielt inne, als berichtete sie von einer harmlosen Jugendsünde. Nur war ihre Offenbarung alles andere als beiläufig. Der Saal verschwamm mir vor Augen. Und als ich kein Wort hervorbrachte, fuhr sie ungerührt fort: »Wenn Gott sich ihr nicht gefällig erweist, muss eben *sie* etwas tun, oder?«

Endlich hatte ich mich gefasst und erklärte in scharfem Ton. »Hoffentlich ist das kein leeres Gerede.«

Sie zog eine Schnute. »Ist dir jetzt das Lichtlein aufgegangen? Sei aber vorsichtig: An Feuer kann man sich leicht die Finger verbrennen, wenn man ihm zu nahe kommt. Ich habe es jedenfalls aus verlässlicher Quelle. Konstantin höchstpersönlich, der in solchen Dingen immer aus erster Hand informiert ist, hat Wladimir in Kenntnis gesetzt.«

»Hat Wladimir es Niki gesagt?« Auch wenn ich annahm, dass mein Sohn schon Bescheid wusste, würde es ihn gewiss nicht freuen zu hören, dass die sonderbaren Neigungen seiner Frau bereits allgemein bekannt waren.

Wären wir allein gewesen, hätte Miechen wohl die Augen verdreht. »Du weißt genau, was Wladimir von ... na ja, von all dem hält. Er ist klug genug, um Niki nichts davon zu sagen. Was mich betrifft, sind meine Lippen versiegelt. Auch ich weiß mich zu schützen, sobald die Zarin ins Spiel kommt.«

Ich absolvierte die Ballsaison mit der mir eigenen Fröhlichkeit. Und wie immer freute ich mich über den herzlichen Empfang, der mir überall bereitet wurde. Ich wirbelte durch die Gesellschaft und bemühte mich, all das zu verdrängen, was Miechen mir hinterbracht hatte.

Bis ich es erneut zu hören bekam, diesmal von Prinzessin Sinaida Jussupowa, eine führende Persönlichkeit in der Gesellschaft und eine der reichsten Frauen Russlands. Mitten in einer Gala brach sie in lautes Lachen darüber aus, just als ich in ihrer unmittelbaren Nähe stand. Im Handumdrehen musste Sinaida ein Sperrfeuer von Fragen abwehren, mit dem sie die entzückten Damen um sie herum eindeckten. Dennoch war klar: Noch ehe die Newa auftaute, würde alles, was Rang und Namen hatte – auch der Pöbel –, erfahren, dass unsere Kaiserin sich mit Mystik befasste.

Ich bat den französischen Botschafter unter strenger Vertraulichkeit um Auskunft. Die Dokumentation, die er mir vorlegte, fiel noch verheerender aus, als ich befürchtet hatte. Damit bewaffnet, konnte ich es kaum noch erwarten, dass Niki in den Winterpalast zurückkehrte, um die anstehenden Angelegenheiten noch vor Beginn der Weihnachtszeit zu regeln.

Wie schon vor ihm sein Vater besaß mein Sohn nicht die Fähigkeit, seine Verwandten unter Kontrolle zu halten. Immer wieder überfielen ihn seine Onkel aus heiterem Himmel, um dann wegen irgendetwas fürchterlich Wichtigem auf ihn einzubrüllen. Einen Besuch dieser Art musste er gerade erlebt haben, als ich in sein Amtszimmer trat, denn er sagte müde: »Mama, wenn Sie gekommen sind, um sich zu beklagen, bitte verzichten Sie darauf. Für heute habe ich genug gehört, um abzudanken und den Rest meiner Tage mit Schafehüten zu verbringen.«

»Sag so etwas nicht einmal im Scherz. Du bist von Gott gesalbt worden, um zu herrschen.«

»Das höre ich immer wieder. Nur meine Onkel scheinen nichts davon zu wissen.« Er zündete sich eine Zigarette an und musterte mich über die vor ihm aufgestapelten Dokumente hinweg. »Worum geht es?«

»Nichts. Kann eine Mutter ihrem Sohn nicht einfach einen überfälligen Besuch abstatten?«

Er deutete auf einen Stuhl. »Heraus damit.«

Ich zog die Ledermappe aus der Innentasche meines Umhangs. Dann setzte ich mich und strich meinen Rock glatt, als wäre die Stellungnahme der französischen Botschaft ohne Belang. Es ging mir darum, Nikis Reaktion zu bewerten, und mit Genugtuung registrierte ich, dass sich seine Stirn beim Lesen in immer tiefere Falten legte. Schließlich hob er beunruhigt die Augen. »Wer weiß es sonst noch?«

»Alle, nehme ich an. Zuerst habe ich von Miechen davon gehört. Dann bei einem Ball der Prinzessin Jussupowa. So etwas kann nicht geheim gehalten werden. Nicht einmal in Zarskoje Selo.«

Wortlos klappte Niki die Mappe zu und wollte sie mir schon zurückgeben, als ich sagte: »Ich habe diesen Bericht für *sie* erstellen lassen. Sie sollte wissen, dass ihr Dr. Philippe keinerlei Zulassung hat, als Arzt zu praktizieren. In Paris saß er wegen Diebstahls sogar im Gefängnis.«

»Ja, das stand in dem Bericht. Ich habe es gerade gelesen, Mama.«

»Er ist ein Betrüger! Willst du einem solchen Mann wirklich gestatten, deine Frau im Alexander-Palast zu besuchen?

»Oh, er besucht nicht nur sie. Ich habe mich auch schon von ihm beraten lassen. Er hat tatsächlich besondere Fähigkeiten. Er kann mit den Toten in Verbindung treten. Bei einer Séance hat er Papa für mich herbeibeschworen.«

Diese Offenbarung schockierte mich derart, dass ich sie für einen Witz hielt, einen geschmacklosen obendrein. Doch als er mich völlig unschuldig anblickte, verlor ich die Fassung. »Bist du wahnsinnig?«, schrie ich, den Tränen nahe, und sprang auf. »Wie … wie kannst du mir das sagen, mir, deiner Mutter und seiner Witwe?«

Erschrocken stand auch er auf und lief um den Schreibtisch herum zu mir. »Mama, Dr. Philippe ist unser Freund. Ich fühle mich sicherer, wenn er mich berät. Er sagt mir, dass Papa über mich wacht.« Er wollte meine Hände ergreifen, doch ich riss sie zurück. »Sie wissen nicht, was ich alles ertragen muss. Diese Weizenkrise hat in Teilen des Landes eine Revolte ausgelöst. Auf Wittes Rat hin habe ich die Bauern ihre Ernte für einen geringeren Preis verkaufen lassen. Dafür habe ich ihre Steuern gesenkt. Jetzt leiden sie unter einer Hungersnot. Agitatoren halten in ganz Moskau ihre Hetzreden … Sergej hat Dutzende von Übeltätern verhaftet. Gerade erst hat mich die Nachricht erreicht, dass die Ehe von Alexandras Bruder ein einziger Scherbenhaufen ist. Ducky hat ihn verlassen, nachdem sie herausgefunden hat, dass …«

Ich fiel ihm ins Wort. »Ich bin über die Zustände in unserem Land bestens informiert. Auch über Duckys Ehe. Sie hat ihren Mann mit seinem Pagen im Bett ertappt. Oder war es der Kammerdiener? Das ist schrecklich. Demütigend! Lass Victoria das regeln. Schließlich ist Ducky ihre Enkelin.«

»Aber Victoria liegt im Sterben!« Er stöhnte. »Sanni ist untröstlich. Sie möchte ihre Großmutter ein letztes Mal sehen, ist jetzt aber wieder schwanger. Da können wir nicht nach England reisen.«

Ich konnte nur noch den Kopf schütteln. Séancen mit einem Scharlatan! Und nun diese unverständliche Trauer um eine Königin, die seiner Tante Marie das Leben zur Hölle gemacht hatte – ganz zu schweigen davon, dass sie noch nie eine Freundin Russlands gewesen war. Hatte er denn ganz aus den Augen verloren, wer er war?

»Sie hat ihre Großmutter zuletzt vor drei Jahren gesehen.« Ich war nicht bereit, Bedauern über Victorias bevorstehenden Tod zu äußern. »Ihr habt damals eure große Reise unternommen und dabei einen Abstecher nach England gemacht.«

Er stand schweigend vor mir, als wäre er seiner Sache nicht sicher. Jetzt durfte ich nicht nachgeben. Mir war klar, dass ich immer zu viel Verständnis für ihn gezeigt hatte. Außerdem lebte ich seit über dreißig Jahren in Russland. Allein schon deshalb verstand ich mehr, als er ahnte. Nur allzu gut wusste ich, was er ertragen musste, hatte ich doch seinen Vater und seinen Großvater wegen derselben Dinge leiden sehen.

»Du musst zusehen, dass dieser Mann entlassen wird«, forderte ich ihn auf. »Wenn die Zeitungen von dieser Sache Wind bekommen, machen sie eine Farce daraus. Niemand darf deine Frau in der Gesellschaft von falschen Sehern ertappen! Nur Gott kann euch geben, was ihr euch so sehnlich wünscht.«

Er zog sich hinter seinen Schreibtisch zurück und zündete die nächste Zigarette an, obwohl das Zimmer längst in dichten Dunst gehüllt war. Und an Lüften war wegen der Eiseskälte draußen nicht zu denken.

»Nun?« Am liebsten hätte ich mit dem Fuß aufgestampft und ihn angeschrien, wie das seine Onkel so oft taten. »Zeig ihr diesen Bericht. Sie verabscheut doch Skandale. Wenn sie die Wahrheit liest, wird sie den Kerl hochkant hinauswerfen.«

»Das kann ich nicht«, erwiderte er leise. »Tausend Scharlatane, die Sanni erzählen, was sie hören will, sind leichter zu ertragen als ihre Wutanfälle.«

Halt suchend griff ich nach der Rückenlehne meines Stuhls. Jetzt war der Moment gekommen, vor dem mir schon so lange gegraut hatte: Gleich würde mein Sohn mir beichten, dass er die Falsche geheiratet hatte.

Stattdessen sagte er: »Sie will doch nur als Kaiserin respektiert werden. Sie hat ihre eigene wohltätige Stiftung gegründet – eine Vereinigung von adeligen Frauen, die ihr Geschick mit der Nadel dafür nutzen, Kleider für Bauernkinder zu nähen. Sie hatte die Hoffnung, das Unternehmen zu erweitern und Waisenhäuser dazuzunehmen. Aber dann haben die beteiligten Frauen Anträge eingereicht: Ihre Söhne sollten als Offiziere in die Regimenter aufgenommen und ihre Töchter mit Posten am Hof versorgt werden. Dazu war sie jedoch nicht bereit. Sie sagte ihnen, dass es Belohnung genug ist, den Armen zu helfen. Das hat den Frauen überhaupt nicht gefallen. Sie haben sich zurückgezogen, und damit ist ihr Projekt gescheitert.«

Obwohl mir ganz und gar nicht danach war, versuchte ich, einen versöhnlichen Ton anzuschlagen. »Dass es so ausgeht, hätte ich ihr gleich sagen können, wenn sie mich gefragt hätte. Niemand macht etwas umsonst. So geht es bei solchen Unternehmungen eben zu – es sei denn, man führt sie mit harter Hand, wie ich mit meinen staatlichen Fürsor…«

»Ihre Fürsorgeeinrichtungen werden Sie wohl nie abgeben.« Sein Ton wurde hart. »Mama, müssen Sie ihr denn bei *allem* einen Strich durch die Rechnung machen? Erst die Kronjuwelen. Dann diese katastrophale Gala, gefolgt von der Ernennung Mischas zum Zarewitsch. Ich weiß, dass wir nach Georgis Tod keine Wahl hatten, aber Sanni hat das als persönliche Beleidigung verstanden. Und jetzt verlangen Sie von mir, ihr zu sagen, dass Sie unseren Freund haben bespitzeln lassen.« Er drückte seine nur zur Hälfte gerauchte Zigarette in seinem überquellenden Aschenbecher aus und murmelte: »Ich höre auch so schon die Leute überall reden, dass Sie an meiner Stelle über Russland herrschen.«

Ebenso gut hätte er mir eine Ohrfeige verpassen können. Immer noch die Hände um den Suhl geklammert, stand ich regungslos da. Statt zu weinen oder ihn anzuschreien, hob ich den Kopf. »Nun, du brauchst dich nicht um mich zu kümmern. Zerstör den Bericht. Ich werde mich nie wieder in deine Angelegenheiten einmischen.«

Mit einer langsamen, ruckartigen Bewegung wandte ich mich zur Tür. Irgendwie erwartete ich seine Entschuldigung.

Einen solchen Streit hatten wir noch nie gehabt. Doch er rührte sich nicht. Ich verließ den Raum, und er tat nichts, um mich zurückzuhalten.

Jetzt begriff ich, dass seine Frau mehr war als ein Stachel in meinem Fleisch. Sie war Gift für meine Beziehung mit Niki, den ich dazu erzogen hatte, mich zu respektieren und zu bewundern. Sie konnte mich nicht von dem mir rechtlich zustehenden Platz vertreiben, war aber in der Lage, Schlimmeres anzurichten. Sie hatte es in der Hand, mich aus dem Herzen meines Sohnes zu verbannen.

Wenn auch nur, um ihn nicht zu verlieren, musste ich mich beugen.

29

In zerknittertem Mantel und übergroßer Reisehaube kam meine Tochter Olga in den Salon meines Palasts in Gattschina spaziert und verkündete: »Ich glaube, ich bin verlobt.«

Ich war zu sehr mit der überfälligen Post an meine Verwandtschaft beschäftigt, um darauf zu achten. Zu Beginn des Jahres hatte es große Probleme gegeben, vor denen ich mich zu guter Letzt nach Gattschina gerettet hatte. Ende Januar war Königin Victoria gestorben. In England war jetzt Bertie König und Alix seine Königingemahlin, während Alexandra bei uns eine endlose Litanei von Trauermessen veranstaltete. Und ich musste sie ertragen! Noch residierte ich im Alexander-Palast, um meine Enkelinnen abzulenken, solange Alexandra mit Trauern beschäftigt war. Um sie auf andere Gedanken zu bringen, hatte ich ihr angeboten, die Patenschaft über einen Teil meiner wohltätigen Stiftungen an sie abzutreten. Zunächst hatte sie meinen Vorschlag dankbar aufgegriffen – nur um ihn dann gründlich zu ignorieren, sodass sich die Direktoren der betreffenden Einrichtungen mit ihren Bitten auch weiterhin an mich wandten. Die Trauerzeit war aber nicht der einzige Grund. Sie war wieder schwanger, und das genoss absoluten Vorrang. In ihren Augen – eigentlich in unser aller Augen – bestand die einzige Pflicht, die sie unbedingt erfüllen musste, darin, dass sie einen männlichen Erben hervorbrachte.

Und jetzt war Olga bei mir. Ich hatte sie zusammen mit Xenia und Sandro in deren neuem Palast am Ufer des Flusses Moika zurückgelassen, weil meine Tochter es vorzog, die

Frühlingskonzerte und -empfänge ohne mein Beisein als Aufpasserin zu genießen.

»Liebling, wie aufregend«, sagte ich, ohne aufzusehen. »Hast du schöne Tage verbracht?«

»Hören Sie mir zu!« Ihr Ton zwang mich, den Blick nun doch zu heben. »Ich war auf einem Ball im Oldenburg-Palast. Weil Prinzessin Jewgenia mich persönlich eingeladen hatte, fühlte ich mich verpflichtet hinzugehen.«

»Natürlich. Die Oldenburgs sind eine äußerst vornehme Familie, und Prinzessin Jewgenia Maximilianowa ist wirklich charmant. War sie nett zu dir?«

Mit tonloser Stimme sagte Olga: »Sehr angenehm. So bezaubernd, dass ich überhaupt nicht begriff, worum es ihr ging. Ihr Sohn, Prinz Peter, hatte Xenia und mich zu einem Ballett im Mariinski-Theater begleitet. Ich dachte mir nichts weiter dabei. Aber in der Nacht der Gala führte mich die Prinzessin in ein abgelegenes Zimmer, in dem Peter wartete. Und dort machte er mir einen Heiratsantrag. Ich konnte es nicht fassen.«

Ich lachte laut auf. »Du scherzt! Peter ist fast vierzig und ein eingefleischter Junggeselle.« Ganz zu schweigen davon, dass er ein hoffnungsloser Spieler war, der seine Mutter permanent zur Verzweiflung trieb.

»Er ist dreiunddreißig. Er hat mir erzählt, dass er bisher keine Frau kennengelernt hat, die er heiraten möchte. Als ich schwieg, hat er verzweifelt auf eine Antwort gedrängt. Schließlich habe ich ›Danke‹ gesagt.«

Ich sah, dass sie mich nicht aufzog. Dafür war sie nicht geistreich genug. »Das war alles?«

»Das war *nicht* alles. Als ich in den Salon zurückgekehrt bin, haben uns alle gratuliert. Xenia war entsetzt.« Olga zog einen Brief aus ihrer Tasche. »Hier, von Peter. Er glaubt, dass wir verlobt sind, und bittet Sie um Ihre Erlaubnis, das bekannt zu geben.«

Ich riss ihr den Brief aus der Hand und überflog ihn. »Er behauptet, du hättest eingewilligt.«

»Ich habe ›Danke‹ gesagt. Bedeutet das, dass ich seinen Antrag angenommen habe?«

Ich las den Brief noch einmal. »*Er* scheint es zu glauben.« Ich hob die Augen zu Olga, die in ihrem Mantel und mit dieser abscheulichen Haube auf dem Kopf vor mir stand. Erst neunzehn Jahre alt und schon so nachlässig gekleidet wie eine alte Jungfer!, schoss es mir durch den Sinn, und sofort befielen mich Schuldgefühle. In scharfem Ton fragte ich: »Magst du ihn überhaupt?«

»Nicht besonders. Aber ich nehme an, er ist immer noch besser als irgendein Fremder.«

Die widersprüchlichsten Gefühle stürmten auf mich ein. Peter Oldenburg war fraglos eine gute Partie. Er war nicht nur ein Prinz, sondern über seine Großmutter mütterlicherseits, eine Tochter Nikolai I., mit den Romanows verwandt. Andererseits hätte ich ihn nie in die engere Wahl gezogen. Doch dann fiel mir wieder mein Gespräch mit Tanja ein, als ich gestöhnt hatte: *Wie soll ich je einen Mann für sie auftreiben?*

Vielleicht hatte Olga am Ende doch ein Korn gefunden, obwohl sie blind umhergestolpert war.

»Ich habe darüber nachgedacht«, fuhr sie fort. »Ich müsste nicht ins Ausland verheiratet werden. Ich könnte hierbleiben. Wollen Sie nicht genau das?«

»Ja«, antwortete ich, »es wäre mir lieber, du würdest hierbleiben. Aber du liebst ihn ganz offensichtlich nicht.«

Sie zuckte mit den Schultern. »Ich habe nie erwartet, dass ich den Mann, den ich heirate, liebe. Ich bin nicht Xenia.«

Das war sie eindeutig nicht. Olga, eine hochbegabte Malerin und Pianistin, hatte bisher nur immer einen Wunsch geäußert: Sie wollte ein Kunstatelier eröffnen.

Obwohl ich nach Kräften versucht hatte, ihr die Anmut

einzuimpfen, die eine Großfürstin auszeichnete, lebte Olga weiter in ihrer sehr privaten Welt, zu der ich keinen Zugang fand. Es mangelte ihr an Xenias Lebhaftigkeit und auch Häuslichkeit, doch mir gefiel ihre Vernunft. Eine Großfürstin musste in der Tat so bald wie möglich verheiratet werden. Und wie sie sagte, fanden nur die wenigsten dabei Liebe.

»Dann müssen wir Niki schreiben«, sagte ich schließlich und seufzte. »Wenn du dir wirklich sicher bist.«

»Das bin ich. Ich will so bald wie möglich heiraten.«

Niki antwortete umgehend. Er war überrascht, wollte allerdings Olga nichts verweigern, sofern sie fest entschlossen war. Daraufhin befragte ich sie noch einmal, denn die verdächtige Eile beunruhigte mich. Auch wenn es mir nie gelungen war, im Verhältnis mit meiner Jüngsten die Nähe herzustellen, die ich mir immer gewünscht hatte, wollte ich ihr unbedingt ersparen, dass sie einen schrecklichen Fehler beging, den sie dann bis zum Ende ihrer Tage bereuen würde.

»*Müssen* wir das erörtern?«, fragte sie ungeduldig. »Ich habe Ihnen doch schon gesagt: Warum nicht ihn? Die meiste Zeit wird er mich in Ruhe lassen, und so will ich es haben.«

Da sie sich durch nichts umstimmen ließ – ganz wie Sascha, wenn er eine Entscheidung getroffen hatte –, tröstete ich mich damit, dass sie wenigstens in St. Petersburg bleiben würde, wo die Möglichkeit bestand, die Situation im Auge zu behalten. Sie heiratete im Mai 1901 und zog in den am Marsfeld gelegenen Oldenburg-Palast. Mischa war sehr traurig darüber, dass sie uns verließ, und blies eine Weile Trübsal; von all meinen Kindern war er als einziges noch unverheiratet. Da er freilich in der Reihe der möglichen Thronfolger an erster Stelle stand, mussten wir uns mit der Suche nach einer Braut befassen.

Aber nach Olgas Hochzeit reiste ich zuerst einmal wieder

nach Dänemark, um meinen Vater zu sehen und ein bisschen Zeit mit Alix zu verbringen, ehe ich rechtzeitig zur Geburt von Alexandras viertem Kind nach Russland zurückkehrte.

Sie nannten sie Anastasia – ein schöner Name für ein wunderschönes Mädchen; engelsgleich mit rotgoldenen Ringellocken und aufsehenerregenden violetten Augen genau wie die ihrer Mutter. Ich musste zugeben, dass Alexandra trotz ihrer Fehler perfekte Kinder gebar. Meine vier Enkelinnen, die sie auf die Welt gebracht hatte, waren ausnahmslos entzückend und kerngesund. Gleichwohl war Alexandras Enttäuschung diesmal fast mit Händen zu greifen. Sie weinte vor Verzweiflung, wie Niki mir erzählte, und klagte unentwegt, dass sie versagt habe. Russland hatte keinen von ihr geborenen Zarewitsch. Umso hektischer bemühte sie sich nun, ihm einen Sohn zu schenken.

Ich fragte mich, ob das noch möglich, geschweige denn gesund war. Schließlich hatte sie mit ihren fast dreißig Jahren ein Alter erreicht, in dem die Fruchtbarkeit allmählich nachließ und Alexandra bei jeder Geburt ihr Leben aufs Spiel setzte. Ihre Gesundheit litt unter den Folgen der Schwangerschaft, Rückenschmerzen zwangen sie wochenlang ins Bett, ihre Schönheit verblasste, und ihr Körper wurde unansehnlich. Vier Mädchen aufzuziehen fiel keiner Mutter leicht, schon gar nicht einer wie ihr, die ihren Palast mit eiserner Hand führte, eine Fähigkeit, um die sie mancher General beneidet hätte.

Doch ich hatte meine Lektion gelernt. Ich mischte mich nicht ein – eine Entscheidung, die ich bald bedauern sollte.

In dieser Ballsaison wurde der Klatsch in den Salons von St. Petersburg von einem einzigen Thema beherrscht. Wie ein Lauffeuer hatte sich die Nachricht verbreitet, dass Ihre Kaiserliche Majestät Mystiker zu Rate zog. Alexandras Inbrunst, gepaart mit ihrer Missachtung der Folgen, hatte mich von Anfang an beunruhigt. Jetzt sah ich mich auf einmal gezwungen, indiskrete Fragen nach der geheimnisvollen Freundschaft abzuwehren, die Dr. Philippe und meine Schwiegertochter mit einer gewissen Anna Wyrubowa unterhielten. Unversehens geriet dabei zur Nebensache, dass England sich mit Frankreich verbündet hatte und Russland bedrängte, dieser Allianz beizutreten, um Preußen in seine Grenzen zu weisen; oder dass Japan unsere Gebiete in der Mandschurei bedrohte. Die ganze Gesellschaft schien sich nur noch für die Frage zu interessieren, ob die bizarren Verbindungen der Zarin Früchte tragen würden.

»Sie wird uns auf der ganzen Welt lächerlich machen«, beklagte ich mich bei Miechen. »Nachdem die Ehe ihres Bruders in einem Fiasko geendet hat, sollte man meinen, dass wenigstens sie Blamagen vermeidet.«

»Sollte man meinen. Habe ich dir schon von dem Brief erzählt, den Ducky mir geschrieben hat? Und was darin alles steht? Von den Stallknechten bis zu den Küchenhelferinnen war im ganzen Haus niemand vor ihrem Mann sicher!«

Ich schnitt eine Grimasse, denn ich wusste bereits um die schmutzigen Details, die beim Zerbrechen der Ehe von Alexandras Bruder ans Licht gekommen waren. »Sei es, wie es wolle, die Ehe wurde bereits beendet. Ducky ist nach Sachsen-Coburg zurückgekehrt und lebt wieder bei ihrer Mutter.« Ich musterte Miechen mit zusammengekniffenen Augen. »Du wirst sie ja wohl nicht zur Trennung ermuntert haben, oder?«

Miechen zupfte an ihrem Smaragdarmband. »Was genau meinst du damit?«

»Das weißt du genau. Hat Ducky nicht mal den Wunsch geäußert, deinen Kyril zu heiraten?«

Sie schniefte. »Zwischen ihnen bestand einmal eine Zuneigung, das ja, aber das war vor Jahren, als er auf Brautschau ging. Sie hat sich dann gegen ihn und für diesen degenerierten Kerl entschieden.«

»Na ja, jetzt ist das ausgeschlossen. Sie ist geschieden. Und du weißt ja, dass es Mitgliedern unserer Familie verboten ist, jemanden zu heiraten, der geschieden ist. Außerdem sind sie und Kyril miteinander verwandt. Sie würden einen Dispens von der Kirche benötigen, um den nur Niki bitten kann – und das wird er nie tun.«

»Ja, das ist mir klar. Ich habe Kyril geraten, dass er sie sich als Geliebte nehmen soll, wenn ihm immer noch der Sinn nach ihr steht.« Als ich sie entgeistert anstarrte, brach sie in Lachen aus. »Stell dir nur Gigognes Reaktion vor! Auch wenn ihr Bruder und nicht sie der Blamierte ist. Wenigstens treibt mein Kyril es nicht mit Küchenhelfern.«

Ich konnte mir Alexandras Entsetzen nur zu gut vorstellen. Obwohl sie die Scheidung ihres Bruders widerstrebend befürwortet hatte, vermied sie es tunlichst, seinen Anteil in dieser Angelegenheit zu erwähnen. Und Letzteres trübte mein ohnehin nicht allzu großes Vertrauen zu Miechen, deren Abneigung gegen meine Schwiegertochter noch ausgeprägter war als meine.

Die Saison sollte mit einem bitteren Nachgeschmack enden.

Alexandra gab bekannt, wieder einmal guter Hoffnung zu sein, doch als Botkin sie untersuchte und keinerlei Anzeichen einer Schwangerschaft entdeckte, bekam sie einen Weinkrampf und schloss sich in ihrer Suite ein. Niki scharwenzelte hilflos um sie herum, während seine Minister mich pausenlos mit Beschwerden darüber behelligten, dass er sich nicht mehr um die Geschicke des Reichs scherte.

Es kostete mich meine ganze Kraft, nicht nach Zarskoje

Selo zu fahren, ihn an den Ohren zu ziehen und dabei wüste Beschimpfungen gegen seine Frau auszustoßen. Mein Verdacht, den ich Jahre zuvor meiner Schwester anvertraut hatte, bewahrheitete sich nun: Alexandra war als Zarin nicht geeignet und beeinträchtigte zudem die Fähigkeit meines Sohnes zu herrschen.

»Ich habe einen Fehler gemacht. Peter war nur auf mein Geld aus, und jetzt wirft er es zum Fenster hinaus.« Olga raufte sich verzweifelt die Haare, und zu meinem Entsetzen glitten zwischen ihren Fingern ganze Büschel zu Boden. »Ich werde eine Perücke brauchen. Sehen Sie mich nur an. Er wird noch mein Tod sein.«

»Aber ich dachte, du *wolltest*, dass er dich in Ruhe lässt«, murmelte ich hilflos, denn sie war den Tränen nahe – zum ersten Mal in ihrem Leben.

»In unserer *Hochzeitsnacht*?«, schrie sie. »Und in jeder Nacht danach, damit er in seinem Herrenclub um Geld spielen kann? Er hat eine Affäre nach der anderen! Ich will mich von ihm trennen. Und sagen Sie mir nicht, dass ich es noch mal mit ihm versuchen soll! Es geht mir hundeelend! In meiner Ehe wird sich *nichts* bessern!«

Was konnte ich tun? Wenig später verließ sie ihren Mann und kehrte zu mir nach Hause zurück – ein unerträglicher Skandal, und ich musste ihn ausbaden. Immerhin nahm Mischa sie unter seine Fittiche, eskortierte sie durch die Stadt und begleitete sie zur Zweihundertjahrfeier von St. Petersburg, das 1703 gegründet worden war.

Anlässlich des Jubiläums bedrängte ich Niki, am Hof einen Ball zu veranstalten. Um unser Erbe zu feiern, sollten unsere Gäste russische Kostüme aus der damaligen Zeit tragen. Schließlich durften wir unsere Verpflichtungen nicht vernachlässigen, außerdem hatte unsere Familie so viele Blamagen erlitten, dass wir auch einmal wieder für Glanz sorgen mussten. Als Niki sich einverstanden zeigte, griffen alle meinen Vorschlag begeistert auf und stürzten sich in geheime Anproben, nicht ohne Details auszuplaudern, damit die anderen sich etwas Neues einfallen ließen und nicht dasselbe trugen.

Kaum hatte ich die fast vierhundert Einladungsschreiben mit edlem Prägedruck abgesandt, bestätigte Botkin, dass Alexandra nun tatsächlich schwanger war. Ihr Dr. Philippe hatte ihr versichert, dass es ein Sohn sein würde. Außer Niki glaubte das niemand.

Angesichts der Umstände wäre sie lieber in Zarskoje Selo geblieben, aber sie hatte keine Wahl, als mit ernstem Gesicht und in historischem silbernem Brokat beim Ball zu erscheinen. Auf ihrem Kopf saß eine erhabene, mit Smaragden besetzte Nachbildung einer Krone aus dem siebzehnten Jahrhundert, die Fabergé eigens für sie gefertigt hatte. An ihrer Seite schritt Niki einher, bekleidet mit einem Kaftan aus goldener Seide und Schnabelschuhen. Miechen, die ihren eigenen unnachahmlichen Stil hatte, trug das Kostüm einer feudalen Adeligen und als Kopfschmuck eine aus Perlen geknüpfte Haube. Ich selbst hatte mich für eine Krone aus in mehreren Schichten übereinander angeordneten Diamanten und Saphiren entschieden, von der ein Schleier herabhing – sie war kleiner als die von Miechen, was meine Freundin entzückte. Sie passte trefflich zu meinem mit Zobelfell gesäumten Brokatkleid, das die Gemahlin Peters des Großen getragen und das ich in einem der Speicher des Kreml ausgegraben hatte. Prinzessin Sinaida Jussupowa, ausgestattet mit dem aufsehenerregenden, perlenbesetzten Sommerkleid einer Bojarin, führte zur Begeisterung aller ein Tanzsolo auf. Es wurde ein großartiger Abend, und er weckte Erinnerungen an meine Zeit als Zarin – auch weil er bis weit in den nächsten Tag hinein dauerte. Wir posierten für zahllose Fotografien, und sogar Alexandra ließ sich hinreißen und bot an, die Aufnahmen zur Erinnerung in einer begrenzten Auflage drucken zu lassen. Tatsächlich unterschrieb sie jede Kopie und sandte sie mit einer persönlichen Widmung an jeden der Gäste. Ich betrachtete das als aufmerksame – und seltene – Geste zur Bekundung ihrer Wertschätzung.

Beim Ball hatte Mischa seine Schwester Olga einem Offizier seines in Gattschina stationierten Kürassierregiments vorgestellt, in das mein Sohn kürzlich versetzt worden war. Bis mich diese Nachricht endlich erreichte, hatte man diesen Offizier und Olga schon des Öfteren gemeinsam mit der Kutsche durch die Stadt fahren und in Restaurants speisen sehen.

»Du hast dich erst kürzlich von deinem Mann getrennt, und jetzt sieht man dich, wie du mit einem gewöhnlichen Offizier verkehrst. Alle zerreißen sich schon den Mund darüber. Hast du denn keinen Sinn für Schicklichkeit?«

»Seine Familie dient seit Jahren in unserer Armee«, erwiderte Olga. »Weil sie auch zu dem Ball eingeladen waren, ist das wohl kaum unschicklich. Und bevor Sie noch mehr sagen: Ich will eine Scheidung. Peter muss sie mir gewähren. Er ist derjenige, der Geheimnisse zu verbergen hat. Ich habe keine.«

»Offenbar nicht«, presste ich hervor. »Aber selbst wenn Niki dir die Scheidung gestattet, kannst du diesen Offizier unmöglich heiraten. Er hat keinen Rang. Hast du vergessen, was geschehen ist, als dein verwitweter Onkel, Großfürst Paul, letztes Jahr diese Witwe ohne Rang und Namen geheiratet hat? Niki hat ihm seinen Titel und seine Einkünfte genommen. Er musste mit ihr ins Ausland gehen und seine Kinder bei Sergej und Ella zurücklassen. Ist es das, was du willst?«

»Ob Kinder oder Geheimnisse, ich habe weder noch«, erklärte sie.

So traf sich Olga weiter mit Kulikowski. Da ich keine Möglichkeit hatte, sie davon abzuhalten, verbreitete sich die Nachricht, dass Olga sich einen Liebhaber genommen hatte. Die Hauptleidtragende war ich. Ich konnte das Verhalten meiner Tochter ebenso wenig kontrollieren, wie ich in der Lage war, Alexandras Herrschaft über Niki aufzubrechen.

Und als ob meine bisherigen Schwierigkeiten nicht genügten, brach plötzlich der Krieg mit Japan aus. Nikis Premierminister Witte und andere gemäßigte Mitglieder seines Kabinetts hatten meinem Sohn wiederholt geraten, dass er Verhandlungen führen musste, um feindliche Angriffe in der Mandschurei zu vermeiden. Bertie selbst warnte ihn in einem persönlichen Brief, dass Großbritannien sich im Falle eines Krieges gegen uns stellen müsste, weil es eine Allianz mit Japan geschlossen hatte. Dennoch schlug sich Niki auf die Seite seiner Onkel, der kriegslüsternen Großfürsten, die die fragwürdige Behauptung aufstellten, dass ein kurzer Konflikt genau das sei, war wir brauchten, um den Patriotismus zu wecken. Wir bräuchten den »gelben Hunden« nur unsere Helme zu zeigen, und schon würden sie »kuschen«.

Im Februar 1904 führte Japan einen Überraschungsangriff auf unseren Hafen Port Arthur in der Mandschurei. Miechens Sohn Kyril, der als Erster Offizier diente, kam nur deshalb mit dem Leben davon, weil er sich mit einem Sprung ins Meer rettete. Während unsere schlecht vorbereiteten Männer von befestigten Hügelkuppen aus kämpften, verwendeten die Japaner ihre von Preußen geliehenen Geschütze mit großer Reichweite, mit denen sie unsere im Pazifik eingesetzten Schlachtschiffe zerstörten. So sah sich Niki gezwungen, unsere baltische Flotte als Verstärkung zu entsenden, unsere Armee zu mobilisieren und mit der immer noch nicht vollständig ausgebauten transsibirischen Eisenbahn Hunderte von Meilen ostwärts zu reisen. Das kostete viel Zeit, da immer wieder provisorische Gleise verlegt werden mussten, und bereitete letztlich den Weg zu unserer nie für möglich gehaltenen Niederlage.

Das Ansehen meines Sohnes sank ins Bodenlose. Korruption und Trägheit, der Fluch unserer Kommandanten, zwangen ihn dazu, harte Strafen zu verhängen, und auch in Moskau griff er streng durch, als dort einer seiner Minister erschossen wurde.

Die Nachricht vom Attentat verbreitete sich rasend schnell in St. Petersburg und ließ mir das Blut in den Adern gefrieren. Die Mörder, deren Identität nicht bekannt war, hatten den Zeitungen eine grausige Warnung geschickt, in der sie sich als Mitglieder einer neuen revolutionären Bewegung mit dem Namen »Sozialdemokraten« ausgaben, die vom sozialistischen Eifer des deutschen Philosophen Marx inspiriert war. Wie ich vorausgesagt hatte, hatte sich aus den Trümmern der zerschlagenen Nihilistenbewegung eine neue Bedrohung erhoben, während Niki in seiner Sorge um Alexandra aufgegangen war. Als Reaktion auf den Anschlag erteilte er Sergej, dem Generalgouverneur von Moskau, die Vollmacht, die neuen revolutionären Zellen aufzuspüren, an ihren Treffpunkten Razzien durchzuführen und sämtliche Mitglieder und Anhänger zu verhaften. Doch unser Krieg gegen Japan verschaffte ihnen nur noch mehr Rekruten für ihre Sache, weil Hunderte von jungen Männern gegen ihren Willen zum Militärdienst eingezogen und als Kanonenfutter auf Schlachtfelder irgendwo in der Ferne geschickt wurden.

Obwohl ich ihn immer wieder bat und bedrängte, war Niki nicht bereit, nach St. Petersburg zu kommen und sich der Wut der Bevölkerung zu stellen. Um die rapide sinkende Moral des Volkes zu stärken, führte ich die Arbeit in meinen Wohlfahrtstiftungen mit noch größerem Einsatz fort und stellte eine Rotkreuzgesellschaft zusammen, die medizinische Vorräte, Ärzte und Krankenschwestern an die Front am anderen Ende unseres Riesenreichs schickte, wo die Zahl der Gefallenen von Tag zu Tag stieg.

Im August setzten bei Alexandra die Wehen ein. Während ich in Peterhof auf das Ergebnis wartete, betete ich voller Inbrunst dafür, dass sie wenigstens diesmal nicht versagte, denn es würde sicher ihre letzte Chance sein. Ein Zarewitsch würde den Fortbestand unserer Dynastie sichern und damit Niki den Rücken stärken. Außerdem hätten wir Anlass zum Feiern und könnten das Volk von dem ruinösen Krieg gegen Japan ablenken.

Ich hatte keine drei Stunden zusammen mit Olga und Xenia bangend im Vorraum zum Gebärzimmer gesessen, als die Tür aufflog und Niki herausstürmte. Er sah aus, als hätte er selbst gerade ein Kind auf die Welt gebracht – die Haare schweißnass, die Ärmel seines Hemds bis zu den Ellbogen hochgekrempelt, nachdem er sich irgendwann während Alexandras Qualen der Jacke entledigt hatte.

Sein müdes Lächeln hätte St. Petersburg erleuchten können.

»Gottlob!«, stöhnte er, als wir uns ungläubig aufrappelten. »Ich habe einen Sohn!«

30

Er war Gottes Geschenk für Russland – ein kräftiger Junge mit den graublauen Augen seines Vaters, einem blonden Lockenschopf und einem erwartungsvollen Lächeln, während seine Händchen neugierig nach allem griffen, was ihm in die Augen stach.

Bei der Taufe von Alexej Nikolajewitsch stand ich als seine Großmutter direkt neben dem goldenen Taufbecken der Kapelle von Peterhof. Einer alten Tradition gemäß waren Niki und Alexandra nicht anwesend, ihre vier Töchter dagegen schon. Mit ihren Hofkleidchen und den niedlichen perlenbesetzten Häubchen standen sie hinter mir und bekamen während der Zeremonie immer größere Augen. Als ihrem Brüderchen kaltes Wasser über die Stirn gesprenkelt wurde, stieß er einen Schrei aus. Anastasia kicherte, woraufhin Tatjana sie mit einem »Pssst!« zum Schweigen aufforderte. Olga und Maria lächelten mich an, als ich sie anblickte und mahnend den Finger an die Lippen hob.

Ich war nicht unzufrieden. Allerdings hätte Alexej eigentlich unter Lachen und Freudenrufen getauft werden müssen. Schließlich war er unsere Zukunft.

Von der Festung aus wurden dreihundert Salutschüsse abgefeuert. In ganz Russland wurde gejubelt, und für einen Moment geriet der Krieg mit Japan tatsächlich in Vergessenheit. In ihrem Tagesbett in Peterhof empfing Alexandra eine lange Reihe von Gratulanten; mir wurde sogar erzählt, dass sie lächelte. Sie hatte vollbracht, was nur wenige für möglich gehalten hatten. Doch an der zu ihren Ehren abgehaltenen

Gala nahm sie nicht teil, da sie sich noch nicht von der Strapaze erholt hatte. Ich vertrat sie und strahlte erleichtert an Nikis Seite.

Nach den Feiern kehrte Niki mit seiner Familie nach Zarskoje Selo zurück, und ich widmete mich wieder meinen Bemühungen um Wohltätigkeit. Nach einem langen Monat, erfüllt mit Besuchen in Krankenhäusern und dem Versand von Paketen voller Medikamente an die Front, traf ich eines Abends bei der Rückkehr in meinen Palast Obolenskij am Haupttor an.

Niki hatte ihn mit einer dringenden Bitte zu mir geschickt.

»Warum hört das nicht auf zu bluten? Der Rest der Nabelschnur ist abgefallen. Eigentlich müsste die Wunde anfangen zu heilen. Gibt es denn nichts, was wir noch tun können?« Ich stand an Alexejs Wiege. Der Kleine strampelte schon wieder, obwohl wir seine Beine an einen grotesk aussehenden Holzklotz gebunden hatten, um genau das zu verhindern. Er schrie zum Steinerweichen. Natürlich hatte er schrecklichen Hunger, weil er seit Tagen nicht mehr gestillt worden war. Mir kam er extrem blass vor; seine Haut schien am ganzen Körper alle Farbe verloren zu haben. Über die Wunde am Bauchnabel, aus der immer noch Blut sickerte, legte Botkin einen frischen Verband. Seit die Nabelschnur abgeschnitten worden war, hörte das Blut nicht auf zu fließen. Binnen weniger Momente war auch der neue Verband durchweicht.

Jewgenij Botkin raufte sich das kaum noch vorhandene Haar über der Stirn. Mir kam er extrem besorgt vor. Er wandte sich an Niki, der mit angespannter Miene verfolgte, was mit seinem nun schon neun Wochen alten Sohn geschah. Die Milchamme hockte auf einem Stuhl in der Ecke und betete. Auf eine Geste von Niki hin verließ sie das Zimmer.

»Es ist so heiß wie in einem Backofen. Können wir nicht die Fenster …?« Ich verstummte. Es gab keine Fenster.

»Sanni hat die Sorge, dass ihn die Luft von draußen krank machen könnte«, murmelte Niki.

»Niemand verlangt, dass man alle Türen und Fenster aufreißen sollte wie Königin Victoria damals in ihren Schlössern. Aber es ist sicher nicht gesund, wenn er derart abgeschottet wird.«

Ich blickte Botkin Bestätigung suchend an. Er stieß einen müden Seufzer aus. Seit drei Tagen hatte er kein Auge zugetan und war Alexej nicht einen Moment von der Seite gewichen. Solche Hingabe hatte nicht einmal Alexandra bewiesen. Als sie, von der Nachtwache erschöpft, beinahe in Ohnmacht gefallen wäre, hatte Niki sie in ein anderes Zimmer geführt, ohne weiter auf ihre Proteste zu achten.

»Frische Luft ist nicht das Problem«, sagte Botkin. »Wenn diese Wunde nicht aufhört zu bluten …« Er blickte Niki ernst an. »Majestät, wir müssen diese Möglichkeit ins Auge fassen.«

Mein Sohn schüttelte den Kopf. »Nein.«

»Was meinen Sie damit?«, fuhr ich den Arzt an. »Welche Möglichkeit?«

»*Nein*!«, schrie Niki mit gellender Stimme. Für einen Moment verstummte sogar das Kind. Dann weinte Alexej von Neuem, und Botkin kümmerte sich wieder um die Versorgung der Wunde.

Mein Sohn führte mich in den Korridor hinaus. Auf seinen Befehl hatten sämtliche Bedienstete den Gang verlassen. Nur seine Turbanträger aus Abessinien hatten sich an beiden Seiten vor den Türen postiert und ließen niemanden herein.

»Sie dürfen nicht darüber reden«, schärfte er mir mit zittriger Stimme ein. »Nicht vor Sanni. Versprechen Sie mir das.«

»Außer uns war niemand im Zimmer«, erwiderte ich, doch meine Stimme erstarb, als mir einfiel, dass er die Milchamme hinausgeschickt hatte. Mein Zorn verrauchte so schnell, wie er gekommen war. Zurück blieb ein eisiges Gefühl. »Um der Liebe Gottes willen, Niki, was ist das für eine Möglichkeit, die wir laut Botkin ins Auge fassen müssen?«

Mein Sohn verharrte regungslos und gab mir keine Antwort. Als ich schon befürchtete, er sei in eine Art Starre verfallen, sagte er schließlich: »Er glaubt, Alexej leide am ›Hessischen Fluch‹.«

Ich starrte ihn verständnislos an. »Was soll das denn sein?«

»So bezeichnet man in Alexandras Heimat eine Krankheit, bei der das Bluten nie von selbst aufhört.«

»Aber … das ist eine englische Krankheit. Victorias Familie ist davon betroffen. Wie kann er …?« Ich verstummte. Alexandra war Victorias Enkelin.

Mit zitternden Fingern zündete er sich eine Zigarette an. »Prinz Leopold, der Sohn der Königin, ist daran gestorben. Beide Söhne ihrer Tochter, Prinzessin Beatrice, haben diese Krankheit. Sannis Schwester Irene hat einen Sohn auf die Welt gebracht, Heinrich, der in seinem vierten Lebensjahr daran gestorben ist. Und wie Sanni glaubt, litt auch ihr jüngster Bruder, Fritti, an dieser Krankheit. Er ist nach einem Sturz aus einem Fenster im ersten Stock gestorben. Aber sie sagt, es war nicht der Sturz, der ihn getötet hat – er erlitt kaum einen Kratzer. Vielmehr ist er innerlich verblutet.«

Mit einem Mal war mir, als wäre im Palast jeder Laut erstorben.

»Gibt es Heilung?«, flüsterte ich.

Niki hustete, und aus seiner Nase quoll Rauch. »Nein.«

Der Boden unter meinen Füßen schien nachzugeben. Hektisch blickte ich mich nach einer Sitzgelegenheit um.

»Mama.«

Ich richtete die Augen wieder auf ihn.

»Sanni ist verzweifelt. Wenn das Bluten aufhört, gibt es

eine Hoffnung. Botkin sagt, dass Schweizer Experten diese Krankheit studieren. Manchmal erholt sich der Patient. In anderen Fällen ist Hilfe nicht möglich, und er verblutet. Wir müssen …« Er holte zitternd Luft. »Wir müssen Alexej genau beobachten. Wenn er einen blauen Fleck oder eine Schwellung hat, wenn seine Schmerzen erkennbar schlimmer werden, kann das ein Anzeichen einer inneren Blutung sein.«

»Aber wie können wir sicher sein? Selbst wenn er diese Krankheit hat, kann es so sein, muss aber nicht.« Ich wollte diese Diagnose immer noch nicht wahrhaben, doch meine Worte klangen sogar in meinen eigenen Ohren schrill.

»Das werden wir nur mit der Zeit erfahren.« Niki ließ die Schultern hängen. Er sackte regelrecht in sich zusammen. »Laut den Experten wird diese Krankheit immer von der Mutter weitergegeben. Als Botkin das kurz vor Ihrer Ankunft erwähnte, hat Sanni einen ganz eigenartigen Laut ausgestoßen … wie ein in einer Falle gefangenes Tier. Aber Botkin sagt auch, dass die Symptome überall die gleichen sind. Eine Wunde, ein Sturz, ein kurzes Stolpern – alles kann dieses Bluten auslösen. Es kann bedrohlich werden. Um zu erkennen, wie bedrohlich …«

»Ja.« Ich griff nach ihm und bekam seinen Ärmel zu fassen. »Ich verstehe.«

»Wir dürfen nie herausfinden, wie ernst es sein kann.« Tapfer kämpfte er darum, die Fassung zu wahren, nachdem ihm seine Freude über den Thronerben auf so entsetzliche Weise vergällt worden war. »Was immer passiert, Alexej muss behandelt werden wie ein rohes Ei.«

Ich schloss die Arme um ihn. Mit einem Aufschluchzen ließ er den Kopf an meine Schulter sinken. Doch dann löste er sich abrupt von mir und spähte gehetzt über den Flur zur Tür ihres Damenzimmers. »Ich muss zu ihr.«

»Dann geh.« Ich richtete ihm den Kragen. »Um die Mädchen kann ich mich kümmern. Sie werden sich schon Sorgen machen.«

Ich hatte mich bereits in Bewegung gesetzt, als er sagte: »Denken Sie daran: kein Wort von all dem. Die Mädchen sind noch zu jung, um das zu verstehen. Kinder plappern alles nach, was sie hören. Sanni will nicht, dass irgendjemand davon erfährt.«

»Natürlich.« Damit eilte ich zu meinen Enkelinnen. In Gedanken war ich freilich immer noch bei unserem Gespräch und fragte mich, was Niki nun vorhatte. Wenn Alexej diese schreckliche Krankheit hatte, wie sollten wir einen solchen Schicksalsschlag inmitten unserer Familie, geschweige denn vor der Welt verbergen?

Alexandra hatte die Zimmer ihrer Töchter mit gewöhnlichen Möbeln aus Ahornholz ausgestattet und an den Fenstern Baumwollgardinen angebracht, die ihre eigene Herkunft aus einer biederen Familie widerspiegelten. Sehr schlicht waren auch die Armeepritschen, die mit ihrem gusseisernen Gestell den Betten ähnelte, die Sascha unbedingt für unsere Kinder hatte haben wollen. Je zwei Mädchen teilten sich ein Zimmer. Die neunjährige Olga und die zwei Jahre jüngere Tatjana bildeten das sogenannte »große Paar«. An den Wänden hingen mit Schablonen aufgebrachte Blumen- und Libellenfriese, und über ihren Betten wachten gesegnete Ikonen von Heiligen. Außerdem besaßen sie zueinanderpassende Frisierkommoden. Bei der fünf Jahre alten Maria und der Jüngsten, Anastasia, dem »kleinen Paar«, gab es Rosen und Schmetterlinge und ansonsten dieselbe austauschbare Ausstattung.

Olga hatte ihre Schwestern in ihrem Zimmer versammelt. Dazu hatte sie die schmalen Betten zusammengeschoben und die kleinen Hunde auf den Fußboden verbannt, was die Tiere nicht daran hinderte, bei meinem Eintreten zu jaulen und an meinen Röcken zu schnüffeln. Anastasia schlief bereits, die rundlichen Arme um den dänischen Teddybären geschlungen, den ich ihr zum Namenstag geschenkt hatte. Die anderen waren wach. Drei Augenpaare, deren Ton zwischen Olgas sanftem Haselnussbraun und Marias tiefem Blau variierte, richteten sich auf mich.

Obwohl Alexandra sie in Gruppen aufgeteilt hatte, besaßen sie bereits jede für sich eine ausgeprägte Persönlichkeit. Olga war als die Älteste ihre Anführerin und mein Liebling, weil ich sie am längsten kannte. Wie meine Tochter, ihre Namensvetterin, kümmerte sie sich wenig um ihr Äußeres. So waren ihre kastanienbraunen Haare meistens zerzaust und ihre Röcke zerknittert. Auch sie malte gern und war eine begabte Pianistin. Nun, während Maria sich in ihre Armbeuge schmiegte, fragte mich Olga ängstlich: »Wird er sterben?«

»O nein.« Ich brachte ein Lächeln zuwege. »Kleine Babys leiden oft an einer Kolik.«

»Ist das alles?« Hatte Olga etwas mitbekommen? Das Kindermädchen, das unmittelbar hinter dem Eingang zur Suite der Mädchen postiert gewesen war, hatte mich beim Eintreten argwöhnisch gemustert. Ich mochte diese Frau nicht und hatte sie mit einer Geste angewiesen zu bleiben, wo sie war. Das hätte mir gerade noch gefehlt, dass sie mir folgte und mich belauschte.

»Ja«, antwortete ich Olga. Dann raffte ich meinen Rock und setzte mich auf die Bettkante. Wie sehr ich mir wünschte, mein elendes Korsett ließe sich lockern! Doch jetzt standen die Mädchen an erster Stelle, schalt ich mich; also beugte ich mich über Anastasia, um ihre goldene Mähne glatt zu streichen. Das arme Mädchen schwitzte am ganzen Leib. Wieder einmal war der Palast grotesk überheizt. »Ja, das ist alles«, bestätigte ich noch einmal. »Eine böse Kolik.«

Maria blinzelte schläfrig. Sie war überaus hübsch, wenn

auch etwas zu mollig. Tatjana saß aufrecht in ihrem Bett. Obwohl sie noch so klein war, galt sie als die Schönste des ganzen Quartetts. Das mochte an ihren grünblauen Mandelaugen liegen, am üppigen kupferfarbenen Haar, wie es auch ihre Mutter hatte, an ihren vollen Lippen und an der markanten Nase, die sie von Niki geerbt hatte. Für ihr Alter war sie schon recht groß und besaß geschmeidige Glieder wie eine Balletttänzerin.

»Wir haben Mama weinen hören«, murmelte Maria. »Sie hat Papa gesagt, dass sie Alexej verflucht hat. Warum sagt sie so was? Mama ist doch gut. Sie begeht nie eine Sünde.«

»Deine Mutter ist nur aufgeregt«, beschwichtigte ich sie. »Einen Fluch gibt es nicht. Alexej wird sich erholen. Aber Neugeborene sind eben sehr zart. Darum müsst ihr immer vorsichtig mit ihm umgehen. Ihr dürft nie zu grob mit ihm spielen.«

Da es nicht infrage kam, die ganze Wahrheit zu verraten, versuchte ich, sie möglichst schonend vorzubereiten. Sogar wenn sie niemals alles erfuhren, würden sie immer einen Verdacht hegen, insbesondere Olga, die von Natur aus neugierig war und stets Fragen stellte. Tatjana war in dieser Hinsicht ganz anders. Sie hatte von Alexandra deren Distanziertheit geerbt und wirkte oft verträumt. Anastasia dagegen würde etwas bemerken. Ohne Zweifel würde sie mit der Zeit ein besonderes Verhältnis zu Alexej entwickeln, wie das bei jüngsten Geschwistern oft der Fall war. Und obwohl sie so klein war, hatte sie sich als überaus scharfsichtig und burschikos erwiesen. Einmal hatte sie mich bei einem Diner zum Schmunzeln gebracht, als sie bei uns Erwachsenen am Tisch sitzen durfte und unbeeindruckt von Alexandras Vorhaltungen ihre Erbsen mit den Fingern verspeiste.

»Das Kind ist zu eigensinnig«, hatte Alexandra erklärt, als das Kindermädchen sie mit über und über grün verschmiertem Gesicht aus dem Speisesaal führte. Während sie das sagte, blickte mir meine Schwiegertochter unverwandt in die Augen, als wäre ich schuld. Nun, das war nicht ganz aus der Luft gegriffen, denn in ihrer Sturheit und Widerspenstigkeit ähnelte mir meine jüngste Enkelin auffallend.

»Also«, sagte ich und ließ den Blick voller Liebe über die vier entzückenden Großfürstinnen schweifen, die unsere Zukunft darstellten, »werdet ihr zu eurem kleinen Bruder immer lieb und sanft sein?«

Olga und Maria stimmten sofort zu. Tatjana blickte mich nachdenklich an. »Wir dürfen ja noch nicht mit ihm spielen. Aber wenn er zu uns darf, passen wir bestimmt auf.« Sie sprach in einem Ton, als wäre er aus hauchdünnem Porzellan und extrem zerbrechlich – was in gewisser Hinsicht auch zutraf.

Ich beugte mich über Anastasia, die das Gesicht in ihrem Teddybären vergraben hatte. Sie roch nach Schokolade. Ich hatte die verräterischen Flecken an ihren Fingern erspäht.

»Ihr esst Süßigkeiten im Bett?«, fragte ich.

Maria kicherte, und Olga wandte beschämt den Blick ab, wohingegen Tatjana murmelte: »Ich nicht. Ich mag so was nicht.«

»Ich werde nichts verraten. Aber esst nicht zu viel davon.« Ich zwickte Maria in den Arm, woraufhin sie laut quietschte. »Sonst werdet ihr noch so dick wie Tante Miechen.«

Mit ihrem Lachen weckten die Mädchen Anastasia, die erst benommen um sich schaute, ehe ihre Augen zu leuchten begannen, als sie mich erkannte. Mit einem freudigen »Ama-ma!« warf sie sich mir in die Arme. Sie war die impulsivste der vier. Egal, wie oft sie dafür gescholten wurde, Anastasia überschüttete unterschiedslos alles und jeden mit ihrer Zuneigung, gleichgültig, ob Haustiere, Dienstboten oder sonst jemand, den sie mochte. Wenn sie jemanden ablehnte, wie zum Beispiel das Kindermädchen, behandelte sie diese Person wie Luft. Und auch das, so dachte ich, als ich sie auf die von den Süßigkeiten klebrigen Wangen küsste, hatte sie von mir.

Noch lange blieb ich bei den Mädchen, die sich wie Welpen aneinanderdrängten. Anastasia zerrte ihre französische Bulldogge Schwybsik herbei – sie hatte unbedingt einen Hund wie meinen haben müssen und so lange Krawall geschlagen, bis sie tatsächlich einen bekam – und zwängte das Tier zwischen uns. Prompt beschnüffelte es alles, was ihm unterkam, in so komischer Weise, dass Olga und Maria Tränen lachten.

Zu guter Letzt schliefen alle ein, nur Tatjana nicht. Still saß sie da, den Blick ins Leere gerichtet. Als ich ihre Hand berührte, sagte sie, ohne sich zu mir umzudrehen: »Das ist keine Kolik.«

Keine Frage. Eine Feststellung – eine, der zu widersprechen ich nicht über mich brachte.

»Nein«, murmelte ich, »das ist es nicht.«

Sie nickte. »Dann müssen wir wirklich ganz lieb zu ihm sein.«

Der Verlust von Port Arthur und zwanzigtausend Männern sorgte in Russland für heftige Kritik. In den Zeitungen standen vernichtende Kommentare über die Unfähigkeit des Zaren, und in den Straßen tauchten immer mehr Agitatoren auf. Die Mitglieder seines Kabinetts warnten Niki davor, dass sich von den heimtückischen Sozialdemokraten in die Welt gesetzte revolutionäre Parolen zunehmend unter dem Volk verbreiteten und den Ruf des Zaren zusätzlich schädigten, nachdem die Unruhen schon längst den Jubel über Alexejs Geburt übertönt hatten.

Wegen der vielen in Port Arthur Gefallenen wurde die Ballsaison 1904 komplett abgesagt. Weihnachten verbrachte unsere Familie in Zarskoje Selo in angespannter Atmosphäre, überlagert von der unausgesprochenen Sorge um Alexej. Die Blutung nach der Abnabelung hatte zu unserer grenzenlosen Erleichterung gestillt werden können, doch Botkin glaubte, dass Alexej die Bluterkrankheit hatte, und schlug vor, um seiner Sicherheit willen regelmäßig Protokoll zu führen und ihn außerdem festzubinden oder an eine Art Leine zu hängen, sobald er zu krabbeln begann. Obschon Alexandra sich keinerlei Panik anmerken ließ, die sie zwangsläufig befallen haben musste, hätte ich sie am liebsten gewarnt, dass grundsätzlich alle Kinder ständig kleine Unfälle erlitten. Sie stießen irgendwo an, fielen hin und bekamen Kratzer. Noch war Alexej ein Säugling, aber bald würde nichts mehr seine Neugier unterdrücken können, seinen natürlichen Wunsch, die Welt um sich herum zu erforschen. Doch fürs Erste wurden nicht einmal die geliebten Hunde der Familie zu ihm gelassen, als ob sanftes Beschnuppern irgendeinen Schaden hätte anrichten können. Als ihr gesagt wurde, dass Schwybsik unter keinen Umständen in die Kinderstube gelassen werden durfte, fragte Anastasia verwirrt: »Warum nicht? Schwy wird Sonnenstrahl bestimmt nicht beißen!«, und sprach damit etwas an, was niemand in den Mund zu nehmen wagte.

»Sonnenstrahl« war Alexandras Kosewort für Alexej, auch wenn sie momentan alles andere als sonniger Stimmung war. Ich beobachtete sie über Weihnachten dabei, wie sie sich in jenem Raum einsperrte, der ihr jetzt als Käfig für das Baby diente und in dem sie alles aus dem Weg räumte, das Alexej schaden konnte.

»Das darfst du nicht zulassen«, warnte ich Niki, selbst am Rande der Verzweiflung, als er am Dreikönigstag mit Alexandra zur Wassersegnung nach St. Petersburg kam und die Kinder bei mir ließ. »Wir können es nicht für immer verbergen. Ihr müsst es den Verwandten sagen. Sie fragen schon jetzt, warum der Junge ständig versteckt gehalten wird. Gib es der Öffentlichkeit bekannt. Es ist eine Krankheit, kein Fluch. Deine Frau macht sich vielleicht Vorwürfe – und Gott weiß, wie sehr ihr Schicksal mir zu Herzen geht –, aber das Volk wird Anteil nehmen. Nach dem Verlust von Port Arthur wird sich ganz Russland um dich scharen, wenn es erfährt, dass dein Sohn krank ist.«

Er zog ein Gesicht, als hätte ich ihn aufgefordert, seine Seele bloßzulegen. »Mama, die Gesundheit unseres Sohnes ist eine Privatangelegenheit. Wir werden kein Spektakel nur um des politischen Vorteils willen daraus machen. Wie können Sie bloß so etwas von mir verlangen? Seit wann sind wir, die kaiserliche Familie, dazu verpflichtet, unseren persönlichen Schmerz vor der Welt auszubreiten?«

»Unser Schmerz ist doch für jeden erkennbar«, entgegnete ich, Alexandras Worte in den Ohren. »Unsere Soldaten sind auf dem Rückzug durch Sibirien. Bertie, der amerikanische Präsident Roosevelt und sogar der deutsche Kaiser rufen zu einem Waffenstillstand auf. Im Fernen Osten haben wir jedes Ansehen verloren. Niki, du *musst* deine Strategie ändern. Die Zugeständnisse gewähren, die schon dein Großvater befürwortet hat, jeden entlassen, der dich falsch beraten hat, und deinem Volk reinen Wein einschenken, was die Krankheit deines Sohnes betrifft. Du musst tun, was immer erforderlich ist, um deinen Thron zu schützen.«

Seine Hand ballte sich auf der Tischplatte zur Faust. »Bestimmt nicht. Es wird keinen Waffenstillstand geben. Wie Sie mir geraten haben, habe ich Witte in meinem Kabinett belassen, obwohl seine liberale Haltung mir missfällt. Außerdem habe ich diejenigen bestraft, die uns den Verlust von Port Arthur beschert haben. Aber ich bin immer noch der Zar und werde so über das Land herrschen wie meine Vorfahren. Papa war gegen die Abschaffung unserer Autokratie. Wenn ich eine Verfassung und eine Duma erlaube, regieren wir nur noch dem Namen nach – falls wir überhaupt noch regieren dürfen. Nein, nur über meine Leiche!«

»Niki …«

Er hob die immer noch zur Faust geballte Hand. »Ich will nichts mehr davon hören.«

Fürs Erste gab ich nach. Mit der Belastung durch den immer noch tobenden Krieg, dem Schock über Alexejs Krankheit und Alexandras Trübseligkeit war wohl zu viel auf einmal über ihn hereingebrochen, sagte ich mir. Sollte die Zeit die Wunden heilen. Wenn das Schlimmste überstanden war, wollte ich es noch einmal versuchen. Ich würde nicht aufhören, bis Niki akzeptierte, dass unsere Autokratie im modernen Zeitalter dem Untergang geweiht war. Kein Zar konnte mehr so herrschen, wie seine Vorfahren das getan hatten.

Wenn er das nicht einsah, würde man ihn dazu zwingen.

Zusammen mit den Großfürstinnen und Alexandra, die in ihren höfischen Prachtgewändern unnatürlich steif wirkte, stand ich auf dem Balkon des Winterpalasts, unter uns die Newa. Wir wollten uns die Wassersegnung anschauen. Die Großfürsten und Niki, allesamt mit Kerzen ausgestattet, waren draußen auf dem zugefrorenen Fluss unter einem Baldachin, während der Metropolit sein mit Edelsteinen besetztes Kruzifix in ein Loch tauchte, das man in die Eisdecke geschlagen hatte.

Es war einer jener perfekten Januartage, an denen alles in der Sonne glänzte. Eingehüllt in ihre Atemwolken, warteten die Leute, jeder mit einem Eimer in der Hand, um das gesegnete Wasser zu schöpfen und heimzutragen. Neben mir wurde Alexandra immer steifer. Sie sehnte sichtlich das Ende der Zeremonie herbei. Am liebsten hätte ich sie zurechtgewiesen. Miechen und die anderen Großfürstinnen beobachteten sie mit Argusaugen, sodass ich nicht die Einzige war, die sehen konnte, wie ungern sie hier war. Inzwischen gingen die Gerüchte, dass ihr Sohn irgendein schreckliches Leiden habe und seinen ersten Geburtstag nicht mehr erleben würde, wie Lauffeuer durch die Stadt. Als Miechen mich zur Rede stellte, sagte ich ihr, dass ihm bis auf die üblichen Kinderkrankheiten nichts fehle.

Sie lachte nur. »Minnie, willst du wirklich für eine Lügnerin gehalten werden? Niemand versteckt den Zarewitsch wegen einer Kolik.«

Als er sein Gebet beendet hatte, wandte sich der Metropolit, begleitet vom Donnern des Saluts aus der Festungskanone, mit dem Kelch an Niki.

Genau in diesem Moment zerschmetterte eine Explosion das Balkonfenster. Kreischend wichen die Großfürstinnen zurück, als könnten sie sich so dem Scherbenhagel entziehen. Ich stand wie gelähmt da, während Splitter auf mich herabregneten. Unten brach indes die Hölle los. Wächter stürzten aus dem Palast, um Niki und seine Onkel ins Innere zu zerren. Wie von der Tarantel gestochen, lief Alexandra davon, stieß dabei die Großfürstinnen zur Seite und rannte den Korridor hinunter, um sie herum die ihr zugeteilten Kosaken.

Wie ich war Miechen von Glassplittern übersät. Aus einer Schnittwunde an ihrer Wange sickerte Blut. Dennoch trat sie bis zur Balkonbrüstung vor und spähte hinunter zu der sich langsam in der kalten Luft auflösenden Staubwolke.

»Eine Granate hat die Wand direkt unter uns getroffen.« Sie drehte sich zu mir um. »Ich dachte, die Kanonen würden für die Zeremonie nur Platzpatronen abfeuern.«

»Das tun sie auch«, keuchte ich, gegen die in mir hochsteigende Panik ankämpfend, denn mit Macht befielen mich wieder die Erinnerungen an die Detonation im Speisesaal und die Entgleisung des Zugs. Die Nihilisten und den Terror, den sie verbreitet hatten, hatte Sascha zerschlagen, doch ihr Schatten war geblieben, und der Fanatismus, mit dem sie nach unserer Zerstörung getrachtet hatten, befeuerte nun diese neue revolutionäre Bewegung. Gleichwohl hatten wir von der Ochrana keinerlei Warnung vor irgendeiner Bedrohung erhalten. Zwar war niemand ernsthaft verletzt worden, doch als Miechen mich am Arm packte und ins Innere des Palasts führte, erfasste mich eine dunkle Vorahnung.

»Nun«, meinte sie, während die Glassplitter unter den Sohlen unserer Hausschuhe knirschten, »*das* war jedenfalls keine Platzpatrone.«

31

DEMONSTRATIONSMARSCH ZUM WINTERPALAST – SOFORT AUFBRECHEN!

»Das werde ich nicht tun«, erklärte ich Obolenskij, der für mich die Antwort auf Nikis dringendes Telegramm aufsetzte. »Lassen Sie meinen Sohn wissen, dass ich hierbleiben und beweisen werde, dass alles so ist, wie es sein sollte.«

Dabei war überhaupt nichts so, wie es sein sollte, wie Miechen betonte, als sie mich am Abend desselben Tages besuchte. Furchtlos hatte sie mit ihrer Troika, an der unübersehbar das Wappen der Romanows prangte, die Stadt durchquert, als wollte sie mögliche Aufständische geradezu herausfordern, eine Bombe auf sie zu werfen. Sie hatte immer noch die Schnittwunde an der Stirn, denn es war erst zwei Tage her, dass diese mysteriöse Granate unter unserem Balkon detoniert war. Keiner von den Wachmännern in der Festung, die für die Kanone verantwortlich waren, hatte gestanden, eine der Platzpatronen absichtlich oder versehentlich mit einer scharfen Kugel vertauscht zu haben, sodass Niki nichts anderes übrig geblieben war, als alle, die an jenem Tag Dienst gehabt hatten, zu entlassen und zu verfügen, dass bei staatlichen Veranstaltungen ab sofort keine Kanone mehr abgefeuert werden durfte.

»Hast du es schon gehört?«, fragte Miechen, während sie ihren Zobelmantel aufknöpfte.

»Ja«, antwortete ich. »Niki hat mir befohlen, sofort nach Gattschina zu fahren. Er sagt, dass es morgen massive Proteste geben wird.«

Miechen stieß verärgert einen Seufzer aus. »Und Wladimir hat er angewiesen, gegen die Meute vorzugehen, falls sie sich dem Palast nähert. Jetzt weiß Wladimir nicht, was er tun soll. Er sagt, dass die Ochrana die Bewegung infiltriert hat. Es sind natürlich auch Revolutionäre dabei, aber bei den meisten handelt es sich um Arbeiter, die wegen des Kriegs und ihrer Arbeitsbedingungen streiken. Sie beabsichtigen, mit einem Priester an der Spitze zum Palast zu ziehen. Ihre Frauen und Kinder nehmen sie auch mit. Sie wollen eine Petition einreichen. Sie sagen, dass der Zar immer …«

»Persönlich mit seinen Untertanen gesprochen hat.« Ich ließ mich auf meinen Stuhl sinken. »Allerdings nicht mehr seit Alexanders Ermordung. Ist Wladimir sicher, dass es ein friedlicher Marsch wird?«

Sie sah mir fest in die Augen. »Niki ist darauf vorbereitet, so zu handeln, als wäre er nicht friedlich.«

Ich sandte meinem Sohn ein weiteres Telegramm mit der dringenden Bitte, sofort in die Stadt zu kommen. Erneut befahl er mir abzureisen. Erneut lehnte ich ab.

Am nächsten Morgen – es war der neunte Januar – ließ ich Xenia in den Palast kommen. Olga war bereits da, und bald traf auch Miechen ein. Ein nur aus Frauen bestehender Haushalt, saßen wir in meinem Salon, als die Demonstranten den Newski-Prospekt hinunter zum großen Platz vor dem Palast zogen. Viele hielten Plakate mit Porträts in den Händen, die wohl Niki ähneln sollten, und sie sangen »Gott segne den Zaren«.

Ich blickte Miechen besorgt an. »Wissen sie, dass er nicht in der Stadt ist?«

»Wladimir hat es ihnen mitgeteilt«, sagte sie mit einem entschlossenen Nicken. »Sie haben ihm nicht geglaubt. Sie haben gesagt, ihr Väterchen würde sie in der Not doch nicht im Stich lassen.«

Plötzlich hörten wir draußen Schüsse knattern. Ich stürzte

zu dem Fenster, das auf die Prachtstraße führte, und sah Leute benommen zurücktaumeln. Viele bluteten. Andere hatten Verletzte in ihre Mitte genommen, die zusammengesackt an ihren Armen hingen. »Holt die Kutschen«, befahl ich. »Wir müssen sofort von hier weg!«

»Jetzt?«, fragte Xenia entsetzt.

Miechen schüttelte den Kopf. »Minnie, das ist nicht möglich. Wenn wir das jetzt versuchen ...« Den Rest ließ sie unausgesprochen. »Wir müssen drinnen bleiben, bis die Lage sich beruhigt hat.«

Ich ließ Obolenskij zusätzliche Wachtposten an den Toren aufstellen. Mein Palast war unversehrt, aber nachdem er den Auftrag ausgeführt hatte, kehrte Obolenskij erschüttert in den Salon zurück. Er war Zeuge eines regelrechten Gemetzels geworden. Erst nach Anbruch der Dunkelheit traf endlich Wladimir im Palast ein. Trotz der Kälte war er schweißgebadet, als hätte er eine Schlacht geschlagen.

»Schuld ist allein dieser Wasiltschikow!«, knurrte er und sank erschöpft aufs Sofa. Sofort reichte ich ihm ein Glas Cognac. »Dieser alte Narr hat seinem Regiment ohne Not befohlen, das Feuer zu eröffnen! Mitten auf dem Platz! Sie singen Kirchenlieder, und er lässt auf sie schießen! Und dann hat er die berittenen Kosaken mit ihren Säbeln und Peitschen auf sie gehetzt.« Er leerte das Cognacglas mit einem Schluck. »Hunderte! Von uns abgeschlachtet!«

»Gott im Himmel!« Ich presste die Hände mit solcher Kraft gegen die Schläfen, dass mir die Ringe in die Finger schnitten. Unsere Untertanen! Vor *unserem* Palast von *uns* getötet! Es war das Gleiche wie nach Nikis Krönung auf jenem Feld in Moskau. Wieder würden Schmähungen auf uns niederhageln, und die Beschuldigungen gegen uns würden sich häufen. Das hätte ich offen ansprechen müssen, doch ich wisperte nur: »Niki wird außer sich sein. Er ...«

»*Er* hat es befohlen!«, brüllte Wladimir. »*Niki* hat es befohlen! Er hat angeordnet, dass wir die Meute auf keinen Fall in die Nähe des Palasts kommen lassen dürfen, und jetzt werden sie uns zerfetzen!«

»Er wusste es nicht«, stieß ich verzweifelt hervor.

»Und ob er es wusste!« Wütend sprang Wladimir auf. »Du hast ihm ein Telegramm geschickt. Ich habe ihn gebeten herzukommen und sich persönlich um die Angelegenheit zu kümmern, aber er hat sich geweigert, auf uns zu hören.«

Nachdenklich betrachtete ich meinen Schwager, und zum ersten Mal sah ich ihn als denjenigen, der er war: nicht mehr der charmante Halunke aus der Zeit unserer Jugend, sondern ein Herr von achtundfünfzig Jahren, übergewichtig und von schlechter Gesundheit, verbittert, weil ihm aufgrund widriger Umstände das höchste Amt im Lande vorenthalten worden war, obwohl er glaubte, dass er einen besseren Zaren abgegeben hätte. »Er *wusste* es, und jetzt wird man ihm die Schuld geben. Denn er ist ein Schwächling, der nie den Thron hätte besteigen dürfen. Sascha würde sich seiner schämen. Was sage ich – er *schämte* sich! Mein Bruder ist zu früh gestorben und hat Russland einem winselnden Feigling hinterlassen, der sein ganzes Leben nach der Anerkennung seiner Frau ausrichtet und nicht in der Lage ist, von sich aus eine Entscheidung zu treffen.«

»Du vergisst dich!«, fuhr ich auf. »Ich bin die Mutter des Zaren und schlage vor, dass du jetzt besser gehst, bevor du etwas sagst, das du später bedauern wirst und das ich dir nicht vergeben kann.«

Miechen ergriff ihn am Arm. Mich mit Blicken durchbohrend, murmelte sie: »Wladimir, komm. Niemand wirft uns raus. Nicht einmal die Mutter des Zaren.«

Er schüttelte sie ab. Als er an mir vorbeistapfte erklärte er: »Du weißt, dass ich die Wahrheit sage, Minnie. Ich habe dich immer respektiert, aber ich bin nicht bereit, noch länger Nikis Lakaien zu spielen. Dein Sohn ist für sein Amt ungeeignet. Wenn er das nicht erkennt, werden wir alle für seine Fehler zu zahlen haben.«

Ich stand regungslos da. Xenia weinte vor Aufregung. Olga stand bei ihr und tätschelte ihr die Hand, wie sie das sonst mit einem untröstlichen Kind getan hätte. Ich brachte kein Wort hervor. Ich konnte die Wahrheit nicht zugeben.

Doch ein eiskaltes Gefühl sagte mir, dass Niki zu weit gegangen war.

Wegen des Massakers, das schnell den Namen »Blutsonntag« erhielt, brachen in St. Petersburg und Moskau Aufstände aus, und es gab Massendemonstrationen auf den Straßen. Das Kriegsrecht wurde verhängt. Als bewaffnete Soldaten die Innenstadt abriegelten, streikten die Fabrikarbeiter zu Tausenden und brachten unsere Industrie zum Stillstand, obwohl wir dringend Nachschub für den noch nicht entschiedenen Krieg gegen Japan brauchten. Wer nicht auf der Straße war, um Spruchbänder aufzuziehen oder Tumulte anzuzetteln, blieb zu Hause und betete zu Gott, dass uns keine noch größere Katastrophe heimsuchen möge.

Adelige verrammelten ihre Paläste und reisten zu einem längeren Urlaub ins Ausland. Ich wusste, was Miechen jetzt gespottet hätte, wenn wir uns nicht zerstritten hätten: »Als ob sie jetzt am Narva-Tor die Guillotine aufstellen würden.« Wahrscheinlich nahm sie die Aufregung dieser Leute gleichgültig zur Kenntnis, war sie doch seit jeher der Auffassung, dass wir Angehörigen der herrschenden Klasse die Unzufriedenheit aller anderen ignorieren oder geringschätzen sollten.

Als ich in meiner unkenntlich gemachten Kutsche in meinen geliebten Anitschkow-Palast zurückfuhr, zwang ich mich, durch die Vorhänge am Fenster zu spähen. Was ich zu sehen bekam, waren in der Kälte kauernde Bettler und Frauen in zerrissenen Schals, mit ihren Einkaufskörben auf dem Weg zu Marktständen, an denen es wegen des Kriegs kaum etwas zu kaufen gab. Jäh packte mich abgrundtiefe Verzweiflung. Die vor Leben sprühende Stadt, die ich gekannt hatte, gab es nicht mehr. An ihre Stelle waren die Gespenster der Revolution getreten: der Mangel und die Feindseligkeit, die sich von hinten herangeschlichen hatten wie Diebe in der Nacht.

Ich wollte das Land verlassen und meinen Vater in Dänemark besuchen, war mir aber nicht sicher, ob das in Anbetracht der Umstände wirklich angemessen war. So fuhr ich mit meinem Privatzug nach Zarskoje Selo, um mit Niki darüber zu sprechen. Die Eisenbahnstrecke zum Alexander-Palast, die exklusiv von Mitgliedern der Zarenfamilie oder unseren Lieferanten benutzt wurde, wurde streng überwacht. Ich musste mir gefallen lassen, dass Soldaten durch meinen Waggon polterten und mein ganzes Gepäck inspizierten, bis ich rief: »In dieser Schachtel sind Pralinen für meine Enkelkinder, keine Bomben!«

Im Palast traf ich Alexandra in ihrem Bett an. Sie hatte wieder einmal einen Hexenschuss erlitten. Die Mädchen, die gerade von ihren Privatlehrern Unterricht erhielten, waren glücklich, mich zu sehen. Alexej war kugelrund und zufrieden. Über ihn wachte der getreue Derewenko, der ständig darauf achtete, dass der Junge sich nicht verletzte. Der Kleine gurrte entzückt, als ich mich über ihn beugte, dann entdeckte er die Perlen an meinem Ärmel und riss blitzschnell eine herunter. Als er versuchte, sie sich in den Mund zu stecken, packte ich ihn am Handgelenk und entwand sie ihm. Erst zog er einen Schmollmund, dann begann er zu heulen. Von Angst ergriffen, untersuchte ich sofort das Handgelenk. Zum Glück wies es keine Wunde auf, auch keinen blauen Fleck. Er war lediglich enttäuscht, weil ich ihm dieses glitzernde neue

Spielzeug weggenommen hatte, auf dem er so schön hätte herumkauen können.

Als ich in Nikis Amtszimmer trat und er aufblickte, fiel mir sofort auf, wie eingefallen sein Gesicht war. Die Folgen des Massakers hatten ihm zugesetzt. Er hielt einen Papierbogen hoch. »Ein zwanzig Seiten dicker Brief vom deutschen Kaiser. Er schreibt, dass er Ihnen eine Kopie geschickt hat. Haben Sie sie erhalten?«

»Ja.« Ich zündete mir eine Zigarette an. »Aber ich habe sie noch nicht gelesen. Eine Belehrung, nicht wahr?«

»Eine Warnung. Er wagt es, mir zu raten, dass ich Schritte ergreifen soll, um eine Revolution im Land und eine Niederlage gegen Japan abzuwenden. Er tadelt mich, weil ich nach diesem unglückseligen Vorfall auf dem Chodynka-Feld nicht sofort gehandelt und keine Vorbeugemaßnahmen gegen diese Sache jetzt in St. Petersburg getroffen habe. Er meint, ich müsse Sergej absetzen; er sei zu reaktionär für das Amt des Generalgouverneurs von Moskau. Außerdem müsse ich meine Absicht erklären, ein Parlament einzurichten. Ich müsse meine Landsleute zum Patriotismus ermuntern, da den Russen ganz offensichtlich jegliches Pflichtgefühl abhanden gekommen sei.« Er warf das Papierbündel auf den Tisch. »Laut ihm sind die Japaner samt und sonders bereit, für ihre Sache zu sterben – ganz im Gegensatz zu unseren Seeleuten, die mitten in der Schlacht meutern, und auch zu unseren Soldaten, die revolutionäre Parolen brüllen.«

»Nun, der Kaiser hält gewiss große Stücke auf sich, so wie alle Deutschen.« Ich hatte den Nachsatz kaum ausgesprochen, als ich ihn auch schon bedauerte. Meine Abneigung gegen die Preußen war wohlbekannt, hier aber kaum willkommen, da Nikis Frau aus Deutschland stammte. Doch glücklicherweise war mein Sohn zu sehr in seine eigenen Probleme vertieft, um auf meine Worte zu achten. »In einem hat er vielleicht recht«, fuhr ich rasch fort. »Wenn man eine Niederlage nach der anderen erleidet, kann das die Unzufriedenheit nur verschlimmern. Und die Verhängung des Kriegsrechts über St. Petersburg und Moskau fördert wohl kaum die Stabilität, wenn gleichzeitig die Fabrikarbeiter unseren Kopf verlangen.«

»Sagen Sie bloß, Sie stimmen dem Kaiser zu?«

»Niemals. Aber sein Rat ist vernünftig. Zumindest, was Sergej betrifft. Dein Onkel ist zu dem am meisten verachteten Romanow gewo…«

»Nach mir«, stieß Niki bitter hervor.

»Du wirst nicht verachtet. Dir gibt man die Schuld. Als unser Zar hast du es immer noch in Hand, alles in Ordnung zu bringen. Aber Sergej hat seine Kompetenzen überschritten. Es stand ihm nicht zu, Tausende ins Gefängnis zu stecken oder hängen zu lassen. Mit solchen Taten gießt er nur Öl ins Feuer, und der Hass auf uns nimmt zu. Du solltest ihn bitten, mit einer versöhnlichen Geste zurückzutreten. So kannst du beweisen, dass du vorhast, Wiedergutmachung zu leisten.«

»Das hat er schon getan«, sagte Niki zu meiner großen Überraschung. »Er hatte keine Wahl. Er hat nämlich eine Todesdrohung erhalten. Ella ist verzweifelt. Sie hat doch Pauls Kinder aufgenommen, und jetzt fürchtet sie um ihre Sicherheit. Sie hatte Sergej angefleht, seinen Posten aufzugeben. Jetzt muss ich jemand anders finden.«

Ich beobachtete ihn dabei, wie er schweigend zum Fenster schritt, wie immer eine Zigarette in der Hand. »Ich weiß, dass es meine Schuld war«, sagte er schließlich. »Sie, Mama, haben mir geraten, in die Stadt zu kommen und mit den Demonstranten persönlich zu verhandeln, so wie Wladimir es getan hat. Jetzt ist auch er zurückgetreten. Er ist persönlich zu mir gekommen, um sich die Orden von der Uniform zu reißen und mir Vorwürfe zu machen. Er hat gesagt, er könne nicht mehr in meinem Kabinett dienen, weil ich jetzt als der blutige Zar verrufen bin. Und das, nachdem sein Sohn Kyril ins Ausland gegangen ist, um Ducky ohne meine Zustimmung zu heiraten!«

Bei Familienangelegenheiten fühlte ich mich auf vertrauterem Terrain. »Ich habe Miechen gleich gesagt, dass das nicht geduldet werden würde. Sie wusste genau, was geschehen wird, wenn ihr Sohn seinen Kopf durchsetzt und Ducky heiratet.«

Niki kehrte zu seinem Schreibtisch zurück. »Sicher, aber ich kann das Ganze jetzt nicht wieder aufwärmen.« Er nahm einen anderen Brief von dem Stapel aus Papieren. »Von Tante Marie. Sie ist empört darüber, dass ich Kyril seines Titels und seiner Einkünfte beraubt habe. Sie sagt, ich hätte die Familie verraten. Und ich brauche Wladimir am Hof! Er war der Einzige, der versucht hat zu verhindern, dass die Soldaten das Feuer auf die Leute eröffneten. Er hatte recht. Ich hätte auf ihn hören sollen. Und auf Sie.«

Was konnte ich dazu sagen? Er hätte wirklich auf uns hören sollen. Das wussten wir beide.

»Wirst du Kyril rehabilitieren?«, fragte ich, in Gedanken bei Miechen, die sich nach dem Vorfall in meinem Palast mit Wladimir von mir abgewandt hatte. Sie fehlte mir, auch wenn mir nicht klar war, warum eigentlich. Nichts war leicht, wenn sie ins Spiel kam. Ich hatte den Verdacht, dass sie Kyril in voller Absicht zu dieser Hochzeit mit Ducky angestachelt hatte. Alexandras ehemalige Schwägerin als ihre neue Schwiegertochter zu gewinnen und so den Stolz unserer Zarin an einer empfindlichen Stelle zu treffen war eine Versuchung, der Miechen wohl nicht hatte widerstehen können.

Niki seufzte. »Was bleibt mir anderes übrig? Ich billige ihre Ehe nicht, und Sanni ist außer sich vor Empörung, aber ich will diesen ewigen Streit nicht am Hals haben.«

Das war vielleicht das Klügste, was ich seit seiner Thronbesteigung aus seinem Mund gehört hatte, und es verlieh mir den Mut, offen mit ihm zu sprechen. »Wir haben auch diesen unmöglichen Krieg mit Japan am Hals. Wenn um des Friedens willen eine Demütigung nötig ist, dann sei es so. Entsende Witte als Unterhändler. Du musst jetzt handeln, bevor es noch schlimmer wird.«

Er nickte erschöpft. »Ja. Diesmal verspreche ich, dass ich tun werde, was Sie sagen.«

Alexandra erhob sich von ihrer Couch und bequemte sich zu uns, um mit uns zu speisen und Olga und Tatjana vierhändig Klavier spielen zu hören. In dem isolierten Schloss schlief ich so gut wie schon seit Wochen nicht mehr, frei von den Albträumen der letzten Wochen in St. Petersburg, in denen ich durch endlose Korridore gerannt war, mir dicht auf den Fersen eine Meute von Verfolgern, die ich nicht sehen, doch umso deutlicher hören konnte.

Gut ausgeschlafen wachte ich auf und ging hinunter ins Speisezimmer. Da Niki lange vor Alexandra aufstand und die Mädchen in ihren Zimmern aßen, herrschte beim Frühstück im Palast stets eine ungezwungenen Atmosphäre. Doch heute saß mein Sohn mit geröteten Augen am Tisch. Als ob er geweint hätte.

»Nein!« Zu Tode erschrocken blieb ich stehen. »Nicht schon wieder! Ist Alexej …?«

»Nicht Alexej.« Er nahm meine Hand. »Sergej. Eine Bombe. Als er den Kreml in seiner Kutsche verlassen wollte.« Ihm brach die Stimme. »Sie haben ihn ermordet!«

»Ermordet? Das ist nicht möglich …« Mir stockte der Atem. »Er ist doch schon von seinem Amt zurückgetreten! Erst gestern haben wir darüber gesprochen.«

»Sie haben ihn zerfetzt – wie Grandpère Alexander.« Nikis

Stimme bebte. Mühsam kämpfte er die Tränen zurück. »Ella hat uns ein Telegramm geschickt. Sie ist hinausgefahren, um seine Überreste zu bergen. Sie und Pauls Kinder hätten bei Sergej mitfahren sollen, aber Dmitri hatte Magenschmerzen; darum sind sie zurückgeblieben. Sonst wären sie auch umgekommen. Die Explosion war so gewaltig, dass sie sogar eine der Turmspitzen der Kathedrale zertrümmert hat.«

Ich geriet ins Wanken und hielt mich an seiner Hand fest. Sergejs grüne Augen kam mir in den Sinn, seine hagere Gestalt und seine würdevolle Haltung auf dem Rücken seines Pferdes, als er mich auf der Straße nach Chodynka angehalten hatte. Die Mörder hatten ihm diesen Tag nie vergeben. Sie hatten auf die Stunde gewartet, in der sie Rache üben konnten.

»Ella sagt, dass kaum etwas übrig geblieben ist, was beerdigt werden kann. Ich habe die Verhaftung der Verbrecher angeordnet. Aber Moskau ist eine einzige Jauchegrube. Wer weiß, ob man sie jemals entdeckt.« Niki schluckte. Er war sichtlich bemüht, seine Kräfte für das zu sammeln, was auf ihn zukam. »Sanni weiß es noch nicht. Sie schläft noch. Alexej war die ganze Nacht lang wach. Er bekommt die ersten Zähne. Sanni hat ihm immer wieder vorsichtig die Gaumen gerieben.«

»Wir müssen zur Beerdigung …«, begann ich.

Er packte meine Hände fester. »Nein! Das verbiete ich. Bei der Polizei sind weitere Drohungen eingegangen. Sergej war der Erste, heißt es darin, aber nicht der Letzte. Keiner von uns darf einen Fuß auf Moskauer Boden setzen. Ich werde dafür sorgen, dass er mit allen Ehren zur Ruhe gebettet wird, aber ich verbiete sämtlichen Mitgliedern der Familie, daran teilzunehmen.«

»Aber Ella muss sich um die Kinder kümmern, weil Paul im Ausland im Exil ist. Was sollen sie jetzt ohne Sergej machen?« Ich beobachtete sein Gesicht. In diesem Moment fühlte ich mich völlig ziel- und orientierungslos in diesem entfesselten Sturm, in dem aus dem Nichts die nächste Welle explodieren und uns versenken konnte.

»Sie werden von mir bekommen, was immer sie brauchen.« Er küsste mich auf die Wange. »Mama, Sie müssen das Land so bald wie möglich verlassen. Gehen Sie nach Dänemark. Besuchen Sie Tante Alix in England. Kehren Sie erst zurück, wenn ich nach Ihnen rufe.«

Dann verließ er mich, um Alexandra mitzuteilen, dass ihr Schwager tot war. Ich blieb im Speisezimmer zurück, um mich herum die Bediensteten, von denen nur noch das Rascheln ihrer Kleider zu hören war, als sie mir Kaffee und Gebäck auftrugen. Dann gellte Alexandras verzweifelter Schrei durch den Palast. Ich presste mir die Hand auf den Mund und drehte mich weg.

Als ich in Dänemark ankam, hatte Niki sein Versprechen erfüllt und Graf Witte in die Vereinigten Staaten gesandt, wo dieser Präsident Roosevelt dafür gewann, uns bei unserer Weigerung zu unterstützen, Reparationszahlungen an Japan zu leisten, wenn wir als Gegenleistung sofort komplett aus der Mandschurei abzogen. Und Witte wurde dafür gefeiert, dass er einen Krieg beendete, der die Staatskasse geleert und uns in eine Revolution gestürzt hatte. Zur Belohnung vertraute Niki Witte die ehrenvolle Aufgabe an, ein Programm für die Verbesserung der Staatsordnung auszuarbeiten. Das war der erste Schritt meines Sohnes hin zu einer Verfassung.

Witte schrieb mir, dass die Ankündigung von Reformen die Aufständischen ruhiggestellt hatte. Überdies meldeten Agenten der Ochrana, die in die sozialdemokratischen Zellen als Maulwürfe eingeschleust worden waren, dass bei den Agitatoren die Sorge herrschte, ihre Revolution würde im Sande verlaufen, falls wir dem Volk in einer Verfassung Bürgerrechte garantierten. Diese Agenten hatten Botschaften von Anarchistenführern in Genf abgefangen, die zu nicht nachlassendem Widerstand aufriefen. Insbesondere von einem dieser Revolutionsführer gehe größte Gefahr aus, warnte Witte. Der Mann hieß Wladimir Lenin und stammte aus einem wohlhabenden, wenn auch bürgerlichen russischen Elternhaus. Nachdem sein älterer Bruder unter Saschas Regime als Terrorist hingerichtet worden war, war er zu einem der Wortführer des Marxismus geworden. Zweimal schon hatte man ihn wegen Volksverhetzung verhaftet. Danach war er ins Ausland geflohen, wo er zum Kopf einer radikalen marxistischen Gruppierung aufgestiegen war, die sich Bolschewiken nannte und zur Machtergreifung durch das Proletariat und der Abschaffung der kaiserlichen Herrschaft aufrief. Anders als die Nihilisten, unter deren Führern nie Einigkeit bestanden hatte, stellten die Bolschewiken unter Lenin eine einheitliche Streitmacht dar. Witte sagte es nicht direkt, deutete aber an, dass mein Sohn an einer gefährlichen Wegscheide angekommen war. Wenn er nicht aufhörte, die Autokratie zu verteidigen, riskierte Niki den Verlust seines Throns.

Ich schrieb Niki sofort einen Brief. *Es ist besser, einen Teil des Ganzen aufzugeben, als allem nachzutrauern.*

Mein Vater war inzwischen siebenundachtzig Jahre alt, und seit Mamas Tod war an seinem Hof alles Leben erstarrt. Leider konnte Alix mir diesmal nicht Gesellschaft leisten, weil ihre Pflichten als Königin sie zu sehr in Anspruch nahmen. Dafür konnte meine andere Schwester, Thyra, kommen. Nachdem wir uns jahrelang nicht mehr gesehen hatten, feierten wir unsere Wiedervereinigung umso euphorischer. Wir bezogen im Amalienborg-Palast Quartier und gingen – zum Entzücken der Dänen – in Kopenhagen für viel Geld einkaufen. Thyra durchlebte gerade eine schwierige Zeit in ihrer

Ehe, doch jetzt tauschten wir Erinnerungen an unsere Kindheit aus, eine Zeit, als das Leben viel weniger kompliziert gewesen war. Als sie abreiste, versprach ich ihr, sie in Österreich zu besuchen.

Als Weihnachten nahte und ich immer noch in Dänemark weilte, erreichte mich die Nachricht, dass unsere besiegten und erschöpften Soldaten sich endlich zurück in die Heimat durchgeschlagen hatten – nur um zu entdecken, dass keinerlei Vorsorgemaßnahmen für sie getroffen worden waren. Und da das Land wegen des Kriegs völlig heruntergewirtschaftet war, brachen aufs Neue Aufstände aus. Russland war durch diese gewalttätigen Demonstrationen und einen weiteren Generalstreik vollends gelähmt. Die Revolutionäre organisierten ihre Bewegung in Moskau. Zu ihren Forderungen gehörte die Schaffung einer Versammlung örtlicher »Sowjets«, womit sie ein überregionales beratendes Kollegium meinten, dessen Mitglieder der Arbeiterklasse anzugehören hatten. Um ihre Absichten zu unterstreichen, jagten sie mehrere Regierungsbeamte mit Bomben in die Luft. Erneut bat mich Witte in einem Brief um Unterstützung. Und obwohl die Telegrafenleitungen ständig unterbrochen wurden, gelang es mir, Witte eine Antwort zu übermitteln, in der ich Niki drängte, so schnell wie nur möglich Bürgerrechte zu gewähren.

Und schon bald erklärte mein Sohn Russland in Teilen zu einer konstitutionellen Monarchie. Eine Duma, wie die Russen ihr Parlament nannten, sollte etabliert werden, dazu ein erweiterter Staatsrat, der mit den Sowjets zusammenarbeiten sollte. Die Einschränkungen der Gewissensfreiheit sowie der Rede- und Versammlungsfreiheit sollten aufgehoben werden. Was mein Schwiegervater vor all den Jahren geplant hatte, wurde endlich Realität. Doch als ich Niki in einem Brief meine Rückkehr ankündigte, erklärte er mir, dass ich damit noch warten musste.

So weit von meinen Kindern entfernt das Weihnachtsfest zu begehen war eine Qual für mich. Zwar versuchte ich, die Tage mit meinem Vater und meinen Brüdern zu genießen, zumal sie alles Erdenkliche taten, damit ich mich zu Hause fühlte, doch Dänemark bedeutete mir nicht mehr dasselbe wie früher. Jetzt war Russland meine Heimat, der mein Herz gehörte.

Nach den Feiern, mit denen wir das Jahr 1906 begannen, bekam Papa mit einem Mal Schmerzen in der Brust. Während ich bei ihm saß und ihm die knotige Hand hielt, ging er von uns, so wie vor ihm schon Mama, ohne jedes Aufheben. Alix eilte sofort zur Beerdigung herbei. Als der Sarg unseres Vaters in der Kathedrale von Roskilde zu dem unserer Mutter in die Gruft hinabgelassen wurde, glitt die Hand meiner Schwester in meine.

»Jetzt sind wir wahrhaft Waisen«, wisperte sie.

Da meine Rückkehr nach Russland aufgeschoben worden war, beschloss ich, dass Alix und ich uns unseren Kindheitstraum erfüllen und unser eigenes Haus in Dänemark erwerben sollten. Unser zweiundsechzig Jahre alter Bruder, jetzt König Frederik VIII., zog mit seiner Familie in den Amalienborg-Palast, um den Hof wiederzubeleben. Vierzig Jahre lang hatte er geduldig im Hintergrund gelebt, und obwohl er Alix und mir versicherte, dass wir jederzeit willkommen waren, konnte eine Schwester ebenso wie eine Schwiegermutter die Gastfreundschaft über Gebühr beanspruchen. Darum schleifte ich Alix zu allen möglichen zum Verkauf angebotenen Anwesen, bis wir Hvidøre entdeckten, ein Herrenhaus an der Küste des Øresund.

Als ich das Gebäude sah, fühlte ich mich schmerzhaft an Sascha erinnert, denn er hätte es als ebenso reizend empfunden wie ich. Ich verliebte mich auf Anhieb in das Haus – mit seinem Glockenturm im italienischen Stil, dem ungepflegten Rosengarten, dem Kräutergarten mit seinen Obstbäumen und seinem abgeschiedenen Strand auf der anderen Seite der Straße. Platz bot es in Hülle und Fülle – je ein Arbeitszimmer für Alix und mich, fünf Zimmer, zwei Salons und reichlich Quartiere für die Bediensteten – doch zu Alix' und meiner Bestürzung kein funktionsfähiges Badezimmer.

»Der Eigentümer kann sich den Unterhalt nicht leisten«, erklärte ich meiner Schwester. »Der Preis, den er verlangt, ist absurd. Wir werden ihm weniger bieten und das, was wir dabei sparen, in die Renovierung stecken.«

Ich musste Alix praktisch ins Ohr schreien, so schwerhörig war sie mittlerweile geworden. Mit ihrem Einverständnis kümmerte ich mich sogleich um den Kauf. Ich gab die ganze Erneuerung in Auftrag; das betraf die Stromleitungen, die Zentralheizung und die Verlegung neuer Wasserrohre mitsamt dem Einbau von Badewannen, Waschbecken und Toiletten. Hinzu kam ein kleiner Tunnel zum Strand, sodass wir nicht über die Straße laufen mussten. Für die Inneneinrichtung schlug Alix eine britische Firma vor. Also ließen wir uns Tapetenmuster schicken und vertieften uns in Möbelkataloge, bis Alix schließlich nach England zurückkehren musste.

»Nächstes Jahr im September«, sagte ich beim Abschied. »Jede kommt mit ihrer Jacht, so fallen wir niemandem zur Last. Wird das nicht herrlich sein? Unser eigenes Heim! Wir können zusammen Waisen sein.«

Sie lächelte. »Du warst schon immer eine Lebenskünstlerin.«

Wir umarmten einander und gelobten uns wie bei jedem Abschied: »Schwestern für alle Zeiten.«

Im April schickte mir Niki eine Nachricht, dass er mich für die Einweihung der Duma brauchte. So bestieg ich meinen Zug mitsamt Gefolge, Hunden und genügend Gepäck, um sechs Waggons zu füllen: mit schönen Dingen für mich und mit Geschenken für meine Familie. Jetzt ging es zurück nach Russland, nachdem ich beinahe ein Jahr fort gewesen war.

Noch konnte ich nicht ahnen, dass Hvidøre mein Asyl werden sollte.

Teil V

1906 – 1914

Die Mystik der Zarin

»Bete, Zar von Russland. Bete.«

RASPUTIN

32

Ich ließ den Blick über die neu gewählten Mitglieder der Duma gleiten, die auf der linken Seite des St.-Georg-Saals im Winterpalast standen. Bekleidet waren sie allesamt mit Arbeiterkitteln und Bauernhosen. Die Kappen hatten sie respektvoll abgenommen, nicht aber ihre abscheulichen roten Halstücher. Ihre Mienen verrieten Ablehnung in allen Variationen zwischen Frechheit und Hass. Einer, der meinen Blick bemerkte, kräuselte höhnisch die Lippen.

»Wer *ist* das?«, zischte ich der neben mir stehenden Miechen ins Ohr.

»Einer von Lenins Gefolgsleuten«, flüsterte sie. »Es heißt, dass er seine Befehle direkt von Lenin empfängt. Ein Bolschewik bis ins Mark. Es würde mich nicht wundern, wenn er es war, der die Bombe geworfen hat, von der Sergej getötet wurde.«

Die Kehle schnürte sich mir zu. Ich versuchte, eine ausdruckslose Miene zu wahren, zumal auch meine Töchter und Alexandra in der Nähe standen. Meine Schwiegertochter trug wie Miechen und ich ihr weißes Kleid für den Hof sowie einen mit Perlen und Diamanten besetzten Kopfschmuck. Auf dem mit einem Baldachin überdachten Podium schickte sich Niki unterdessen an, seine Eröffnungsansprache zu halten. Dem Anlass entsprechend trug er seine Uniform vom Preobraschenski-Garderegiment.

Gleichwohl huschte mein Blick immer wieder zu den gewählten Abgeordneten uns gegenüber.

Gleich bei meiner Ankunft hatte ich die schockierende

Nachricht vernommen, dass Witte entlassen und das Amt des Premierministers Goremykin anvertraut worden war, einem siebzigjährigen Kabinettsmitglied ohne besondere Fähigkeiten. Als ich Niki nach dem Grund fragte, hatte er mir lediglich zur Antwort gegeben: »Witte wollte mehr Zugeständnisse machen, als ich bereit war zu gewähren. Ich bat ihn dann, seinen Rücktritt einzureichen. Ich hatte nicht mehr das Vertrauen, dass er tun würde, was für uns am besten ist.«

Ich hatte seine Erklärung unbegreiflich gefunden und konnte sie immer noch nicht verstehen, wenn ich mir vor Augen hielt, dass nun diese finsteren Kerle hier an unserer Regierung beteiligt sein würden. Was für einen Kontrast sie zu den Herren auf der rechten Seite des Saals boten, den Ministern oder Staatsbeamten, die dem Anlass entsprechend in Uniform oder Anzug gekommen waren.

Niki hob die Stimme. »Das Wohlergehen des Herrschers über Russland kann nicht vom Wohlergehen unseres Volkes getrennt betrachtet werden. Seine Sorgen sind unsere Sorgen. Wir rufen euch dazu auf, treue Söhne Russlands, euch an eure Pflicht eurem Land gegenüber zu erinnern und dabei zu helfen, diesen beispiellosen Aufruhr zu beenden und gemeinsam mit uns alles zu tun, um wieder Ruhe herzustellen.«

Des Weiteren erklärte er in der Ansprache seine Absicht, das Land zusammen mit der Duma zu regieren, betonte aber, dass er seinem Sohn, dem Zarewitsch, das ihm gebührende Erbe niemals vorenthalten würde. Ich warf Alexandra einen Blick zu. Ihr Gesicht war so hart geworden wie die Diamanten um ihren Hals. Sie spürte, dass meine Augen auf ihr ruhten. Einen Moment lang, in dem mein Herz einen Schlag aussetzte, durchbohrte mich ihr Blick förmlich.

»Sie gibt dir die Schuld«, wisperte Miechen, die mir meinen Ausbruch ihrem Mann gegenüber offenbar verziehen hatte und wieder mit mir verkehrte, auch wenn wir beide noch etwas befangen waren. »Sie glaubt, dass du diese Demütigung zusammen mit Witte geplant hast, um Alexej der Macht zu berauben, wenn seine Zeit kommt.« Ihr Lächeln war matt. »Wenn sie könnte, würde *sie* die nächste Bombe werfen – auf *dich*.«

»Diese Reform war notwendig.« Jäh zitterte ich vor Wut. Russland und dem Wohlergehen meines Sohnes zuliebe hatte ich mich für den Wandel eingesetzt. Doch plötzlich widerte mich das alles an – die Tatsache, dass wir uns dieser Horde von ungehobelten Rebellen unterworfen hatten, die darauf aus waren, eine seit beinahe dreihundert Jahren währende Herrschaft abzuschaffen, die Gott den Romanows in die Hände gelegt hatte. Die Reform war eine Travestie, herbeigeführt von Schlägern und Mördern. Sascha hätte gebrüllt vor Zorn darüber, dass es so weit mit uns gekommen war. Hätte er noch gelebt, er hätte sich nicht darauf eingelassen. Er hätte die Kerle an ihren roten Halstüchern auf dem Palastplatz aufknüpfen lassen.

»Notwendig? Das wird sich noch erweisen«, meinte Miechen.

Applaus brandete auf, als Niki seine Rede beendete und zu uns kam. Wir weinten vor aller Augen, wenngleich es bei mir vor allem Tränen der Erleichterung waren. Es war geschehen. Vorbei. Wir hatten uns ergeben. Das Ganze mochte eine Travestie sein, aber wenigstens konnten wir unser Leben ohne Angst vor Hinterhalten und Mördern fortführen.

Nur Alexandra starrte uns aus trockenen Augen an, als wäre sie aus Stein gemeißelt.

»Wir lieben uns«, sagte Mischa. »Wir hatten es nicht geplant. Aber wir wollen heiraten.«

Erst wenige Wochen zuvor war ich von meiner Auslandsreise nach Gattschina zurückgekehrt. Einen Monat lang hatte ich in Paris bei meinem Schwager Alexej verbracht, danach hatte ich auf dem Heimweg einen Abstecher nach Dänemark gemacht, um zu überprüfen, wie die Renovierung von Hvidøre voranschritt. Für zwei arbeitsreiche Wochen hatte sich auch Alix zu mir gesellt.

Und jetzt stand mein Sohn in seiner blauen Kürassieruniform vor mir und erklärte mir, dass er sich verliebt hatte. »Das kann nicht dein Ernst sein!«, rief ich. »Du sagst doch, dass sie schon verheiratet ist.«

»Und seit Kurzem wieder geschieden. Sie hat eine Tochter von Wulfert, ihrem zweiten Mann.«

»Der auch noch Offizier in deinem Regiment ist! Gott im Himmel, was ist da nur faul bei den Kürassieren? Ich schäme mich, dass ich dort ehrenhalber Generaloberst bin. Erst Olga mit diesem Kulikowski, jetzt du mit der Frau eines Kollegen. Übt euer Kommandant denn keinerlei Kontrolle über das Verhalten der Mitglieder seines Regiments aus?«

Seine Miene verhärtete sich, obwohl ich mich noch zurückgehalten hatte. Mischa war immer das weichste meiner Kinder gewesen. Stets hatte er Pflichtbewusstsein bewiesen und darauf geachtet, Skandale zu vermeiden, auch wenn er eine ganze Reihe von Affären gehabt hatte. Zwar nicht mehr unser Zarewitsch, war er trotzdem immer noch von großer Bedeutung für unsere Dynastie. Nach Alexej stand er jetzt an der zweiten Stelle der Thronerben. Ich hatte ihm schon mehrere Bräute vorgeschlagen – darunter Prinzessinnen aus Großbritannien und Schweden –, aber er hatte an keiner Interesse gezeigt. Und nun hatte er mich völlig überrascht.

»Wulfert hat sich bereit erklärt, Natalia die Scheidung zu gewähren«, verteidigte er sich.

Auch wenn ich mir alle Mühe gab, ruhig zu bleiben, schlug ich jetzt doch mit der Faust auf den Tisch. »Kommt nicht infrage! Du heiratest keine geschiedene Frau! Wie kannst du uns das antun, Mischa? Premierminister Goremykin taugt nichts. Dein Bruder muss ihn entlassen und jemand anders ernennen. Und die Duma ist eine einzige Katastrophe. Von dem ganzen Haufen ist keiner in der Lage, irgendeiner Entscheidung zuzustimmen. Gleichzeitig haben wir auf den Straßen draußen jeden Tag neue Demonstrationen, bei denen diese elenden Revolutionäre die Abdankung deines Bruders fordern. Wenn wir scheitern, gewinnen sie! Wenn du heiratest, dann muss das zum Vorteil der Familie sein. Die zweimal geschiedene Frau eines einfachen Offiziers bringt uns das glatte Gegenteil ein!«

Er starrte mich an. Zu meinem Entsetzen sagte er dann: »Nun, vielleicht *sollte* Niki abdanken. Schließlich wollte er nie regieren. Er braucht sich ja nur einmal anzusehen, wie unser Volk lebt, unter welchem Hunger es leidet, wie wenig Arbeit es gibt und dass die Leute täglich ums Überleben kämpfen müssen. Viele haben den Glauben daran verloren, dass der Zar sie retten kann.«

Ich sprang auf. »Hier geht es um unsere Dynastie! Willst du wirklich eine jahrhundertealte Tradition missachten und all die Opfer, die dein Vater und dein Großvater gebracht haben, damit wir die sein können, die wir sind?«

Er stellte sich meinem wütenden Blick. »Mama, Russland ist nicht mehr darauf angewiesen, dass wir die sind, die wir sind. Ich wollte auch nie Teil dieses Systems sein. Ich möchte die Frau heiraten, die ich mir selbst wähle.« Er hielt einen Moment inne, dann sagte er: »Natalia erwartet ein Kind. Es ist von mir.«

Mir blieb die Luft weg. »Wo … woher kannst du das wissen? Sie hat immer noch einen Mann.«

»Mit dem sie nicht mehr schläft.« Er fuhr sich mit der Hand durch sein schütter werdendes Haar. Der vorzeitige Verlust seiner Haarpracht machte ihm wie auch schon seinem Vater zu schaffen. Ich indes fand, dass die Glatze ihm stand – sie betonte seine hohe Stirn und die sanften Züge, die wie gemeißelt wirkende Nase, den säuberlich gestutzten Schnurrbart und die seelenvollen Augen. Allerdings dämmerte mir allmählich, dass er wie Olga zu denjenigen meiner Kinder gehörte, die ich viel zu wenig kannte. »Ich sehe keinen Grund, warum Niki mir meinen Wunsch abschlagen sollte. Er hat Alexej als Erben; Olga liebt einen anderen, kann sich aber nicht von ihrem Mann scheiden lassen; Xenia und Sandro haben sich getrennt. Will mein Bruder wirklich, dass ich genauso unglücklich werde wie die anderen?«

»Erwähne Xenia nicht in meiner Gegenwart!«, rief ich. »Reicht es nicht, dass sie mir das Herz gebrochen hat? Musst du das jetzt auch noch tun? Die Ehe ist fürs Leben. Man verlässt seinen Gatten nicht wegen eines Missverständnisses.«

»Mama, Sie wissen, dass mehr dahintersteckt als ein Missverständnis. Sandro hat seit Jahren eine Geliebte in Nizza. Er hat um die Scheidung gebeten, aber Niki verlangte, dass er seine Pflicht erfüllt – mit der Folge, dass eine langjährige Beziehung zerbrochen ist. Und wofür? Xenia hat mir erzählt, dass sie zwischendurch immer wieder einen Verdacht gehegt und einfach darauf gewartet hat, dass Sandro ihr alles beichtet. Sie mag mit der Lösung zufrieden sein, dass sie den größten Teil des Jahres mit den Jungen und Irina auf der Krim verbringt, während Sandro gelegentlich aus Frankreich zu Besuch kommt und dann wieder fährt. Aber für mich strebe ich ein solches Arrangement nicht an.«

»Niki wird das nicht erlauben«, wiederholte ich, doch allmählich geriet ich in Panik. Nach außen mochte Mischa nachgiebig wirken, aber wenn er sich etwas in den Kopf gesetzt hatte, konnte er genauso stur sein wie Sascha. »Du bist sein Bruder. Ein Großfürst. Natalia Wulfert hat keinen Titel, keinen Rang in der Gesellschaft. Sie ist ein Niemand.«

»Für mich *ist* sie jemand.« Er richtete sich zu seiner vollen Größe auf, den gefederten Helm steif unter den Arm geklemmt. »Ich bin bereit, auf Rang und Titel zu verzichten. Ich werde Onkel Alexejs Beispiel folgen und ins Ausland ziehen. Ihm gefällt es ja ganz gut in Paris. Zumindest kann er dort tun und lassen, was er will.«

»Alexej ist schon immer viel und weit gereist. Und nach Paris ist er erst nach dem Fall von Port Arthur und Sergejs Ermordung gezogen. Außerdem hat er keinerlei Anspruch auf den Thron.«

»Er ist nach Paris gegangen, weil seine Geliebte immer noch mit ihrem Mann verheiratet ist. Da Niki ihre Liaison hier nie geduldet hätte, hat Alexej das Land verlassen, um mit der Frau zusammen zu sein, die er liebt. Dafür bewundere ich ihn. Wieso sollte ich es nicht genauso halten?«

Ich wollte meinen Sohn an der Schulter packen, um ihn zur Vernunft zu bringen, bewegte mich aber zu hastig und stolperte über meinen Rocksaum. »Alexej ist von sich aus gegangen; deinem Onkel dagegen, Großfürst Paul, wurden Titel und Einkünfte genommen. Überdies wurde er wegen seiner Ehe mit einer Bürgerlichen verbannt. Mischa, du bist der Bruder des Zaren. Noch einen Skandal können wir uns nicht leisten. Versprich mir, dass du nichts überstürzen wirst. Nimm dir Zeit. Gib deinen Posten bei den Kürassieren auf und lass dich in ein Regiment versetzten, das woanders stationiert ist. Wenn du nach einem Jahr immer noch entschlossen bist, diese Frau zu heiraten, werde ich mich bei Niki für dich einsetzen.«

Mischa hob den Kopf, womit er mich zwang, zu ihm aufzublicken. »Sie glauben also, die Zeit wird alles richten? Sie wollen, dass ich fortgehe und in der Ferne warte, weil es ja sein könnte, dass sie im Kindbett stirbt?«

Ich prallte schockiert zurück. »Wie kannst mir etwas derart Schreckliches an den Kopf werfen?«

»Weil ich gesehen habe, wie Olga behandelt wird.« Er musterte mich. »Ich werde eine Versetzung zum Husarenregiment Tschernigow beantragen. Es ist in Orel bei Moskau stationiert. Aber ich warne Sie: Ich werde Natalia nicht verlassen. In St. Petersburg habe ich eine Wohnung für sie gemietet, und sie hat sich von ihrem Mann getrennt. Mischen Sie sich nicht ein! Das ist meine Bedingung dafür, dass ich so lange warte, bis Sie die Zeit für geeignet halten. Wenn Natalia auf irgendeine Weise eingeschüchtert wird, heirate ich sie sofort. Ich fürchte mich nicht davor, Russland zu verlassen. Ja, ich glaube sogar, dass ich das gern tun würde.«

Bevor ich etwas darauf erwidern konnte, machte er auf dem Absatz kehrt und ging.

Ich musste die Hände auf den Mund pressen, um nicht zu schreien.

»Eine Katastrophe!«, rief ich schon beim Betreten von Miechens Salon. »Was soll ich nur tun? Mischa behauptet, dass er sie liebt – eine Frau ohne Rang, die bereits einmal geschieden wurde und jetzt sein Kind in sich trägt! Als ob wir nicht schon genug Probleme hätten, kommt jetzt auch noch diese Schande auf unsere Familie zu.

Miechen schnalzte mitleidsvoll mit der Zunge. »Ich kann dich so gut verstehen, Minnie. Wenn unsere Söhne sich weigern, auf unseren Rat zu hören, kann sich das zu einer schweren Prüfung auswachsen. Wie du weißt, ist es mir nicht leichtgefallen, Kyril Ducky heiraten zu lassen. So schwierig es für uns sein mag, aber manchmal müssen wir uns damit abfinden, dass unsere Söhne ihre Betten selbst machen. Nur so werden sie jemals begreifen, dass es uns nur um saubere Laken für sie geht.«

»Ducky ist wenigstens eine Prinzessin. Diese Wulfert dagegen ist eine *Bürgerliche*! Niki wird toben, wenn er das erfährt! Und Alexandra wird es mir bei jeder Gelegenheit unter die Nase reiben, obwohl sie wirklich kein Recht dazu hat. Während das Land auseinanderfällt, hat sie sich in Zarskoje Selo eingeigelt, und ihr fällt nichts anderes ein, als ihre …« Ich biss mir auf die Zunge.

»Ja?« Miechen hob eine Augenbraue. »Tu dir meinetwegen keinen Zwang an. Was immer den Jungen plagt, muss in der Tat sehr ernst sein. Hat sie vor, ihn zu verbergen, bis er volljährig wird?«

Jetzt wünschte ich mir, ich hätte den Mund gehalten. Nach wie vor hielten sich Gerüchte über meinen Enkel, obwohl er sich zu einem ebenso stämmigen wie spitzbübischen Bürschchen von mittlerweile fünf Jahren gemausert hatte, in das die ganze Familie vernarrt war. Ich konnte Miechen nicht verraten, dass er seit jener ersten Episode keine weiteren längeren Blutungen erlitten hatte, obschon es ein paar hartnäckige Blutergüsse gegeben hatte, wann immer er seinen Fesseln entwischt und gegen einen Tisch oder Stuhl gestoßen war. Dass er jenes grässliche Leiden geerbt hatte, war offenkundig, doch ich war keineswegs davon überzeugt, dass er deswegen derart radikal abgeschottet werden musste. Freilich wagte ich nicht, meine Meinung Alexandra gegenüber auch nur anzudeuten.

»Sie lässt nicht zu, dass ihre Kinder in der Öffentlichkeit gesehen werden«, sagte ich. »Hinter jedem Busch könnte ein Terrorist lauern – das ist ihre große Furcht. Ginge es nach ihr, würde keines von ihnen Zarskoje Selo je verlassen – außer im Sommer, wenn sie in Finnland Urlaub machen.«

»Na ja, das ist natürlich ihre Sache.« Miechen deutete auf den Sessel. »Setz dich doch, Minnie. Rauch eine Zigarette.« Sie streckte mir ihre Schachtel entgegen. »Türkischer Tabak. Mir wäre fast eine Strafe aufgebrummt worden, weil ich ihn ohne Genehmigung ins Land geschafft habe. Goremykin mag zwar unfähig gewesen sein, aber er hat unsere Zollbeamten Überstunden leisten lassen, damit sie jedwede Schmuggelware aufspüren, auf die man Zollgebühren erheben kann.« Sie lachte auf. »Ein paar davon habe ich Niki zu seinem Namenstag geschickt. Sie schmeckten ihm so gut, dass er den türkischen Botschafter gebeten hat, ihm einen ganzen Jahresvorrat zukommen zu lassen. Schmuggelware ist eben keine mehr, wenn der Zar persönlich sie erlaubt.«

Nachdem ich mir die aromatische Zigarette angezündet und einen Schluck Tee genommen hatte, platzte ich mit der Nachricht heraus: »Niki hat Goremykin auf meinen Rat hin entlassen. Ich schlug vor, Witte zurückzuholen, weil er die Duma in den Griff kriegen kann, aber davon wollte Niki nichts wissen. Schließlich haben wir uns auf Stolypin geeinigt. Stolypin hat angeregt, dass die Duma neue Wahlen abhalten soll. Er will eine Mehrheit für die Erhöhung des Staatsfonds gewinnen, der es Bauern ermöglicht, Ackerland zu erwerben. Wer den Leuten auf dem Land genug gibt, sagt er, nimmt den Revolutionären das Futter.«

»Ah!« Miechen lehnte sich zurück. »Damit ist dann wohl die Bombe erklärt, die neulich in seinem Haus detoniert ist. Hatte er nicht kurz zuvor die Duma aufgelöst, um Neuwahlen zu erzwingen?«

Die Zigarette zwischen meinen Fingern flatterte, als ich sie mir an die Lippen führte. »Miechen, über so etwas darf man sich nicht lustig machen. Er hatte Gäste im Haus. Diese Bombe hat neunundzwanzig von ihnen getötet. Der Balkon ist herabgestürzt und hat seiner Tochter beide Beine zerschmettert.«

»Ja. Das war schrecklich.« Sie gab vier Würfel Zucker in ihre Tasse. Bestürzt wirkte sie allerdings nicht. Mochte geschehen, was wollte, ihr war nie Betroffenheit anzumerken.

»Wie kannst du nur so ruhig sein?«, fragte ich, der Verzweiflung nahe. »Sieh mich nur an! Meine Nerven ... Mischa und Olga sind darauf aus, mich vorzeitig ins Grab zu bringen, und Frieden wird es hier erst geben, wenn wir diese fürchterlichen Revolutionäre vernichtet haben. Sie wollen sehen, wie wir vor ihnen knien.«

»Oder mit einer Kugel im Kopf daliegen, Minnie. Aber ich bin da vollkommen rational. Noch sind wir nicht tot.« Sie nippte an ihrem Tee, ehe sie fortfuhr. »Ein Wort zu Stolypins Tochter: Sie kann wieder laufen. Ihre Verwundung kann nicht so schlimm gewesen sein, wie du denkst. Oder dieser Freund der Gigogne ist tatsächlich das, was sie über ihn sagen.«

»Freund?« Plötzlich hatte ich ein flaues Gefühl in der Magengrube. »Dr. Philippe ist tot! Er hatte einen Herzinfarkt. Vor drei Jahren schon. In Paris.«

»Nicht Philippe.« Sie genoss es unendlich, mich aus der Fassung gebracht zu haben. »Aber natürlich! Du *kannst* es ja gar nicht gehört haben. Als diese Bombe in Stolypins Haus in die Luft ging, hat Gigogne ihren neuen Freund sofort dorthin beordert. Offenbar ist es ihm tatsächlich gelungen, das Mädchen zu heilen. Die Ärzte schickten sich schon an, ihr beide Beine zu amputieren, aber er hat sich einfach neben dem Bett niedergekniet und für sie gebetet. Und siehe da, eine Woche später hat sie sich aus dem Bett erhoben und konnte wie Lazarus wieder gehen. Wo treiben sie nur immer diese Wunderheiler auf? Wann immer ich von Rückenschmerzen geplagt werde, ist weit und breit keiner zu finden.«

Mir lag ein ganzes Sperrfeuer von Fragen auf der Zunge. Ich verkniff sie mir und sog stattdessen an meiner Zigarette. Doch sie war erloschen. Während ich nach dem goldenen Feuerzeug griff, erklärte Miechen: »Der Mann heißt Rasputin.« Das sagte sie in einem Ton, als müsste dieser Name mir etwas bedeuten.

»Ach, wirklich?«

»Ja, wirklich. Und er ist kein Betrüger aus Paris, auch wenn er Gigogne über ihre Hofdame, Wyrubowa, vorgestellt wurde. Ein sibirischer Bauer, der behauptet, er hätte eine Vision von der Gottesmutter von Kasan gehabt, und der seitdem als Pilger zu all den heiligen Stätten zieht – barfuß natürlich. Wyrubowa hatte von angeblichen Wunderheilungen gehört und ist den ganzen Weg zu seinem Heimatort gereist, um mit ihm zu sprechen. Irgendwie ist es ihr tatsächlich gelungen, ihn zum Alexander-Palast bringen zu lassen und Gigogne vorzustellen. Nach allem, was ich gehört habe, war sie sehr angetan von ihm.« Miechen machte eine Kunstpause. »Jetzt residiert er hier in St. Petersburg. Erst letzte Woche ist er zum zweiten Mal nach Zarskoje Selo eingeladen worden. Zu welchem Zweck, das sei dahingestellt. Aber wie du dir denken kannst, spekuliert jetzt die ganze Stadt darüber. Ein Mann von derart schlechtem Ruf, der die Kaiserin in ihrem eigenen Palast besucht …«

»Von schlechtem Ruf?« Ich gab mein gespieltes Desinteresse auf. »Wie ist es möglich, dass ich nicht Bescheid weiß? Ich war doch nur vier Monate lang im Ausland!«

»Ich gebe nur das wider, was ich gehört habe, Minnie.«

»Gut, aber wie kam es dazu, dass du das zufällig aufgeschnappt hast?«

»Beim Essen im Jussupow-Palast«, sagte Miechen in einem Ton, als hätte ich das mir eigentlich selbst denken können. »Übrigens, ich habe dort auch deine Enkelin Irina gesehen. Was für eine Schönheit sie geworden ist! Dass sie jetzt die meiste Zeit dort draußen auf der Krim ist, muss ihr guttun, obwohl es eine Schande ist, dass wir Sandro und Xenia dieser Tage so wenig sehen. Übrigens, wie alt ist Irina eigentlich?«

»Vierzehn Jahre.« Ich merkte, dass ich meine Tasse aus Limoges-Porzellan so fest umklammerte, dass ich fürchtete, sie zu zerbrechen. Wie auch immer, ich hatte nicht vor, mit ihr über Xenia zu sprechen. Zweifellos war sie längst über den Zerfall der Ehe meiner ältesten Tochter auf dem Laufenden.

»Du musst sie im Auge behalten. Sie und Prinz Felix Jussupow schienen ineinander vernarrt zu sein. Und er ist schon einundzwanzig Jahre alt.«

»Was ist so schlimm daran? Felix ist Erbe eines der größten Vermögen in ganz Russland. Wir beide kennen seine Mutter, Sinaida, seit vielen Jahren. Unser Kreis ist nicht so groß, dass wir ihnen verbieten können, Bekanntschaft zu schließen. Irina könnte es schlechter treffen.«

Miechen lächelte. »Du wärst vielleicht nicht mehr so gelassen, wenn du über mehr Bescheid wüsstest als nur über Felix' Vermögen. Es genügt wohl zu sagen, dass er am selben Laster leidet wie unser verstorbener Sergej. Nur dass Felix sich nicht darum kümmert, es zu verbergen. Und er staffiert sich entsprechend heraus, wenn du verstehst, was ich meine.«

Und ob ich verstand! Viel lieber hätte ich es nicht gewusst. Und wie so oft in letzter Zeit wünschte ich mir plötzlich, ich wäre nicht gekommen, um ihr mein Herz auszuschütten. Von der Aufregung wegen Mischa und Olga waren wir auf meine Sorge zu sprechen gekommen, dass Russland erneut auf eine Revolution zuschlitterte, und jetzt drehte das Gespräch sich nur noch um widerwärtigen Klatsch. Wenn ich sie verließ, würde ich mich ohne Zweifel fühlen, als hätte ich ihr mehr anvertraut, als ich beabsichtigt hatte.

Aber noch verließ ich sie nicht. Stattdessen sagte ich gereizt: »Du hast diesen neuen Freund erwähnt?«

»O ja. Nun, anscheinend hat Felix ein Interesse an der Mystik entwickelt, wie das bei faulen, reichen Männern ja oft geschieht. Sinaida hat mir erzählt, dass er in Moskau war, um Ella zu besuchen. Die Trauer um Sergej hat die Arme ja völlig aus der Bahn geworfen.« Sie schnitt eine Grimasse. »Sie muss wohl den Wahnsinn in ihrem hessischen Blut haben. Ella hat Felix einen von Sergejs Fingern gezeigt. Er ist auf einem der Dächer des Kreml gefunden worden, und seitdem bewahrt sie ihn in einem Reliquienschrein auf. Außerdem hat sie ihm ausführlich erklärt, dass sie ihre weltlichen Güter aufgeben und ein Kloster damit beschenken will. Eine Großfürstin aus dem Haus Romanow, die die Armen mit Haferschleim speist!« Miechen prustete vor Lachen, bis sie meine angewiderte Miene bemerkte.

»Das ist kein Grund zum Lachen«, tadelte ich sie. »Ich weiß, was es heißt, seinen Mann zu verlieren.«

Abrupt stand ich auf und griff nach meinem Schal, als Miechen hastig sagte: »Es war Sinaida, von der ich gehört habe, dass Gigogne diesen neuen Freund hat. Und es ist purer Zufall, dass Felix mit Anna Wyrubowa bekannt ist. Entweder hat er aus ihrem Mund von Rasputin erfahren, oder er hat ihn in einem der einschlägigen Salons persönlich kennengelernt.«

Ich starrte sie an. »Hat Sinaida noch etwas gesagt, das ich wissen sollte?«

»Nur, dass er dank Gigognes Gunst extrem populär geworden ist«, meinte Miechen mit einer wegwerfenden Geste. »Recht unterhaltsam für den einen oder anderen, nehme ich an, aber ich selbst habe nie an einer solchen Versammlung teilgenommen. Felix Jussupow dagegen geht hin. Vielleicht solltest du Sinaida einen Besuch abstatten. Sie hat mir gesagt, dass sie dich seit über einem Jahr nicht mehr bei sich gesehen hat und allmählich befürchtet, dich womöglich verärgert zu haben.«

»Das hat sie nicht. Was ist mit Rasputins schlechtem Ruf?«

Miechen zögerte und reizte mich damit fast zur Weißglut. Ungeduldig presste ich die Lippen zusammen.

»Er hat eine gewaltige Anhängerschar gesammelt«, sagte sie schließlich. »Alles Frauen, natürlich, und zwar aller Arten.

Es ist bekannt, dass er häufig in den berüchtigten Zigeunertavernen und Bordellen auf den Flussinseln verkehrt … Ich möchte nicht geschmacklos sein, Minnie. Muss ich wirklich noch deutlicher werden?«

Seit wann hätte sie je Schwierigkeiten damit gehabt?

»Ja«, erwiderte ich. »Wenn du es nicht wirst, irgendjemand wird es garantiert.«

Überrascht erkannte ich, dass ihr Widerstreben diesmal nicht gespielt war. Wäre es um die üblichen Kavaliersdelikte gegangen, hätte sie kein Problem damit gehabt, sich darüber auszulassen. Dergleichen war ihr noch nie schwergefallen.

»Ein Wüstling«, sagte sie mit angeekelter Miene. »Orgien. Trunkenheit in der Öffentlichkeit. Er verführt seine Gefolgsfrauen. Es sei Gottes Wille, dass wir sündigen, erklärt er ihnen, denn nur so könnten wir Vergebung erlangen. Ein ganzer Harem steht ihm hier zur Verfügung; dabei hat er zu Hause in Sibirien Frau und Kinder. Genügt das? Wie gesagt, Felix Jussupow weiß vielleicht mehr. Doch wie viel mehr brauchst du noch? Ein ungehobelter Bauer, der Frau und Kinder verlässt, um es in St. Petersburg zu treiben wie ein Satyr, ist wohl kaum geeignete Gesellschaft für unsere Zarin.«

In der Tat hatte ich genug gehört. Abrupt wechselte ich das Thema. »Alexej hat mir Louis Cartiers Etablissement in Paris gezeigt. Solch herrliche Stücke! Ich habe mehrere Broschen gekauft. Monsieur Cartier hat mir erzählt, dass du zu seinen Stammkundinnen gehörst, die Sondervergünstigungen erhalten und ein eigenes Konto bei ihm eingerichtet haben.«

Schlagartig hellte sich ihre Miene auf. Sobald ihre liebste Leidenschaft ins Spiel kam – Juwelen –, vergaß sie sofort jeden Klatsch. Sie ließ sich von ihrer Zofe ihre Schmucktruhe bringen und breitete ihre neuesten Anschaffungen vor mir aus – einen Schatz, bestehend aus weißem Gold, Rubinen, Smaragden, Saphiren und zu filigranen Insekten oder winzigen Tieren geschnitzte Topassteine, allesamt so fein gearbeitet, als wären sie aus Seide.

»Du wirst das alles nie tragen können«, bemerkte ich säuerlich, während ich dachte, dass diese Frau wohl nicht einmal inmitten des übelsten Chaos aufhören konnte, sich selbst zu verwöhnen.

»Und ob ich das werde. Sobald wir diese lästigen Revolutionäre los sind und wieder eine richtige Ballsaison abhalten können. Schau, nimm das hier.« Sie reichte mir ein Zigarettenetui aus emailliertem Gold, das mit rosafarbenen Diamanten umrandet war und das Monogramm »M« trug. »Trifft es sich nicht gut, dass wir denselben Anfangsbuchstaben haben? Du musst ein paar von meinen türkischen Zigaretten hineinlegen und sie Niki anbieten.«

Vergeblich protestierte ich gegen ihre Großzügigkeit. Am Ende verließ ich ihren Palast mit einem neuen Spielzeug und einem unvermeidlichen Gefühl von Beklommenheit. Keinesfalls würde ich mich bei den Jussupows nach meiner eigenen Familie erkundigen.

Stattdessen wollte ich nach Zarskoje Selo fahren und mich selbst informieren.

33

In dem von gusseisernen Palisaden umschlossenen Anwesen, an denen rund um die Uhr Wachmänner patrouillierten, herrschte Ruhe. Das für die Kinder errichtete, chinesische Miniaturdorf kam mir im Morgendunst wie eine Luftspiegelung vor. Obwohl es für Ende November ein milder Morgen war, glitzerte am Boden Raureif. Die kalte Luft hier draußen ließ befürchten, dass es im Palast eiskalt sein würde. Alexandra teilte die Meinung ihrer verstorbenen Großmutter, dass eine kalte Umgebung gut für die Gesundheit sei, auch wenn sie bisweilen aus einer Laune heraus sämtliche Öfen einheizen ließ, bis wir in der Hitze schier vergingen.

Diener luden mein Gepäck aus der Kutsche, die mich von unserem privaten Bahnhof abgeholt und durch den Park hierhergebracht hatte. Da die Fahrt mit dem Zug nur etwas mehr als eine Stunde dauerte, war die Reise keine große Angelegenheit. Allerdings musste ich stets für eine ganze Woche packen, denn ich konnte mir nie sicher sein, was mich erwarten würde. Wenn Alexandra krank war, womit man immer rechnen musste, musste ich lange warten, bis ich sie zu sehen bekam.

Da mich an der Eingangstür niemand empfing, betrat ich den Palast allein. Im Vestibül blieb ich stehen und wartete. Der dunkle Raum mit dem schwarz-weiß gefliesten Marmorboden und den mit Stoffen behängten Wänden war der Verwahrungsort für Geschenke von allen möglichen Staatsgästen – symbolische Schlüssel zu den Städten unseres Weltreichs – und für sonstige Gegenstände, mit denen niemand etwas anzufangen wusste. Da es mit der Zeit immer mehr geworden waren, sah es hier aus wie auf einem Basar: In alle Nischen hatte man die Sachen aufs Geratewohl hineingestellt, sodass die reinsten Kuriositätenkabinette daraus geworden waren. Während ich meinen Hermelinmantel auszog – heute schlug mir zur Abwechslung eine Hitze wie aus einem Hochofen entgegen –, fragte ich mich, wo Niki sein mochte. In seinem Amtszimmer oder bei Alexandra in deren Suite im Südflügel, der auf den See und die Gärten ging?

Um mich herum machten sich die Lakaien zu schaffen und nickten eilfertig, als ich sie bat, meine Sachen in meine Räume zu bringen. Gerade wollte ich mich danach erkundigen, warum mich heute niemand empfing, als ich zwei Männer auf mich zuhasten sah.

Einen erkannte ich auf Anhieb: Prinz Wladimir Obolenskij, Nikis Hofmarschall und einer seiner wenigen engen Vertrauten. Obolenskij war von majestätischer Haltung, trug einen perfekt eingeölten Schnauzer mit gezwirbelten Enden und ein nicht minder gepflegtes, trauriges Aristokratengesicht zur Schau. Tadellos in seiner rot-goldenen Uniform und überdies ein Vetter meines Haushofmeisters, beherrschte er die jahrhundertealte und höchst komplizierte höfische Etikette bis ins Detail und wurde seinen anspruchsvollen Aufgaben stets absolut gerecht.

Bei meinem Anblick beschleunigte er seine Schritte. Neben ihm trabte eine mir unbekannte Gestalt mit zotteligem schwarzem Bart und schulterlangem Haar, bekleidet mit Kaftan und weiter Hose, deren Beine, wie bei russischen Bauern üblich, in den Stiefelschäften steckten. Ein Vagabund, der im Inneren des Palasts erwischt worden war?, überlegte ich, als Obolenskij sich vor mir verneigte.

»Eure Majestät, wir hatten Sie gar nicht erwartet«, sagte

er sichtlich betreten, weil niemand sich um mich gekümmert hatte.

Ich blickte zu dem Fremden an seiner Seite. Dieser verbeugte sich nicht. Er war kleiner als der Prinz und trotz seines strubbeligen Äußeren eindeutig kein Vagabund. Im Gegenteil, er wirkte gut genährt und mochte vielleicht ein Arbeiter sein. Seine Beine waren kräftig, seine breiten Schultern spannten den Kaftan, und er hatte große, geäderte Hände mit kegelförmigen Fingern, die er nun in die Hüften stemmte. An seinem Hals baumelte an einem Lederband ein schlichtes Holzkruzifix. Seine blassblauen Augen, so klar wie glasiertes Eis, zogen einen mit ihrer Intensität unwillkürlich in den Bann. Er betrachtete mich mit unverhohlenem Interesse.

Ich musste den Blick von den dicken Lippen unter dem ungepflegten Bart, die wie zu einem Feixen halb geöffnet waren, förmlich losreißen. »Haben Sie mein Telegramm denn nicht erhalten?«, fragte ich den Prinzen.

»Doch, doch.« Obolenskij wirkte aufgebracht, was bei ihm höchst ungewöhnlich war. »Aber wir dachten, Sie würden erst später am Nachmittag eintreffen.« Er war tatsächlich hochgradig erregt, weil niemand ihm gesagt hatte, dass mein Zug schon da war. Für diesen Fehler würde ein Kopf rollen, wenn ich den Prinzen richtig einschätzte. »Ich muss Eure Majestät um Vergebung bitten. Es ist unentschuldbar, dass ich Sie habe warten lassen.«

»So lange habe ich ja nicht gewartet.« Allmählich fühlte ich mich unbehaglich. Wer *war* dieser Fremde, der mich so unumwunden anstarrte? In dem Moment, da ich mich das fragte, ging mir ein Licht auf. Das konnte nur Alexandras neuer Freund sein, Rasputin.

»Verzeihung, Majestät, ich bin gleich wieder bei Ihnen.« Obolenskij wandte sich zum Eingang, offenbar in der Absicht, den Mann hinauszubegleiten. Dieser machte aber keine Anstalten, ihm zu folgen. Er betrachtete mich weiterhin, als könnte er genau sehen, wie unbehaglich ich mich in meiner Haut fühlte. Plötzlich machte er eine fast raubtierhafte Bewegung auf mich zu. In der Annahme, er wolle mich nach alter russischer Art umarmen und dreimal küssen, wich ich zurück. Mit rauer, wie rieselnder Kies klingender Stimme sagte er traurig: »*Matuschka*, warum fürchtest du mich? Ich will dir nichts Böses.«

»Sie fürchten?«, gab ich zurück. »Das tue ich gewiss nicht.«

Er neigte den Kopf, sodass ihm das fettige Haar in einer Kaskade über das Gesicht und die Hakennase fiel. Dann folgte er Obolenskij hinaus. Ich indes fühlte mich, als müsste ich ein heißes Bad nehmen. Der Mann hatte bestimmt Flöhe. Jedenfalls hinterließ er einen unangenehmen Geruch nach säuerlichem Schweiß und schmutzigen Kleidern. War *das* der Freund, von dem Alexandra so angetan war? Hatte sie den Verstand verloren? Er war nichts als ein einfacher Leibeigener, der offenbar nichts von den vielen öffentlichen Badehäusern in St. Petersburg wusste.

Gleich darauf kam Obolenskij zurück. Immer noch Entschuldigungen murmelnd, während ich ihm erneut versicherte, dass ich keinen Schaden davongetragen hatte, führte er mich vorbei an dem abessinischen Leibwächter, der vor Nikis Bürotür postiert war.

Der Amtsraum war mein Lieblingszimmer im Palast: von männlicher Prägung, mit Kabinetten aus poliertem Walnussholz und hohen Vertäfelungen, über denen ein Streifen aus roter Damasttapete verlief. Niki hatte das Zimmer mit persönlichen Gegenständen ausgestattet, einem Globus auf einem Messingstativ und Regalen, vollgestellt mit seinen in Leder gebundenen Büchern. Auf dem Schreibtisch herrschte Ordnung, denn er wollte seine Dokumente stets aufgeräumt wissen. Was es dort zu sehen gab, waren mit Silber und Emaille eingerahmte Familienfotografien, die Alexandra und die Mädchen mit ihren Boxkameras gemacht hatten. In der Luft hingen die Gerüche von Tabak, Leinsamenöl, Papier und Tinte, die mich alle stark an Niki erinnerten, an seine Liebe zur Literatur und sein Bedürfnis nach Einsamkeit.

»Ihre Kaiserliche Majestät, die Zarinwitwe«, kündigte der Prinz an, bevor er sich mit einer Verbeugung zurückzog.

Niki hatte auf seinem grünen Ledersessel gedöst, im Schoß ein Buch. Als er meinen Namen hörte, sprang er so abrupt auf, dass das Buch zu Boden fiel. »Mama!«

Ich zupfte mir die Handschuhe von den Händen. »Anscheinend wurde ich nicht erwartet. Du musst Obolenskij versichern, dass ich ihm nicht die Schuld gebe. Wenn es sein muss, kann ich mich auch ohne Hilfe bei euch einrichten.«

Immer noch mit seinem Morgenrock bekleidet und auf dem Kopf eine Nachtmütze mit Quaste, zündete er sich eine Zigarette an. Sein Frühstück stand unangetastet auf dem Schreibtisch. Hatte er verschlafen? Normalerweise war er immer Stunden vor Alexandra wach. Eigentlich hätte er längst angezogen und der Tisch abgeräumt sein müssen.

»Hast du etwa die Nacht hier verbracht?«, fragte ich besorgt.

Er nickte. »Alexandra ist erschöpft. Da habe ich ihr das Bett ganz überlassen.«

Von meinen Besuchen wusste ich, dass Alexandra und Niki, anders als die meisten Ehepaare, das Bett immer noch miteinander teilten, obwohl beide jeweils eine abgetrennte Suite für sich hatten. Ich wertete das als Beweis für ihre Liebe und Toleranz. Doch etwas an seinem Ton weckte meine Sorge.

»Ist ihr nicht wohl?«, fragte ich und überlegte schon, wie lange ich diesmal würde bleiben müssen.

Er nickte und wies mit der Hand auf den Sessel neben dem seinen. »Sie hat Alexej versorgt. Er hatte einen Unfall.«

Ich erschrak. Langsam ließ ich mich auf den Sessel sinken. Kaum saß ich, durchwühlte ich die Handtasche nach meinem neuen Zigarettenetui. »Ist es sehr ernst?« Es gelang mir nicht, einen vorwurfsvollen Ton zu vermeiden. »Ich habe keine Nachricht erhalten.«

Nicki seufzte. »Beim Spielen mit den Mädchen ist er hingefallen. Erst dachten wir, es wäre nur eine Prellung, aber dann ist sein Knie immer mehr angeschwollen …« Die Stimme brach ihm. Hektisch sog er mehrere Male an seiner Zigarette, dann endlich griff er nach seinem Feuerzeug und reichte es mir. »Am Ende hatte es die doppelte Größe. Die Schmerzen, Mama … Nichts konnte sie lindern. Alexandra hat Botkins Rat befolgt und ihm Salicylsäure verabreicht, die sie auch immer für ihren Hexenschuss nimmt. Allerdings hat das auch nichts geholfen. Alexej hat Fieber bekommen. Wir wussten nicht mehr ein noch aus.«

Ich war zu Tode erschrocken. »Warum habt ihr mir nichts gesagt? Ich wäre sofort gekommen!«

»Jetzt geht es ihm ja schon viel besser.«

Niki rauchte sein Zigarette zu Ende. In dem peinlichen Schweigen, das nun eintrat, streckte ich ihm mein Etui entgegen. »Die Türkischen, von Miechen. Sie hat mir gesagt, dass du sie magst.«

»Hat sie das?« Er nahm eine Zigarette heraus, dann drehte er das Schächtelchen von Cartier hin und her, als würde er es bewundern. Doch er tat nur so, als ob. In Wahrheit wollte er lediglich Zeit gewinnen. Es widerstrebte ihm zuzugeben, dass er nach mir geschickt hätte, wenn Alexandra es ihm nicht verboten hätte.

»Ich bin seine Großmutter«, sagte ich. »Ich würde gern von dir informiert werden und die Dinge nicht von Dritten erfahren. Ich habe von Miechen gehört, dass ihr einen neuen Freund habt, der hier öfter zu Besuch kommt. Ist Alexej der Grund?«

Nikis Augen verengten sich. »Weiß Miechen über meinen Sohn Bescheid?«

»Natürlich nicht«, erwiderte ich, verärgert über seinen misstrauischen Ton. »Deiner Bitte gemäß habe ich niemandem davon erzählt. Aber sie hat den Verdacht, dass das Kind an etwas sehr Ernstem leidet. Das denken alle. Was können wir auch anderes erwarten? Wenn die Leute die Wahrheit nicht kennen, spekulieren sie eben.« Ich nahm einen Zug von meiner Zigarette. »War das der neue Freund, der gerade den Palast verlassen hat?«

»Ja. Pater Grigori. Für uns ist er ein Geschenk des Himmels.«

»Inwiefern?«, fragte ich skeptisch.

»Er hat eine Macht ...« Niki hielt inne und suchte nach dem richtigen Wort, denn er wusste, dass ich an solche Dinge nicht glaubte. »Er hat eine Art, mit Alexej umzugehen ... Er beruhigt ihn. Er sitzt bei ihm, betet und spricht mit ihm. Und er beendet das Bluten. Er kam zu einem Zeitpunkt, als es am schlimmsten war. Alexandra war verzweifelt. Da brachte ich es nicht übers Herz, den Mann wegzuschicken, obwohl ich so gut wie nichts über ihn wusste. Aber er hat das Unmögliche vollbracht.« Plötzlich leuchteten seine Augen auf, die nach der schlaflosen Nacht stumpf gewesen waren. »Binnen eines Tages ist die Schwellung zurückgegangen. Keine Blutung mehr. Noch liegt Alexej im Bett, aber Pater Grigori versichert uns, dass er sich erholen wird. Mehr sagt er nie. Er macht nie Versprechungen, aber er schenkt uns Hoffnung!«

»Ich verstehe.« Nun, das war zwar nicht der Fall, aber ich wollte Niki beim Wort nehmen. Was war schon dabei, wenn ein ungewaschener selbst ernannter Heiliger ein paar Gebete murmelte und Trost bot? Schaden richtete er ja damit nicht an. Die Sache mochte mir zwar nicht gefallen, aber hier ging es nicht um etwas, gegen das ich begründete Einwände vorbringen konnte. Bei einem kranken Kind war Hoffnung unerlässlich, auch wenn es bei einem gravierenden Leiden wie dem von Alexej gefährlich sei konnte, zu viel zu erhoffen. Die Enttäuschung wäre dann umso schwerer zu ertragen.

»Kann ich ihn sehen?«

»Pater Grigori ist gerade gegangen. Sie *haben* ihn gesehen. Er bleibt nie lange. Ich würde nicht erlauben, dass …«

»Nein.« Beruhigend tätschelte ich ihm die Hand. »Ich meinte Alexej.«

»Ja, natürlich. Er ist in seinem Zimmer. Ich bringe Sie zu ihm.«

Alexej schlief. Sein elfenhaftes Gesicht war bleich, verriet aber keinen Schmerz. Sein Bein war hochgelegt worden und ruhte in einer Schlinge, damit das gestaute Blut abfließen konnte. Allerdings war das Knie immer noch verfärbt und – wie mir schien – fürchterlich entzündet. Ich warf Derewenko, der schweigend in der Ecke stand und Wache hielt, einen Blick zu, dann zog ich mir einen Hocker heran und setzte mich zu meinem Enkel, um ihm beim Schlafen zuzuschauen. Seine Augenlider flatterten. Schlagartig schossen mir Tränen in die Augen. Ich kämpfte sie zurück und strich ihm das feine, goldbraune Haar aus der Stirn. »Unser wertvoller Junge«, flüsterte ich. Seine Haut fühlte sich warm, aber nicht fiebrig an.

Seine graublauen Augen öffneten sich. Nikis Augen. »Grandmère.«

Ich strahlte ihn an. »Ich bin gleich zu dir gekommen. Wie fühlst du dich?«

Er zögerte, als müsste er erst in sich hineinlauschen. »Es tut nicht mehr weh.«

»Das ist ein gutes Zeichen. Ein sehr gutes Zeichen. Pass auf, im Handumdrehen wirst du wieder auf den Beinen sein und herumtollen.« Ich hatte nicht vor, ihn zu tadeln, weil er spielte wie alle anderen. Das tat Alexandra schon zur Genüge. In einem fort impfte sie ihm ein, dass er etwas Außergewöhnliches war, nicht nur aufgrund seines Ranges, sondern wegen seiner Krankheit.

»Ich bin gerannt«, sagte er. »Deswegen bin ich hingefallen. Ist Mama mir jetzt sehr böse?«

»Nein, nein.« Ich streichelte ihm die Wange. »Sie ist besorgt. Nicht böse. Dir ist sie nie böse. Aber schlaf jetzt. Dein Papa ist hier. Siehst du ihn?« Ich machte Platz für Niki, der bisher im Korridor gestanden hatte.

»Mein Sohn.« Nikis Stimme drückte solch große Liebe aus, dass ich mich abwenden musste, um meine Rührung zu verbergen. Er ergriff ein Buch, das auf dem Bettkästchen lag. »Soll ich dir vorlesen?«

Ich entfernte mich auf Zehenspitzen. Obwohl sein Knie schrecklich aussah, wirkte Alexej keineswegs beeinträchtigt. Da sich jetzt Niki mit ihm beschäftigte, ging ich zu den Mädchen. In deren Zimmer stieß ich allerdings nur auf eine Dienstmagd, die gerade die Betten frisch bezog. Sie schlug vor, ich solle im Salon warten, da Ihre Hoheiten um diese Stunde immer mit den Hunden ins Freie gingen.

Im Salon traf ich Anastasia an. Über ihr Sammelalbum gebeugt, hockte sie auf dem Fenstersitz.

Mit ihren acht Jahren war sie die jüngste meiner Enkelinnen. In letzter Zeit war sie gewachsen, was nichts daran änderte, dass sie nie besonders groß werden würde. In dieser Hinsicht schlug sie nach mir und meiner Seite der Familie. Und sie war ausgesprochen hübsch, nicht von Tatjanas ätherischer Schönheit oder berückend wie Olga, aber von entzückender Lebhaftigkeit mit ihren großen blauen Augen und den zerzausten rotblonden Ringellocken, die wie bei ihrer Mutter von dem runden Gesicht abstanden. Ihr schlichtes weißes Kleidchen mit spitzenbesetztem Saum hatte sie vollgekleckert – offenbar mit Pflaumenmarmelade beim Frühstück. Sie hatte mich kaum gesehen, als sie auch schon aufsprang und mich umarmte. Gleich darauf zeigte sie mir ihr Sammelalbum, in dem sie getrocknete Blüten, Bruchstücke von Blättern und eine Krähenfeder aufbewahrte, alles inmitten eines entschlossen aufgetragenen Gekrakels.

»Was bedeutet das, Malankara?« Ich sprach sie mit dem Spitznamen an, den ich ihr gegeben hatte, und spähte auf die nicht entzifferbaren Zeichen hinunter.

»Es ist ein Gebet.«

»Auf Kyrillisch? Nein. Aber Französisch ist es auch nicht, oder?«

»Englisch«, erklärte sie voller Stolz. Und dazu hatte sie auch allen Grund. Sie war immer noch zu jung, um sich in einer Sprache zu versuchen, die ihre Eltern fließend beherrschten.

»Ein englisches Gebet.« Ich lächelte. »Wofür betest du, mein Kind?«

»Für *wen*.« Anastasia reckte das Kinn, womit sie auf unheimliche Weise ihrer Mutter Alexandra ähnelte, wenn sie etwas hörte, das ihr missfiel. »Für meinen Bruder. Unser Freund sagt uns, dass Gebete ihn heilen können.«

»Oh?« Ich atmete tief durch. »Erteilt euch euer Freund oft Ratschläge?« Ich gab mir alle Mühe, einen sanften Ton zu wahren, denn Anastasia war sehr sensibel, und nach den Leiden, die Alexej und mit ihm die ganze Familie durchgestanden hatten, war sie noch empfänglicher für Zwischentöne.

»Er ist unser Freund, Amama«, erklärte sie, als hätte mein Unwissen sie verwirrt.

»Schon, aber *ich* kenne ihn nicht«, erklärte ich und hatte wieder sein lauerndes Lächeln vor Augen, die Art und Weise, wie sein Blick auf mir verweilte. »Deswegen ist er auch noch nicht mein Freund.«

»Oh.« Ihre Miene hellte sich auf. Meine Erklärung schien ihr einzuleuchten, dafür hatte sie jedoch meine Frage vergessen. Ich schob ihr Sammelalbum zur Seite und nahm ihre Hände in die meinen. Ihre kleinen Finger waren vom Spielen mit dem Familienhund, den Katzen im Palast und allen möglichen Missgeschicken zerkratzt, aber dann verglich ich sie mit den meinen und erschrak. Wie schmal und fleckig sie unter den Ringen wirkten! Und als ich ihr in die Augen schaute, schien ich auf einmal die Last der Jahre zu spüren. »Was erzählt euch euer Freund denn sonst noch alles?«

Mir war nicht ganz klar, warum ich so besorgt war. Miechen hatte mich bereits wissen lassen, dass der Mann nicht gerade ein Ausbund an Tugend war, aber ich konnte mir nicht vorstellen, dass er hier etwas Unschickliches tat. Am Hof hatte Alexandra nicht einmal die geringsten Verstöße gegen die Sitten geduldet. Ebenso wenig ließ sie derlei in ihrem eigenen Palast durchgehen. Und doch war dieser Mann ganz offensichtlich mit meinen Enkelinnen bekannt. Er durfte in Zarskoje Selo ein und aus gehen – nicht nur, um Alexej zu behandeln, sondern auch, um die Mädchen zu besuchen.

»Er heißt Pater Grigori. Er sagt, dass wir Alexej mit Beten helfen können.« Sie zögerte. »Er sagt, Gott wird uns erhören, weil Er uns so sehr liebt.«

Das war eine Erklärung, wie man sie von einem Kind erwarten konnte, doch etwas in Anastasias Stimme, ein leichtes Beben, ließ mich stutzen, sodass ich fragte: »Hat er dir oder deinen Schwestern auch schon einmal etwas anderes gesagt?«

Sie schwieg. Und dann erkannte ich es: Ihre Augen bargen ein Geheimnis. Erst als ich in strengem Ton hinzufügte: »Antworte mir«, wisperte sie: »Mama sagt, dass wir niemandem von unserem Freund …«

Ihre Stimme erstarb. Jäh entzog sie mir ihre Hände und starrte zu der halb offenen Salontür, als erwartete sie, dass dort jemand herumschlich. Beim Anblick ihrer hochgezogenen Schultern kochte plötzlich unbändige Wut in mir auf. Ich erhob mich abrupt, die scharfe Aufforderung auf der Zunge, wer immer sich draußen verberge, solle sich gefälligst zeigen, als Anastasia leise sagte: »Mama kommt.«

Mit einem dröhnenden Pochen in den Ohren lauschte ich in das Haus hinein und vernahm erst jetzt, was das Mädchen lange vor mir gehört hatte: das Knarzen von näher kommenden Rädern.

Anastasia schnappte sich das Buch und zupfte an ihrem abstehenden Haar, womit sie es nur noch mehr zerzauste. Bevor ich es ihr glätten konnte, rollte Alexandra zur Tür herein.

Sie saß in einer Vorrichtung auf Rädern, einem Badestuhl, wie ihn meine Mutter am Ende ihres Lebens benutzt hatte. Geschoben wurde sie von einer ihrer Dienerinnen. In der plötzlichen Stille richtete sie den Blick sofort auf mich, die ich neben ihrer Tochter beim Fenster stand.

Alexandra schürzte die Lippen. »Nasty, warum bist du nicht draußen bei deinen Schwestern? Jetzt ist die Zeit, sich im Freien zu bewegen und nicht drinnen herumzutrödeln.«

Wie aufs Stichwort drangen entferntes Gelächter und aufgeregtes Hundegebell durch das Fenster herein. Olga, Tatjana und Maria flanierten an der Terrasse vorbei, alle in zueinanderpassende Mäntel gehüllt, während die Hunde an den Leinen zerrten. Anastasia stand wie zur Salzsäule erstarrt da.

Ich legte meiner Enkelin, die mit einem Mal zu zittern begonnen hatte, eine Hand auf die Schulter. »Ich habe sie gebeten zu bleiben. Ich wollte von ihr hören, was sie alles während meiner Abwesenheit gelernt hat.«

Ohne den Blick von meinem Gesicht abzuwenden, entließ Alexandra die Dienerin mit einer knappen Handbewegung.

Das Auftauchen meiner Schwiegertochter hatte mich beunruhigt, aber nicht überrascht. Jene stille Schönheit, mit der sie Nikis Herz gewonnen hatte, gehörte der Vergangenheit an. Schlechte Gesundheit und Sorgen hatten sie verschwinden lassen, das hatte ich über die Jahre hinweg beobachtet. Dass ihr Hexenschuss sie in diesen Stuhl mit Rädern zwang, war mir jedoch neu. Hatte sie Alexej gepflegt, bis sie vor Erschöpfung zusammengebrochen war? Erneut wallte Zorn in mir auf. Wie konnte sie sich selbst derart vernachlässigen? Achtete sie so wenig auf sich, dass sie sich die Ruhe verweigerte, die sie benötigte, um für Niki und ihre Töchter stark zu bleiben? In den Monaten, die ich in der Ferne verbracht hatte, hatte sich bei ihr selbst offenbar nichts zum Guten verändert. Die Feindseligkeit zwischen uns war anscheinend mit Händen zu greifen, denn Anastasia gab mir und ihrer Mutter jeweils nur einen hastigen Kuss auf die Wange, dann rannte sie zur Tür hinaus.

»Bitte *gehen*!«, rief ihr Alexandra nach. »Nicht rennen!« Das war eine Mahnung, die sie jeden Tag und bei jeder Gelegenheit von sich gab, meistens in der Absicht, Alexej zu zügeln, doch in Anastasias Fall war ihre Mühe völlig vergeblich, wie das Stakkato von deren Schritten bewies.

Ich rührte mich nicht von der Stelle, als Alexandra ihren Platz am vergoldeten Tisch einnahm, der mit gerahmten Fotografien und allem möglichen Nippes übersät war, darunter auch ein Fingerhut aus Porzellan, der hier völlig fehl am Platze schien. Mit einiger Willensanstrengung widerstand ich dem Impuls, sie zu tadeln.

Ich trat auf einen Stuhl ihr gegenüber zu. »Es geht dir nicht gut«, murmelte ich. »Das wusste ich nicht.«

»Wie Sie gesagt haben: Sie waren fort.« Sie betätigte eine Glocke, die auf dem Tisch stand. Das konnte nur eines bedeuten: Wir würden zusammen hier am Tisch Tee trinken. Mir schnürte sich die Kehle zu.

Alexandra, die sich bei Stille nie unbehaglich fühlte, saß einfach da und zupfte lose Fäden aus ihrem Schal. Ihr rötliches Haar war am Hinterkopf zu einem Dutt zusammengebunden, und zum ersten Mal fiel mir auf, dass es von grauen Strähnen durchzogen war. Sie war erst sechsunddreißig Jahre alt, wirkte aber zehn Jahre älter. In ihrem Alter hatte ich ganze Nächte bis zum Morgen durchgetanzt. Lebenshungrig war ich wie ein Wirbelwind in meinen prächtigen Ballkleidern durch die Säle gefegt! Einmal mehr musste ich den Trübsinn vertreiben, der mich befiel, wann immer ich mit ihr zusammen war.

»Hat Anastasia Ihnen gezeigt, was sie alles gelernt hat?«, fragte Alexandra unvermittelt, nur um einen Atemzug später meiner Antwort zuvorzukommen. »Nein, das kann sie gar nicht getan haben. Sie hatte ja nur ihr Büchlein dabei, und wenn ich mich nicht täusche, war es nicht dasjenige mit ihren Grammatiklektionen. Eine ideale Schülerin ist sie leider Gottes nicht.«

Nichts entging ihr. Auch das hatte sich nicht geändert.

»Anastasia hat mir genug gezeigt«, erklärte ich, woraufhin sie wegschaute.

Ihre Zofe trat mit dem Teeservice ein. Nachdem sie alles vor uns auf den Tisch gestellt hatte, erklärte Alexandra: »Wir lassen ihn noch etwas ziehen.«

Die Dienerin machte einen Knicks und verließ uns. Als die üblichen drei, vier Minuten vergangen waren, wartete ich darauf, dass meine Schwiegertochter einen Blick in die Teekanne werfen würde. Sie beugte sich auch vor, doch plötzlich verkrampfte sich ihr Gesicht. Also nahm ich ihr die Aufgabe als Gastgeberin ab. Allerdings konnte ich mich nicht erinnern, wann ich zuletzt jemanden bedient hatte.

Sie seufzte. »Jetzt ist es besser.«

Natürlich. Alles war besser, nun, da ihr Sohn auf dem Weg

der Besserung war. Ich hätte ihr zustimmen sollen. Stattdessen fielen mir wieder das unverschämte Starren ihres seltsamen Freundes und seine bohrende Frage ein. Und dann verbrühte ich mir an dem heißen Tee auch noch die Zunge. Schließlich hielt ich es nach einer weiteren längeren Schweigepause einfach nicht mehr aus.

»Sie hat mir von *eurem Freund* erzählt«, sagte ich, wobei ich die Worte überdeutlich hervorhob. »Anscheinend hat er dem Kind gelehrt, dass Gebete der einzige Weg sind, seinem Bruder zu helfen.«

Alexandra hatte sich ihre Tasse an die Lippen geführt, hielt aber jäh inne. »Ich nehme an, Sie sind mit einer bestimmten Absicht gekommen. Sagen Sie, was Sie sagen müssen, Maria.«

Kein »liebe Mutter«. Kein »Minnie«. Nein, Maria, mein angenommener russischer Name. Etwas an der Art und Weise, wie sie ihn aussprach, ließ jedes Mitgefühl, alle Anteilnahme in mir gefrieren, obwohl sie so sehr für meinen Enkel gekämpft hatte und jetzt deswegen an diesen Rollstuhl gefesselt war. Doch mit einem Mal drängten die Besorgnis um meinen Enkel, die Sorge um meine eigenen Kinder und das Gespräch mit Miechen mit Macht nach oben. Und plötzlich ärgerte ich mich fürchterlich darüber, dass dieser sogenannte heilige Mann, den sie sich leistete, an einem Ort nach Belieben schalten und walten konnte, an dem ich, ihre eigene Schwiegermutter, meine Ankunft stets im Voraus anmelden musste.

»Wie *kannst* du das erlauben? Wer ist er, dass er solche Freiheiten genießt? Es wird schon darüber gemunkelt, wie er seine Beziehung zu dir offen zur Schau stellt und sich angeblich in deinem Namen bei jedermann anbiedert. Willst du diesem Freund wirklich erlauben, zu tun und zu sagen, was er will?«

Ich hatte mich bereits auf eine empörte Zurückweisung

gefasst gemacht, aber nichts dergleichen geschah. »Ich gebe nichts auf Klatsch«, sagte sie. »Nie! Wissen Sie, was er tut? Er heilt meinen Sohn, den Zarewitsch.«

Am liebsten hätte ich ihr meinen Tee ins Gesicht geschüttet.

»Das tut er eben *nicht*. Das *kann* er gar nicht.« Ich hörte das Vibrieren in meiner Stimme, das verriet, dass ich drauf und dran war, die Fassung zu verlieren. »Was das Kind hat, ist unheilbar.«

Tonlos entgegnete sie: »Was redet man über ihn?«

»Das weißt du schon. Bitte mich nicht, es zu wiederholen.«

»Nun, es ist ohnehin gleichgültig. Gott hat Pater Grigori gesandt, damit er mich durch meine Prüfungen führt.«

»Hat Gott ihn auch gesandt, damit er deine Töchter führt?«

»Nein.« Sie packte die Armlehnen ihres Sessels, als wollte sie aufstehen. »Er hat in diesem Haus nie etwas Unschickliches getan«, erklärte sie, womit sie durchblicken ließ, dass sie viel besser über den Klatsch Bescheid wusste, als sie zugab.

»Erzähl das den Petersburgern«, erwiderte ich. »Erzähl das Miechen, die behauptet, dass er …«

»Mir ist egal, was Großfürstin Pawlowna behauptet. Ich gebe nichts darauf und will nichts davon hören!« Wieder einmal durchbohrte sie mich schier mit den Blicken. Ihre heftige Reaktion erschreckte mich. Fast beschlich mich das Gefühl, sie wolle mich dazu herausfordern, laut auszusprechen, was sie angeblich nicht hören wollte.

»Man kann die Gesellschaft nicht ignorieren und sich darauf verlassen, dass die Leute schon nichts sagen werden.« Ich unterdrückte den Drang, ihr Miechens Zitat vor die Füße zu werfen. »Sie werden trotzdem reden.«

»Was geht das mich an? Pater Grigori hat Alexej gerettet. Das ist alles, was ich wissen muss.«

Wieder ertönte in den Gärten lautes Lachen. Und erneut trotteten die Mädchen am Fenster vorbei, diesmal in die andere Richtung. Ihre Halstücher blähten sich im Wind.

»Beeil dich, Nastja«, hörte ich Olga Anastasia tadeln, und mit einem Schlag wurde mir klar, was Alexandra sehen musste: ihre Mädchen, wie sie sich in der Morgenluft ertüchtigten und sie mit ihrem Überschwang geradezu verhöhnten, während ihr Sohn niemals das erleben würde, was ihrer Auffassung nach gerade er am meisten verdient hätte – eine sorgenfreie Jugend.

»Sie können nicht wissen, was es heißt, so zu leiden wie ich«, murmelte sie.

Damit versetzte sie mir einen Stich ins Herz. »Ich habe meinen Sohn Georgi verloren. Hast du das vergessen?«

»Nein.« Wieder richtete sie ihre violetten Augen auf mich. Violett, die Farbe ihres Kleides und Halstuchs – ein melancholischer Ton, der an ihr haftete, durch all ihre Poren in sie eindrang und jede Freude erstickte. »Das werde ich nie vergessen. Ebenso wenig wie Sie. Aber würden Sie mir dasselbe wünschen?«

Mit Gewalt drängte ich meine Tränen zurück. Vor ihr würde ich nicht weinen.

»Ich wäre für meinen Sohn gestorben«, flüsterte ich.

Erneut schaute sie weg, richtete die Augen auf das Fenster, an dem die Mädchen gerade vorbeigegangen waren.

»Ich wünschte, ich könnte das«, erwiderte sie.

Ich war kaum nach St. Petersburg zurückgekehrt, als mein Schwager Wladimir, Miechens Mann, völlig unerwartet an einer Hirnblutung starb. Obgleich im Innersten untröstlich über seinen Verlust, war Miechen nicht bereit, ihre Trauer offen zu zeigen. Scheinbar ungerührt legte sie der Leiche ihres Mannes seine Uniform an – er war beim Mittagessen gestorben, als er gerade eine Zigarre rauchte – und beaufsichtigte die Vorkehrungen für die Bestattung. Wir alle nahmen an der Trauerzeremonie teil, als Wladimir an der Seite seiner Eltern und Brüder beigesetzt wurde.

Für mich fühlte sich das wie das Ende einer Ära an. Bei aller Streitsucht und trotz gelegentlicher Seitensprünge war er ein liebender Ehemann gewesen, der mit Miechen immerhin fünfundzwanzig Hochzeitstage gefeiert hatte. Ich wusste, dass der Witwenstand Miechen nicht verändern, sie aber neu ausrichten würde, so wie das auch bei mir geschehen war. Wladimirs Tod rief meine Trauer um Sascha aufs Neue wach, sodass ich eines Tages meinen Kutscher anwies, mich über die zugefrorene Newa zur Festung zu fahren.

Unter der Kuppel der Kathedrale kniete ich vor Saschas Grabstätte. Bisher hatte ich Besuche an diesem Ort nach Möglichkeit vermieden. Sein marmorner Sarkophag, ein schrecklich wuchtiges, unpersönliches Ding, erinnerte mich schonungslos daran, dass ich ihn in diesem Leben niemals wiedersehen würde. Es war einfach zu schmerzhaft – all die Grabstätten derer, die ich geliebt hatte: mein Mann, mein als Säugling gestorbener Junge, mein Georgi, Nixa, mein Schwiegervater und seine Frau, die so lange gelitten hatte, und nun auch noch Wladimir. Eindringlich hielt mir diese Stätte vor Augen, wie flüchtig die Zeit war, wie blind wir uns in ihr bewegten, ohne zu wissen, welche Stunde unsere letzte sein würde.

»Du fehlst mir«, flüsterte ich. »Du fehlst mir selbst dann, wenn ich nicht an dich denke. Mir fehlt deine Stimme, dein Appetit. Dein Lächeln. Du fehlst ganz Russland, Sascha. Russland braucht dich, und du bist nicht da. Unsere Kinder sind für mich wie Fremde. Niki ist verloren. Er weiß nicht, was er tun soll, wie er den Revolutionären die Stirn bieten soll, seinen Ministern, seinen Onkeln. Seiner eigenen Frau. Er gibt sich alle Mühe. Ich sehe, wie er kämpft, kann ihm aber nicht helfen. Und dann sein Sohn, dieser wunderschöne Junge …« Ich senkte den Kopf, und eine Träne rann mir über die Wange. »Ihm geht es nicht gut, Sascha. Er leidet schrecklich. Die Trauer um ihn drückt sie alle nieder, die Sorge und die Furcht. Was wird aus ihm? Was wird aus Russland, wenn er stirbt? Was wird aus uns allen?«

Das Grab schwieg. Man hatte uns gelehrt, dass die Toten über uns wachten, dass die Seele weiterlebte, auch wenn der Körper verfiel. Sie verließen uns nie wirklich, lebten in unserem Herzen und im Himmel oben. Daran glaubte ich. Dennoch spürte ich Sascha nie in meiner Nähe. Nie hatte ich das Gefühl gehabt, er schütze mich. Er war eine Erinnerung, die schon jetzt verblasste, sodass mir manchmal seine Lieblingssprüche nicht mehr einfielen, die Dinge, die er geliebt hatte. Zu anderen Zeiten brach ein Bild von ihm einer Sturzflut gleich über mich herein, und dann versuchte ich, es festzuhalten, ihn bei mir zu behalten. Genauso gut hätte ich nach Wasser greifen können – er glitt mir durch die Finger und verschwand in den Tiefen der Vergangenheit.

»Wo bist du jetzt?«, fragte ich. »Wo bist du, wenn wir dich so dringend brauchen?«

Hinter mir hörte ich Tanja. »Majestät, es ist Zeit … Ihr Zug nach Gattschina wartet.«

Beim Aufstehen schnappte ich nach Luft. Ein stechender Schmerz war mir ins Kreuz geschossen, verschwand jedoch gleich wieder, und ich reichte Tanja mein kleines Samtkissen, das sie für mich in einer Tasche trug. Im Haus Gottes wurde nicht für menschlichen Komfort gesorgt, das musste man wissen. Gott wollte nicht, dass wir uns behaglich fühlten; sonst vergaßen wir am Ende noch, dass die Welt ein Jammertal war.

Während der Zugfahrt nach Gattschina ließ Tanja mich in meinem Abteil allein. Ich rauchte und schaute durch das schmale Fenster auf die schneebedeckte Landschaft hinaus. Die Handfläche gegen die Glasscheibe gedrückt, spürte ich die winterliche Kälte an den Fingerspitzen wie eine eisige Flamme.

Als ich im Palast eintraf, beschloss ich, im Frühling ins Ausland zu fahren. Vor mir lagen lange Wintermonate, ein wegen Wladimirs Tod tristes Weihnachten und Alexejs Erholung. Noch war das Bein des armen Jungen von einer Eisenklammer umschlossen, damit er das Knie nicht biegen konnte. Er würde sich auf geruhsame Unternehmungen beschränken müssen, unter permanenter Beobachtung durch Alexandra und Derewenko. Die Mädchen würden ihm Geschichten vorlesen und mit ihm im Spielzimmer malen, aber sie würden ihn behandeln, als wäre er aus gesponnenem Glas – Wächterinnen in einer Verschwörung des Schweigens, das schon jetzt Zarskoje Selo erstickte –, und die nie nach etwas fragten, was sie längst wussten.

Ihr Bruder konnte an einem einfachen Sturz sterben. Und mit ihm konnte Russland zugrunde gehen.

Ich spürte nicht, was uns bevorstand, hatte keinerlei Vorahnung. Vielleicht wäre ich empfänglicher für irgendwelche Signale gewesen, hätte ich mich wie Alexandra auf Seher eingelassen. Aber sie spürte es ja auch nicht. Wir existierten in einem Traum, eingeschlossen in unserem lackierten Glanz – wie unsere berühmten Fabergé-Eier in ihrem Nest –, obwohl die Welt jenseits unserer Tore schon zu zerbröckeln begann.

34

»Nein, das kann nicht sein. Es kann nicht sein. Nicht schon wieder!« Ich klammerte mich an Olga, während Tanja das Telegramm aufhob, das mir aus der Hand gefallen war.

»Er ist vor über einer Woche gestorben«, fasste Tanja die Meldung zusammen. Sie hob die von Sorge erfüllten Augen zu mir. »Ihr Neffe bittet Sie, so bald wie möglich nach England zu kommen. Es tut mir so entsetzlich leid, Minnie. Ich weiß, wie gern sie ihn mochten. Ihre Schwester muss untröstlich sein.«

Ich schluckte; jäh packte mich ein starkes Bedürfnis nach Luft. »Ich kann nicht atmen.«

Rasch schnürte mir Olga das Kleid am Rücken auf und zog an den Korsettstangen. Als die Vorrichtung aus Walknochen, die mir die Rippen zusammenschnürte, sich löste, sackte ich auf den Stuhl und schluchzte in meine Handflächen.

Bertie – der charmante, ritterliche Bertie – war tot! Wie mein Sascha.

»Wie kann das sein?«, wisperte ich, als ich mich ausgeweint hatte. Hilflos tätschelte Olga mir die Schulter, während Tanja Sophie hinausschickte, damit sie mir Tee brachte. »Er war doch erst neunundsechzig. Er ist viel gereist und war immer zufrieden … er war nicht krank … Zumindest hat mir niemand etwas von einem Leiden berichtet.«

Olga nahm Tanja das Telegramm aus der Hand. »Hier steht nicht, wie er gestorben ist. Nur dass Sie so bald wie möglich kommen sollen.« Statt weiterzulesen, versuchte sie, mich zu streicheln, mich irgendwie zu trösten, auch wenn sie darin noch nie geschickt gewesen war. »Soll ich Sie begleiten?«

»Nein«, sagte ich knapp. Und als sie zusammenzuckte, fügte ich etwas sanfter hinzu: »George hat fürs Erste nur nach mir gefragt. Er wird mich wegen Alix dabeihaben wollen. Aber er wird sicher die ganze Familie zur Beerdigung einladen. Ich muss ihm sofort antworten.« Ich stemmte mich hoch und stützte mich auf Olgas Arm. Von einem Moment zum anderen kam ich mir vor wie eine alte Frau. »Niki muss sofort benachrichtigt werden.«

»Ich schicke ein Telegramm in den Palast.« Olga führte mich zu meinem Schreibtisch und ging gleich weiter zur Tür. Was auch immer mein Neffe George antwortete, sie würde mich auf keinen Fall begleiten. Sie konnte es ja kaum erwarten, das Zimmer zu verlassen. Was sollte sie mir dabei nützen, wenn ich versuchte, meine Schwester zu trösten?

Sie kehrte zurück, als ich gerade die Antwort an meinen Neffen niederschrieb, in der ich zusagte, dass ich so bald wie möglich mit meiner privaten Jacht kommen würde.

»Niki weiß es schon. Auch er hat ein Telegramm bekommen … Aber er … kann nicht an der Beerdigung teilnehmen.«

Schlagartig war es vorbei mit meiner Verzweiflung. »Das lasse ich nicht zu. Wenn sie wegen der Kinder zurückbleiben muss, dann soll sie das tun. Er kann allein hinfahren. Der *König von Großbritannien, der Mann seiner Tante*, ist gestorben! Jeder europäische Monarch wird dort sein, um ihm die letzte Ehre zu erweisen.«

»Geben Sie nicht ihr die Schuld«, sagte Olga. »George hat einen Grund dafür, warum er ausschließlich Sie um Ihre Teilnahme bittet: Das Parlament hat beschlossen, dass ein Besuch des Zaren wegen der momentanen politischen Lage nicht möglich ist.«

Als ich sie perplex anstarrte, erklärte sie es mir genauer. »Man scheint nicht in der Lage zu sein, Nikis Schutz zu garantieren. Es wird eine öffentliche Aufbahrung der Leiche geben. Bei den vielen Leuten, die erwartet werden, wäre das Risiko für Niki zu groß.«

»Gott im Himmel!« Ich blickte auf meinen unvollendeten Brief hinab. »Dann ist es nicht mehr nötig, das hier abzusenden. Wenn ohnehin nur ich kommen soll, kann ich genauso gut sofort aufbrechen.«

»Ich kann Sie begleiten«, bot Olga mir erneut an. »Ich möchte nicht, dass Sie allein sind.«

»Alix ist da. Ich werde bestimmt nicht einsam sein.«

»Sie lässt nicht zu, dass wir Papas Leiche fortschaffen«, berichtete mein Neffe George mir bekümmert auf dem Weg zum Sandringham House in Norfolk, in das man Alix gebracht hatte. »Erst hatte Papa eine schwere Bronchitis, und dann erlitt er einen Herzinfarkt. Acht Tage lang hat Mama seine Leiche verhüllt, und als wir mit Engelszungen auf sie einredeten, dass sie ihn endlich den Balsamierern überlassen soll, hat sie uns angeschrien wie eine Furie. Wir mussten sie mit Gewalt von ihm fortzerren. Sie schien nicht zu verstehen, dass er tot ist. Ständig hat sie so getan, als könnte er jeden Moment wieder aufwachen.«

Er blickte mir forschend in die Augen. Dabei war er Niki so ähnlich, dass ich das Gefühl hatte, das Spiegelbild meines Sohnes zu sehen. Beide hatten die gleiche Statur, den gleichen dichten Bart und die gleiche ruhige Art. »Ich weiß, dass sie langsam taub wird, Tante Minnie, aber könnte der Gehörverlust auch den Verstand trüben?«

»Ihr Verstand ist durch den Verlust ihres Mannes getrübt«, erwiderte ich. »Mit dem Gehör hat das nichts zu tun. Sie weiß, dass er tot ist. Sie erträgt es nur nicht, sich das einzugestehen.«

»Die öffentliche Aufbahrung in Westminster haben wir

ihretwegen angeordnet. Wir dachten, es könnte ihr helfen, darüber hinwegzukommen, wenn die Leute ihren Respekt bekunden.« Er strich sich über den Bart, und erneut fühlte ich mich an Niki erinnert. »Hoffentlich kannst du sie trösten. Sie lässt ja niemanden an sich heran. Sie sitzt nur immer in diesem Zimmer …«

Ich schenkte ihm ein aufmunterndes Lächeln. »Ich werde tun, was ich kann. Sie wird bereit sein, wenn es so weit ist. Kümmere dich jetzt um dein Reich und deine Familie. Du wirst gebraucht.«

Die vornehme Fassade von Schloss Sandringham mit den vielen Erkerfenstern und Türmchen strafte das Innere Lügen. Die Prunkräume waren zwar geräumig – wenn auch überfüllt –, doch in den Wohnquartieren der königlichen Familie herrschten Enge und Dunkelheit. Allerdings hatte Alix hier, auf diesem Landgut, ihre Kinder aufgezogen, und hierher hatte sie sich zurückgezogen, um dem Klatsch über Berties Seitensprünge zu entgehen.

Alix' Kammerfrauen, von denen viele ihr schon in den langen Jahren als Prinzessin von Wales gedient hatten, trugen allesamt Trauer. Hastig rappelten sie sich auf, als ich in den Vorraum der Suite trat. Als unergründliche Britinnen trugen sie alle identische Dutts und die gleiche steife Miene zur Schau, womit sie mich sofort an jene Trauerversammlung erinnerten, mit der sich Victoria umgeben hatte. Ich kannte ihre Namen nicht und hatte mich auch nie damit abgegeben, sie mir zu merken, wenn Alix sie erwähnt hatte. Auch jetzt versuchte ich erst gar nicht, meine Wissenslücken zu schließen.

Stattdessen fiel ich gleich mit der Tür ins Haus. »Wo ist Ihre Majestät, die Königin?«

»Ihre Majestät, Königin Mary, ist im Buckingham Palace«, antwortete eine Frau mit spitzer Nase, die von Kopf bis Fuß in Schwarz gehüllt war. »Ihre Majestät, die Königinmutter, ist gegenwärtig in ihrem Schlafzimmer und …«

Ich marschierte kurzerhand an ihr vorbei. Hinter mir hörte ich ein unterdrücktes Aufkeuchen, dann riss ich auch schon die Schlafzimmertür auf und trat in einen Raum so dunkel wie eine Höhle.

Ich musste stehen bleiben und mich auf die Finsternis einstellen. Nach und nach erkannte ich eine Sitzecke und dahinter mächtige Vorhänge, die die Fenster verhüllten.

»Ich habe doch gesagt, dass ich nicht hungrig bin. Lasst mich allein.« Alix' körperlose Stimme war von irgendwo links zu hören. Ich tastete mich in diese Richtung vor und musste einem über und über mit gerahmten Fotografien beladenen Tisch ausweichen. Vorsichtig fragte ich: »Alix? Wo bist du?«

Stille. Dann bellte ein Hund, und ich sah sie mühsam aus einem Ohrensessel aufstehen. Ihr Haar war völlig zerzaust und hing ihr ins Gesicht. Sie hatte mich nicht gehört, aber ihr Hund hatte ihr gemeldet, dass jemand da war. Jetzt spähte sie in meine Richtung. »Minnie?«, fragte sie ungläubig. Dann stolperte sie auf mich zu. »Oh, Minnie! Sie haben mir meinen Bertie gestohlen!«

Als sie sich in meine Arme stürzte und ihr ungepflegter weißer Terrier misstrauisch meine Füße beschnupperte, ergriff mich einen Moment lang die lähmende Sorge, meine Schwester könnte tatsächlich den Verstand verloren haben. Nach allem, was ihr Sohn mir erzählt hatte, war das schließlich nicht völlig abwegig. Doch ich erkannte schnell, dass sie keineswegs wahnsinnig geworden war. Da sie sich weinend an mich klammerte und sich dann von mir zurück zu ihrem Sessel führen ließ, bedeutete das nur, dass sie nach dieser plötzlichen Wendung des Schicksals noch verwirrt war. Von einem Tag auf den anderen hatte es ihr den Mann geraubt, und das hatte sie noch nicht vollständig akzeptiert. Dass sie nicht geistig umnachtet war, erkannte ich an der Art und Weise, wie sie die Hand in einer eitlen, wenn auch matten Geste an ihr strubbeliges Haar hob, um es irgendwie zu glätten. Ihr Terrier hatte inzwischen entschieden, dass ich keine Bedrohung darstellte, und ließ sich auf einem Kissen vor ihrem Sessel nieder, um mich mit seinen traurigen braunen Augen zu beobachten.

»Er heißt Caesar«, sagte sie, als ich den bekümmerten Blick des Hundes erwiderte. »Bertie hat ihn angebetet. Schau dir sein Halsband an. Darauf steht, dass er dem König gehört. Vorher hatte er nichts für mich übrig. Aber dann ist er die ganze Zeit winselnd durch den Palast gelaufen. Schließlich habe ich ihn zu mir geholt. Seitdem ist er nicht für eine Sekunde von meiner Seite gewichen.« Sie versuchte zu lächeln. »Ihn stört es nicht, dass ich wie eine Vogelscheuche aussehe.«

Ich sehnte mich nach einer Zigarette, widerstand aber der Versuchung, denn Alix hatte den Qualm nie gemocht. »Alle machen sich große Sorgen um dich«, sagte ich mit erhobener Stimme, damit sie mich verstehen konnte.

»Wirklich?«, fragte sie, und die Augen glänzten wie Blutergüsse in ihrem Gesicht. »Sie werden mich bald genug vergessen.«

»Ach was.« Ich hielt Ausschau nach einer Glocke, mit der ich Tee anfordern konnte. »So etwas darfst du nicht denken. Erinnere dich lieber an das, was du mir nach Saschas Tod gesagt hast. Es ist ein schrecklicher Verlust, das weiß ich nur zu gut. Aber du hast deine Familie, für die du sorgen musst. George ist jetzt der König, und du musst ihn beraten. Das ist der Lauf der Welt.« Ich verwendete fast dieselben Worte wie sie damals, als sie mich getröstet hatte. »Egal, wie brutal oder ungerecht uns das erscheinen mag.«

»Das ist nicht dasselbe. George hat seinen Premierminister und das Parlament als Berater an der Seite. Die Königin ist jetzt Mary. Hier wird von einer Witwe erwartet, dass sie sich zurückzieht.«

Was sie sagte, war vollkommen vernünftig. Sorgen um ihren Verstand waren wirklich nicht angebracht.

»Du musst dich nicht zur Ruhe setzen, es sei denn, das ist dein Wunsch«, widersprach ich ihr sanft. Dann entdeckte ich endlich einen Klingelzug an der Wand und betätigte ihn. Da niemand kam, war ich selbst schon unterwegs in Richtung Tür, als diese abrupt geöffnet wurde. Ängstlich spähte die Dame mit der spitzen Nase herein; sie schien zu befürchten, mit irgendetwas beworfen zu werden. Erneut bellte Caesar. Die Frau prallte zurück. Der Hund also hatte diese Krähen in Schach gehalten.

»Heißer Tee«, sagte ich. »Machen Sie ihn stark. Und Kekse. Oder Scones mit viel Butter.«

»Minnie, ich habe keinen Hunger …«, protestierte Alix, doch ich hatte bereits die Hand gehoben und winkte die Frau hinaus. »Du wirst essen«, befahl ich und kehrte zu ihrem Sessel zurück. »Ich werde nicht dulden, dass du dich in ein Gespenst verwandelst. Du warst für mich da, als ich getrauert habe. Und jetzt bin ich für dich da.«

Tränen rannen ihr über die Wangen. »Was soll ich nur tun?«

Ich drückte sie an mich, behielt aber Caesar im Auge, der mich anknurrte. »Du wirst leben«, sagte ich. »Das ist alles, was du tun kannst.«

Sie weinte noch ein wenig, aber nicht einmal sie hatte unendliche Vorräte an Tränen. Als das Schlimmste überstanden war und sie ihrem Kummer in meinen Armen hatte freien Lauf lassen können, ließ sie mich ihr Haar bürsten und neu frisieren. Dann nippte sie am Tee, den ihre Hofdame ängstlich aufgetragen hatte, und knabberte ohne Appetit an einer Scheibe Toastbrot mit Marmelade, von der sie das meiste

Caesar gab. Offenbar hatte man weder Kekse noch Scones im Palast. Dabei hatte ich gedacht, derlei gehöre zu den Grundvorräten jedes britischen Haushalts.

»Hast du schon überlegt, wo du leben wirst?«, fragte ich, nachdem sie Caesar die Brotkrumen von der Schnauze gewischt hatte.

»Ich möchte hierbleiben. Es ist mein Zuhause. Bertie hat es für mich reserviert. George wird davon vielleicht nicht erbaut sein, weil er hier aufgewachsen ist und jetzt glaubt, er müsse es mit seinen Kindern auch so halten. Aber niemand kann von mir erwarten, dass ich in London residiere. Nicht bei all den Erinnerungen. Außerdem hat es mir dort nie gefallen.«

»Du kannst nach Hvidøre gehen, wann immer du willst. Wenn von dir erwartet wird, dass du dich zurückziehst, kannst du genauso gut reisen.« Bewusst vermied ich es, Berties Namen in den Mund zu nehmen. Wozu auch? Ich wusste ja bereits, wie sehr sie in ihrer Ehe gelitten hatte. Zwar hatte sie begonnen, ihn zu lieben, weil er ein gutmütiger Ehemann gewesen war, doch hatte sie stets das Gefühl gehabt, nicht gut genug für ihn und all den Schauspielerinnen und sonstigen aufregenden Frauen überhaupt nicht gewachsen zu sein, denen er mit der gleichen Begeisterung nachstellte, mit der er die Jagd und die Diplomatie betrieben hatte.

Sie stieß einen matten Seufzer aus. »Daran kann ich im Augenblick nicht denken, Minnie. Ich bin schrecklich müde.«

»Dann solltest du jetzt ruhen. Später ist noch genügend Zeit, alles zu regeln.« Ich führte sie in ihr Schlafzimmer, brachte sie ins Bett und setzte mich daneben. Caesar, dem Bertie offenbar nicht beigebracht hatte, auf die Grenzen zwischen Menschen und ihren Haustieren zu achten, sprang aufs Bett und schmiegte sich an sie. Binnen Sekunden schlief sie ein.

»Ich bin bei dir«, flüsterte ich. »Ich werde dich nie verlassen. Wir sind Schwestern für immer.«

Während die Menschen stundenlang Schlange standen, um den König in seinem Sarg zu sehen, tat ich mein Bestes, um Alix wieder vorzeigbar und würdevoll aussehen zu lassen. Zu meiner Erleichterung half sie mit, doch als wir kurz vor dem Staatsbegräbnis in den Buckingham Palace zurückkehrten, ertappte ich sie beim Sortieren ihrer Juwelen, die sie sorgfältig in Gruppen aufteilte und mit Etiketten versah.

»Was, um alles in der Welt, tust du da?«, fragte ich.

»Diese hier sind nicht mein Eigentum.« Sie deutete auf die größte Gruppe. »Sie gehören zur Krone. Jetzt muss Mary sie tragen.«

Ich warf einen Blick auf die Sammlung. Das war kein Vergleich mit den Juwelen, die ich als Zarin getragen hatte, oder mit einigen von meinen eigenen. Dennoch stellten sie einen beträchtlichen Schatz dar, insbesondere das Diadem, das Alix stets bei der Eröffnung des Parlaments trug, und eine Brosche in Form eines Schmetterlings aus Silber und Diamanten.

»Du musst sie behalten. Du hast sie all die Jahre getragen. Lass Mary die Stücke anlegen, die sie in der Schatzkammer aufbewahren. Oder im Tower. Wo immer sie ihre Kronjuwelen haben.«

»Minnie, das *sind* die Kronjuwelen! Es gibt ein Protokoll dazu.«

»Wird etwa jemand kommen und verlangen, dass du sie weggibst?« Noch während ich fragte, befiel mich eine ganz und gar nicht willkommene Erinnerung an den Tag, da Niki in Alexandras Auftrag zu mir gekommen war. »Ich habe meine nie hergegeben«, fuhr ich fort, unterließ es allerdings hinzuzufügen, dass ich genau das dann doch getan hatte. »Ich habe sie behalten und getragen.«

»Du hattest das Recht dazu. Ich muss die Stücke zurückgeben, die Bertie nicht für mich gekauft hat, und auf jedes Vorrecht verzichten. Das wird hier erwartet. George hat mir gesagt, dass ich bei der Beerdigung hinter Mary gehen muss.«

»Das wirst du ganz gewiss *nicht* tun!«, knurrte ich. Damit verließ ich sie und begab mich direkt zu George. Dass ich damit gegen jede höfische Etikette verstieß, als ich an seinen verdatterten Dienern einfach vorbeimarschierte, kümmerte mich nicht.

»Egal, was das Protokoll verlangt«, sagte ich, mit dem Zeigefinger fuchtelnd, »du hast doch bestimmt nicht vor, deine Mutter in die zweite Reihe zu verweisen. May hat ja noch ein ganzes Leben als Königin vor sich. Das hier wird der letzte Auftritt deiner Mutter an der Seite ihres Mannes, deines Vaters. In seinem Sarg.«

Er murmelte etwas davon, dass das höchst ungewöhnlich sei und er mit seinen zuständigen Beamten sprechen müsse, doch am Ende setzte ich mich durch. Alix schritt vor May als Erste hinter dem Sarg einher und besaß sogar den Mut, darauf zu bestehen, dass Caesar den Trauerzug anführte. So wurde er von einem Offizier des Highlander-Regiments unmittelbar hinter dem Sarg an der Leine geführt – noch vor den Staatsoberhäuptern, zu denen George und acht weitere Monarchen gehörten –, eine Brüskierung, gegen die Kaiser Wilhelm II. auf das Heftigste protestierte.

»Bertie liebte Caesar abgöttisch – mehr als unsere Kinder«, erklärte Alix nach der Bestattung. »Wieso sollte sein Hund dann nicht der Erste sein, der sich von ihm verabschiedet?«

Ihre Worte bestätigten mich in meiner Auffassung, dass sie mit der Zeit über den Verlust ihres geliebten Mannes und ihres Amtes als Königin hinwegkommen würde. Das Chaos, dem ich am Anfang meiner Witwenschaft ausgesetzt gewesen war, würde ihr erspart bleiben, denn May hatte zwar einen starken Willen, war aber keine Alexandra. So zeigte sie sich bereit, sich an Alix' Anwesenheit zu gewöhnen, und legte keinen übermäßigen Hochmut an den Tag.

Nach der Bestattung in der St.-Georg-Kapelle in Windsor überredete ich Alix dazu, mit mir zu unserem Haus in Dänemark zu fahren, wo Caesar begeistert am Meer herumtollte und auf allen Betten, Sofas und Sesseln nassen Sand hinterließ, denn sosehr ich ihn auch schimpfte, er ließ sich nichts sagen.

Dann mussten meine Schwester und ich uns trennen.

»Ich weiß nicht, wann wir uns wiedersehen werden«, sagte sie, die Arme um mich geschlungen, während Caesar winselte. »Wenn du bei mir bist, habe ich immer das Gefühl, fast alles überstehen zu können.«

»Ich komme dich jedes Jahr besuchen. Erst fahre ich nach England, und dann können wir gemeinsam nach Hvidøre reisen. Ich verspreche dir: Solange ich lebe, wirst du nie allein sein.«

Erst als meine Jacht Segel gesetzt hatte und in Richtung Russland unterwegs war, begriff ich, dass wir die Rollen getauscht hatten. Aus meiner älteren Schwester, die ich einst als mein Vorbild bewundert und beneidet hatte, die als Erste geheiratet und mich zurückgelassen hatte, war nun diejenige geworden, die auf mich angewiesen war, mehr denn je, denn das Königreich ihres Sohnes war eine von keinem Nachbarland angefochtene Insel. Außerdem war sie jetzt die Königinmutter, die sich mit ihren Gärten, ihren Enkeln und gelegentlichen Besuchen auf ihrem Landsitz begnügen musste.

Den gleichen Luxus wie sie genoss ich nicht. In meinem Alter hätte ich mir dieselbe Stellung wie sie sichern und mich an meinem Lebensabend langweilen sollen, doch Russland brauchte mich; meine Kinder, obgleich erwachsen und gegen meinen Rat immun, konnten ohne mich nicht auskommen.

Vieles hatte sich zwischen Alix und mir geändert; trotzdem beneidete ich sie immer noch.

Als ich nach St. Petersburg zurückkehrte, war sein Name allgegenwärtig. In den Salons, wo die Damen der Gesellschaft lautstark verlangten, ihn empfangen zu dürfen; in den Tavernen und an den Verkaufsständen am Flussufer, wo er mit allem möglichen Abschaum verkehrte, und in den Zeitungen, die einander mit Spekulationen über diesen geheimnisvollen Mönch überboten, der zu einem derart intimen Vertrauten der kaiserlichen Familie geworden war.

Die Journalisten täuschten sich übrigens. Er war kein Mönch. Heilige Weise meditierten in Klöstern, suchten in Einsamkeit und Stille die göttliche Wahrheit. Weder besuchten sie begierige würdige Damen in deren Palästen, noch empfingen sie Anhängerinnen in ihrem Haus; sie verbrachten ihre Nächte nicht damit, Wodka zu trinken oder in den Vergnügungsstätten von Nowaja Derewnja Gelage abzuhalten, und schon gar nicht verkündeten sie, dass ihr eigener Hang zur Sünde der einzige Weg zur Erlösung sei.

Niemand hatte herauszufinden vermocht, was genau hinter Rasputins Besuchen in Zarskoje Selo steckte, doch wie ich befürchtete, war das nur eine Frage der Zeit, da er von Diskretion nicht allzu viel zu halten schien. Fürs Erste wahrte er jedoch Schweigen. Er mochte seine Verbindung mit Väterchen Zar oder Mütterchen Zarin an die große Glocke hängen und ihre Namen bei jeder Gelegenheit im Mund führen, wie das jeder fromme Bauer tat, aber über Alexej verriet er kein Wort. So war er Teil der Verschwörung geworden, wenn auch auf andere Weise als der Rest von uns.

Zu guter Letzt gewann die Neugier die Oberhand über mich. Empfangen konnte ich ihn nicht – das wäre undenkbar gewesen –, doch ich sagte mir, dass ich gut daran täte, möglichst viel über ihn herauszufinden. Ein einfacher Mann wie er – und so nahe am Thron … Womöglich hegte er Ambitionen, die über das Offensichtliche hinausgingen.

So beugte ich mich dem Unvermeidlichen und stattete Prinzessin Jussupowa einen längst überfälligen Besuch ab.

Schlank und schön, mit kristallklaren hellgrünen Augen und Haar so schwarzblau wie Rabengefieder, hatte Sinaida zu den unverzichtbaren Gästen unserer Galas gehört, als Sascha noch gelebt hatte. Erben eines ungeheuren Vermögens, verfügten sie und ihr Mann über hundertsechzigtausend Morgen Land und dreißig Landgüter mitsamt Schloss. Ihre Edelsteinsammlung, die sogar die kaiserliche übertraf, enthielt unter anderem die berühmte Peregrina-Perle, ein Erbstück aus dem spanischen Königshaus, und ein Paar Diamantohrringe, die Marie Antoinette getragen hatte. Ihre Stadtresidenz war ein safrangelber Palast am Fluss Moika, ganz in der Nähe des Palastes meiner Tochter Xenia. Dieses Gebäude aus der klassischen Epoche bot nicht nur Wohnräume und alles, was dazugehörte, sondern umfasste auch ein eigenes Privattheater sowie mehrere Kunstgalerien mit Tausenden unschätzbar kostbaren Gemälden.

In elegantes Schwarz gekleidet, empfing sie mich in ihrem riesigen roten Salon mit Rokoko-Stuck und Deckenfresken. Bei starkem türkischem Kaffee sprach sie mir unter anmutigem Lächeln ihr Beileid für Berties und Wladimirs Tod aus; Letzteren hatte sie gut gekannt.

»Wie tragisch, wenn man seinen Mann zu Grabe tragen muss«, murmelte sie. »Aber das wissen Sie selbst am besten, Minnie.«

»Es kommt wohl ganz auf seine Frau an.« Ich nippte an ihrem bitteren Kaffee und gab noch ein Stückchen Zucker in das dunkle Gebräu.

»Oder auf ihn selbst.« Sie lachte. Sie hatte ein feines Lachen, das sie in den Salons bis zur Perfektion geübt hatte. Da sie wusste, dass die Augen aller Anwesenden auf sie gerichtet waren, hatte sie es nie nötig, die Aufmerksamkeit auf sich zu lenken. »Wie geht es Ihrer Majestät, Ihrer Schwester?«, erkundigte sie sich. Alix' offiziellen Titel benutzte sie bewusst. Vertraulichkeiten maßte Sinaida sich nie an.

»Den Umständen entsprechend. Offenbar gibt es in England keine Regelungen für die Versorgung einer Königinwitwe. Alix musste ihre Juwelen zurückgeben.«

»Alle?« Sinaida verstand es, sich einen Schock nicht anmerken zu lassen. Doch der Art und Weise, wie sie die gezupfte Augenbraue hochzog, entnahm ich, dass sie wie ich entrüstet war.

»Alle königlichen«, sagte ich. »Verliert eine Frau ihren Mann, hat sie doppeltes Pech: Sie muss auch auf ihren Schmuck verzichten – wenn ihr Mann zufällig der König war.«

Sinaida schnalzte missbilligend mit der Zunge. Dann deutete sie mit ihrer weißen, von langen Fingernägeln gezierten Hand auf meine Tasche. »Lassen Sie uns zu Ehren des Anlasses rauchen, Minnie. Ihr letzter Besuch liegt lange zurück.«

Ich zog mein Zigarettenetui aus der Tasche.

»Cartier.« Sie nickte anerkennend, obwohl sie noch gar nicht die Insignien gesehen hatte. »Wie charmant! Er macht ja so herrlich innovative *objets d'art*. Mir ist zugetragen worden, dass unsere Großfürstin Pawlowna eine seiner größten Mäzeninnen in dieser Stadt ist.«

»Und zweifellos sind die unbezahlten Rechnungen, die das beweisen, bei ihm geblieben.« Ich zog zwei Zigaretten aus dem Etui und bot ihr mein Feuerzeug an.

Sie lächelte. Als in der guten Gesellschaft geborene und aufgewachsene Frau betrieb sie Klatsch als Zeitvertreib. »Großfürst Wladimir muss den Tag bereut haben, an dem er ihr das Jawort gab – zumindest, was den Zugriff auf sein Vermögen betraf.«

Wir lachten, zwei Frauen, die bei Kaffee in einem Salon rauchten, der fünfhundert Personen fasste. Während sie die Asche ihrer Zigarette über einem wertvollen Fabergé-Teller abklopfte, fragte sie unvermittelt: »Habe ich Sie mit etwas gekränkt?«

»Nein, nein. *Ich* bin diejenige, die sich zu lange nicht gerührt hat. Meine Verpflichtungen dieser Tage …« Ich seufzte. »Anscheinend reise ich nur noch eilig ins Ausland, kehre heim und breche gleich wieder auf … Das muss der Preis für die Langlebigkeit sein. Diejenigen, die wir lieben, verlassen uns, und wir bleiben zurück, nur um uns zu fragen, wann uns die Stunde schlägt.«

»Also bitte! Seit ich Sie zuletzt gesehen habe, sind Sie nicht um eine Stunde gealtert. Im Gegensatz zu einer bestimmten Person, die ich nicht weiter erwähnen werde, um uns nicht den Nachmittag zu verderben.«

Ich verstand. Sie und Miechen teilten eine Abneigung gegen Alexandra, die mit ihrem Unvermögen, sich wie eine Kaiserin zu verhalten, das St. Petersburger Nachtleben förmlich erstickt hatte. Die leeren Säle im Winterpalast, die einst im Lichterglanz erstrahlt waren, bewiesen das zur Genüge. Dort, wo ich die absolute Herrscherin gewesen war, hinterließ Alexandra eine verwaiste Ödnis.

»Eigentlich bin ich aus einem bestimmten Grund gekommen«, begann ich und schämte mich auf einmal dafür, dass ich so tief in meinem eigenen Leid versunken war und meine gesellschaftlichen Verpflichtungen vernachlässigt hatte. »Miechen hat mir gegenüber etwas über Felix Jussupow erwähnt.«

Sinaida machte eine Geste, woraufhin eine Dienstmagd, die sich außer Hör-, aber nicht außer Sichtweite in einer Ecke am anderen Ende des Saals befand, herbeieilte, um uns nachzuschenken und den Teller mit Petits Fours aufzufüllen. Danach schickte Sinaida sie hinaus. »Bitte sprechen Sie offen. Wenn ich helfen kann, stehe ich Ihnen zur Verfügung.«

Ich lächelte sie dankbar an. »Ich fürchte, Sie werden das für ziemlich albern halten.«

»Ganz und gar nicht. Irina ist Ihre Enkelin. Ihretwegen habe ich bereits ein ernstes Wörtchen mit Felix gesprochen. Er braucht gar nicht daran zu denken, ihr einen Heiratsantrag zu machen, bevor sie nicht siebzehn geworden ist.«

Zu spät fiel mir ein, was auch Miechen über meine Enkelin und den Jussupow-Prinzen angedeutet hatte. »Ist es schon so weit gegangen?«

Eine andere hätte jetzt unsicher gewirkt, Sinaida nicht. »Ich dachte, Sie wünschten, die Angelegenheit in Xenias Namen zu erörtern? Nun wird mir klar, dass mein Sohn vielleicht gar nicht derjenige ist, den sie und Sandro sich als Irinas Gemahl gewünscht hätten.«

Ich schluckte. Sinaida musste auch Wind davon bekommen haben, dass meine Tochter sich von ihrem Mann getrennt hatte. Kurz und gut, ich konnte der Frage nicht ausweichen. »Xenia hat nichts dazu gesagt. Sie … sie hält sich jetzt oft auf der Krim auf. Darum weiß sie vielleicht noch gar nichts von Felix' Gefühlen für Irina. Aber ja, die Entscheidung würde bei ihr und Sandro liegen; sie sind Irinas Eltern.«

»Ich verstehe.« Zu meiner Erleichterung hörte sie mir aufmerksam zu, bis ich die Stimme verschwörerischen senkte, was in dieser Situation allerdings gar nicht nötig gewesen wäre. »Eigentlich bin ich wegen Grigori Rasputin gekommen.«

Sie verriet keine Regung, doch schlagartig spürte ich bei ihr eine innere Anspannung, als hätte sich ein nicht identifizierbarer, fauliger Geruch im Saal ausgebreitet. Dann sog sie elegant an ihrer Zigarette und sagte in die zwischen ihren Lippen hervorquellende Rauchwolke: »Leider kann ich in dieser Angelegenheit nicht behilflich sein. Was immer Miechen Ihnen gesagt hat, das ist auch alles, was ich weiß.«

»Miechen nahm an, Felix könnte ihm begegnet sein, da Ihr Sohn sich für Mystik interessiert und deswegen sogar Ella in diesem Kloster bei Moskau aufgesucht hat. Da habe ich mir gedacht, dass Sie vielleicht …?«

»Liebste Minnie, Sie haben doch auch erwachsene Söhne. Wie oft erzählen sie Ihnen von ihren Interessen oder Bekannten?«

»Selten.« Ich rang mir ein Lächeln ab. »Wie gesagt, es ist nur eine alberne Vorstellung …«

»Überhaupt nicht. Wenn ich Sie wäre, würde ich mir ebenfalls Sorgen machen. Darf ich ehrlich sein?« Und als ich nickte, sagte sie ruhig: »Ihre Kaiserliche Hoheit macht sich nirgendwo beliebt. Wenn nun unsere Kaiserin einen solchen Mann in ihrem Palast aufnimmt, obwohl sie vier junge Töchter hat und einen Sohn, der eines Tages den Thron erben wird, ist das nicht nur unschicklich, sondern auch sehr gefährlich. Ich brauche Sie wohl nicht daran zu erinnern, wie schwierig unsere Lage ist. In der Duma herrscht das Chaos; die Geheimpolizei läuft Amok; die Revolutionäre legen überall Bomben und drohen mit Zerstörung und Vernichtung – sie ahnt nicht, was sie sich möglicherweise ins Haus holt. Ein Wolf ist und bleibt ein Wolf – selbst wenn er heilige Gewänder trägt.«

Es überlief mich eisig. »Sie glauben, er ist … ein *Wolf*?«

»Ja. Ich kenne ihn nicht persönlich, aber man muss einem Wolf nicht über den Weg gelaufen sein, um zu wissen, wann man die Tür verriegeln muss.« Sie drückte ihre Zigarette auf dem Teller aus. »Ich kann sagen, dass Felix Ella tatsächlich besucht und als Inspiration empfunden hat, denn sie hat Großfürst Pauls Kinder aufgezogen, nachdem man Sergej zu ihrem

Vormund ernannt hatte; dann hat sie nach Sergejs Tod dafür gesorgt, dass die junge Maria mit dem Prinzen von Schweden verlobt wurde, und darauf bestanden, dass ihr Bruder Dmitri seine Schule abschloss, bevor er in seinen Palast ziehen durfte. Erst danach hat sie ihre Besitztümer verkauft, um den Erlös ihrem Kloster zu stiften. Solche Frömmigkeit ist beispielhaft. Felix war so beeindruckt, dass er gelobt hat, dasselbe zu tun. Ich stehe in Ellas Dankesschuld, weil sie meinem Sohn die Augen für das Leiden auf dieser Welt geöffnet hat.«

Fast wäre ich in Lachen ausgebrochen. »Er möchte ein *Kloster* beschenken?«

»Einstweilen«, erwiderte sie trocken. »Ich habe ihm gesagt, dass er als mein einziger überlebender Sohn zuallererst die Aufgabe hat, den Fortbestand unseres Geschlechts zu sichern. Er kann heiraten und mir Enkelkinder schenken, und danach darf er sich von mir aus der Wohltätigkeit widmen. Ich wage zu behaupten, dass es für mich eine Erleichterung sein wird, denn für seine Ziellosigkeit habe ich durchaus einen hohen Preis bezahlt.«

»Ich kann Sie besser verstehen, als Sie sich das vorstellen können«, seufzte ich. Mir war auf Anhieb Mischa eingefallen, dessen Geliebte Natalia einen Sohn auf die Welt gebracht hatte, als er sich auf seiner großen Reise befand. Das wiederum hatte bei ihm den Drang ausgelöst, sie sofort zu heiraten, obwohl ich ihn inständig gebeten hatte, sich noch etwas zu gedulden.

Sinaida musterte mich nachdenklich. »Wenn Sie mit Felix persönlich sprechen möchten, schicke ich ihn zu Ihnen, sobald er zurück ist. Gegenwärtig ist er nicht in Russland. Ich habe ihn nach Oxford gesandt, damit er bildende Künste studiert. Ich habe ihm klipp und klar gesagt, wenn er die Hoffnung hegt, Irina zu heiraten, muss er Interessen pflegen, die über Rennpferde und Kleidung hinausgehen.

Allerdings glaube ich nicht, dass er diesen Mann, Rasputin, persönlich kennt. Mein Sohn mag seine Eigenheiten haben, aber ich denke, ich hätte davon gehört, wenn die zwei einander begegnet wären. So groß ist die Stadt nicht, dass Felix sich unbemerkt mit jemandem treffen könnte, über den alle sprechen, vor allem dann nicht, wenn es sich um einen Mann von Rasputins Ruf handelt. Ich werde Sie natürlich in Kenntnis setzen, falls ich vor Felix' Rückkehr mehr entdecke.«

»Danke«, sagte ich und trank meinen Kaffee aus. Nachdem ich mich blamiert hatte, ohne irgendetwas zu erfahren, was ich nicht schon vorher gewusst hatte, fühlte ich mich leer und niedergeschlagen. »Wie auch immer, ich sollte wirklich mit ihm sprechen. Xenia wird meine Meinung über ihn hören wollen, falls er meiner Enkelin einen Heiratsantrag macht.«

»Ja, das müssen Sie wohl. Ich will mir ganz sicher sein, dass Sie keine Einwände haben. Felix kann sehr entschlossen auftreten, wenn er sich etwas in den Kopf gesetzt hat, und er *ist* entschlossen, Irina zu heiraten. Wie gesagt, er gibt sich Mühe, seine Gewohnheiten zu ändern, muss sich aber noch mit seiner Vergangenheit auseinandersetzen.«

Anstandshalber blieb ich noch etwa eine Stunde bei ihr, erkundigte mich nach unseren gemeinsamen Bekannten und den neuesten Intrigen am Hof. Nichts davon vermochte mich jedoch zu trösten. In früheren Jahren hätte ich mich an den Neuigkeiten über Ehebruch und Affären, den Notlügen und Konkurrenzkämpfen geweidet, doch jetzt hatte ich das Gefühl, dass die Welt, in der ich einst so erfolgreich gewesen war, mich weit hinter sich gelassen hatte. In der Gesellschaft hatte man nicht aufgehört, einander hinsichtlich Ausgaben und besonderen Taten in den Schatten zu stellen; wie auf einem Karussell wirbelte man immer schneller im Kreis, ohne sich je Gedanken um die Zukunft zu machen.

Sinaida war klug, doch die meisten unserer Bekannten waren das nicht. Sie sahen den Wolf nicht, der durch die Gegend pirschte, und ihre Haustüren blieben weit offen.

35

»Niki hat mich zurückgewiesen!«, beklagte sich Olga.

Ich saß in meinem Arbeitszimmer und tat mein Bestes, Mischas Blick auszuweichen. Mein größer Wunsch wäre es in diesem Augenblick gewesen, einfach mit Kurs auf Dänemark in See zu stechen. Sie waren als vereinte Front zu mir gekommen, auch wenn Olga sich gerade in eigener Sache beklagte. »Peter kann weiterhin das Privileg genießen, sich als Großfürst zu bezeichnen, während ich als die launenhafte Ehebrecherin gelte.«

»Peter darf sich eben *nicht* Großfürst nennen«, widersprach ich. »Niki weiß, dass ihr euch getrennt habt, und wird ihm diesen Titel verweigern.«

»Als ob das etwas helfen würde«, murmelte Olga.

Wir hatten diesen Streit schon so oft geführt, wenn auch nicht in Anwesenheit meines jüngsten Sohnes, der die Gemüter nur zusätzlich erhitzte. Und da ich nicht wusste, was ich meiner Tochter sagen sollte, beschränkte ich mich darauf, meinen Rat zu wiederholen, der allerdings auch in meinen eigenen Ohren wenig überzeugend klang.

»Wir sind mit zu viel Aufruhr konfrontiert. Unsere neue Duma ist kaum eröffnet, und schon beschweren sich alle. Premierminister Stolypin droht mit seinem Rücktritt, und die Revolutionäre planen Tag und Nacht unseren Sturz. In einer solchen Situation seiner Schwester die Scheidung zu gestatten würde Schande über uns bringen, und das kann Niki nicht zulassen.«

»Die Schande ist in seinem eigenen Palast.« Olga nahm

dieser Tage nur selten ein Blatt vor den Mund, schon gar nicht, wenn es um ihren Kulikowski ging. »Zuallererst sollte er sich um seine Frau kümmern, die diesem Mönch gestattet zu bestimmen, wer dieses oder jenes Amt bekommt.«

Ich fuhr hoch. Olga blitzte mich wütend an. »Es würde in allen Zeitungen auf der ersten Seite stehen, würde die Ochrana nicht jeden Redakteur verhaften, der seinen Namen erwähnt. Vielleicht sollte ich statt Niki Rasputin bitten, mir meine Scheidung zu gewähren.«

»Der Mann ist kein Mönch.« Ich seufzte müde.

»Was immer er ist, er hat mehr Einfluss als wir.« Sie wandte sich an Mischa. »Ich habe dir ja gesagt, dass sie nicht zuhören wird. Vielleicht kannst du besser argumentieren. Ich kehre jedenfalls zu Xenia zurück. Hier halte ich es keine Sekunde länger aus.« Und bevor ich etwas auf ihr hartes Urteil entgegnen konnte, stürmte meine Tochter hinaus und schlug die Tür hinter sich zu.

Ich blickte Mischa in die Augen. »So kann es nicht weitergehen. Olga kann nicht mit ihrem Liebhaber durch die Stadt stolzieren, solange sie noch verheiratet ist. Was für ein Beispiel gibt sie damit?«

Er warf seinen Hut auf den leeren Stuhl. »Vielleicht sollten Sie lieber einmal mit Niki über gute und schlechte Beispiele sprechen. Er will nichts von einer Scheidung wissen, die es Olga gestatten würde, Kulikowski zu heiraten. Und warum nicht? Weil der Mann nicht von adeligem Stand ist. Genauso wenig erlaubt er mir und Natalia zu heiraten, obwohl wir zusammen einen Jungen haben. Aber diesem Rasputin lässt er freie Hand.«

»Das … das wusste ich nicht«, murmelte ich. Jetzt wünschte ich, ich hätte die Sache gleich nach meinem Besuch bei Sinaida in die Hand genommen und Niki zur Rede gestellt. »Trifft es zu, dass er Alexandras politischer Berater ist?«, fragte ich.

Mischa nickte. »So lautet das Gerücht. Was Niki in seinem Palast tut, ist natürlich seine Sache. Ich möchte nur, dass er uns dasselbe Recht zugesteht. Stattdessen lässt er Olga leiden, und meine Natalia muss wie eine Gefangene leben, weil kein Mitglied der Gesellschaft bereit ist, sie zu empfangen.«

»Ich hatte dich gewarnt. Sie ist ohne Rang und Namen.«

»Sie hatten mir versprochen, sich für mich einzusetzen.« Noch beherrschte er sich, doch ich spürte, dass er wie Olga seine Grenze erreicht hatte. »Haben Sie das getan?«

»Was soll ich ihm denn sagen? Niki kann nicht zulassen, dass du dein Leben wegen einer Frau von niederem Stand wegwirfst.«

Ich konnte förmlich sehen, wie er innerlich gefror. Es war genauso wie bei Sascha, wenn er mit einem Kompromiss konfrontiert wurde, auf den er sich nicht einlassen konnte. »Nun, ich werde sie trotzdem heiraten. Auch wenn wir dann ins Ausland gehen und im Exil leben müssen.«

»Mischa. Bitte warte noch ein wenig. Lass dich nach Gattschina in die Reitergarde zurückversetzen. Meine Villa dort steht leer. Natalia kann mit deinem Sohn dort wohnen. Und hat die Gesellschaft erst erfahren, dass ich sie akzeptiert habe, werden dir alle Türen offen stehen. Wenn der richtige Zeitpunkt gekommen ist …«

Er unterbrach mich. »Es wird *nie* einen richtigen Zeitpunkt geben.« Danach verfiel er in Schweigen, ehe er schließlich seinen Hut nahm und ging. Immerhin knallte er die Tür nicht zu.

Einen Monat später brachte er Natalia nach Gattschina. Nachdem ich sie bis dahin nie zu Gesicht bekommen hatte, war ich überrascht. Mit ihren zweiunddreißig Jahren war sie nicht besonders schön, sondern für meine Begriffe eher gewöhnlich. Doch dass die zwei einander liebten, ließ sich nicht leugnen. Ich erkannte das an der Art und Weise, wie sie einander anschauten und diese schnellen Blicke wechselten, bei denen ich mir unsichtbar vorkam.

Und als ich ihren stämmigen kleinen Jungen mit dem schiefen Lächeln und dem raubtierhaften Appetit sah, den sie zu Ehren meines verstorbenen Sohnes Georgi getauft hatten, schoss mir unwillkürlich in den Sinn: endlich ein echter Romanow. Sofort schämte ich mich für den Vergleich mit dem schwächlichen Erben, den Alexandra auf die Welt gebracht hatte. Doch genau in letzterem Umstand lag der Grund für die unhaltbare Situation, in der ich mich befand. Hätte der kleine Alexej nicht den »Hessischen Fluch« seiner Mutter geerbt, gäbe es jetzt weder Rasputin noch Zwietracht in der Familie. Das Thema Scheidung wäre vielleicht immer noch eine Streitfrage gewesen, wäre aber wohl weit in den Hintergrund gerückt, hätten wir einen gesunden Zarewitsch gehabt.

Meinen neuesten Enkel kennenzulernen verlieh mir frische Kraft, wenngleich es in den Beziehungen zu allen meinen Kindern Streit und Hader gab. Dennoch erforderte es einen unerwarteten Besuch von Premierminister Stolypin, um mich zum Handeln zu bewegen.

Stolypin, ein untersetzter, kahlköpfiger Mann mit gewachstem Bart und stahlgrauen Augen, warnte mich, dass in der neuen Duma von dunklen Mächten im Umkreis des Thrones gemunkelt wurde.

»Sie haben endlich meine Gesetze zur Reformierung der Räte in den Provinzen und zur Gewährung von Zuschüssen für den Bauernstand gebilligt«, begann er. »Doch der Staatsrat verweigert seine Zustimmung. Die Schuld wird Rasputin gegeben. Aufgrund seines engen Kontakts zu Ihrer Majestät hätte er die Entscheidung des Rats negativ beeinflusst.«

Beunruhigt hörte ich zu. Was ich befürchtet hatte, war also bereits eingetreten. Der Mystiker verfolgte geheime Absichten, und Alexandra ermunterte ihn dazu.

»Unser Metropolit hat ihn exkommuniziert, als er von seinen Lastern erfuhr«, fuhr Stolypin fort. »Und ich habe für Seine Majestät ein Dossier verfasst, in dem ich alles aufgeführt habe, was ich über diesen Mann in Erfahrung bringen konnte. Seine Majestät schlug jedoch vor, ich solle mit Pater Grigori persönlich sprechen. Was ich getan habe.«

»Und …?« Ich erinnerte mich an das Protokoll, das ich über Dr. Philippe verfasst hatte – und an Nikis schroffe Reaktion. Auf keinen Fall wollte ich, dass Stolypin in Ungnade fiel, denn er verstand es wie niemand anders, die Duma zu zügeln; wir waren dringend auf ihn angewiesen.

»Zweifellos glaubt er, große Macht zu besitzen«, erklärte Stolypin. »Er versuchte, mich mit seinen sonderbaren Augen zu bannen. Dazu murmelte er unverständliche Worte und vollführte eigenartige Handbewegungen. Als ich ihn darauf hinwies, dass ich für solche Bauernfängerei nicht empfänglich bin, machte er keinerlei Anstalten, sich zu rechtfertigen. Im ganzen Leben habe ich noch nie solchen Abscheu für einen Menschen empfunden.«

Ich sank in meinem Sessel zurück. »Ist er so gefährlich?«

Als Stolypin meine Unruhe bemerkte, wurde sein Ton weicher. »Er ist kein Revolutionär, Majestät. Wenn er überhaupt etwas ist, dann ein glühender Verehrer des Zaren und der Zarin. Aber er ist immer noch ein Bauer, dem sie viel zu viel Glauben schenken. Und jetzt ist er unantastbar, weil sie ihm Narrenfreiheit gewähren.«

»Gott im Himmel.« Ich gab mir einen Ruck und richtete mich auf. »Was kann ich tun?«

»Nicht viel, fürchte ich. Es gibt da auch noch gewisse Briefe, die uns Probleme bereiten. Sie wurden ihm gestohlen, als er betrunken war. Danach wurden sie an eine unserer Zeitungen verkauft. Wir lassen die Ochrana danach fahnden, aber bislang wissen wir nicht, welche Zeitung in ihrem Besitz ist.«

Ich starrte ihn entsetzt an. »Briefe? Von wem?«

»Von Ihrer Majestät und Ihren Hoheiten, den Großfürstinnen.«

Ich schnappte erschrocken nach Luft. Stolypin hielt inne, als überlegte er, wie offen er sprechen konnte. Als ich die Augen nicht von ihm abwandte, sagte er: »Wie Ihrer Majestät bewusst sein muss, können Briefe falsch interpretiert werden, um bestimmte Zwecke in den Mittelpunkt zu rücken. Und viele unserer Journalisten sind heimliche Sympathisanten der Revolutionäre geworden. Wir können nicht jede Zeitung in der Stadt schließen. Wir haben unser Möglichstes getan, um die Vollmachten Seiner Majestät zur Unterbindung von Kritik an Rasputin in den Druckerzeugnissen durchzusetzen. So konnten wir immerhin die ungeheuerlichsten Übeltäter verhaften. Andererseits gilt eine freie Presse als wesentlicher Bestandteil der in der neuen Verfassung verankerten Freiheiten, die der Zar selbst in seinem Manifest aufgelistet hat. Bestimmte Privilegien kann er immer noch für sich in Anspruch nehmen, aber wenn er die Presse in diesem Ausmaß zensiert, erreicht er damit nur, dass er in der Duma die Befürchtung weckt, er habe nicht die geringste Absicht, sein Versprechen zu halten und die Reformen einzuführen.«

»Dann werde *ich* mit meinem Sohn sprechen«, sagte ich. »Wenigstens dazu bin ich in der Lage.«

»Majestät.« Er neigte dankbar den Kopf.

»In der Zwischenzeit müssen Sie darauf achten, dass die Duma sich nicht wegen Ihres Gesetzes zur Bodenreform zerstreitet. Wenn die Bauern ihr eigenes Ackerland erwerben können, hilft das ja vielleicht, die Unruhen zu beenden.«

»Ich muss nächsten Monat vor dem Staatsrat in Kiew sprechen. Das Gesetz *muss* verabschiedet werden. Doch ein Teil der neuen Ratsmitglieder ist von Rasputin empfohlen worden. Da sie in seiner Schuld stehen, werden sie so abstimmen, wie er es ihnen sagt.«

»Oder wie die Kaiserin es ihnen sagt. Sein Wort allein hat kein Gewicht.«

»Ich schätze die Weisheit Eurer Majestät überaus«, erklärte Stolypin, womit er andeutete, dass er woanders nur wenig Klugheit entdecken konnte.

Im folgenden Monat reiste Stolypin nach Kiew, um vor dem versammelten Staatsrat zu sprechen. Nach der Rede besuchte er mit Niki, Olga und Tatjana eine Aufführung von Rimski-Korsakows *Das Märchen vom Zaren Saltan* im Kiewer Opernhaus. Auf mein Drängen hin war mein Sohn als Geste der Unterstützung für seinen von allen Seiten angegriffenen Premierminister ebenfalls nach Kiew gereist. Obwohl im ganzen Opernhaus Sicherheitskräfte postiert waren, gelang es einem Revolutionär, einen Schuss auf Stolypin abzugeben, als dieser sich in der Pause mit einem General unterhielt. Der Attentäter wurde gefasst. Als der Premierminister, obschon schwer verwundet, zur kaiserlichen Loge aufblickte und sah, dass mein Sohn erschrocken aufgesprungen war, hob er warnend beide Hände, um ihn zurückzuscheuchen. Mitten im allgemeinen Durcheinander musste Niki seine zu Tode verängstigten Töchter in Sicherheit bringen.

Stolypin starb noch in derselben Nacht.

Nur wenige Tage nach der Beerdigung veröffentlichten die Zeitungen Alexandras Brief an Rasputin und verteilten per Hektografie erstellte Kopien in ganz St. Petersburg.

»Wie viel brauchst du denn noch?« Ich saß im Alexander-Palast und wedelte mit der Kopie, die vor meiner Tür abgelegt worden war. »Die werden jetzt überall verteilt. Jeder liest das. Du musst den Mann verbannen, bevor er ihren Ruf vollends ruiniert.«

Ich hatte mit meinem Ausbruch gewartet, bis der Nachmittagstee beendet war und meine Enkelinnen Olga und Tatjana, beide wegen der Geschehnisse in Kiew leichenblass, mich begrüßt hatten. Außerdem hatte ich Alexejs neueste Zeichnung von einem Pferd bewundert und heimlich sein dünnes, aber nicht weiter versehrtes Bein begutachtet, das immer noch in der Schiene lag. Und schließlich hatte ich gelächelt und höflich Konversation mit Alexandra betrieben. Inzwischen hatte sie den Stuhl mit den Rädern wieder verlassen und wirkte weniger verdrießlich, was auch daran liegen mochte, dass sie glaubte, Stolypins Ermordung hätte ihr genutzt. Unser verstorbener Premierminister hatte ihren Mystiker angegriffen, doch von einem Toten hatte sie nichts zu befürchten. Wenigstens hatte Niki Integrität bewiesen und den hochangesehenen Kokowzow, einen Verbündeten Stolypins, zum neuen Premierminister berufen. Kokowzow bot Rasputin ohne langes Federlesen eine beträchtliche Summe an, wenn er verschwand – eine Offerte, die der Mystiker allerdings ausschlug.

Kaum hatte Alexandra den Salon verlassen, um ihre Töchter bei einem Spaziergang unter der Aprilsonne zu begleiten, wandte ich mich Niki zu, der mich resigniert anstarrte.

»Sie wird nichts davon wissen wollen.« Er seufzte. »Er hat ihr prophezeit, dass, sollte ihm durch die Hand eines Mitglieds unserer Familie etwas zustoßen, das Ende unserer Dynastie besiegelt wäre. Und sie glaubt ihm.«

»Und *du*? Das ist ein sittlich verkommener Bauer, der zulässt, dass ein persönlicher Brief von ihr an die Öffentlichkeit gerät, und der jetzt unseren Untergang prophezeit, um den eigenen Kopf aus der Schlinge zu ziehen!«

»Pater Grigori hatte nie vor, irgendeinen Brief zu …«

»Mir ist egal, was er vorhatte. Mich interessiert nur, was *du* jetzt zu tun gedenkst.«

Bevor Niki antworten konnte, rief Alexandra von der Tür aus: »Wenn Sie irgendetwas über meine Angelegenheiten zu sagen haben, liebe Mutter, dann tun Sie das bitte! Und zwar *mir* gegenüber.«

Ich drehte mich in meinem Sessel um, als sie an mir vorbei zu ihrem Sofa schritt und sich setzte. »Es ist zu kalt für einen Spaziergang«, erklärte sie. »Ich habe die Mädchen bei Alexej und den Bediensteten oben gelassen.« Mit resigniertem Gebaren, als stellte sie sich auf einen unvermeidbaren Überfall ein, zog sie sich die Decke über die Beine.

»Es ist nicht mehr *deine* Angelegenheit. Jetzt befasst sich ganz *Russland* damit.«

»Nicht ganz Russland, eher nur St. Petersburg. Und für seine Bevölkerung ist es ohne Belang.«

Ich hielt ihren Brief hoch. »Soll ich ihn dir vorlesen, damit wir ermessen können, für *wen* er von Belang ist?«

»Ich habe ihn selbst geschrieben. Mir ist wohlbekannt, was darin steht.«

»Wirklich?« Ich zitierte laut: »Mein geliebter Erlöser und Berater. Wie ermüdend das Dasein ohne Dich ist! Ruhe findet meine Seele nur dann, wenn Du, mein unvergesslicher Lehrer, bei mir bist. Ich küsse Dir beide Hände und schmiege den Kopf an Deine gesegnete Schulter. Oh, wie leicht ich mich dann fühle! Nur eines wünsche ich mir: für immer in Deinen Armen einzuschlafen. Welch ein Glück, Deine Gegenwart in meiner Nähe zu spüren! Oh, mein Herz sehnt sich nach Dir. Komm schnell! Von schrecklichen Qualen verzehrt, warte ich auf Dich.«

Ihre Züge spannten sich an. Indes warf ich einen Blick zu Niki hinüber, der mit übereinandergeschlagenen Beinen dasaß und nicht bemerkte, dass die Zigarette zwischen seinen

Fingern zu Asche verglomm. Dass er entsetzt war, sah ich, vermochte aber nicht zu beurteilen, was ihn so erschütterte – die Worte seiner Frau oder die Dreistigkeit, mit der ich diese Worte vorlas?

»›Mein Herz sehnt sich nach Dir?‹«, wiederholte ich. »Willst du uns vor der ganzen Welt lächerlich machen und mit diesem unheiligen Wüstling unsere Zerstörung betreiben?«

Sie gab keine Antwort. Niki räusperte sich. »Das ist eine unerträgliche Verletzung unserer Privatsphäre. Kokowzow hat bereits das Verbot erlassen, unseren Namen mit …«

»*Dein* Name ist nicht damit verbunden. Der Brief ist mit ›M‹ unterschrieben. Das steht für Matuschka. Es ist *ihre* Privatsphäre, die auf unerträgliche Weise geschändet worden ist. Und das durch nicht weniger als ihre eigene Hand!«

Mit eisiger Ruhe sagte Alexandra: »Sind Sie fertig? Ich bin müde und wünsche zu ruhen.«

»Nein, ich bin *nicht* fertig.« Aufgebracht, weil ihre Demütigung sie überhaupt nicht zu kümmern schien und Niki keinerlei Bereitschaft zeigte, sich für mich einzusetzen, sprang ich auf und wedelte mit dem Brief. »Du glaubst, du kannst das einfach ignorieren, und es geht von selbst vorüber? Stolypin hat mir gesagt, dass es noch andere Briefe gibt, geschrieben von deinen eigenen Töchtern. Mir graut vor dem, was darin steht, denn sie folgen ja nur deinem Beispiel. Solange du dich weiter von ihm beraten lässt und den Kopf an seine Schulter schmiegst, wird der Sturm, den du entfesselt hast, unsere ganze Familie erschüttern, bis das Volk die Nase voll hat und unsere Tore stürmt! Dieser Kerl *muss* verbannt werden! Das fordere ich!«

Alexandra knirschte mit den Zähnen. »Sie *fordern* das?«, flüsterte sie, und in diesem Moment fiel die brüchige Fassade, der Anschein von Freundlichkeit, den wir Niki und den Kindern zuliebe gewahrt hatten, in sich zusammen wie ein Kartenhaus. »Ich weiß zu schätzen, dass Sie unser Augenmerk auf diese fürchterliche Verletzung allen Anstands gelenkt haben, aber Ihre Forderung ist unentschuldbar.«

»Unentschuldbar ist nur das hier!« Wütend schleuderte ich den Brief zu Boden. »Unentschuldbar ist die Art und Weise, wie du dich weigerst, zur Kenntnis zu nehmen, was vor deinen Augen geschieht.« Ich wirbelte zu Niki herum. »Er ist vom Metropoliten exkommuniziert worden. Nutze das als Anlass, ihn zu verbannen.«

Nikis Zigarette zerbröselte ihm zwischen den Fingern. Erschrocken zuckte er zusammen und holte sich aus der Vitrine an der Wand eine neue Schachtel. Während er sie öffnete, bat ihn Alexandra mit zuckersüßer Stimme, in der sie sorgfältig ihr Gift verbarg: »Bitte sag unserer liebsten Mutter, dass sie sich nicht zu sorgen braucht. Die anderen Briefe wurden entdeckt und uns zurückgegeben. Sag es ihr, Niki.«

Ohne mich anzuschauen, murmelte er: »Das ist wahr. Wir haben sie wieder in unserem Besitz.«

»Und sind Kopien davon angefertigt worden, bevor sie entdeckt wurden?«, fragte ich, unfähig zu begreifen, wie die zwei sich so gleichgültig geben konnten. Ich wusste doch, dass sie es nicht waren. Alexandras Brief allein war schon eine Katastrophe. Hätte ich sie nicht besser gekannt und nicht um ihre Überheblichkeit gewusst, hätte ich fast geglaubt, sie sei in diesen schmutzigen Bauern verliebt.

Da Niki nicht antwortete, fuhr ich fort: »Natürlich weißt du es nicht. Aber du kannst ihnen die Ochrana auf den Hals hetzen, dann werden sie nicht wagen, noch etwas zu veröffentlichen, selbst wenn sie noch mehr Kopien haben. Wir können dem allmächtigen Gott danken, dass es noch etwas gibt, das die Zeitungen fürchten, auch wenn das nicht du bist.«

Abrupt sah er auf. Ich hatte seinen Stolz verletzt. Mit Genugtuung registrierte ich, dass er die Schultern straffte und sich an Alexandra wandte. »Vielleicht ist es wirklich an der Zeit, ihn fortzuschicken.«

Sie erstarrte, das Gesicht bis auf die roten Zornesflecken auf den Wangen kreidebleich. »Und was sollen wir dann tun? Wie sollen wir unseren Sohn schützen? Wann war jemals ein einziger Russe mir wohlgesinnt? *Wann*?« Sie richtete die Augen auf mich. »Sollen sie doch sagen, was sie wollen. Ohne Pater Grigori haben wir keine Hoffnung. Er allein kann meinen Sohn heilen.«

Ich erwiderte ihren Blick, und mit einem Schlag traf mich die Erkenntnis. Für sie kam vor der Duma, vor dem Volk, vor Russland und sogar vor ihrer Familie immer erst Rasputin. Sie war tatsächlich in ihn verliebt. Mir wurde flau im Magen. Sie war in die Illusion verliebt, mit der er hausieren ging, in sein Angebot, umwickelt mit einem mystischen Versprechen, das er ihr ins Ohr wisperte: Solange er hier war, würde Alexej überleben. Um diese zarte Hoffnung zu schützen, war sie bereit, ausgerechnet den Mann zu verteidigen, der im Suff zugelassen hatte, dass ihr Brief in die falschen Hände geriet und ihr Name durch den Schmutz gezogen wurde. Und jetzt, von Schuld und Furcht geblendet, hatte sie alle Vernunft verloren.

»Für eine Weile vielleicht«, sagte Niki schließlich in den Abgrund zwischen uns hinein. »Wir schicken ihn auf Besuch zu seiner Familie in Sibirien. Nur für eine Weile«, fügte er mit erhobener Stimme hinzu, da sie bereits zum Widerspruch ansetzte. »Bei Alexej hat es länger nichts mehr gegeben, und wir werden ihn sorgsam überwachen, wie immer. Demnächst stehen in Moskau die Feiern zum hundertsten Jahrestag des Sieges über Napoleon an. Danach geht es weiter nach Liwadija, wo wir die Jagdsaison verbringen werden. Ein paar Monate Trennung werden keinem schaden. Wir dürfen nicht außer Acht lassen, wie das alles hier auf die Welt draußen wirkt.«

»Wie *was* wirkt?« Alexandra wickelte ihr Schultertuch um sich, als wollte sie sich in einen Kokon zurückziehen. »Er bittet nie um etwas. Er möchte nur dienen und Gottes Wort weiterverbreiten, um das Leiden auf der Welt in Christi Namen zu lindern. Niemand, der auch nur einen Funken Verstand hat, würde die schrecklichen Dinge glauben, die über ihn verbreitet werden.«

»Mittlerweile glaubt sie jeder, ob mit oder ohne Verstand«, warf ich dazwischen. »Falls du nichts dagegen unternimmst, wird man ihm diese schrecklichen Dinge auch weiterhin zutrauen – wenn nicht noch viel mehr.«

Ich war von Nikis Vorschlag nicht allzu erbaut. Exil wäre besser gewesen, doch wenigstens hatte er endlich einmal eine Meinung geäußert. Teilte er trotz seines passiven Gebarens am Ende doch mein Urteil über Rasputin? Vielleicht konnte er einfach nicht glauben, dass mehr dahintersteckte als die unschickliche Dankbarkeit einer besorgten Mutter einem Mystiker gegenüber, von dem sie glaubte, er könne ihren Sohn heilen. Andererseits musste ihn dieser Brief in seinem Stolz als Kaiser tief getroffen haben. Und nicht nur darin. Auch sein Mannesstolz musste einen schweren Schlag erlitten haben.

»Ich glaube, es wäre wirklich das Beste.« Niki versuchte zu lächeln. »Lass mich das erledigen.«

Alexandra wandte sich ab – von ihm und von mir. »Wenn du meinst«, murmelte sie.

Niki führte mich in sein Arbeitszimmer. Binnen einer einzigen Stunde schien er gealtert zu sein, und zwar weit über seine dreiundvierzig Jahre hinaus. »Bleiben Sie?«, fragte er. »Ihre Räume sind immer für Sie hergerichtet.«

»Nein. Mein Zug wartet am Bahnhof. Ich muss nach Gattschina zurück. Deine Frau wird Abstand von mir brauchen, und ich habe vor, ihr diesen Abstand zu gewähren. So viel, wie sie benötigt.«

Ich wandte mich zur Tür. »Mama«, sagte er, und ich hielt noch einmal inne. »Ich weiß, wie schwierig diese Situation für Sie ist. Sie hatten recht damit, so offen zu sprechen. Aber seien Sie versichert: Er wird fortgeschickt. Wollen Sie mit uns nach Liwadija fahren? Die Kinder freuen sich schon darauf. Und ich möchte Sie bei uns haben.«

Ich nickte zögernd, auch wenn ich mir nicht sicher war, ob ich die Familie wirklich begleiten sollte. »Ja, natürlich.«

Wie ich einen mehrmonatigen Urlaub zusammen mit Alexandra überstehen sollte, das war eine Frage, über die ich lieber nicht genauer nachdachte.

Nun, das Nachdenken blieb mir ohnehin erspart. Mitten in die Vorbereitungen für die Reise nach Liwadija hinein platzte die Nachricht, dass mein Bruder Freddy an einem Herzinfarkt gestorben war. Zu seiner Beerdigung in der Kathedrale von Roskilde begleiteten mich Olga – die wegen der Enttäuschung über ihren Mann einem Nervenzusammenbruch nahe war –, Mischa, Natalia und ihr Sohn. Aus England kam Alix. Kurz nach der Beisetzung wurde Freddys ältester Sohn als Christian X. zum König gekrönt.

Danach reisten Mischa und Natalia zu einem Erholungsurlaub nach Nizza. Olga, Alix und ich fuhren nach Hvidøre. Und als ob ein Unglück nicht genügte, erreichte uns dort die nächste Hiobsbotschaft, diesmal aus Griechenland: Mein anderer Bruder, Willy, hatte die Macht verloren. Nach einem Aufstand war das Reich in einen Krieg mit der Türkei verwickelt worden, und Willy war mit seiner Frau und ihren acht Kindern nach Italien geflohen, von wo aus er um seine Rückkehr verhandelte, sich aber strengsten Bedingungen beugen musste.

Während Olga ziellos den Strand entlangwanderte, was mich daran erinnerte, wie Sascha nach der Diagnose von

Georgis Erkrankung jeden Tag stundenlang umhergestreift war, haderten Alix und ich in meinem Salon mit unserem Schicksal.

»Die ganze Welt wendet sich gegen uns«, klagte ich.

Niedergeschlagen stimmte Alix mir zu – sofern sie mich überhaupt hörte, da ich es mir angesichts von dreißig Bediensteten im Haus nicht leisten konnte zu schreien.

Dann, wenige Tage später, erhielt ich ein weiteres Telegramm.

Mein Enkel Alexej lag im Sterben.

36

Zusammen mit Sascha war ich oft im königlichen Jagdschlösschen Spala in der Bialowiezer Heide in Polen gewesen. Jeden Abend waren die Kadaver der gejagten Tiere auf der Erde ausgebreitet worden, damit die Gäste sie bewundern und die Jäger stolz auf ihre Beute zeigen konnten, während die Damen sich parfümierte Taschentücher an die Nase pressten, um den Geruch nicht einatmen zu müssen.

Zerschlagen und durchgerüttelt nach der einwöchigen Kutschenfahrt über ungepflasterte Straßen, erreichte ich zu guter Letzt das Fachwerkgebäude. Als ich ins Freie kletterte, stank die Luft nach Blut und Tod. Weil ich am ganzen Körper steif war und vom langen Sitzen einen wunden Rücken hatte, humpelte ich ein wenig und musste mich bei Olga einhängen.

In dem mit Hirschköpfen und Geweihen geschmückten Empfangssaal genossen die Jagdgäste einen Aperitif und unterhielten sich angeregt über die Pirsch an diesem Morgen, als wäre sonst nichts geschehen. Als ich in Umhang und Schleier eintrat, fuhren sie überrascht herum, begrüßten mich dann auf das Lebhafteste und sprachen mir ihr Beileid zum Tod meines Schwagers aus. Ich tat indessen mein Bestes, um diesen freundlich gemeinten Ansturm abzuwehren und mich nach dem Verbleib meines Sohnes, des Zaren, zu erkundigen.

Endlich – ich dachte schon, ich müsse ein Glas Cognac hinunterkippen oder nach einem Jagdgewehr greifen – hastete Alexandras neue Hofdame, Anna Demidowa, die Haupttreppe hinunter und verkündete mit schriller Stimme: »Ihre Räume sind für Sie bereitet, Majestät! Ihre Kaiserlichen Majestäten warten bereits darauf, Sie zu empfangen. Kommen Sie, kommen Sie.« Sie deutete auf Olga, die zwischen unseren aufeinandergestapelten Koffern stand. »Lassen Sie Ihr Gepäck stehen. Ein Diener kann es nach oben bringen.«

Ich starrte sie böse an. *Natürlich* musste sich ein Diener unserer Sachen annehmen. Oder erwartete sie, wir würden das alles selbst die Treppenflucht hinaufschaffen? Doch Demidowa war jener anderen Anna ähnlich, die sich mit Alexandra angefreundet und sie mit Rasputin bekannt gemacht hatte, also nicht unbedingt das, was ich intelligent genannt hätte. Stämmig und blond, vom Aussehen die Tochter eines wohlhabenden Kaufmanns – was sie tatsächlich war –, hatte sie Alexandras Gunst mit unbedingter Loyalität und dem Verzicht auf eigene Ansprüche erworben. Was Bedienstete betraf, konnten sie Alexandra gar nicht fügsam genug sein, und dieser Bedingung wurde Demidowa vollkommen gerecht.

Kaum hatten wir den oberen Treppenabsatz erreicht, klang das Stimmengewirr der Gäste nur noch gedämpft herauf. Also würde man uns unten auch nicht mehr verstehen.

»Was soll das?«, blaffte ich. »Mein Sohn hat mir ein Telegramm geschickt. Darin stand, dass das Kind …«

Olga ergriff mich am Arm und drehte mich halb herum. Und da sah ich am anderen Ende eines Flurs Niki vor einer offenen Tür stehen. Er hielt sich den Zeigefinger an die Lippen.

»Du bleibst hier«, befahl ich Olga. Spät, fast zu spät begriff ich, dass ich in meinem Zorn beinahe das Geheimnis verraten hätte. All die Leute im Erdgeschoss, die Atmosphäre des geselligen Beisammenseins von Jagdkameraden, bevor das Töten am Nachmittag weiterging – ich war mir vorgekommen, als wäre ich mit einer erfundenen Geschichte den weiten Weg hierhergelockt worden.

»Ich weiß es«, zischte Olga mir ins Ohr. »Alicki hat es mir gesagt. Ich weiß, was mit Alexej ist.«

Ich brachte es nicht über mich, sie anzuschauen.

»Xenia weiß auch Bescheid«, murmelte Olga. »Ich habe es ihr erzählt. Jetzt gehen Sie doch.« Sie gab mir einen leichten Stoß in den Rücken. Auf einmal schien sich der Flur vor mir ins Endlose zu verlängern. Im Näherkommen erkannte ich, dass Niki einer Geistererscheinung glich. Seine Wangen waren eingefallen, die Augen tief in ihre Höhlen gesunken und von dunklen Schatten umrandet.

»Sie müssen ganz leise sein«, ermahnte er mich. »Er ist endlich eingeschlafen. Er hat Laudanum bekommen. Aber die Wirkung lässt schnell nach … die Schmerzen …« Er wandte sich ab, was es mir erlaubte, in das Zimmer zu treten.

Derewenko stand in der Ecke, Alexandra saß vor dem schmalen Bett auf einem Hocker. Gemessen an unseren Ansprüchen war Schloss Spala nicht luxuriös zu nennen. Erst kürzlich war es mit elektrischem Licht ausgestattet worden, das jedoch inmitten der dunklen rustikalen Einrichtung kaum für Helligkeit zu sorgen vermochte. Meine Schwiegertochter drehte sich nicht zu mir um. Das war auch gar nicht nötig. Ich wusste ohnehin, dass sie einem Gespenst gleichen musste, denn Alexej schien schon tot zu sein – zumindest im ersten Moment, da ich ihn sah.

Er war abgemagert und so bleich, dass sich überall blaue Adern unter der Haut abzeichneten – diese schwache Adern, die sein Fegefeuer auf dieser Welt darstellten. Sein linkes Bein, dasjenige, das von der letzten Blutung betroffen gewesen war, ruhte auf mehreren aufeinandergestapelten Kissen, sein Nachthemd war über den Bauch hochgezogen worden, seine Genitalien entblößt. Letzteres empfand ich kurz als obszön, doch es geriet schnell in Vergessenheit angesichts der riesigen entzündeten Schwellung in der Leistengegend.

»Ich werde ihren Platz am Bett einnehmen, selbst wenn es nur für eine Stunde ist.« Ich wollte an ihm vorbei zur Tür gehen, als er mit leiser Stimme sagte: »Sie wartet.«

Ich sah ihm in die Augen. »Worauf? Den Priester?« Natürlich musste das Kind die letzten Sakramente empfangen, und sie würde dabei sein wollen, wenn Alexej seinen letzten Atemzug tat.

»Auf eine Botschaft aus Sibirien. Sie glaubt, dass unser Freund uns eine zukommen lassen wird.«

»Wie? Per Brieftaube? Zum nächsten Telegrafenamt sind es Meilen.«

»Sie sagt, er wird es wissen. Er wird es spüren. Bei Stolypin war es auch so. Er sah ihn in einem Traum. Sah ihn in seiner Kutsche zur Oper von Kiew fahren. Er wachte auf und rief, dass der Tod den Premierminister verfolgte.« Niki seufzte. »Und so ist es ja auch geschehen.«

Darauf wusste ich keine Antwort. Entschlossen gingen wir zum Krankenzimmer. Bei Alexej angekommen, legte ich Alexandra die Hand auf die Schulter. »Lass mich eine Weile bei ihm wachen. Ich verspreche dir: Wenn er aufwacht, rufe ich sofort nach dir.«

Zu meiner Überraschung zögerte sie nicht. Mühsam erhob sie sich. Ihre matten blauen Augen bohrten sich in die meinen. »Er wird nicht sterben«, sagte sie. »Das weiß ich einfach.«

Tatsächlich erwachte er einige Zeit später – unter lautem Schreien. Das Fieber war in die Höhe geschossen, und er war ins Delirium verfallen. »Ich will unter dem Himmel begraben werden«, sagte er stöhnend. Diesmal ließ sich die Tragödie nicht verbergen. Eilig schickte Niki die Gäste fort. Ihre Beute auf die Dächer der Kutschen gebunden, ratterten sie davon und nahmen die Nachricht mit, dass man den Zarewitsch im oberen Stockwerk hatte schreien hören.

Niki ließ soeben die Verlautbarung für die Öffentlichkeit vorbereiten, als Alexej in solche Stille verfiel, dass Alexandra aufschrie und das Ohr auf seine schmale Brust presste. »Er atmet noch! Schicke unserem Freund eine Nachricht. Er wird kommen. Er wird wissen, wie er ihn retten kann.«

Als Niki sie in seine Arme schloss, hämmerte sie mit beiden Fäusten gegen seine Brust. »Schicke ihm eine Nachricht, ich flehe dich an!«

Im nächsten Moment stürzte sich Alexandra auf den Arzt, der neben dem Bett einen weiteren Laudanum-Trunk vorbereitete, und stieß ihm die Tasse mit solcher Wucht aus der Hand, dass ihr Inhalt an die Wand spritzte. »*Rühren Sie meinen Sohn nicht an*!«

Olga begann zu weinen und musste das Zimmer verlassen. Alexej hat vielleicht noch geatmet, doch als ich die Fingerkuppen an sein Handgelenk legte, um ihm den Puls zu fühlen, war er entsetzlich kalt. Das konnte nur der Tod sein, der sich anschickte, seinen hilflosen, kleinen Körper einzufordern. Während Niki Alexandra in ihr gemeinsames Schlafzimmer führte und sie vor Verzweiflung stöhnte, blieb ich bei meinem Enkel.

Trotz Derewenkos Anwesenheit, der regungslos dastand, senkte ich den Kopf und betete.

Ich bettelte nicht um ein Wunder. Ich flehte Gott nicht an, ihn zu verschonen. Ich betete einfach nur, er möge ihn schnell zu sich nehmen, ihn von dieser unerträglichen Bürde erlösen, die man ihm hier auferlegte. Ich betete dafür, dass Engel zu ihm herabschwebten und ihn auf ihren Flügeln in die Lüfte trugen.

»Jetzt«, wisperte ich. »Nimm ihn zu dir. Lass ihn keine Qualen erleiden. Er ist unschuldig.«

Stunden später – ich wischte ihm gerade wieder diesen hartnäckigen Schweiß von der Stirn, ohne dass er einen Laut von sich gab – gellte plötzlich ein Schrei über den Flur. Erschrocken sprang ich auf und presste mir unwillkürlich das mit Alexejs Schweiß getränkte Tuch so fest an die Brust, dass mein Mieder ganz nass davon wurde. Derewenko bewegte sich auf mich zu und streckte die Hand nach dem Tuch aus. »Majestät, ich kümmere mich um ihn, wenn Sie das Zimmer verlassen müssen.«

Ich zögerte. Sollte ich hinausgehen? Was, wenn Alexej …?

Atemlos erschien Olga in der Tür. »Es ist eingetroffen! Ein Telegramm. Ist den ganzen Weg von Warschau hierhergebracht worden … Kommen Sie schnell.«

Sie übernahm meinen Posten am Bett, und ich stürzte in den Flur hinaus. Als ich in den Korridor trat, der zu Nikis und Alexandras Zimmer führte, sah ich im flackernden Lichtschein der vor den Ikonen aufgestellten Kerzen Demidowa auf dem Boden knien, den Kopf auf die ineinander verklammerten Hände gesenkt. Ich eilte um sie herum und trat über die Schwelle in das Zimmer, wo ich Alexandra und Niki ebenfalls kniend antraf.

Alexandra bekreuzigte sich, stand auf und hastete ohne ein Wort an mir vorbei zurück zu Alexej.

Ich blickte Niki fragend an. Mit leiser Stimme sagte er: »Pater Grigori sagt, dass die Krankheit nicht so gefährlich ist, wie wir befürchten. Wir dürfen Alexej nicht zu sehr behelligen.«

Alexandra verriegelte die Tür. Ab sofort würden nur noch sie und Niki bei ihrem Sohn wachen. Lediglich Derewenko und Botkin durften außerdem noch zu ihm hinein.

Derart ausgesperrt, saßen Olga und ich am langen Tisch im Empfangssaal, während Demidowa uns mithilfe einer Dienstmagd eine Mahlzeit zubereitete. Seit die Gäste weg waren, herrschte Stille im Haus, sodass nur noch das Klirren unserer Löffel in der Suppenschale zu hören war. Schließlich brach ich abrupt das Schweigen.

»Warum hast du mir nicht gesagt, dass du über Alexej Bescheid weißt?«

Olga blickte auf. »Sie haben nie etwas über ihn gesprochen.«

»Niki hatte mich auf Geheimhaltung eingeschworen. Du hast gesagt, dass Alexandra es dir erzählt hat. Warum?«

»Sie wusste, dass Stolypin ein Dossier über Pater Grigori zusammengestellt hat. Sie hat mich zu sich zu gerufen, um mir zu erklären, dass er ein Mann Gottes ist. Er hilft Alexej und spendet ihr Trost.«

»Mir ist sehr wohl bekannt, welchen Trost er ihr spendet. Und ich wage zu behaupten, dass mittlerweile auch ganz St. Petersburg im Bilde ist. Wenn es je Zweifel gegeben hat, sind wir jetzt in jeder Hinsicht aufgeklärt. Ein einziges Telegramm aus Sibirien, und schon sperrt sie uns aus dem Krankenzimmer aus. Mein Enkel wird sterben, ohne dass wir uns von ihm verabschieden können.«

»Er wird nicht sterben«, widersprach Olga. »Pater Grigori sagt, dass er sich erholen wird. Alicki glaubt ihm, und sie flößt Alexej diesen Glauben ein. Der Glaube ist sehr mächtig, Mama. Wann haben Sie den Ihren verloren?«

»Ich *habe* meinen Glauben nicht verloren.« Aus den Augenwinkeln sah ich, wie Demidowa, die gerade an der Arbeitsplatte irgendeinen Braten für uns in Scheiben schnitt, innehielt, als ich meinen Stuhl jäh zurückschob. »Ich empfinde es als unerträglich, dass meine eigene Tochter es für angebracht hält, mich zu belehren. Ich brauche frische Luft und gehe jetzt spazieren.«

»Es ist schon fast dunkel«, warnte Olga mich. »Da können Sie nicht allein hinausgehen.«

»Warum nicht? Inzwischen werden die Jäger im Umkreis

von hundert Meilen jedes Tier erlegt haben.« Damit ergriff ich meinen Mantel und marschierte hinaus.

Die eingezäunten Viehweiden verschwammen im Nebel, und allmählich verströmte sich die Augustwärme in die Nacht. Hinter dem Jagdschloss wiegten sich die Fichten in der Brise und verstreuten ihre Nadeln, die friedlich zum gurgelnden Fluss hinabschwebten. Weiter hinten wurde der Wald dichter – ein wilder Flecken Erde, von dem es hieß, dass dort Wölfe umherstreiften. Ich hatte noch nie einen Wolf in der Nähe von Schloss Spala gesehen, noch wusste ich von jemandem, der einen getötet hatte. Entschlossen zog ich mir die Kapuze meines Umhangs über den Kopf und stapfte die Auffahrt hinunter, Kopf und Augen nach oben gerichtet.

Diamanten gleich glitzerten und funkelten die Sterne am Himmelszelt. Ich nahm einen tiefen Atemzug und versuchte, jenes Gefühl von Frieden in mir heraufzubeschwören, das dieses Schlösschen seit jeher in mir wachgerufen hatte, obwohl es eigentlich einem gegenteiligen Zweck diente. Als Saschas Frau hatte ich gelernt, das Jagen zu genießen, auch wenn sich bei mir stets Gewissensbisse einstellten, spätestens in dem Moment, da der Hirschbock oder die -kuh nach langer Flucht schweißnass, erschöpft und am ganzen Körper zitternd verharrten, während ich darauf wartete, dass der Tod sie ereilte. Sascha hatte sich über meine Sentimentalität lustig gemacht. Tiere hätten doch keine Gefühle, hatte er gesagt. Andererseits hatte er seine Hunde vergöttert. Wenn er sie wegen irgendeiner Missetat geschimpft hatte, konnte er selbst beobachten, wie sie sich duckten und dann mit angelegten Ohren auf ihn zukrochen, um sich bei ihm zu entschuldigen. Sie kannten Schmerz, Angst und Liebe. Warum sollten die wilden Tiere nicht die gleichen Gefühle haben?

Ich selbst war mir im Augenblick überhaupt nicht mehr

sicher, was ich empfinden sollte. Alexejs Krankheit schmerzte mich zutiefst, und dennoch musste ich mich irgendwie damit abfinden. Mit diesem Leiden konnte der Junge nicht überleben. Kein Mensch, nicht einmal einer mit Rasputins angeblichen Fähigkeiten, konnte ein sterbendes Kind aus der Ferne heilen. Ein zum Trost abgeschicktes Telegramm war nicht mehr als Menschenwerk. Ich musste mich auf den Tod meines Enkels vorbereiten.

Als ich Schritte hinter mir hörte, verkrampfte ich mich und wagte erst, mich umzudrehen, als ich Nikis Stimme erkannte. »Mama, Sie erkälten sich noch.«

Im verblassenden Licht kam Niki mir vor wie eine mit Kohlestift gezeichnete Silhouette. »Ist es vorbei?«, fragte ich leise.

»Er ist noch sehr schwach.« Ein Streichholz flammte auf. Wieder einmal zündete sich Niki eine Zigarette an. Er rauchte zu viel, dachte ich zerstreut. Das konnte ihm nicht guttun. »Aber das Fieber ist gesunken. Botkin steht vor einem Rätsel. Alexej schläft jetzt – und zwar ohne Laudanum. Sanni hat darauf bestanden, alle Medikamente abzusetzen.«

Ich wusste, dass Patienten kurz vor dem Tod oft Anzeichen der Besserung zeigten. Das hatte ich auch bei Sascha erlebt, als er die Fenster zum Meer hin hatte öffnen lassen. Gleichwohl hatte niemand geglaubt, er würde weiterleben. Wir alle, die wir in jenem Raum versammelt waren, hatten gewusst, dass es aufs Ende zuging.

»Das Fieber ist weg?«, fragte ich.

Niki starrte zu dem von Bäumen gesäumten Horizont. »Und die Entzündung bessert sich. Wir können noch nichts Genaues sagen, aber die Zeichen sind da. Ein Wunder.«

»Bewirkt durch ein einziges Telegramm?«

Er wandte den Kopf wieder mir zu. Seine Miene gab nichts zu erkennen. »Sie glauben immer noch nicht.«

»Olga hat mir gerade genau dasselbe vorgeworfen. Ich nehme an, ich habe keinen Grund zu glauben.«

Seine Zigarette knisterte und glühte auf, als er daran sog. Mich erreichte der Geruch von brennendem Tabak. »Sanni hat genug Glauben für uns alle.« Er wandte sich zum Jagdschloss. »Bleiben Sie nicht zu lange draußen. Die Lampen vor dem Portal funktionieren nicht richtig. Eigentlich sollten sie jetzt brennen, aber wie Sie sehen, geben sie kein Licht. Ich möchte nicht, dass Sie sich verirren.«

Er zog sich zurück. Erneut umhüllte mich Schweigen, und die Nacht entfaltete ihre Geheimnisse.

Sanni hat genug Glauben für uns alle.

Sollte ihr Sohn tatsächlich überleben, würde ihr Glauben von Stund an unangreifbar sein. Sie würde sich nie verirren, wohingegen ich mich fragen musste, ob ich nicht längst von meinem Weg abgekommen war.

37

Nach dieser Nacht wurde alles anders. Und wer waren wir, das zu bestreiten?, wie Olga nicht müde wurde zu fragen. Wir hatten das Wunder mit eigenen Augen gesehen: Das Fieber sank, in Alexejs bleiches Gesicht kehrte das Bewusstsein zurück, und er konnte im Flüsterton um Essen und Trinken bitten. Wie er diese Krankheit überlebt hatte, konnte sich keiner von uns erklären. Keiner außer Alexandra. Als Alexej – mit sicherheitshalber erneut ans Bein geschnallter Schiene – zur Erholung nach Zarskoje Selo gebracht wurde, hatte ihr Glaube, dass Pater Grigori ihren Sohn mit göttlicher Kraft gerettet hatte, geradezu inbrünstige Ausmaße angenommen. Und als ich erfuhr, dass Rasputin den Palast bald besuchen wollte, war mir sofort klar: Jeder noch so vorsichtige Protest würde zwecklos sein. Ich hatte getan, was in meinen Kräften stand. Eine Weile hatte Niki auf mich gehört und den Mystiker vom Palast ferngehalten. Doch von jetzt an würde mein Sohn seiner Frau nie wieder einen Wunsch abschlagen.

Einen Monat vor Weihnachten besuchte Niki mich im Gattschina-Palast. Kurz angebunden erklärte er: »Mischa hat geschrieben: Er hat diese Natalia in Frankreich geheiratet. Jetzt bittet er mich, sie offiziell als seine Frau und als Großfürstin anzuerkennen. Wussten Sie das?«

»Natürlich nicht!« Ich fiel aus allen Wolken. Nach allem, was wir hatten durchmachen müssen, war diese Hochzeit das Letzte, womit ich gerechnet hatte. Allerdings hätte ich darauf gefasst sein müssen. Mischa, der nichts von Alexejs Krankheit ahnte, war des Wartens überdrüssig geworden und hatte zu guter Letzt getan, was er oft genug angedroht hatte.

»Wie kann er uns das antun?« Niki seufzte. »Ich werde sie nie anerkennen. Niemand in unserer Familie kann das. Wenn er diese Verrücktheit nicht sofort zurücknimmt und seine Ehe nicht annullieren lässt, werde ich ihn seines Rangs und seiner Einkünfte entkleiden. Er wird nie wieder einen Fuß auf russischen Boden setzen.«

»Er ist dein Bruder«, gab ich zu bedenken, doch Niki war unerbittlich.

»Wenn er mein Bruder bleiben will, dann sorgen Sie dafür, dass er tut, was ich befehle.«

Obwohl das Weihnachtsfest bevorstand, organisierte ich ein Treffen mit Mischa in England und bat auch Alix, mich zu unterstützen. Er traf zwar mit Natalia und ihrem gemeinsamen Sohn ein, weigerte sich jedoch, irgendeinen Fehler zuzugeben. »Der Zeitpunkt wäre nie der richtige gewesen«, erklärte er mir. »Eine Scheidung kam für mich nicht infrage. Ich habe mir eine Frau genommen. Dass Alexej so krank war, wusste ich nicht, aber jetzt geht es ihm wieder gut, nicht wahr?«

Ich biss mir nur deshalb auf die Zunge und verschwieg ihm, dass Alexej nie gesund werden würde, weil auch das ihn nicht zum Einlenken bewegt hätte. Hinterher jedoch weinte ich bittere Tränen. Niki verwehrte Mischa die Rückkehr nach Russland. Meine noch lebenden Söhnen blieben einander entfremdet, und meine Töchter waren zutiefst unglücklich.

Weihnachten verbrachte ich mit Alix in Hvidøre. Meinen fünfundsechzigsten Geburtstag nahm ich einfach nicht zur Kenntnis.

Gemeinsam mit Niki saß ich im Nikolai-Saal des Winterpalasts auf dem Podest, als meine achtzehnjährige Enkelin

Olga, in ihrem ersten Erwachsenenkleid und dem diamantenbesetzten Kokoschnik eine strahlende Erscheinung, die Gala zur Feier des dreihundertsten Jubiläums unserer Dynastie eröffnete.

»Wie schön sie ist«, sagte ich, an meinen Sohn gewandt, der mich anlächelte und dabei trotzdem tiefe Falten um Augen und Mundwinkel hatte. Es bereitete mir Sorgen, ihn derart gealtert zu sehen. Es belastete ihn, dass er sich geweigert hatte, Mischa zu vergeben, und die neunzehn Jahre seit der Thronbesteigung hatten ebenfalls ihren Tribut gefordert. Sein Haar war inzwischen fast silbern, er war zu mager und seine Haut vom Rauchen ausgetrocknet. Immerhin hatte er auf mein Drängen hin für die Feier seine grün-goldene Uniform angelegt, Alexandra in Zarskoje Selo zurückgelassen und meine Bitte erhört, Olga mitzubringen.

»Sie erinnert mich an Sie, Mama«, meinte er, als Olga über den jungen Prinzen lachte, der sie begleitete. In seiner Aufregung darüber, dass er mit der ältesten Tochter des Zaren tanzen durfte, hatte der Prinz vergessen, seinen Hut abzunehmen, sodass ihm seine Kopfbedeckung über die Stirn gerutscht und zwischen seinen Füßen gelandet war.

»Wirklich?« Ich blinzelte ein paar plötzliche Tränen weg. Ich konnte mich nicht erinnern, wann ich zuletzt so fröhlich gewesen war wie Olga jetzt, die ausgelassen den störenden Hut mit der Fußspitze fortstieß und unvermittelt in den Armen des Prinzen zu den feurigen Geigenklängen einer Mazurka über die Tanzfläche wirbelte.

»Sie hat Ihr Temperament.« Niki beugte sich über die kleine Lücke zwischen unseren Thronen und ergriff meine Hand. »Danke, dass Sie darauf bestanden haben, dass ich sie mitnehme. Und dass Sie mit Mischa Ihr Möglichstes versucht haben. Ich weiß, dass Ihnen das nicht leichtgefallen sein kann, und jetzt, da der arme Onkel Willy …«

Als seine Finger die meinen drückten, wandte ich den Blick ab und kämpfte erneut gegen die Tränen an, die mich dieser Tage zu begleiten schienen.

Mein Bruder Willy, Georg I. von Griechenland, war von einem türkischen Partisanen erschossen worden. Wie Freddy war er gerade einmal achtundsechzig Jahre alt geworden. Ich war am Boden zerstört, konnte aber wegen der explosiven Lage in Griechenland nicht an seiner Beerdigung teilnehmen. So trauerte ich in Russland um ihn und sandte lange Kondolenzbriefe an seine Frau und seine Kinder.

»Sie müssen den kommenden Sommer bei uns in Zarskoje Selo verbringen«, regte Niki an. »Die Mädchen und Alexej vermissen Sie. Sanni hat vorgeschlagen, dass wir von dort nach Liwadija reisen können, wenn Sie möchten.«

»Ja«, murmelte ich, »dazu hätte ich große Lust.«

Eine Einladung von meiner Schwiegertochter oder eher eine spontane liebevolle Geste meines Sohnes, nachdem uns das Ende des letzten Jahres und der Anfang des neuen vor große Herausforderungen gestellt hatten? Nun, letztendlich war es egal, sagte ich mir. Allerdings hatte ich den Alexander-Palast nicht minder beharrlich gemieden wie Alexandra öffentliche Empfänge, denn ich konnte nicht vergessen, welchen Stellenwert ich bei ihr hatte. Rasputin war zu einer ständigen, wenn auch unsichtbaren Barriere zwischen uns geworden. Sie würde mir nie vergeben, dass ich Niki dazu gebracht hatte, ihn vom Hof fortzuschicken, und er sich deshalb in den Wochen, da Alexej fast gestorben wäre, im fernen Sibirien aufgehalten hatte. Insofern stellte die Einladung, bei meinen Enkelkindern zu weilen, durchaus einen Sieg dar.

Die Mazurka verklang, und der Prinz verbeugte sich unter dem begeisterten Beifall des Hofs vor Olga. Mit geröteten Wangen kehrte sie zu uns zurück, ohne zu bemerken, dass ihr goldbraunes Haar, das eher dem des jungen Niki glich und nicht so sehr meinem, dem Netz unter ihrem Kopfschmuck entwischt war.

»Papa!«, rief sie aufgeregt. »Möchten Sie jetzt mit mir tanzen?«

»Was?« Niki deutete auf die Reihe erwartungsvoller junger Aristokraten, die hinter ihr standen. »Und all diese Prachtburschen der Gelegenheit berauben, deine Gesellschaft zu genießen?«

Olga blickte über die Schulter. Ihre Augen weiteten sich.

Unwillkürlich brach ich in Gelächter aus – was für eine unerwartete, hochwillkommene Erlösung! »Man ist nur ein Mal jung, mein Schatz. Dein Papa sagt, dass du ihn an mich erinnerst. Und ich hätte eine solche Riege an Verehrern niemals stehen lassen.«

Olga zögerte nur kurz, dann sprang sie aufs Podest und küsste mich auf die Wange. Und in den warmen Geruch nach ihrer erhitzten Jugend mischte sich ein Hauch des Parfums, das sie sich von mir geborgt hatte, als sie flüsterte: »Ich liebe dich, Amama. Danke für die Einladung.«

Im nächsten Moment eilte sie aufs Parkett zurück und nahm lächelnd die nächste Bitte um einen Tanz an.

»Ja«, flüsterte ich Niki ins Ohr, »sie ist wie ich, nicht wahr?«

Im Sommer war der Alexander-Palast eine Idylle – nie zu heiß wie die von Adeligen entvölkerte Innenstadt, aus der jedermann zur Küste floh. Wir indes waren nicht nach Liwadija gefahren. Alexandra hatte wieder einmal einen Hexenschuss erlitten und war erneut an ihren Stuhl mit den Rädern gefesselt. Und es schien ihr zu behagen. Träge döste sie vor sich hin, auch wenn ihre Augen immer noch so scharf waren wie eh und je. Sie genoss es, wenn die Kinder sich um sie scharten und sie über die Gartenwege bis zum künstlich angelegten See schoben, um dort die Schwäne zu füttern oder ihr etwas vorzulesen, während sie sich mit ihren obligatorischen Stickarbeiten beschäftigte.

Heute allerdings saß sie auf der Terrasse, und Gesellschaft leistete ihr nur Alexej, zu seinen Füßen sein treuer Spaniel Glücksklee. Der Hund war ihm als Welpe geschenkt worden, damit er etwas hatte, um das er sich kümmern konnte. Das hatte er mit solcher Sorgfalt und Liebe getan, dass ihm das Tier nicht von der Seite wich und auf jede seiner Bewegungen reagierte. Mit weißem Seemannshemd und – wegen der Schiene – mit kurzer blauer Hose bekleidet, lag mein Enkel in einem eigens für ihn gebauten Liegestuhl, damit er das kranke Bein ausstrecken konnte, und schaute verdrießlich seinen Schwestern zu, die auf dem Rasen spielten, während er sich langweilte.

Meine Enkeltöchter trugen identische hochgeschlossene weiße Kittelkleider, die im neuen Jahrhundert längst nicht mehr in Mode waren, was Alexandra freilich nicht daran hinderte, die Mädchen immer noch nach ihrem eigenen Geschmack zu kleiden. Das Spiel bestand darin, einem Reifen aus poliertem Holz nachzujagen und ihn mit einem Stab weiterzustoßen, damit die Nächste ihn erreichen konnte, während die anderen versuchten, ihr ein Bein zu stellen. Die Jüngste, Anastasia, war die Unermüdlichste, obwohl sie selbst am häufigsten zu Fall gebracht wurde. Doch sie stürzte mit solcher Begeisterung, dass ihre Mutter irritiert die Lippen schürzte. Dass Olga schon einen deutlich erkennbaren Brustansatz hatte und die sechzehnjährige Tatjana sich mit der Eleganz eines Rehkitzes bewegte und in anderen Kleidern das Interesse jedes Mannes geweckt hätte, schien Alexandra hingegen nicht wahrzunehmen. Selbst die vierzehnjährige Maria mit ihren warmen Augen und den beim Lächeln immer gekräuselten Lippen reifte langsam zur Frau heran. Dennoch mahnte Alexandra ihre Töchter gereizt: »Seid doch vorsichtiger! Ihr befleckt euch noch die Kleider!«

»Ich will auch mit dem Reifen spielen!«, quengelte daraufhin Alexej und knallte sein Buch mit solcher Wucht auf den Tisch, dass die Wedgewood-Teekanne klirrte. So etwas wie einen russischen Samowar benutzte Alexandra nie.

»Alexej! *Muss* das sein?« Sie warf einen pikierten Blick auf das Buch, das beinahe ihre kostbare englische Teekanne mitsamt den dazugehörigen Tassen auf den mit Steinplatten ausgelegten Terrassenboden befördert hätte.

»Und ob! Warum sollen bloß immer sie Spaß haben?« Hatte Alexej erst geschmollt, so wurde er nun zornig. Er konnte sehr tyrannisch sein und verlangte dann, dass jeder Wächter auf dem Anwesen ihm salutierte, wenn er an ihm vorbeikam. Versäumte es einer, ihm den gebührenden Respekt zu erweisen, starrte er ihn böse an.

Meine Schwiegertochter warf mir einen resignierten Blick zu. »Sehen Sie jetzt, was ich ertragen muss? Noch keine zwölf, und schon ein Autokrat.«

»Jawohl, ich werde ein Autokrat sein!«, bestätigte der Junge, an mich gewandt. »Das werde ich doch sein, Amama, nicht wahr? Autokrat aller russischen Länder. Wie Papa.«

Ich schmunzelte. »So wird es kommen. Wenn du nicht anfängst, wie ein Mädchen hinter Reifen herzulaufen.«

Er zog eine Schnute. Es kam ihm nicht unbedingt auf die Reifen an; vielmehr wollte er mit seinen Schwestern herumtollen – frei von Angst vor dem nächsten Notfall.

»Du kannst uns was vorlesen«, schlug Alexandra vor. »Komm schon, du weißt doch, wie sehr ich das mag.«

»Nein!« In einer trotzigen Geste, die mich an Niki erinnerte, verschränkte er seine dünnen Arme vor der Brust. »Lesen langweilt mich. Bücher langweilen mich. Zeichnen, Eisenbahnen, Spielsachen – alles langweilt mich. Ich will …«

»Wir wissen, was du willst.« Alexandra legte ihm die Hand aufs Knie. »Und wir wünschen dir doch genau dasselbe. Immer. Sei bitte geduldig, mein Sonnenstrahl. Botkin sagt, dass du Fortschritte machst. Und wenn du dich weiter gut hältst, kommt die Schiene nächsten Monat herunter.«

Sein niedergeschlagenes Seufzen verriet, dass ein Monat für ihn, wie für jedes Kind, eine Ewigkeit war.

»Mädchen!« Alexandra winkte seine Schwestern zu sich. »Kommt her. Eurem Bruder ist langweilig.«

Sofort wurden Reifen und Stäbe auf dem Rasen liegen gelassen, und die schwitzenden Großfürstinnen trotteten zur Terrasse und stellten die Korbstühle in einem Kreis um Alexej auf, dessen einsilbige Kommentare erkennen ließen, dass er immer noch nicht besänftigt war.

Alexandra verzog das Gesicht und legte ihre Stickerei zur Seite – ein fast unmerkliches Zeichen, dass sie wieder einen dieser lähmenden Kopfschmerzanfälle erlitten hatte. »Wo Niki nur stecken mag?« Sie hielt eine Hand über die Augen, um sie vor der Sonne abzuschirmen, obwohl sie unter einem riesigen Sonnenschirm saß, der uns allen Schatten spendete. »Er ist schon vor Stunden mit seinen Offizieren ausgeritten.«

»Er liebt es eben zu reiten«, murmelte ich und dachte, dass dies die einzigen Momente waren, die mein Sohn für sich selbst hatte. »Es tut ihm gut, sich zu ertüchtigen.« Gleich darauf erkannte ich, dass ich besser daran tat, ihre trübe Stimmung aufzuhellen, denn wenn sie etwas noch mehr hasste, als nach Rasputin befragt zu werden, dann war das die Erinnerung daran, dass ihr Gemahl möglicherweise Interessen hatte, bei denen sie selbst ausgeschlossen war. Also fügte ich eilig hinzu: »Wollen wir einen Ball für Olga und Tatjana planen, weil sie jetzt zu den Großen gehören?«

Olga fuhr hoch, und auch Tatjana, die die zurückhaltendste von den Schwestern war und ihrer Mutter am meisten ähnelte, starrte mich erschrocken an.

»Ein Ball?«, wiederholte Alexandra. »Ganz bestimmt *nicht*. Der Winterpalast ist wohl kaum sicher genug für …«

»Doch nicht im Winterpalast.« Ich genoss die Situation. »Wir können ihn in meinem Anitschkow abhalten. Etwas ganz Kleines – nur die Familienmitglieder und einige wenige handverlesene Gäste. Olga hat die Dreihundertjahrfeier großen Spaß gemacht, und nun hat auch Tatjana das richtige Alter erreicht.«

Endlich erwiderte Alexandra meinen Blick, und die Mädchen schienen allesamt die Luft anzuhalten. Meine Schwiegertochter wusste genau, was ich vorhatte, war mir nun aber in die Falle gegangen und konnte nicht mehr ausweichen. Zwar mochte sie sich vielleicht wünschen, ihre Töchter für immer als jungfräuliche Prinzessinnen in ihrer Märchenwelt gefangen zu halten, doch Olga war zweifellos voller Geschichten über jenen Abend am Hof zurückgekehrt. So zurückgezogen Alexandra auch lebte, war sie dennoch von königlichem Geblüt. Von daher wusste sie, dass ihre Töchter eines Tages der Gesellschaft präsentiert werden mussten. Von den Eltern wurde schlichtweg verlangt, dass sie sie in die Heiratsarena entließen.

»O ja, erlauben Sie es, Mama, bitte«, hauchte Olga schließlich, die sich nicht mehr zurückhalten konnte.

Nicht bereit, sich zu irgendetwas zwingen zu lassen, schwieg Alexandra beharrlich. Verstohlen blickte ich Tatjana an, die sich zu ihrer Mutter hinüberbeugte und ihr etwas ins Ohr flüsterte. Was immer es war, die tiefe Falte zwischen Alexandras Augenbrauen verschwand. »Na ja, es kann wohl keinen Schaden anrichten«, sagte sie.

Olga klatschte begeistert in die Hände. »Was werden wir tragen?«

»Neue Kleider, wie ich annehme.« Alexandra blickte mich an. »Deine Großmutter wird sicher auch das regeln können.«

»Das kann ich tatsächlich. Sobald ich aus St. Petersburg zurück bin, statte ich Madame Bulbenkowa einen Besuch ab. Aber ihr müsst rechtzeitig zur Anprobe dort sein, Mädchen. Eure Maße werde ich ihr schon vorher geben, aber ein Kleid kann erst dann vervollständigt werden, wenn es persönlich angepasst wurde. Und denkt daran: Vor und nach dem Anpassen dürft ihr nicht zu viel essen. Es kostet viel Zeit, ein Mieder zu vergrößern oder ein Kleid zu erweitern.«

»Bulbenkowa?« Olga stöhnte enttäuscht. »Kein Pariser Modeschöpfer?«

»Nein«, bestimmte Alexandra. »Du wirst eine russische Robe tragen. Wenn dir das nicht genügt, gibt es überhaupt keinen Ball. Stell meine Geduld nicht auf die Probe. Ich habe mir ohnehin viel zu viel aufschwatzen lassen.« Doch zu meiner Erleichterung wirkte sie nicht wirklich böse. Lediglich ein wenig verdrossen, weil es mir gelungen war, sie zu überreden.

An diesem Abend nahm ich Tatjana vor dem Diner beiseite. »Was hast du deiner Mama eigentlich ins Ohr geflüstert?«

Sie lächelte mich unbekümmert an. »Dass wir jeden Jungen ignorieren werden, den Sie einladen, was sonst?«

Damit entschwebte sie in den Salon. Lachend blickte ich ihr nach. Sie mochte zwar Alexandras Lieblingstochter sein, aber wie Olga hatte sie auch ein Stück von mir geerbt.

Es war herrlich, die Mädchen bei mir in der Stadt zu haben. Ich ließ den ganzen Palast lüften, entstauben und putzen. Dann bereitete ich die Suiten für sie vor, in denen Niki und Alexandra nach ihrer Hochzeit gewohnt hatten, und verteilte in den Kommoden und unter ihren Kissen Lavendelsäckchen.

Unsere Besuche bei Madame Bulbenkowa erwiesen sich als wahre Geduldsprobe. Tatjana und Olga trafen in Begleitung von Beamten des Sicherheitsdienstes der Ochrana ein. Von da an mussten wir auf immer neuen Routen zum Atelier der Modeschöpferin fahren. Wir selbst durften nie wissen, welchen Weg unsere Kutsche nehmen würde. Stets wurde eine Kutsche als Lockvogel vorausgeschickt, um mögliche Attentäter zu verwirren. Es betrübte mich, dass meine Enkelinnen unter ständiger Bewachung leben sollten, doch anders als ich waren sie in eine Welt hineingeboren worden, in der die Angst vor Gewalt zum Alltag gehörte, sodass sie nichts infrage stellten.

Ich entschied, dass sie keine weißen Kleider tragen sollten. Zwar war Weiß bei unverheirateten Frauen gang und gäbe, und ich selbst hatte in meiner Jugend damit immer eine umwerfende Wirkung erzielt, doch diesen Mädchen war bisher praktisch jede andere Farbe verweigert worden. Madame fertigte eine aprikotfarbene Satinrobe für Olga an, die ihre haselnussbraunen Augen und ihren frischen Teint vorzüglich zur Geltung brachte, während ihre olivgrüne Kreation für Tatjana deren topasfarbene Augen und ihre eher blasse Haut geradezu erstrahlen ließ. Das Dekolleté war hoch, wie es sich für ihr Alter gehörte, dafür waren die Roben an den Schultern umso großzügiger ausgeschnitten, was bei den Mädchen ganz unterschiedliche Reaktionen hervorrief: Olga wand sich entzückt darin, während Tatjana steif um ein Schultertuch bat.

In meinen Augen sahen beide jedenfalls hinreißend aus. Zur Feier ihrer Einführung in die Gesellschaft nahm ich sie ins Mariinski-Theater mit, wo wir uns zusammen mit ihrer heißgeliebten Tante Olga von meiner Loge aus ein Ballett anschauten. Meine Tochter wiederum mochte die Mädchen so gern, dass sie sich ihnen zuliebe für den Anlass ein rostrotes Taftkleid anfertigen ließ, das sie mit meinen schwarzen Perlen bestückte.

Ich musste Tränen wegblinzeln, als das Publikum sich bei unserem Einzug in die Loge erhob. Das Orchester stimmte die Zarenhymne an, und ich winkte den Leuten zu, wohingegen die Mädchen, die von Stolypins Ermordung in Kiew immer noch traumatisiert waren, in den Hintergrund zurückwichen.

»Tretet vor und begrüßt das Volk«, ermunterte ich sie. »Das ist das Mariinski. Hier seid ihr in Sicherheit.«

Als sie schüchtern die behandschuhten Hände hoben, bekamen sie donnernden Applaus. Das bestätigte mir, dass es trotz der Tumulte auf den Straßen immer noch Orte gab, wo wir verehrt wurden. Beide Mädchen setzten sich mit einem strahlenden Lächeln. Dann hob sich der Vorhang. Ich hatte dem Theaterdirektor schon im Voraus angekündigt, dass meine Enkelinnen kommen würden und ich ein ihrem Alter entsprechendes Programm erwartete. In der Vorsaison hatte der Impresario, Djagilew, mit einer übermäßig gewagten Interpretation von *Giselle* einen Skandal ausgelöst, indem er seinen ersten Tänzer, Nijinsky, die Pirouetten in einer hautengen Strumpfhose mit nichts darunter hatte drehen lassen. Noch Wochen danach waren die Matronen der Gesellschaft ob solcher Anstößigkeit empört. Heute Abend wurde *Le Talisman* gegeben, bei dem die Kostüme von normaler Länge waren.

Für die Pause bestellte ich den traditionellen russischen Teetisch, sodass ich allen, die mich in meiner Loge besuchten, eine Tasse anbieten konnte. Bald entdeckte ich, dass Miechen in ihrer Loge genau gegenüber der meinen ebenfalls einen Teetisch hatte bringen lassen. So forderte ich Olga und Tatjana kurz entschlossen auf mitzukommen und marschierte los, meine langjährige Freundin und Rivalin zur Rede zu stellen, während meine Tochter uns kopfschüttelnd in einigem Abstand folgte.

Miechen erblasste, als sie uns erblickte – was wahrlich ein Kunststück war, denn sie hatte sich angewöhnt, sich das Gesicht mit Puder vollzukleistern. Darüber hinaus war ihre schwarze Witwentracht – die sie mittlerweile durchaus hätte ablegen können – mit Juwelen bedeckt, sodass sie einer überspannten Portiersfrau glich.

»Minnie!«, rief sie. »Und Olga und Tatjana! Und auch deine Olga! *Quelle surprise*!«

»Wir sind doch keine Überraschung. Überraschend ist viel eher deine Anmaßung«, bemerkte ich, nachdem sie meine Enkelinnen geküsst und meine Perlen an Olga bewundert hatte. »Nijinsky höchstselbst könnte nicht aus dieser Situation heraustanzen. Ein privater Teetisch, wenn *ich* im Theater bin! Du hast nicht die Privilegien einer Zarin. Was hast du dir dabei gedacht?«

»Ich wusste nicht, dass du kommst«, protestierte sie.

»Hat dich der Applaus nicht auf mich aufmerksam gemacht, als wir meine Loge betreten haben?« Ich zwickte sie in die vom Korsett zusammengeschnürte Seite, und sie zuckte zusammen. »Das mit dem Teetisch hast du bewusst getan, um mich vor meinen Enkelinnen und der halben Stadt auszustechen.«

»Du weißt, dass ich das nicht vorhatte.«

»Wirklich nicht?« Ich ließ mir von ihrem Diener ein Teeglas reichen, das in einem kunstvoll gearbeiteten silbernen Halter mit Griff steckte, während Miechen empört zum Gegenangriff überging. »Und du? Bist du heute nur da, um mich in den Hintergrund zu drängen, Minnie?«

Ich hob mein Glas. »Selbstverständlich. Oder dachtest du etwa, ich hätte etwas anderes im Sinn?«

Es war fast wie in der guten alten Zeit. Miechen presste die Lippen aufeinander, um nicht laut herauszuplatzen, und wir verbrachten den Rest der Vorstellung in ihrer Loge, wo sie meinen Enkelinnen ins Ohr flüsterte, wer welche Ränke gegen wen schmiedete. Irgendwann zischelte mir Olga zu: »Mama, was wird Alicki sagen, wenn sie erfährt, dass Sie die Mädchen in die Nähe von Miechen gelassen haben? Sie wissen doch, wie sehr die zwei einander verachten.«

»Wenn es ihr zu Ohren kommt, sind die Mädchen längst wieder Zarskoje Selo«, konterte ich. »Du kannst über Miechen sagen, was du willst, aber sie nötigt der Gesellschaft Respekt ab. Meine Enkelinnen sollen ruhig erfahren, dass Achtung etwas ist, das wir alle uns verdienen müssen.«

Der Ball in meinem Palast war himmlisch. Meine zweihundert sorgfältig ausgesuchten Gäste füllten den Empfangssaal, sodass immer wieder Leute in den Salon auswichen. Auch wenn sie ihrer Mutter etwas anderes versprochen hatten, ignorierten Tatjana und Olga keineswegs die stattlichen Söhne von Prinzen oder ihre Vettern, allesamt Großherzöge, wenn sie um die Ehre eines Tanzes baten. Als der Ball in den frühen Morgenstunden endete, hatte Olga derart wunde Füße, dass sie am nächsten Tag kaum laufen konnte. Tatjana wiederum hatte alle verzaubert. Zwar trug sie elegante Gleichgültigkeit zur Schau, doch das aufreizende Schimmern in ihren Augen strafte sie Lügen. Alle beide wurden förmlich belagert mit Visitenkarten und Einladungen zum Tee.

Leider konnten sie keine davon annehmen. Alexandra zeigte sich unerbittlich. Kaum war der Ball beendet, wurden ihre Töchter zurückbefohlen. Doch beim Kofferpacken nötigten sie mir das Versprechen ab, sie bald zu besuchen. Dann wurden ihre verwelkten Ansteckblumen in Taschen gestopft und die neuen Ballroben für die Reise mit dem privaten Zug nach Zarskoje Selo in den gefütterten Schachteln verstaut.

Nach Jahren geprägt von Verlust und Enttäuschung brach die morsche Schale um mein Herz nach und nach auseinander. Denn obwohl mir bewusst war, dass mein Ende näher war als der Anfang, hatte ich immer noch meine Enkeltöchter, die mich jung hielten. Sie mussten in die Gesellschaft eingeführt und durch die Fallstricke und Herzschmerzen eines Lebens als junge Damen gelotst werden, bis sie den Richtigen fanden, heirateten und ihre eigene Familie gründeten. In ihnen wartete eine neue Generation von Romanows darauf, geboren zu werden.

Und ich wollte da sein, um jedes einzelne Kind willkommen zu heißen.

38

»Aus dem Weg! Wie kannst du es wagen, mir den Zutritt zu verwehren?« Aufgebracht fuchtelte ich mit meinem Regenschirm vor der Nase des abessinischen Wächters herum, der sich mit stoischer Ruhe weigerte, mich in die Londoner Residenz meiner frisch verheirateten Enkelin Irina zu lassen. Hinter mir prasselte der schreckliche englische Regen auf meine Kutsche und den Bürgersteig.

Der Wächter verriet keine Regung. Dass mein angeheirateter Enkel Felix Jussupow sich in den Flitterwochen von einem Wächter aus den Kolonien beschützen ließ, war verblüffend genug, aber dass ich hier draußen derart durchnässt wurde, ließ mich die Fassung vollends verlieren. Am Ende hätte ich den Mann womöglich noch mit meinem Regenschirm erstochen, hätte Felix nicht von drinnen gerufen: »Lass sie rein. Sie ist die Kaiserinwitwe.«

Unwirsch drängte ich mich an dem Wächter vorbei. Drinnen schüttelte ich den Schirm im Flur über dem Teppichboden aus, rammte ihn in den Schirmständer unter der Hutablage und blickte mit blitzenden Augen zu Felix auf. Mit einer türkischen Robe bekleidet und einer Zigarette in der Hand, stand er auf dem oberen Treppenabsatz. Dabei war es schon Nachmittag.

»Was soll dieses absurde Theater?«, bellte ich. »Wir sind in London, nicht in Sarajevo.«

»Ah.« Er grinste sein lakonisches Grinsen. »Sie haben es also schon gehört.«

»Ganz Europa hat die Nachricht gehört. Es wird von nichts

anderem geredet.« Ich knöpfte meinen Mantel auf, und da kein Diener in der Nähe war, ließ ich ihn einfach zu Boden fallen und machte mich daran, die Treppe zu erklimmen, verzog aber bei jedem Schritt das Gesicht, weil mir ständig ein wohlbekannter Schmerz ins Knie schoss. Endlich erbarmte Felix sich meiner und kam mir entgegen, um mir seine Hilfe anzubieten. »Diese abscheuliche Feuchtigkeit«, grummelte ich und hängte mich bei ihm ein. »Wie ich sie hasse! Nur deswegen habe ich überall Schmerzen.«

Felix führte mich in den Salon im ersten Stock, der groß genug war, um ein Bankett abzuhalten. In seinem jugendlichen Überschwang gab er sein Geld mit vollen Händen aus – und wollte damit wohl auch Irina beeindrucken. Sie befanden sich mitten auf ihrer Hochzeitsreise. In ihrem Fall bedeutete das edle Wohnhäuser oder Suiten in Luxushotels sowie Einkaufsausflüge und der Erwerb von allem, was das Herz begehrte – und bei seinem Vermögen wollte das einiges heißen. Während ich in meinen vom Regen bespritzten Röcken dastand und insgeheim überschlug, wie viel der Aufenthalt hier das junge Paar kosten mochte, ging Felix zu der Anrichte hinüber, auf der das Buffet arrangiert war, und schenkte mir eine Tasse Tee ein.

Dankbar nahm ich sie entgegen. »Wo sind eigentlich eure Diener?«, erkundigte ich mich. »Du erwartest doch bestimmt nicht, dass meine Enkelin sich selbst bedient.«

»Nie und nimmer« – er lachte –, »aber da wir anderweitig beschäftigt waren, habe ich den Bediensteten befohlen, unten zu bleiben. Vor der Tür stand ja der Wächter. Ich dachte, das würde genügen.«

Da sein Haar tadellos gekämmt und sein weißes Halstuch unter der absonderlichen Robe säuberlich gebunden war, fragte ich mich, womit sie beschäftigt gewesen sein mochten, erkundigte mich aber lieber nicht danach. Wie ich seiner

Mutter, Sinaida, versprochen hatte, hatte ich ihn persönlich unter die Lupe genommen, sobald er Irina einen Heiratsantrag gemacht hatte. Nach Olgas katastrophaler Ehe hatte ich mir geschworen, nie wieder zuzulassen, dass eine Frau aus meiner Familie in unehrenhafte Verhältnisse einheiratete.

Schlank und elegant, dazu mit Sinaidas leuchtenden Augen und fein geschnittenen Zügen ausgestattet, war er meiner Meinung nach fast zu attraktiv. Überdies hatte er sich als entwaffnend freimütig erwiesen, als er zugab, dass er seine Jugend zwar mit unappetitlichen Unternehmungen verbracht – »Was immer Sie darüber gehört haben, trifft wahrscheinlich zu.« –, aber kürzlich einen Universitätsabschluss in Oxford erworben hatte. Er beteuerte, dass er Irina liebte und beabsichtigte, ihr ein treuer Mann zu sein. Um die Wahrheit zu sagen: Am Ende unserer Begegnung war ich selbst ganz verzaubert von ihm gewesen und hatte keinerlei Grund gesehen, mich gegen diese Verbindung zu stellen. Felix war reich genug, um Irina mit allem zu versorgen, was sie benötigen mochte. Allerdings hatte die Vereinbarung auch einen Haken: Es würde sich um eine morganatische Ehe handeln, bei der Irina im Namen irgendwelcher noch nicht geborener Söhne auf jegliche Erbansprüche verzichten musste. Dennoch äußerte Xenia zögernd ihre Zustimmung, wenn auch erst, nachdem ihre Tochter ihr deutlich zu verstehen gegeben hatte, dass sie keinen anderen Mann nehmen würde.

»Ich habe solche Schwüre schon öfter gehört«, hatte ich damals säuerlich bemerkt, immer noch über die Entfremdung zwischen Xenia und Sandro verdrossen. Das hatte freilich keine Auswirkungen auf die Hochzeit meiner Enkelin mit dem Jussupow-Prinzen gehabt. Mit dem gebührenden Pomp war die Ehe in der Kapelle des Winterpalasts geschlossen worden. Bei der Feier im Jussupow-Palast hatte Sinaida mich umarmt. »Jetzt können wir zusammen Schwiegermütter sein!«, hatte sie gerufen und dabei offenbar ganz vergessen, dass Xenia die Mutter der Braut war. Die Anerkennung hatte mich trotzdem gefreut – Sinaida wusste, dass die Ehe ohne mich nie zustande gekommen wäre –, und jetzt setzte ich mich, um meinen Tee zu trinken, während Felix sich mir gegenüber niederließ.

»Irina kommt gleich runter«, kündigte er an. »Sie liegt noch im Bett.«

»Du brauchst mich nicht daran zu erinnern. Ich weiß, dass ihr in den Flitterwochen seid. Aber Mittag ist vorbei, und diese Nachricht ist wichtig. Nicht nur ist der Thronerbe von Österreich, Erzherzog Franz Ferdinand, in Bosnien ermordet worden, jetzt hat Österreich auch noch den Krieg erklärt, und Deutschland steht an seiner Seite.«

»Ja, eine schreckliche Unannehmlichkeit«, bemerkte Felix gleichgültig.

Ich schürzte die Lippen und zog mein Zigarettenetui aus meiner Handtasche. Sofort beugte Felix sich vor und hielt mir sein Feuerzeug aus Gold und Emaille von Cartier entgegen. »Alix hasst es, wenn ich im Marlborough House rauche«, erklärte ich und stieß eine Rauchwolke aus. »Neulich hat sie mich an meinem Schlafzimmerfenster auf frischer Tat ertappt und mich fürchterlich geschimpft, weil bei ihr im Haus das Rauchen strengstens verboten ist. Sie hat so getan, als würde ich gleich die ganze Stadt in Brand setzen. Wirklich, wenn ich sie besuche, wird sie jedes Mal noch britischer.«

»Und schwerhöriger.« Felix lachte. »Das kann ganz schön anstrengend werden, weil man ihr schließlich nicht in ihrem eigenen Haus entgegenbrüllen kann, dass sie sich um ihre eigenen Angelegenheiten kümmern soll.«

Normalerweise hätte ich niemandem erlaubt, eine solche Bemerkung über meine Schwester zu machen, doch irgendwie klangen bei ihm selbst die bissigsten Kommentare amüsant, sodass ich ihn allenfalls sanft und mit einem Lächeln tadeln konnte: »Eines Tages wirst du es noch zu weit treiben.«

»Bestimmt.« Er ging zur Anrichte, um mir Tee nachzuschenken. Einen Diener zu rufen war ihm offenbar zu mühsam. Seine nachlässige Art beruhigte seltsamerweise meine Nerven. Jedenfalls schien ihn die Nachricht, die ganz London und mich in helle Panik versetzt hatte, nicht übermäßig zu alarmieren.

»Niki hat mir ein Telegramm geschickt«, erzählte ich, als er mit meiner Tasse zurückkehrte. »Er glaubt, dass die Situation bald sehr ernst werden wird und wir sofort nach Hause reisen sollten. In Zeiten wie diesen sollte niemand im Ausland weilen, schreibt er.«

Felix hob eine seiner Augenbrauen. »Hat Rasputin ihm das gesagt?«

»Jetzt reicht es aber«, sagte ich, mir ein Lachen verkneifend. »Wir haben die Verpflichtung, Serbien zur Seite zu stehen. Ein Einzeltäter hat den Erzherzog und seine Frau ermordet, aber der Kaiser hält es für angebracht, einen Streitpunkt daraus zu machen und der ganzen Nation die Schuld zu geben. Niki steht kurz davor, unsere Truppen zu mobilisieren. Aber wegen so etwas wird es doch hoffentlich keinen Krieg geben, wie die Zeitungen jetzt behaupten. Wie können wir all unsere Verträge wegen eines einzigen Mordes über den Haufen werfen, so abscheulich er auch sein mag?«

»Ich bin da nicht so zuversichtlich«, erwiderte Felix, womit er verriet, dass er die Sache doch nicht auf die leichte Schulter nahm. »Wie ich das sehe, könnte das tatsächlich einen großen Krieg auslösen. Der Kaiser wartet schließlich schon seit Langem auf eine solche Gelegenheit.«

Ich erstarrte, die Tasse in der Hand. Doch was immer mir auf der Zunge gelegen hatte, erstarb, als meine Enkelin eintrat. Ihr schönes Gesicht rötete sich vor Freude, sie eilte herbei und küsste mich auf beide Wangen. »Großmama, wie schön, Sie zu sehen! Ich wusste nicht, dass Sie so früh kommen würden.«

»Es ist doch nicht früh«, schalt ich sie lächelnd. »Muss ich mich immer anmelden?«

»Bei uns sicher nie«, erklärte Felix, während Irina zur Anrichte ging, um sich Tee zu holen. Die Art und Weise, wie er ihr mit den Augen folgte, verriet mir, dass er jetzt, welche Neigungen er früher auch immer gehabt haben mochte, vollkommen verzückt von ihr war. Und wie sollte er ihr auch widerstehen? Meine Enkelin, Xenias Tochter, war ebenso verführerisch wie Nikis Tochter Tatjana und hatte auch deren schräge dunkle Augen, die denen einer Sphinx ähnelten, während ihr dunkles Haar nach neuer Art kurz geschnitten ihr Gesicht einrahmte. Unter anderen Umständen hätte ich entsetzt sein müssen, denn sie waren mitten am Tag miteinander im Bett gewesen, und Irina trug immer noch einen seidenen Morgenrock, als wäre sie in ihrem Ankleidezimmer. Doch ich war nicht schockiert. Beider Missachtung jeder Schicklichkeit hatte etwas Reizendes – wie bei zwei geschmeidigen Katzen, die gemeinsam faulenzten.

»Nun?«, fragte ich, als Irina neben Felix saß und mich träge musterte. »Was sollen wir tun? Niki hat uns gebeten, so früh wie möglich zurückzukehren, falls die Grenzen geschlossen werden.«

Entsetzt wandte sich Irina an Felix. »Müssen wir? Nächste Woche wollten wir doch Mama in Nizza besuchen …« Sie seufzte. »Ist es wirklich so ernst?«

»Leider ja, Schatz.« Felix streichelte ihr über den Arm. »Und ich werde dich verteidigen.«

Sie zog ohne ersichtlichen Grund einen Schmollmund, wie ich das schon öfter bei jungen Mädchen beobachtet hatte, die mit einem blendend aussehenden, älteren Mann verheiratet waren. Was seine Zusicherung betraf, hatte ich meine Zweifel. Sein Reichtum mochte ihr einen gewissen Schutz bieten, aber wenn ich Sinaida Jussupowa richtig einschätzte, würde ihr Sohn nicht in den Militärdienst eintreten.

»Wie lästig«, klagte Irina. »Ich will nicht abreisen.«

»Das will keiner von uns«, bestätigte ich, doch das war gelogen. Ich wollte sehr wohl fort von England. Seit über einem Monat weilte ich hier nun schon auf Besuch bei Alix, und meine Geduld war aufgebraucht. Diese fruchtlosen Gespräche mit meiner tauben Schwester, dann die immer gleiche Routine mit Tee und Gebäck im Marlborough House und nun die neue Krise – ich freute mich richtig darauf, diese öde Insel zu verlassen, obwohl ich gehofft hatte, Irina und Felix auf der Reise nach Südfrankreich begleiten und Xenia besuchen zu können. »Aber manchmal müssen wir uns eben der Realität beugen«, fuhr ich fort. »Dein Onkel, der Zar, sagt, dass wir dringend nach Russland zurückkehren müssen.«

»Wie denn eigentlich?«, fragte Felix. »Es ist nicht klug, ein Schiff zu nehmen, wenn die Deutschen auf sämtlichen Gewässern patrouillieren.«

»Na und, warum sollten wir nicht über Land reisen? Noch herrscht ja nicht Krieg. Ich werde dafür sorgen, dass mein Zug in Calais auf uns wartet.«

»Wenn wir mit dem Zug zurückkehren, müssen wir über Berlin nach Warschau fahren«, erinnerte er mich. »Zumindest sollten wir Xenia benachrichtigen.«

»Wie ärgerlich. So etwas können nur die Deutschen aushecken – dass sie einem alles unmöglich machen.« Doch unter meiner Gereiztheit spürte ich zunehmend Sorge. Es war Hochsommer, und unsere Familie befand sich über ganz Europa verstreut im Jahresurlaub. Wenn es tatsächlich zum Krieg kam und Berlin die Strecke nach St. Petersburg – die einzige internationale Verbindung – sperrte, wie sollten wir dann alle zurückkehren?

»Ich könnte Prinzessin Cäcilie von Preußen ein Telegramm schicken«, bot Irina an. »Sie kann dann ihren Schwiegervater um Hilfe bitten. Ich kann mir nicht vorstellen, dass er uns die Durchfahrt verweigern würde. Es waren schließlich nicht wir, die den Erzherzog ermordet haben.«

»Natürlich wird uns der Kaiser nicht zurückweisen«, sagte ich, wich aber Felix' bohrendem Blick aus. Jeder wusste, dass ich es seit Jahren vermied, durch Deutschland zu reisen, wenn ich in Europa unterwegs war. »Und der Brief an Cäcilie ist ein guter Einfall. Ich meinerseits werde Xenia ein Telegramm schicken und sie bitten, uns in Calais zu treffen. Wie schnell könnt ihr reisefertig sein?«

»Genügt morgen?«, fragte Felix.

Ich nickte. »Dann lasse ich euch von einer Kutsche abholen. Alix wird zu Tode betrübt sein.«

Meine Schwester war mehr als betrübt. Sie brach in dem Moment in Tränen aus, da ich Tanja und Sophie anwies, meine Sachen zu packen. »Aber bei uns bist du doch in Sicherheit! Warum musst du gerade jetzt Europa durchqueren, wenn ein Krieg unmittelbar bevorsteht? Das verstehe ich nicht.«

»Ich muss!« Ich hob die Stimme, damit sie mich überhaupt hörte, und es kostete mich einige Mühe, meine Ungeduld zu zügeln. »Niki braucht mich. Ebenso das Rote Kreuz. Wir benötigen Vorräte für unsere Soldaten: Alexandra wird sich um nichts davon kümmern. Alix, bitte hör auf zu weinen. Sonst fange ich auch noch an. Und ich darf mich nicht wie eine heulende alte Hexe aufführen, wenn es gegen den Kaiser geht.«

Alix stöhnte. Obschon sie als Königinmutter in der Politik nur begrenzte Möglichkeiten besaß, hatte sie das Beste daraus gemacht. Doch sie fühlte sich einsam und wollte immer, dass ich länger blieb, als mir möglich war. Ich hatte meinerseits mit dem Gedanken gespielt, sie dazu einzuladen, mit uns nach Frankreich zu fahren und danach vielleicht nach Hvidøre in Dänemark. Jetzt war das natürlich nicht mehr möglich.

»George hält es für äußerst unklug von Niki, dass er dich zur Rückkehr zwingt. Du könntest hierbleiben, bis diese schreckliche Situation bereinigt ist.«

»Natürlich, das hat er mir auch gesagt«, erwiderte ich. »Er will den Krieg ebenso wenig wie Niki, aber wir dürfen uns die Bedingungen für den Frieden doch nicht vom Kaiser diktieren lassen. Machen wir es uns nicht noch schwerer, als es sein muss. Wir werden uns bald wiedersehen. Doch jetzt braucht mich mein Sohn. Du würdest genauso handeln, wenn du an meiner Stelle wärst.«

Am Tag der Abreise war ich in heller Aufregung. Über Nacht hatte Österreich mit der Mobilmachung begonnen, und Deutschland hatte Russland den Krieg erklärt, weil es sich auf Serbiens Seite gestellt hatte. Als ich darauf wartete, den Zug nach Dover besteigen zu können, herrschte im Bahnhof das blanke Chaos. Felix und Irina waren nicht aufgetaucht, obwohl ich ihnen meine eigene Kutsche geschickt hatte. So fuhr der Zug ohne sie ab. Erst als ich an Bord der Fähre über den Ärmelkanal ging, bekam ich sie zu sehen. Atemlos hasteten sie über die Gangway, an der Leine ihre kleinen Hunde, und beschwerten sich über ihr verschwundenes Gepäck. Als wir Calais erreichten, wartete immerhin schon mein Zug auf uns, so wie ich es befohlen hatte. Nur Xenia war nicht da. Per Telegramm hatte sie uns mitgeteilt, dass sie in Berlin zu uns stoßen würde. Irina versicherte mir, dass Prinzessin Cäcilia sich bereit erklärt hatte, sich für uns zu verwenden. Nach wie vor ungeklärt war allerdings der Verbleib ihres Gepäcks. Felix hinterließ Anweisungen, es ihm nachzusenden, dann ging die Reise auch schon weiter. Die

Ungewissheit begleitete uns. Wie es hieß, stand Deutschland kurz davor, seine Grenzen zu schließen.

Die Reise dauerte drei anstrengende Tage lang, und die ganze Zeit kam ich aus der Aufregung nicht heraus. In regelmäßigen Intervallen wurden wir genötigt anzuhalten und deutschen Soldaten zu gestatten, meinen Zug zu besteigen, damit sie »Inspektionen« durchführen konnten. Als wir in den Berliner Bahnhof einfuhren und am Bahnsteig hielten, wurden wir gezwungen, im Zug zu bleiben.

Solcherart gestrandet und von einem johlenden Mob umringt, ließ ich die Vorhänge an den Fenstern unserer Waggons zuziehen, doch natürlich verrieten unsere Insignien an den Türen nach wie vor, wer wir waren. Die Horde schleuderte auf uns, was gerade herumlag – Erde und Steine –, sodass Farbe und Teile der Vergoldung absplitterten, bis Soldaten mit Bajonetten einschritten und den Bahnsteig abriegelten. Stundenlang saßen wir wie Gefangene im brütend heißen Wagen, was besonders den Hunden zusetzte, und mussten über uns ergehen lassen, wie die Deutschen Spott- und Hassgesänge anstimmten und ein gut gezielter Steinwurf ein Fenster durchschlug, was Irina so sehr verängstigte, dass sie in Tränen ausbrach. Schließlich traf der russische Botschafter, begleitet von einem Vertreter des deutschen Außenministeriums, auf dem Bahnsteig ein und teilte uns mit, dass eine Weiterfahrt nicht möglich war.

Da vergaß ich meine guten Manieren und fuchtelte erregt vor dem Gesicht des Beamten herum. »Wie können Sie es wagen, *mir* Befehle zu erteilen? Ich bin die Kaiserinwitwe von Russland!«

»Ja, und Ihr Land hat Deutschland den Krieg er…«, begann der Mann.

»Das ist eine Lüge! *Ihr* habt uns den Krieg erklärt! Ich verlange, auf der Stelle den Kaiser zu sprechen!«

»Seine Majestät ist gegenwärtig unabkömmlich. Eure Majestät können nach England zurückkehren oder nach Dänemark reisen, aber nicht durch Deutschland.«

»Aber mit meiner Tochter ist verabredet, dass wir uns hier treffen«, rief ich, während er schon die Absätze zusammenschlug und sich zum Gehen wandte. Dafür trat nun der russische Botschafter nahe an mich heran. »*Ich* werde auf Ihre Kaiserliche Hoheit warten. Eure Majestät müssen aber den Bahnhof verlassen, und zwar sofort.«

»Sofort?« Ich starrte ihn fassungslos an.

Plötzlich stand Felix auf und ergriff Irinas Hand. »Wir werden hier auf Xenia warten und erst weggehen, wenn sie eintrifft.« Er bedachte mich mit einem ironischen Lächeln. »Wir mögen uns im Kriegszustand befinden und uneins darüber sein, wer ihn zuerst erklärt hat, aber uns wird der Kaiser nicht verhaften.«

Ich wollte zwar ohne die beiden nicht weiterfahren, aber Felix tat meinen Protest ab, und nachdem er mir seine und Irinas Hunde anvertraut hatte, nahm er Irina bei der Hand und folgte dem russischen Botschafter aus dem Bahnhofsgebäude.

Zwei Stunden später verließ mein Zug Berlin. Ich hatte so lange auf Xenia gewartet, wie ich es wagen konnte – vergeblich. Dafür waren andere Russen angekommen, Adelige, die gezwungenermaßen ihren Urlaub abgebrochen hatten. Sie alle nahm ich an Bord, denn ich konnte nicht mit ansehen, wie sie mit eingezogenem Kopf Spott und Hohn über sich ergehen lassen mussten. Von Fremden umgeben, die Hunde zu meinen Füßen, fuhr ich durch die Nacht Richtung Dänemark. Ob meine Enkelin, ihr Mann oder meine Tochter in Sicherheit waren, stand in den Sternen. Dass sie es geschafft und gerade noch den letzten – restlos überfüllten – Zug von Berlin nach Kopenhagen erreicht hatten, erfuhr ich erst bei meiner Ankunft. Irina war vor Angst krank geworden, und

Xenia kochte vor Wut, weil man ihr an der Grenze alles Gepäck abgenommen, es peinlich genau durchsucht und ihr eine ewig lange Wartezeit zugemutet hatte.

»Vielleicht ist es ganz gut, dass unser Gepäck verschollen ist«, bemerkte Felix. »Wahrscheinlich werde ich mir ein paar Sachen kaufen müssen, während sich Irina auskuriert.«

Sie residierten in einer Suite im vornehmsten Hotel von Kopenhagen. Nachdem ich meine Enkelin dort besucht hatte – ich hatte den Verdacht, dass sie schwanger sein könnte, was dann auch bestätigt wurde –, beschloss ich, zusammen mit Xenia die Fahrt nach Russland fortzusetzen. Irina und Felix ließen wir zurück. Meine Tochter sorgte sich immer noch sehr wegen Sandro, der nichts von sich hören ließ, da er mit seiner Freundin in Cannes weilte. Ich hatte freilich keine Lust, mir ihre Tiraden anzuhören, und schalt sie sogar. »Er wird sich schon allein nach Hause durchschlagen!«, rief ich entnervt. »Bisher konnte er sich darauf verlassen, dass du ihn tun lässt, was er will, und ihn dabei sogar unterstützt.«

Daraufhin verfiel Xenia in brütendes Schweigen, das immer noch anhielt, als unser Boot mit Kurs auf Finnland ablegte. Dort wurden wir von den Einheimischen äußerst freundlich empfangen – auch hier hatten die Zeitungen über unsere schrecklichen Erfahrungen in Berlin berichtet.

»Sie können sich gar nicht vorstellen, wie froh ich bin, dass ich hier endlich sagen darf, wie sehr ich die Deutschen verachte, nachdem ich meine Gefühle fünfzig Jahre lang verbergen musste«, erklärte ich den Journalisten. Mein Kommentar prangte in sämtlichen Blättern des Landes, und ich hoffte, dass er auch den Kaiser erreichte.

Nicht dass es auf irgendetwas, was ich sagte, ankam. Ungarn stellte Österreich Truppen zur Verfügung. Deutschland erklärte Frankreich den Krieg und marschierte in Flandern ein. Bis wir St. Petersburg erreichten, hatte sich auch Großbritannien ins Getümmel gestürzt. Felix hatte recht behalten. Ein großer Krieg war ausgebrochen.

Die Ermordung eines Erzherzogs hatte die Verdammnis über uns alle heraufbeschworen.

Teil VI

1914–1918

Die Saat der Zerstörung

Unsere schönen und heiteren Tage sind vorbei.

MARIA FJODOROWNA

39

St. Petersburg schien von einem patriotischen Fieber ergriffen, das mich indes nicht zu beeindrucken vermochte. Ähnliche Gefühle hatte ich schon bei anderen Konflikten beobachtet und wusste darum, wie schnell die Stimmung umschlagen konnte. Mein Neffe, George V. von Großbritannien, der wegen des Kriegs in ständigem Kontakt mit Niki stand, warnte uns, dass der deutsche Kaiser eine gewaltige Streitmacht aufgestellt hatte, auf die keines der gegen ihn verbündeten Länder vorbereitet war. Insbesondere Russland nicht, wo wir außerhalb der großen Städte kaum elektrischen Strom hatten und unser Volk noch in mit Kerzen beleuchteten Produktionsstätten arbeitete, ohne das Geringste von dem durch moderne Waffen angerichtete Grauen zu ahnen, das sich anschickte, ganz Europa zu überziehen.

Auf mein Drängen hin ernannte Niki seinen Vetter, den Großfürsten Nikolai, der in der Familie Nikolascha hieß, zum Oberbefehlshaber. Allerdings hatte der siebenundfünfzigjährige Karriereoffizier Nikolascha nie Einsätze im Feld geleitet, sodass die strategische Planung unseren Generälen anvertraut wurde. Doch wie ich Niki vorhielt, musste er als Zar auch in der Lage sein, Macht und Verantwortung zu delegieren, damit sein Ruf nicht durch die Unwägbarkeiten des Krieges beschädigt wurde, denn der war seit dem verheerenden Konflikt mit Japan keineswegs besser geworden.

Obwohl er inzwischen vierundfünfzig Jahre alt war und wegen seiner von Niki nicht genehmigten Ehe mit einer Frau unter Stand seit dreizehn Jahren im Exil lebte, bat mein

Schwager, Großfürst Paul, Niki um Vergebung und um einen Posten in der Armee. Ich unterstützte sein Gesuch nach Kräften, und tatsächlich ernannte Niki ihn zum Kommandanten des Ersten Korps der kaiserlichen Garde. Gleichermaßen gestattete Niki nach meiner Fürsprache auch Mischa die Rückkehr aus dem englischen Exil und machte ihn zum Generalmajor bei der neu gebildeten kaukasischen Kavallerie. Außerdem verlieh er Mischas dreijährigem Sohn Georgi den Titel des Grafen von Brassow. Damit stand es Natalia frei, sich als Gräfin von Brassowa zu bezeichnen, obwohl ihre Ehe mit Mischa immer noch nicht offiziell anerkannt worden war. Allerdings ließ Mischa Natalia samt seinem Sohn bei sich in der Stadt wohnen, woraufhin sie ihren kaiserlichen Aufgaben mit der Gründung zweier Krankenhäuser gerecht wurde.

Als ich davon erfuhr, ließ ich es mir nicht nehmen, die Krankenstationen zu inspizieren. Als Erstes stach mir eine leere Fläche über dem Eingang ins Auge. Nur mit Mühe verkniff ich mir ein Lachen; ich wusste, dass man vorübergehend Natalias Porträt abgehängt hatte, um bei mir keinen Anstoß zu erregen.

Aber für solche Bagatellen hatte ich keine Zeit. Wir alle mussten unser Scherflein beisteuern. Deutschland stellte die größte Bedrohung seit Napoleon dar und hatte bereits Völker und Familien – wie die meine – getrennt. So sah sich meine in Österreich lebende Schwester Thyra gezwungen, offen für den Kaiser Partei zu ergreifen, weil ihr Mann finanziell vom Staat Österreich abhängig war. Mein Neffe in Dänemark dagegen, das nach außen hin als neutral galt, leistete den alliierten Nationen verdeckt Hilfe, unter anderem mit der Aufstellung einer Abwehrkanone am Strand von Hvidøre.

Als ich erklärte, jeder müsse seinen Beitrag leisten, bezog ich Alexandra nicht mit ein. Bei ihr war ich mir sicher, dass sie sich bedeckt halten würde, denn eine Kaiserin von deutschem

Geblüt konnte der Öffentlichkeit in dieser Zeit wohl kaum gefallen. Antipreußische Gefühle waren hochgeschwappt, sodass in ganz St. Petersburg die Schaufenster deutscher Geschäfte eingeworfen und zu guter Letzt die Stadt in »Petrograd« umbenannt wurde, um das deutsche »-burg« zu tilgen.

Doch dann ließ mich Niki zu meiner Überraschung wissen, dass Alexandra, Olga und Tatjana meinem Beispiel folgten und sich zu Krankenschwestern ausbilden ließen. Alexandra hatte sogar im Katharinen-Palast eine Krankenstation einrichten lassen, die sie selbst leiten wollte. Dergleichen hätte ich ihr niemals zugetraut und konnte sie dafür nur rühmen. Meine eigenen Tage waren nun bis an die Grenzen der Belastbarkeit erfüllt mit Diensten für das Rote Kreuz. In meinem Alter konnte man mir nicht mehr zumuten, dass ich Stationsdienst leistete; diese Aufgaben nahmen mir Olga und Xenia im Winterpalast ab, während ich Wohltätigkeitsveranstaltungen organisierte, um Geld und Medikamente für die Front zu sammeln. Zu diesem Zweck nutzte ich all meine Verbindungen zur Gesellschaft. Miechen öffnete ihren Palast für eine Benefizgala, bei der ihre berühmten Kristallglasschüsseln, die einst mit Gemmen für ihre Gäste gefüllt gewesen waren, als Behälter für Rubel zur Finanzierung unseres Einsatzes für die Soldaten herhielten.

Mein Engagement war meine einzige Möglichkeit, mir die Angst vom Leib zu halten. Wir hatten uns kaum von der Revolution des Jahres 1905 erholt, und die Duma war alles andere als ein Erfolg. Nun förderte der Krieg das Raubtier im Menschen zutage. Täglich sah ich mich mit der grauenhaften Vorstellung konfrontiert, dass wir im Falle eines deutschen Sieges wie Sinaidas sprichwörtlicher Wolf einer über den anderen herfallen würden. Und auch wenn ich in meinen Bemühungen nicht nachließ, konnte nicht einmal ich die in unserer Bürokratie tief verwurzelte Korruption überwinden. Gewissenlose Minister hatten keine Hemmungen, Geldmittel für sich abzuzweigen und dafür unsere Soldaten ohne Grundausrüstung in die Schlacht zu schicken. Ich sandte Niki zutiefst empörte Telegramme, um seine persönliche Genehmigung für meine Rot-Kreuz-Konvois zu erbitten, die zuvor von den Behörden als illegal erachtet und nach St. Petersburg zurückgeschickt worden waren – und das in einer Situation, die von Stunde zu Stunde verheerender wurde.

Das Ende des Jahres 1914 kam und verging in einer Zeit des Kummers. Schlacht um Schlacht, eine blutiger als die andere, wurde geschlagen und stürzte Russland in immer tiefere Trauer; die Listen mit den Namen der Gefallenen nahmen solche Ausmaße an, dass die Zeitungen ihrer Veröffentlichung ganze Ausgaben widmeten. Von den verschiedenen Fronten wurden Verwundete in Viehwaggons zurückgebracht. Nach wochenlangem Transport unter schlimmsten Bedingungen lagen sie jetzt auf Lumpenbergen, waren von Läusen befallen, litten unter faulenden Wunden und der Ruhr oder hatten schon auf dem Schlachtfeld Amputationen mit barbarischen Methoden über sich ergehen lassen müssen. Sämtliche Krankenhäuser waren überfüllt. Jeder nicht benutzte Palast und viele bewohnte wurden beschlagnahmt und in Krankenstationen umgewandelt, wo Damen der Gesellschaft, die bislang nicht einmal einen Knopf selbst zugeknöpft hatten, unter entsetzlichen Bedingungen arbeiteten, bis sie inmitten des Kreischens Sterbender oder des Gestanks von Wundbrand in Ohnmacht fielen.

Die Deutschen waren erbarmungslos. Wie Drachen wüteten sie im Schlamm unserer blutgetränkten Schützengräben und entfesselten ihre ungeheuerlichen modernen Gas- und Artilleriewaffen. Allmählich fing ich an zu glauben, jede Friedensvereinbarung sei besser als diese schreckliche Verschwendung von Menschenleben, bei der so viele Männer qualvoll für eine Sache starben, von der die wenigsten wussten, was dahintersteckte. Für meine Begriffe konnte nichts schlimmer sein als ein Krieg, der im Namen der Rache geführt wurde. Dabei ahnte ich nicht, was uns noch alles bevorstand.

»Hast du etwa vor, dich hier für immer niederzulassen?«, fragte Miechen wutschnaubend, nachdem sie mit ihrem Privatzug Kiew erreicht und mich in meinem Palast aufgespürt hatte. Ich hatte mich mit meiner Tochter Olga hierher, in den Süden der Ukraine begeben, um eine Notaufnahmestation einzurichten. Hinter uns lag ein schrecklicher Frühling, in dem eine ganze Serie von blutigen Schlachten dazu geführt hatte, dass Polen den Deutschen in die Hände gefallen und unsere eigene Armee auf brutale Weise dezimiert worden war. Diejenigen, die es geschafft hatten zu überleben, kehrten, die Kleidung in Fetzen, ausgemergelt und am ganzen Körper mit Frostbeulen bedeckt, zurück, die meisten von ihnen überdies verwundet. Nach unseren Männern strömten polnische Flüchtlinge ins Land, die buchstäblich mit nichts als dem nackten Leben davongekommen waren.

»Du weißt doch, dass ich hier bin, um Olga zu helfen«, sagte ich und führte Miechen in den im oberen Stockwerk gelegenen Salon des Kiewer Mariinski-Palasts, der mit den Möbeln aus dem Erdgeschoss vollgestopft war, seit wir unten eine Krankenstation eingerichtet hatten. »Wir hatten nichts, wo wir die Verwundeten hätten unterbringen können. Jedes Krankenhaus in der Stadt ist hoffnungslos überfüllt. Und weil Kiew näher bei der Front liegt, kam Olga auf die Idee, den Palast als Spital und Aufnahmezentrum für Flüchtlinge zu benutzen. Wie könnte ich ihr das verübeln? Sie arbeitet unermüdlich, bildet das Personal aus und ist sechzehn Stunden am Tag als Krankenschwester auf den Beinen.«

Ich beobachtete, wie sich Miechens Augen verengten beim Anblick der um uns herum aufgetürmten Stühle, Tische, Gemälde und Statuen, über die man eilig Betttücher geworfen hatte. Was ich ihr verschwieg, war, dass der Liebhaber meiner Jüngsten, ein gewisser Kulikowski, Oberst bei der russischen Armee, in Polen eine Wunde am Kopf erlitten hatte, was mit ein Grund dafür war, warum Olga sich so entschlossen zeigte hierzubleiben.

»Ich muss Olga für ihr Engagement loben«, meinte Miechen, »aber eine Kaiserinwitwe wird das hier wohl kaum als komfortabel empfinden.«

»Ich kann dir versichern, unsere Soldaten genießen weit weniger Komfort«, erwiderte ich. Mit einer müden Geste forderte ich Sophie auf, Tee zu bringen. Ich hatte mich damit abgefunden, Miechen mit den gesellschaftlichen Feinheiten zu empfangen, auf die sie so großen Wert legte. »Aber du hättest den weiten Weg nicht auf dich nehmen müssen. Mir geht es den Umständen entsprechend recht gut.«

»Ich bin nicht hier, um zu sehen, ob es dir gut geht. Anlass meiner Reise ist etwas viel Dringenderes: Dieser Mystiker, den diese Frau sich hält, stellt derzeit eine noch größere Gefahr dar als je zuvor.« Bevor ich auf ihre Eröffnung reagieren konnte, fuhr sie fort: »Er *berät* sie. Er sagt ihr, welche Minister sie begünstigen und welche sie entlassen soll. Die Duma hat protestiert und bereits angeregt, sie in ein Kloster zu stecken. Die Stadt ist in Aufruhr. Es mangelt uns an *allem*. Wie du sicher weißt, ist die Vorratslage bei der Armee so schlecht, dass nicht einmal ein Hunderudel geschweige denn der Kaiser sich die Hungernden vom Leib halten könnte. Und trotzdem schickt Alexandra deutschen Kriegsgefangenen Gebetsbücher und gibt die politischen Empfehlungen ihres Mystikers an Niki weiter. Dass sie damit die Telefonleitungen seiner Kommandozentrale blockiert, schert sie nicht. Allenthalben wird davon geredet, dass jetzt Rasputin über Russland herrscht und Niki vorhat, Nikolascha zu entlassen, um selbst oberster Feldherr zu werden, während seine Frau sich um die Staatsgeschäfte kümmert.«

Da Sophie mit dem Tee hereinkam, schwieg ich, bis sie ihn uns serviert hatte und sich wieder zurückzog.

Miechen funkelte mich an. »Willst du etwas sagen? Oder besser noch: etwas *tun*?«

Ich erwiderte ihren Blick. »Was soll ich deiner Meinung nach tun? Sie hat klargemacht, dass sie keine Einmischung dulden wird, was den Mystiker betrifft. Es herrscht Krieg. Ich kann sie nicht bekämpfen, wenn Russen zu Tausenden sterben.«

»Aber wenn du das nicht tust, werden noch mehr sterben. Sie wird von allen gehasst. Sie nennen sie *Nemka* – die deutsche Spionin. Es heißt, dass dieser widerwärtige Kerl ihr Liebhaber ist. Sie mag die Wahrheit verschleiern, aber ich weiß, warum sie so von ihm abhängig ist.« Ich prallte erschrocken zurück, doch sie fuhr ungerührt fort. »Der Junge ist krank. Ist es die Bluterkrankheit?«

Unwillkürlich blickte ich über die Schulter zu der nur angelehnten Tür, durch die Sophie verschwunden war. Auch andere Bedienstete liefen durch die Flure. Überall gab es Ohren.

»Minnie.« Miechens feste Stimme zwang mich, sie wieder anzuschauen. »Antworte mir.«

Ich schluckte. Das Eingeständnis blieb mir in der Kehle stecken, aber mein Schweigen war Antwort genug.

»Wie ich es mir gedacht hatte.« Wie immer rührte Miechen zu viel Zucker in ihren Tee, und wie immer fragte ich mich, warum sie sich nicht wie die Bauern einen Würfel zwischen die Zähne steckte und dann ihren Tee schlürfte. »Sie glaubt, dass ihr Wundertäter das Kind heilen kann. Um ihn zu verteidigen, würde sie ganz Russland zum Teufel schicken. Niemand außer dir kann Niki zur Vernunft bringen.«

»Niki hat mir versprochen, dass er das oberste Kommando über die Armee niemals an sich reißen wird. Dafür hat er Nikolascha ernannt, und er …«

»Nikolascha ist auf der Verliererstraße. *Wir* sind auf der Verliererstraße. Die Deutschen führen mit Zeppelinen Luftangriffe auf London durch und werfen Bomben ab. Diese Frau glaubt, dass Niki sich als Oberster Heeresführer Respekt verschaffen muss, weil Rasputin es ihr gesagt hat. Mein Kyril hat mir berichtet, dass Niki gesagt haben soll, er würde in Erwägung ziehen, Nikolascha seines Amtes zu entheben, wenn er im Herbst in die Stadt kommt, um die neue Reitergarde zu inspizieren. Was er da inspizieren möchte, übersteigt allerdings mein Vorstellungsvermögen. Will er Pferde ohne Reiter in die Schlacht schicken, um die Deutschen zu verwirren? Wir haben nämlich keine Männer mehr, die wir rekrutieren könnten. Das weißt du besser als alle anderen. Schließlich richtest du in jedem Winkel des Landes Notfallstationen ein. Wenn es so weitergeht, führen wir spätesten am Dreikönigstag auf unseren Esstischen Operationen durch.«

Ich ergriff meine Tasse, war aber so aufgeregt, dass ich ein Zittern nicht verbergen konnte.

Miechen schnalzte bedauernd mit der Zunge. »Ich verstehe ja dein Dilemma. Er ist nicht nur unser Zar, er ist auch dein Sohn. Er hat sie zu seiner Frau erwählt, obwohl du wusstest, dass sie nicht das Zeug dazu hat, die Zarin eines großen Volkes zu sein. Und ihr Sohn ist krank. Wie kannst du sie da kritisieren, da du als Mutter genau weißt, wie sehr sie leidet? Aber ihre Machenschaften *müssen* beendet werden. Jetzt ist nicht die Zeit, sie in ihren Illusionen von Größe zu bestätigen. Sie hat die Nase aus unseren Angelegenheiten herauszuhalten, und ihr Mystiker muss beseitigt werden.«

»*Beseitigt*?« Ein Schraubstock schloss sich um meine Brust.

Sie zuckte mit den Schultern. »Anders, als sie glaubt, hat er nichts Göttliches. Er ist genauso sterblich wie alle anderen auch. Minnie, es geht um unser Überleben. Falls Niki ihr tatsächlich gestattet, die Regierung zu kontrollieren, und Rasputin weiterhin an ihrer Seite klebt, wie lange, glaubst du, wird es dauern, bis wir eine Revolution am Hals haben?«

»Das können wir nicht tun«, ächzte ich. »Wir sind Romanows. Wir billigen Mord nicht.«

Sie lachte. »Seit wann denn das? Die Romanows eliminieren ihre Gegner seit Jahrhunderten, darunter sogar ihr eigenes Fleisch und Blut. Glaubst du, Peter und Katharina die Große hätten es sich von einem ungehobelten Bauern bieten lassen, dass er ihnen vorschreibt, was sie zu tun haben?«

Ich griff so abrupt nach ihrer Hand, dass ich ihre Tasse umstieß. »Nein«, flüsterte ich, »so etwas Grauenvolles darfst du nicht einmal denken.«

Sie blickte auf meine mit ihrem Tee bespritzte Hand hinab, die ihre umklammert hielt. »Ich bin nicht diejenige, um die du dich sorgen musst. Wirst du mit Niki reden?«

»Ja«, versprach ich, »ich werde zur Inspektion nach St. Petersburg zurückkehren und mein Möglichstes tun, um zu verhindern, dass er das Kommando über die Armee an sich reißt. Aber du darfst so etwas nie wieder vorschlagen. Rasputin etwas anzutun, das würde eine Katastrophe für uns bedeuten. Du hast keine Vorstellung, wozu diese Frau fähig ist. Er hat ihr prophezeit, dass, sollte ihm je einer von uns ein Härchen krümmen, unsere ganze Dynastie fallen würde. Das hat sie Niki gesagt. Und sie ist voll und ganz davon überzeugt.«

»Natürlich. Das ist eine sehr praktische Art für so einen Kerl, sich zu schützen.« Miechen schenkte sich nach. »Wie gesagt, er ist ein ganz normaler Mann. Und wenn Tausende sterben, was bedeutet da schon einer mehr?«

Rot war nicht länger die Farbe Russlands. An seine Stelle war Schwarz getreten, die Farbe des Kriegs, die Farbe von schwärenden Eingeweiden, die sich über ganz Europa ergossen. In St. Petersburg sah ich bei allen, die auf den Straßen unterwegs waren, Trauerbinden an den Armen. Sämtliche Hauseingänge, Balkone und Schaufenster waren mit schwarzem Krepp verhängt. Schwarze Bänder wanden sich um Laternenpfosten, und Schwarz legte sich wie eine Ölschicht auf den Fluss, während die Stadt, ob ihrer Verluste leise und gedämpft, sich krümmte wie ein verstümmeltes Tier. Und doch musste ich fassungslos mit ansehen, wie uniformierte Offiziere auf Urlaub in Cafés herumsaßen oder mit ihrer Liebsten durch die Prachtalleen flanierten – Männer, die an der Front hätten kämpfen müssen, doch aus irgendeinem obskuren Grund die Genehmigung ergattert hatten, in die Stadt zurückzukehren, als wäre nicht die ganze Welt aus den Fugen geraten.

Vor dem Winterpalast inspizierte Niki unsere in einer Prozession an ihm vorüberziehenden neuen Truppen – die letzten Rekruten, die für den Kampf in den Karpaten bestimmt waren. In seiner blauen Uniform mit den golden umrandeten Epauletten ritt er die Reihe der vor ihm stramm stehenden Männer ab, an seiner Seite Alexej in der gleichen, wenn auch für ein Kind geschneiderten Uniform und auf einem eigens dressierten Pony. Niki wahrte eine steife, distanzierte Haltung. Er war der Zar und die anderen seine Untertanen, die ihrem Väterchen zu gehorchen hatten. Es war ein düsterer Moment, als er sich zusammen mit seinem Sohn vor den Menschen aufbaute, die zu opfern er willens war, sein Gebaren nach wie vor emotionslos.

In meinem Anitschkow-Palast veranstaltete ich ein Mittagessen für ihn. Es war Monate her, seit ich ihn zuletzt gesehen hatte, und ich hoffte, er würde allein kommen, auch wenn Alexandra und ihre Töchter ebenfalls von Zarskoje Selo angereist waren, um ihm zur Seite zu stehen. Aber natürlich nahmen sie alle daran teil. Da das Wetter schon so warm war, dass die Kinder im Garten mit ihren Hunden spielen konnten, ließ ich das Essen draußen auf der Terrasse auftragen und wartete, bis die Mädchen und Alexej zu einem Spaziergang unter Aufsicht ihrer Kindermädchen aufbrachen, ehe ich das Thema anschnitt.

»Ich habe gehört, du würdest erwägen, Nikolascha als Kommandant abzulösen.«

Niki antwortete nicht, sondern sog an seiner Zigarette, den Blick verdrossen in die Ferne gerichtet. Alexandras Züge spannten sich an. Sie sah gar nicht gut aus. Dass sie in ihrer Krankenstation Dienst leistete, war eigentlich lobenswert, aber wie immer hatte sie es auch damit so sehr übertrieben, dass sie erneut einen Hexenschuss erlitten hatte und wochenlang das Bett hüten musste. Mich schockierte, wie viel sie diesmal zugenommen hatte. Sie wirkte fast aufgedunsen.

»Hast du das vor, Niki?«, fragte ich und winkte meine Diener zurück ins Haus. Geschirr und Besteck konnten auch noch später abgeräumt werden. Jetzt kam es mir vor allem darauf an, dass niemand in unsere Kontroverse hineinplatzte, die, wie ich schon jetzt wusste, unmittelbar bevorstand. Alexandras zusammengepresste Lippen ließen keinen anderen Schluss zu.

»Er hat bisher keine einzige Schlacht gewonnen«, platzte es prompt aus ihr heraus. »Er hat Polen fallen lassen. Wollen Sie etwa, dass er auch uns ins Verderben stürzt? Er mag ja ein Romanow sein, aber ein Heeresführer ist er nicht. Wenn wir das Blatt wenden wollen, muss jemand anders das Ruder übernehmen.«

»Und dieser Jemand ist wohl Niki?«, fragte ich.

Mein Sohn hatte die ganze Zeit nichts gesagt. Jetzt drückte er seine Zigarette im Aschenbecher aus, nur um sich gleich die nächste anzuzünden – er war übel gelaunt. Auch er war gealtert, nur hatte er im Gegensatz zu ihr so viel Gewicht verloren, dass seine Uniform schlaff an ihm herabhing.

»Wer sonst?« Alexandra hob den Kopf. »Ein Kaiser muss mit gutem Beispiel vorangehen.«

Miechen hatte mich gewarnt. Aber es direkt aus dem Mund meiner Schwiegertochter zu hören war etwas ganz anderes. Jetzt musste ich ruhig bleiben. Auf keinen Fall durfte ich ihr zeigen, welcher Hass gegen sie in mir hochkochte, wie sehr es mich drängte, sie wegen ihrer Blindheit bei allem, was Russland betraf, in Grund und Boden zu schreien.

»Wenn wir tatsächlich in einer so schlechten Lage sind, sollte die Übernahme der Befehlsgewalt in der Armee wirklich das letzte Mittel der Wahl sein«, sagte ich. »An allem, was schiefgeht, wird man dann ihm die Schuld geben. Es wäre klüger, die Verantwortung bei Nikolascha zu belassen und ihm andere Generäle an die Seite zu stellen, denn obwohl er keine Erfolg erzielt hat, wird er von unseren Truppen immer noch respektiert.«

Endlich zeigte Niki eine Reaktion. Seine müden Augen bohrten sich in die meinen. »Und ich soll der Feigling sein, der hinter den Linien bleibt, während unzählige Soldaten für diese Sache sterben?«

»Für *unsere* Sache«, verbesserte ich ihn. »*Du* hast diesen Krieg nicht angezettelt. Du hast nicht …«

»Es reicht«, unterbrach er mich mit leiser Stimme. »Wegen Nikolascha verlieren wir noch das halbe Reich.«

»Wenn du ihn entlässt, verlieren wir womöglich das ganze.«

Alexandra ergriff ihren Stock und machte Anstalten aufzustehen. »Es ist spät. Wir müssen in unseren …«

»Ihr bleibt.« Obwohl ich die Stimme nicht gehoben hatte, starrte sie mich an, als hätte ich sie angebrüllt. »Du hast offensichtlich eine Meinung«, fuhr ich fort. »Und ich bin bereit zuzuhören – wenn es sich um vernünftige Argumente handelt und nicht um Hirngespinste. Wenn echtes Wissen dahintersteckt und nicht das Gefasel dieses Mystikers, den du dir gegen meinen Rat hältst. Diesen Quacksalber Rasputin.«

Daraufhin begannen ihre Augen zu glühen. »Siehst du?« Sie wandte sich an Niki. »Wie sie mit mir spricht? Wie sie mich *geringschätzt*?«

Ich ließ ihn nicht zu Wort kommen. »Nicht dich. Dich habe ich nie geringgeschätzt. Du hast die Probleme unter den Teppich gekehrt, aber dort sind sie nicht geblieben. Die Situation ist außer Kontrolle geraten und wird sich nicht mehr logisch erklären lassen. Miechen weiß Bescheid«, fuhr ich fort und sah sie zusammenzucken. »Sie hat es mir gesagt. Wie lange, glaubst du, wird es dauern, bis es auch die anderen herausfinden?« Steif vor Zorn ließ sie sich auf ihren Stuhl zurücksinken, doch ich war noch nicht fertig. »Die Nachricht, dass unser Zarewitsch krank ist, wird uns jetzt gewiss nichts nutzen. Am Anfang wäre das vielleicht noch möglich gewesen, aber angesichts dieses fürchterlichen Krieges vor unserer Haustür wird man es nur als einen weiteren Beleg dafür werten, dass wir nicht mehr fähig sind zu regieren. Das Volk könnte sich gegen uns wenden.«

»Das höre ich mir nicht an!«, fauchte Alexandra. »Sie wollen ihn ins Exil verbannen, seit Sie von ihm gehört haben. Aber Sie wissen nichts. Gar *nichts*! Alexej hatte letzten Monat wieder Nasenbluten, als wir Nikis Garnison in Mogiljow besuchten. Im Zug ging es los. Als wir ankamen, war er schon ganz schwach. Wir konnten es einfach nicht zum Stillstand bringen …« Ihre Stimme erstarb. Wie aufs Stichwort traten ihr Tränen in die Augen. »Wir dachten, er würde sterben. Aber dann rief ich unseren Freund. Er kam, und das Bluten hörte auf. Wollen Sie ihn immer noch verdammen, obwohl

Sie wissen, wie sehr wir leiden? Wollen Sie uns wirklich den einzigen Trost verweigern, den wir in dieser schrecklichen Welt haben?«

Ich senkte den Blick. Auf keinen Fall durfte ich mich in diese Art von Diskussion verwickeln lassen. Es war ihre Taktik, mich immer wieder mit neuen Beinahe-Katastrophen zu bombardieren, um mich zu dem Eingeständnis zu zwingen, dass sie recht hatte: Rasputin war unsere einzige Hoffnung; ohne ihn waren wir hilflose Opfer des Schicksals.

»Es tut mir schrecklich leid, das zu hören«, brachte ich schließlich hervor. »Aber er mischt sich in Staatsangelegenheiten ein. Er erteilt dir zum Entsetzen der Duma Ratschläge, obwohl ich beim besten Willen nicht begreifen kann, woher ein sibirischer Bauer auch nur den Hauch einer Ahnung davon haben will, wie man ein Weltreich lenkt.«

Ihre beringten Finger krallten sich um den Griff ihres Stocks. »Er strebt nicht nach Macht. Er teilt uns nur Gottes Wahrheit mit. Er hat uns von diesem Krieg abgeraten und glaubt, dass allein der Zar uns wieder Frieden bringen kann, indem er das oberste Kommando übernimmt. Und Niki glaubt das auch.«

Diese Worte schleuderte sie mir geradezu entgegen. Langsam wandte ich mich zu meinem Sohn um. »Ist das wahr? Hörst du wirklich auf einen Mann, der in ganz Russland verabscheut wird?«

Niki stand auf und wischte sich Zigarettenasche vom Ärmel. »Mama, wir sollten dieses Gespräch unter vier Augen fortsetzen. Die Kinder können jeden Moment zurückkommen.« Bevor Alexandra protestieren konnte, hob er die Hand. »Sanni, bitte warte hier auf sie. Ich bin gleich wieder bei dir.«

Mit eisiger Miene verfolgte sie, wie er ins Innere des Palasts ging. Während ich meinen Stuhl zurückschob, um ihm zu folgen, zischte Alexandra: »Sie haben ihn ja schon immer erdrückt und ihm das Gefühl gegeben, dass er überflüssig ist und ohne Sie nicht in der Lage, Entscheidungen zu treffen. Aber er ist unser Zar. Jetzt muss er sich bewähren.«

Ich bedachte sie mit einem knappen Blick, ehe ich mich abwandte. Ihren Gefühlsausbruch wollte ich nicht auch noch mit einer Antwort würdigen. Sie hatte es sich endgültig mit mir verscherzt; mein Verständnis für sie war restlos aufgebraucht.

Ich trat durch die Tür zu meinem Salon, als Niki sagte: »Es wird keine Diskussion geben. Ich werde das militärische Kommando übernehmen. Nikolascha hat sich seiner Aufgabe als unwürdig erwiesen.«

»Das kannst du nicht tun!« Ich stand reglos im Türrahmen. Sein Ton hatte mir bereits verraten, dass er sich schon vor seiner Ankunft in St. Petersburg entschieden hatte. Hätte ich dieses Thema nicht aufgeworfen, hätte seine Frau kein Wort darüber fallen lassen. Irgendwie hatte ich inmitten all des Chaos auch Nikis Vertrauen eingebüßt. Trotzdem versuchte ich zu argumentieren. »Das wäre ein schrecklicher Fehler, Niki. Wir sind dabei, den Krieg zu verlieren. Und man wird dir die Schuld geben.« Ich trat einen Schritt auf ihn zu. »Nimm erst mit der Duma Rücksprache. Lass dich von deren Fachleuten beraten.«

Er zuckte mit keiner Wimper. »Deren Rat habe ich satt. Ich löse die Duma auf. Sie hat nichts getan, außer mich nach und nach meiner Rechte zu berauben und mich an den Rand zu drängen, damit *sie* das Sagen hat. Da Russland Gefahr droht, ist es meine Pflicht, es zu führen. Ich werde mich nicht davor drücken.«

»Du drückst dich doch nicht vor irgendetwas, wenn du erfahrenen Männern gestattest, dich zu unterstützen!«, rief ich und versuchte gleichzeitig, die in mir aufsteigende Panik einzudämmen. »Dein Vetter George in England, sogar der deutsche Kaiser – sie alle verlassen sich auf tüchtige Berater, nicht auf ihre Frauen oder Freunde. Das gehört zu den Aufgaben eines Herrschers.«

Er sog an seiner Zigarette und blies den Rauch ins Zimmer. »Ich muss nach meinem Gewissen handeln. Sanni hat nichts damit zu tun. Mama, bitte bedrängen Sie mich nicht. Es ist schon geschehen.«

»Geschehen? Was soll das heißen – es ist schon geschehen?«

»Nikolascha wurde bereits abgelöst. Nächste Woche werde ich das Kommando in Mogiljow übernehmen.«

Er stellte mich vor vollendete Tatsachen, unternahm keinerlei Versuch, mir das Verständnis zu erleichtern. Stattdessen baute er sich mit solch undurchdringlicher Miene vor mir auf, dass ich das Gefühl hatte, einem Fremden gegenüberzustehen.

»Und Alexandra?«, krächzte ich. »Wird sie ihren Mystiker weiter als Berater behalten und alle anderen, deren Nase ihr nicht gefällt, hinauswerfen?«

»Ihr liegt unser aller Wohl am Herzen. Sie trauen ihr zu wenig zu, Mama. Sie haben sie noch nie anerkannt.«

Ich starrte ihn fassungslos an. Bevor ich mich zügeln konnte, sagte ich kalt: »Wenn du das glaubst, bist du tatsächlich ein Narr. Das Einzige, was ihr am Herzen liegt, ist ihr eigenes Wohl. Dieser Kerl, Rasputin … wird uns ihretwegen ins Verderben stürzen. Du willst als Zar respektiert werden? Dann verhalte dich wie einer. Verbanne den Mystiker und lege deiner Frau Zügel an. Ansonsten wird man dich tatsächlich an den Rand drängen.«

Erneut verriet er keine Regung, aber ich sah das Lodern in seinen Augen. »So dürfen Sie nicht mit mir sprechen. Das ist unter unserer Würde.«

»Nein«, entgegnete ich, »unter unserer Würde ist vielmehr,

so weiterzumachen wie bisher. Viel zu lange habe ich dich vor der Wahrheit beschützt. Aber jetzt *musst* du sie hören. Dich zum Obersten Heerführer zu erklären, das ist der größte Fehler, den du begehen kannst. Du weißt nicht das Geringste darüber, wie man einen Krieg führt.«

»Das wusste Nikolascha auch nicht. Aber anders als er kann ich lernen.« Sein Blick ging an mir vorbei zur Terrasse, wo helles Lachen zu hören war. Gleich würden die Kinder kommen.

In der Tat platzte in diesem Moment Anastasia herein, das Gesicht von Erregung gerötet. Abrupt blieb sie stehen, als sie die Spannung zwischen uns Erwachsenen spürte, dann sagte sie: »Alexej ist in Amamas Teich gefallen.«

Wie von der Tarantel gestochen jagte Niki an mir vorbei, und ich wollte ihm schon folgen, als Anastasia kleinlaut murmelte: »Er hat sich bloß die Hose nass gemacht. Der Teich ist ja nicht tief.«

»Nein.« Ich brachte ein Lächeln zuwege. »Tief ist er bestimmt nicht.«

Draußen veranstaltete Alexandra einen großen Wirbel um Alexej, dem das Ganze äußerst peinlich zu sein schien. Olga, Tatjana und Maria umklammerten nervös ihre Sonnenschirme, denn während ihre Mutter Alexejs Hose mit einer Serviette abtupfte, schimpfte sie gleichzeitig mit den Mädchen. »Ihr hättet doch die ganze Zeit auf ihn aufpassen müssen. Wo war Derewenko? Und ihr? Wo wart ihr, dass ihr so einen Unfall zugelassen habt?«

»Das war Glücksklee.« Alexej deutete auf seinen Spaniel. »Seine Leine hatte sich um meine Beine gewickelt. Und ich bin doch bloß in den Teich gestiegen. Außerdem habe ich nirgendwo einen Bluterguss. Sehen Sie?« Er versuchte, sein durchnässtes Hosenbein hochzuziehen, doch Alexandra scheuchte bereits ihre Töchter und die betreten danebenstehenden Dienerinnen mit aufgeregten Gesten herum. »Holt unsere Sachen«, befahl sie. »Er bekommt sonst noch eine Erkältung. Wir müssen ihn sofort in den Winterpalast bringen.«

»Ich habe hier Handtücher und einen Morgenrock«, bot ich an. »Er kann in meiner Wanne ein heißes Bad nehmen.«

Sie ignorierte mich mit einem Lächeln so dünn wie eine Rasierklinge, während sie den Mädchen weiter Befehle erteilte. Und dann, binnen Sekunden, waren sie mit ihren Hunden und den Wächtern zum Tor hinaus, wo mehrere Automobile warteten, eine weitere von den Neuerungen, die Niki nach Russland gebracht hatte und die ich für äußerst zweifelhaft hielt.

Als er mich zum Abschied küsste, kam ich nicht dazu, ihn zu bitten, sich seine Entscheidung noch einmal durch den Kopf gehen zu lassen – seine Haltung war zu abweisend. Dann saßen sie auch schon in den Automobilen und entfernten sich in Richtung Winterpalast. Ich musste mit aller Macht einen plötzlich in mir aufsteigenden verzweifelten Schrei unterdrücken, denn auf einmal begriff ich, dass Alexandra recht hatte: Wir *waren* hilflose Opfer des Schicksals.

Ihres Schicksals. Ein Schicksal, das uns allen aufzuzwingen sie fest entschlossen war.

40

Ich sperrte den Anitschkow-Palast zu und ließ nur einen kleinen Teil der Bediensteten zurück, damit sie ihn instand hielten; dann fuhr ich wieder nach Kiew. Olga brauchte mich, und ich brauchte etwas, das meine Zeit in Anspruch nahm. In der Hauptstadt herrschte an den Abenden reges Leben. Es gab Konzerte und Theateraufführungen; außerdem speisten die Mitglieder der guten Gesellschaft immer noch auswärts und gingen zu Tanzveranstaltungen, als wäre der Krieg nur eine Unannehmlichkeit. Doch nach nichts von all dem stand mir der Sinn. Auch zu Miechen begab ich mich nicht. Ich sandte ihr nur eine kurze Nachricht, mit der ich sie über meine Abreise in Kenntnis setzte. Ich hätte es einfach nicht über mich gebracht, ihr in die Augen zu schauen und zu gestehen, dass mein Sohn meinen Rat nicht mehr suchte, geschweige denn beherzigte.

In Kiew beschäftigte ich mich mit der Krankenstation und der Anlaufstelle für Flüchtlinge. Von meinem Palast hatte ich Decken, Kleidung und andere dringend benötigte Dinge mitgebracht, und die mussten verteilt werden. Dann erreichte mich Miechens Antwort. Ihre Befürchtungen hatten sich bewahrheitet: Die Auflösung der Duma durch Niki, gefolgt von der öffentlichen Bekanntmachung, dass nun er persönlich das Amt des obersten Befehlshabers unserer Streitkräfte ausfüllte, hatte zu guter Letzt unsere Gesellschaft aus ihrer Blindheit gerissen.

Gigogne herrscht nun allein. Als die Auflösung der Duma bekannt gegeben wurde, erhob ein hochrangiges Mitglied mitten in der Sitzung die Stimme gegen sie und R. gab den beiden die Schuld an unseren Rückschlägen. Ella verließ ihr Kloster, um G. um ihr Einlenken zu bitten. Ihr wurde die Tür gewiesen. G. verbittet sich jede Kritik an R.

Ich verbrannte den Brief. Wenn nicht einmal Alexandras Schwester, eine wahre Dienerin Gottes, diese Frau dazu bewegen konnte, sich Rasputins zu entledigen, waren uns anderen erst recht die Hände gebunden.

In diesen November fielen mein neunundsechzigster Geburtstag und der fünfzigste Jahrestag meiner Ankunft in Russland. Zur Feier dieses Anlasses versammelte sich meine Familie in Kiew. Miechen schenkte mir eine kostbare Ikone, die die Unterschriften aller Großfürsten und -fürstinnen trug. Niki fand sich mit Alexej ein, um mir eine diamantenbesetzte Ehrenmedaille zu überreichen, in welche die Zahl »50« geätzt war. Alle zusammen lauschten wir einem Konzert. Tags darauf gab es ein gemeinsames Mittagessen, bei dem sich Niki, obgleich von seinen Sorgen gezeichnet, die Zeit nahm, mit jedem der Anwesenden persönlich zu plaudern. Mischa war ebenfalls gekommen, und meine zwei Söhne bei mir zu haben, ohne dass uns Alexandra diese Wiedervereinigung verdarb, bescherte mir ein kurzes Glücksgefühl. Doch meine Stimmung wurde bald getrübt, als Mischa Niki bat, ihn an einen Verwaltungsposten in Mogiljow zu versetzen. Nach mehrjährigem Dienst bei seiner Truppe war er an der Diphtherie erkrankt, von der er sich zwar erholt, sich dann aber im Feldlager ein Magengeschwür zugezogen hatte. Wegen des erbärmlichen Essens dort hatte sein Zustand sich verschlechtert. Natalia hatte ihn angefleht, sein Leben nicht weiter aufs Spiel zusetzen, und sogar mein anderer Schwiegersohn, Sandro, der jetzt in Kiew bei unserer kaiserlichen Luftwaffe stationiert war, hatte sich für Mischa eingesetzt.

Doch Niki zeigte sich unzugänglich. Auch wenn ich es

kaum glauben konnte, hatte Alexandra Mischa weder seine Ehe unter Stand verziehen noch seine Nähe zum Thron, die ihn zwischendurch zum offiziellen Erben hatte werden lassen. In ihren Augen war und blieb er eine Bedrohung für Niki. Und nun tat es mir im Herzen weh, Mischas niedergeschlagene Miene zu sehen, als ihm Niki auf seine übliche ausweichende Art antwortete, dass er sich seine Versetzung »zu einem späteren Zeitpunkt überlegen« werde. Darauf rief Miechen, die aus ihrem Herzen noch nie eine Mördergrube gemacht hatte, aufgebracht: »Würdest du wirklich deinen eigenen Bruder opfern, nur um dieser Verrückten zu gefallen, die du geheiratet hast?« Fast wäre es deswegen zum Zerwürfnis gekommen. Niki starrte sie bitterböse an, schwieg jedoch.

Bevor er abreiste, versuchte ich noch einmal, ihn umzustimmen. »Bitte versetze Mischa nach Mogiljow. Dort kann er mehr für dich tun. Er war doch so krank … Und setze Nikolascha wieder mit allen Vollmachten in sein Amt ein. Tu es sofort – um des Landes willen.«

»Ich kann nicht«, antwortete er knapp und stieg mit seinem Sohn in den wartenden Zug. In letzter Sekunde sprang Alexej auf den Bahnsteig und umarmte mich. Mit fast dreizehn Jahren war er groß gewachsen und so gertenschlank wie sein Vater. Obwohl ihm das Bein oft wehtat und dann die lästige Schiene wieder nötig wurde, ließ sich der Junge dadurch nicht abschrecken. »Sorgen Sie sich nicht, Grandmère«, sagte er. »Ich werde Papa bitten, Onkel Mischa zu versetzen.«

Aber auch er hatte keinen Erfolg. Immerhin jedoch, vielleicht weil ihn sein Gewissen plagte, bewilligte Niki Olga die lange umkämpfte Scheidung. Endlich von ihrem Mann befreit, heiratete meine Tochter ihren Oberst in einer stillen Zeremonie in Kiew. Ich zerbrach mir den Kopf darüber, ob ich daran teilnehmen sollte. Meine Sorge war, dass meine Anwesenheit als Einwilligung in eine weitere morganatische

Verbindung meiner Kinder interpretiert werden würde. Als Mischa von seinem Feldlager zurückkehrte, um Olga zum Altar zu führen, erklärte er nur lapidar: »Sie ist Ihre Tochter. Wie können Sie nicht dabei sein?«

Ich stimmte ihm zu, bestand aber auf einem privaten Rahmen. Dabei hätte ich mich gar nicht zu sorgen brauchen. Da der Krieg weiter seinen Blutzoll verlangte, kümmerte sich kaum jemand um Olgas neue Ehe.

In Kiew fielen nicht solch erhebliche Schneemassen wie bei uns im Nordosten, aber die Kälte war nicht minder streng. Zu Weihnachten ging uns das Brennholz aus, und wir mussten uns in unserer Krankenstation auf mit Holzkohle gefüllte Heizbecken und für die Beleuchtung rußige Kerosinlampen verlassen. Ununterbrochen starben Soldaten, und während ständig frisch Verwundete eingeliefert wurden, schrumpften unsere Vorräte dramatisch, sodass Olga am Ende ihre eigenen Bettlaken zerriss, um damit Wunden zu verbinden.

»Wir müssen nach Gattschina zurückkehren«, sagte ich zu ihr, als sie eines Tages mit blutbefleckter Schwesterntracht und restlos erschöpft von ihrer Arbeit zu mir kam. »Mein Palast ist besser ausgestattet. Zumindest werden wir dort nicht erfrieren.«

Olga nahm ihre verschmutzte Schwesternhaube ab. »Es herrscht Krieg«, erklärte sie schlicht, und da erst, mit einem Mal, fiel es mir wie Schuppen von den Augen: Ich hatte die Kraft und Ausdauer meiner Tochter seit jeher sträflich unterschätzt. »Meine Patienten können nicht woandershin transportiert werden, und meine Schwestern werden von mir beaufsichtigt. Wenn Sie nach Gattschina zurückkehren müssen, hindert Sie nichts daran. Ich bleibe hier.«

Da ich nicht bereit war, sie zu verlassen, forderte ich von meinem Landgut Vorräte an. Allerdings zog ich aus dem Palast aus und benutzte meinen Zug als Unterkunft, denn er war leichter zu heizen. In meinem Alter war ich empfindlicher gegen Kälte als je zuvor. Einmal, als Tanja und Sophie mir aufwarteten, beide in Schultertücher gehüllt und die Hände in dicken Fäustlingen verborgen, brach ich in schallendes Lachen aus. »Wie wir nur aussehen! Wie drei Babuschkas! Wer hätte gedacht, dass es eines Tages so weit mit uns kommt?«

Mein Gelächter verbarg jedoch nur den Schmerz, die Demütigung, die das alles für mich bedeutete. Ich, die ich einst den größten Hof der Welt geführt hatte, war darauf angewiesen, in meinem Zug zu hausen! Doch ich war nach wie vor fest entschlossen, von Nutzen zu sein, und das konnte ich nur, wenn ich lebte. So teilte ich meinem Personal im Anitschkow per Telegramm mit, dass ich beabsichtigte, in Bälde zurückzukehren, und kündigte mit einem weiteren Telegramm auch Miechen mein Vorhaben an.

Ich steckte mitten in den Vorbereitungen für meine Abreise, als ein dringendes Schreiben von Miechen eintraf. Die Lage in St. Petersburg, das nun Petrograd hieß, wurde von Tag zu Tag schlechter. Miechen beschwor mich eindringlich, in der Ukraine zu bleiben. Der Mangel an Brot hatte gewalttätige Aufstände ausgelöst. Erneut streikten die Fabrikarbeiter. Dazu gab es täglich Demonstrationen und zornige Reden auf den öffentlichen Plätzen, in denen sowohl der Krieg als auch unsere Zarin angeprangert wurden. Wie ein Lauffeuer verbreitete sich die Nachricht, dass über die Hälfte von Nikis Kabinett zurückgetreten oder vielmehr von seiner Frau hinausgedrängt worden war. Auf Rasputins Empfehlung hatte sie die freien Posten mit Speichelleckern besetzt, die in der Schuld des Mystikers standen und ihr nur das sagten, was sie hören wollte. Dafür war sie jetzt beim Volk umso verhasster. Mehr und mehr verwunderte mich beim Lesen von Miechens Schilderung, wie Alexandra immer noch glauben konnte, ihr Mystiker sei all den Aufruhr wert, den er verursacht hatte.

Dennoch fiel ich aus allen Wolken, als am Neujahrstag 1917 Xenias Mann Sandro mit den neuesten Nachrichten bei uns hereinplatzte. Ich hatte gedacht, er sei auf Urlaub bei seiner Familie in Petrograd, aber hier stand er vor uns im Mariinski-Palast, wo ich gerade mit Olga frühstückte, und meldete atemlos: »Rasputin! Er ist tot!«

Wir starrten ihn perplex an. Fassungslose Stille breitete sich aus, bis ich schließlich stammelte. »W-wie …?«

Sandro warf einen Seitenblick auf Olga, die wie festgenagelt auf ihrem Stuhl saß. Er zögerte. Widerstrebte es ihm, die Details vor ihr auszubreiten? Das ließ mich stutzen, und ich wappnete mich gegen einen grausigen Bericht.

»Felix Jussupow und Pauls Sohn, Dmitri …«, brachte er schließlich hervor. »Sie haben ihn umgebracht.«

»*Was*?« Ich sprang entsetzt auf, nur um gleich wieder auf meinen Stuhl zurückzusinken.

»Laut Felix hat er den Plan von A bis Z selbst ausgeheckt. Er hat Dmitri und ein hohes Mitglied der Duma, das Rasputin heftig kritisiert hatte, dafür gewonnen. Unter dem Vorwand, Irina und Felix würden spirituellen Rat brauchen, haben sie den Mystiker in den Jussupow-Palast gelockt, wo sie ihm mit Zyanid versetzte Kekse gegeben haben.«

»Sie haben ihn *vergiftet*?«

»Wenn es nur das gewesen wäre!« Sandro stöhnte, und sein Unbehagen schien sich mit jedem Wort zu steigern. »Als er Stunden später immer noch nicht tot war, nahm Felix Dmitris Pistole und schoss mehrmals auf ihn. Dann warfen sie ihn in die Newa. Sie müssen wirklich verzweifelt gewesen sein. Und sie wurden gesehen. Als Rasputin vermisst wurde, meldeten sich Zeugen. Alexandra verlangte sofort eine groß angelegte Suche. Die Polizei ging den Fluss ab und fand ihn schließlich. Der Mystiker hatte Wasser in der Lunge!« Sandro erschauerte. »Nach dem Gift und all den Kugeln ist der

Mann am Ende ertrunken! Er war immer noch am Leben, als sie ihn unter das Eis gedrückt haben. Könnt ihr euch das vorstellen?«

»Das kann ich nicht«, wisperte ich. Doch *was* ich mir vorstellen konnte, war die Trauer in Zarskoje Selo. Und Alexandras Schreie nach Rache. Meine Begegnung mit Rasputin im Vorraum des Alexander-Palasts fiel mir wieder ein, dieser stechende Blick und der unverhohlene Tadel. *Matuschka, warum fürchtest du mich? Ich will dir nichts Böses.* Ich klammerte mich an die Tischkante. »Gott stehe uns bei. Jetzt sehe ich schwarz für uns alle.« Ich starrte Olga in die weit aufgerissenen Augen. »Sie wird ihre Köpfe fordern.«

»Das hat sie schon getan.«

Ich fuhr zu Sandro herum.

»Alexandra hat Felix' Verhaftung und Erschießung gefordert. Ihr Komplize von der Duma ist aus der Stadt geflohen, Felix ist auf dem Weg zu seinem Landgut in Kursk. Aber der arme Dmitri ist eingezogen und an die persische Front beordert worden.«

»Bedauernswert ist vor allem Sinaida«, murmelte Olga, die bis dahin geschwiegen hatte. Ihre Stimme verriet keinerlei Betroffenheit, als wäre Rasputins Tod für sie ohne Bedeutung. »Ihr einziger Sohn. Sie muss außer sich sein vor Sorge.« Meine Tochter stand auf, faltete ihre Serviette zusammen und legte sie auf den Tisch. »Ich muss arbeiten.«

»Das wirst du nicht!«, blaffte ich. »Das ist eine Krise in unserer Familie, und wir müssen uns darum kümmern.«

»*Wir*?« Sie musterte mich. »Mich geht das nichts an, Mama. Gut, für Dmitri habe ich Mitgefühl, aber Felix? Er hat irgendein uraltes Gesetz ausgenutzt, nach dem er als einziger Sohn seiner Familie vom Kriegsdienst freigestellt werden kann, auch wenn es genug solcher Söhne gibt, die sehr wohl dienen, aber die haben eben nicht sein Vermögen.«

»Wie kannst du …?« Ich starrte sie entsetzt an. »Du bist Irinas Tante! Felix ist ihr Mann. Sie haben ein Mädchen bekommen. Falls Alexandra …«

»Das wird sie nicht«, unterbrach Sandro mich hastig. »Ich habe mit Miechen, Kyril und anderen Mitgliedern der Familie gesprochen. Wir werden Niki gemeinsam einen Brief schreiben und ihn um Gnade bitten. Und Niki muss sie gewähren. Er kann es sich nicht leisten, gegen einen von uns vorzugehen, wenn Krieg herrscht.«

»Sie sollten den Brief auch unterschreiben, Mama«, meinte Olga. »Es gefällt mir nicht, dass sie diesen Mann ermordet haben, aber sie haben uns in der Tat einen großen Dienst erwiesen.« Ohne meine Antwort abzuwarten, drehte sie sich um und verließ den Raum in Richtung Pflegestation.

Ich wandte mich wieder zu Sandro um. »Wir erwarten von Ihnen nicht, dass Sie diese Petition unterschreiben«, meinte er. »Uns ist bewusst, dass um Nikis – wenn auch nicht um Alexandras – willen auf keinen Fall der Eindruck erweckt werden darf, Sie würden diese Tat gutheißen.«

Ich sah ihm in die blauen Augen. Diesen immer noch gut aussehenden Mann, der jetzt sichtlich kriegsmüde wirkte, kannte ich seit seiner Kindheit. Er war Nikis bester Freund gewesen; Xenia hatte ihn geliebt und darum gekämpft, ihn heiraten zu dürfen. Ich war ihm fürchterlich böse gewesen, weil er sich eine Geliebte genommen und meine Tochter damit verletzt hatte. Doch nun, da ich ihn in seiner Uniform vor mir stehen sah, deutlich von den jüngsten Ereignissen gezeichnet, aber immer noch pflichtbewusst uns gegenüber und bereits eine Lösung des Problems vor Augen – da konnte ich nicht anders, als zustimmend nicken.

»Ich werde dennoch unterschreiben«, sagte ich leise. »Für Felix und Irina und für Dmitri, den Ella aufgezogen hat. Aber es ist grauenhaft. Niemals habe ich einem Menschen ein solches Ende gewünscht, nicht einmal Rasputin.«

Sandro senkte die Augen und schwieg.

Er begleitete mich zum Landgut der Jussupows bei Kursk, das südlich von Moskau lag. Es war eine lange Fahrt in meinem Zug, die meine Stimmung nicht gerade besserte. Dort traf ich Sinaida an, und sie war in der Tat völlig außer sich. Nachdem sie ihr Leben lang Skandale bei Hof vermieden hatte, war sie jetzt bis zum Hals in einen verwickelt. Doch Felix, ebenfalls ziemlich aufgeregt, zeigte sich trotzig, als ich ihn befragte.

»Er war ein Teufel. Ein Schandfleck für Russland. Jemand *musste* handeln. Ich habe nur getan, was niemand anders gewagt hat.« Er blickte zu seiner Mutter hinüber, die vor Verzweiflung kein Wort hervorbrachte. »Wenn wir müssen, können Irina und ich ins Ausland gehen und im Exil leben. Ich habe mein eigenes Vermögen. Sie können es nicht antasten.«

»Musstest du Dmitri da unbedingt hineinziehen?«, fragte ich, und der Zorn in meiner Stimme ließ ihn noch mehr erbleichen. »Was hast du dir dabei gedacht? Er ist nach Persien beordert worden – zu einem militärischen Einsatz in einer der unwirtlichsten Gegenden der Welt. Er ist ein Romanow und kann sich seinen Pflichten nicht entziehen wie du.« Und um sicherzustellen, dass er verstand, fügte ich hinzu: »Das Schlimmste ist die Todesstrafe. Da ist das Gesetz eindeutig. Ein Mörder kann vor Gericht gestellt und hingerichtet werden.«

»Nein!«, schrie Irina. »Sie müssen das verhindern! Sprechen Sie mit Niki. Sagen Sie ihm …«

»Wir schicken ihm einen Brief«, sagte ich in deutlich milderem Ton. Irina durfte nicht die Nerven verlieren. »Wir alle haben ihn unterschrieben. Keiner von uns will, dass Felix oder Dmitri etwas zustößt.«

Sandro nickte mit entschlossener Miene. »Ich werde unseren Brief Niki persönlich überreichen. Wenn es sein muss, werde ich ihn auf Knien bitten.«

»Aber bis dahin muss Felix außer Sichtweite bleiben.« Ich starrte meinen Schwiegerenkel eindringlich an. Am liebsten hätte ich ihn angeschrien und geohrfeigt wie ein ungezogenes Kind, das ich bei einem dummen Streich ertappt hatte, denn mir war klar, dass er aus einem Impuls heraus gehandelt hatte, ohne die Folgen zu bedenken. »Du wirst dich deiner Tat nicht rühmen. Du wirst nicht hinausposaunen, dass du den Mystiker getötet hast, um die Welt von seiner Tyrannei zu befreien. Niki wird wegen Dmitri einen Prozess wollen, aber …«

Felix ließ den Kopf hängen. »Ja«, murmelte er, »ich hatte nie die Absicht, solche Probleme zu verursachen.«

Wäre die Lage nicht so todernst gewesen, hätte ich ungläubig aufgelacht. Er redete, als hätte er keine Ahnung gehabt, dass er mit der Ermordung des Mystikers der Zarin deren Zorn auf sich herraufbeschwören würde. Und als ich sah, wie seine schmalen Finger die Hand meiner Enkelin liebkosten, konnte ich mir kaum noch vorstellen, dass er es gewesen war, der Rasputin das Leben genommen hatte. Wie hatte er bloß den Mut dazu aufgebracht?

»Es ist geschehen«, sagte ich. »Bleib hier und halte dich bedeckt. Lass Sandro sich um den Rest kümmern.«

Wieder in Kiew, beschäftigte ich mich mit Olga. Dieses eine Mal wenigstens war ich ihr für ihre Zurückhaltung dankbar; sie erkundigte sich nicht nach meinem Besuch bei Felix, und ich sprach auch nicht darüber. Der Mystiker, der sich einst wie ein unvermeidlicher Schatten über unserem Dasein aufgetürmt hatte, lebte nicht mehr. Doch wirklich frei von der Sache war ich immer noch nicht. Darum schrieb ich Niki einen Brief, in dem ich ihm anvertraute, dass ich den Gnadenappell der Familie mit unterschrieben hatte, weil es in diesem Fall seine Pflicht war, Milde walten zu lassen. Ein Schlag gegen einen von uns wäre ein Schlag gegen uns alle. Auch wenn ich diese brutale Tat auf keinen Fall gutheißen konnte, versicherte ich meinem Sohn, dass ich genauso wenig zulassen durfte, dass ein Großfürst und der Mann meiner Enkelin auf Geheiß seiner Frau Alexandra erschossen wurden.

Als Sandro aus Zarskoje Selo zurückkam, war er so erschöpft und niedergeschlagen, dass er in den nächsten Sessel sank und wortlos den Kopf schüttelte.

»Nein?«, fragte ich erschrocken. »Er wird sie verhaften und vor Gericht stellen lassen?«

»Kein Prozess. Es wird keine Anklage geben. Aber Dmitri muss in Persien bleiben, und Felix wird verbannt. Er wird nie wieder in dieser Stadt leben können.« Sandro zündete sich eine Zigarette an, verschluckte sich am Rauch und hustete heftig. Schließlich fuhr er fort. »Es hat drei Tage gedauert, bis ich Niki wenigstens zu diesem Zugeständnis bewegen konnte. Er war so … eigenartig. So habe ich ihn noch nie gesehen. Er hat mir gesagt, dass er nur deshalb keine weitergehenden Schritte unternehmen wird, weil wir alle unterschrieben haben. Hätte ich nicht gewusst, unter welcher Belastung er steht, hätte ich angenommen, er hätte einen Nervenzusammenbruch erlitten. Alexandra verabreicht ihm Kräuterelixiere, um ihn zu kräftigen, aber er ist in einem fürchterlichen Zustand.«

»Ist er krank?« Panisch fasste ich mir an die Kehle. Auf einmal war mir, als drückte mir der Kragen meines Kleides alle Luft ab. Der bloße Gedanke an Zarskoje Selo genügte, um einen solchen Reflex auszulösen. Solange diese Frau um ihren Mystiker trauerte, war das der letzte Ort, den ich betreten wollte. Aber wenn Niki wegen dieser Sache litt …

»In seiner Vorstellung vielleicht.« Sandro zögerte. »Ich habe ihn daran erinnert, dass er die Verantwortung für das trägt, was geschehen ist, denn er hat seiner Frau erlaubt, den Mystiker zu ermutigen. Außerdem habe ich ihm geraten, sie fortzuschicken, nach Liwadija oder sonst wohin, sie von allem zu entfernen, wo sie Einfluss hat, und die Duma wieder einzusetzen. Er hat sich geweigert. Und sie wusste natürlich über alles Bescheid.«

»Wie war das möglich? War sie dabei?« Sosehr ich Sandro für die Hingabe bewunderte, mit der er Felix und Dmitri verteidigte, konnte ich mir nicht vorstellen, dass er Niki in Alexandras Gegenwart vorschlug, sie zu verbannen.

»Sie beschäftigt überall im Palast ihre Spione. In ihrem malvenfarbenen Zimmer hat sie eine neue Telefonleitung. Sie sitzt auf ihrer Couch und hört jeden Anruf mit, den Niki bekommt. Sie gestattet ihm keinen privaten Bereich.«

Ich erschauderte. »Hat sie etwas zu dir gesagt?«

»Nicht ein Wort. Aber am Morgen danach weigerte sich Niki, mich zu empfangen. Sie haben mich mir selbst überlassen. Ich habe dann Alexej und die Mädchen besucht, die, wie Sie sich vorstellen können, völlig durcheinander sind. Die Atmosphäre im Palast ist zum Schneiden dick wie unmittelbar vor einem Gewitter. Sie hält alle in ständiger Angst vor ihren Launen.« Jetzt endlich blickte er mich an. »Sie hat Rasputin auf dem Anwesen beerdigt. Alexej hat mir erzählt, dass er und seine Schwestern jeden Tag zum Grab gehen und dort beten, als ob dieser Idiot ein Heiliger gewesen wäre. Sie ist … verrückt. Eine andere Erklärung gibt es einfach nicht! Sie schickt ihre eigenen Kinder in die Kälte hinaus, damit sie ihrem toten Mystiker huldigen. Am Tag darauf bin ich abgereist. Niki hat sich nicht von mir verabschiedet. Er hat sich in seinem Arbeitszimmer eingeschlossen. Nur Alexej hat mich bis zur Tür begleitet. Der arme Junge. Er hat mich unentwegt gefragt, warum sein Freund umgebracht wurde. Was hätte ich ihm denn sagen können?«

»Gott sei ihm gnädig.« Ich begann zu weinen. Als Sandro mich unbeholfen an der Schulter berührte, schluckte ich schnell alles hinunter – meinen Kummer, meine Wut darüber, dass meine Enkelkinder und mein Sohn wegen Alexandra in diese Tragödie hineingezogen worden waren.

»Möge Gott uns allen gnädig sein«, murmelte Sandro. »Wenn Niki sich nicht aufrafft und wieder die Kontrolle übernimmt, solange er noch kann, steht zu befürchten, dass wir mehr verlieren werden als nur diesen Krieg.«

41

Das Ende kam plötzlich. Zumindest erschien es mir so.

In Kiew durchlitten wir einen weiteren tödlichen Winter. Auf der Krankenstation fanden wir die Leichen mehrerer unserer Soldaten – alle erfroren. Gleichzeitig standen auf den Straßen draußen Frauen, ihre mit Frostbeulen übersäten Kinder an sich gepresst, stundenlang vor den Bäckereien an, nur um einige Brotkrumen zu ergattern. Und im übrigen Russland war die Lage noch schlimmer. Bis März 1917 erreichte der Mangel an Lebensmitteln, Benzin, Heizstoffen und anderen wichtigen Waren das Ausmaß einer Seuche. Die Inflation steigerte sich in derart schwindelerregende Höhen, dass das gesamte Wirtschaftssystem, das sich wegen des Krieges ohnehin schon am Rande des Abgrunds befand, endgültig zusammenbrach. In der Folge veranstalteten die Bewohner von Moskau und Petrograd Massendemonstrationen. Jetzt ließ sich die Wahrheit nicht mehr verbergen. Als mich die Nachricht über wütende Menschenansammlungen erreichte, die, rote Fahnen schwingend und »Nieder mit dem Zarenpack!« brüllend, durch unsere Prachtstraßen marschierten, stand für mich fest: Was wir lange befürchtet hatten, jener unvorstellbare äußerste Extremfall, den Miechen und Sandro vorhergesagt hatten, war über uns hereingebrochen.

Eine Revolution.

Die eisigen Winde und Schneemassen hatten die Strommasten niedergerissen und die Telefonleitungen beschädigt. Verbindungen kamen im besten Fall sporadisch zustande. Dennoch bombardierte ich Niki per Telegramm mit inständigen Bitten, in die Hauptstadt zurückzukehren und die staatliche Ordnung wiederherzustellen. Er müsse sich seinen Untertanen persönlich zeigen, ihnen die Gewissheit geben, dass er für ihr Überleben kämpfen würde. Er tat nichts davon. Stattdessen beauftragte er Nikolascha damit, die Straßen mit Gewalt zu räumen. Als mich die Nachricht erreichte, dass über zweihundert Zivilisten erschossen worden waren, brach ich schluchzend zusammen. Daraufhin rief Sandro völlig außer sich bei Xenia an und verlangte, dass sie Petrograd auf der Stelle verlassen und mit ihren gemeinsamen zwei Söhnen in Kursk bei den Jussupows Zuflucht suchen solle.

Am zwölften März begann unser Sturz. Unsere Eliteregimenter, die jetzt aus Fabrikarbeitern und für die Schlacht untauglichen Soldaten bestanden, lösten sich auf. Fahnenflüchtige erschossen ihre Kommandanten und schlossen sich den Aufständischen an. In den Kasernen und auf den Kriegsschiffen brachen Meutereien aus. Diejenigen, die frisch eingezogen und für die Front bestimmt waren, töteten jeden, der sie daran zu hindern suchte, solidarisch an der Seite ihrer »Genossen« zu marschieren, wie sie sich jetzt bezeichneten.

»In Moskau und Petrograd herrscht das Chaos«, berichtete Sandro mir, der es geschafft hatte, mit unserem überforderten Premierminister zu sprechen. Allerdings war diese Nachricht schon mehrere Tage alt. »Regierungsgebäude werden geplündert und in Brand gesteckt. Die Duma ist zu einer Notfallsitzung zusammengetreten und hat beschlossen, eine provisorische Regierung aus Arbeiterräten und Soldaten einzusetzen. Es geht ihr vor allem darum, die Macht des Sowjets einzudämmen und die Revolutionäre zu zügeln.«

Ich starrte ihn benommen an, die Sinne getrübt nach so vielen schlaflosen Nächten. »Hat Niki nicht die Duma wegen des Kriegs aufgelöst? Wie kann sie da die Regierung umbilden? Und wer ist dieser Sowjet, dass er Vereinbarungen mit der Duma trifft?«

Sandro überlegte kurz. »Der Sowjet ist das Gremium, das das Volk vertritt. Seine Mitglieder bezeichnen sich als Bolschewiken und fordern Nikis Abdankung.«

Mir war, als wäre mir ein Messer in den Bauch gerammt worden. Bolschewiken – das waren doch die Anhänger dieses Lenin, vor dem Witte mich schon vor Jahren gewarnt hatte.

»Abdankung?«, ächzte ich. »Weshalb? Damit diese Kerle mit uns machen können, was sie wollen?«

»Niki würde zu Alexejs Gunsten abdanken. Natürlich wäre dann ein Prinzregent vonnöten, bis Alexej die Volljährigkeit erreicht. Nach allem, was ich gehört habe, hat Niki sich noch nicht dazu geäußert.«

Das konnte ich mir gut vorstellen. Mit Sicherheit war mein Sohn sich nicht im Klaren darüber, wie katastrophal die Lage geworden war. Er hatte ja auch damals, nach seiner Krönung, nicht mitbekommen, wie verheerend das Massaker auf dem Chodynka-Feld am Rande Moskaus verlaufen war – dabei war er nur eine Stunde Fahrt mit der Kutsche davon entfernt gewesen. Wie also sollte er jetzt, da Schnee und Eis herrschten und die Entfernungen ungleich größer waren, da sein Amt immer schwerer auf ihm lastete und die Deutschen unter unseren Truppen wüteten, wie sollte er jetzt wissen, dass es nur noch eine Frage der Zeit war, bis ihm der Thron entrissen wurde?

»Und wenn er einwilligt? Wen schlagen sie als Regenten für Alexej vor?«

Als Sandro antwortete: »Mischa«, stöhnte ich verzweifelt auf. »Aber zuerst müssen sie ihn holen«, versuchte er mich zu beruhigen. »Momentan ist er bei seinem Korps.« Er ergriff meine Hände, die so taub waren, dass ich fast nichts spürte. »Sie müssen jetzt zu Niki gehen und ihm zureden, dass er verhandeln und eine ehrenhafte Vereinbarung erreichen muss. Die Duma hat Alexandra und die Kinder zu ihrem eigenen Schutz in Zarskoje Selo unter Hausarrest gestellt. Fürs Erste sind sie in Sicherheit, doch falls die Bolschewiken die Duma überstimmen und die Kontrolle über den Staat gewinnen …«

»Ich weiß. Ich werde mit ihm sprechen.«

Dennoch zögerte ich – mir war einfach nicht klar, wie ich vorgehen sollte. Und in die Stille hinein fauchte Olga Sandro wütend an: »Bist du verrückt? Du kannst sie doch nicht dem Wolf zum Fraß vorwerfen!«

Ihr Vorwurf ließ mir das Blut in den Adern gefrieren. Denn mit einem Mal fielen mir Sinaidas Worte wieder ein.

Man muss einem Wolf nicht über den Weg gelaufen sein, um zu wissen, wann man die Tür verriegeln muss.

Olga fuhr zu mir herum. »Sie *können* nicht mit ihm reden. Seit das Ganze losgegangen ist, ist Niki nicht mehr gesehen worden. Und wo wollen Sie ihn überhaupt treffen?« Sie funkelte Sandro an. »Sag's ihr.«

Plötzlich zitterten mir die Knie. »Was soll er mir sagen?«

»Er hat Mogiljow verlassen«, seufzte Sandro. »Er wollte nach Zarskoje Selo zurück, als er erfuhr, dass revolutionäre Soldaten die Eisenbahnschienen blockieren. Doch dann ist er umgekehrt, und seitdem ist er spurlos verschwunden.«

Ich sank auf meinen Stuhl zurück. »Ihr müsst ihn finden«, flüsterte ich, unfähig, die Stimme zu heben.

Sandro nickte ernst. »Ich werde mein Bestes versuchen.«

Niki war nach Mogiljow zurückgebracht worden. Der Petrograder Sowjet hatte ihn verhaftet, ihm aber erlaubt, zu seiner Garnison zurückzukehren, um seine persönlichen Besitztümer zu holen und sich von der Truppe zu verabschieden. Als wir in Form eines uns zugespielten, eine Woche alten Telegramms die offizielle Bestätigung erhielten, war mein Sohn längst vor vollendete Tatsachen gestellt worden: Die provisorische Duma und der Sowjet hatten die Macht an sich gerissen. Da ihm keine Wahl geblieben war, dankte Niki sowohl in seinem als auch in Alexejs Namen ab und überließ seinem Bruder den Thron. Doch als Mischa nach Petrograd befohlen wurde, lehnte er das Amt ab. Er sei nicht der rechtmäßige Zar, erklärte er, und würde nur dann annehmen, wenn er von einer durch die Verfassung legitimierten Versammlung gewählt wurde. Für mich bedeutete das einen doppelten Stich ins Herz. Meine Söhne hatten – jeder auf seine Weise – Verrat an ihrer heiligen Pflicht Russland gegenüber begangen.

»Ich fahre zu ihm«, kündigte ich Olga an, als Xenia mir von Felix' Palast aus per Telegramm mitgeteilt hatte, dass Mischa den ihm angebotenen Thron endgültig abgelehnt und sich entschieden hatte, zu seinem Regiment zurückzukehren. »Niki braucht mich jetzt. Ich muss sofort aufbrechen.«

Schweigend sah Olga zu, wie ich alle möglichen Kleidungsstücke in die Koffer stopfte und meine Diener davoneilten, um meinen Zug vorzubereiten. Doch dann stellte sie eine Frage, die mich jäh innehalten ließ: »Was, wenn Sie zu spät kommen?«

Ich verharrte über den Schultertüchern und Schuhen.

»Was, wenn nichts von all dem, was Sie tun, noch etwas ändern kann?«, fuhr sie fort. »Niki hat abgedankt. Sie haben seine Frau und ihre Kinder in ihren ›Schutz genommen‹, und er ist zweifellos ihr Gefangener. Was, wenn sie auch Sie verhaften? Was, wenn sie Sie ins Gefängnis stecken? Was, wenn sie beschließen, dass wir alle hinter Gitter gehören?«

Jetzt erst schaute ich zu ihr auf. »Dreihundert Jahre Romanow-Herrschaft lassen sich nicht so leicht tilgen. Wir haben viele Anhänger. Noch sind wir niemandes Gefangene.«

Olga erwiderte bekümmert: »Mama, ich habe Sie immer für Ihren Mut bewundert, auch dann, wenn ich glaubte, Sie hätten unrecht. Sie geben sich niemals geschlagen. Aber diesmal können Sie nicht gewinnen. Niki hat all das, was jetzt passiert, selbst zu verantworten. Ein ums andere Mal wurde er gewarnt, dass wir auf eine Katastrophe zusteuern, aber er …«

»Es reicht! Seine Abdankung ist von der Duma und diesem grässlichen Sowjet erzwungen worden. Sie haben die Macht widerrechtlich an sich gerissen. Du klingst schon ganz wie Miechen. Das werde ich nicht dulden.«

»Miechen mag vieles sein«, meinte Olga, »aber dumm war sie nie.«

Ich beschloss, sie nicht weiter zu beachten. Einen nach dem anderen schlug ich meine Koffer zu und ordnete an, dass alles für meine sofortige Abreise vorbereitet werden sollte. Erst als ich im Zug saß, nahm ich mir die Zeit nachzudenken, und mir kam in den Sinn, dass ich womöglich hundert Schultertücher eingepackt hatte, aber nicht ein einziges Paar Strümpfe. Ich hatte mir nicht einmal angeschaut, was ich in die Koffer gestopft hatte. Und Sophie und Tanja waren so verblüfft über meine Entschlossenheit gewesen, dass sie die Koffer vermutlich nicht überprüft hatten.

Egal – der Zug ratterte in Richtung Mogiljow, und ich machte es mir bequem, so gut es ging. Wenn ich mit nur einem guten Unterkleid in Nikis Garnison ankam, dann war ich trotzdem angekommen.

Ich würde Niki vor sich selbst retten. Solange noch ein Hauch Leben in mir war, würde und musste mein Sohn regieren.

Als mein Zug nach vier langen Tagen in den Bahnhof von Mogiljow einfuhr, verwandelte ein Schneesturm die Welt in ein verschwommenes weißes Einerlei. So heftig ich auch mit den behandschuhten Händen an der Glasscheibe rieb, ich vermochte nichts dahinter auszumachen. Klar war nur, dass wir standen, den Zug aber nicht verlassen konnten. Mehr erfuhr ich erst, als Sandro in seiner Uniform ins Abteil trat. »Sie bringen ihn zu uns. Wir dürfen nicht aussteigen.«

»So viel zu Olgas Befürchtung, man würde mich gefangen nehmen. Sie haben Angst vor mir. Und das sollen sie auch.«

»Allerdings«, meinte Sandro mit einem fahlen Grinsen.

»Lasst alle Lichter in den Waggons anschalten! Jeder hier soll sehen, dass ich da bin!«

Ich ließ mich von Tanja und Sophie elegant kleiden, soweit das unter den Umständen hier möglich war. Nur gab es diesmal keine Juwelen, kein ausgefallenes Kleid. Alles war ernst, schlicht, schwarz.

Als Sandro zurückkehrte, um mir zu melden, dass Niki den Bahnsteig betreten hatte, bestand ich darauf auszusteigen und ihn vor der Tür zu begrüßen. Die Kälte traf mich wie ein Fausthieb. Fest kniff ich die Augen zu, um sie vor den Schneeflocken zu schützen, die mir der Wind ins Gesicht peitschte. Als ich sie wieder öffnete, entdeckte ich ihn. Er wurde eskortiert von Soldaten mit roten Armbändern. Kosaken waren nicht dabei. An seiner Uniform prangten keine Rangabzeichen. In seinem von einem Gurt zusammengehaltenen Mantel, mit der schief auf dem Kopf sitzenden Kappe und selbst mit dem Vollbart sah er aus wie der schüchterne Junge, der er einst gewesen war. Er war so schmal geworden, dass mir die Worte im Hals stecken blieben.

»Mama.« Er schlang die Arme um mich und drückte mich an sich. Durch den Stoff seines Mantels hindurch spürte ich seine Schulterblätter. »Sie hätten nicht kommen dürfen«, flüsterte er. »Hier ist es nicht sicher.«

Ich löste mich von ihm und schaute ihm in die Augen. Er wirkte unendlich müde; seine Züge zeugten von einer Erschöpfung, die über Müdigkeit hinausging und einen Seelenschmerz verriet, der ihn jetzt voll und ganz ergriffen hatte.

Doch einen traurigen Eindruck erweckte er nicht. Hätte ich es nicht besser gewusst, hätte ich angenommen, er wäre erleichtert. »Ich musste kommen«, brachte ich endlich hervor und ergriff ihn am Arm. »Wir essen gemeinsam im Zug etwas zu Abend und sprechen miteinander.« Er warf einen Blick auf seine Eskorte. Im ersten Moment befürchtete ich, diese Männer würden uns jede Vertraulichkeit verweigern, doch dann traten sie zur Seite und gestatteten ihm, den Zug mit mir zu besteigen. Sandro folgte uns.

»Allein«, bat ich meinen Schwiegersohn, woraufhin er sich zurückzog.

In meinem Abteil stand Niki verlegen da, als wüsste er nicht so recht, ob er sich setzen sollte. Schließlich fischte er sein Zigarettenetui aus der Tasche. Ich versuchte unterdessen, mich zu sammeln und ruhig zu sprechen. »Also, erzähl mir.«

Er deutete ein Schulterzucken an. »Sie werden inzwischen alles gehört haben. Meine Generäle haben mir geraten herzukommen. Nur so ließe sich das Land noch retten.«

»Deine Generäle herrschen nicht über Russland.«

»Und ich auch nicht. Nicht mehr. Nie wieder, wenn es nach bestimmten Personen geht.« Und bevor ich widersprechen konnte, fügte er leise hinzu: »Ich wollte diese Bürde nie tragen. Wenn es mein Schicksal ist, ohne Amt und Würden zu leben, dann nehme ich es gern an. Ich wurde am Tag des biblischen Hiob geboren. Wie er muss ich jetzt diese Prüfung meines Glaubens überstehen.«

Ich schluckte. Er war aus eigenem Antrieb zu mir gekommen. Niemand hatte ihn gezwungen. Er mochte geglaubt haben, er hätte keine Alternative, aber er hatte nicht dagegen angekämpft. Jetzt wusste ich, dass Olga recht gehabt hatte. Es war tatsächlich zu spät. Um Jahre zu spät. Alexandra hatte ihn auf gewisse Weise vergiftet – nicht seinen Körper, aber sehr wohl seine Seele. Dafür gab ich ihr die alleinige Schuld.

Gleichwohl wusste ich, dass das ungerecht war, denn mein Sohn hätte dieses Unheil durchaus verhindern können, hätte er nur die erforderliche Willensstärke bewiesen.

Als er in Schweigen verfiel, fragte ich: »Und? Was wirst du tun?«

»Zu Sanni und den Kindern zurückkehren, natürlich. Sie müssen schreckliche Angst haben. Meine Familie braucht mich, und …«

»Nein. Denk doch mal nach, Niki. Was willst du tun, wenn sie dir alles weggenommen haben? Unter ihnen sind Bolschewiken, die deinen Kopf fordern. Du darfst nicht glauben, die Revolution sei mit deiner Abdankung beendet. Du musst Bedingungen für deine Kapitulation aushandeln.«

Ich konnte nicht fassen, dass ich diese Worte aussprechen musste, weil mein Sohn offenbar bereit war, das, was sein Vater und all seine Vorfahren mit Zähnen und Klauen verteidigt hatten, wie ein schlecht sitzendes Gewand abzulegen. Und doch hatte mir Wladimir genau das prophezeit. An jenem unseligen Sonntag, als auf die Demonstranten vor dem Winterpalast das Feuer eröffnet worden war, hatte er mir auf den Kopf zugesagt, dass mein Sohn nicht für das Amt geeignet war. Sascha hätte sich geschämt. *Ich* schämte mich, konnte das aber nicht sagen. Was hätte ich damit auch erreicht?

»Was, zum Beispiel?« Niki sprach in einem Ton, als hätte er noch keinen einzigen Gedanken an die Zukunft verschwendet.

»Der Ort, wo du dich niederlassen wirst«, platzte ich heraus. »Die Art und Weise, wie wir das alles überleben werden, du, deine Familie und wir übrigen Romanows.«

»Wir bleiben hier«, verkündete er zu meiner Verwunderung. »Russland ist immer noch unsere Heimat.«

Ich biss mir auf die Unterlippe. Als ich Blut schmeckte, sagte ich: »Russland wird nie wieder deine Heimat sein. Du hast es in dem Moment sich selbst überlassen, als du eingewilligt hast, deine Krone niederzulegen. Du kannst nicht hierbleiben. Du musst verlangen, dass man dich nach England schickt und dir eine sichere Überfahrt gewährleistet. Und du musst sofort aufbrechen. Handle so bald wie nur möglich für Alexandra und die Kinder die Abreise aus Zarskoje Selo aus. Von dort können sie nicht entkommen. Schicke sie nach Peterhof. Dort gibt es einen Hafen, damit sie notfalls fliehen können. Aber zuallererst musst *du* gehen. Ohne dich nützen sie ihnen nichts. Sind sie bei dir, droht ihnen die gleiche Gefahr wie dir.«

Schlagartig verschwand die Müdigkeit aus seinem Gesicht. »Nein.«

»Nein?« Ich starrte ihn entgeistert an. »Du wirst keine Bedingungen für ihren Schutz aushandeln?«

»Sanni hatte mir vor all dem hier per Telegramm mitgeteilt, dass die Mädchen die Masern hatten. Sie hat sie gepflegt, als …« Er beugte sich vor und drückte in dem Aschenbecher, der in den Tisch eingelassen war, seine Zigarette aus. »Sie hatten hohes Fieber und sind immer noch nicht ganz gesund. Sanni musste ihnen den Kopf kahl rasieren. Ich kann doch nicht ihre Gesundheit aufs Spiel setzen! Später, wenn die Lage sich beruhigt hat, werden wir sehen, wohin wir gehen, wenn wir denn wirklich von hier weg müssen. Aber jetzt ist die Zeit einfach nicht die richtige.« Seine Stimme nahm einen düsteren Ton an. »Mischa hat mich wieder einmal schwer enttäuscht. Ich habe abgedankt, weil ich glaubte, er würde an meiner Stelle den Thron besteigen. Hätte er meiner Bitte entsprochen, wäre es gar nicht so schlimm gekommen.«

»Nichts wäre so schlimm gekommen, wenn du auf mich gehört hättest«, fuhr ich ihm über den Mund. Erst danach bemerkte ich die Verzweiflung in seinem Gesicht und fuhr mit weicherer Stimme fort: »Du hättest wirklich auf mich hören sollen. Dann wäre das alles vielleicht nicht geschehen.«

Er seufzte. »Oder vielleicht wäre es so oder so passiert. Was nützt es, im Nachhinein Vorwürfe zu erheben?«

»Nichts. Aber trotzdem musst du *jetzt* auf mich hören. Allein schon um der Kinder willen. Bitte um ein Gespräch mit dem britischen Botschafter. König George ist dein Vetter. Er wird …«

»Georges Parlament will nichts von mir wissen. Nikolai, der Blutige, ist in England nicht willkommen. Das hat man mir bereits klargemacht.«

»Das ist ein Fehler.« Ich stand abrupt auf. »Ich werde Alix schreiben. George hat offenbar nicht begriffen, wie ernst unsere Lage ist, aber sobald er die Hintergründe kennt, wird er sich dir gegenüber anders verhalten. Du brauchst einen sicheren Zufluchtsort. Er ist ein Verwandter von uns. Als ihr klein wart, hat er dich wie einen Bruder behandelt.«

»Niemand wird einen in Ungnade gefallenen Bruder zu sich ins Haus bitten.«

Sandro erschien in der Tür. »Es ist Zeit.«

Ich wirbelte zu ihm herum. »Zeit? Er ist doch gerade erst gekommen!«

»Ich besuche Sie morgen wieder.« Niki gab mir einen Kuss auf die Wange, dann begab er sich zu seiner auf dem Bahnsteig wartenden Eskorte. Benommen blieb ich zurück, den Blick auf Sandro gerichtet.

Als die Tränen schließlich kamen, konnte ich sie nicht zurückhalten. Ungehindert flossen sie mir über die Wangen, und ich versank in meiner Trauer. Sie war so übermächtig wie die grässlichen roten Fahnen, die jetzt das ganze Land bedeckten.

Uns waren drei gemeinsame Tage vergönnt. Zusammen gingen wir zur Messe in der Kapelle von Mogiljow, bei der zum ersten Mal die kaiserliche Familie nicht in die Fürbitten aufgenommen wurde. Danach blieb es uns nicht erspart, mit anzusehen, wie auf dem Exerzierplatz die kaiserliche Standarte vom Mast entfernt und stattdessen die revolutionäre Flagge gehisst wurde. Als Niki vor die versammelten Truppen trat, baten ihn einige Soldaten, Tränen in den Augen, ihm die Hand küssen zu dürfen. In diesem kurzen Moment war er wieder ihr Väterchen. Seine Generäle standen sprachlos da, aber keiner bat ihn, seine Abdankung zurückzunehmen. Es hätte ohnehin nichts geholfen. Mein Sohn hatte sein Ehrenwort gegeben.

Nach einem kargen Mittagessen in meinem Zug, bei dem keiner ein Wort hervorbrachte, ließ Sandro uns allein und begleitete Nikis Bedienstete hinaus. Sie alle waren jetzt entlassen und trugen sicherheitshalber ausnahmslos rote Armbinden. Als niemand mehr da war, berichtete Niki mir, dass ihm der Petrograder Sowjet gestattet hatte, zu seiner Familie nach Zarskoje Selo zurückzukehren.

»Noch kannst du entkommen«, erinnerte ich ihn, die leeren Mienen seiner Truppen und Generäle vor Augen. »Noch ist Zeit …«

Mit einem Kopfschütteln schnitt er mir das Wort ab. »Das Einzige, was mir noch bleibt, ist, ein liebender Vater und Ehemann zu sein. Alles andere … ist vorbei.«

Auf dem Bahnsteig klammerte ich mich an ihn. Ich konnte mich nicht mehr beherrschen; unfähig, ihn loszulassen, bedeckte ich ihn mit Küssen und flüsterte: »Sei stark für alle, wie du es immer bist. Bald sehen wir uns wieder.« Schließlich löste er sich von mir, und Sandro trat neben mich. In diesem Moment vergaß ich meine Würde. Von meinem Schwiegersohn gestützt, musste ich mit einer Hand mein Wehklagen ersticken, als Niki von Rebellensoldaten zu seinem eigenen Zug abgeführt wurde, von dem man zwar die kaiserlichen Insignien entfernt hatte, es aber nicht vermocht hatte, ihre Umrisse an den Türen unkenntlich zu machen.

Niki drehte sich an der Tür noch einmal zu mir um. Mein Herz machte einen Satz. Einen atemlosen Moment lang dachte ich, er hätte beschlossen, seine Männer um sich zu scharen und mit ihnen zu fliehen. Wortlos hob er die behandschuhte Hand. Zwar war der Abstand schon recht groß, doch ich konnte die Trauer in seinem Gesicht erkennen, herzzerreißende, alles umfassende Trauer.

Ich wäre in den Schnee gesunken, hätte Sandro mich nicht festgehalten.

Regungslos blieben wir auf dem Bahnsteig stehen, bis Nikis Zug mit dem endlosen Horizont verschmolz.

42

In Kiew hatte die Revolution bereits unsere Schwelle erreicht. Wir mussten uns an grimmig aussehenden Zivilisten mit roten Armbinden oder Kokarden an den Hüten vorbeidrängen und eine öffentliche Droschke nehmen, um zu meinem Palast zu gelangen. Unsere Ehrengarde war durch Revolutionäre ersetzt worden, die in ihrer Wachstube herumlümmelten und nicht im Traum daran dachten, vor uns aufzustehen und zu salutieren. Als mein Blick zum kahlen Fahnenmast hinüberwanderte, schlug meine Trauer in helle Empörung um. Sie hatten die kaiserliche Standarte entfernt.

Olga kam mir in ihrer Schwesterntracht entgegengeeilt. Bevor sie etwas sagen konnte, knurrte ich: »Lass sofort meine Standarte hissen. Dieses Gebäude ist immer noch eine kaiserliche Residenz.«

»Nicht hier draußen, Mama.« Olga zerrte mich ins Innere und zu unseren Suiten hinauf, bis wir in dem Salon standen, wo ich vor einem Jahr Miechen empfangen hatte. Überall entdeckte ich Spuren von den abscheulichen Eindringlingen: über den Boden verstreute leere Wodkaflaschen, schmutzige Trinkgläser auf den Tischen, Stiefelabdrücke mitsamt verkrustetem Lehm auf dem Parkettboden; dazu waren die Möbel, die wir hier untergestellt hatten, geplündert worden.

Mit gedämpfter Stimme berichtete Olga: »Sie singen jetzt die *Marseillaise* auf den Straßen draußen, befreien politische Gefangene und reißen von jedem Gebäude unser Wappen herunter. Mitglieder des Kiewer Sowjet sind hier gewesen und haben angekündigt, dass sie den Palast mitsamt unserer Krankenstation im Namen des Volkes übernehmen werden.«

Sandro erbleichte, und ich fauchte: »Das werden sie nicht wagen!«

»Das ist noch nicht alles, Mama.« Olga sah aus, als hätte sie mir am liebsten den Mund zugehalten. »Der Sowjet von Petrograd hat ein Programm veröffentlicht, in dem wir als Staatsfeinde bezeichnet werden. Sie wollen uns verhaften. Und zwar alle! Jedes Mitglied der zaristischen Familie.«

»Dich haben sie doch nicht verhaftet«, hielt ich ihr entgegen.

»Weil ich mit einem Zivilisten verheiratet bin«, erwiderte sie mit tonloser Stimme. Zum ersten Mal war meiner Tochter die Angst anzuhören. Sie wandte sich an Sandro. »Xenia hat geschrieben. Ein Kosake hat sein Leben riskiert, um mir den Brief zu überbringen. Sie ist jetzt mit deinen Söhnen und den Jussupows in Ai-Todor auf der Krim. In Kursk konnte sie nicht länger bleiben, schreibt sie. Lenin ist auf dem Weg nach Petrograd, um dort offiziell zum Anführer der Revolution ernannt zu werden. Die halbe Stadt ist schon auf der Flucht. Xenia fleht uns an, so bald wie möglich zu ihr zu kommen. Ich habe eigentlich nur noch auf euch gewartet.«

»Niemals!«, bellte ich, bevor Sandro etwas sagen konnte. »Wir fliehen nirgendwohin. Wir wissen ja gar nicht, was als Nächstes passiert. Es gibt immer noch das Volk … nicht jeder ist ein Revolutionär. Viele lieben ihren Zaren, und die Leute werden bald merken, wie sehr wir alle ihn brauchen. Noch sind wir im Krieg gegen den deutschen Kaiser. Ohne unseren Zaren – wer soll denn dann unsere Truppen führen? Lenin?« Ich lachte spöttisch. »Und was wird aus unseren Patienten auf der Krankenstation? Ich bin die Präsidentin des Roten Kreuzes. Nichts da! Wir bleiben hier.«

»Das können wir nicht.« Olga zitterte jetzt am ganzen

Leib. »Mama, hören Sie mir wenigstens ein Mal in Ihrem Leben zu. Sie sind nicht mehr die Präsidentin des Roten Kreuzes. Sie sind nicht mehr die Kaiserinwitwe, und ich bin keine Großfürstin mehr. *Wollen* Sie nicht hören, was ich gesagt habe? Sie werden den Palast übernehmen und uns ins Gefängnis sperren. Und ich bin schwanger. Unser Leben ist in *Gefahr*! Ich bleibe nicht einen Tag länger.«

Mir verschlug es die Sprache. Was für eine Nachricht! Und das mit fast fünfunddreißig Jahren. Dabei hatte sie nie irgendwelche mütterliche Anwandlungen gezeigt. »In welchem Monat?«, fragte ich schließlich.

»Ungefähr im dritten. Wir müssen weg von hier. Sandro, kannst du helfen?«

Mein Schwiegersohn nickte zögernd. »Ich kann es versuchen. Wir brauchen Helfer im …«

»Nimm meinen Zug«, bot ich an. »Zusammen mit Olga. Und schicke ihn zurück, sobald du kannst.«

»Minnie«, sagte er, »wenn wir zum Bahnhof zurückkehren, wissen sie, dass wir versuchen, das Land zu verlassen. Wahrscheinlich haben sie den Zug inzwischen ohnehin schon konfisziert. Geben Sie mir ein paar Tage Zeit, eine andere Möglichkeit zu finden.«

»Tu das. Und ich kümmere mich morgen wieder im Krankenhaus um die Stationen, die mein Rotes Kreuz finanziert hat. Dann werden wir ja sehen, ob ich noch die Kaiserinwitwe bin.«

Olga konnte sagen, was sie wollte, ich ließ mich durch nichts von meinem Vorhaben abbringen. So war sie der Verzweiflung nahe, als ich am nächsten Tag gemeinsam mit Tanja in meine Kutsche stieg und zum größten Krankenhaus von Kiew fuhr, wo ich so oft Rekonvaleszente besucht hatte, die wir auf unserer eigenen Krankenstation nicht mehr hatten versorgen können.

Als wir ankamen, standen wir vor verschlossenen Toren. Obwohl ich forderte, auf der Stelle eingelassen zu werden, verweigerte mir der diensthabende Wachposten den Zutritt. Tanja flehte mich regelrecht an umzukehren, doch ich blieb hartnäckig vor dem Tor stehen, obschon meine Stiefel vom tiefen Schnee längst durchnässt waren. Zu guter Letzt eilte der Direktor, ein freundlicher, aber von der vielen Arbeit chronisch überforderter Herr, zu uns heraus. Durch die Gitterstäbe des Tors ließ er mich wissen, dass meine Dienste nicht mehr gebraucht wurden.

»Seit wann?« In meiner Erregung pochte ich so heftig mit den Knöcheln gegen die Eisenstangen, dass ich trotz dicker Handschuhe blaue Flecken bekam. »Seit wann denn? Dieses Krankenhaus ist doch nur dank meiner Dienste immer noch geöffnet!«

»Sie müssen Kiew verlassen«, forderte er mich auf, während der Wachmann sich gähnend in sein Häuschen zurückzog. Dann senkte der Direktor die Stimme. »Sie werden Sie holen kommen, Majestät. Das ist nur eine Frage der Zeit.«

»Woher wissen Sie das? Gehören Sie jetzt auch zu ihnen?«

»Nein, aber das weiß jeder. Bitte, Majestät, ich flehe Sie an.«

Während ich unseren Kutscher anwies, zum Palast zurückzukehren, drückte Tanja meine verletzte Hand so fest, dass ich vor Schmerz aufkeuchte. »Fang nicht du auch noch damit an. Niemand wird uns verhaften.«

Doch sie ließ meine Hand nicht los, und ich selbst glaubte längst nicht mehr an meine Worte.

Bei Eiseskälte und in tiefster Nacht stahlen wir uns, in dunkle Umhänge gehüllt, aus Kiew. Begleitet wurden wir vom Grölen betrunkener Feiernder, das durch die ganze Stadt dröhnte. Die politische Lage war von einem Tag auf den anderen in reine Anarchie umgeschlagen – die Polizei war abgeschafft, die Rechtsprechung dem Kiewer Sowjet zugeschlagen worden –, und wir wurden zur Strecke gebracht wie die Wölfe. Genauso hatte einst mein Schwiegervater seine Situation angesichts der Attentate der Nihilisten beschrieben.

Auch wenn Olga verzweifelt darauf drängte, Russland so bald wie möglich zu verlassen, war ich nicht dazu bereit, auch nur eines meiner persönlichen Besitztümer zurückzulassen. Das hatte nun zur Folge, dass ihr Mann, Kulikowski, mein treuer Haushofmeister Obolenskij, seine Frau Tanja und meine Sophie unter dem Gewicht unserer Koffer schwankten. Neben meinem Porzellan und meinen Fotografien enthielten sie auch all unsere Schmuckkästchen und eines meiner kostbaren Fabergé-Eier, das mir Niki einmal geschenkt hatte. Sosehr ich mich gegen eine Flucht gesträubt hatte, war es plötzlich sehr schnell gegangen, sobald Sandro uns eröffnete, dass er eine Route entdeckt hatte. In Windeseile hatten Olga und ich unsere wertvollsten Juwelen in unsere Korsetts genäht, deren feine Nadeln, Spangen, Klammern und Verschlüsse uns bei jedem Schritt in die Rippen stachen – für sorgfältigeres Arbeiten war keine Zeit gewesen. Später sollten wir feststellen, dass unsere Haut mit blutigen Einstichen übersät war, was unwillkürlich an Wundmale denken ließ.

Auf einem verlassenen Bahnsteig außerhalb der Stadt stiegen wir in einen alten Zug, den uns eine Handvoll treuer Anhänger für ein paar Juwelen und Versprechen für die Zukunft zur Verfügung gestellt hatte. Wir atmeten ein wenig auf, als die Lokomotive, schwarzen Rauch ausspuckend, den Bahnhof verließ. Aber selbst als der Zug beschleunigte und über offenes Land in Richtung Krim ratterte, kauerten wir immer noch eng aneinandergedrückt auf unseren Sitzen, zwischen uns mein Hündchen Tipp, und blieben die ganze Zeit in einem einzigen Abteil, aus Furcht, dass Bolschewiken uns zum

Anhalten zwingen, an Bord stürmen und uns verhaften würden. Dann wäre es vorbei mit unserem Plan, auf der Krim in mehrere Motorwagen umzusteigen, die uns nach Ai-Todor bringen sollten.

Keiner von uns konnte schlafen. Wir aßen nichts und tranken kaum etwas. Wie Flüchtlinge – die wir ja auch waren – erduldeten wir drei Tage lang Entbehrungen, bis wir Sewastopol erreichten. Dort kletterten wir unter den lauernden Blicken marodierender Matrosen in die Automobile, eine Leihgabe der Akademie für Militärische Luftfahrt, die lange Sandros Kommando unterstanden hatte und nach wie vor gute Verbindungen zu ihm pflegte. Und dann brachten uns deren Wagen über gewundene Straßen zu unserem Ziel auf der Krim.

Ich war seit Jahren nicht mehr in Ai-Todor gewesen. Überhaupt hatte ich seit Saschas Tod kaum je die Krim besucht. Der andere Ort auf der Krim, Liwadija, unser traditioneller Urlaubsort am Schwarzen Meer, verbot sich von selbst, denn dort würden die Bolschewiken uns zuerst suchen. Also musste es Ai-Todor sein. Ich hatte ganz vergessen, wie herrlich die weiß getünchte Anlage war mit ihren Villen, den geriffelten Türmchen wie in einem arabischen Gemälde und umgeben von Zypressen und blühenden Jasmingärten.

Wir stiegen gerade aus den Wagen, als uns Xenia entgegengerannt kam. Meine älteste Tochter hatte viel zu viel Gewicht verloren. Um die tief eingesunkenen Augen lagen dunkle Schatten, und ihre Wangen waren hohl geworden. Als sie mir in die Arme flog, begann ich zu weinen. Felix und Irina sowie Xenias sechs stattliche Söhne umringten uns. Die Jungen umarmten ihren Vater Sandro, der ebenfalls die Tränen nicht mehr zurückhalten konnte. Olga, die sich an die Hand ihres Mannes klammerte, schien kurz davorzustehen, auf die Knie zu fallen und voller Dankbarkeit den Boden zu küssen.

An diesem Abend verspeisten wir bei Kerzenlicht und zugezogenen Vorhängen eine einfache Mahlzeit. Xenia erzählte uns von ihrer qualvollen Flucht und auch die aus Gerüchten, mehrere Wochen alten Briefen und dem einen oder anderen Telegramm zusammengestückelte Geschichte vom Entkommen anderer Mitglieder unserer Familie.

»Kyril war der Erste, der sich von uns losgesagt hat«, erklärte sie. »Dieser Feigling ist höchstpersönlich zur Duma marschiert und hat sich nicht entblödet, sich sämtliche Ehrenabzeichen des Zarenreichs von den Kleidern zu reißen und der provisorischen Regierung den Treueid zu leisten.«

»Tja, ein Deutscher weiß eben, wann er die Allianzen wechseln muss.« Ich zündete mir eine Zigarette an. Inzwischen achtete ich nicht mehr darauf, mein Laster zu verbergen. »Miechen hat Kyril gezwungen, Ducky zu heiraten, weil das in ihre Pläne passte, und ihn dann zur Duma geschickt, damit er ihre Schmutzarbeit verrichtet. Wahrscheinlich glaubt sie, sie kann ihren Palast behalten, wenn sie so tut, als gehörte sie nicht mehr zu uns.«

»Es hat ihr nichts genützt«, meinte Xenia. »Sie musste fliehen wie wir alle. Wohin, das wissen wir nicht, aber Kyril und ihre anderen Söhne sind ebenfalls dort untergeschlüpft, als sie gewarnt wurden, dass ihre Verhaftung bevorsteht.«

»Wie ich sie kenne, ist sie bestimmt schon halb über den Kaukasus.« Ich schnaubte. »Als Zigeunerin verkleidet, und das Korsett voller Diamanten von Cartier.«

Schweigen breitete sich nach meiner bissigen Bemerkung aus, bis Irina, die ihr zweijähriges Töchterchen Bébé auf dem Schoß sitzen hatte, zu kichern begann, und Felix, der in Anbetracht der Umstände immer noch bemerkenswert gut aussah, in einem übertrieben affektierten Ton verkündete: »Großfürstin Pawlowa würde diesen Bolschewiken gewiss nicht gestatten, sie ihres Schmucks von Cartier zu berauben.

Ich werde diese *Muschiki* jedenfalls nicht ein Stück von meinem stehlen lassen – nicht, wenn ich es verhindern kann.«

Leise sangen wir »Gott schütze den Zaren«, wagten aber aus Furcht, gehört zu werden, nicht, die Melodie auf dem im Salon stehenden Pianoforte zu spielen. Wir glaubten nicht, dass unsere Ankunft unbemerkt geblieben war, doch weil wir draußen das Flüstern des Meeres hörten und nicht das Gebrüll von irgendwelchen Demonstranten, fühlten wir uns an diesem Ort, der immer eine Zuflucht für unsere Familie gewesen war, beinahe sicher und geborgen.

Als alle schon zu Bett gegangen waren, saß ich noch mit Xenia zusammen. Wegen ihrer Schwangerschaft wurde Olga früh müde und war immer wieder auf ihrem Stuhl eingenickt, bis ich sie aufgefordert hatte, sich schlafen zu legen. Ihr Mann, der Oberst, hatte sie nach oben gebracht. Auch wenn ich sehr wohl wusste, dass er Nikolai hieß, sprach ich ihn nie mit seinem Vornamen an; ich wollte unbedingt verhindern, dass er dies als Zeichen von Vertraulichkeit missverstehen könnte. Endlich mit meiner ältesten Tochter Xenia allein, hörte ich ihr schweigend zu, als sie mir erzählte, dass der Kontakt mit Mischa seit ihrer letzten Begegnung mit ihm, seiner Frau Natalia und ihrem gemeinsamen Sohn in Gattschina abgebrochen war und dass die provisorische Regierung ihren Antrag auf einen Besuch in Zarskoje Selo abgelehnt hatte.

»Sie haben mich zurückgewiesen!«, rief Xenia händeringend. »Ich darf mich nicht einmal von Niki, Alicki und den Kindern verabschieden.« Sie verstummte. Erst jetzt schien sie zu begreifen, was sie da gesagt hatte. Dann flüsterte sie: »Was wird nur aus ihnen werden?«

»Ich weiß es nicht.« Ich ergriff ihre Hände, die sich anfühlten wie die einer Dienstmagd. Vom Arbeiten im Haushalt waren sie rau und wund. Dabei waren sie einst so zart gewesen, dass sie geklagt hatte, ihre Handschuhe würden scheuern. »Egal, was passiert, wir dürfen die Hoffnung nicht verlieren. Niki ist nicht ihr Feind. Alexandra ebenso wenig. Trotz all ihrer Unzulänglichkeiten hat sie unserem Volk nie Böses gewollt. Wir müssen jetzt für sie alle unser Möglichstes tun, damit sie freikommen und ins Ausland gehen können.«

»Sie glauben doch nicht, dass …« Xenia stockte.

»Sprich es nicht aus«, befahl ich. »Denke es nicht einmal. Einem abgesetzten Zaren und seiner unschuldigen Familie etwas anzutun, was sollte das Gutes bewirken?«

Der Frühling förderte die herbe Schönheit der Krim zutage. Das Wetter wurde mild, und in den Gärten explodierten die Blüten. Dankbar öffneten wir die Terrassentüren, um die Luft hereinzulassen, in der sich der Duft von wilden Rosen mit Sprühnebel mischte. Mit unseren Automobilen unternahmen wir Ausflüge, bei denen uns stets unsere Tartarenwache begleitete und wir darauf achteten, uns nicht zu weit voneinander zu entfernen. Irina und Felix lebten inzwischen in der Nähe in der Jussupow-Villa, speisten aber jeden Abend mit uns und blieben auch oft über Nacht. Wir wurden in Ruhe gelassen. Wie wir bald erfahren sollten, bedeutete das jedoch nicht, dass man uns vergessen hatte. So wurden unsere jeweiligen Unterhaltszahlungen, die wir vom kaiserlichen Amt bezogen, ohne Ankündigung eingestellt. Von nun an hieß es also: jeden Rubel zweimal umdrehen. Xenia und Sandro entließen die Bediensteten, die ihnen noch geblieben waren, denn wir konnten sie uns nicht mehr leisten. Sogar genug Nahrung auf den Tisch zu bekommen wurde zu einem Problem. Es gab ohnehin kaum noch Lebensmittel, und schon gar keine günstigen.

Eines Tages verkündete Felix trotz der entsetzten Einwände von Xenia und Sandro, dass er nach Petrograd zurückkehren würde. Im Jussupow-Palast hatte er Geld, Schmuck und

Wertgegenstände versteckt, die er zu verkaufen gedachte. Da er sich partout nicht von seinem Vorhaben abbringen ließ, bat ich ihn, in meinem Anitschkow-Palast nach dem Rechten zu sehen, denn all meine Versuche, Kontakt mit meinen Bediensteten dort aufzunehmen, waren gescheitert. Zu allem Überfluss bestand Irina darauf, ihn zu begleiten, und ließ Bébé bei Xenia und mir zurück. Als seine Eltern abgereist waren, weinte das Kind herzzerreißend und klammerte sich an mich. Obwohl Bébé ihre eigene Nanny hatte, musste ihr Kindbett in meinem Zimmer aufgestellt werden. Woanders schlief sie nicht.

Als es Sommer wurde, badeten wir im Meer und schliefen bei offenen Fenstern. Im August gebar Olga einen Jungen, den sie auf den Namen Tichon taufen ließ. Wie es für sie typisch war, hatte sie mir nichts gesagt, als die Wehen einsetzten. Überhaupt hatte sie in der Zeit, da ihr Bauch größer wurde, erneut alte Gewohnheiten angenommen. So hatte sie in einer Kammer eine Rolle Leinwand und eine wackelige Staffelei ausgegraben und wieder zu malen begonnen. Ihr gelangen lebhafte Gemälde, gefüllt mit wild wuchernden Bougainvilleen und Ansichten des türkisfarbenen Meeres, womit sie beim Rest von uns den Eindruck erweckte, am leichtesten von uns allen in ein gewöhnliches Leben hineinfinden zu können. Das mochte daran liegen, dass ihr die Zwänge, denen wir als kaiserliche Familie ausgesetzt waren, schon immer am meisten zu schaffen gemacht hatten.

Sobald ich von Xenia erfahren hatte, dass die Wehen eingesetzt hatten, stürzte ich zu Olga, um bei der Geburt ihres Kindes dabei zu sein. Tichon ließ dann auch nicht mehr lange auf sich warten.

Zur Taufe schenkte ich Olga einen meiner Saphirringe, was sie mit einem matten Lächeln quittierte. »Milch wäre vielleicht besser, finden Sie nicht?«

»Die haben wir auch«, verkündete ich. »Die Bauern hier im Ort haben uns ganze Kisten voller Eier, Milch und Käse gebracht und weigern sich, Geld anzunehmen. Nicht jeder ist ein Revolutionär, habe ich das nicht gesagt? Es gibt noch Menschen, die uns respektieren.«

Olga wiegte ihr Kind in den Armen. Zum ersten Mal in ihrem Leben schien sie glücklich zu sein.

Gleichwohl quälte es uns, dass wir so wenig über die Geschehnisse draußen wussten. Zwar vermieden wir jegliche Spekulationen, mit denen wir nur Salz in unsere Wunden gestreut hätten, doch das Gefühl von Bedrohung war allgegenwärtig. Von Mischa hatten wir nichts mehr gehört, noch wussten wir, wie es Niki und seiner Familie erging. Und auch von den im Ausland lebenden Mitgliedern meiner Familie war ich abgeschnitten. Telegramme oder Briefe abzuschicken war unmöglich. So konnte ich nur hoffen, dass meine Schwester Alix, ihr Sohn, König Georg, mein Neffe und meine sonstigen Verwandten in Dänemark ihr Möglichstes taten, um uns zu helfen.

Als Felix und Irina zurückkehrten – sie fuhren in einem Automobil vor, beladen mit Koffern voller Besteck, neuen Kleidern, Bettzeug und Lebensmitteln, darunter Rindfleisch und geräucherte Schinkenkeulen –, klatschten wir stehend Beifall, als wohnten wir einer Ballettaufführung im Mariinski bei. Xenias sechs Söhne, die zwischen zehn und zwanzig Jahre alt waren – und die gelegentlich zur Bestürzung ihrer Mutter in einer Mischung von Langeweile und jugendlichem Leichtsinn splitternackt von der Klippe ins Meer sprangen –, zeigten sich überglücklich darüber, in den Koffern auch Bücher zu entdecken. Allesamt Bücherwürmer, kannten sie die Werke in der Bibliothek von Ai-Todor schon auswendig, und endlich konnten sie sich wieder auf nützlichere Weise beschäftigen, als durch den Küchengarten zu trampeln, den wir so sorgfältig pflegten.

Xenias für Felix bestimmte Gardinenpredigt fiel deutlich milder aus, sobald er ihr zeigte, was er alles mitgebracht hatte. Während Irina versuchte, Bébé hinter meinen Röcken hervorzulocken, zogen sich meine Neffen mit ihren Büchern zurück, Xenia und Olga gingen mit der neuen Bettwäsche nach oben, und Sandro brachte die Lebensmittel in die Küche.

Erst jetzt berichtete Felix, dass die Lage in Petrograd nicht so schlimm war, wie es in den Berichten geheißen hatte. »Der Zweite Vorsitzende des Sowjets, Kerenski, ist ein Gemäßigter«, sagte er, womit er mich allerdings nicht zu beruhigen vermochte, denn ebendieser Gemäßigte hatte der Gruppe angehört, die Nikis Abdankung gefordert hatte. »Er hat in Russland die Republik ausgerufen, weil er den Eindruck erwecken muss, er verfolge die gleichen Ziele wie die Bolschewiken, aber in Wahrheit lehnt er Aufruhr und Unruhen ab. Er will Ordnung schaffen. Auch konnte ich unsere Paläste ohne Schwierigkeiten betreten. Das tun zwar auch andere, denn die Soldaten, die unsere Tore angeblich bewachen, sind einer kleinen Bestechung durchaus nicht abgeneigt. Aber sie haben mich tun lassen, was ich vorhatte.«

Ich kniff skeptisch die Augen zusammen. Soldaten standen vor unseren Palästen und ließen Störenfriede einfach so passieren? »Werden unsere Wohnstätten geplündert?«

Felix' Grimasse verriet mir, dass nicht alles so unproblematisch war, wie er es darzustellen versuchte. »Nicht unbedingt. Sie haben unsere Paläste und alles, was sich darin befindet, konfisziert. In meinen Moika musste ich bei Nacht und Nebel hineinschleichen, um zu überprüfen, ob Mamas Juwelen noch in ihrem Versteck im Kellergewölbe sind. Sie waren noch da. Aber ich hielt es nicht für klug, sie alle mitzunehmen. Unsere Koffer waren am Bahnhof durchsucht worden, und einen ganzen Schatz zu transportieren wäre wohl zu gefährlich gewesen, sogar für mich. Was ich aber geborgen habe, sind die besten Stücke und meine Rembrandts. Niemand kann sich gegenwärtig Gemälde leisten. Aber vielleicht später.«

»Und mein Anitschkow?«, fragte ich, das Schlimmste befürchtend. Mein Zuhause, wo ich zusammen mit meinem Mann gelebt und meine Kinder großgezogen hatte und wo jetzt alle Türen dem revolutionären Pack offen standen.

»Er steht noch und ist größtenteils unbeschädigt. Derzeit ist er irgendeinem sowjetischen Ministerium zugeschlagen worden. Ihr Personal hat man entlassen, aber ich bin wie versprochen hineingegangen.« Er griff in einen der so gut wie leeren Koffer und zog ein in Papier gewickeltes Päckchen heraus. Es enthielt eine zusammengerollte Leinwand. »Irina hat mir gesagt, wie sehr Sie es lieben.«

Mit zitternden Händen entrollte ich das Gemälde auf dem Esstisch und erstarrte jäh, als ich meinen Mann Sascha in seiner blauen Uniform erkannte. Das Gemälde hatte in meinem Zimmer über dem Kaminsims gehangen und war mein Lieblingsporträt von ihm.

»Das ist alles, was ich für Sie mitnehmen konnte«, sagte Felix leise. »Ich habe es aus dem Rahmen geschnitten. Sie zerstören unsere Porträts. Ich habe ganze Haufen von verkohlten Gemälden auf den Plätzen der Stadt gesehen. Allerdings nicht das Ihre im Smolny-Institut. Als die Sowjets es abnehmen wollten, bildeten die Studenten eine Barrikade außen herum.«

»Danke«, wisperte ich. »Dieses Bild ist für mich wertvoller als jeder Edelstein.«

»Und das noch.« Felix griff in seinen Stiefelschaft, zog einen zerknitterten Umschlag hervor und drückte ihn mir in die Hand. »Von Nikolai.«

Als ich den Umschlag ergriff, meldete sich Irina zu Wort. »Kerenski hat ihn mir persönlich überreicht.« Sie saß mit ihrer Tochter auf der Couch, nachdem sich das Mädchen zu guter Letzt doch noch auf ihren Schoß hatte locken lassen. »Der Brief ist mehrere Monate alt, und natürlich wurde er geöffnet, aber Niki ist in Sicherheit, das hat Kerenski mir versichert.«

»*Du* warst beim Zweiten Vorsitzenden?«, fragte ich ungläubig. Dann war sie in der Höhle des Löwen gewesen! Meine Enkelin, die geweint hatte, als ein deutscher Mob in Berlin Steine auf unseren Zug geworfen hatte, war mitten in die Kommandozentrale unserer Feinde spaziert!

Sie nickte. »Ich habe ihn darum gebeten. Er lebt im Winterpalast, zusammen mit den Bediensteten und den Wachen, auch wenn jetzt diese abscheuliche rote Fahne darauf weht. Er hat mich in Urgroßvaters Amtszimmer empfangen.« Angewidert verzog ich das Gesicht. Was für eine grässliche Vorstellung, dass der Zweite Vorsitzende der Sowjets ausgerechnet das Sterbezimmer meines Schwiegervaters in Beschlag genommen hatte, den Raum, in dem Niki sich nach dem Tod seines Vaters geweigert hatte zu arbeiten. »Kerenski hat größte Achtung vor Ihnen«, fuhr Irina fort. »Das hat er mir persönlich anvertraut. Er wird versuchen, Ihnen Ihr Einkommen zurückerstatten zu lassen. Er sagt, Ihre Rechte als Witwe eines Kaisers sollten nicht eingeschränkt werden. Wenn Sie Briefe ins Ausland schicken wollen, wird er sein Möglichstes tun, um deren Zustellung zu gewährleisten.« Sie lächelte. »Nur zu. Lesen Sie ihn. Felix hat ihn während der ganzen Rückreise im Stiefel getragen.«

Wie einen Talisman drückte ich mir den Brief an die Brust. »Später, vor der Familie«, sagte ich und widerstand dem Drang, den Umschlag aufzureißen. Forschend musterte ich Felix' Gesicht. »Irgendeine Nachricht von Mischa?«

Er schüttelte den Kopf. »Das Einzige, worüber Gewissheit besteht, ist, dass er in Gattschina war, als das Anwesen beschlagnahmt wurde. Wo er jetzt ist, das weiß niemand. Irina hat Kerenski gefragt, weil wir Gerüchte von Mischas Verhaftung gehört hatten. Kerenski hat versprochen, dass er Erkundigungen einholen wird.«

»Erkundigungen?« Angst wallte in mir auf. »Wie kann der Mann, dem der Petrograder Sowjet untersteht, nicht wissen, wo der Bruder des Zaren steckt?«

Felix stieß einen gequälten Seufzer aus. »Vielleicht glaubte er, es nicht sagen zu dürfen. Es war ja bereits ein Risiko für ihn, Irina zu empfangen. Lenin ist jetzt in Petrograd. Er hat sich die Unterkunft dieser Ballerina unter den Nagel gerissen, der kleinen K., wie sie genannt wird, und hält vom Balkon aus Reden. Kerenski ist kein Radikaler. Wie ich gesagt habe, er will uns nichts Böses. Aber er fürchtet Lenin. Dieser unverschämte kleine Exilant ruft zu unserer Verhaftung auf, und viele scharen sich um ihn. Die Leute glauben, dass Lenin ihr Erlöser sein wird.«

»Sascha ließ den Bruder dieses kleinen Exilanten hinrichten«, sagte ich. »Lenin verachtet uns. Egal, was Kerenski behauptet, Niki ist nicht in Sicherheit. Keiner von uns ist in Sicherheit.«

»Fürs Erste sind wir es«, erwiderte Felix. »Fragt sich nur, für wie lange.«

Ich las Nikis Brief dann doch zuerst allein in meinem Schlafzimmer. Die Handschrift war eindeutig die seine. Ich konnte in den Worten seine Stimme hören, obwohl Niki genau gewusst hatte, dass Unbefugte seine Zeilen lesen würden, und die Themen entsprechend gewählt hatte. In mehreren Absätzen berichtete er, dass die Mädchen und auch Alexej die Masern gehabt hatten und jetzt auf dem Wege der Besserung waren. Überhaupt ging es Alexej gut, und er und die Mädchen hatten gemeinsam einen Gemüsegarten angelegt.

»Ein Kaiser, und er bestellt das Land wie ein Leibeigener!« Xenia stöhnte, als ich den Brief vorlas.

»Na und?«, erwiderte ich. »Wir machen hier ja dasselbe. Zumindest ist er beschäftigt und an der frischen Luft. Das tut ihm und den Kindern gut. Niki hat mir mal gesagt, er würde lieber Schafe hüten, als über ein Land herrschen. Jedenfalls scheint er zufrieden zu sein.« Hier log ich freilich. Niki konnte nicht glücklich sein, wenn er unter ständiger Überwachung leben musste. Vor den Kindern mochte er vielleicht Gleichmut mimen, doch Alexandra gelang das mit Sicherheit nicht. Sie musste der Hysterie nahe sein, seit ihre idyllische Welt im Alexander-Palast aus den Fugen geraten war. Ich war mir sicher, dass es sich so verhielt, denn mein Sohn erwähnte sie in seinem Brief mit keinem Wort.

»Wir dürfen nicht alles glauben, was er sagt«, gab Sandro zu bedenken, als hätte er meine Gedanken gelesen. »Es ist ihnen nicht gestattet, das Anwesen zu verlassen. Mit anderen Worten: Sie sind Gefangene.«

»Vielleicht werden sie ja bald entlassen.« Der Ton, den ich anschlug, klang zuversichtlicher, als ich mich fühlte. »Offenbar haben wir im Petrograder Sowjet einen Verbündeten. Irina, erzähl ihnen, was Kerenski dir gesagt hat.«

Auch wenn zu großer Freude nicht der geringste Anlass bestand, munterte diese Nachricht die anderen sichtlich auf. Falls nur die Hälfte des Geldes eintraf, das der Staat mir schuldete, würde das für unseren Unterhalt zwar nicht genügen, aber es wäre immerhin ein Anfang. Die Revolution hatte offenbar doch nicht ganz zu der von uns allen befürchteten Schreckensherrschaft geführt. Wir hatten immer noch Anhänger. Wir waren jetzt hier – und zusammen. Vielleicht würden die Bolschewiken erkennen, dass es keinen Sinn hatte, Niki gefangen zu halten, und ihn zu uns kommen lassen.

Ja, vielleicht würde Russland mit der Zeit wieder zur Besinnung kommen.

43

»Aufstehen! Sofort!«

Die Stimme des Fremden peitschte durch meinen unruhigen Schlaf. Während ich mich mühselig aufrichtete, hörte ich Tipp im Erdgeschoss wütend bellen und Tanja nicht minder erbost protestieren. In dem durch die Türöffnung hereinfallenden diffusen Licht sah ich eine Gestalt auf der Schwelle stehen, einen Mann. Als er auf mich deutete, erkannte ich, dass sich hinter ihm mehrere andere Männer befanden, die mich anzüglich angrinsten. Und dann – ich traute meinen Augen nicht – kam der erste hereingepoltert. Seine Spießgesellen folgten ihm. Einer von ihnen hielt eine Kerosinlaterne hoch, während ich mir meine Bettdecke vor die Brust presste.

»Na, wen haben wir denn da, hm?«, säuselte der Mann mit einem hässlichen Feixen. Er und seine Kumpane trugen ein Sammelsurium aus formlosen Mänteln, Seemannsjacken und Hosen von der Armee. Von ihren Unterarmen hingen ausgefranste rote Bänder herab. Der Erste war offensichtlich ihr Anführer. Er wies mit dem Finger in meine Richtung. »Aufstehen. Sonst müssen wir dir auf die Sprünge helfen.« Während die anderen in dröhnendes Gelächter ausbrachen, begann mein Herz so heftig zu pochen, dass ich glaubte, es würde zerspringen. Nur mit Mühe unterdrückte ich einen Schrei.

Bolschewiken. Hier. In meinem Zimmer. Nun hatten sie uns am Ende doch gestellt.

»Sie ist die Kaiserinwitwe!«, schrie Tanja im Flur. »Sie können nicht …«

»Kaiserin?« Der Mann wieherte vor Lachen. »Ich seh

hier keine Kaiserin. Nur eine alte Frau, die es behaglich hat in ihrem Bett in einer Villa, wo reichlich Platz für zehn Familien ist. Wir haben in Russland keine Kaiserinnen mehr.« Sein Lachen erstarb. »Ich bin Erster Kommissar Spiro des Sewastopoler Sowjets. Denk also gar nicht erst dran, mir den Respekt zu verweigern. Was versteckst du eigentlich in diesem Bett, hm?« Er trat näher. »Sollen wir's durchsuchen, solange du noch drin liegst? Würde dir das gefallen, *Genossin*?«

»Wie können Sie es wagen?« Ich wollte ihn scharf anfahren, doch meine Stimme zitterte, und das hörte er. »Ich bin die Witwe von Zar Alexander III. Sie haben hier nichts zu suchen.«

Er stemmte die Hand in die Hüfte; direkt daneben steckte seine Pistole in einem Holster. »Nichts zu suchen, sagt sie. Witwe Fjodorowna glaubt wohl, dass sie noch im Winterpalast ist. Unseres Wissens sind alte Damen ja öfter mal verwirrt.« Er deutete auf die spanische Wand in der Ecke. »Du kannst dort warten, während wir suchen. Wir wissen, dass du was versteckst. Wahrscheinlich Briefe an deine Freunde. Und wer weiß, was noch alles! Romanow-Geschmeiß, alle zusammen. Aufstehen! Ich sag's nicht noch mal.«

Wütend riss sich Tanja von dem Mann los, der sie im Flur festhielt, und stürzte in mein Zimmer.

»Respektieren Sie bitte ihr Schamgefühl. Wir haben nichts. Nehmen Sie, was Sie wollen, und gehen Sie dann.«

Mir ein Schultertuch entgegenstreckend, trat sie auf mich zu. Sorgfältig darauf bedacht, mir keine Blöße zu geben, stieg ich aus dem Bett und ließ mir von Tanja das Tuch um die Schultern wickeln. Doch als sie sich anschickte, mich aus dem Zimmer zu führen, sagte ich: »Lass sie suchen. Ich habe nichts zu verbergen.« Vorbei an dem Kommissar stakste ich zu der spanischen Wand. »Seien Sie achtsam«, forderte ich ihn auf. »Mir ist nur wenig geblieben. Das, was ich noch habe, halte ich in Ehren.«

Abrupt winkte er seine Genossen herein. Sofort begannen sie – es waren insgesamt sieben – das Zimmer zu durchwühlen.

Aneinandergeschmiegt kauerten Tanja und ich hinter dem Paravent. Als wir hörten, wie mein Sekretär aufgebrochen und die Schubladen herausgerissen wurden, zuckten wir zusammen. Auf die gleiche brutale Weise fuhren sie im übrigen Zimmer fort. Sie warfen meine Bettwäsche auf den Boden, ließen meinen Wecker klingeln, nahmen mein Bett auseinander und durchstöberten achtlos meine Truhen.

Voller Entsetzen starrte Tanja mich an. Ich antwortete mit einem dünnen Lächeln. Sie würden weder Juwelen noch das Fabergé-Ei entdecken. In Erwartung einer Plünderung wie dieser hatten Xenia und ich unsere Juwelen und das Ei in Kakaodosen versteckt, die Felix aus Kiew mitgebracht hatte. Unsere herrlichen Diamanten, Saphire, Rubine, Perlen, Smaragde und dieses Ei lagen also unter Schokoladenpulver begraben.

»Nichts«, hörte ich einen der Männer knurren. »Keine Briefe, nichts, was einen Wert hat, nur Scheiße.«

»Sie hat sie aber geschrieben«, fauchte der Kommissar. »Das wissen wir genau. Sie hat sie über Kerenski, diesen Verräter, verschickt.« Ich hörte ein Knirschen. Er musste etwas, das sie zerschlagen hatten, mit dem Stiefelabsatz zertreten haben. Dann bellte er in unsere Richtung: »Anziehen und die Treppe runter! Und zwar ruckzuck! Wenn ihr trödelt, zerren wir euch in eurer Unterwäsche nach draußen.«

Dann trampelten sie hinaus.

»Gott im Himmel«, stöhnte ich. Tanja zitterte am ganzen Körper und brachte kein Wort heraus. Ich spähte am Paravent vorbei und besah mir das Chaos, das die Kerle angerichtet hatten. »Ich hätte nicht auf Felix hören dürfen. Er meinte, es wäre sicher, Briefe über Kerenski zu senden. Aber offenbar haben sie den Zweiten Vorsitzenden jetzt doch verhört. Und um die eigene Haut zu retten, hat er ihnen alles gesagt.«

»Kerenski und die Duma sind gefallen«, wisperte Tanja. Mit abgehackten Bewegungen ging sie durch das Zimmer und suchte zwischen meinen über den Boden verstreuten Sachen nach einem Tageskleid. »Als sie hier eingedrungen sind, haben sie Sandro gesagt, dass Genosse Lenin die Macht ergriffen hat. Gott sei uns gnädig, die Bolschewiken haben jetzt die Alleinherrschaft, Majestät.«

Als sie mir das Kleid angezogen hatte und sich anschickte, mir über dem Nacken Locken in die ergrauenden Haare zu drehen, riss ich mich von ihr los. Inzwischen war mir jedes meiner einundsiebzig Jahre nur zu gut anzusehen. Einen Spiegel hatte ich schon seit einiger Zeit nicht mehr in meinem Zimmer. Die lebensfrohe Witwe, die scheinbar der Zeit widerstanden hatte, war jetzt ebenso Erinnerung wie ihre Galas und Bälle.

»Keine ›Majestät‹«, warnte ich Tanja. »Sprich mich nicht mit meinem Titel an, sonst erschießen sie uns womöglich an Ort und Stelle.« Als Tanja nach Luft schnappte, fügte ich streng hinzu: »Du darfst keine Angst zeigen. Halunken sind das, Plünderer. Sie wollen, dass wir um unser Leben betteln. Aber da können sie lange warten.«

Meine Familie hatte sich im Salon versammelt, Xenia und Olga mit dem Baby, flankiert von Sandro und Olgas Mann, die sich beide alle Mühe gaben, ruhig zu wirken. Zu meiner Erleichterung hatten die Jussupows heute nicht bei uns übernachtet. Ich nahm mein verängstigtes Hündchen, das sich unter das Klavier verkrochen hatte, in die Arme und setzte mich zwischen meine Töchter.

Im Salon tummelte sich ein Dutzend Männer, die unser Eigentum begutachteten und die Ellbogen in die Klaviertasten rammten, womit sie einen Höllenlärm veranstalteten – Matrosen in schmutzigen Mänteln, die Pistolen und Bajonette trugen. Der Anblick ihrer Waffen jagte mir schreckliche Angst ein. Doch es hieß: Disziplin wahren, Gleichmut zeigen, keine Furcht verraten – komme, was wolle.

Einen Papierbogen schwingend, trat Kommissar Spiro ein. Er schien einer jener allgegenwärtigen Unteroffiziere zu sein, die einem Leutnant dienten. Die Backen aufgeblasen, die Brust herausgestreckt, von seiner Macht durchdrungen, erklärte er: »Ich rufe jetzt eure Namen auf, und ihr antwortet.« Sofort begann er, von dem Bogen in seiner Hand abzulesen: »Alexander Michailowitsch«, woraufhin Sandro nickte. »Xenia Alexandrowna.« Meine Tochter funkelte ihn wütend an. Und so ging es weiter, wobei er Olga mit dem Namen ihres Ehemanns aufrief. Als ich an die Reihe kam, weigerte ich mich zu reagieren.

»Alle abgehakt«, verkündete er. »Sehr gut, das war ja leicht genug. Im Namen des Obersten Sowjets von Sewastopol befehle ich hiermit die Aussonderung folgender Personen: Maria Fjodorowna, Xenia Alexandrowna und ihr Gatte Michailowitsch, ihre sechs Söhne, die uns bekannt sind, sowie ihre Bediensteten. Sie werden auf das Landgut Dschulbar verbracht.«

»Dschulbar!« Nun verlor Sandro doch die mühsam gewahrte Ruhe, während ich vor Erleichterung seufzte – ich hatte Schlimmeres erwartet. »Wozu, um alles auf der Welt?«, rief er. »Es ist nicht weit von hier entfernt, und wir haben unser Tartarenregiment als Wache. Es gibt keinen Grund, uns dorthin zu …«

»Nicht mehr.« Spiro musterte meinen Schwiegersohn, als wüsste er nicht, ob er ihn auslachen oder schlagen sollte. »Ihr werdet dort auf Befehl von Genosse Lenin unter meiner Aufsicht untergebracht.« Bei der Erwähnung des »kleinen Exilanten«, wie Felix den Revolutionsführer nannte, erbleichte Sandro. Spiro achtete nicht darauf. »Die Tartaren sind von ihrem freiwilligen Dienst erlöst worden. Sie haben hier nichts mehr zu tun, wie uns Witwe Fjodorowna informiert hat. In Dschulbar ist für euren Schutz gesorgt. Packt eure Sachen. Wir brechen sofort auf.«

»Und Olga Kulikowski?«, stieß ich hervor.

Spiro warf einen Blick auf den Bogen. »Sie und ihr Mann können hierbleiben oder gehen, wohin sie wollen. Sie sind nicht als Mitglieder der ehemaligen kaiserlichen Familie ausgewiesen.«

Bevor Olga protestieren konnte, brachte ich sie mit einem scharfen Blick zum Schweigen. Wenn sie in Freiheit bleiben durfte, weil sie die Frau eines Bürgers war, würde wenigstens eine von uns dieser Festnahme entgehen. Außerdem konnte sie uns trotz des Babys, das sie in ihrer Bewegungsfreiheit einschränkte, vielleicht noch von Nutzen sein.

»Dürfen wir unsere Lebensmittel mitnehmen?«, fragte ich, in der Hoffnung, ich würde Olga heimlich auf die Kakaodosen aufmerksam machen können, damit sie sie versteckte, doch schon bemerkte ich meinen Fehler.

Spiros Augen verengten sich. »Nein. Wir haben genügend Vorräte in Dschulbar.«

Das war gelogen, wie ich sofort erkannte. Sie wollten unsere Sachen an sich reißen und es uns überlassen, uns selbst zu versorgen, mit welchen Mitteln auch immer.

»Du kannst dich glücklich schätzen, Witwe Fjodorowna. Der Sowjet von Jalta will euch alle als Verräter erschießen lassen, aber solange Genosse Lenin das nicht genehmigt hat, seid ihr bei mir sicher.«

Wir erstarrten. Die Matrosen hielten in ihrem Streifzug

durch den Raum inne, bei dem sie die Gegenstände betrachteten und sich in die Taschen gestopft hatten, was immer ihnen zusagte. Mir fiel auf, dass Sandros Finger nackt war. Sein goldener Ehering war ihnen also auch schon in die Hände gefallen. Angesichts ihrer verdrossenen Mienen bezweifelte ich, dass ihr Gewissen sie daran hindern würde, ihre Pistolen auf uns zu richten.

Ein plötzliches Durcheinander an der Tür schreckte uns auf, und Xenia stieß einen erstickten Schrei aus. Hereingestürmt kam Felix und versicherte uns lachend, dass er keine Bedrohung darstellte. Er trug Hut und Mantel und darunter unpassenderweise einen Seidenpyjama, der über seinen Knöcheln endete. Seine Füße steckten in marokkanischen Pantoffeln.

Er sah mir fest in die Augen. Sobald er von unserer Verhaftung gehört hatte, war er mit seinem Automobil hierhergerast, wie ich später erfuhr. Zweifellos bedauerte er jetzt, dass er mich dazu ermutigt hatte, jene Briefe zu schreiben, doch mir wäre es lieber gewesen, er hätte sich nicht aus der Deckung gewagt. Jetzt hatten sie auch ihn. Und Irina, Bébé und Sinaida waren mit einer Handvoll Bediensteter allein.

»Wer bist du?«, bellte Spiro.

»Felix Jussupow«, antwortete er entrüstet. Und als er sah, dass der Kommissar verwirrt sein Dokument überflog, fragte er ironisch: »Ich stehe nicht auf Ihrer Liste? Gut. Alles andere wäre auch verwunderlich. Ich habe Mütterchen Russland vor nicht allzu langer Zeit einen großen Dienst erwiesen.«

Ich drückte mein Hündchen Tipp so fest an mich, dass es ein leises Winseln ausstieß und sich zu befreien suchte. Prinz Jussupow, verheiratet mit Prinzessin Irina Alexandrowna, einem Mitglied der kaiserlichen Familie! War Felix wahnsinnig geworden?

Spiro blickte misstrauisch auf. »Ach ja?«

»Ich habe Rasputin getötet«, erklärte Felix, woraufhin die Matrosen zu schmunzeln begannen. »Ich habe ihn mit diesen meinen Händen erschossen.« Felix hielt die Hände hoch. »Genauer gesagt, mit einer. Die andere habe ich benutzt, um ihm mit dem Pistolenknauf den Kopf einzuschlagen. Dieser Teufel hat sich schlichtweg geweigert zu sterben, bis ich ihn in die Newa geworfen habe. Aber dann ist er versunken. Wie ein Stein. Bis zum Schlick hinunter.«

Jetzt klatschten die Matrosen Beifall. »Ruhe!«, donnerte Spiro, der spürte, dass ihm die Kontrolle entglitt, und zog seine Pistole aus dem Holster. »Dann muss ich wohl meinerseits Mütterchen Russland einen Dienst erweisen.« Er fixierte Felix mit glühenden Augen. »Welchen von diesen Staatsfeinden soll ich zuerst erschießen? Die Witwe vielleicht?«

Als Spiro die Waffe auf mich richtete, sagte Felix mit bemerkenswerter Ruhe: »Bevor Sie das tun, schlage ich vor, dass Sie sich mal im Keller umsehen. Dort wird ein exzellenter Jahrgang gelagert, den auch der Zar persönlich sehr geschätzt hat. Vielleicht sollten wir zusammen einen Toast auf den Tod des Mystikers und auf unsere glorreiche Revolution aussprechen.«

Schlagartig ließen die Matrosen allen Anschein von Gehorsam fallen. Verwundert verfolgte ich, wie sie Felix jubelnd in ihre Mitte nahmen, in Richtung Kellertreppe stürmten und ihn bedrängten, ihnen in allen Einzelheiten zu schildern, wie er Rasputin getötet hatte. Spiro starrte verdattert hinter ihnen her und steckte seine nutzlos gewordene Pistole zurück ins Holster.

Felix war offenbar übergeschnappt. So verrückt konnte wirklich nur ein russischer Prinz sein. Und genau damit rettete er uns in dieser Nacht. Er verführte sie mit unserem guten Wein zum Feiern und spielte auf einer Gitarre Lieder, die sie aus voller Kehle mitsangen, bis ein betrunkenes Grölen und

Lallen daraus wurde. Sie blieben und soffen, bis sämtliche Flaschen geleert waren. Es dauerte zwei Tage, bis Spiro die Kontrolle über seinen wilden Haufen zurückerlangte.

Das Chaos ermöglichte es Xenia und Olga immerhin, unsere Kakaodosen unter den Pflastersteinen im Garten zu vergraben, während wir die kostbaren kleinen Juwelen in das Futter von Olgas Mantel einnähten.

Dschulbar hatte hohe Mauern, vor denen sowjetische Matrosen, ausgestattet mit den von den Deutschen erbeuteten Waffen, patrouillierten. Ihr Kommandant war Genosse Zadoronzij, ein bulliger, grober Mann wie Spiro, dem er jede Woche schriftlich Bericht erstattete, und er ging in seinen Aufgaben voll und ganz auf. Doch im Gegensatz zu seinem Vorgesetzten schien er uns mit heimlichem Interesse zu beobachten. Ich ignorierte ihn, so weit das möglich war, wenn ich mit Tipp, oft auch begleitet von Xenia und ihrem ältesten Sohn Andrej, im ausgetrockneten Garten spazieren ging. Nach einem dieser Ausflüge ertappte ich Zadoronzij dabei, wie er uns ungeniert anstarrte.

Ich sprach ihn an. »Kommen wir Ihnen so merkwürdig vor?«

Er wandte die Augen ab. »Als Kind habe ich Sie mal in Moskau gesehen. Sie wirkten so … groß. Wie eine Statue. Und Sie waren über und über mit Diamanten und Silber bedeckt. Aber in Wirklichkeit sind Sie ziemlich klein.«

Ich lächelte. In seiner Kindheit hatte er mich einmal gesehen. Er hatte mich verehrt und trug wohl einen Teil seiner Bewunderung immer noch in seinem Herzen. Ein gutes Zeichen. Wenn ihm nicht gerade befohlen wurde, uns zu beseitigen, würde er mir nichts antun.

Da Olgas Oberst und Felix sich frei bewegen durften, konnten wir regelmäßige Treffen vereinbaren, zwar nicht mit meiner Tochter – das war ihr verboten –, aber immerhin durfte ich meine kleine Enkelin sehen, die von ihrer Nanny zu mir gebracht wurde. Bei Säuglingen befürchtete Zadoronzij offenbar keine Gefahr. Tatsächlich klebte Olga ihre Briefe auf die Innenseite von Bébés Latz, und wir übermittelten ihr unsere Antworten auf demselben Weg. Weil Felix immer noch in Verbindung mit Petrograd stand, erfuhren wir trotz der Isolation in Ai-Todor, dass Niki, Alexandra und ihre fünf Kinder von Zarskoje Selo in die weit entfernte Provinz Tobolsk im tiefsten Sibirien gebracht worden waren.

Bei dieser Nachricht brach ich zum ersten Mal seit den Umwälzungen zusammen. All meine Sorgen und Verluste wuchsen mir allmählich über den Kopf und machten mich krank. Ich bekam eine schwere Bronchitis, hustete mir die Lunge aus dem Leib, wurde vom Fieber geschüttelt und wünschte mir, in diesem Bett zu sterben, statt erleben zu müssen, was noch alles auf mich zukam. Doch ich wurde nicht allein gelassen. Xenia pflegte mich und versuchte ihr Bestes, um mich zu trösten.

»Die Duma hat ihre Verschickung schon vor Monaten angeordnet«, berichtete sie mir eines Tages, während sie mich mit einer selbst zusammengemischten, grässlich riechenden Kräutertinktur einrieb. »Zu ihrer eigenen Sicherheit. Als die Bolschewiken die Alleinherrschaft übernommen haben, waren sie schon in Sibirien. Und jetzt haben wir die Weiße Armee, die für uns kämpft. Lenin kann ihnen nichts antun, solange er hier noch alle Hände voll damit zu tun hat, seine Revolution zu retten. So ist es besser für uns.«

»Wie kann das besser für Russland sein, wenn das Land in einem Bürgerkrieg versinkt oder Niki und seine Familie unter der sibirischen Kälte leiden?« Ich stöhnte. »Wie kann *irgendetwas* von dem ganzen Schlamassel besser sein?«

Obwohl ich mir den Tod wünschte, blieb ich am Leben und erholte mich langsam. Allerdings konnte ich nun nicht mehr annähernd so viel rauchen wie zuvor. Nicht, dass es leichter gewesen wäre, an Zigaretten heranzukommen als an halbwegs vernünftiges Essen! Xenia warf mir jedenfalls empört vor, ich würde mit dem Feind gemeinsame Sache machen, als sie mich dabei ertappte, wie ich von einem unserer Wächter eine Zigarette erschnorrte.

»Er ist doch noch ein Kind«, verteidigte ich mich und spuckte Brösel von dem billigen Tabak aus. »Keine zwanzig Jahre alt! Schau sie dir nur an, diese Jungen. Ihre Revolution ist ein Spiel für sie. Er hasst uns gar nicht. Keiner von ihnen hasst uns. Das hat er mir selbst gesagt.«

»Diese ›Kinder‹ werden uns trotzdem erschießen, wenn Lenin es befiehlt«, knurrte Xenia.

Beim nächsten Besuch meiner Urenkelin befanden sich neben Olgas Brief auch türkische Zigaretten im Kinderwagen. »Wenn Sie schon rauchen müssen«, meinte Xenia, »dann wenigstens die unseren.«

Im Frühling 1918 berichtete uns Zadoronzij, dass Lenin einen Vertrag mit dem deutschen Kaiser ausgehandelt hatte. Das löste sofort Panik unter uns aus. Von da an warteten wir jeden Tag voller Angst auf die Nachricht, dass man uns nach Moskau schaffen würde, das Lenin zu seiner bolschewistischen Hauptstadt gemacht und wo er seinen eigenen Sicherheitsdienst, die Tscheka, aufgebaut hatte. Diese hatte als eine ihrer ersten Maßnahmen die Registrierung sämtlicher Romanows in Angriff genommen. Die größten Sorgen machte ich mir um Mischa, von dem keiner mehr etwas gehört hatte. Ständig erkundigte ich mich nach ihm, ohne Erfolg, bis ich eines Tages in einem bei mir seltenen Gefühlsausbruch Zadoronzij anschrie.

»Ich bin eine Mutter!«, ereiferte ich mich. »Für Sie mag

diese Revolution Freiheit bedeuten, aber ich sehe darin nichts als Unheil für meine Kinder!«

Mit einem ernsten Nicken antwortete er: »Ich schwöre Ihnen, ich weiß nicht das Geringste über den Verbleib Ihres Sohnes. Glauben Sie mir, ich tue mein Möglichstes. Der Sowjet von Jalta verlangt jetzt, dass Sie und die anderen ihm ausgeliefert werden, aber ich bin nicht dazu bereit. Ich fühle mich ausschließlich Genosse Lenin und dem Petrograder Sowjet verantwortlich.«

Zur Vergeltung traf eine Abordnung aus Jalta ein, um uns mitzunehmen. Als Vorwand diente ihnen die Behauptung, wir müssten vor den einmarschierenden deutschen Truppen geschützt werden. Zadoronzij weigerte sich jedoch, die Tore zu entriegeln, und stellte sogar Sandro und meine Enkel als bewaffnete Wachposten an den Mauern auf. Ihrer Beute beraubt, plünderten die Soldaten aus Jalta mehrere Villen, darunter auch das nahe gelegene Ai-Todor. Olga und ihrem Oberst blieb nur noch die Flucht zum Anwesen der Jussupows, wo Felix einen Teil meiner Juwelen opferte, um örtliche Tartaren zum Schutz seiner Familie anheuern zu können. Während um uns herum alle Ordnung zerfiel und wir jeden Moment damit rechneten, zusammengetrieben und getötet zu werden, beschloss Zadoronzij, den Rückzug anzutreten, bevor er und seine Männer den Deutschen in die Hände fielen. Er bot uns an mitzukommen, doch das lehnten wir ab. So überließ er Sandro die Waffen.

Beim Abschied küsste er mir verblüffend galant die Hand, womit er den vergangenen Glanz zu flüchtigem neuem Leben erweckte, und schon schwammen meine Augen in Tränen.

»Gott sei mit Ihnen«, murmelte er. »Meine Aufgabe, die Sicherheit von Ihnen allen zu gewährleisten, habe ich gern erfüllt.«

Er mochte zwar ein Revolutionär sein, doch die Liebe zu Russland war tief in ihm verwurzelt. Ich begann, ihn und seine derben Genossen zu vermissen, als wir uns nun plötzlich der Gnade der Deutschen ausgeliefert sahen, die unmittelbar davorstanden, bei uns einzumarschieren. Ebenjener Kaiser, der fast ganz Europa in einen Mahlstrom der Zerstörung getrieben hatte, sollte es in der Hand haben, uns zu befreien oder erneut zu Gefangenen zu machen.

Ich fand keinen Schlaf, verbarg ein Messer unter dem Kopfkissen und lief in meinem Zimmer auf und ab.

Als ein deutscher Feldmarschall mit einem Trupp Soldaten eintraf, um unser Gebiet unter deutsches Protektorat zu stellen, empfing ich ihn nicht. Sandro musste zwischen uns vermitteln. Er überbrachte mir das Angebot des Kaisers, mir Asyl in Deutschland zu gewähren, und musste ihm meine empörte Absage ausrichten.

»Warum denn?« Verzweifelt hob Sandro die Hände. »Wir können doch nicht bleiben und uns an die vergebliche Hoffnung klammern, dass Niki wieder als Zar eingesetzt wird. Weiße Armee oder nicht, es ist vorbei. Wir werden nie wieder die kaiserliche Familie sein.«

»Wir werden *immer* die kaiserliche Familie sein«, gab ich zurück. »Dieses Angebot haben sie nur pro forma gemacht. Lenin hat mit dem Kaiser Frieden geschlossen. Glaubst du, dass es in ihrem Vertrag auch um unsere Rettung ging? Wenn es ihnen gelingt, uns hier herauszubringen, wird das bei den Bolschewiken nur Abneigung gegen diejenigen wecken, die wir zurücklassen.«

Da jetzt die Deutschen in diesem Teil des Landes die Macht ausübten, hatte Olga es eilig, mit ihrem Oberst und ihrem Kind zu uns zu stoßen. Kurz danach verließen wir Dschubar und fuhren zur Villa Harax – einem Landgut in englischem

Stil nahe der Bucht Ai-Todor und dem Hafen von Jalta. Das reizende Herrenhaus, das einen Blick aufs Schwarze Meer bot und mehrere von Geißblatt eingewachsene Terrassen besaß, gehörte dem Großfürsten Georgi Michailowitsch, einem Vetter ersten Grades meines Saschas, der jetzt ein Gefangener der Tscheka war. Das Anwesen erinnerte mich an mein Hvidøre in Dänemark, und ich fühlte mich auf Anhieb wohl, obwohl auch hier die Lebensmittelvorräte knapp und die eintreffenden Nachrichten nicht dazu angetan waren, meine Sorgen zu lindern.

Aristokraten flohen im Windschatten der Deutschen auf die Krim. Weitere Familienmitglieder stießen zu uns, darunter Nikolascha, dem das Leben übel mitgespielt hatte, seit Niki ihm den Oberbefehl über die Armee entzogen hatte. Monatelang war er von Versteck zu Versteck gezogen, um der Entdeckung zu entgehen. Da er befürchtete, die Deutschen würden ihn wegen seiner Rolle, die er im Krieg gegen sie gespielt hatte, verhaften, stellten ihm Felix und Sandro einen Tartaren als Leibwächter zur Seite. Noch mehr Juwelen wurden verkauft. Allerdings nicht unsere eigenen. Olga war inkognito in Ai-Todor gewesen, um unsere Kakaodosen zu bergen, die wir jetzt unter den Bodendielen des Herrenhauses versteckten. Vielleicht würden wir die Juwelen ja eines Tages brauchen, um ein gefangenes Familienmitglied freizukaufen. So erklärte ich es zumindest meinen Töchtern. Sollte doch Felix Sinaidas Stücke verhökern. Sie hatte den Großteil ihres Schatzes im Kellergewölbe ihres Palasts zurückgelassen und würde ihn eines Tages herausholen. Wenn etwas fehlte, würde sie nicht so sehr leiden wie wir.

Was mich freilich am meisten beunruhigte, war die Meldung, dass Niki und seine Familie ohne ersichtlichen Grund von Tobolsk fortgeschafft worden waren. Jetzt wurde wild spekuliert, dass die Deutschen sie gerettet hätten, was ich jedoch für unwahrscheinlich hielt. Laut einem glaubwürdigeren – und erschreckenderen – Gerücht hatte Lenin befohlen, Niki nach Moskau zu schaffen, damit er dort vor Gericht gestellt werden konnte, doch die fanatischen Ural-Sowjets hatten dem Transport aufgelauert, ihn und Alexandra als Geiseln genommen und forderten nun auch, dass man ihnen die Kinder überließ.

»In der Stadt Jekaterinburg«, berichtete Felix. »Dort werden sie im Haus eines Kaufmanns gefangen gehalten.«

»Angeblich«, korrigierte ich. »Niemand kann bestätigen, sie gesehen zu haben.«

»Niemand, von dem wir wissen«, beharrte Felix. »Aber das ist immer noch das hartnäckigste von den Gerüchten.«

»Lange Zeit hieß es allerdings auch, wir seien getötet worden. Und doch sind wir hier – und quicklebendig!«

»Wenn man es so bezeichnen kann«, meinte Felix in einem Anflug von Galgenhumor.

»Atmen wir denn nicht mehr? Und sie sind auch am Leben! Wir müssen für sie beten.«

Und wie ich betete! Zu jeder Stunde. Während unserer kümmerlichen Osterfeier und nachts in meinem Schlafzimmer auf den Knien. Ich betete mit aller Kraft und Leidenschaft, die in mir steckten. Der Glaube, von dem ich angenommen hatte, ich hätte ihn verloren, und von dem Niki gesagt hatte, Alexandra besäße ihn im Übermaß – dieser Glaube, schwach und dürftig, war das Einzige, was mir die Kraft gab durchzuhalten.

Diesmal indes betete ich um ein Wunder.

44

Im September 1918 herrschte eine schwüle Hitze, die erst in den Nächten einigermaßen erträglich wurde. Wir waren dabei, unseren Gemüsegarten zu vergrößern, denn für die täglich wachsende Zahl von Flüchtlingen mussten zusätzliche frische Nahrungsmittel auf den Tisch gestellt werden. Um alle bei Laune zu halten und uns von unseren Sorgen abzulenken, beschloss ich, ein Picknick im Freien zu veranstalten. Olga starrte mich zwar entgeistert an, als hätte ich den Verstand verloren, doch Xenia griff die Idee begeistert auf. Alles, sagte sie, sei besser, als Unkraut zu jäten, unsere kargen Fleischvorräte noch strenger zu rationieren und sich den Kopf darüber zu zerbrechen, wann der nächste Stapel Wochen alte Gerüchte eintreffen würde.

Am Tag des Picknicks – wir stellten gerade die Tische unter den quer über die Wäscheleinen als Schattenspender ausgebreiteten Bettlaken auf – kam Nikolascha zu uns, um zu melden, dass ein kanadischer Offizier vor der Haustür stand.

»Er dient bei der Weißen Armee«, erklärte Nikolascha. »Er sagt, er sei unter großer Gefahr durch das ganze Land gereist, um uns eine Nachricht von den Briten zu überbringen. Anscheinend hat Ihre Schwester Alix König George überredet, uns ein Schlachtschiff zu senden, sobald die Deutschen ihre Truppen abgezogen haben.«

Mit Olga und Xenia begab ich mich hastig in den Salon, in dem Felix und dieser Kanadier, ein gewisser Colonel Boyle, standen. Boyle verbeugte sich unter Schmerzen. Er musste einst ein stattlicher Mann gewesen sein – noch immer war er überdurchschnittlich groß und hatte beeindruckende Schultern –, doch er schien einen großen Teil seiner Muskelmasse eingebüßt zu haben. Mir kam es so vor, als hätte er Russland zu Fuß durchquert und könne sich jetzt vor Erschöpfung kaum noch auf den Beinen halten. Dennoch brachte er genau das fertig – mit einer stoischen Gelassenheit, die ich nur bewundern konnte. Aufrecht vor mir stehend, nahm er den ihm angebotenen Tee und beantwortete unsere Fragen. So bestätigte er, dass meine Schwester tatsächlich ihren Sohn dazu überredet hatte, uns beizustehen.

Doch als Xenia fragte: »Und haben Sie Neuigkeiten über meinen Bruder, den Zaren?«, sah ich Boyles vernarbte Hand zucken, sodass er beinahe seinen Tee verschüttet hätte.

»Ich war in Jekaterinburg«, antwortete er und richtete die Augen auf mich, da Xenia ungeduldig nachsetzte: »Und? Waren mein Bruder und seine Familie auch dort?«

Der Colonel blinzelte, und jetzt erst bemerkte ich, dass sein Gesicht von Staub und Schweiß verschmiert war – er starrte regelrecht vor Dreck und hatte ein Bad dringend nötig. Während er um Worte rang, wurde mir bange ums Herz.

»Wo sind eure Manieren?«, rief ich abrupt, woraufhin alle erschrocken hochfuhren. »Seht ihr nicht, dass Colonel Boyle vollkommen erschöpft ist? Wir müssen ihm erlauben, sich auszuruhen. Und heute Nachmittag veranstalten wir unser Picknick. Wenn er möchte, kann er sich gern zu uns setzen. Kommt.« Ich winkte meine Töchter zu mir. »Lasst Felix und Nikolascha sich um unseren Gast kümmern.«

Unwillig setzte Xenia sich in Bewegung. Ihr Mann hatte uns inzwischen verlassen. Trotz meines zornigen Protests hatte Sandro ein Angebot der Deutschen angenommen, mit seinem ältesten Sohn Andrej an Friedensverhandlungen teilzunehmen, um die alliierten Mächte davon zu überzeugen, wie schwer die Krise das Land getroffen hatte, da Lenins Vereinbarung mit dem deutschen Kaiser uns keineswegs Frieden gebracht hatte.

»Sie werden nicht zuhören«, hatte ich ihn gewarnt. »Sie führen immer noch Krieg. Glaubst du etwa, sie hören auf, einander zu töten, nur damit sie sich um unser Wohlergehen kümmern können?«

Auch Xenia hatte ihn bedrängt zu bleiben, doch Sandro hatte nichts davon wissen wollen. Darüber hatte ich mich dermaßen aufgeregt, dass ich dem Abschied ferngeblieben war.

Jetzt scheuchte ich Olga und Xenia hinaus und folgte ihnen, sodass nur noch Boyle, Felix und Nikolascha zurückblieben.

Etwa eine Stunde später – wir deckten gerade die Tische – ergriff mich Xenia plötzlich am Arm. Sie war so weiß wie die Bettlaken über uns. »Felix ist auf der Terrasse.«

Ich spähte, die Augen gegen die gleißende Sonne abschirmend, hinüber. Felix stand regungslos da. Als er auch nach einer geraumen Weile keine Anstalten machte, sich uns zu nähern, murmelte ich: »Was ist nur los mit ihm? Warum steht er da wie erstarrt?«

»Gehen Sie zu ihm«, forderte Xenia mich mit bebender Stimme auf. Ich warf Olga einen Blick zu, die mit gesenktem Kopf das Besteck verteilte. Fast hätte ich sie getadelt, weil sie die Salatgabeln auf der falschen Seite ablegte. Doch dann marschierte ich entschlossen zur Terrasse.

Im Näherkommen erkannte ich, dass Felix' Gesicht aschfahl war, als hätte er soeben etwas Schreckliches erfahren. Und in diesem Moment war es nicht mehr er, den ich sah, und auch nicht das pseudoenglische Herrenhaus hinter ihm. Ebenso wenig hörte ich das Rauschen des Meeres oder das Jubeln von Xenias Söhnen beim Ballspielen. Nein, stattdessen vernahm ich die Worte meines Enkels Alexej, die er an jenem

Tag ausgesprochen hatte, als er hingefallen war: *Ich bin doch bloß in den Teich gestiegen. Außerdem habe ich nirgendwo einen Bluterguss. Sehen Sie?*

»Minnie.«

Felix' leise Stimme holte mich in die Gegenwart zurück. »Kommen Sie herein, bitte.«

Ich folgte ihm ins kühle Innere des Hauses. Der Salon war jetzt leer, nur noch der Geruch von Nikolaschas Zigarre hing in der Luft. Sowohl er als auch Boyle waren verschwunden.

»Ich nehme an, du hast diesen armen Kanadier zum Badezimmer geführt?«, fragte ich, während ich auf einen Tisch zutrat, auf dem Xenia einen Strauß Herbstblumen in einer Vase arrangiert hatte. Wie herrlich sie dufteten! Ich beugte mich darüber und sog den Geruch der Blüten in mich ein, nur um jäh zurückzuprallen.

Felix räusperte sich und setzte zu einer Erwiderung an, doch ich kam ihm zuvor. »Was immer du sagen willst, sei gewarnt: Die Bolschewiken sind Sadisten. Sie benutzen Lüge und Täuschung, um uns zu quälen.«

»Boyle ist kein Bolschewik.« Felix trat einen Schritt näher. »Minnie, Sie haben ihn gehört. Er war dort. In Jekaterinburg. Die Weiße Armee hat die Stadt belagert und die Roten von dort vertrieben. Die Befreier haben auch das Haus erreicht. Die Einheimischen nennen es ›das Haus zur besonderen Verwendung‹. Das ist jedenfalls der Ausdruck, den die Sowjets der Region Ural erfunden haben. Es war leer. Niki und seine Familie waren nicht dort.«

Gelächter brach aus mir hervor – es klang wie ein Bellen. Das konnte doch nicht ich sein! Eine Fremde mochte sich so anhören, eine verbitterte alte Dame, die sich in ihre eigene Welt zurückgezogen hatte und sich weigerte, Dinge zur Kenntnis zu nehmen, die sie in ihrer letzten Idylle stören konnten.

Ich sah Felix ins Gesicht. »Natürlich waren sie nicht da! Sie sind vermutlich nie dort gewesen. Das war nur ein Gerücht … eines von vielen.«

Felix zögerte, und ich bemerkte, dass ich ganz langsam zurückwich.

»Es gab Spuren. Die Zimmer wurden geplündert. Ein Teil ihrer Besitztümer ist zurückgeblieben. Und im Keller sind …« Er verstummte, als müsste er Kraft sammeln. »Auf dem Boden lagen die Patronenhülsen von Bajonetten. Boyle hat sogar erkannt, von welcher Firma sie waren. Und er hat getrocknetes Blut gesehen, das in aller Hast und nur teilweise aufgewischt worden ist. Er hat gesagt, dass ziemlich viel davon geflossen sein muss.«

Was für eine grässliche Erklärung. Sie stand zwischen uns, breitete sich aus, raubte mir die Luft zum Atmen. Ich starrte ihn an. »Du warst ja schon immer mutig, Felix Jussupow. Tapferer als die meisten, die ich kenne. Du hast es fertiggebracht, den Mystiker zu töten und dich dessen zu rühmen.« Er zuckte zusammen, und ich fügte hinzu: »Aber heute hast du es mit deinem Mut übertrieben. Es zu wagen, mir eine derart monströse Lüge aufzutischen …!«

Beschwörend hob er beide Hände. »Minnie, bitte hören Sie zu. Sie können es nicht leugnen. Akzeptieren Sie es – um unser aller willen. Boyle hat gesagt, dass die anderen Soldaten, die mit ihm dort im Haus waren, es auch gesehen haben. Einer von ihnen hatte eine Kamera und hat eine Aufnahme gemacht. Er hat gesagt, dass er das Bild Ihrem Neffen schicken will, König George von England.«

»Ein Bild von einem schmutzigen Keller?« Zwar hob ich die Stimme nicht, spürte aber, dass sich in meinem Inneren ein Schrei aufbaute, ein Heulen, das die ganze Welt zertrümmern würde, wenn ich es nicht zurückhielte. »Was soll das denn beweisen?«

»Dass sie tot sind. Die Bolschewiken haben sie ermordet und ihre Leichen beseitigt.«

Mit einem Mal wurde das Zimmer um mich herum schwarz. Ich geriet ins Wanken, griff blind nach dem Sofa und fiel aufs Polster. Von allen Seiten stieg mir der Geruch der Blumen in die Nase. Ich sah meine Enkelinnen im Mariinski-Theater dem Publikum zuwinken und Alexej auf der Terrasse des Alexander-Palasts eine Schnute ziehen, weil er auch hinter einem Reifen herrennen wollte. Und dann hatte ich mit einer Klarheit, die mir schier das Herz zerriss, Niki vor Augen, wie er sich in Mogiljow auf dem Bahnsteig noch einmal von dem abfahrbereiten Zug zu mir umwandte und die Hand zum Abschied hob.

Sei stark für alle, wie du es immer bist. Bald sehen wir uns wieder.

»Nein«, wisperte ich, »das kann nicht sein. Das glaube ich nicht.«

Mit verzerrtem Gesicht sank Felix vor mir auf die Knie. »Keiner will es glauben. Aber sie sind seit Monaten nicht mehr gesehen worden. In diesem Haus muss ihnen etwas Schreckliches geschehen sein.« Er nahm einen tiefen Atemzug. »Aber es gibt noch mehr.«

»Mehr?« Nur mit Mühe brachte ich es über mich, ihm in die Augen zu schauen. Er war nicht mehr der makellose Dandy, der einen abessinischen Leibwächter vor seiner Tür aufstellte, während er sich mit Irina vergnügte. Seine Wangen waren eingefallen, und seine Augen hatten einen gehetzten Ausdruck, als hätte er zu viel Schreckliches gesehen. Irgendwie erkannte ich mich selbst in ihm, und plötzlich wurde mir klar, dass wir alle denselben Eindruck erwecken mussten.

»Wie Boyle mir erzählt hat, sind andere Mitglieder der Weißen Armee in Alapajewsk einmarschiert, wo man ihnen gesagt hat, dass Ella, Konstantins drei Söhne, Prinz Wladimir, der Sohn Ihres Schwagers Paul, und ihre Begleiter in einen Minenschacht geworfen worden waren. Die Einheimischen haben ihnen die Stelle gezeigt. Daraufhin haben sich die Soldaten abgeseilt und tatsächlich die Leichen gefunden. Und was die Großfürsten Nikolai, Georgi Michailowitsch, Dmitri Konstantinowitsch und Paul, Ihren Schwager, betrifft, soll die Tscheka ihren Rücktransport von ihrem Exil in Wologda nach Petrograd angeordnet haben. Es heißt, dass sie alle im Hof der Festung mit Schüssen in den Rücken getötet worden sind.«

Ich bekam kaum noch Luft. »Gerüchte«, keuchte ich. »Leeres Gerede … nichts dahinter.«

Felix ergriff meine Hände. »Es geschieht aber. Um uns herum. Mit uns allen. Wir werden ausgerottet.«

Wieder hörte ich Spiro zischen: *Romanow-Geschmeiß, alle zusammen …*

Felix zögerte. Ich spürte es an seinem schwächer werdenden Griff, als gäbe es da noch etwas, das er mir verschwieg.

»Sag es«, zischte ich. »Sag es auf der Stelle, oder du brauchst nie wieder mit mir sprechen.«

»Mischa«, flüsterte er.

Ich riss mich von ihm los. »Nein!« Mein Schrei war nicht laut, wenn es sich denn überhaupt um ein Geräusch handelte.

Tränen strömten Felix über das ausgemergelte Gesicht, als er murmelte: »In der Nähe von Perm in einen Wald verschleppt und erschossen. Boyle hat es von einem anderen Soldaten der Weißen Armee gehört. Dieser Mann hatte in Perm mit einem Kameraden gesprochen, der dabei gewesen war. Die Bolschewiken behaupten, Mischa sei entführt worden und jetzt spurlos verschwunden, aber niemand glaubt ihnen.«

»Nein. Nein.« Ich schüttelte den Kopf, fühlte den Drang, Felix' Brust mit den Fäusten zu bearbeiten. Woher wollte Boyle all diese schrecklichen Einzelheiten wissen, während wir kein Wort erfahren hatten? »Das ist nicht wahr! Es …«

»Es reicht!«, gellte Olgas Stimme von der Terrassentür zu uns herüber.

Felix drehte sich auf den Knien zu ihr um. »Sie muss es aber hören!«, rief Felix verzweifelt. »Sie muss es wissen. Sandro hatte recht. Und du weißt es auch. Als Nächstes kommen sie *uns* holen. Boyle war hier, um uns zu warnen ...«

»Ich habe gesagt: Es reicht.« Olga blitzte ihn an. So wie jetzt hatte ich sie noch nie gesehen. Mit einem Mal war sie Saschas Ebenbild geworden – die Schultern gestrafft, das Kinn vorgereckt wie er, so als würde sie gleich jedes Hindernis aus dem Weg rammen. »Geh zu Irina und lass meine Mutter in Ruhe.«

Mühsam rappelte Felix sich auf und kam schwankend zum Stehen. »Es tut mir leid. Es tut mir so schrecklich leid, Minnie.«

Als er an Olga vorbeischlurfte, hörte ich ihn schluchzen, und plötzlich platzte mir der Kragen. Zu meiner eigenen Überraschung keifte ich: »Hör auf zu plärren wie ein Säugling! Du erschreckst noch die anderen. Nicht ein Wort, hast du verstanden? Nicht ein Wort, egal, zu wem!«

Olga hatte mich erreicht. Immer noch in meiner Raserei und meinem Kummer gefangen, fuhr ich zu ihr herum. »Du wusstest es auch?«

»Ich habe es befürchtet.« Ihre Stimme war gedämpft. »Ich habe Ihnen doch schon in Kiew gesagt, dass sie unsere Verhaftung angeordnet haben. Unser Leben war in Gefahr. Aber *das* wusste ich nicht. Wie hätte ich es denn erfahren können?«

»Niemand konnte es wissen, weil es völlig unmöglich ist.« Meine Stimme brach. »Glaubst du es etwa?«

»Kommt es denn darauf an?« Meine jüngste Tochter, die mir so selten Liebe oder Verständnis entgegengebracht hatte, blickte mich mit solcher Zärtlichkeit an, als wäre ich *ihr* Kind, das gerade einen Tobsuchtsanfall erlitten hatte und jetzt viel Geduld brauchte.

»Ja, es kommt darauf an. Wenn du es glaubst, wenn Felix, Nikolascha und die anderen es glauben – dann sind sie wirklich tot. Ob es wahr ist oder nicht, wir haben sie getötet, indem wir die Hoffnung aufgegeben haben.«

»Mama.« Ihre Stimme flackerte – ich merkte ihr an, wie tief betroffen sie war –, doch Trost sprach sie mir nicht zu. Sie stand einfach da, nicht unbeholfen wie Sascha, wenn ich wieder mal einen Wutanfall bekommen hatte, sondern vielmehr mit der ihm ähnlichen Unerschütterlichkeit. »Ich frage, ob es darauf ankommt, weil Sie der einzige Mensch sind, der es glauben *muss*. Ohne Sie können wir diesen Ort nicht verlassen, und Sie werden nie von hier weggehen, es sei denn …«

»Sie sind deine Brüder!« Ich stemmte mich hoch und baute mich vor ihr auf. »Unser Fleisch und Blut! Wie kannst du daran denken fortzugehen, wenn wir nichts über ihr Schicksal wissen? Egal, was der Kanadier sagt, wir haben keine Beweise. Sie könnten überall sein. Vielleicht hängt ihre Rettung von uns ab. Und was tun wir? Wir debattieren darüber, ob wir bleiben oder fliehen sollen.«

»Darüber debattieren wir doch gar nicht«, widersprach sie, und einmal mehr wurde mir klar, wie sehr ich sie unterschätzt hatte. Obwohl sie künstlerische Neigungen und einen unpassenden Mann hatte, steckte mehr von den Romanows in ihr, als ich mir hatte eingestehen wollen. »Die Einzige, die noch debattiert, sind Sie. Wir alle gehen davon aus, dass es die Wahrheit sein muss. Aus welchem anderen Grund sollten sie verschwunden sein? Wieso hat niemand sie gesehen oder kann belegen, dass sie noch leben? Es will bloß keiner von uns laut sagen. Keiner von uns *kann* es sagen, weil wir Sie so sehr lieben. Ist die Wahrheit schlimmer, als Ihnen den Glauben an ein Wiedersehen mit ihnen zu lassen? Was ist der beste Weg, um Sie bei uns und in Sicherheit zu behalten?«

»Die Wahrheit«, flüsterte ich. »Ich will nichts als die Wahrheit.« Und als sie einen resignierten Seufzer ausstieß, sackte ich zu Boden. Sofort nahm sie mich in die Arme – kräftige Arme, die mich umfingen und hielten, der einzige Anker, den ich in meiner von Qualen beherrschten, in Auflösung begriffenen Welt noch hatte.

»Wir werden die Wahrheit vielleicht nie erfahren.« Olga seufzte. »Aber was immer Sie glauben, wir werden auch daran glauben.«

Wieder kam der Winter. Auf der Krim hatte der Wind Reißzähne, und unsere Lage wurde immer dramatischer. Unsere Vorräte schwanden rapide, da die Deutschen alles an sich rissen, dessen sie habhaft werden konnten. Im November diktierten die Alliierten dem deutschen Kaiser, dessen Kriegsmaschinerie vollends zusammengebrochen war, einen Waffenstillstand. Jetzt musste er für seine Überheblichkeit büßen. Das ganze deutsche Führungssystem brach zusammen, und der Kaiser wurde ins Exil geschickt. Sein Volk wiederum wurde zu Zugeständnissen gezwungen, die das Land zweifellos auszehren würden.

Wir konnten uns nicht freuen. Der Große Krieg mochte vorbei sein, aber in Russland wütete unser eigener Bürgerkrieg weiter, und Lenins Rote Armee rückte immer weiter vor. Ein deutscher General kam eigens zu uns, um uns zu warnen, dass die Bolschewiken sofort auf der Krim einrücken würden, sobald seine Streitkräfte sich zurückzogen. Kurz, sie konnten uns nicht mehr schützen. Glücklicherweise hatte mir mein Neffe König Christian geschrieben, dass er mich in Dänemark empfangen würde. Und mein Neffe George hatte die Entsendung des Kriegsschiffs *HMS Marlborough* nach

Jalta bestätigt. Der General sprach nach unserer Begegnung zwar nicht mehr persönlich mit mir, gab anderen aber überdeutlich zu verstehen, dass wir nur noch eine sehr begrenzte Fluchtmöglichkeit hatten. Binnen einer Woche müssten wir abfahrbereit sein.

»Wir müssen weg sein, wenn die Roten einmarschieren«, fasste Olga bei einem Familienrat an Xenias vierundvierzigstem Geburtstag unsere Situation zusammen. Meine jüngste Tochter war jetzt im fünften Monat mit ihrem zweiten Kind schwanger, verriet aber keinerlei Anzeichen von Trägheit wie so viele andere Frauen in ihrem Zustand – im Gegenteil, sie sprühte vor Lebenskraft. »Uns wurde eine sichere Überfahrt angeboten, und diese Gelegenheit müssen wir ergreifen. Sandro ist inzwischen mit Andrej in Paris. Xenia und ihre anderen Söhne werden ihn dort treffen. Und Sie, Mama, können nach England und von dort weiter nach Dänemark reisen.«

»Und du?«, fragte ich düster. Hatte Olga mir nicht versprochen, bei mir zu bleiben und stets meine Meinung zu teilen, was immer ich glaube? Doch nun, da uns Gefahr drohte, stellte sie ihre eigenen Interessen in den Vordergrund.

»Nikolai, Tichon und ich reisen in den Kaukasus. Boyle hat uns angeboten, uns dorthin mitzunehmen. Die Weißen haben die Revolutionäre in diesem Gebiet vertrieben, und wir wollen, dass unser Kind in Russland geboren wird. Danach wollen wir uns nach Europa durchschlagen und zu Ihnen stoßen.«

»Das wirst du nicht!«, rief ich wütend. »Ich gehe nämlich nirgendwohin. Du kannst also dein Kind hier auf die Welt bringen. Noch hat die Weiße Armee den Krieg nicht verloren. Und was wird aus denjenigen, die bei uns Zuflucht gesucht haben? Wir sind immer noch Romanows. Wir sind das Einzige, was zwischen Ordnung und Chaos steht.«

»Mama, Sie hören nicht zu«, tadelte Xenia mich. »Der General hat doch klar und deutlich …«

»Ich habe sein Gerede nicht gehört. Deutsche. Genauso erbärmlich wie die Bolschewiken.«

»Himmelherrgott!«, rief Xenia. »Dieser Deutsche, den Sie so erbärmlich finden, hat seine Zeit geopfert und einige Mühen auf sich genommen, um uns zu warnen! Sie haben alles geplant: nur wir und unter absoluter Geheimhaltung. Ich habe Sandro und unsere Söhne aufgefordert, es sich durch den Kopf gehen zu lassen. Wir haben alles getan, worum Sie gebeten haben, aber wir haben nichts anderes gehört als grauenvolle Nachrichten …«

Olga bedachte sie mit einem vernichtenden Blick, und sie biss sich auf die Zunge.

»Sie schauen ja nicht einmal in die Zeitungen, die die Deutschen für uns zurückgelassen haben«, sagte Olga in ruhigem Ton, der mich bis ins Mark traf. »In ganz Europa halten sie Gedenkgottesdienste für Niki und seine Familie ab. In ihren Augen ist Russland verloren. Sie trauern schon jetzt um uns. Wollen Sie wirklich, dass das auch unser Schicksal wird?«

Ich starrte erst sie, dann Xenia an, die ihre Tränen nicht mehr zurückhalten konnte. Nikolascha hatte den Blick gesenkt. Felix saß schweigend neben Irina – seit unserem Streit wegen Colonel Boyle vermied er es beharrlich, eine eigene Meinung zu äußern. Seine Mutter, Prinzessin Sinaida, die neben ihm saß, blickte mir unverwandt in die Augen. Sie war nur noch ein Schatten ihrer selbst. Hunger und Angst hatten sie ausgezehrt und ihren früheren Charme verkümmern lassen. Nun flehte sie mich an, ohne ein Wort zu sagen. Ausgerechnet sie, diese Frau, unsere am meisten beneidete Erbin, deren Einladungen die begehrtesten gleich nach den unseren gewesen waren. Alles verloren. So wie Niki es für sie war. Besiegt. Schon betrauert.

Aber nicht bei mir!

Ich sprang auf. »Ich schäme mich, euch meine Familie zu nennen.«

Bevor sie erneut protestieren konnten, verließ ich das Zimmer und erklomm die Treppe zu meinen Räumen. Tanja hatte bereits die Fenster geschlossen. Auch wenn es langsam Frühling wurde, kroch mit Anbruch der Nacht noch immer Frost heran. Tipp, der genau spürte, was mit mir los war, beobachtete mich besorgt von meinem Bett aus. Ich hatte den Drang, irgendwelche Gegenstände an die Wände zu schleudern. In meinem Inneren spürte ich eine geradezu wahnsinnige Wut aufsteigen. Ich musste sie zurückhalten. Fest biss ich mir auf die Lippen, und der Schmerz brachte mich zur Vernunft. Nicht eine Sekunde zu spät, denn just in diesem Moment hörte ich ein leises Klopfen.

Ich drehte mich nicht um. »Geht weg. Ich werde meine Söhne niemals aufgeben. Habt ihr verstanden?«

»Ja, Grandmère.«

Das war Irinas weiche Stimme. Ich fuhr herum. Meine Enkelin bestand inzwischen nur noch aus Haut und Knochen, denn sie hob ihre eigenen Portionen für Bébé auf. Doch trotz ihrer Blässe und der hervortretenden Wangenknochen war sie immer noch eine ätherische Schönheit. »Wir werden bei Ihnen bleiben.«

»Nein. Ihr müsst das britische Schiff nehmen. Felix kann die Rembrandts im Ausland verkaufen. Sie sind ein Vermögen wert. Sie und das, was von Sinaidas Juwelen übrig ist, werden eure Familie über Wasser halten.«

Sie schüttelte den Kopf. »Felix sagt, dass er Ihnen großen Kummer bereitet hat. Er wird Sie nicht allein lassen. Und ohne ihn kann ich nicht wegfahren.«

Fast hätte ich gelächelt. »Mit Dutzenden von Flüchtlingen? Da werde ich bestimmt nicht allein sein.«

»Was, wenn diese Flüchtlinge beschließen, auch fortzugehen?«

»Das können sie gar nicht. Du hast Xenia gehört. Die Briten haben die Anweisung, nur mich und meine unmittelbare Familie zu evakuieren. Sonst niemanden.«

Sie überlegte einen Moment, dann nahm sie einen neuerlichen Anlauf. »Vielleicht können Sie die Briten dazu bewegen, ihre Anweisungen zu korrigieren. Wenn Sie sich weigern, an Bord zu gehen, falls nicht alle mitkommen dürfen – was bleibt ihnen dann übrig?«

Ich wusste, worum es ihr ging. Obwohl er sich kürzlich gefügt hatte, war Felix immer noch derselbe listige Fuchs geblieben. Und jetzt hatte er Irina auf mich angesetzt. Ihm war klar: Was aus mir wurde, mochte mir inzwischen egal sein, aber nicht das, was mit meinen Angehörigen geschah. Und dann schob er mir auch noch geschickt die Verantwortung dafür in die Schuhe. Er wusste genau, dass er mich so dazu zwingen konnte, diejenige Entscheidung zu treffen, die ich die ganze Zeit versucht hatte zu vermeiden.

Schließlich stimmte ich zu. Mir blieb keine Wahl. »Na gut, ich kann es versuchen.«

»Das übersteigt meine Befehlsgewalt«, erklärte der Kommandant der *HMS Marlborough*. »Seine Majestät war da sehr präzise: nur Eure Majestät mit Familie.«

»Aber Sie haben mehr Schiffe in dieser Gegend? Sie sind hier nicht allein?« Als der Kapitän widerstrebend zustimmte, fügte ich hinzu: »Diese Personen sind unsere Untertanen. Finden Sie eine Möglichkeit, oder stechen Sie ohne uns in See.«

»Majestät, ich habe die Anweisung, Sie notfalls mit Gewalt an Bord zu bringen«, erklärte der Kommandant, erbleichte jedoch, als er sich mir, Tipp auf den Armen und flankiert von Tanja und Sophie, gegenübersah, um uns herum unser zu Stapeln aufeinandergetürmtes Gepäck. Nicht weit von uns entfernt verfolgten Xenia, ihre Söhne, Nikolascha, Felix, Irina, Sinaida und ihre jeweiligen Bediensteten, wie ich auf den Mann einredete, dessen Auftrag es war, uns zu retten.

Ich deutete auf meine Angehörigen. »Wollen sie uns etwa alle mit Gewalt an Bord tragen?« Dann wandte ich mich zu der Menschenmenge auf dem Kai um. »Sie brauchen ihnen nur zu sagen, dass Sie sie meinetwegen retten, und schon springen sie ins Wasser und schwimmen zu ihren Schiffen hinüber.«

Es hätte eine geheime Evakuierung sein sollen, doch die Nachricht hatte sich wie ein Lauffeuer verbreitet, und ich hatte das Meine dazu beigetragen. Kaum hatten die Flüchtlinge von meiner Abreise erfahren, brach eine Panik aus. Im Nu verstopften sie Jalta mit ihrem eigenen Gepäck, ihren Haustieren und ihren Bediensteten. Einst waren das einige unserer reichsten Adeligen und Großgrundbesitzer gewesen – jetzt mussten sie froh sein, wenn sie das retteten, was sie tragen konnten.

Xenia, die sich neben mich gestellt hatte, zitterte und schien der Verzweiflung nahe. Unendlich erleichtert hatten alle ihre Siebensachen gepackt, als sie praktisch in letzter Sekunde erfahren hatten, dass die Rettung nahte – und nun plötzlich errichtete ich ein neues Hindernis! Olga, die am Vortag mit ihrer Familie zum Kaukasus aufgebrochen war, wäre nicht überrascht gewesen. Nun, auf ihre Weise war sie der gleiche Dickkopf wie ich. Nachdem sie sich in dieser Sache vollkommen stur zeigte, hatte ich mich wütend an Kulikowski gewandt und ihn beschimpft, weil er dieser strapaziösen Reise in die Berge zugestimmt hatte, trotz Olgas Zustand!

Der Kommandant fragte mich: »Sind Eure Majestät wirklich entschlossen?« Er sprach mit typisch britischer Zurückhaltung. Obwohl er in einer Zwangslage steckte und in jedem Fall einen Befehl seines Königs missachten würde, verriet er nicht eine Spur von Unruhe.

»Das bin ich. Alle und ich – oder keiner von uns.«

Er seufzte. »Ich werde der Flotte ein Telegramm schicken. Ich verspreche Ihnen: Jeder wird an Bord eines Schiffs gelangen. Jetzt aber« – er reichte mir den Arm, um mir über die Landungsbrücke zu helfen – »werden Eure Majestät meinem Wort trauen?«

Ich legte die Hand auf seinen Unterarm. »Wenn Sie es brechen, werden Sie mich nicht mehr los.«

An Bord des Schlachtschiffs vertraute ich Tipp Tanja an. Sie und Sophie verschwanden sogleich unter Deck, um die uns zugewiesene Kabine vorzubereiten. Xenia sollte den Raum daneben mit Irina, Sinaida und Bébé teilen. Meine Enkel Felix und Nikolascha wurden bei der Mannschaft einquartiert. Das hier war kein Vergnügungsdampfer, und wir unterstanden so lange der Rechtshoheit der britischen Kriegsmarine, bis wir Malta erreichten und an Bord eines anderen Schiffs mit Kurs auf England gingen. Eine Weile würde ich bei Alix Trost suchen, doch ich wusste schon jetzt, dass ich zu guter Letzt nach Dänemark und Hvidøre zurückkehren musste, das einzige Haus, das mir geblieben war. Wenn ich schon fern des Landes leben musste, das ich fünfzig Jahre lang meine Heimat genannt hatte, dann wollte ich wenigstens in meinem Vaterland begraben werden.

Eine milde Aprilbrise wehte über das Schwarze Meer. Ich stellte mich an die Reling am Rande des Achterdecks. Den Blick auf die Steilklippen der Krim gerichtet, dachte ich an all die Orte, die ich nun nicht mehr sehen würde: Liwadija, wo ich geglaubt hatte, ich würde sterben; oder Harax, wo ich erfahren hatte, dass Blut vergossen und eine Tatsache geschaffen worden war, die ich nie würde akzeptieren können.

Ich sah jeden dieser Orte und jenseits von ihnen allen St. Petersburg und den Glanz des Winterpalasts, meinen geliebten Anitschkow-Palast, unsere Festung Gattschina und zuletzt den Alexander-Palast in seiner widerhallende Leere, wo es noch Hoffnung für eine Zukunft gegeben hatte, die in Wahrheit längst verloren gewesen war.

Ich war darauf gefasst, dass ich weinen würde, sobald unser Kreuzer in See stach, doch dann fiel mir ein anderes Schiff ins Auge, das an uns vorüberglitt – ein russischer Dampfer voller freiwilliger Rekruten der Weißen Armee. Wie verzaubert starrte ich ihn an – er war so nahe, dass ich die ausgemergelten Gesichter der jungen Männer sehen konnte, die immer noch bereit waren, für uns zu kämpfen.

So viele würden bei der Verteidigung unserer Sache sterben. Und dabei hatte sich die Welt, die sie zu bewahren suchten, doch längst verändert.

Ich fingerte in der Tasche meines Kleides nach einem Taschentuch. Mir blieb nur dieser eine kurze Moment, da die Wege unserer Schiffe sich kreuzten und sie mich so sehen konnten wie ich sie. Ich hob das Tuch und winkte. Sie *sollten* mich sehen. Sie sollten wissen, dass ich zwar gezwungen war, das Land zu verlassen, sie aber immer in Erinnerung behalten würde. Ich war eine Mutter, und auch sie hatten Mütter, die sie vielleicht niemals wiedersehen würden.

Seht mich an! Seht eure geliebte *Matuschka* an! Lasst mich wissen, dass ihr mich immer in Erinnerung behalten werdet!

Und als meine Tränen mir schließlich die Sicht verschleierten, sahen sie mich tatsächlich. Sie drängten an die Reling ihres Dampfers und hoben die Arme zum traditionellen Salut. Und über das Schwappen der Bugwellen hinweg hörte ich ihre rauen Stimmen anschwellen, als sie sangen:

Gott schütze den Zaren,
den Starken, den Mächtigen,
er herrsche uns zum Ruhme
und den Feinden zur Furcht,
er, der rechtgläubige Zar.
Gott schütze den Zaren.

Endlich, nachdem mir alles verwehrt worden war, hatte Gott mein Gebet erhört. Dieses eine Wunder war mir gewährt worden.

Man würde mich nicht vergessen.

Nachwort

Nach ihrer Ankunft in Malta, wo viele der Flüchtlinge strandeten, die mit ihrer Hilfe entkommen waren und die sich auch später auf sie verlassen konnten, erreichte Minnie im Mai 1919 England. Mit dabei waren auch Xenia und deren Söhne. Das Wiedersehen mit ihrer Schwester Alix muss herzzerreißend gewesen sein, doch der übrigen Welt, die nach den Verheerungen des Großen Krieges und dem Fall des russischen Kaiserreichs noch in ihren Grundfesten bebte, begegnete sie mit der für sie typischen Tapferkeit und Standfestigkeit. Rein privat indes stand ihr ein Dasein in Mittellosigkeit bevor, in dem sie von einer wohltätigen Rente abhing, die ihr die königliche Familie von England gewährte – und das, nachdem sie eine der reichsten Frauen der Welt gewesen war.

Viele besuchten sie, darunter auch Großfürst Dmitri Pawlowitsch, der bei Rasputins Ermordung Helfershelfer gewesen war und sich durch seinen Militärdienst in Persien vor den Bolschewiken hatte retten können. Wer immer bei Minnie zu Gast war, wusste zu berichten, dass sie zwar in eingeschränkten Verhältnissen lebte, aber so liebenswürdig war wie eh und je.

Den Rest ihres Lebens verbrachte sie als unerbittliche Kämpferin für die Sache der russischen Emigranten. Daneben beschäftigte sie sich auch weiterhin mit dem Schicksal der verschollenen Mitglieder ihrer Familie. Immer wieder erkundigte sie sich bei ihren Besuchern, ob sie etwas wussten. Und vor der Öffentlichkeit zeigte sie sich unbeirrbar in ihrem Glauben, dass ihre Angehörigen möglicherweise doch überlebt hatten, obwohl die Indizien zunehmend das Gegenteil nahelegten.

Die Revolution traf bei Weitem nicht nur die Romanows. Tausende von Landeigentümern und Mitgliedern des Adels wurden regelrecht abgeschlachtet. Von den dreiundfünfzig Romanows, die zum Zeitpunkt der Abdankung Nikolais II. in Russland lebten, wurden achtzehn ermordet, fünfunddreißig entkamen. Im Juli 1918 wurden vierzehn Romanows getötet, darunter auch Mischa, der zusammen mit seinem Sekretär in einem Wald bei Perm erschossen wurde. Wenige Tage später wurden der Zar und seine Familie im Ipatjew-Haus in Jekaterinburg hingerichtet.

Mischa war der erste Romanow, der durch die Hand der Bolschewiken starb. Seine Überreste und diejenigen seines ihm treu ergebenen Sekretärs, Brian Johnson, sind nie gefunden worden. Nachdem Mischa nach Perm ins Exil gegangen war, gelang es seiner Frau Natalia, ihren gemeinsamen Sohn Georgi nach Kopenhagen zu schmuggeln. Sie selbst blieb in Russland und bedrängte die bolschewistischen Kommissare, darunter auch Lenin, mit Gnadengesuchen für Mischa, bis sie sie ins Gefängnis sperren ließen, aus dem sie entkam. In der Annahme, Mischa sei noch am Leben und führe eine Gegenrevolution an, verhalfen die auf dem Rückzug befindlichen deutschen Besatzer Natalia und deren Tochter aus erster Ehe 1919 zur Flucht nach England, wo sie mit Georgi wiedervereinigt wurden. Um ihre Familie ernähren zu können, nutzte Natalia Mischas internationale Bankkonten. Und wie die meisten Exilanten verkaufte sie ihre Juwelen. Über Mischa gab es die widersprüchlichsten Gerüchte, bis Natalia ihnen 1924 ein Ende setzte, indem sie ihn offiziell für tot erklären ließ. Das ermöglichte es ihr, seinen Grundbesitz in Großbritannien zu erben, dessen Wert jedoch auf lediglich fünfundneunzig Pfund geschätzt wurde. Daraufhin zog sie weiter nach Frankreich, um die Ausgaben für den Lebensunterhalt zu senken. 1931 starb Georgi bei einem Autounfall, ein Schicksalsschlag, von dem sie sich nie erholen sollte. Als der Zweite Weltkrieg ausbrach, war Natalia mittellos. Sie starb 1952 und liegt im Pariser Friedhof Cimetière de Passy neben ihrem Sohn, dem Grafen von Brassow und letzten Abkömmling in männlicher Linie von Zar Alexander III.

Obwohl seit 1923 Fotografien von dem verwüsteten Keller im Ipatjew-Haus in Umlauf waren, lässt sich nicht belegen, dass Minnie auch nur eine davon zu sehen bekam. An dieser Stelle sei darauf hingewiesen, dass Alexejs anhänglicher Spaniel Glücksklee dem Massaker entkam – im Gegensatz zu den zwei anderen Hunden der Familie. Halb verhungert und verwildert wurde er Monate danach in der Nähe des verlassenen Hauses entdeckt. Ein ehemaliger Wachmann erkannte ihn und fütterte ihn aus Mitleid durch, bis ein Oberst der britischen *Expeditionary Force* ihn nach Kriegsende nach England mitnahm. So konnte Glücksklee den Rest seines Lebens, liebevoll gehegt und gepflegt, in Windsor verbringen. In seinen Memoiren schrieb der Oberst allerdings, dass der Spaniel seine Lebensgeister nicht mehr vollständig wiedererlangte.

Minnie musste vom Überleben des Hundes erfahren haben. Und das schien ihre Hoffnung hinsichtlich Nikis Überleben irgendwie zu beflügeln. Jedenfalls erklärte sie oft: »Niemand kann bezeugen, dass Niki umgebracht wurde.« Doch die Beweise waren längst unwiderlegbar. Was sie dachte, darüber kann man nur spekulieren. Freilich darf bezweifelt werden, dass diese kluge, hochgebildete Frau wirklich das glaubte, was sie immer wieder behauptete. Und wenn man bedenkt, mit welcher Vehemenz ihr Neffe Kyril den Thron für sich beanspruchte, ist es durchaus möglich, dass sie alles daran setzte, die ursprüngliche dynastische Reihenfolge zu wahren, falls es wie durch ein Wunder doch kein Massaker gegeben hatte. Insofern blieb ihr gar nichts anderes übrig, als den Tod ihrer Söhne zu leugnen.

Gleichwohl gewährte sie Nikolai Sokolow, einem Ermittler der Weißen Armee, finanzielle Unterstützung, damit er acht Monate nach dem Verschwinden des Zaren und seiner Familie in Jekaterinburg recherchieren konnte. Sokolow, der Erste überhaupt, der Aussagen zur Ermordung der Zarenfamilie sammelte und das stillgelegte Bergwerk untersuchte, in das man die Leichen zunächst gebracht hatte, gelangte zu dem Schluss, dass kein Mitglied der Familie die Gefangenschaft im »Haus zur besonderen Verwendung« überlebt hatte. Als Sokolow nach Frankreich ins Asyl ging, nahm er seine umfangreiche Dokumentation mit. 1993 sollte sein Archiv den russischen Behörden bei der Untersuchung der Geschehnisse am sechzehnten und siebzehnten Juli 1918 als Grundlage ihrer Arbeit dienen. Vor seinem Tod erstellte Sokolow ein Protokoll für die Kaiserinwitwe. Minnie lernte ihn allerdings nicht persönlich kennen. Ob sie seine Niederschrift je las, ist nicht bekannt. Sein Buch *Ubiistvo Zarskoij Semi* (*Die Ermordung der Zarenfamilie*) wurde 1925 postum veröffentlicht.

1927 zur Zweigstelle Ural des Revolutionsmuseums bestimmt und nach dem Zweiten Weltkrieg von der Kommunistischen Partei für deren Zwecke benutzt, wurde das Ipatjew-Haus 1977 auf Boris Jelzins Befehl hin abgerissen. Nach der Auflösung der Sowjetunion wurde auf dem Gelände die Kathedrale Auf dem Blut errichtet und 2003 eingeweiht.

Das Verschwinden von Nikolai, Alexandra, ihren fünf Kindern sowie vier Angehörigen des Haushalts, darunter Dr. Jewgenij Botkin und Alexandras Dienerin Anna Demidowa, leistete allen möglichen, wild wuchernden Geschichten vom Überleben unter den abenteuerlichsten Umständen Vorschub und rief zahlreiche Hochstapler auf den Plan. Unter Letzteren war Anna Anderson vielleicht die bekannteste, die sich 1922 als Anastasia ausgab und das legendäre Vermögen der Romanows für sich beanspruchte. Von dieser Forderung sollte sie bis zu ihrem Tod im Jahr 1984 nicht ablassen. Danach konnte man ihr freilich anhand einer DNA-Analyse schnell den Betrug nachweisen, als man die Leichen der Zarenfamilie exhumierte.

1979 entdeckten Amateurarchäologen, die ihre Forschungen heimlich betrieben hatten, in der Nähe von Jekaterinburg die Gebeine von Nikolai, Alexandra, deren Töchtern Olga, Tatjana und Anastasia sowie Botkin, Demidowa, dem Butler der Familie und dem Koch, die an einem Feldweg längs einer Eisenbahnlinie verscharrt worden waren. Die Knochen wiesen Einschusslöcher und durch Bajonette zugefügte Kerben auf und waren verfärbt. Später konnte nachgewiesen werden, dass man vergeblich versucht hatte, die Leichen mithilfe von Schwefelsäure aufzulösen. Die Gebeine blieben in dem improvisierten Grab, bis die Sowjetunion 1991 zerfiel.

Dank einer DNA-Probe von Prince Philip, dem Duke of Edinburgh, der über seine Großmutter mütterlicherseits mit der Zarin verwandt war, konnte bewiesen werden, dass Alexandra sich tatsächlich unter den Verscharrten befand. Anhand eines Vergleichs von Genproben, die man den Leichen von Nikolais Bruder Georgi, seinem Vater und auch seinem Großvater entnommen hatte, ließ sich bestätigen, dass auch die Gebeine des Zaren in diesem »Grab« lagen. So entschied das Oberste Gericht von Russland, dass Nikolai II. und seine Familie Opfer politischer Verfolgung waren. Von der orthodoxen Kirche als Märtyrer heiliggesprochen, wurden der letzte Zar, die Zarin und die drei bei ihnen gefundenen Großfürstinnen in der Gruft der St.-Peter-und-Paul-Kathedrale beigesetzt. 2007 gab eine flache Grube unweit des ersten Grabs Fragmente des verschollenen Zarewitsch Alexej und seiner

Schwester, Großfürstin Maria, preis. Sie waren im Chaos um die gescheiterten Versuche, die Leichen zu beseitigen, von den anderen getrennt und separat verscharrt worden. Neue Gentests bestätigten 2015 mit neunundneunzigprozentiger Wahrscheinlichkeit, dass es sich bei den entdeckten Gebeinen um diejenigen des Zaren und seiner Angehörigen handelt. Bis heute weigert sich die Russisch-Orthodoxe Kirche, diese Ergebnisse anzuerkennen und die Überreste der zwei Kinder für die Bestattung freizugeben. Noch weiß niemand, wann die Mitglieder dieser Familie, die das Leben unter so schrecklichen Umständen verloren, im Grabe wiedervereint werden können.

1920 zog Minnie nach Dänemark und ließ sich in Hvidøre nieder. Dort wurde sie zum Herzen der Flüchtlingsgemeinde und gelegentlich zu einem Stachel im Fleisch ihres Neffen, König Christian X., denn trotz knapper Mittel lebte sie auf großem Fuße und ließ sich von ihm nichts bieten. 1925 starb ihre Schwester und lebenslange Gefährtin Alix. Am dreizehnten Oktober 1928 schloss Minnie in Hvidøre die Augen für immer. Sie war achtzig Jahre alt geworden und hatte vier ihrer sechs Kinder überlebt. Bestattet wurde sie in der Kathedrale von Roskilde. Erst 2006 sollte ihr sehnlicher Wunsch, an Saschas Seite zu ruhen, erfüllt werden. Nach langwierigen Verhandlungen zwischen Dänemark und Russland kehrte sie einhundertvierzig Jahre nach ihrer ersten Ankunft nach St. Petersburg zurück, wo sie in der St.-Peter-und-Paul-Kathedrale neben denjenigen, die sie am meisten geliebt hatte, ihre letzte Ruhestätte fand.

Großfürstin Maria Pawlowna, als Miechen bekannt, war die letzte der Romanows, die aus Russland entkam. 1918 blieb sie mit ihren zwei jüngsten Söhnen das ganze Jahr im Kaukasus, bis das Vorrücken der Bolschewiken sie zur Flucht nach Anapa an der Nordküste des Schwarzen Meeres zwang.

Das Land verließ sie allerdings erst 1920, als sie erfuhr, dass die Weiße Armee den Bürgerkrieg verlieren würde. Mit ihrem Sohn Andrej, dessen Geliebter, der kleine K. genannten Ballerina, und dem kleinen Sohn der beiden bestieg sie ein Schiff nach Venedig. Zufällig lief ihr im Hafen von Noworossijsk Großfürstin Olga über den Weg, die Miechens unnachahmliche Ausstrahlung folgendermaßen beschrieb: »Als selbst Generäle von Glück reden konnten, wenn sie einen Karren entdeckten, unternahm Tante Miechen die Reise mit ihrem eigenen Zug. Er war zerbeult – aber es war ihrer. Zum ersten Mal in meinem Leben war es mir ein Vergnügen, sie zu küssen.«

Miechen starb im September 1920 in Contrexéville. Sie wurde sechsundsechzig Jahre alt.

Ein Freund der Familie barg Miechens Juwelen aus der Stahlkammer ihres Palasts. Nach ihrem Tod verkauften ihre Kinder den Schatz. Die Frau von George V., Königin Mary, erstand Miechens von Bolin geschliffenen Diamanten sowie ihr Perlendiadem, das heute von Königin Elizabeth II. getragen wird. Ihre Haube mit dem Saphir von Cartier erwarb Königin Marie von Rumänien. Ihre kostbaren Smaragde befanden sich viele Jahre lang im Besitz der Erbin Barbara Hutton, bis die Schauspielerin Elizabeth Taylor sie kaufte und neu schleifen und fassen ließ.

Obwohl die russische Monarchie abgeschafft worden war, rief sich Miechens ältester Sohn, Kyril Wladimirowitsch, in seinem französischen Exil zum Zaren aus, ein Anspruch, den Minnie und ihre überlebenden Angehörigen zurückwiesen. Kyril starb 1938. Gegenwärtig ist seine Urenkelin, Großfürstin Maria Wladimirowna Romanowa die Prätendentin auf den Thron der Romanows.

Minnies älteste Tochter, Xenia, ließ sich in England nieder, wohingegen ihr Mann Sandro bis zu seinem Tod im Jahre 1938 in Paris blieb. Xenia lebte in unsicheren finanziellen Verhältnissen und musste sich obendrein gegen die Ansprüche der Betrügerin Anna Anderson wehren. Der Streit zog sich bis 1928 hin, als sich Nikolais Verschwinden zum zehnten Mal jährte und er sowie seine mit ihm verschollenen Angehörigen offiziell für tot erklärt wurden. Damit fiel das von vielen Seiten beanspruchte Romanow-Vermögen – das nur noch in der Theorie existierte – an Xenia, die Erbin ihres Bruders. Nach dem Tod ihrer Mutter verkaufte sie Hvidøre und den Schmuck der Kaiserinwitwe. Von den Erträgen bestritt sie ihren Lebensunterhalt. 1937 fand Xenia Unterkunft im Wilderness House im Hampton Court Palace, wo sie 1960 im Alter von fünfundachtzig Jahren starb und ein kleines Vermögen hinterließ. Ihr jüngster Sohn, Prinz Wasilij, starb 1989.

Xenias Tochter Irina und deren Mann, Felix Jussupow, führten im Exil ein schillerndes Leben. Der Verkauf von Felix' Rembrandts ermöglichte es ihnen, ihre Familie über Wasser zu halten und durch ganz Italien zu reisen, ehe sie einen französischen Einwanderungsbeamten mit Diamanten bestachen und so nach Frankreich gelangten. 1920 gründeten sie das Modehaus Irfé in Paris, doch das Unternehmen konnte sich nicht lange halten, denn ihre philanthropische Art und ihr aufwendiger Lebensstil ließen das Vermögen schnell schrumpfen. 1934 gewann Felix einen Prozess gegen das Filmstudio MGM und sicherte sich Schadensersatz wegen seiner Darstellung in dem Film *Rasputin: Der Dämon Russlands*. Darüber hinaus schrieb er seine Memoiren, in denen er seine traurige Berühmtheit als Rasputins Mörder ausschlachtete. Obwohl er und Irina über fünfzig Jahre lang eine durchaus glückliche Ehe führten, hatte er eine Reihe von Verhältnissen mit Männern. Als Felix 1967 starb, kam Irina nicht über seinen Tod hinweg und folgte ihm drei Jahre später ins Grab.

Sie liegen im russischen Friedhof Sainte-Geneviève-des-Bois in Paris.

Nach dem Ende des Zarenreichs ging Prinzessin Sinaida nach Rom, wo ihr ihre Enkelin Bébé anvertraut wurde. Als ihr Mann starb, zog sie nach Paris, um bei Irina und Felix zu sein. 1939 starb sie in Paris. Ihre legendäre Juwelensammlung musste sie bei der Flucht in ihrem Palast zurücklassen und konnte sie auch später nicht an sich nehmen. 1925 wurden die Edelsteine von den Bolschewiken entdeckt und veräußert. Um ihre Familie zu unterstützen, verkaufte sie diejenigen historisch wertvollen Stücke, die Felix rechtzeitig aus dem Tresor geholt hatte. Bébé, deren Titel Prinzessin Irina Jussupowa lautete, heiratete einen russischen Grafen und gebar eine Tochter. Sie starb 1983 und liegt im Grab ihrer Familie.

Minnies jüngste Tochter Olga bekam im Kaukasus einen zweiten Sohn, Guri. Im November 1919 floh sie mit ihrer Familie nach Noworossijsk. Nach ihrer Internierung in einem Flüchtlingslager nahe Istanbul und ihrer Evakuierung nach Belgrad gelangte sie 1920 mit ihrer Familie nach Dänemark, wo sie gegen ihren Willen Minnies Sekretärin wurde. Das ohnehin seit jeher angespannte Verhältnis zwischen Mutter und Tochter gipfelte in einem Zerwürfnis, woraufhin die Kaiserinwitwe Olgas Mann von jedem offiziellen Anlass ausschloss.

1925 lernte Olga Anna Anderson in Berlin kennen, deren Behauptungen sie nicht ernst nahm. Anderson konnte weder Englisch noch Russisch, beides Sprachen, die Anastasia beherrscht hatte. Außerdem wäre Anastasia zu diesem Zeitpunkt vierundzwanzig Jahre alt gewesen, wohingegen Olga Anderson für viel älter hielt und auch ansonsten keine Ähnlichkeit mit Anastasia zu entdecken vermochte. Olga äußerte durchaus Mitgefühl für Anderson, denn sie spürte deren Unsicherheit und glaubte, dass sie von anderen aus schäbigen

Gründen instruiert worden war, »die Rolle der Zarentochter zu spielen, damit diese unser nicht mehr vorhandenes Vermögen an sich reißen konnten«. So distanzierte sie sich bei allem Verständnis öffentlich von Anderson und bestritt, dass sie ihre Nichte war.

Von ihrem Anteil am Vermögen ihrer Mutter kaufte Olga einen Bauernhof in der Nähe von Kopenhagen, wo ihre Angehörigen sich voller Elan dem Landleben widmeten und Olga wieder zu malen begann. Ihre Darstellungen von Szenen russischen und dänischen Landlebens wurden in europäischen Großstädten ausgestellt. Einen Teil ihrer Einnahmen spendete sie wohltätigen Stiftungen in Russland.

Im Zweiten Weltkrieg kämpften Olgas zwei Söhne in der dänischen Armee und wurden vorübergehend als Kriegsgefangene interniert. Als am Ende des Kriegs russische Truppen Ostdänemark besetzten, wurde Olga der Verschwörung gegen die Sowjetunion bezichtigt. Aus Furcht, von Stalins Schergen ermordet oder verschleppt zu werden, wanderten sie und ihre Angehörigen 1948 nach Kanada aus, wo sie im Halton County, Ontario, eine Farm erwarben.

1952 – das Alter machte sich inzwischen bemerkbar – verkauften Olga und ihr Mann die Farm und zogen in ein kleines Haus in einem Vorort von Toronto. Zeit ihres Lebens ein Symbol für das Flair, das die Romanows verkörperten, erhielt die Großfürstin häufig Besuch von Würdenträgern, darunter Königin Elizabeth II. und Prinz Philip. Da sich die Gesundheit ihres Mannes verschlechterte, musste Olga den ihr noch verbliebenen Schmuck verkaufen, um seine Pflege bezahlen zu können. Und als er 1958 starb, ließ ihre Kraft nach. Am Ende ihres Lebens wohnte sie bei befreundeten Emigranten in einer Wohnung über einem Schönheitssalon. 1960 starb Großfürstin Olga im Alter von achtundsiebzig Jahren. Sie liegt im York Cemetery von Toronto neben ihrem Mann begraben. Ihr zu Ehren gründete ihr Sohn Tichon eine wohltätige Stiftung, in deren Rahmen er Teile ihres Werks ausstellte. Gemälde von ihr können heute in den Sammlungen von Königin Elizabeth II. und der königlichen Familie von Norwegen besichtigt werden. Das Ballerup-Museum in Dänemark beherbergt etwa hundert Werke von ihr. Ihr Sohn Guri starb 1984; Tichon verschied 1993.

Heute leben ungefähr hundert Nachfahren der Romanows.

Literaturhinweise

Zahllose Quellen haben mir beim Verfassen dieses Romans den Weg gewiesen. Die Liste, die ich zusammengestellt habe, ist zwar keine vollständige Bibliographie, enthält aber diejenigen Werke, die ich für das Porträt Maria Fjodorownas und ihrer Welt am häufigsten zu Rate gezogen habe.

Erickson, Carolly, *Alexandra: The Last Tsarina*, New York, 2001
auf Deutsch: *Alexandra Romanowa: Die letzte Zarin*, München, 2007
Geraldi, Julia, *From Splendor to Revolution*, New York, 2011
Hall, Coryne, *Little Mother of Russia*, New Jersey, 2006
Hough, Richard, *Edward and Alexandra,* New York, 1992
King, Greg, *In the Court of the Last Tsar*, New Jersey, 2006
King, Greg, *The Last Empress*, New York, 1994
auf Deutsch: *Alexandra: die letzte Zarin von Russland*, Berlin, 1999
Massie, Suzanne, *In the Land of the Firebird*, New York, 1980
Massie, Robert K., *Nicholas and Alexandra*, New York, 1967
Mayluna, Andrei and Mironenko, Sergei, *A Lifelong Passion,* New York, 1997
Nelipa, Margarita, *Alexander III: His Life and Reign*, Ontario, 2014
Poliakoff, V, *Mother Dear*, New York, 1926
Radzinski, Edward, *The Last Tsar*, New York, 2011
Rappaport, Helen, *The Romanov Sisters*, New York, 2014
Rounding, Virginia, *Alix and Nicky*, New York, 2011
Tisdall, E. E. P., *Marie Feodorovna,* New York, 1957

Danksagung

Die Romanows faszinierten mich schon in meiner Kindheit, als ich in einem Bildband meiner Mutter schmökerte. Ich bewunderte die darin gezeigten Paläste, Juwelen, Kunstgegenstände und Porträts der Familienmitglieder. Besonders angetan war ich von Nikolai, Alexandra und ihren Kindern, deren physische Schönheit und tragisches Ende bei mir romantische Fantasien von einer idealisierten Welt auslösten. Mit ihrem Leben in unvorstellbarem Glanz verkörperten sie für mich den Inbegriff alles *Kaiserlichen*. Mit der Wirklichkeit hatten meine Vorstellungen natürlich nichts zu tun. Trotz all ihrer Privilegien war das Dasein der Romanows, nicht anders als bei uns einfachen Leuten, geprägt von Freud, Leid und Verwundbarkeit.

Auch wenn sie heute ein wenig in Vergessenheit geraten ist, war Minnie zu ihren Lebzeiten eine allseits bewunderte Berühmtheit. Sie beflügelte tatsächlich Reformen für die Armen, gründete den russischen Tierschutzverein und versuchte nach Kräften, den Hang ihres Mannes zum Despotismus zu zügeln. So schritt sie wiederholt zugunsten der Juden ein. Am Anfang seiner Herrschaft lenkte sie ihren Sohn, Nikolai II., bis sie ihren Einfluss an Alexandra verlor. Ihre Verärgerung über ihre Schwiegertochter ist verbürgt. In Minnies Augen war Alexandra das glatte Gegenteil all dessen, was sie selbst darstellte: als Zarin ungeeignet, schlecht auf das Amt vorbereitet und – tragischerweise – nicht willens, die Verantwortung zu übernehmen, die ihr hoher Rang mit sich brachte. Minnie war nicht immer liebe- oder verständnisvoll, was den

Umgang mit Alexandras Mängeln betraf. Wie wir alle war sie durchaus fehlbar.

Die Tatsache, dass sie so lange überlebte, zeugt von ihrer Unverwüstlichkeit und auch von Glück. Wäre sie in der Hauptstadt gewesen, als 1917 die Revolution ausbrach, hätte sie ohne Weiteres ein ganz anderes Schicksal erleiden können, obwohl Lenin ihr – wenn auch widerstrebend – Respekt gezollt haben soll. Und ihre Notlage auf der Krim hätte womöglich kein gutes Ende gefunden, wäre sie nicht eine derart ehrfurchtgebietende Erscheinung gewesen. Ein auf der Seite der Weißen Armee kämpfender Kanadier suchte Minnie tatsächlich auf und überbrachte ihr die Nachricht, dass Nikolai und seine Familie ermordet worden waren. Allerdings weigerte sie sich, das zu glauben. Zumindest nach außen hin gab sie die Hoffnung nie auf. Und es war gerade ihre Sturheit, der die vielen Flüchtlinge, die sich den Romanows auf der Krim angeschlossen hatten, das Leben verdankten, weil sie hartnäckig darauf bestand, dass die Briten auch sie evakuierten.

Dokumentationen über die Romanows liegen in Hülle und Fülle vor; zudem gibt es Tagebücher und Briefe. Zwar habe ich versucht, mich treu an die Fakten und die Personenbeschreibungen in den historischen Quellen zu halten, gebe aber zu, dass ich mir gewisse Freiheiten erlaubt habe. Dem Erzählfluss zuliebe und um ein Ausufern des Inhalts zu verhindern, habe ich gelegentlich hinsichtlich Daten oder Ortsangaben kleinere Manipulationen vorgenommen und auch bestimmte Personen und Ereignisse weggelassen.

Im speziellen Fall des Leibarztes der Zaren habe ich zwei Dres. Botkin für meine Zwecke zu einem verschmolzen. In Wirklichkeit wurden die Zaren erst vom Vater und später vom Sohn behandelt. Auch habe ich der besseren Lesbarkeit halber die verschiedenen Duma-Parlamente nur am Rande angesprochen und es vermieden, im Detail auf die hochkomplexen politischen Debatten, die dort geführt wurden, einzugehen. Wer die politische Landschaft des kaiserlichen Russlands in seiner Endphase darstellen will, steht meiner Meinung nach vor einer furchterregenden Aufgabe. Obwohl ich oft den uns vertrauten Titel Zarin verwendet habe, ist das streng genommen nicht korrekt. Die offiziellen Titel der russischen Monarchen waren Kaiser und Kaiseringemahlin. Die letzte reguläre Zarin war die erste Frau von Peter dem Großen. Alexandra, die Frau Nikolais II., war deshalb die letzte Kaiseringemahlin von Russland. Der Volksmund hat sich freilich nie um solche Feinheiten geschert. Hier hat sich die Bezeichnung Zarin über die Jahrhunderte hinweg gehalten.

Ich hatte nicht die Absicht, die Epoche in ihrer Gesamtheit zu erklären. Vielmehr ging es mir darum, ein fiktives Porträt einer Frau anzubieten, die diese Zeitspanne erlebte. Wenn mir Fehler unterlaufen sind, geschah das ohne Absicht. Ich entschuldige mich schon jetzt bei Experten oder Anhängern der Romanows, die mit meinen Interpretationen vielleicht nicht einverstanden sind. Die Romanows können leidenschaftliche Debatten auslösen. Das verstehe ich, und ich finde es gut.

Wie immer muss ich mich bei meinem Mann bedanken, der nicht nur meine Leidenschaft für die Vergangenheit unterstützt, sondern auch meinem zerstreuten Ich daheim zur Seite steht, wenn mich das Schreiben wieder mal in seinen Fängen hat. Ich bete meine Rettungskatzen Boy und Mommy an, deren Unbekümmertheit mir Liebe und Lachen schenkt. Meiner Agentin Jennifer Weltz kann ich gar nicht genug danken. Sie ist der Dreh- und Angelpunkt meiner Karriere. Bei der Jean V. Naggar Agency Inc. geben alle ihr Bestes, um die Kümmernisse eines professionellen Schriftstellers zu lindern.

Meine Lektorin Susanna Porter redigiert meine Texte mit nie nachlassendem Scharfsinn und bleibt dabei stets liebenswürdig. Meine Korrektorin Kathy Lord hat das Manuskript am Ende noch einmal gründlich auf Herz und Nieren überprüft. Und nicht zuletzt hat die Lektoratsassistentin Emily Hartley wertvolle Hilfe bei der Entstehung dieses Werks geleistet. Bessere Lotsen kann man sich im Verlagswesen nicht wünschen. Einmal mehr bin ich Ballantine Books unendlich dankbar, weil die Verantwortlichen weiterhin an historische Romane glauben – und das angesichts eines Büchermarktes, der uns alle vor immer größere Herausforderungen stellt.

Ein besonders herzliches Dankeschön schulde ich meinen Versuchskaninchen und Mitautorinnen Tasha Alexander, Michelle Moran und Sarah Johnson. Eure klugen Kommentare haben mir geholfen, meine Rohfassung zu verfeinern. Ähnlich bin ich all den Buchhändlern im ganzen Land Dank schuldig, die mich regelmäßig zu Lesungen einladen und meine Bücher empfehlen.

Zuletzt – und das ist mir am wichtigsten – möchte ich Ihnen, meine Leser, danken. Ihr freundlicher Zuspruch in den sozialen Medien, in Ihren E-Mails und bei meinen öffentlichen Auftritten belohnt mich für die Abgeschiedenheit und die Recherche in ganzen Stapeln von Fachbüchern noch etwas Lohnenswertem. Ihr Vertrauen zu mir als Geschichtenerzähler ist und bleibt das schönste Überraschungsgeschenk, das ich bekommen kann.

Obwohl sie gern auf die Jagd gingen, was nicht unbedingt mein Fall ist, liebten die meisten Romanows die Natur. Und den Respekt vor unseren Mitkreaturen teile ich mit ihnen. Wir alle bewohnen diesen Planeten gemeinsam mit empfindungsfähigen Lebewesen, die keine eigene Stimme haben, es sei denn, wir sprechen für sie. Seien Sie ihre Stimme für den Wandel. Adoptieren Sie ein Haustier, und gewähren Sie ihm

Schutz. Spenden Sie an angesehene Organisationen, die sich für wild lebende Tiere einsetzen. Seien Sie verantwortlich im Umgang mit allem, was Sie kaufen. Schließlich ist jedes Produkt in unseren Regalen entweder auf nachhaltige Weise entstanden oder auf eine solche, die zur Zerstörung unersetzlichen Lebensraums führt. Die Kinder der Erde brauchen Sie.

Vielen Dank!

Autor

Christopher W. Gortner arbeitete als Redakteur für Geschichtsfachzeitschriften und unterrichtete an der Universität, bevor er Schriftsteller wurde. Mit seinen historischen Romanen feiert Gortner international große Erfolge. Heute lebt und arbeitet er in San Francisco, Kalifornien.

Christopher W. Gortner im Goldmann Verlag:

Die vatikanische Prinzessin. Historischer Roman
(auch als E-Book erhältlich)
Der Schwur der Königin. Historischer Roman
(nur als E-Book erhältlich)
Die Florentinische Prinzessin. Historischer Roman
(auch als E-Book erhältlich)
Die Tränen der Königin. Historischer Roman
(nur als E-Book erhältlich)

Die Tudor-Reihe in chronologischer Reihenfolge:

Die Tudor-Verschwörung. Historischer Roman
Das Tudor-Komplott. Historischer Roman
Die Tudor-Fehde. Historischer Roman

(alle auch als E-Book erhältlich)

GOLDMANN
Lesen erleben